HEYNE

W0466117

FELICITAS FUCHS

Hanne

Die Leute gucken schon

Roman

BAND 2

WILHELM HEYNE VERLAG
MÜNCHEN

Sollte diese Publikation Links auf Webseiten Dritter enthalten,
so übernehmen wir für deren Inhalte keine Haftung,
da wir uns diese nicht zu eigen machen, sondern lediglich
auf deren Stand zum Zeitpunkt der Erstveröffentlichung verweisen.

MIX
Papier aus verantwortungsvollen Quellen
FSC® C014496
FSC www.fsc.org

Penguin Random House Verlagsgruppe FSC® N001967

Originalausgabe 01/2023
Copyright © 2023 by Felicitas Fuchs
Copyright © 2023 dieser Ausgabe
by Wilhelm Heyne Verlag, München,
in der Penguin Random House Verlagsgruppe GmbH,
Neumarkter Str. 28, 81673 München
Redaktion: Steffi Korda, Büro für Kinder- und Erwachsenenliteratur, Hamburg
Umschlaggestaltung: zero-media.net, München,
unter Verwendung von Getty Images (George Marks); FinePic®, München
Satz: Satzwerk Huber, Germering
Druck und Bindung: GGP Media GmbH, Pößneck
ISBN: 978-3-453-42620-7

www.heyne.de

PROLOG

Hanne

Oktober 1961

Nun war es also geregelt.

Was für ein raffinierter Schachzug, dem sie da zugestimmt hatte! Nie im Leben wäre ihr so etwas eingefallen. Im Grunde waren sie damit für immer aus dem Schneider. Niemand konnte etwas beweisen.

Niemand würde darauf kommen. Es war wasserdicht.

Wie gut, dass Mutti die Sache eigenmächtig in die Hand genommen hatte. Wie gut, dass sie ihr alles abgenommen und sie vor vollendete Tatsachen gestellt hatte. Alle, die an diesem Tag in der Mansarde gesessen und in ihrer Abwesenheit über ihr Schicksal entschieden hatten, würden für immer schweigen. Fünf Menschen, die schwerwiegende Entscheidungen getroffen hatten. Sie könnten gar nichts verraten, denn den entscheidenden Teil des Paktes kannten sie nicht.

Die wenigen, die wirklich über alles Bescheid wussten und die ganze Wahrheit kannten, würden sich hüten, darüber zu reden.

Das war kein Kavaliersdelikt, das war eine große Sache.

»Aber eines Tages musst du das aufklären und dazu stehen«, hatte Mutti gesagt, »da kommst du nicht drum herum.«

Ja, mein Gott, eines Tages.

Bis dahin dauerte es noch Jahrzehnte.

Heute war heute, und ab sofort waren die Sorgen vorbei. Sie würde bald ein normales Leben führen, so, wie andere Frauen in ihrem Alter auch. Und sie könnte arbeiten gehen und vielleicht einen Mann kennenlernen, trotz allem. Mutti kümmerte sich.

Vorerst musste sie nie wieder darüber nachdenken.

Wie gut, dass Mutti alles geregelt hatte.

1

Minna

Juli 1951

Es war die hohe Holzleiter, die sie zur selben Zeit sahen. Sie lehnte an einer Mauer der Orangerie des Benrather Schlosses und reichte bis hinauf zur Dachrinne. Wahrscheinlich wurde dort oben etwas repariert, und man hatte vergessen, sie wegzuräumen. Und es war dieser besondere Moment, an den beide sofort erinnert wurden. Minna und Anni blickten auf die Leiter, sahen einander an. Gleichzeitig sagten sie: »Weißt du noch?«, und gleichzeitig begannen sie zu grinsen.

Anni stieg auf die zweite Sprosse, hielt sich an einer der oberen fest und drehte sich zu ihrer Freundin um. Minna stand hinter ihr, nahm den Saum des Kleides zwischen Daumen und Zeigefinger, hob ihn an, schaute auf Annis Kniekehlen und gab ihrer Stimme einen nasalen Tonfall: »Fräulein Anni! Ich habe Ihnen schon einmal gesagt, dass

Sie vernünftige Wäsche zu tragen haben! Sie wissen genau, dass die meisten unserer Kunden männlich sind, und es ist wichtig, dass sie einen entsprechenden Anblick haben, wenn Sie auf der Leiter stehen!«

In diesem Moment brach die untere Sprosse. Anni quiekte, plumpste auf den Rasen, lag auf dem Rücken wie ein dicker Käfer, begann zu lachen und konnte überhaupt nicht mehr damit aufhören. Ihr Doppelkinn bebte. Sie streckte die Hand aus, damit Minna ihr aufhelfen konnte.

»Schlechte Qualität, diese Leiter«, japste sie. »An mir liegt's nicht, wenn das Holz nix aushält, ich habe höchstens ein Pfund pro Jahr zugenommen, seit der schreckliche Brinkmann so mit mir gesprochen hat!«

»Dass du beim Brinkmann Schuhe verkauft hast, er dir dauernd unter den Rock geguckt und dir Anweisungen wegen der Auswahl deiner Schlüpfer gegeben hat, das war 1924!« Minna grinste. »Vor siebenundzwanzig Jahren!«

Ächzend zog sie Anni hoch, die sich das Gras vom Kleid wischte und erneut beteuerte: »Sag ich doch, pro Jahr nur ein winziges Pfund!«

»Jetzt hast du Grasflecken am Hintern!«

»Da hab ich ja auch Platz genug.«

»Nun sei doch mal ernst, Anni, Grasflecken sind aus Baumwolle wirklich schwierig zu entfernen. Am besten legst du den Stoff an der Stelle über Nacht in Milch ein.«

»So weit kommt das noch, dass ich Vollmilch nicht trinke, sondern als Fleckentferner benutze! Milch gehört in den Pudding. Nach dem Krieg und den Hungerjahren werde ich bestimmt keine gepanschte Milch, ranziges Brot oder faule Kartoffeln zu mir nehmen.«

Minna verstand ihre Freundin nur zu gut. Seit es keine Lebensmittelkarten mehr gab, wurde langsam alles besser. Nie mehr Maispampe, kaum noch Muckefuck. Kein Sonntag ohne Braten, endlich Zucker, endlich Nudeln.

Sie waren beide 1904 geboren und hatten zwei Kriege erlebt. Sie wussten, was Hunger, Entbehrungen, Kälte und Angst bedeuteten. Dabei hatte Anni mit ihrer Familie auf dem Land weniger leiden müssen als die Menschen in der Stadt: Sie und ihr Mann Reini hatten sich mit einem Gemüsegarten, der Obstwiese, einem gut gefüllten Hühnerstall und einer Karnickelzucht selbst versorgen können. Und sie hatten immer was zum Tauschen gehabt. Die Leute waren aus Düsseldorf, Hilden und Haan gekommen, um Schmuck, Kleidung, Geschirr, Zigaretten oder sogar Nägel gegen ein mageres Huhn, einen Korb Obst oder ein paar Eier anzubieten.

Anni hatte sich aufgerappelt und steuerte schnaufend eine Bank an. »Mir ist heiß, lass uns hier auf die Kinder warten.«

Von Weitem kamen zwei Mädchen auf sie zu. Sie hatten einen Wettlauf um die Orangerie gestartet, den das größere Kind zu gewinnen schien.

»Schon jeck mit unserem Nachwuchs, oder?«, sagte Anni. »Wir beide sind gleich alt, aber deine Tochter ist kaum älter als meine Enkelin ...«

»Du hast eben besonders früh angefangen mit dem Kinderkriegen, und ich war ein besonders spätes Mädchen«, sagte Minna. Ihre Tochter Hanne war im März elf geworden, Annis Enkelin Elke war nur zwei Jahre jünger.

Am Vormittag des Vortages waren Minna und Hanne angekommen, bis Sonntag würden sie bleiben. Nach dreizehn Jahren hatten sie sich zum ersten Mal wiedergesehen. Nein, sie waren nicht mehr dieselben, auch äußerlich nicht. Minna hatte ihre schlanke Figur behalten, aber durch ihr Gardemaß wirkte sie neben ihrer Freundin fast hager. Ihre hellgrauen Augen waren von einem feinen Faltenkranz umgeben, in ihrem dunklen Haar schimmerten silberne Fäden. Sie trug es schulterlang und frisierte es mit Libellenspangen aus Schildpatt seitlich hoch. Ihr cremefarbenes Kleid mit dem flaschengrünen Muster hatte sie selbst geschneidert, Kragen, Pumps und Handtasche hatten den gleichen Farbton.

»Minnchen, wie immer todschick, als seist du direkt einem Modemagazin entstiegen!«, hatte Anni gerufen und Minna bewundernd gemustert.

»Als gäbe es ein Magazin für Frauen unseres Alters. Mannequins sind jung und blond«, hatte Minna geantwortet.

Anni trug ihr blondes Haar streng nach hinten gekämmt und im Nacken zu einem nachlässigen Dutt gesteckt. Ihr dralles Gesicht hatte keine einzige Falte. »Wie auch, bei dem Polster!«, hatte sie gelacht und die Backen aufgepustet, als Minna ihr ein Kompliment wegen der glatten Haut machte. Annis Füße steckten in derben Schnürschuhen, das wild geblümte Kleid hatte den Schnitt einer Kittelschürze und fand in Minnas Augen keine Gnade. Aber das wollte sie der Freundin in der kurzen Zeit, die sie miteinander hatten, gewiss nicht sagen. Außerdem führte Anni am Rande der Ohligser Heide ein bäuerliches Leben zwischen Hund, Katzen, Hühnern, Karnickeln und Gemüsebeeten. Da hatte Mode weiß Gott keinen Platz.

In diesem Herbst würden beide siebenundvierzig Jahre alt werden. Heute nutzten sie das schöne Wetter für einen Ausflug nach Schloss Benrath. Reini hatte sie hergefahren. Er hatte in Düsseldorf zu tun und würde sie später am Schlossteich wieder abholen.

Die Mädchen erreichten sie und ließen sich atemlos neben Minna und Anni auf die Bank fallen. Hanne lehnte ihren Kopf an Minnas Schulter, liebevoll strich Minna ihrer Tochter übers Haar. »Du musst bei der Hitze nicht so rennen, das ist nicht gut für den Kreislauf.«

Hanne nickte artig, so wie sie es immer tat, wenn ihre Mutter etwas zu ihr sagte.

Während der Heimfahrt quetschten sich Anni und die Kinder auf die Rückbank des Volkswagens. Minna saß vorn bei Reini, hinten gab es nämlich keinen Aschenbecher. Reini hatte beide Scheiben heruntergekurbelt, aber der Fahrtwind blies den Zigarettenrauch in den Fond des Wagens.

»Ich hätte so gerne einen Führerschein und ein eigenes Auto!«, sagte Minna.

Reini runzelte die Stirn, dabei bewegten sich seine riesigen Segelohren nach vorn. In seinem Mundwinkel schien die Zigarette angewachsen zu sein: Seit Minna angekommen war, hatte sie ihn nicht ohne die filterlose Overstolz zwischen den Lippen gesehen. Er konnte eine komplette Zigarette rauchen, ohne die Kippe anzufassen. Er inhalierte einfach mit halb geschlossenem Mund und blies den Qualm durch die Nasenlöcher wieder aus.

»So weit kommt das noch, Frauen hinterm Steuer!«, brummte er nun.

»Verboten ist es nicht. Sogar in Minden gibt es Frauen, die Auto fahren!«

Hinten begann Anni zu kichern. »Minnchen, du kommst wieder auf Ideen. Reini, was würdest du sagen, wenn ich dich fragen würde, ob ich Autofahren lernen darf?«

Er schaute in den Rückspiegel und zeigte ihr einen Vogel, damit war das Thema für ihn beendet.

Minna guckte aus dem Fenster und stellte sich vor, wie es wäre, einen eigenen Wagen fahren zu können. Immerhin hatte sie weder einen Vater noch einen Ehemann, den sie um Erlaubnis fragen müsste. Aber sie hatte auch keine Ahnung, wie teuer ein Auto wie dieses war. Wo konnte man den Preis wohl erfragen? Eigentlich war es völlig wurscht, denn mit ihrem Einkommen als Änderungsschneiderin und den dreißig Mark, die sie als Unterhalt von Fritz bekam, war ein Automobil unerschwinglich. Natürlich fragte man nicht nach dem Preis, aber Minna war einfach zu neugierig. »Reini, wie viel kostet ein Auto?«

Reini paffte gegen die Windschutzscheibe. »Fünftausenddreihundert Mark hab ich für den Volkswagen hingeblättert, dafür hab ich jahrelang jeden Pfennig auf die hohe Kante gelegt.« Stolz schwang in seiner Stimme mit.

Minna seufzte. Das war ein Vermögen.

Mit einem Seitenblick ergänzte Reini: »Das ist eine hoch komplizierte Anschaffung fürs halbe Leben und kein modisches Spielzeug!«

Minna gab es auf. Sie wollte sich nicht mit ihm streiten, wozu.

Die Fahrt von Benrath ins Schönholz dauerte keine halbe Stunde.

Anni quälte sich aus dem Auto und schob die Mädchen sanft vor sich her: »Ihr könnt mit Onkel Reini in den Stall gehen und die Karnickel füttern, oder ihr guckt auf dem Heuboden, ob ihr Lieschen und ihre Jungen findet.«

»Au ja, Kätzchen suchen!« Hanne nahm Elke an die Hand und lief mit ihr los.

»Für ein Stadtkind ist das hier alles aufregend«, erklärte Minna, während sie in der winzigen Küche stand und eine Mettwurst in dicke Scheiben schnitt.

Anni deckte derweil den Tisch, stellte Butter, Leberwurst und Blutwurst in Gläsern und ein Weckglas mit schwarzem Inhalt auf den Tisch. »Rübensirup«, erklärte sie, »den koch ich aus Zuckerrüben selber ein. Die Wurst ist von unserem Hausschwein, Brot backen wir mit der Nachbarschaft im Steinofen. Wir haben hinten auf der Weide noch eine Kuh, hatten wir auch im Krieg, so gab es immer Butter und Milch. Mensch, Minnchen, was haben wir gekungelt!«

Minna erinnerte sich sofort an die Streifzüge, bei denen sie mit ihrem Bruder Karl und ihrer Schwägerin Wilhelmine Kohlen geklaut hatte, und auch ihre Hamsterfahrten ins Mindener Umland würde sie nie vergessen. Anni hatte in diesen Jahren quasi auf der anderen Seite gelebt: Hier hatten sie sich selbst versorgen können und immer was zu essen und zum Tauschen gehabt, während Minna, die Glück im Unglück gehabt hatte, weil sie nicht ausgebombt worden war, über die Dörfer gezogen war und für eine Handvoll Lebensmittel genäht oder geflickt hatte. Welch lange Wege hatte sie hinter sich gebracht, wenn sie unterwegs gewesen war, um Brennholz in den Ruinen zu finden oder Tannenzapfen und Reisig auf den Friedhöfen und in den Stadtwäldern zu sammeln! Sogar Wurzelstöcke hatte sie ausgegraben, um sie zu verfeuern. Als die städtischen Grünanlagen quasi leer gefegt gewesen waren, war Minna oft kilometerweit bei Eis und Schnee von Minden bis zum Wiehengebirge gegangen, um Holz zu besorgen.

»Weißt du noch, Minnchen, als du damals weggezogen bist? Jede Woche wollten wir uns schreiben, und wir wollten uns ganz oft besuchen.«

Minna legte das Messer ab, platzierte das Brettchen mit der Mettwurst auf dem Tisch und setzte sich auf die Küchenbank unter dem Fenster. »Ach, wir hatten doch alle viel vor, das wenigste haben wir erreicht.« Anni schlug blitzschnell Eier in eine Schüssel, verquirlte sie mit einem Schuss Sahne und würzte alles mit Pfeffer und Salz. Sie rieb eine Pfanne mit einer Speckschwarte aus und gab eine große Portion Schmalz hinein. »Das kannst du so nicht sagen. Reini ist nicht im Krieg gefallen wie Millionen andere. Er war nicht in Gefangenschaft wie dein Fritz. Wir haben unsere Kinder großgekriegt, und jetzt geht die Enkelin schon in die Schule. Ich weiß noch, dass du es damals nicht verstanden hast, dass wir das alte Haus hier übernommen haben, während du mit Fred in einer Beletage in Düsseldorf gewohnt hast und mit deiner Mode eine erfolgreiche Frau geworden bist.«

»Und warum wurde ich das? Weil ich mir nichts mehr gewünscht habe als eine Familie und einfach nicht schwanger wurde. Fred war den ganzen Tag im Kontor, und ich hab mich zu Tode gelangweilt. Der Rest hat sich so ergeben, geplant war das gewiss nicht. Nein, Anni, ich hab dich oft um dein Leben beneidet, so war das.«

Anni stellte die Pfanne auf den Herd, stemmte die Hände in die Seiten und wartete darauf, dass das Fett heiß wurde. »Und ich hab dich beneidet, weil du immer so hübsch und schick und dünn warst. Während wir hier Hühner geschlachtet haben und aufs Plumpsklo gingen, bist du erster Klasse mit Fred nach Berlin gereist.« Sie grinste. »Und nun bist du immer noch schick und schlank, und wir gehen immer noch im Häuschen aufs Klo.« Sie gab die verquirlten Eier in die Pfanne.

Beide Frauen hingen einen Moment ihren Gedanken nach, bis Minna sagte: »Und du hast immer noch deinen Reini, während ich zweimal geschieden bin. Allerdings schuldlos. Du hast immer noch zwei Töchter, meine Luise ist gestorben. Hanne ist alles, was mir geblieben ist. Du hast ein eigenes Haus, Hanne und ich wohnen zur Miete unterm Dach, mitten in Minden am Markt, wo die Taxen halten und den ganzen Tag Autos fahren. Ich habe eine Änderungsschneiderei, die nicht mal so viel abwirft, dass ich Hanne auf die höhere Schule schicken kann.« Ihr kamen plötzlich die Tränen.

Anni schob die Eimasse mit einem Pfannenwender langsam vom Rand zur Mitte und drehte das Gas kleiner. Sie kam herüber, zwängte sich neben Minna auf die Küchenbank und umarmte sie. Beziehungsweise versuchte sie es. Ihr Busen war aber so mächtig, dass ihre Arme zu kurz waren, um Minna zu umfassen. Darüber mussten sie so lachen, dass es schließlich Lachtränen waren, die Minna sich von den Wangen wischte.

»Was ist das für eine Geschichte mit der höheren Schule?«, fragte Anni.

»Die Kinder sind geprüft worden, von hundertfünfzig hätten zwei auf die höhere Schule gehen können, und eins davon ist Hanne.« Minna stöhnte. »Sechzig Mark Schulgeld wollen sie auf dem Lyzeum haben, jeden Monat! Ich habe Fritz gefragt, ob wir das irgendwie hinkriegen, aber er sagt, das sei rausgeschmissenes Geld. Erstens hat er selber nicht so viel, zweitens meint er, dass Hanne sowieso heiratet, und es daher unnötig ist, wenn wir uns jahrelang eine teure Schulbildung vom Mund absparen.«

Anni lehnte sich zurück. »Ich finde zwar alles, was Fritz dir angetan hat, sehr schäbig, und ich werde gewiss nie wieder mit ihm reden, aber in der Hinsicht hat er recht. Das würde sich nur lohnen, wenn Hanne später zur Universität gehen und Lehrerin oder Apothekerin werden will. Minnchen, das ist für unsereins kein Weg! Wir sind Handwerkertöchter, wir ziehen keine Akademikerinnen groß.«

Minna sah ihre Freundin an. »Warum eigentlich nicht?«

Anni stand auf, ging wieder zum Herd, schob das Rührei, das nun langsam stockte, vom Pfannenrand aus in die Mitte und wendete die Masse. »Weil es eben so ist. Man sagt doch immer: Schuster, bleib bei deinem Leisten.«

Hanne und Elke stürmten ins Haus, wuschen sich nach Minnas Ermahnung die Hände und setzten sich zum Abendessen an den Tisch.

Reini kam dazu. Sie aßen Brot mit Butter und Rührei und anschließend Stullen mit Butter und Wurst. Die Mädchen plapperten über die »Mümmelmänner«, so nannte Elke die Kaninchen, und Hanne fragte Reini, ob er Senta nach dem Essen aus dem Zwinger lassen konnte. Senta war die Schäferhündin, die in einem Stall mit hohem Zaun und Hundehütte lebte und bei jedem Fremden, der sich dem Haus näherte, sofort anschlug. Aber sie liebte Kinder, sie war ganz verrückt nach ihnen.

Während Minna das Treiben am Tisch still genoss, dachte sie über die Gespräche des vergangenen Tages nach. Sie würde es ihr nicht sagen, aber Anni war tatsächlich ein bisschen altmodisch geworden. Was sollte das denn heißen: Es lohnte sich für ein Mädchen nicht, aufs Lyzeum zu gehen? Und es gehörte sich nicht für eine Frau, den Führerschein zu machen und ein Auto zu haben? *Wenn ich ein paar Jahre jünger wäre, würde ich mit ihr darüber diskutieren, aber die Zeiten sind vorbei,* dachte Minna. Außerdem: Was nutzte es? Sie konnte ihre Freundin nicht davon überzeugen, dass sie Schulbildung für ein Mädchen wichtig fand und der Meinung war, dass auch Frauen ein Auto haben sollten. Und umgekehrt konnte sie mit Annis Einstellung nichts anfangen. Sie lebten über zweihundert Kilometer voneinander entfernt und würden sich, wenn nichts dazwischenkam, erst im nächsten Sommer wiedersehen können. Jede hatte ihren Alltag, ihre Familie, ihr eigenes Leben.

Ein Lächeln huschte über Minnas Gesicht. Mal sehen, ob es nicht doch möglich war, dass sie im nächsten Jahr mit einem Führerschein in der Tasche herkommen würde. Na, die beiden würden Augen machen!

»Minnchen, kein Wunder, dass du nix auf den Rippen hast, wenn du nur ein einziges Butterbrot isst!«, schimpfte Anni, als Minna ihren Teller wegschob.

»Ich bin fertig und satt, darf ich bitte aufstehen?«, fragte Hanne.

Elke plapperte den Satz im selben Tonfall nach.

Minna sah auf ihre Uhr. »Eine Stunde dürft ihr noch raus. Bleibt in der Nähe, ich rufe, wenn Bettzeit ist.«

»Ja, Mutti«, sagte Hanne, nahm Elke an die Hand und ging mit ihr hinaus.

»Da ist aber Zucht und Ordnung drin!«, lobte Reini, griff in die Brusttasche seines karierten Hemdes und zog sein Päckchen Overstolz heraus. Er bot Minna eine an. Sie nahm die Zigarette, ließ sich Feuer geben und atmete den Rauch tief ein. Mit den Fingerspitzen zupfte sie einen Tabakkrümel von ihrer Zunge.

»Auch selten, dass eine Frau solche Zigaretten raucht«, stellte Reini fest.

»Ach Reini, du hast ja keine Ahnung, was wir im Krieg alles geraucht haben.«

»Und du hast keine Ahnung, was unsereins in Frankreich ...«

»Och nö, hört auf, davon will jetzt keiner sprechen!«, rief Anni dazwischen. »Erzähl uns lieber, wie es deinen Brüdern geht.«

Minna ging auf den Themenwechsel ein. »Hermann ist als reisender Hochzeitsfotograf unterwegs, damit kommt er gut über die Runden. Nachdem sie in Düsseldorf ausgebombt waren und er sein Studio und die Wohnung an der Kö verloren hatte, sah es zuerst so aus, als käme er nicht wieder zu Potte. Wir haben uns große Sorgen gemacht. Aber dann haben sie in Hemmerden Fuß gefasst, haben da eine schöne Wohnung. Mariechen arbeitet als Haushälterin beim Pastor, Lothar ist in Neuss verheiratet und mit seinen sechsundzwanzig Jahren schon Oberkellner in einem Kaufhausrestaurant. Hildchen hat eine Lehre als Drogistin gemacht und sich gerade mit einem sehr netten Mann verlobt, und Hansi, der Kleine, ist auch schon wieder zehn Jahre alt. Er und Hanne vertragen sich gut, sie können stundenlang aus Bierdeckeln Kartenhäuser bauen.«

»Das klingt prima, und wie geht es Karl? Was macht seine Gesundheit?«, fragte Anni.

Minna zog an ihrer Zigarette. »Ach, Karl ... die epileptischen Anfälle sind selten geworden, inzwischen gibt es gute Medikamente. Er hat nach dem Krieg seinen alten Posten als Pförtner auf der Weserwerft wiederbekommen. Stell dir mal vor: Er hat sich selbst Russisch beigebracht und wird manchmal als Übersetzer angefragt. Und er ist noch immer mit Wilhelmine verheiratet. Leider.«

Anni nickte. »Bewundernswert, dass du die olle Krawallschachtel aufgenommen hast, als sie ausgebombt waren.«

»Was sollte ich tun? Jeder hat damals jedem geholfen, die meisten um uns herum hatten alles verloren und standen mit leeren Händen auf der Straße. Ich hab Glück gehabt, die Bombe hätte auch unser Haus treffen können.«

Minna dachte an die lange Zeit, in der Karl auf dem Küchensofa und Wilhelmine im Kämmerchen geschlafen hatte, nachdem die Straße, in der sie gewohnt hatten, wenige Tage vor Kriegsende völlig zerstört worden war. Ihre Schwägerin, die unter den Nazis eifrig in der Frauenschaft gedient hatte, war in der Nachkriegszeit allerdings eine große Hilfe gewesen. Sie konnte hervorragend handeln, ihre Verbindungen bildeten ein beeindruckendes Netzwerk, und sie hatte immer als eine der Ersten gewusst, wo es was zu kungeln oder zu kaufen gab.

»Wie lange waren sie bei dir?«, fragte Reini.

»Zwei Jahre. Kurz nachdem sie ihre eigene Wohnung bezogen hatten, kam Fritz aus der Gefangenschaft zurück.«

Minna drückte die Overstolz im Aschenbecher aus und verbrannte sich dabei versehentlich die Fingerkuppe. Verdammt, sie konnte immer noch nicht an Fritz denken, ohne dass sie nervös wurde und Herzklopfen bekam!

»Was macht Fritz?«, fragte Reini.

Minna zuckte mit den Achseln. »Wohnt bei seiner Geliebten, arbeitet immer noch als Amtsgehilfe im Bundesbahnzentralamt und kommt alle paar Wochen vorbei, um Hanne zu sehen. Aber du weißt ja, wie er ist: Der redet kaum einen ganzen Satz am Stück, und Hanne ist auch nicht gerade ein Plappermaul, die haben sich nicht viel zu sagen.«

Anni hatte inzwischen den Tisch abgeräumt und wischte die Krümel mit einem Lappen in ihre hohle Hand. »Aber immerhin hat Fritz dir die Freifahrtscheine gegeben, sodass ihr hier sein könnt.«

»Ja, immerhin«, sagte Minna und stand auf. »Ich muss mir ein bisschen die Beine vertreten. War ein langer Tag.«

»Mach das. Und wenn die Kinder im Bett sind, gönnen wir uns ein Eierlikörchen und reden über alte Zeiten, ja? Den Likör hab ich selbst gemacht, aus Eiern von unseren Hühnern«, sagte Anni stolz.

Minna nickte knapp. Sie hatte nichts gegen einen Eierlikör, aber es stand ihr nicht der Sinn danach, über die

Vergangenheit zu reden. Vorbei ist vorbei, wir leben heute, das war ihre Einstellung. Die alten Zeiten waren so tragisch gewesen, dass sie am liebsten nie wieder daran denken und nur noch nach vorn schauen wollte.

Sie trat aus der Tür und ließ den Blick schweifen. Drüben das Klohäuschen, der Stall mit dem Heuboden und der Hundezwinger, auf der anderen Seite der Brunnen mit der Schwengelpumpe, obwohl es im Haus inzwischen fließendes Wasser gab. Hier hatte sich auf den ersten Blick nichts verändert. Nur die Heckenrosen, die sich an der Frontseite des Hauses über die grauen Steinmauern rankten, waren üppiger geworden. Und die dichte Weißdornhecke, die an der Vorderseite wuchs, war inzwischen gewiss vier Meter hoch.

Minna verließ das Grundstück und spazierte den unbefestigten Weg bis zum Rand der Ohligser Heide. Wenn sie zu Hause aus der Tür trat, war sie sofort mitten im Trubel des Marktplatzes. Hier fuhr kein Auto, kein Bus, keine Straßenbahn, hier war kein Mensch unterwegs. Aber es war keineswegs leise: Vögel zwitscherten, eine Amsel saß auf einer Baumspitze und sang inbrünstig ihr Lied, über der Wiese kreiste ein Mäusebussard und stieß diesen schrillen Ton aus, der in Minnas Ohren wie das laute »Miau« einer Katze klang. Und die Grillen, meine Güte, wie laut war ihr Gezirpe! Was hatte Reini gestern Abend gesagt? »Grillen haben kaltes Blut, sie nehmen die Temperatur ihrer Umgebung an. Wenn es richtig warm ist, werden ihre Körperfunktionen aktiver. Je heißer es ist, desto mehr Gezirpe. Sie haben Intervalle, in denen sie singen. Wenn man dem Zirpen zuhört und bis fünfundzwanzig zählt, hat man ungefähr die Lufttemperatur in Grad Celsius.«

Minna hatte ihn ausgelacht. »Ich kann auch auf ein Thermometer gucken, wenn ich wissen will, wie warm es draußen ist.«

Sie hörte einen Hund bellen und Kinder kreischen, vielleicht spielten Hanne und Elke jetzt hinten auf der Obstwiese mit der Schäferhündin.

Die Ferientage waren schön und aufregend gewesen. Es hatte Minna gutgetan, ihren Bruder und seine Familie und Anni und ihre Lieben wiederzusehen. Aber Nichtstun lag ihr nicht. Ein Tag war für sie nur ein erfolgreicher Tag, wenn sie am Abend etwas geschafft, etwas vorzuweisen hatte. Jetzt freute sie sich auf zu Hause.

2

Karl

August 1951

Er hatte eine Bahnsteigkarte gekauft, war zu früh am Gleis, und dann hatte der Zug auch noch eine halbe Stunde Verspätung. Karl setzte sich auf eine Bank. Er war müde. Es war wieder ein ungewöhnlich heißer Tag, der wahrscheinlich in einem ebensolchen Abend und einer schwülen Nacht enden würde. Zwar hatte er in seinem Pförtnerhäuschen den ganzen Tag Fenster und Tür offen gehabt, aber dort knallte die Sonne ununterbrochen auf das Dach, und die Hitze staute sich in dem kleinen Raum. Vor dem Häuschen gab es keinen Schatten, in dem er sich hätte aufhalten können, ihn machten die Temperaturen von knapp vierzig Grad ziemlich mürbe.

Er strich sich mit der Hand das schweißnasse Haar aus der Stirn. Es war noch voll und dicht, allerdings war die Farbe inzwischen eher grau als blond. Egal, andere

Kollegen, die auch fast fünfzig waren, mussten bei dem Wetter einen Hut tragen, um sich nicht den Glatzkopf zu verbrennen.

Karl öffnete seine Aktentasche und wollte die Zeitung herausnehmen. Mist, er hatte sie auf der Werft vergessen! Im vorderen Fach steckte noch sein Hasenbütterken – ein Wurstbrot, in Wachspapier eingeschlagen, in der Hitze vom Fett durchweicht und an den Kanten gebogen. So aß er sein Pausenbrot am liebsten. Er freute sich schon auf den Abend, wenn er es mit einer Flasche Bier dazu genießen würde.

Es knackte im Lautsprecher und eine schnarrende Stimme leierte: »Vorsicht am Bahnsteig zwei: Es fährt ein Schnellzug D einhundertdreizehn aus Köln zur planmäßigen Weiterfahrt um siebzehn Uhr achtundfünfzig nach Braunschweig Hauptbahnhof. Über Wunstorf, Hannover, Lehrte, Peine.«

Die Bremsen der Lok kreischten, Funken sprühten über ihren Rädern. Das Gleis wurde in dichte Dampfschwaden gehüllt, die sich nur langsam verzogen. Es dauerte eine Weile, bis die Türen geöffnet wurden und die ersten Reisenden ausstiegen. Karl schirmte seine Augen mit der Hand gegen die Sonne ab und hielt nach seiner Schwester und seiner Nichte Ausschau.

Zuerst sah er Hanne, ihr folgte ein hochgewachsener Mann mit kurzem grauem Haar. Er wuchtete einen Koffer auf den Bahnsteig, reichte jemandem im Waggon die Hand, und dann stieg Minna aus. Hanne stand ein wenig abseits, während Minna und der Fremde sich die Hand gaben und sich einen Moment lang in die Augen sahen.

Hanne hatte ihn entdeckt. »Onkel Karl!«

Sie rannte in seine geöffneten Arme.

Er wirbelte sie lachend herum. »Lange geht das nicht mehr! Du bist so ein großes Mädchen, bald schmeißt du mich um, wenn du so angestürmt kommst!«

Sofort senkte sie den Kopf. »Entschuldigung.«

Karl wusste nicht, warum Hanne oft so unterwürfig reagierte. Von ihrer Mutter hatte sie solches Verhalten sicherlich nicht.

Minna und der Fremde standen immer noch voreinander, er wirkte unschlüssig.

»Mein Bruder ist da, vielen Dank für Ihre Hilfe beim Gepäck und ... danke für das nette Gespräch. Kommen Sie gut nach Hause«, hörte Karl seine Schwester sagen.

Der Grauhaarige tippte an seine Schläfe, lächelte Karl freundlich an und ging mit federnden Schritten Richtung Ausgang.

»Wer war denn das?«, fragte Karl.

»Ja, ich freue mich auch, dich zu sehen«, entgegnete Minna. »Danke, dass du fragst, die Reise war lang und recht beschwerlich. Es war unerträglich heiß unterwegs, und man konnte kein Fenster öffnen, ohne dass jemand rief: Es zieht, machen Sie doch das Fenster zu! Ein Ehepaar saß uns im Abteil gegenüber, sie hatten ordentlich Proviant dabei und aßen die ganze Zeit hart gekochte Eier.« Minna schüttelte sich. »Es hat so übel gerochen, dass Hanne sich fast übergeben musste ...« Sie grinste Karl herausfordernd an.

Er verstand. »Entschuldige, ich habe dich lange nicht mit einem Mann reden sehen.« Er umarmte Minna, gab ihr einen Kuss auf die Stirn, klemmte sich seine Aktentasche unter den Arm und nahm ihren Koffer.

»Mein Fahrrad steht auf dem Vorplatz, wir können den Koffer auf den Gepäckträger legen. Wenn wir ihn von beiden Seiten festhalten, während ich schiebe, müssen wir ihn nicht schleppen.«

Hanne hüpfte vor ihnen her. Als Minna sie ermahnte, ordentlich zu gehen, verfiel sie sofort in gemäßigten Schritt.

»Meine Güte, sie ist so folgsam«, kommentierte Karl das Verhalten seiner Nichte. »Von wem hat sie das nur?«

»Ich weiß es nicht, sie gehorcht schon, bevor ich überhaupt was sage. Du weißt, dass ich nicht streng bin.«

Karl dachte, dass Hanne schon immer ein artiges Kind gewesen war. In diesem grauenhaften Jahr 1944, als zuerst ihre kleine Schwester Luise und nur wenige Wochen später ihre Oma, Minnas und Karls Mutter, gestorben war, war Hanne vier gewesen. Danach, im Krieg, in den Tagen voller Angst und den langen Nächten im Luftschutzkeller, war Minnas Verzweiflung so groß gewesen, dass alles dahinter verschwunden war. Auch Hanne. Als dann ihr Vater Fritz an die Front musste, hatte Karl manchmal das Gefühl gehabt, die Kleine hätte sich ganz in sich zurückgezogen, um ihrer Mutter Raum für ihre grenzenlose Trauer und Verzweiflung zu geben. Als hätte Hanne sich unsichtbar machen wollen, um niemanden zu stören.

»Nun erzähl mal von deiner Reisebekanntschaft«, forderte er Minna auf.

»Das war Alex Seewald, er ist in Wuppertal zugestiegen. Stell dir vor, was für ein Zufall, er kommt aus Minden, wohnt am Klausenwall und arbeitet beim Tommy.«

»Bei den Engländern? Als was denn?«, fragte Karl.

»Das weiß ich nicht«, erwiderte Minna, »wir sind kurz hinter Wuppertal ins Gespräch gekommen, und ich habe es bis hierher leider nicht geschafft, ihn nach seiner Schuhgröße und seinem Verdienst zu fragen!«

»Warum solltest du auch? Dieser Lulatsch ist mindestens einen Kopf größer als du und hat weder braune Augen noch schwarze Haare.« Damit spielte Karl auf ihre geschiedenen Ehemänner an, die beide kleiner als Minna waren und dunkle Augen und dunkles Haar hatten. »Du weißt doch, was Mutti immer gesagt hat: Du sollst dich von kleinen Männern mit braunen Augen fernhalten. Und? Recht hat sie gehabt. Fritz hat dich sogar im Rinnstein gehen lassen, während er mit seinem hohen Hut auf dem Kopf neben dir auf dem Bürgersteig stolzierte.«

Minna kniff ihn in den Oberarm. »Hör auf. Seewald ist eine Reisebekanntschaft, ich werde ihn bestimmt nie wiedersehen.«

Damit täuschte sie sich. Karl begegnete Seewald schon wenige Tage später erneut in Minnas Nähstube.

Es war ein Samstag, Wilhelmine hatte Zwetschgen eingeweckt und sechs Gläser für Minna in einen Korb gepackt. »Dieses Jahr hängen die Bäume so voll, das können wir gar nicht alles selbst essen!«, hatte sie gesagt.

Karl stellte sein Rad ab und nahm den Korb vom Gepäckträger.

Das alte Mietshaus Am Markt 24 lag genau gegenüber des historischen Rathauses. In den drei Etagen gab es sechs Wohnungen. Unterm Dach, nach hinten raus, wohnte Minna. Das Haus hatte einen rechteckigen Eingang, von dem drei Türen abgingen. Links in das Kaffeegeschäft, das jetzt auch exklusive Süßigkeiten wie Pralinen und Schokolade und erlesene Spirituosen führte. Das Ehepaar Romming bediente die Kundschaft neuerdings in blütenweißen, gebügelten Kitteln und mit beflissenem Eifer. Geradeaus befand sich hinter der Haustür ein langer Flur und an dessen Ende die Leihbücherei von Hulda Kannegießer.

Als letztes Jahr der kleine Laden im Erdgeschoss, zu dem die dritte Tür führte, frei geworden war, hatte Minna ihre Änderungsschneiderei darin eingerichtet.

Die Tür stand offen. Minna und ein Mann saßen schwatzend neben dem Vorhang der Umkleidekabine.

Als Karl den Laden betrat, stand Minna auf. »Darf ich bekannt machen: Herr Seewald, wir haben uns im Zug kennengelernt. Mein Bruder Karl Wolf, der, wie ich sehe, von seiner Frau mit eingeweckten Pflaumen hergeschickt wurde!«

Karl stellte den Korb ab und schüttelte Seewald die Hand.

Offener Blick aus blauen Augen, freundlich, ein Kumpeltyp. Und sogar noch ein bisschen größer als Karl. Allerdings war Seewald hager und drahtig, während Karl mit den Jahren recht korpulent geworden war. Minna nannte ihn liebevoll »meinen westfälischen Kleiderschrank«, Wilhelmine bezeichnete ihn, respektlos wie eh und je, als »bullige Kante«.

»Wir sind uns auf dem Bahnsteig schon begegnet. Soso, Sie kommen auch aus Minden?«, fragte er.

Seewald gab bereitwillig Auskunft. »Nicht direkt, aus Veltheim. Aber seit ich in der Simeonskaserne arbeite, wohne ich in der Stadt.«

»Beim Engländer, interessant. Was tun Sie dort?«

Es schien, als zögerte Seewald einen Moment, bevor er antwortete: »Ich bin ... für den Fuhrpark zuständig.«

Karl hatte das Gefühl, die beiden zu stören, und verabschiedete sich rasch wieder.

Keine Frage, das war ein gut aussehender Mann. Und seine Schwester war immer noch eine attraktive Frau. Sie hatten oft darüber gesprochen, dass Minna sich nie wieder binden wollte. »Zweimal geschieden zu sein, reicht! Ein drittes Mal ertrage ich das nicht«, hatte sie gesagt. Aber ob sie doch ein Auge auf diesen Seewald geworfen hatte?

Es war noch früh. Karl spürte keinerlei Bedürfnis, nach Hause zu fahren und den Tag mit Wilhelmine zu verbringen. Kurz entschlossen radelte er zur Kaserne am Simeonsplatz.

Er hatte Glück: Im Pförtnerhäuschen des Parkplatzes saß Kalle Niederschachtsiek. Sie kannten sich noch von der Werft. Jetzt besserte Niederschachtsiek seine Rente auf, indem er am Wochenende den Besucherparkplatz der britischen Rheinarme bewachte und den Schlagbaum bediente.

Die Männer tauschten Floskeln aus, redeten über das Wetter und die Schlagzeilen der Tageszeitung.

»Hör mal«, sagte Karl und bemühte sich um einen beiläufigen Ton. »Arbeitet hier ein Seewald, kennst du den zufällig? So ein großer, grauhaariger Kerl, um die fünfzig.«

Niederschachtsiek grinste. »Jau, den nennen sie hier alle OW.«

»Hä? Ohweh?«

»Gehst wohl nicht ins Kino?! Der sieht aus wie O. W. Fischer der Filmheini.«

»Tatsächlich? Fischer kenne ich, aber an den hat Seewald mich nicht erinnert.«

»Bist ja auch keine Frau. Kannst hier jedes Weibsbild fragen, die kennen ihn alle.«

»Und wieso? Was macht er hier?«

»Wäscht die Fahrzeuge.«

Karl musste lachen. Für den Fuhrpark sei er zuständig, hatte Seewald gesagt. Gelogen war das also nicht.

»Schürzenjäger?«, fragte er.

Niederschachtsiek winkte ab. »Der schäkert mit jeder, der ist verwitwet und hat vier erwachsene Töchter ...'n Büchsenmacher!« Er lachte über seinen Ausdruck.

Karl dachte an Minna, und wie sie sich vorhin benommen hatte. So entspannt und locker war sie lange nicht mehr gewesen. Wenn sie sich jetzt falsche Hoffnungen machte und später wieder eine Enttäuschung erleben würde ... Nein, da musste er eingreifen. Sofort.

»Danke! Mach's gut!«, rief er Niederschachtsiek zu und schwang sich auf sein Fahrrad.

Wenige Minuten später stand er wieder vor Minnas Tür.

Seewald war nicht mehr da. Minna kniete vor einer Kundin und steckte den Saum ihres Rockes ab. Sie schaute über ihre Schulter. »Hanne ist oben, sie macht dir eine Tasse Kaffee. Ich komme nach, wenn ich hier fertig bin.« Dann wandte sie sich wieder ihrer Kundin zu.

Karl wartete im Wohnzimmer. Hanne hatte sich in ihre Kemenate zurückgezogen und las. Eigentlich war das eine kleine Kammer, ohne Ofen, nur mit einem winzigen Fenster in der Dachschräge. Aber es war ihr Reich, ihr eigenes Zimmer. In dem alten Bett ihrer Großmutter Ida, dessen Sprungfedern bei jeder Bewegung quietschten, hatte Wilhelmine nach dem Krieg geschlafen. Zu viert war es in der Wohnung ziemlich eng gewesen. Aber seit Karl und Wilhelmine nach Leteln gezogen waren und Fritz weg war, bewohnte Minna die beiden hellen Zimmer, die kleine Küche und die Kemenate mit Hanne allein. Die Toilette befand sich eine halbe Treppe tiefer und wurde nur noch von vier Parteien benutzt.

Seit keine Vertriebenen, Flüchtlinge und Ausgebombte mehr zwangsuntergebracht waren, konnte man es aushalten: Früher hatten sie oft Schlange stehen müssen, Ende '45 hatten sich hier mehr als dreißig Leute ein Klosett geteilt. Beim Gedanken daran schüttelte Karl den Kopf. Es hatte Zeiten gegeben, in denen bis zu fünfzehn Personen in jeder der kleinen Wohnungen gelebt hatten.

Um kurz nach eins kam Minna herauf. »Feierabend. Ich fasse heute keine Nadel mehr an.«

Sie ließ sich in einen Sessel sinken und zündete sich eine Zigarette an.

Die Gläser mit den Zwetschgen standen auf dem Tisch. Sie wies mit dem Kopf hinüber. »Sieht so aus, als müsste ich Pflaumenkuchen backen. Ach Karl, ist es nicht wunderbar? Wir haben Zwetschgen, mehr, als wir essen können. Und ich hab Mehl, Zucker, Butter, ein Ei, ich kann einfach so einen Kuchenteig machen. Ob wir uns je daran gewöhnen, dass es fast alles wieder zu kaufen gibt?« Sie zog an ihrer Zigarette und begann fürchterlich zu husten.

Karl wartete, bis der Anfall vorbei war. »Vielleicht musst du dich erst mal daran gewöhnen, beim Reden auch zu atmen?«

Minna brauchte eine ganze Weile, bis der Hustenanfall vorüber war, danach reichte sie die Zigarette an Karl weiter. »Hier, rauch du sie, ich mag heute gar nicht.« Sie schaute ihn nachdenklich an. »Warum bist du noch mal zurückgekommen?«

»Wenn ... Weil ... Ich wollte dir was sagen, wegen ... deinem Verehrer.«

Sie lachte, dabei musste sie schon wieder husten. »Mensch, hoffentlich hab ich mich nicht erkältet. Was ist mit meinem Verehrer?«

Karl rutschte unbehaglich auf seinem Sitz hin und her. »Wie soll ich sagen ...«

»So, dass ich verstehe, was du meinst!«

»Ich bin ein wenig besorgt, deswegen war ich eben bei den Tommys und hab mich nach diesem Alex erkundigt.«

Minna zog die Augenbrauen hoch. »Karl! Ich bin Ende vierzig und keine vierzehn!«

»Ja, und ich bin immer noch dein großer Bruder. Und nach allem, was du mitgemacht hast, will ich nicht, dass du wieder auf die Nase fällst.«

Minna winkte ab. »Mutti hat mich vor kleinen Männern mit braunen Augen gewarnt, mit dem Ergebnis, dass ich zweimal bei solchen gelandet bin. Was, glaubst du, geschieht, wenn du mich vor Alex Seewald warnst?«

»Ich will dich nicht warnen, er ist ein netter Kerl.« Karl druckste einen Moment herum. »Aber weißt du, dass er vier Töchter hat?«

»Ja! Und stell dir vor, auf der Arbeit nennen sie ihn den Büchsenmacher!« Minna grinste von einem Ohr zum anderen und zeigte mit dem Finger auf ihren Bruder. »Hättest du nicht gedacht, dass ich davon weiß, oder?«

»Ehrlich gesagt, nein ...«

»Ich kann dich beruhigen. Er ist einer, der mit offenen Karten spielt.«

»Das bedeutet?«

Sie machte ihn mit übertriebener Geste nach: »Minna, ich finde Sie wunderschön und würde gerne mit Ihnen ausgehen, dann werde ich mich in den anerkennenden Blicken der Männer suhlen, die mich um Sie beneiden!«

Karl lachte auf. »So was Hochgestochenes sagt er?« Er hatte noch nie richtig geflirtet und wäre nicht im Traum auf die Idee gekommen, einer Frau in dieser Art zu schmeicheln.

»Ja. Und so was mag ich. Wir gehen bald mal aus.«

»Aus?«, echote Karl. »Und Hanne?«

»Die ist elf, die geht nicht mit«, antwortete Minna trocken.

Sie verstand natürlich, was er meinte. Seit Hanne auf der Welt war, war Minna nicht mehr ausgegangen, und natürlich würde sie ihr Kind nicht allein zu Hause lassen.

»Ich frage Schröders Tochter Lilo, ob sie aufpasst.«

»Ja, gut. Aber lass dich nicht ...«

Minna fiel ihm ins Wort: »Lass es jetzt gut sein, Karl! Ich bin alt genug. Möchtest du mit uns essen? Es gibt Pellkartoffeln mit Margarine.«

Er schüttelte den Kopf. »Nein, es ist spät geworden. Wilhelmine wartet sicher schon.«

Karl schob sein Fahrrad über den Marktplatz. An der Ostseite klafften immer noch hässliche Bombenlücken. Schutt und die Überreste der zerstörten Innenstadt waren in den letzten Jahren zwar ununterbrochen beiseitegeräumt worden, aber die Folgen des verheerenden Angriffs vom März '45 würden noch lange erkennbar sein. Er schaute hinüber zum Rathaus, das immer noch eine Ruine war, eine aufgeräumte allerdings. Daneben waren einst zwei enge Straßen gewesen, in deren Mitte hatte vor dem letzten Bombenangriff eine Häuserzeile gestanden. Karl und Wilhelmine hatten da gewohnt, und auch Minnas Schneiderei war dort gewesen. Bald sollte es an der Stelle eine breite, moderne Einkaufsstraße geben, mit einem Kaufhaus neben der historischen Martinitreppe.

Karl dachte an die entsetzlichen Trümmerberge, die das Stadtbild bestimmt hatten. Nicht nur in Minden, im ganzen Land. Irgendwo hatte er gelesen, dass es nach dem Krieg fünfhundert Millionen Kubikmeter Trümmer gegeben hatte. Er hatte sich nicht vorstellen können, wie groß eine solche Menge war. Dann hatte einer auf der Werft erzählt, dass allein die Berliner Trümmer, die man auf dreiundfünfzig Millionen Kubikmeter schätzte, einen fünf Meter hohen Wall ergeben würden, der von Berlin bis nach Köln reichte.

Inzwischen hatte Karl sich daran gewöhnt, dass der äußerliche Wandel der Stadt das einzig Beständige war: Immer wieder verschwanden Mauern, Ruinen und Bombenlöcher und wurden durch Neubauten, Straßen und Plätze ersetzt. Er bog auf den Domhof ein und begutachtete das Baugerüst am Westwerk des Doms. Ob er je wieder in seiner alten Pracht dastehen würde?

Nun denn. Er schwang sich auf den Sattel und radelte nach Hause.

Die Wohnküche war heiß wie eine Backstube: Wilhelmine kochte Beerenobst ein. Unter der dunkel geblümten Kittelschürze trug sie nur ihr Korselett. Er erkannte es an dem ausgeleierten, fleischfarbenen Träger, der über ihren mageren Oberarm gerutscht war. Sie hatte keine Strümpfe an, ihre Füße steckten in ausgetretenen Schlappen. Ihr Haar, das sie neuerdings in einer klein gelockten Dauerwelle trug, war durch die feuchte Hitze kraus wie das Fell eines Pudels. Wenn er ein bisschen mehr Mumm hätte, würde er sich endlich scheiden lassen. Aber Karl hatte keinen Mumm. Die Gelegenheiten, in denen er hätte gehen können, waren ungenutzt verstrichen. Außerdem hatte er noch nie allein gelebt, konnte nicht kochen, nicht waschen, nicht putzen. Wie sollte er ohne Ehefrau überleben? Eine neue würde er als übergewichtiger, fast Fünfzigjähriger gewiss nicht finden. Außerdem war er Epileptiker und für jeden, der sich damit nicht auskannte, eine Zumutung. Nein, jetzt war es zu spät für einen Neuanfang. Er würde Wilhelmine bis zu seinem Lebensende ertragen müssen.

Der Küchentisch war mit nassen Handtüchern ausgelegt, darauf standen die gefüllten, heißen Gläser zum Abkühlen. Stachelbeeren hatte Wilhelmine als Kompott eingeweckt, aus roten Johannisbeeren Gelee gekocht, Holunder verarbeitete sie zu Sirup, den sie im Winter bei Erkältungen tranken.

Als Karl den Raum betrat, sah sie ihn nur kurz von der Seite an. »Vier Stunden, um ein paar Gläser Pflaumen abzuliefern?«

»Hab mit Minna noch Kaffee getrunken.«

»Dafür hast du gewartet, bis sie die Nähstube geschlossen hat? Du bist um elf hier weggefahren, also warst du um spätestens zwanzig nach elf am Markt. Minna schließt samstags um eins.« Sie zeigte auf die Wanduhr über der Tür. »Jetzt ist es gleich drei.«

Karl wägte ab, ob er es auf einen Streit ankommen lassen sollte, der ihm den Grund liefern könnte, das ganze Wochenende nicht mit ihr zu reden. Dann hätte er Zeit zum Lesen und um ein neues Gedicht zu schreiben.

Er entschied sich für den friedlichen, aber aufwendigeren Weg.

»Minna trifft sich demnächst mit jemandem, den sie im Zug kennengelernt hat. Er war vorhin in der Nähstube, als ich ankam.«

Sofort hatte Karl die ungeteilte Aufmerksamkeit seiner Frau. »Tatsächlich? Sie hat einen Mann kennengelernt?« Wilhelmine legte den Kopf schief und überlegte einen Moment. »Wie lange ist sie von Fritz geschieden? Sieben Monate?« Ihre Mundwinkel sanken verächtlich herab. »Da hat sie sich aber erstaunlich schnell erholt.«

Karl atmete durch, bevor er antwortete. Er wählte seine Worte sorgfältig und sprach absichtlich langsam und bedächtig. »Ich bin froh, wenn sie sich überhaupt mal davon erholt, dass Fritz sie betrogen hat. Er ist schon nach Luises Taufe fremdgegangen, hatte nichts Besseres zu tun, als sich in der Wohnung gegenüber ...«

Wilhelmine musterte ihn ausdruckslos. »Wird schon seine Gründe gehabt haben. Nach der Gefangenschaft konnte sie ihn ja auch nicht halten. Ganz so perfekt, wie du sie immer siehst, ist deine Schwester eben nicht. Und jetzt? Wie stellt sie sich das vor? Will sie wieder heiraten? Zum dritten Mal? Hanne einen neuen Vater vorsetzen?«

Er verabscheute ihr zweierlei Maß. *So wie du, damals, als du mir schöne Augen gemacht hast, damit du endlich einen findest, der dich mit deiner unehelichen Tochter Irmi aus dem Haus deiner Eltern holt*, dachte er.

Aber das sagte er nicht. Irmi war längst erwachsen und selbst Mutter; er hatte sie großgezogen wie ein eigenes Kind, aber es war ihm nicht gedankt worden. Er hatte keine besondere Beziehung zu ihr.

»Ich hab nur gesagt, dass Minna jemanden kennengelernt hat, mit dem sie ausgeht.«

Wilhelmine hantierte mit den Gummiringen der Einmachgläser. »Erzähl mir nichts. Wie alt ist der Neue denn?«

Karl zuckte die Achseln. »Schätze, so um die fünfzig.«

»Und was macht er beruflich?«

»Hält bei der Rheinarmee den Fuhrpark in Ordnung. Busse und Autos waschen und so.«

Wilhelmine ließ die Arme sinken. In jeder Hand hielt sie einen roten Gummiring. Ihre Augen wurden groß, ihr Mund stand offen. »Was sagst du da? Minna lässt sich mit jemandem ein, der beim Feind arbeitet?«

Jetzt reichte es ihm. »Sie will mit ihm ausgehen, sie haben sich gerade erst kennengelernt«, sagte er laut. »Tut mir leid, dass ich dir überhaupt davon erzählt habe. Und er arbeitet nicht beim Feind, sondern beim Engländer. Mach kein Drama, wo keins ist!«

Wilhelmine warf die Gummiringe auf den Tisch. Ihre Stimme nahm diesen metallischen Klang an, bei dem Karl sich am liebsten die Ohren zuhalten würde. »Was bitte sind Tommys, wenn nicht unsere Feinde? Freunde? Befreier?«

»Sogar dir sollte klar sein, dass wir unter deinen hochverehrten Nazis ein Regime hatten, das an Grausamkeit und verbrecherischer Energie seinesgleichen sucht. Und, der Ordnung halber: Deutschland ist kein befreites Land, es ist ein besetztes Land.«

»Ja. Mit einer Militärregierung. Wir haben im eigenen Land nichts mehr zu sagen.«

»Nun, als wir Deutschen was zu sagen hatten, haben wir die ganze Welt ins Unglück gestürzt«, erwiderte Karl.

Mit großem Interesse hatte er den Weg des Oberbefehlshabers der britischen Besatzungstruppen, Feldmarschall Montgomery, verfolgt. Der hatte zuerst verkündet, vordringlich für Lebensmittel und Wohnraum zu sorgen und die Seuchenbekämpfung zu organisieren. Montgomery wurde damals von der Presse zitiert: »Das deutsche Volk wird nach meinen Anweisungen arbeiten, um das Lebensnotwendige für die Allgemeinheit sicherzustellen und das Wirtschaftsleben des Landes wiederherzustellen.« Im Juni 1945 hatte Montgomery den Besatzungstruppen und Offizieren der Militärregierung jeden gesellschaftlichen Kontakt mit der deutschen Bevölkerung strengstens untersagt. Dazu gehörten sogar Grüßen und Händeschütteln, private Besuche, gemeinsames Essen und Trinken und das Spielen mit Kindern. Es hieß, diese Behandlung sollte jedem Deutschen seine Mitverantwortlichkeit für die Verbrechen der Nazis verdeutlichen und die kollektive Schuld ins Bewusstsein bringen. Wie lange dieses Fraternisierungsverbot befolgt wurde, wusste Karl nicht mehr. Längst gehörten die Tommys zum Alltag. Viele Mindener sprachen ein bisschen Englisch, es gab etliche Besatzungsbabys und sogar Mischehen.

»Dass sie sich mit so jemandem einlässt, ist der Gipfel«, hörte er nun Wilhelmine zischen.

»Jetzt hör doch auf!«, schimpfte er. »Kannst du deine kleinliche Eifersucht nicht endlich überwinden? Sie hat uns aufgenommen, als wir nichts mehr hatten, das musst du auch mal würdigen!«

»Pah! Wenn wir nicht bei ihr gewohnt hätten, hätte man Fremde bei ihr einquartiert, die Stadt war mit Flüchtlingen und Vertriebenen überfüllt. Sie kann froh sein, dass wir es waren, die mit ihr die Hungerwinter durchgestanden haben. Ohne meine Verbindungen und meinen Einsatz ...«

Sie zeterte immer weiter. Ihre Stimme verfolgte ihn noch, als er das Zimmer verlassen hatte, aber er hörte nicht mehr hin.

Karl nahm im Schlafzimmer das Notizbuch aus dem Nachtkonsölchen, spitzte seinen Bleistift an, klemmte ihn hinters Ohr, nahm Zigarren und Streichhölzer und verließ die Wohnung.

Ein ruhiger Nachmittag an der Weser lag vor ihm, ohne ihre Stimme, ihre Boshaftigkeiten und Beleidigungen. Er würde ganz in Ruhe schreiben und träumen können. Von der schwarzen Rose. Der Königin. Seiner unerfüllten Liebe, die sogar ihren viel zu frühen Tod überdauert hatte.

3

Minna

September 1951

Minna drehte sich vor dem Spiegel, warf einen Blick über ihre Schulter, nahm den Handspiegel und stellte sich so hin, dass sie auch die Rückenpartie sehen konnte.

Es saß perfekt. Sie hatte bis Mitternacht an diesem Kleid genäht, und es war ein Meisterstück geworden. *Ich habe nichts verlernt. Wenn wir andere Zeiten hätten, ich nicht allein für Hanne sorgen müsste und ein bisschen jünger wäre …*

Sie erinnerte sich kurz an ihre Düsseldorfer Zeit, in der sie mit ihrem Atelier so erfolgreich gewesen war. Was für herrliche Kleider hatte sie getragen, wie viele exklusive Stücke hatte sie teuer verkauft! Die Idee, Haute-Couture-Kleider zu kopieren, hatte sich als Goldgrube erwiesen. Minna rief sich selbst zur Ordnung: *Aus, vorbei, Vergangenheit, jetzt haben wir seit über zwanzig Jahren die Mindener Zeit, und gleich holt Alex mich ab.*

Deswegen hatte sie sich in Schale geworfen. Aus einem biederen dunkelblauen Kleid mit weißen Tupfen und einem weißen Nesselstoff hatte sie ein modernes Modell gezaubert, in dem Stil, wie es die Schauspielerinnen neuerdings in den Kinofilmen trugen. Oben lag es eng an, in den Rockteil hatte Minna weiße Stoffbahnen eingefügt und so einen schwingenden Tellerrock erhalten, der kurz unter dem Knie endete. Ihre Taille betonte ein weißer Gürtel, und natürlich hatte das Kleid einen weißen Bubikragen. Seit sie ein junges Mädchen war, trug Minna diese abknöpfbaren Kragen, mit denen sie jedes Oberteil rasch verwandeln konnte.

Sie schlüpfte in ihre Schuhe, zog vor dem Spiegel die Lippen nach und hängte die Handtasche über ihren Arm.

Lilo und Hanne saßen im Wohnzimmer und spielten Stadt, Land, Fluss.

»Mutti, du siehst schick aus!«, rief Hanne.

Lilo musterte Minna von oben bis unten. Ihr Blick blieb an den Schuhen hängen, und sie zog ein Gesicht. »Die sind zu klobig. Welche Schuhgröße hast du?«

»Vierzig.«

Lilo sprang auf. »Warte, ich hole was!«

Wenige Minuten später kam sie zurück und hielt weiße Pumps mit halbhohen Pfennigabsätzen in der Hand. »Hier, die müssten passen, ich schenke sie dir.«

»Aber ... die sind fast neu!«

»Und wenn schon. Sind von meinem Geschiedenen, die ziehe ich sowieso nicht mehr an.« Lilo strich sich ihr hellblond gefärbtes Haar hinter die Ohren. »Nun guck nicht so und nimm sie! Hat doch keinen Sinn, wenn sie rumstehen. Besser, du beeindruckst deinen Verehrer damit.«

Minna zögerte immer noch.

Lilo verdrehte die Augen. »Es ist nichts dabei. Gordon hätte wissen müssen, dass man einer Frau keine Schuhe schenkt, weil sie einem dann wegläuft! Er ist selber schuld.«

»Vielleicht gilt diese deutsche Weisheit in England nicht«, lachte Minna. Die Schuhe passten wie angegossen. Sie hob einen Fuß, schaute auf den Absatz und freute sich, endlich wieder hohe Schuhe tragen zu können, ohne ihren Begleiter zu überragen.

»Ich muss los, danke, dass du auf Hanne aufpasst.« Sie griff nach ihrem Schlüssel. Im Rausgehen rief sie: »Und danke für die Schuhe!«

Beschwingt lief sie die Treppen hinunter und genoss dabei das Klackern der Absätze. *Ob man siebzehn ist oder Ende vierzig – wenn man eine Verabredung hat, ist das Gefühl also das gleiche,* dachte sie.

Alex stand im Hauseingang. In dem Moment, als die Glocke der Martinikirche schlug, und er den Arm gehoben hatte, um auf den obersten Klingelknopf zu drücken, öffnete Minna die Tür.

Er erschrak. »Punkt sieben! Sie sind aber pünktlich!«

»Eine meiner Tugenden ist Pünktlichkeit.«

Er grinste. »Haben Sie denn auch Untugenden?«

»Allerdings. Aber Männer, die ein zu hohes Tempo vorlegen, lernen sie nicht kennen.«

Er verstand, nahm ihr die Rüge nicht übel, winkelte den Arm an, und sie hakte sich bei ihm ein.

»Wohin gehen wir?«, fragte Minna.

Er blieb stehen und fuhr sich mit der Hand durch die Haare. »Wenn ich gewusst hätte, dass Sie sich so elegant anziehen, hätte ich Sie in ein feines Restaurant geführt …« Er zögerte kurz. »Nein, das ist gelogen. Ich bin ein einfacher Mann. Ich dachte, wir gehen ins Jägerstübchen an der Ecke, essen ein Kotelett und trinken ein Glas Bier.«

Schade eigentlich, ein richtiges Restaurant wäre schöner gewesen als ein Ecklokal, dachte Minna, aber seine entwaffnende Ehrlichkeit gefiel ihr.

»Unter einer Bedingung!«, sagte sie.

Er sah sie neugierig an.

»Wir lassen das Förmliche weg, und Sie nennen mich Mia.«

Er grinste frech. »Unter einer Bedingung! Sie trinken mit mir darauf Brüderschaft.«

Eigentlich hätte Minna ihn jetzt in die Schranken weisen müssen, aber sie schmunzelte amüsiert. Vielleicht hatte sie richtiges Flirten mit den Jahren doch ein bisschen verlernt.

Sie setzten sich an einen Tisch an der hinteren Wand des Lokals, bestellten paniertes Kotelett mit Salzkartoffeln und Soße und zwei Pils.

Minna beobachtete die Gäste. An den anderen Tischen saßen ebenfalls Paare mittleren Alters, am Tresen standen ausschließlich Männer.

Jeder im Lokal rauchte, auch Minna und Alex. Ihr bekam die Zigarette allerdings nicht, sie musste husten, so heftig, dass die Leute zu ihnen herüberschauten.

Der Wirt brachte das Bier und platzierte Besteck auf dem Tisch.

Alex hob sein Glas. »Warum Mia? An der Nähstube steht Minna Volkening.«

»Wegen der Grünen Minna. Ich mag nicht heißen wie ein Polizeiauto.«

Lachend stießen sie an. »Mia also.« In großmütigem Tonfall fügte er hinzu: »Du darfst Alex zu mir sagen, obwohl ich Alexander heiße.« Er zwinkerte. »Und jetzt ein kleiner Kuss auf unser Du?«

»Doch nicht in der Öffentlichkeit«, schalt Minna ihn halb spielerisch und sah ihm tief in die Augen, »ich muss auf meinen Ruf achten.«

»Gut, dann warten wir, bis es dunkel ist, und ich dich nach Hause bringe!«

Sie tippte unter dem Tisch mit der Schuhspitze an sein Schienbein. »Draufgänger!«

»Jawoll! Herr Ober, bitte noch zwei Bier.«

Minna fühlte sich trotz seiner Direktheit nicht von Alex bedrängt. Ihr war schon lange kein Mann mehr begegnet, der so unverblümt und ehrlich auftrat, und mit dem sie so fröhlich lachen konnte. Sie unterhielten sich über alles Mögliche: über die Gastwirtschaft, in der sie saßen, über die Leute am Nebentisch, über den Engländer, der sich an der Theke mit starkem Akzent an der Unterhaltung beteiligte.

Der Wirt brachte zwei große Teller, auf denen knusprig gebratene Nackenkoteletts in sämiger brauner Soße lagen. An den Kartoffeln steckte ein kleiner Petersiliensträuß. »Guten Hunger, die Herrschaften!«, rief er, holte Pfeffer- und Salzstreuer vom Tresen und tauschte den Aschenbecher mit den Stummeln gegen einen sauberen.

Auch während des Essens versiegte das Gespräch nicht. Alex war ein fröhlicher Unterhalter, der zu jedem Thema etwas sagen konnte.

Nur als er auf Politik zu sprechen kam, winkte Minna ab. »Ich interessiere mich nicht für Politik. Und in den Zeiten, in denen sie mich interessiert hat, konnte ich nichts daran ändern. Unterhalte dich darüber mit meinem Bruder Karl, der will immerzu über Politik reden.«

Nach dem dritten Bier fühlte Minna sich leicht beduselt und lehnte das vierte nicht ab.

»Soll ich dir den neuesten Witz erzählen?«, fragte Alex.

Minna mochte keine Witze. Aber Alex wartete ihre Antwort nicht ab und legte los: »Also: Klein Fritzchen soll in der Schule ein Gedicht aufsagen. Sagt er: Ein Fischer saß am Elbestrand und hielt 'ne Angel in der Hand. Er wollte fangen einen Barsch, das Wasser ging ihm bis zum Knie. Sagt der Lehrer: Fritzchen, das reimt sich doch gar nicht! Sagt Fritzchen: Na, warten Sie mal, bis die Flut kommt, dann reimt sich das!«

Alex musste über seinen Witz genauso lachen wie das Paar am Nachbartisch, das alles mit angehört hatte.

Minna lächelte höflich.

Der Wirt kam mit vier Schnäpsen, stellte zwei vor Minna und Alex hin und zwei auf den Nebentisch. »Sie wurden eingeladen!«

Man prostete einander zu, und Minna trank den ersten Wacholder ihres Lebens. Ach du liebe Güte, war das ein ekelhaftes Zeug! Sie zog eine Grimasse und schüttelte sich. So etwas Widerliches hatte sie noch nie getrunken.

Alex und die Spender vom Nebentisch grölten.

»Richtig so, schüttele dich, damit überall was hinkommt!«, rief Alex, was erneut alle, außer Minna, lustig fanden.

Alex revanchierte sich mit einer weiteren Runde. Nach dem zweiten Schnaps fühlte Minna sich großartig, beschwingt, voller Leichtigkeit. Wie lange hatte sie keinen Schwips mehr gehabt? Sie hatte vergessen, wie angenehm dieser Zustand sein konnte. Eigentlich fand sie die Leute am Nebentisch doch ganz nett, und so hatte sie nichts dagegen, sich mit Alex zu ihnen zu setzen.

Die beiden stellten sich als Peter und Erika vor, sie wohnten direkt gegenüber und kamen jeden Samstag hierher. Erika kannte Minna vom Sehen und versprach, ihre Änderungen künftig dort machen zu lassen.

Es gab noch eine Runde Schnaps. Und noch eine Runde Bier.

Die Stimmung wurde immer ausgelassener. Alex erzählte wieder einen Witz, Erika und Peter ermunterten ihn durch ihr Gelächter zu einem weiteren. Irgendwann gab Alex eine Kostprobe seiner Englischkenntnisse in einem Kinderreim zum Besten.

Minna wurde plötzlich schwindelig. »Ich muss mal verschwinden …«

Am Eingang hatte sie ein Schild gesehen: *WC eine Treppe höher. Schlüssel an der Theke.*

Sie stand auf. Hui, hier drehte sich ja alles! Sie räusperte sich. *Brust raus, Bauch rein, Schultern zurück*, wies sie sich selbst an, ging, als habe sie einen Stock verschluckt, zum Tresen und wandte sich an den Wirt. »Ich möchte bitte den Schlüssel für das … für den …«

»Kurz warten, die Dame, der Schlüssel ist gerade unterwegs.«

Der Engländer, der sich vorhin mit den Männern unterhalten hatte, stand neben ihr.

»Hello«, sagte er.

»Hello«, antwortete Minna.

»Do you speak English?«

»A little bit.«

Er nickte anerkennend, grinste breit und sagte: »Parlez-vous français?«

Minna warf den Kopf in den Nacken und sagte akzentuiert den einzigen kompletten französischen Satz auf, den sie kannte: »Le bœuf, der Ochs, la vache, die Kuh, fermez la porte, die Tür mach zu.«

Das dumme Gesicht des Briten gefiel ihr. »Fehlt nur noch, dass sie Polnisch spricht«, murmelte er.

Und Minna posaunte mit theatralischer Betonung und rollendem R einen russischen Satz heraus. Dabei kümmerte es sie nicht, ob sie es richtig aussprach: »Nir ma panje pa polski per russki!« Was in ihrer verschwommenen Erinnerung so viel hieß wie: *Ich spreche nicht nur Polnisch, sondern auch Russisch.* Karl hatte ihr diese Wörter beigebracht.

Die umstehenden Männer begannen zu lachen und klatschten Beifall, der Brite zog eine Schnute und drehte ihr den Rücken zu.

Minna nahm dem feixenden Wirt den Schlüssel aus der Hand, ging durch den Gastraum und genoss die Aufmerksamkeit.

Oben, auf der Toilette, übergab sie sich.

Nachdem sie sich den Mund mit Wasser ausgespült und den Tisch wieder erreicht hatte, ergriff sie ihre Handtasche und sagte freundlich: »Ihr Lieben, ich habe mir den Wacholder noch mal durch den Kopf gehen lassen und muss nach Hause. Ist ja nicht weit.« Sprach's, wartete keine Antwort ab, verließ das Jägerstübchen und schaffte es, die zweihundert Meter zu gehen, ohne über ihre eigenen Füße zu stolpern.

Sie schaffte es auch, die Korridortür leise aufzuschließen und an der Kemenate vorbeizuschleichen, ohne Hanne aufzuwecken.

Lilo saß in der Stube im Schein der Stehlampe, rauchte und las ein Buch. »Das war aber ein kurzes Rendezvous. Es ist ja erst zehn! Alles in Ordnung?«

Minna streifte die Pumps von den Füßen und streckte die Beine aus. »Jawoll, all's in Ordnung, keine b'sondren Vorkommnisse.«

Lilo grinste, ging in die Küche und kam mit einem Glas Wasser zurück.

»Hier ist eine Prise Salz und ein bisschen Zucker drin, das verdünnt den Alkohol und vertreibt den Schwindel im Gehirn. Meine englische Schwiegermutter schwor Stein und Bein, dass man davon wieder nüchtern wird.«

Minna setzte an, trank alles aus, hob das leere Glas vor ihr rechtes Auge, sah hindurch, während sie das andere Auge zukniff und Lilo betrachtete. Sie konzentrierte sich auf jedes Wort und sprach langsam und übertrieben deutlich. »Vielen Dank für die Schuhe. Ich revanchiere mich mit einer Änderung eines Kleidungsstückes deiner Wahl.« Sie nickte heftig, als müsse sie das Angebot bekräftigen.

»Nicht nötig. Wir sind doch Nachbarinnen, vielleicht werden wir sogar Freundinnen.«

»Freundinnen«, wiederholte Minna. »Ja, das wäre schön. Ich habe eine Freundin, Anni, aber sie wohnt weit weg, im Rheinland. Wir waren schon als Kinder ein Kopp und ein Hintern. Meine Freundin Hannchen ist im KZ umgekommen. Und ihre ganze Familie auch. Deswegen heißt meine Tochter Hanne, weißt du, wegen Hannchen. Zur Erinnerung. Ich habe noch eine Freundin, Fannie. Sie war auch im KZ, und ich dachte, dass sie auch tot ist, aber sie hat überlebt. Nur sie. Ihre Brüder sind tot und die Eltern auch. Warte mal!«

Minna sprang auf, blieb vor dem Sofa eine Sekunde stehen, um sich zu sammeln, und ging dann nach nebenan ins Schlafzimmer.

Sie nahm das Nachthemd, das sie auf dem Hocker bereitgelegt hatte, und warf es aufs Bett, schob den Hocker zum Schrank, kletterte hinauf und hangelte nach etwas, das obendrauf lag. Vorsichtig zog sie den abgewetzten Geigenkasten herunter, trug ihn ins Wohnzimmer und legte ihn auf den Esstisch. Mit flachen Händen wischte sie den Staub ab und öffnete die Verschlüsse.

Lilo trat hinter sie. »Eine alte Geige?«

Minna nickte. »Ja, eine Zigeunergeige. Siggi Freiwald hat sie mir gegeben, an einem Abend im Oktober 1938. Er bat mich, darauf aufzupassen, bis er zurückkommt.« Sanft strich Minna über das Instrument. »Es waren drei Brüder und ein Mädchen. Siggi, Matze, Chris und Fannie. Sie wohnten in der Pöttcherstraße, bei uns gegenüber. Siggi hat gesagt, die Geige sei ein Erbstück, das seit

Generationen an den ersten Sohn seiner Familie weitergegeben wurde.« Minna atmete schwer. »Und er hat gesagt, dass er nie einen Sohn haben würde. Dafür hatten die Nazis mit ihren Röntgenstrahlen gesorgt.«

Niemals würde sie diesen Moment vergessen. Sie hatten geschwiegen, damals. Es hatte nichts zu sagen gegeben, kein Wort hätte dieser Traurigkeit genügen können.

»Und dann hat Siggi gesummt, *La Paloma* ... Aber es klang damals so, als würde er das Lied weinen.« Erneut strich Minna über die Geige. »Wir haben uns nie wiedergesehen.«

»Das ist traurig«, sagte Lilo und wischte sich mit dem Handrücken eine Träne weg.

»Ja. Aber vor einigen Wochen war Fannie hier. Sie hat überlebt. Ist 'ne lange Geschichte, muss man nicht drüber reden. Ist Vergangenheit, und die ist vorbei.«

»Wirst du ihr die Geige geben?«

Minna schüttelte den Kopf. »Das wäre für sie das Ende der Hoffnung, dass Siggi zurückkommt.«

»Verstehe. Aber Fannie ist noch immer deine Freundin?«

»Ja.«

Lilo reichte ihr die Hand. »Es wäre mir eine Ehre, auch deine Freundin sein zu dürfen.«

Minna zögerte nicht und schlug ein.

Sie saßen noch lange zusammen und erzählten einander ihr Leben.

Lilo Potter war eine waschechte Mindenerin, sie war hier im Haus geboren. »Am 7.7.27! Ein Glücksdatum.«

Nach dem Krieg hatte sie den britischen Offizier Gordon Potter kennengelernt und ihn 1948 geheiratet. »Wir haben uns geliebt, aber es war alles sehr anstrengend. Weißt du, in meiner Familie und im Bekanntenkreis war ich plötzlich die Tommy-Schlampe. Und bei den Briten in der Siedlung, in der wir lebten, war ich die Nazi-Deutsche.« Als Gordon nach England versetzt worden war, war Lilo mitgegangen. »Aber dort wurde ich auch nicht mit offenen Armen empfangen.« Lilo schaute Minna traurig an. »Es ist ein Albtraum, in einem fremden Land zu leben, niemanden zu kennen, die Sprache nicht richtig zu sprechen und einem Volk anzugehören, das diesen barbarischen Krieg geführt hat. Unsere Ehe hat das nicht ausgehalten, wir sind gescheitert.«

»Ja, das verstehe ich. Habt ihr Kinder?«, fragte Minna.

»Nein. Aber ich bin erst vierundzwanzig. Vielleicht lerne ich eines Tages wieder jemanden kennen.«

»Ich wünsche es dir!«, sagte Minna.

Sie dachte an Fred, ihren ersten Mann. Nach fünf Jahren hatten sie sich scheiden lassen. Damals war Minna froh gewesen, dass ihr Kinderwunsch sich noch nicht erfüllt und sie die Möglichkeit gehabt hatte, ein neues Leben anzufangen.

Lilo erzählte von ihrer Rückkehr aus England und dass sie jetzt im Wohnzimmer ihrer Eltern auf der Couch schlief, bis sie eine Wohnung gefunden hatte.

»Wovon lebst du?«, fragte Minna.

»Tippse«, antwortete Lilo lapidar, »immerhin mit Englischkenntnissen in Wort und Schrift, daraus kann man noch was machen.« Sie beugte sich vor. »Aber jetzt erzähl erst mal, warum du so früh zurückgekommen bist! War das Treffen nicht so, wie du es dir vorgestellt hast? Oder ist er dir zu nahe gekommen? Ich meine, es geht mich ja nichts an …« Sie lachte verschmitzt. »Aber wissen möchte ich es trotzdem.«

Minna winkte ab. »Alex ist nett, er hat sich nichts zuschulden kommen lassen. Ich vertrage keinen Schnaps, den hätte ich nicht trinken dürfen, danach war mir speiübel. Ich bin gegangen und hab ihn da sitzen lassen. So schnell, wie ich raus bin, konnte er gar nicht gucken.«

Lilo nickte verständnisvoll. »Wenn er ein Gentleman ist, wird er sich bald nach dir erkundigen, dann siehst du weiter. Ist ja nicht so, als wärst du auf einen Mann angewiesen.«

Dieser Satz klang in Minna noch nach, als Lilo längst weg war, und sie endlich im Bett lag. Jedes Mal, wenn sie die Augen schloss, schien sich das Zimmer zu drehen. Dann schlug sie rasch die Lider wieder auf und starrte in die Dunkelheit.

Lieber Himmel, wie unangenehm die Wirkung von zu viel Schnaps ist, dachte sie. *Ob Alex noch im Jägerstübchen sitzt? Ob er mir böse ist, dass ich gegangen bin? Und wenn schon. Lilo hat recht, ich brauche keinen Ernährer. Den brauchte ich schon in Düsseldorf nicht. Die Kriegsjahre hab ich ohne Mann geschafft, und jetzt geht es auch irgendwie. Alex ist attraktiv und wirklich nett, aber will ich mit ihm poussieren? Kann ich … das … nach Fritz je wieder mit einem anderen Mann tun? Gut, dass ich das Weite gesucht habe. Wer weiß, ob ich nicht doch leichtsinnig geworden wäre.*

Schön wäre es, wenn man mit einem Mann zusammen sein könnte, ohne dass man gleich heiratete. Ausgehen, reden, Sorgen besprechen, lachen und füreinander da sein.

Minna wälzte sich auf die andere Seite. Drüben im Bankhaus Lampe ging Licht an; es warf den Schatten des Fensterkreuzes an die Schlafzimmerwand. Der Wachmann ging seine Runde, dann war es gleich zwei Uhr, dachte sie. Ihr Gedankenkarussell drehte sich weiter.

Seit dem Krieg sind es die Frauen, die Ordnung in dieser kaputten Welt schaffen müssen. Im Radio haben sie gesagt, dass in Deutschland jetzt sechzig Prozent Frauen und vierzig Prozent Männer leben. Wer hat die Trümmer weggeräumt? Das waren die Frauen. Auf einmal mussten Frauen Lastwagen, Trecker und Straßenbahnen fahren, das hatte doch keine gelernt, das mussten sie sich selbst beibringen. Wir können stolz darauf sein, was wir alles geschafft haben. Und dann? Kamen die Männer aus Krieg oder Gefangenschaft zurück und schickten all die tapferen, mutigen, selbstständigen Frauen wieder nach Hause. Sie sollten sich um die Männer kümmern, Kinder kriegen, für alle das Nest in Ordnung halten und damit zufrieden sein.

Das Licht aus dem Bankhaus störte sie. Minna griff zur leeren Seite des Ehebettes und legte sich Fritz' Kissen aufs Gesicht.

Erst kürzlich hatte sie in einer Illustrierten gelesen, dass sich die Männer in allen Teilen der Welt eine deutsche Frau wünschten. Sie erinnerte sich genau an den Text: *Das Wohlergehen der Familie, das Glück des Mannes, die Erziehung der Kinder und die Behaglichkeit des Haushaltes sind für die deutsche Frau Inhalt und Erfüllung ihres Lebens.* Und zwei Seiten weiter war, wie zum Beweis für die Qualität der deutschen Frau, über die Traumhochzeit des Jahres berichtet worden: Der Schah von Persien hatte Prinzessin Soraya geheiratet, deren Mutter aus Berlin stammte. »Die Deutsche auf dem Pfauenthron« titelte die Gazette, obgleich im selben Artikel stand, dass Soraya in Isfahan geboren war. Der Schah, das war ein schöner Mann. Minna schmunzelte. Auch einer, vor dem Mutti mich warnen würde. Aber ob der treu war?

Sie lugte unter dem Kissen hervor, das Licht im Bankhaus brannte noch, sie legte das Kissen wieder über ihr Gesicht.

Wer sagte eigentlich, dass man nur als Teil eines Ehepaares glücklich werden konnte? Sie würde mit Hanne allein bleiben. Das würde sie schon schaffen. Nur schade, dass sie nicht genug verdiente, um Hanne auf die höhere Schule gehen zu lassen. Und dass sie keinen Führerschein machen konnte, weil auch dafür ihr Geld nicht reichte. Nun denn. Hatte alles Vor- und Nachteile.

Wenn ich einen Mann hätte, müsste ich ihn um alles fragen, dachte Minna, *ob ich Auto fahren darf, ob ich meine Schneiderei führen darf, ob ich ein eigenes Bankkonto haben darf. Und wenn mir die Arbeit erlaubt würde, müsste ich zusätzlich für ihn kochen, putzen, waschen, nähen und bügeln. Und als Dank dafür geht jeder Mann irgendwann fremd. Dann zerreißt es mich, und ich bin wieder die Dumme, die verlassen zurückbleibt.*

Minna drehte sich auf den Rücken, verschränkte die Arme hinter dem Kopf und starrte auf das schwarze Schattenkreuz an der Wand.

Sie seufzte. *Nein, man darf sich nicht selber bemitleiden. Man muss mit dem zufrieden sein, was ist, und sich nicht immer das herbeiwünschen, was man nicht hat. Ich habe keinen Mann, na und? Ist ja nicht so, dass ich keinen mitgekriegt habe. Ich hatte sogar zwei.*

In den Sekunden, bevor sie endlich einschlief, nahm sie sich vor, sich das Haar kürzer schneiden zu lassen. So wie Prinzessin Soraya wollte sie es haben, die trug es in edlen Wellen, in einer flotten Länge bis auf den Kragen.

Für eine schicke Frisur bin ich mit Ende vierzig nicht zu alt … und vielleicht nähe ich mir ein Kleid, wie sie auf dem einen Bild … Morgen gehe ich zur Kaserne und entschuldige mich bei Alex … Morgen ist Sonntag … Unsinn, es ist ja schon morgen … Es ist Sonntag …

4

Fannie

November 1951

»Mindener Messe vom 11. bis 18. November 1951. Mit vielen neuartigen Fahrgeschäften!« Hans Winter ließ die Zeitung sinken und faltete sie zusammen.

Fannie hatte vorhin auch darin geblättert, ihr war eine andere Schlagzeile aufgefallen. In fetten Lettern stand über einem Artikel: *Herbstmesse baut auf/Schausteller sind keine Zigeuner*. Nachdem Fannie die Zeilen überflogen hatte, hatte sie sich resigniert abgewandt.

Es wird nie, niemals aufhören, dachte sie. Sie riss sich zusammen und hörte ihrem Mann wieder zu.

Hans hatte seine Lesebrille abgenommen und steckte sie in die Hemdtasche. »Würde gerne mal wissen, welche neuen Geschäfte das sein sollen! Und welche Schaustellerfamilie hatte nach dem Krieg genug Geld, um neue Fahrgeschäfte in Auftrag zu geben?«

Fannie zuckte mit den Achseln. »Weiß nicht.« Sie hatte das Geschirr abgetrocknet und räumte die Teller in den Schrank. »Wir könn'n zum Königsplatz fahr'n und guck'n, was sie aufbau'n, dann siehst du's.« War es nicht egal, wer in diesem Jahr mit irgendwelchen Attraktionen aufwarten konnte? Sie waren jedenfalls noch nicht dabei.

Hans lehnte im Türrahmen und strich sich das Haar zurück. Es war ein bisschen zu lang, aber das sah eigentlich ganz gut aus. »Ist ein Jammer, aber es war abzusehen, dass wir nicht fertig werden«, sagte er.

Hans, sein Cousin Dietrich und all die fleißigen Männer, deren Namen Fannie sich unmöglich merken konnte, hatten Tag und Nacht geackert, aber es war immer wieder dasselbe: Dauernd fehlte irgendetwas und war einfach nicht zu bekommen. Manchmal waren es Nägel oder Schrauben, die ausgewechselt werden mussten und für die es nirgendwo Ersatz gab, ein anderes Mal hatten sie vergeblich versucht, neue Reifen für die alte Raupenbahn zu besorgen, und vorgestern war der Maler Heinrich von der Leiter gestürzt und hatte sich das Handgelenk gebrochen, ausgerechnet das rechte! Nun war die bunte, handgemalte Märchenlandschaft an der Dachkante des Kinderkarussells erst halb fertig, und man musste wohl monatelang warten, bis der arme Heinrich wieder auf'm Posten war. An Ersatz war nicht zu denken. Schaustellermaler waren ausgebucht – alle Familien des Landes kümmerten sich darum, ihre Buden und Fahrgeschäfte auf den neuesten Stand zu bringen. Hans meinte: »Die Menschen lechzen nach Vergnügungen und Zerstreuung. Wir müssen in die Pötte kommen!«

Vielleicht kann ich die Flächen selber fertig bemalen. Ich werde es einfach an einer verdeckten Stelle versuchen, dachte Fannie. Man musste sich in diesen Zeiten was einfallen lassen.

Auch Hans und seine Männer waren erfinderisch: Sie klopften krumme Nägel mühsam wieder gerade, filterten benutztes Öl in alten Lappen und verwendeten es erneut. Man half sich untereinander, wo man konnte. Diesen bedingungslosen Zusammenhalt kannte Fannie von früher, als sie mit Oma Wilma, ihren Eltern und Brüdern im Wagen über die Märkte gezogen war, eine Zeit, an die sie sich wehmütig erinnerte. Und jedes Mal, wenn sie an all die Menschen dachte, die sie verloren hatte, verbot sie sich jede weitere Erinnerung und befahl sich selbst, sich zusammenzureißen.

Vorbei, vorbei, vorbei.

Hans hatte einmal zu ihr gesagt: »Wir haben das größte Geschenk, das ein Mensch bekommen kann: unser Leben!«

Sie hatte ihm widersprochen: »Geschenk? Nee, Hans, das hat mir keiner geschenkt, das hab ich mir selber genomm'n, auf'm Todesmarsch, als ich getürmt bin. So'n Geschenk, das is ja was, das gibt dir einer freiwillig. Mir hat keiner mein eig'nes Leb'n geschenkt, ich hab zugegriff'n, als 'ne Gelegenheit kam, und dann hab ich's mir zurückgestohl'n.«

Hans hatte gelächelt. »Aber wenn man es als Geschenk betrachtet, geht man sorgsamer damit um. Wir müssen die Vergangenheit vergessen und nach vorn schauen, sonst werden wir alle miteinander verrückt.«

»Du klingst wie Mia, die sagt auch immer so was …«, hatte Fannie gebrummelt, aber je länger sie über diese Einstellung nachdachte, desto mehr fühlte sie, dass es auch für sie keine andere Möglichkeit gab, um die Zukunft auszuhalten. Fannie konnte ihre Erkenntnis nicht in so schöne Worte fassen wie Hans oder Mia. Sie sagte zu sich selbst: »Das Gestern kann ich nich ändern, heute kann ich guck'n, wie ich klarkomme, un für morg'n muss ich mir überleg'n, was gut für mich is.«

Ihre Zukunft lag in ihrer neuen Familie – einer Familie, zu der auch etliche Menschen zählten, die nicht miteinander verwandt waren. Oma Wilma hatte immer gesagt: »Wir sind fahrendes Volk, das ist eine große Familie mit Tradition. Tradition ist nicht, das Feuer zu hüten, sondern die Flamme am Brennen zu halten.« Erst heute, viele Jahre nach Wilmas Tod, verstand Fannie, was damit gemeint war.

Es hatte sich unter den Schaustellern herumgesprochen, dass Hans und Fannie am Stadtrand von Minden ein Gelände besaßen, auf dessen Wiesen Wohn- und Packwagen, Traktoren als Zugmaschinen und die zerlegten Buden und Fahrgeschäfte Platz hatten. Die beiden wohnten in einem kleinem Häuschen. Sie teilten es sich mit Cousin Dietrich und dessen Frau Karola. Wenn sie erst reisen konnten, würde das Häuschen den Sommer über leer stehen. *Endlich.* Nach dem Leben in den Lagern hielt Fannie es in einem Steinhaus nicht lange aus. Alle Türen mussten immer offen stehen, bis auf die Toilettentür. Die Haustür durfte niemals abgeschlossen sein, wenn Fannie daheim war. Die anderen wussten um ihre Panikattacken und nahmen sie kommentarlos hin.

»Den möcht ich seh'n, der lebend aus'm KZ gekomm'n is und kein' Schaden hat«, hatte sie Dietrichs Frau erklärt.

Karola war eine »Private«, sie kam aus keiner Schaustellerfamilie, sondern hatte vor über zwanzig Jahren eingeheiratet. Karola und Dietrich hatten zwei Söhne. Sie und drei Neffen, die Söhne von Dietrichs verstorbenem Bruder, teilten sich einen Wohnwagen. Und im Mannschaftswagen schliefen manchmal zehn weitere Männer, die sich durch ihre Arbeit Mahlzeiten und einen Schlafplatz verdienten.

Jede Hand wurde gebraucht. Die Frauen waren fürs Essen und das Kochen im Küchenwagen zuständig, die Kinder schafften Reisig und Holz als Brennmaterial heran und verrichteten Botengänge. Außerdem war es ihre Pflicht, die Radkappen der Karussells mit Schlämmkreide zu bearbeiten. Jeder hatte in dieser Gemeinschaft seinen Platz und seine Aufgaben. Manche Männer zogen nach kurzer Zeit weiter, aber einige würden den ganzen Winter bleiben und im nächsten Jahr mit ihnen zu den Plätzen reisen.

Für die Plätze war Fannie verantwortlich. Sie war wochenlang unermüdlich mit dem Fahrrad über die Dörfer geradelt, bei den Gemeindeverwaltungen vorstellig geworden und hatte es geschafft, dass sie von April bis November gute Standplätze bekommen hatten. Aber Fannie konnte nicht nur gut verhandeln, sie konnte auch beim Auf- und Abbau des Karussells mit anpacken. Das hatten sie geübt, immer und immer wieder, denn wenn es so weit war, musste jeder Handgriff sitzen.

Tagtäglich wurde auf dem Hof gehämmert, gesägt, geschreinert, geschraubt und getischlert, um das dreißig

Jahre alte Bodenkarussell, eine noch ältere historische Schiffschaukel und die ramponierte Berg- und Talbahn wieder auf Vordermann zu bringen.

Den kühnsten Plan aber hatte Cousin Dietrich gefasst: Aus zwei Kettenfliegern, die verschrottet werden sollten, wollte er einen neuen bauen. Hans hatte skeptisch eingewandt: »Mensch, wir haben den Hof voll mit Karussells, und nicht eins ist zur Novemberkirmes startklar, jetzt noch zwei Kettenflieger?«

Dietrich hatte ihn überzeugt: »Von einem können wir den Pilz benutzen, da wechseln wir die Blechdachkante und die verschossene Leinwandbespannung selber aus. Und Heinrich kann, wenn seine Hand wieder zusammengewachsen ist, die Malerei machen, ich hab mit ihm geredet. Was Modernes stelle ich mir vor, Porträts von Filmschauspielern vielleicht und Bilder von Filmrollen und Zelluloidstreifen. Heinrich kann das, bei achthundert Mark hat er eingeschlagen. Muss ja nicht zum Frühjahr fertig sein. Den Kettenflieger planen wir für die übernächste Saison ein. Aber jetzt sind die Teile billig. Was wir haben, haben wir.«

Nun waren die Kettenflieger in einem Holzschuppen eingelagert, und die Arbeit an den anderen Karussells und Wagen ging vor.

»Ich kümmere mich mal um die letzten Handgriffe am Camping, dann machen wir uns auf den Weg zum Festplatz«, sagte Hans und holte Fannie aus ihren Erinnerungen zurück in die Gegenwart.

»Camping« nannten sie den Wohnwagen, der ab Frühjahr ihr Zuhause sein sollte. Dabei handelte es sich um einen restaurierten Holzschindelwohnwagen der Firma Mack aus dem Jahre 1939. Er war sieben Meter lang und so konstruiert, dass man ihn mit dem Küchenwagen zusammenschieben konnte. Die Wagen wurden mit einer Veranda verbunden. Unter der Veranda würde der Toiletteneimer stehen, Fannie hatte bereits bunte Überzüge für Eimer und Deckel gehäkelt.

Sie wusste, dass ein Wagen von Mack etwas Besonderes war: Das wertvolle Holz der Außenverschalung wurde von blanken Messingschrauben zusammengehalten, Hans hatte jede einzelne auf Hochglanz poliert. Durch die aufklappbaren Oberlichter war es hell im Wagen, und man konnte ihn gut belüften. Die Inneneinrichtung bestand aus handgearbeiteten Möbeln, die Fensterscheiben hatten wunderschöne Ornamente.

In diesem Wagen war Hans aufgewachsen, er war sozusagen sein Elternhaus. Während des Krieges hatte der Camping in einem Versteck im Wald gestanden, die Einschusslöcher an der Dachkante wollte Hans als »Andenken« unrenoviert lassen.

Als er das gesagt hatte, hatte Fannie ihren Ärmel hochgeschoben. »Danke, meine Tätowierung reicht als Erinnerung.«

Hans hatte viel Zeit und Mühe darauf verwendet, den Camping wieder in diesen Topzustand zu versetzen; Fannie konnte es kaum abwarten, dafür zu sorgen, dass er ihr gemütliches Zuhause sein würde. An der Tür würden sie ein Messingschild anbringen: *H. und F. Winter, Minden* würde darauf eingraviert sein. Sogar Geranien würde Fannie vor die Fenster hängen, jawohl.

»Gut«, sagte sie, »dann halt'n wir auf'm Weg bei Mia und bring'n ihr den Stoff für die Vorhänge. Sie hat mir versproch'n, dass sie sämtliche Gardin'n für den Camping bis Weihnacht'n fertig hat. Hoffentlich ist ihr Hust'n besser, da quält se sich seit Woch'n mit rum.«

Am Spätnachmittag war Mias Schneiderei eigentlich geschlossen, aber Fannie sah durch die Schaufensterscheibe, dass ihre Freundin noch an der Nähmaschine saß. Sie und Hans stellten ihre Fahrräder im Hausflur ab, nahmen die Taschen mit den Stoffen und klopften an die Glastür.

Als Mia sich umdrehte und auf sie zukam, erschrak Fannie. Wie bleich sie war! Und diese dunklen Ringe unter den Augen!

»Haste Fieber?«, fragte sie statt einer Begrüßung. »Siehst ja zum Fürcht'n aus.«

Mia lächelte gequält. »Danke für die Blumen. Ich werde den Husten einfach nicht los. Nachts kann ich nicht schlafen, weil ich schwitze, als hätt ich schon fliegende Hitze, und tagsüber bin ich schlapp und müde.«

»Warste schon nach'n Arzt?«

Sie winkte ab. »Wegen Husten? Nee. Aber ich will nicht jammern, jammern nutzt nix. Habt ihr die Stoffe für die Vorhänge dabei? Lass mal sehen.« Mia prüfte die Ware, nickte anerkennend und legte sie in ein Regal. »Schönes Muster, helle Farben, das wird sich gut machen. Ich habe Bleiband besorgt, das nähe ich dir in die Säume, dann hängen sie immer schön gerade. Ich wollte sowieso Feierabend machen, kommt ihr mit rauf? Ich kann euch Kaffee anbieten.«

»Nein, wir woll'n zum Festplatz und guck'n, was die Mitstreiter mach'n, soll 'n paar neue Attraktionen geb'n. Komm doch mit!«, sagte Fannie.

»Ein anderes Mal. Ich leg mich den Rest des Tages hin.« Mia wies zum Fenster. »Und bei dem Wetter hab ich wirklich keine Lust.«

Feiner Nieselregen hatte eingesetzt, der rasch zu einem heftigen Pladdern wurde. Klatschnass kamen Fannie und Hans am Königsplatz an, auf dem trotz des schäbigen Wetters und obwohl die Kirmes erst am nächsten Tag eröffnet wurde, quirliges Treiben herrschte: Männer standen auf Leitern und schraubten die letzten Glühbirnen an, überall wurde gehämmert und gewerkelt, Mikrofonproben übertönten schreiende Kinder, Hunde kläfften, und die Frauen riefen sich über die geöffneten Verandatüren ihrer Wohnwagen etwas zu. Eine Kirmesorgel spielte »Was machst du mit dem Knie, lieber Hans«, während jemand gewissenhaft die opulenten Verzierungen der Fassade des Orgelwagens polierte.

Fannie blieb stehen. »Weißte, warum ich Kirmes schon als Kind geliebt hab? Weg'n der Orgeln. Unsereins hat doch nie irgendwo Musik gehört, man ging nicht inne Kirche, wo Musik gewesen wär. Aber auf'm Rummel, da war immer Musik.«

Hans nickte. »Meine Großeltern besaßen eine Kirmesorgel von 1870, die lief noch mit Walze.«

Fannie fiel ihm begeistert ins Wort: »Ja, ich weiß, das war'n die alt'n Karussells, die hatt'n inner Mitte Platz für'n Gaul, von dem das Karussell gezog'n wurde, und da war auch die Orgel. Und ich weiß noch, dass die Pferde auf'er

Wiese trainiert word'n sind. Da ging man mit denen immer im Kreis rum, und wenn die Musik aufhörte, blieb'n die Pferde steh'n.«

Hans lächelte. »Genau, ein Lied dauerte eine Minute und vierzig Sekunden, dann war die Fahrt zu Ende.«

Für einen Moment schloss Fannie die Augen, atmete tief ein. Wie sehr hatte sie den Rummel vermisst! Dieses pralle, bunte, schwere Leben. Endlich war sie wieder mittendrin. Ob es für sie irgendwann wieder einen Alltag geben konnte? Nächte ohne Albträume, Tage, an denen sie unbeschwert sein würde?

Hans nahm ihre Hand und drückte sie sanft; er spürte, was in ihr vorging. Mit geschlossenen Augen sagte Fannie: »Einmal war neben unser'm Korbwarenstand 'n Bodenkarussell. Das hatte so 'ne schöne Orgel, da hab ich immer auf'er Treppe vom Wag'n gesess'n und hab zugehört und vor mich hin geträumt, bis Oma Wilma mich geruf'n hat. Die Orgel spielte *Hoch Heidecksburg* und *Alte Kameraden.* Das war'n für mich die schönsten Lieder, und das mit dem Frühling von Berlin.« Sie erinnerte sich an Leute, die Klappstühle mitgebracht und stundenlang der Musik gelauscht hatten.

»Siehste, und nächstes Jahr sitzt du im Kassenhäuschen deines eigenen Karussells! Und dann haben wir unsere fahrbare Villa dabei und leben ein gutes Leben.« Hans legte einen Arm um Fannies Schulter, sie schmiegte sich an ihn. Einen anständigen Mann hatte sie gefunden. Hans gab ihr den Halt, den sie nach dem Krieg und dem schrecklichen Ende ihrer ersten Ehe gebraucht hatte. Und er gab ihrem Leben wieder einen Sinn: Sie würden mit ihren Fahrgeschäften dafür sorgen, dass die Menschen ihren Alltag und ihr Schicksal für ein paar Stunden vergessen konnten. Obwohl Fannie wusste, dass das Schaustellerleben kein Zuckerschlecken sein würde, wagte sie es, sich ein bisschen auf die Zukunft zu freuen.

Von den neuen, rasanten Fahrgeschäften auf der Mindener Novemberkirmes ließ sie sich nicht einschüchtern, obwohl sie staunend vor dem hohen Wellenflieger stand und beeindruckt die Probefahrt eines Teufelswirbels verfolgte.

»Das soll das schnellste Karussell aller Zeiten sein«, erklärte Hans.

Fannie griff nach seinem Arm. Ihre Augen leuchteten. »Wir werd'n die tollste Bodenmühle aller Zeiten haben. Unser Märchenkarussell ist viel schöner als die grellen Dinger. Und die schönste Raupenbahn. Wir werd'n unsere Berg- und Talbahn mit 'nem faltbaren Verdeck nachrüst'n, aus rotem Stoff! Und die alte Dekoration kommt weg, wir nehm' neue Bildtafeln mit gerader Kante oben, und die bemale ich selber mit ganz modernen Sachen.«

Fannie und Hans bestiegen ihre Fahrräder und radelten im strömenden Regen zurück nach Hause. Nichts konnte ihnen etwas anhaben. Nicht die Kälte, nicht die Nässe, nicht der eisige Novemberwind und schon gar nicht die Dämonen ihrer Vergangenheit.

5

Karl

Dezember 1951

Er wusste sofort, dass etwas passiert war. Mit dem Blick eines gehetzten Tieres stand Minna vor dem Pförtnerhäuschen der Werft, umklammerte mit den Händen den Lenker ihres Fahrrades und starrte ihn durch das Fenster an.

Karl forderte sie mit einer Handbewegung auf hereinzukommen, aber sie rührte sich nicht, stierte ihn nur an. Ihre Mütze war verrutscht, den Schal hatte sie nachlässig um den Hals gewickelt, der Mantel war schief geknöpft. Trotz der Kälte trug sie keine Handschuhe.

Verwundert stand Karl auf, öffnete die Tür und schloss sie sofort wieder hinter sich. Die eisige Dezemberluft würde sein Kabäuschen sofort auskühlen, und es würde ewig dauern, bis der Bullerofen es wieder aufgeheizt hatte.

»Nun stell das Rad ab und komm rein, es ist unter Null!« Der Atem vor seinem Mund verwandelte sich in Nebel.

Sein Blick fiel auf Minnas rot gefrorene Finger, deren Knöchel hell schimmerten. Sie schaute ihn weiter unverwandt mit großen Augen an, bewegte sich aber nicht.

Mit einem Schritt war er bei ihr und griff an die Lenkstange des Fahrrades. Zögernd löste sie die Hände vom Lenker, ließ die Arme kraftlos neben dem Körper hängen. Karl lehnte das Rad an die Hauswand und schob Minna ins Pförtnerhäuschen. Sie sagte noch immer kein Wort, ließ sich von ihm zum Stuhl führen, setzte sich, als er sanft auf ihre Schultern drückte, sah unentwegt durch ihn hindurch, als er sich vor sie hockte und ihre kalten Finger in seine großen Hände nahm.

»Was ist los? Wie kannst du bei dem Wetter ohne Handschuhe fahren?«

Jetzt blickte sie ihn an, öffnete den Mund, sagte nichts, schloss ihn wieder.

»Herrgott, so rede doch, ist was mit Hanne?«

Minna reagierte einfach nicht. Aber ihre Starrheit begann zu weichen. Sie sah aus, als taute sie in der Wärme des kleinen Raumes langsam auf. Die Schultern sackten nach vorn, sie senkte den Kopf, stierte auf ihre Beine.

»Ich habe Lungentuberkulose«, flüsterte sie schließlich.

Die leisen Worte dröhnten in seinem Kopf, übertönten jedes andere Geräusch, erreichten seinen Verstand.

Lungentuberkulose.

Als hätte er es geahnt. Ihr Husten, der seit Wochen nicht besser werden wollte. Sie hatte stark abgenommen, schlief schlecht, war immer müde, hatte dunkle Schatten unter den glanzlosen Augen. Montagabend war Karl bei ihr gewesen, hatte auf den Tisch gehauen und gesagt: »Entweder gehst du morgen zum Doktor, oder ich schleppe dich persönlich hin.«

Er musste sich räuspern, bevor er reden konnte. »Was hat der Arzt gesagt?«

»Er hat mich zu Dr. Holtmann zum Durchleuchten geschickt. Da war ich bis eben. Der sagt, es ist Tuberkulose, das muss er melden, und ich soll in die Lungenheilstätte, sofort, nach Bad Lippspringe, mindestens für drei Monate.« Minna atmete schwer, jetzt kullerten Tränen über ihr Gesicht. Sie blickte zu ihm auf. »Karl! Was wird aus Hanne, wenn ich sterbe? Sie ist erst elf, sie kann doch nicht zu Fritz und dieser ... Person!«

Es zerriss ihm schier das Herz, als er seine Schwester so dasitzen sah: die große, starke Minna, zusammengesunken, verzweifelt, mutlos, ein Häufchen Elend.

Karl zog sie an den Händen hoch. Wie eine Marionette ließ sie sich von ihm in den Arm nehmen. Er drückte sie an sich, streichelte ihren Rücken.

»Pscht, nein, du wirst nicht sterben, man geht nicht in eine Heilstätte, um zu sterben, sondern um wieder gesund zu werden. Das haben schon ganz andere überlebt. Die Medizin ist heutzutage so weit, das ist kein Todesurteil mehr, schon lange nicht mehr.«

Er schaffte es, ruhig zu bleiben und sich nicht anmerken zu lassen, wie seine Gedanken hin und her rasten, und wie eine Überlegung die andere einholte. *Minna wird das schaffen, sie hat die Kriege überlebt und all die Schicksalsschläge überstanden. Nein, nein, nein, sie wird nicht an der Schwindsucht eingehen, nein. Lieber Gott im Himmel, wenn es dich gibt, dann beschütze sie noch einmal, nimm Hanne nicht die Mutter, nach allem, was das Kind schon ausgehalten hat. Nicht das auch noch, bitte nicht. Hanne kommt zu uns, sie kann neben Wilhelmine in meinem Bett schlafen, ich lege mir in der Küche Decken auf den Boden. Aber wovon will Minna die Miete für die Wohnung bezahlen, wenn sie nicht arbeiten kann? Sie muss allein für sich und Hanne sorgen, bekommt sie Beihilfe? Muss sie zum Wohlfahrtsamt? Was wird aus der Schneiderei? Und wenn sie doch daran …*

Er verbot sich jeden weiteren Gedanken. Es klang souverän und überzeugend, als er sagte: »Komm, das schaffen wir. Du musst dich darauf konzentrieren, dass du gesund wirst, und alles tun, was man dir in der Heilstätte sagt. Wilhelmine und ich kümmern uns um Hanne. Gleich morgen gehst du zur Fürsorge und stellst einen Antrag auf Unterstützung. Ich rufe Fritz im Amt an, dann weiß er auch Bescheid. Vielleicht musst du deinen Hauswirt wegen des Ladens um Stundung der Miete bitten. Das ist eine Notsituation, die niemand vorhersehen konnte.«

Minna nickte die ganze Zeit, aber Karl hatte nicht den Eindruck, dass sie verstand, was er sagte.

»Wo ist Hanne?«, fragte er.

»Bei Lilo. Das ist die junge Frau, die unten wohnt.«

»Hast du es Hanne schon gesagt?«

Minna schüttelte den Kopf. »Ich bin direkt hergekommen.«

»Dann musst du wirklich ganz stark sein, dich zusammenreißen und mit Hanne sprechen. Mach ihr aber keine Angst.«

Minna wandte sich zur Tür. »Ja«, sagte sie nur und ging hinaus.

»Warte doch! In einer halben Stunde habe ich Feierabend und kann dich nach Hause begleiten!«

»Nicht nötig, ich schaff das schon.«

Er stellte sich ihr in den Weg. »Minna, hör zu! Du wirst wieder gesund. Mach dir um Hanne keine Sorgen. Wir sind eine Familie und halten zusammen. Du hast uns aufgenommen, als wir ausgebombt waren. Wir nehmen Hanne auf.«

»Ist gut«, sagte Minna tonlos.

Er sah ihr hinterher, als sie davonradelte. Sie fuhr zuerst Schlangenlinien, fing sich aber am Ende der Straße. Nachdem sie aus seinem Blickfeld verschwunden war, ging Karl zurück ins Pförtnerhäuschen und ließ sich auf seinen Stuhl fallen.

Lungentuberkulose. Um Himmels willen.

Er erinnerte sich plötzlich an die Aufklärungs- und Werbewochen Ende 1949. Es hatte eine landesweite Kampagne gegeben. Dadurch war die Tuberkulose und deren Bekämpfung zu einem unübersehbaren Thema geworden. In allen Zeitungen las man auf einmal Berichte über steigende Krankenzahlen, fehlende Betten und fehlendes Geld zur Behandlung. *Hinter der Grippe lauert der weiße Tod!* oder *Auch Gesundheit ist eine Geldfrage* stand auf Plakaten und Spruchbändern. Karl hatte sich, leider ohne Erfolg, an einem Preisausschreiben beteiligt, bei dem man einen Volkswagen oder viertausendachthundert Mark in bar gewinnen konnte. Man hatte ein Bilderrätsel lösen und die Frage beantworten müssen, wie oft das internationale Zeichen für die Tuberkulosebekämpfung, ein Doppelkreuz, in einem Bild verborgen war. Der Lösung mussten fünfzig Pfennig beigefügt werden. Karl hatte den Briefumschlag mit der Aufschrift *Werbewoche – Kampf gegen Tuberkulose* an die Düsseldorfer Adresse gesendet und nach der Ziehung der Gewinner aufmerksam jeden Tag die Zeitung studiert, um die Veröffentlichung der Gewinnlisten nicht zu verpassen.

»Das ist Glücksspiel, verpulverst du unsere paar Kröten jetzt für so was? Haben wir es so dicke?«, hatte Wilhelmine gezetert.

Er hatte nicht geantwortet.

Wenn er den Hauptgewinn bekommen hätte, hätte er sich nicht für das Auto, sondern für das Bargeld entschieden. Mit so einem Batzen hätte er sein Leben und seine Zukunft ganz neu überdenken können.

Karl hatte nichts gewonnen. Aber weil die Kampagne so erfolgreich gewesen war, war sie letztes Jahr wiederholt worden. Es hatte Haussammlungen gegeben unter dem Motto: *Jeder Groschen tötet einen Bazillus*, und er hatte immer mal zwanzig oder fünfzig Pfennig und gelegentlich sogar eine Mark gespendet. Er hatte sich wieder mit Wilhelmine gestritten, die der Meinung war, dass man niemals wissen könnte, in welche Taschen das Geld fließen würde. Dabei stand es in der Zeitung: Einhundertsiebzigtausend Menschen hatten ihre Lösungen eingeschickt. Der Hauptgewinn war an eine Düsseldorfer Familie mit vier Kindern gegangen, von denen zwei an Tuberkulose erkrankt waren.

»Da haben es doch die Richtigen gekriegt«, hatte Karl gesagt.

Es hieß, dass durch die Kampagne anderthalb Millionen Mark eingenommen worden waren, die an Tuberkulose-Fürsorgestellen, Krankenhäuser und Heilstätten verteilt wurden.

Gott sei Dank, dachte Karl nun, *leben wir jetzt in einem Land, in dem so was für die Bevölkerung getan wird. Die Nazis sind mit den Tuberkulosekranken ganz anders umgegangen. Minna wird gut versorgt sein. Und sie wird es überleben.*

Er wartete bis nach dem Abendbrot, um es Wilhelmine zu sagen. Sie hatte ihm den Rücken zugewandt und spülte das Geschirr.

»Wir müssen Hanne eine Weile zu uns nehmen.«

Er sah an ihren Schultern, dass sie innehielt, bevor sie weiter im Spülstein hantierte. »Warum? Geht Minna mit ihrem Neuen in die Flitterwochen?«

»Sie hat TB.«

Wilhelmine erstarrte in ihrer Bewegung. Sie drehte sich langsam um.

»Was sagst du da?«

»Ja, sie war beim Lungenarzt und ist durchleuchtet worden. Sie muss in eine Heilstätte. Bad Lippspringe. Wird ein paar Monate dauern.«

»Und woher weißt du das?«

»Sie war vorhin auf der Werft und hat es mir gesagt. Schlimm. Ganz schlimm. Es geht ihr wirklich nicht gut.«

Wilhelmine zog geräuschvoll Luft durch die Nase, atmete sekundenlang gar nicht und stieß dann ein wütendes Schnauben aus. Während ihre Miene versteinerte, wurde der Blick aus ihren grünen Augen so kalt wie der Klang ihrer Stimme. »Ja, bist du denn von allen guten Geistern verlassen?«

Karl schaute sie perplex an.

Wilhelmine wurde lauter. »Sie muss in eine Lungenheilstätte? Verdammt noch mal, dann ist sie ansteckend, dann ist es eine offene Tuberkulose!«

Sie warf den Lappen, den sie noch immer in der Hand hielt, hinter sich in den Spülstein. »Tut mir leid, Karl, natürlich würde ich ihr helfen, wenn ich könnte. Aber ich nehme ganz bestimmt nicht das Kind einer Schwindsüchtigen auf. Meine eigene Tochter erwartet ihr zweites Baby. Ich bringe Irmi nicht in Gefahr, und ich bringe mich auch nicht sehenden Auges selber um. Wir können von Glück sagen, wenn Minna uns nicht schon längst angesteckt hat.«

Ihre Worte prasselten wie spitze Steine auf ihn ein. Plötzlich begann er zu frieren. Hatte Wilhelmine womöglich recht? Daran hatte er in dieser schrecklichen Aufregung nicht gedacht: Natürlich, wenn Minna eine geschlossene Tuberkulose hätte, müsste sie nicht in die Heilstätte, denn die wäre nicht ansteckend. Und was war mit Hanne? Würde sie auch untersucht werden? War das Kind womöglich infiziert?

Karl sprang auf, griff seine Jacke und den Schal, setzte die Kappe auf und stürmte zur Tür.

»Wo willst du hin?«, keifte Wilhelmine. »Wenn du zu Minna gehst, kannst du gleich da bleiben! Du schleppst mir keine tödliche Seuche an! Hörst du, was ich sage, Karl? Karl!«

Er antwortete nicht, lief die Treppe hinunter, schwang sich auf sein Fahrrad und fuhr geradewegs zum Markt.

Sie saßen bis zum späten Abend beisammen. Minna benahm sich verstörend. Sie sprach mit leiser, blecherner Stimme, bewegte sich wie ein Automat, weinte nicht, jammerte nicht, verzog keine Miene.

Hanne war blass, sah aber nicht krank aus.

»Morgen wird Hanne durchleuchtet. Sie hat keine Angst, weil das nicht wehtut. Sie hat kein Fieber und hustet nicht. Ich glaube, sie ist gesund.« Minna sprach so emotionslos, als würde sie von einem neuen Mantel reden.

Karl nahm seinen ganzen Mut zusammen. »Es ist leider so ... also ... Wilhelmine hat ... Sie hat Bedenken. Sie hat Angst, sich anzustecken, und sie will Irmi und ihre Familie nicht gefährden ...«

Minna schaute kurz auf. »Ja, das verstehe ich. Ich würde genauso denken.«

»Vielleicht kann ich zur kleinen Oma?«, fragte Hanne, die sofort verstanden hatte, worum es ging.

»Auf keinen Fall«, antwortete Minna in so unerwartet scharfem Ton, dass Hanne zusammenzuckte.

»Aber von da ist es nicht weit zur Schule«, wandte sie mit dünnem Stimmchen ein.

»Nein. Ich werde nicht zulassen, dass diese ... die ... Person, die mir den Mann und dir den Vater weggenommen hat, sich auch noch an dich heranmacht und dich mir wegnimmt.«

Hannes Augen füllten sich mit Tränen. »Aber ich weiß, dass ich mit der Person nicht reden darf. Ich bin dein Kind und bleibe für immer bei dir.«

»Ich sagte Nein!«, fuhr Minna sie an.

So kannte er sie gar nicht. Karl versuchte, seine Schwester zu beschwichtigen. »Hast du eine andere Möglichkeit? Es tut mir leid, dass Wilhelmine so denkt.«

»Wir warten die Untersuchung ab, dann wissen wir, ob ich Hanne angesteckt hab. Danach entscheide ich, wo sie in meiner Abwesenheit bleibt.«

Hanne war gesund. Minna reiste zwei Wochen vor Weihnachten nach Bad Lippspringe. Am selben Tag brachte Karl seine Nichte zu Fannie und Hans Winter. Sie hatten ein kleines Zimmer hergerichtet. »Solange wir nicht auf Reisen sind, ist Hanne bei uns willkommen und gut aufgehoben«, hatte Fannie gesagt.

6

Minna

März 1952

Liebe Mutti,
heute habe ich mich den ganzen Tag darauf gefreut, Dir zu schreiben. Wenn ich in meinem Zimmer bei Tante Fannie sitze und Dir den Brief schreibe, habe ich das Gefühl, als würden wir uns unterhalten. Dann vermisse ich Dich nicht so sehr wie sonst. Nun bist Du schon zehn Wochen in Bad Lippspringe, es kommt mir vor wie zehn Monate. Ich verstehe, dass ich Dich nicht besuchen darf, weil ich mich anstecken könnte. Ich bin weiterhin tapfer, da kannst Du alle fragen. Danke für das Foto, ich habe geweint. Du bist nicht mehr so dünn und siehst ganz gesund aus. Deine Haare sind länger geworden, das finde ich schön. Nun hast Du fast so eine Frisur wie die neue Königin Elisabeth von England. Im nächsten Jahr soll die Krönung sein. Ein Jahr braucht man für die Vorbereitungen, kannst Du Dir das vorstellen? In der

Zeitung habe ich ein Foto von der Königin gesehen. Sie ist so hübsch, wohnt in einem Schloss und ist mit einem Prinzen verheiratet, der aussieht wie Onkel Alex. In der Schule ist alles prima, meine Noten sind gut, Du kannst stolz auf mich sein.

Hier bei Tante Fannie und Onkel Hans ist es schön. Jeden Tag füttere ich das alte Pony und führe es auf der Wiese herum. Wenn es mich von Weitem sieht, kommt es auf mich zu, und ich glaube, dass es sich freut. Ich spiele mit den anderen Kindern, wir dürfen uns in den leeren Packwagen Buden bauen oder Verstecken spielen. Letzte Woche ist das Kinderkarussell fertig geworden, hier sagen alle »Bodenmühle« dazu. Die Holzfiguren, auf denen man sitzen kann, heißen »Besatzung«. Onkel Hans hat mir erklärt, wie die Kirmesorgel funktioniert, und als sie bei der Berg- und Talbahn das neue Verdeck ausprobiert haben, bin ich allein darin zur Probe gefahren. Das war eine wilde Fahrt! Die Männer haben ein riesiges Schild gebaut, mit bunten Lämpchen daran, wenn die leuchten, ergeben sie die Buchstaben: »Fannies Raupenbahn«. Dabei haben Tante Fannie und ich ein Geheimnis: Ich durfte den Punkt auf dem i malen! Jetzt wird mein i-Punkt für immer auf den Kirmessen im ganzen Land zu sehen sein. Aber das Schönste weißt Du noch nicht: Ich habe in den Karussells von Tante Fannie freie Fahrt! Wenn ich auf dem Platz – so heißt die Kirmes bei den Leuten, die hier arbeiten – etwas kaufen will, eine Zuckerwatte oder ein Würstchen, muss ich sagen: »Hanne Volkening, ich gehöre zu den Winters, hier vom Platz«, dann wird es an jedem Stand billiger! Tante Fannie und die anderen gehen bald auf die Reise, ich werde sie vermissen. Aber Tante Fannie hat gesagt, dass sie mich in den Ferien mitnehmen will. Dann wohnen wir zusammen im Camping. Das ist ein Wohnwagen, in dem es so schick und gemütlich ist, wie Du es Dir kaum vorstellen kannst. Wenn Du wieder zu Hause bist, muss ich Dir alles zeigen!

Letzten Dienstag ist Tante Fannie mit mir zur kleinen Oma gegangen, wir haben uns wieder mit Vati getroffen. Die Person *war auch dieses Mal nicht dabei, Du musst Dir also keine Sorgen machen. Onkel Karl kommt nach der Arbeit oft her, Tante Wilhelmine hat leider keine Zeit. Seit Irmis Baby da ist, muss sie sich um das Kleine kümmern, das verstehe ich. Nun muss ich schließen, heute Nachmittag putzen Tante Fannie und ich die Scheiben in den Kassenhäuschen. An den Karussells muss alles glänzen, wenn sie auf die Reise gehen. Bis bald, viele liebe Grüße, Deine Dich liebende Hanne*

Für einen winzigen Moment spürte Minna so etwas wie Eifersucht, aber sie rief sich sofort zur Ordnung. *Es ist gut für sie, wenn sie ohne mich zurechtkommt. Das werde ich Fannie und ihrem Mann nie vergessen.*

Minna faltete den Brief säuberlich zusammen und steckte ihn zurück ins Kuvert. Sie lächelte. Keinen einzigen Fehler hatte sie in dem langen Text entdeckt. Hanne war wirklich ein kluges Kind. Jammerschade, dass sie nicht auf die höhere Schule gehen konnte. Aber das war jetzt ebenso endgultig unerschwinglich geworden wie ihr eigener Traum vom Führerschein und einem Auto.

Minna hatte in den letzten Wochen keinen Pfennig verdienen können. Obwohl Fannie sich rigoros weigerte, Kostgeld für Hanne anzunehmen, reichten Minnas Ersparnisse nicht, um die gestundeten Monatsmieten für die Schneiderei aufzubringen. Und dass die Leute nach ihrer Rückkehr in Scharen kommen und Kleidung bei ihr ändern lassen würden, war unwahrscheinlich. Hier im Auguste-Viktoria-Stift hatte Minna Frauen kennengelernt, die zum zweiten oder dritten Mal in einer Heilstätte waren, sie hatten nie wieder in ihr altes Leben zurückkehren können.

Lisbeth aus Bünde zum Beispiel. Sie lag in ihrem Sechs-Bett-Zimmer in einem der Betten am Fenster. Sobald Lisbeth entlassen würde, konnte Minna von der Mitte aus aufrücken, zum begehrten Bett mit Aussicht auf die Bäume. Lisbeth und ihr Mann hatten einen Milchladen besessen. Obwohl der Mann kerngesund war und Lisbeth sich seit Monaten nicht im Geschäft hatte blicken lassen, kamen nach Bekanntwerden ihres Leidens keine Kunden mehr.

So ein Pech, ausgerechnet ein Milch- und Käseladen, hatte Minna gedacht, wo man die Gefahren der Rindertuberkulose doch kannte und inzwischen sogar Prämien für tuberkulinfreie Ställe ausschrieb. Das hatte man ihnen im Auguste-Viktoria-Stift vom ersten Tag an eingebläut: »Nur abgekochte Milch trinken! Gebt euren Kindern keine Rohmilch! Wenn man die rohe Milch erkrankter Kühe trinkt, kann der Erreger der Rindertuberkulose den Menschen befallen.«

Sofort hatte Minna einen Eilbrief an Fannie aufgegeben und sie gewarnt.

Lisbeth und ihr Mann hatten den Laden schließen müssen.

Ähnlich war es der Hutmacherin Ingeborg aus Rinteln ergangen: »Bei der Schwindsüchtigen kauft man nicht, haben die Leute hinter vorgehaltener Hand gesagt«, hatte sie schluchzend erzählt.

Minna machte sich keinerlei Illusionen: Sie würde ihr Geschäft verlieren, zum dritten Mal.

Sie schaute auf die Uhr. Zehn vor eins. Zeit fürs Mittagessen. An den Geräuschen auf dem Flur hörte sie, dass die Frauen sich pünktlich auf den Weg machten. Niemand kam zu spät zu den Mahlzeiten, sie waren die Höhepunkte im Gleichklang der oft endlosen Stunden.

Es war Minna nicht schwergefallen, sich hier einzuleben, weil sie an keinem Tag auch nur eine einzige Entscheidung treffen musste. *Welche Aufträge muss ich heute fertig bekommen, habe ich genug Garn in den richtigen Farben, was muss ich einkaufen, wie viel Geld habe ich dafür, was kann ich kochen, wann kommt Hanne aus der Schule, wie lange werden die Kohlen reichen, hoffentlich wächst das Kind nicht so schnell, woher soll ich Winterschuhe bekommen …* Das waren Sorgen aus einer anderen Welt.

Mit der »wirtschaftlichen Tuberkulose-Hilfe« von knapp hundert Mark für sie und Hanne würden sie allerdings nach der Entlassung kaum über die Runden kommen; sobald ihre Kräfte es zuließen, würde Minna sich eine Arbeit suchen müssen. Zurzeit reichten die dreißig Mark Unterhalt von Fritz für Miete und Strom. Kohlen zum Heizen und Gasmünzen für den Herd hatten sie seit Dezember nicht gebraucht.

Minna hatte an Karl geschrieben: *Wenn ich die Schneiderei zumachen muss, werden wir das überstehen, ich hab schon anderes ausgehalten. Falls ich also nicht an der Tuberkulose sterbe, und danach sieht es zurzeit aus, sterbe ich gewiss auch nicht an der Armut. Für Hilfsarbeiten in einer Fabrik wird meine Kraft wohl ausreichen.*

Die Prognose war gut: Die Zahl der neuen Tuberkulosefälle, die noch vor Kurzem bei über hunderttausend im Jahr gelegen hatte, sank stetig. Unter den Patientinnen im Auguste-Viktoria-Stift gab es kein anderes Thema als die Schwindsucht, und so war Minna gut informiert. Es starben nicht nur immer weniger Menschen, sie waren auch deutlich älter als Minna, wenn sie starben.

Minna steckte Hannes Brief in das Zigarrenkistchen zu den anderen und verstaute es in dem Schrank, den sie sich mit Lisbeth teilte. Sie sah sich um. Ein Zimmer, sechs Betten, drei Schränkchen. Sie schob den einzigen Stuhl unter den Tisch und machte sich auf den Weg zum Speisesaal.

Unterwegs reihte sie sich in die Schar der anderen Frauen ein, junge und alte, dicke und dünne, schwer erkrankte und genesende. Dreihundertzwanzig Frauen mit unterschiedlichen Schicksalen und verschiedenen Arten, damit umzugehen. Zwei Umstände aber einten sie: die Krankheit und die Armut. Das Auguste-Viktoria-Stift in Bad Lippspringe war die erste Lungenheilstätte für minderbemittelte Tuberkulosekranke. Eine Fabrikarbeiterin aus Soest hatte höhnisch gesagt: »Sie haben diese Heilstätten bestimmt nicht gebaut, weil sie uns was Gutes tun wollen, oder weil sie so gute Menschen sind.« Dann hatte sie eine Rednerpose eingenommen, den Blick auf einen Punkt in der Ferne gerichtet und gerufen: »Der Proletarier muss versuchen, die einzige Ware, die er auf dem Markt anzubieten hat, seine Arbeitskraft nämlich, zur Gänze wiederherzustellen.«

Die anderen Frauen hatten sich kopfschüttelnd abgewendet, aber Minna dachte seither oft über diesen Satz nach. Sie stimmte ihm zu: Sie musste um jeden Preis wieder gesund werden, denn ihre Arbeitskraft war nötig, um ihre Tochter zu ernähren. Es gab keine andere Möglichkeit. Sie war für Hanne verantwortlich. Sterben kam überhaupt nicht infrage.

Die Türen zu den Speisesälen wurden geöffnet, im Gänsemarsch traten die Frauen ein und eilten zu ihren Plätzen. Der riesige Raum mit seinen Säulen und Rundbögen war einfach möbliert: Tische in zwei Reihen, sechs Stühle an jedem Tisch. Wer in einem Zimmer schlief, aß auch gemeinsam. Hundertzwanzig Frauen, die pünktlich zur Mahlzeit erschienen, fast synchron Platz nahmen, die Hände auf den Tisch legten und auf die Suppe warteten. Es gab jeden Tag Suppe, entweder Fleischbrühe, Gemüsebrühe oder Hühnersuppe. Und es gab jeden Tag Fleisch mit Gemüse, Kartoffeln und Soße. Die Portionen waren so reichlich, dass Minna jedes Mal dachte: *Davon würden Hanne und ich ohne Not eine ganze Woche lang satt werden.*

Heute gab es vorweg eine kräftige Brühe aus Markknochen. Die Frauen schwatzten, schmatzten, löffelten. Besteck klirrte in den Tellern, hier und da erklang leises Lachen.

Nach der Suppe gab es Rinderbraten und Kartoffeln in einer sämigen Soße, in der pfenniggroße Fettaugen schwammen. »Da gucken mehr Augen raus als rein«, murmelte Lisbeth.

Minna hatte sich bei ihrer Ankunft im Auguste-Viktoria-Stift vor der Gesellschaft so vieler kranker Frauen gefürchtet, sie hatte Angst gehabt, dass es immer nur das

Thema Tuberkulose geben würde. Und so war es auch, aber nicht nur die Krankheit beschäftigte alle unablässig, sondern auch die Therapie und die Möglichkeit, trotz aller Bemühungen zu sterben. Aber jetzt, fast drei Monate später, hatten Gespräche über den Tod für Minna ihren Schrecken verloren, sie war längst daran gewöhnt. Und auch die neue Langsamkeit, in der sie lebte, quälte sie nicht mehr.

»Seit ich denken kann, war in meinem Leben immer ein ziemliches Tempo«, hatte sie am ersten Tag im Aufnahmezimmer zu Dr. Ricks gesagt. »Und als ich dachte: Jetzt geht es endlich aufwärts, bekam ich diese Pest.«

Dr. Ricks, ein korpulenter Mann, vielleicht in Minnas Alter, mit weisen Augen und einem Kopf wie ein Löwe, hatte sich hinter seinem Schreibtisch zurückgelehnt. »Sie haben nicht die Pest, Frau Volkening, Sie haben Lungentuberkulose. Und wir haben eine moderne Medizin und können Ihnen dank der bahnbrechenden Forschungsergebnisse aus Amerika nun Streptomycin verabreichen. Deswegen ist Ihre Diagnose kein Todesurteil mehr. Halten Sie sich an alles, was wir Ihnen verordnen, dann werden Sie in wenigen Monaten entlassen.«

Minna hatte vor Erleichterung geweint.

Dr. Ricks hatte mahnend den Finger gehoben: »Es ist nicht nur das Medikament, Frau Volkening, Sie müssen die gesamte Therapie verinnerlichen. In der Medizin steht nichts für sich allein, Sie müssen viel selbst beitragen. Achten Sie auf gute Ernährung, rauchen Sie nicht, lüften Sie Ihre Wohnung ausreichend und bewegen Sie sich an der frischen Luft. So stärken Sie Ihre körperlichen Abwehrkräfte.«

Du Blödmann, hatte Minna im Stillen gedacht, *das klingt, als hätte ich vorher meine Wohnung nicht gelüftet und wäre selber schuld an meiner Krankheit. Wenn man sich gut ernähren will, braucht man dafür auch das nötige Kleingeld.*

Aber bald hatte sie verstanden, was der Arzt meinte. Etliche Stunden verbrachten die Frauen im Auguste-Viktoria-Stift mit scheinbarem Nichtstun: Bei jedem Wetter lagen sie in Liegestühlen auf überdachten Terrassen, warm eingepackt in Decken, die Schilder mit den mahnenden Großbuchstaben: SILENTIUM! folgsam beachtend. Die Liegekur war zentraler Bestandteil des Tages. Und immer wieder gab es Belehrungen durch die Ärzte und Krankenschwestern: »Sie müssen sich abhärten.« Deswegen blieben in den Schlafzimmern sogar nachts die Fenster geöffnet, allerdings nur, wenn es draußen frostfrei war. Die Einwände der manchmal vor Kälte schlotternden Frauen wurden von den Schwestern mit gebetsmühlenartig wiederholten Sätzen pariert: »Die eigenen Abwehrkräfte müssen mobilisiert und stabilisiert werden. Das geht am besten mit viel Frischluft und absoluter Ruhe.«

Gegen die dritte Säule der Therapie, das überreichliche Essen, hatte Minna nichts einzuwenden, wenngleich sie ein schlechtes Gewissen hatte, weil sie vor dem vollen Teller saß und täglich diese mächtigen Portionen Fleisch und Soße vertilgte. So viel hatte sie in ihrem ganzen Leben bisher nicht gegessen, nicht mal in den guten Jahren in Düsseldorf. Sie konnte die späteren Hungerjahre beim besten Willen nicht vergessen, dieser Überfluss fühlte sich falsch an.

Seit Mitte Dezember war nun ein Tag wie der andere gewesen: leise und langsam. Minna kannte nicht nur die

Garten- und Liegekurordnung und die Zimmerordnung auswendig, sie hätte auch den Tagesplan aus der Hausordnung im Schlaf aufsagen können. Er hing an jeder Zimmertür, mit dem Hinweis, dass Zuwiderhandlungen und Nichtbefolgung mit dem Verweis aus der Heimstätte geahndet würden, einhergehend mit dem Verlust auf den Anspruch weiterer Behandlungen dieser »Angelegenheit«. Dasselbe galt für asoziales Verhalten oder bei Verweigerung der vorgeschlagenen Behandlung.

Tagein, tagaus. Woche für Woche, Monat für Monat. Dezember, Januar, Februar, März. Frühstück, Liegekur. Zweites Frühstück, Liegekur. Kein Wort wurde geredet, man lag da und spürte die Zeit verstreichen. Danach ging man bis zum Mittagessen im Park spazieren. Den Spaziergang hatte Minna heute verkürzt, um vor dem Essen Hannes Brief lesen zu können. Nach dem Mittagessen: wieder Liegezeit, die längste und wichtigste. Jede Patientin wurde zu Beginn des Aufenthaltes von Dr. Ricks darauf hingewiesen: »Nach dem Mittagessen ist das diejenige Kur, welche die meiste Gewichtszunahme hervorruft. Wir werden Sie wöchentlich wiegen und alle drei Wochen gründlich untersuchen.«

Minna hatte elf Pfund zugenommen. Sie hatte sämtliche Röcke weiter machen müssen, Gott sei Dank hatte sie ihr Nähzeug dabei.

Nach dem Mittagessen sollte man versuchen zu schlafen. »Um den wichtigen Verdauungsprozess zu fördern, ist es ratsam zu schlummern. Zumindest müssen Sie ganz still liegen«, hieß es.

Um vier: Kaffee und Gebäck. Spaziergang. Liegekur. Abendessen.

Danach durften sie sich im Gesellschaftsraum aufhalten, bis zur Abendmilch vor der Bettruhe.

Gestern hatten sie zusammengestanden, jede mit einem Glas warmer Milch mit Honig in der Hand. Die Hutmacherin Ingeborg hatte gesagt: »Unsere Hustenburg ist ein Arme-Leute-Bunker. Unter meinen Kundinnen war eine von diesen Etepetete-Damen, ihr Mann hatte auch TB. Er war in einem stinkvornehmen Sanatorium, da machen sie mit den reichen Pinkeln Cognac-Kuren!«

Ingeborg war sofort von den anderen Frauen umringt gewesen. »Das müsst ihr euch vorstellen, unsereins ist froh, wenn man zu Hause Brot mit Margarine und Marmelade hat, und die verspeisen zum Frühstück warme Brötchen mit guter Butter und heiße Milch mit Cognac! Später wird Kakao serviert, mit Milch gekocht und mit Cognac gewürzt, mittags schlürfen sie vorweg Fleischbrühe mit Eigelb, zum Nachtisch mampfen sie Milchreis und gönnen sich ein Glas Rotwein.«

»Was das alles kostet!«, rief eine der Frauen, eine andere ergänzte: »Die sind mittags so blau, dass sie vom Husten und Fieber nix mehr merken.«

Ingeborg hatte sich in der allgemeinen Aufmerksamkeit gesonnt und berichtet, dass es dort auch zum Nachmittagskaffee, zum Abendessen und mit der Nachtmilch Cognac gab. Daraufhin prosteten die Damen einander mit ihren alkoholfreien Milchportionen zu.

»Die hatten bestimmt ordentlich Spaß, in den Zimmern muss es ziemlich heiter zugegangen sein«, hatte Minna gesagt und sich nebenher gefragt, ob sie je wieder zu einem Fest gehen und einen Schwips haben würde.

Je länger Minna in der Heilstätte lebte, desto ruhiger wurde sie. Der immer gleiche Tagesablauf gab ihr Halt, die Ereignislosigkeit wurde einzig und allein von den Briefen ihrer Lieben unterbrochen.

Fannie schrieb ab und zu Postkarten und berichtete in Stichworten: *Hanne geht es gut, sie ist ein liebes Mädchen und sehr artig.*

Zweimal hatte Alex ihr geschrieben – fröhliche, freche Briefe, die sie jedes Mal zum Lachen brachten. *Wer sang- und klanglos aus einer Wirtschaft verschwindet, ohne sich von seinem Tischherrn mit einem Küsschen zu verabschieden, wird mit Umarmungen nicht unter einer Viertelstunde bestraft.* Er war ein lustiger Kerl. Und harmlos. Vielleicht sollte sie doch noch mal mit ihm ausgehen.

Lilo hatte einen Schlüssel zu Minnas Wohnung und sah ab und zu nach dem Rechten. Sie schrieb: *Stell dir vor, ich habe eine Stellung als Sekretärin in einer Saftfabrikation gefunden. Nun bin ich die Tommy-Tippse aus dem Saftladen.*

Auch Anni hatte geschrieben, ebenso wie ihr Bruder Hermann, der von Mariechen und dem Rest der Familie grüßen ließ. Wilhelmine hatte sich zu Weihnachten gemeldet, Hanne und Karl schickten jede Woche einen Brief. Und einmal war sogar eine Nachricht von Fritz gekommen, eine Ansichtskarte mit dem Kaiser-Wilhelm-Denkmal als Motiv. Wie oft waren Minna und Fritz dort gewesen ... Das Denkmal im Wiehengebirge war Ziel zahlreicher Sonntagsausflüge gewesen, in der Nähe hatten sie in eisigen Wintern Holz zum Heizen gesammelt, und sie hatten dort ein Schäferstündchen verbracht. Damals, bevor sie verheiratet gewesen waren. Wollte Fritz ihr mit diesem Bild etwas sagen? Wieder und wieder starrte Minna auf die beiden Zeilen: *Liebe Mia, wie geht es dir? Hoffentlich erholst du dich gut und kommst bald gesund nach Hause. Dein Fritz.* Aber so oft sie die Karte auch las, sie konnte nicht mehr aus den Worten lesen, als da stand. Ein Genesungswunsch, nicht mehr.

Obwohl es Minna an nichts fehlte, sehnte sie ihre Entlassung herbei. Sie wollte zu Hanne, ihr fehlten die Gespräche mit Karl, sie wollte in ihre Wohnung, nach Hause, zurück in ihr kleines Leben.

Mitte März fand sie sich zur »großen« Untersuchung im Arztzimmer ein.

Jedes Mal, wenn sie diesen überheizten Raum betrat, den eigentümlichen Geruch nach Karbol einatmete und sich hinter das Gerät stellte, um durchleuchtet zu werden, zitterte sie vor Aufregung. Wie unheimlich, dass man von außen in sie hineinschauen konnte, und dass der Doktor ihre Knochen, die Lunge, das Herz und wer weiß was noch in ihrem Innersten sah!

Nachdem sie durchleuchtet, abgehört und abgeklopft worden war, wies Dr. Ricks Minna mit einer Handbewegung an, sich zu setzen. Seine Gehilfin, die zugleich seine Gattin war und sich von den Patientinnen mit »Frau Doktor« anreden ließ, stand hinter ihm und schaute über seine Schulter, während er mit wichtigem Gesicht etwas in die vor ihm liegenden Listen eintrug.

Minna beobachtete die beiden, registrierte die akkurat sitzende Frisur der Frau Doktor, bemerkte, dass ihr taillierter, blütenweißer Kittel tadellos gestärkt und gebügelt war, und dass die kleinen Perlenohrringe ausgezeichnet dazu passten. Sie reckte sich, um ihre Schuhe sehen zu können. Aha, Frau Doktor trug halbhohe lederne Pumps, schick, schick. Die Patientinnen erzählten sich, dass sie früher hier im Hause Krankenschwester gewesen sei und ihn bei der Arbeit kennengelernt hatte. Alle ledigen Neuzugänge begannen nach Erhalt dieser Information den Ärzten schöne Augen zu machen.

In der Stille war nur das Kratzen der Feder auf dem Papier zu hören.

»Es geht mir gut«, sagte Minna ungefragt und ignorierte den tadelnden Blick der Frau Doktor. »Ich habe keinen Husten mehr, zugenommen habe ich auch, und ich bin seit Wochen fieberfrei. Eigentlich kann ich nach Hause«, sprudelte es aus ihr heraus.

Ein Telefon klingelte im Nebenraum. Die Frau verließ mit missbilligender Miene das Zimmer.

Dr. Ricks nahm die Lesebrille ab. »Frau Volkening, das müssen Sie schon uns Fachleuten überlassen, wann Sie nach Hause können, nicht wahr?«

Minna konnte es nicht ausstehen, herablassend behandelt zu werden, wollte entsprechend antworten, aber er stoppte sie mit seinem Blick. Dann setzte er die Brille wieder auf, nahm eines der Papiere in die Hand und murmelte ohne Betonung: »Ergebnis. Laboratoriumsuntersuchungen liegen vor, Auswurf, Beschaffenheit des Sputums ... mikroskopisch untersucht, o.B. ... Harn, qualitativ o.B. ... , Blutsenkung in Ordnung, gesamter Blutstatus ebenfalls ... röntgenologisch ...Prozess konsolidiert ... ... durchleuchten ...Spitzenaufnahmen ...o.B.«

»Was bedeutet o.B.?«, unterbrach ihn Minna.

Dr. Ricks schaute sie über den Rand der Brille streng an. »Sehen Sie, Frau Volkening, das sind medizinische Fachtermini, die für Sie als Laien völlig irrelevant sind.«

»Aber Sie reden von *meiner* Lunge, *meiner* Krankheit und *meinen* Untersuchungen!«

Jetzt huschte ein Grinsen über das Gesicht des Arztes. Er wurde aber sofort wieder ernst. »Ohne Befund. O.B. heißt ohne Befund.« Er wandte sich erneut der Krankenakte zu, bewegte jetzt aber nur die Lippen.

Ohne Befund? Ohne Befund, ja, das hat er gesagt. Das ist gut, das ist ein gutes Zeichen. Himmel, warum ist es hier drin so warm?! Die ganze Hustenburg ist ein Eiskeller, aber in den Arztzimmern ist es warm wie in einer Hotelküche.

Schließlich, nach einer gefühlten Ewigkeit, während der Minnas Herz so heftig wummerte, dass sie fürchtete, man könne es unter dem Stoff ihrer Bluse schlagen sehen, lehnte Dr. Ricks sich wieder zurück. Dann stutzte er, beugte sich erneut über den Schreibtisch und las etwas.

Minnas Hände begannen zu zittern. *Hat er was übersehen? Kommt jetzt mein Todesurteil? Was hat er überlesen? Minna Volkening ist unheilbar krank, die Behandlungen in unserem Hause zeigten keinerlei Wirkung, es tut mir leid, ohne Befund war ein tragischer Irrtum, wir können leider nichts mehr für sie tun?*

Er schaute hoch. Minna versuchte, dem Blick nicht auszuweichen, hielt den Atem an.

Dr. Ricks räusperte sich. »Der Herd in Ihrer Lunge ist komplett abgekapselt. Wir bezeichnen das als geschlossene Tuberkulose. Eine Ansteckungsgefahr für andere besteht somit derzeit nicht.«

Minna atmete immer noch nicht.

»Haben Sie verstanden, was ich gesagt habe? Der Tuberkuloseherd in Ihrer Lunge ist abgekapselt. Wir haben es geschafft.«

Jetzt atmete sie aus. »Ich bin ... geheilt?«

»Nein. Das sind Sie nicht. Tuberkuloseerreger können lange Zeit im Körper überdauern, ohne Symptome zu verursachen. Die Krankheit kann erneut ausbrechen. Vielleicht sagen wir es so«, er legte die Fingerspitzen aneinander, »wir haben aktuell einen negativen Bazillenbefund, ohne Ansteckungsgefahr. Ich werde noch heute eine Entlassungsvoranzeige an Ihr zuständiges Gesundheitsamt veranlassen. Wenn von da aus keine Einwände gegen die Entlassung in die häuslichen Verhältnisse bestehen, können Sie in zwei Wochen Ihre Koffer packen.«

Minna fühlte sich wie ein Ballon, aus dem man die Luft herauslässt. Sie sank vor Erleichterung auf dem Stuhl in sich zusammen. Für einen Moment schloss sie die Augen und bemühte sich, die Tränen zurückzuhalten.

Wie aus weiter Ferne drang die Stimme des Arztes an ihr Ohr, sie hörte seine Worte wohl, aber sie erreichten ihren Verstand zeitversetzt. »... deshalb ist es unerlässlich, den Körper stetig zu kräftigen und abzuhärten, damit die eindringenden Krankheitserreger Ihnen möglichst wenig anhaben können. Und die Hauptmittel, Frau Volkening, die Hauptmittel sind einfache und kräftige Nahrung. Vermeiden Sie Leckereien und jeden übermäßigen Genuss von Alkohol und Tabak. Lüften Sie Ihre Wohnung, so, wie Sie es in der Einrichtung gelernt haben. Waschen Sie täglich Ihren ganzen Körper mit kaltem Wasser und reiben

Sie ihn danach kräftig mit einem rauen Tuch ab. Halten Sie Haare, Zähne, Mund sowie Hände und Nägel sauber. Wir haben Ihnen alles gezeigt. Gewöhnen Sie sich an, bei geschlossenem Mund durch die Nase zu atmen, die ist nämlich der natürliche Filter für Unreinlichkeiten und Schädlichkeiten. Sie müssen nach Ihrer Entlassung immer wieder zum Durchleuchten, hören Sie? Wenn Sie sich nicht regelmäßig bei der zuständigen Stelle melden, wird Ihnen die wirtschaftliche Hilfe gestrichen, und die Krankenkasse übernimmt keine weiteren Behandlungskosten mehr. Sie werden von uns ein Tuberkulose-Merkblatt bekommen, auf dem Sie noch mal alles nachlesen können.«

Minna nickte die ganze Zeit.

7

Hanne

Mai 1952

Hanne hörte, dass die Tür zum Wohnzimmer geöffnet wurde. Tante Wilhelmine steckte den Kopf durch den Vorhang zur Kemenate. »Hör mal, wenn du erwachsen bist, gewöhn dir bloß nicht das Rauchen an! Ich weiß nicht, was alle daran finden. Ich krieg davon Kopfschmerzen. In meinem ganzen Leben hab ich keine einzige Kippe gequarzt. Wollen wir schon mal runtergehen? Ich muss nur noch schnell 'ne Spalt-Tablette nehmen. Was liest du da eigentlich?«

»*Emil und die Detektive*. Das spielt in Berlin. Da war Mutti schon mal, vor dem Krieg!«

Nickend, aber ohne auf Hannes Antwort einzugehen, nahm Wilhelmine ein Röhrchen aus ihrer Handtasche, drehte den Verschluss, ließ eine dicke weiße Tablette in ihre flache Hand fallen, legte den Kopf in den Nacken, warf sie in ihren Mund und schluckte.

»Hach«, sagte sie, »gleich geht's mir besser. Komm, wir warten unten.«

Hanne legte ihr Lesezeichen in das Buch und folgte ihr.

Tante Wilhelmine hatte recht. An einem Tag wie heute, an dem so viel Besuch im Wohnzimmer saß, konnte einem wirklich übel werden. Onkel Karl mit seiner Zigarre, Onkel Alex, der dieselbe Sorte rauchte wie Tante Lilo, ihr »Bekannter« Herr Witzel und Mutti mit ihren Güldenring-Zigaretten. Wenn alle gleichzeitig pafften, hingen wabernde Rauchschwaden in der Mansarde, die sich auch durch das geöffnete Fenster kaum verzogen. Dabei wusste Hanne, dass der Doktor zu Mutti gesagt hatte, sie dürfe nicht so viel rauchen. Sie hatte sie neulich daran erinnert, was ihr einen unschönen Rüffel eingebracht hatte.

»Ich soll nicht übermäßig rauchen, und davon kann keine Rede sein. Dafür fehlt mir sowieso das nötige Kleingeld«, hatte Minna gesagt, in diesem Ton, den Hanne nicht mochte, weil er sie einschüchterte.

Seit Mutti ihre Schneiderei hatte schließen müssen, war das Geld sehr knapp.

Hanne stürmte durch das Treppenhaus, nahm immer zwei Stufen auf einmal.

»Nicht so wild, du benimmst dich wie ein Junge!«, schimpfte Wilhelmine, aber da war sie schon fast unten.

Am Fuß der Treppe stieß sie mit Hulda Kannegießer zusammen, die soeben die Tür ihrer Leihbücherei abgeschlossen hatte.

»Frollein, du hast es aber eilig!«, rief sie mit ihrer gellenden Stimme. Hanne knickste und sagte: »Entschuldigung!«

Hulda sah Hannes Tante die Treppe hinunterkommen. »Ach, Frau Wolf, ist Ihr Mann auch im Haus?«

»Ja, warum?«

Hulda Kannegießer verstaute ihren Schlüsselbund und wandte sich Richtung Ausgang. »Er kann das Buch ausleihen, es ist zurückgekommen, hab's für ihn reserviert.«

»Was denn schon wieder für ein Buch?«

»*Krieg und Frieden* hat er vorbestellt, ich habe die Ausgabe der Übersetzung von Otto Whyss, die ist von 1942, aber bisher die beste …«

Wilhelmine unterbrach sie. »Krieg und Frieden, darüber liest er ein Buch? Einer, der sich im Krieg um alles Mögliche gekümmert hat, aber bestimmt nicht um was Wichtiges.« Sie winkte ab. »Ihnen brauche ich nichts zu erzählen, wir haben lange genug hier im Hause gewohnt. Während unsereins Kartoffeln und Kohlen besorgen musste, hat er seine Nase immer nur in olle Bücher gesteckt.«

Hulda Kannegießer war an der Haustür angelangt. »Jedem das Seine und mir das Meine. Ich muss los. Hanne, sagst du es deinem Onkel? *Krieg und Frieden*, er weiß Bescheid.«

Draußen atmete Hanne erst mal tief durch. Es war für Anfang Mai zu kühl, aber die Luft war trotz des Verkehrs auf dem Marktplatz besser als oben in der Wohnung.

Wortlos standen sie eine Weile nebeneinander.

»Wo willste denn zuerst reingehen?«, fragte Wilhelmine.

Hanne zuckte mit den Schultern. »Weiß nicht. Zuerst besuche ich Tante Fannie an der Bodenmühle, dann gucke ich mir alle Geschäfte an.«

»Bodenmühle? Geschäfte? Wir gehen auffe Messe, wovon redest du?« Wieder wartete Wilhelmine nicht ab, bis Hanne antwortete. »Haste das bei dem Gesocks auffem Schock gelernt, als deine Mutter weg war, und du bei der Freiwald warst?«

Hanne mochte die abfällige Art nicht, in der ihre Tante sprach. Eigentlich hätte sie gern gesagt, dass Schausteller kein »Gesocks« waren. Gesocks war ein gemeines Wort, das sagte man nicht. Und dass sie ihren Arbeitsplatz nicht Schock, sondern Kirmes nannten. Aber sie gab so gut wie nie Widerworte.

Tante Wilhelmine mochte Tante Fannie nicht, das hatte etwas mit dem Krieg zu tun. Irgendwann hatte Hanne in einem Gespräch aufgeschnappt, dass Tante Fannie sich vor den Leuten hatte verstecken müssen, für die Tante Wilhelmine gearbeitet hatte, aber worum es genau ging, traute sie sich nicht zu fragen.

Schüchtern korrigierte sie nun: »Tante Fannie heißt nicht mehr Freiwald mit Nachnamen, sondern Winter, wie Onkel Hans.«

Wilhelmine schaute sie aus ihren kleinen grünen Augen abschätzig an und spitzte die Lippen. »Hoffentlich war das der richtige Umgang für dich. Schausteller, fahrendes Volk, solche Leute sind anders als wir. Ich kenn die Familie von früher. Hat kein gutes Ende genommen mit denen.«

Hanne ahnte, dass diese Worte sich auf die Ereignisse im Krieg bezogen, über die niemand sprach. Sie hatte Tante Fannie mal sagen hören: »Die Zeit im KZ muss man vergess'n, wenn man nicht meschugge werd'n will, kann man aber nicht. Jedes Mal, wenn man sich die Hände wäscht, guckt man auf die Nummer, und dann is das Grau'n wieder da.« Sie meinte damit das tätowierte Z und die Zahl auf ihrem Arm, aber was es damit auf sich hatte, wusste Hanne nicht. Sie wusste nur, dass man darüber nie, niemals sprach.

»Näht sie dir jetzt auch schon ihre weißen Kragen auf die Klamotten?«, fragte Tante Wilhelmine unvermittelt und zeigte auf Hannes Kleid.

Das Mädchen lächelte. Mutti konnte aus verschiedenen Sachen die famosesten Kleider zaubern. Regenschirmkleider waren sozusagen ihre Spezialität. Hanne hatte ihr wieder fasziniert dabei zugesehen, wie geschickt sie die Bespannung eines dunkelroten Regenschirms von den verbogenen Speichen abgetrennt hatte. Dann hatte sie eine geblümte Damenbluse auf Hannes Größe zurechtgeschneidert: Die ehemals langen Ärmel wurden zu modernen, kurzen Puffärmeln, den Saum der Bluse kürzte sie um einen handbreiten Streifen. Dann heftete sie den Schirmstoff zu einem Rock und nähte ihn an das Oberteil, setzte hinten einen Reißverschluss ein und verlängerte das Kleid mit dem übrig gebliebenen Stoffstreifen. Zuletzt hatte Minna aus einem weißen Kissenbezug einen adretten Kragen geschneidert und ihn mit feiner Spitze umhäkelt. Damit sie nicht jedes Kleid füttern musste, hatte sie einen Unterrock genäht, den Hanne unter allen Kleidern tragen konnte. Sie besaß nun drei Sommerkleider: eins für die Schule, das neue für sonntags und eins zum Spielen. Letzteres war das Schulkleid vom vorigen Jahr. Es war ziemlich abgetragen und auch ein bisschen zu eng, aber zum Spielen reichte es völlig aus.

Obwohl heute Samstag war, hatte Hanne das neue Sonntagskleid anziehen dürfen, die Eröffnung der Mindener Messe war nämlich so etwas wie ein Feiertag.

»Zeit genug zum Rumbasteln hat sie ja jetzt, wo sie wieder pleite ist«, giftete Tante Wilhelmine. Dabei zeigte sie auf das leere Ladengeschäft, in dem Muttis Änderungsschneiderei gewesen war.

»Die Leute gehen nicht zu einer, die TB hatte, weil sie Angst haben, sich anzustecken. Dabei hätten sie mich in Bad Lippspringe gar nicht entlassen, wenn ich noch ansteckend gewesen wäre«, hatte Mutti ihr erklärt. Nun arbeitete sie in der Zigarrenfabrik Rinn & Cloos in der Lindenstraße, und Hanne gehörte endgültig zu den Schlüsselkindern.

Das machte ihr nichts aus, im Gegenteil. Sie mochte es, wenn sie nach der Schule auf dem Heimweg trödeln konnte und dann die Wohnung für sich allein hatte. Mutti konnte sich auf sie verlassen. Hanne schmierte sich mittags ein Brot, erledigte gewissenhaft ihre Hausaufgaben und räumte auf. Sie wischte die Böden, holte Kohlen aus dem Keller, putzte die Fenster und spülte das Geschirr, und sie wrang die Wäsche aus, die Mutti in der Küche in einem Topf mit Seifenlauge eingeweicht hatte. Dann hängte sie die nassen Sachen auf. Sie musste auf das Küchensofa klettern, um an die Leinen heranzukommen, die von Haken zu Haken gespannt waren.

Manchmal verabredete sie sich am Nachmittag mit Schulkameradinnen. Dann zogen sie über Trümmergrundstücke, versteckten sich in den Ruinen, vertrieben sich die Zeit mit Ballspielen, Kästchenhüpfen und Seilspringen.

Donnerstags legte Mutti morgens einen Zettel und abgezähltes Geld hin. Hanne ging nach der Schule erst nach Hause, legte ihren schweren Ranzen ab und lief anschließend zum Markt auf dem Domhof, um Gemüse und Kartoffeln zu kaufen.

»Wenn du groß bist, wirst du bestimmt eine gute Hausfrau«, hatte die Marktfrau neulich gesagt. Sie kannte Hanne schon und steckte ihr manchmal einen Apfel zu.

Hinter ihnen öffnete sich die Haustür und Onkel Karl, Tante Lilo und ihr »Bekannter« Herr Witzel, Mutti und Onkel Alex kamen schwatzend heraus. Der zog Hanne an den Zöpfen und lachte: »Auf zum Festplatz!« Dann wandte er sich grinsend an Karl. »Wenn es einen Autoselbstfahrer gibt, fahre ich mit Hanne. Kannst ja mal versuchen, uns zu rammen!«

Sofort protestierte Wilhelmine: »Karl wird im August fünfzig, er ist zu alt für diese Kindereien!«

»Ach, Wilhelminchen, sei nicht immer so biestig und gönn deinem Karl mal einen Spaß, wenn er schon mit dir nichts zu lachen hat! Am besten gehst du mit Mia und Lilo in den Kettenflieger und lässt dir während der Fahrt mal ordentlich frischen Wind unter den Rock pusten, das hebt die Stimmung!«

Hanne hielt die Luft an und wartete darauf, dass Tante Wilhelmine reagierte. Aber das spitzbübische Grinsen von Onkel Alex und das laute Lachen der anderen nahmen seinen Worten offenbar die Schärfe, jedenfalls gab es von der Tante dieses Mal keinerlei Gezeter.

Hanne mochte den großen grauhaarigen Mann, der Mutti mit seinen Witzen fröhlich machen konnte. Verstohlen beobachtete sie die beiden, aber es schien nicht so, als würde er ihr Stiefvater werden können.

»Du bist ein feiner Kerl, und schneidig bist du auch, aber zum Poussieren bin ich zu alt!«, hatte sie Mutti zu ihm sagen hören.

Schade, Hanne wünschte sich sehnlichst eine richtige Familie. Natürlich hatte sie wie jedes Kind Eltern, aber die wohnten nun mal nicht zusammen.

Als sie das Buch *Das doppelte Lottchen* gelesen hatte, in dem am Ende die Eltern der Zwillinge wieder zueinanderfinden, hatte sie davon geträumt, wie es wäre, wenn Mutti und Vati sich wieder vertragen würden. Aber daraus wurde leider nichts. Vati lebte mit »der Person« in einer Wohnung in der Pöttcherstraße, nur ein paar Schritte vom Haus seiner Mutter entfernt. Daher sah Mutti es natürlich nicht gern, wenn Hanne die kleine Oma besuchte. Die Gefahr, der Person zu begegnen, war in dem engen Viertel groß. Dabei hatte Frau Rübenkamp noch nie versucht, mit Hanne ins Gespräch zu kommen, sie schien überhaupt kein Interesse an ihr zu haben.

Aber Mutti sagte immer: »Sie hat mir meinen Mann weggenommen, vielleicht will sie auch mein Kind? Du bist alles, was mir geblieben ist.«

Dann musste Hanne jedes Mal weinen. Nie, wirklich niemals würde sie Mutti im Stich lassen. Sie verstand, warum sie punktlich zu Hause sein musste, und warum Mutti stets wissen wollte, wohin sie ging und mit welchen Kindern sie am Nachmittag spielte.

»Ich habe schon eine Tochter begraben, noch mal überlebe ich das nicht!«, sagte sie manchmal. Damit machte sie Hanne zuweilen Angst, weil es schien, als sei jeder Schritt lebensgefährlich.

Heute aber waren die Erwachsenen bei ihr, es war überhaupt nichts gefährlich, und gleich würde sie Tante Fannie wiedersehen und Karussell fahren, so oft sie wollte.

Hanne hüpfte vorneweg und bog hinter der hölzernen Bratwurstbude an der Martinitreppe ab, die den hochtrabenden Namen *Vehlewald's Speisehalle* trug, sprang die Stufen hinauf und wartete oben auf die anderen.

Sie drängelten sich mit unzähligen anderen Besuchern auf dem Festplatz und lauschten der Eröffnungsrede des Bürgermeisters. Der schloss mit den Worten: »In den Annalen unserer Heimatstadt heißt es seit jeher: Die Mindener Jahrmärkte sind frei für alle Bürger, ausgenommen Missetäter, Diebe, Bösewichte und Feinde unseres Landes! Die Maimesse 1952 ist hiermit eröffnet!«

Es gab Applaus und Gejohle, und sofort begannen die Kirmesorgeln zu dudeln, die Losverkäufer zu rufen und die Rekommandeure die Besucher mit flotten Sprüchen in ihre Fahrgeschäfte zu locken. Hanne schaute mit großen Augen umher. Was für ein Remmidemmi!

Der Luftballonverkäufer war sofort von einer Schar Kinder umringt. »Möchtest du auch einen Ballon, Hanne?«, fragte Alex. »Such dir einen aus, ich schenke dir einen!«

»Nein danke, ich möchte erst alles anschauen und später Karussell fahren, dabei stört er nur!«

»Deine Tochter ist nicht nur brav, sondern auch bescheiden«, sagte Alex zu ihrer Mutter.

Vor einem Zelt saß eine Wahrsagerin mit einem roten Kopftuch auf dem rabenschwarzen Haar. Ihre goldenen

Ohrringe schaukelten. So musste Tante Fannie früher ausgesehen haben, als sie noch ein junges Mädchen gewesen war und mit ihrer Großmutter den Leuten auf den Märkten die Karten gelegt hatte.

Beim Leierkastenmann beobachtete Hanne fasziniert den putzigen Affen, der in der Nase bohrend auf dessen Schulter hockte. Als das Lied zu Ende war, schnappte der Affe sich den Zylinder vom Kopf des Mannes und hielt ihn den Zuschauern hin.

Wilhelmine griff Hannes Hand und zog sie mit sich. »So weit kommt das noch, dass ich für Musik bezahle, die ich nicht bestellt habe und die aus einer Holzkiste kommt. Der macht doch nichts. Der dreht bloß an der Kurbel! Das kann jeder. So leicht möchte ich mein Geld auch mal verdienen ...«

Hanne fragte sich, mit welcher Arbeit die Tante ihr Geld verdiente, aber dann sah sie das bunte Schild von *Fannies Raupenbahn* und dachte nicht mehr daran.

»Mutti, da ist die Raupe, darf ich hinlaufen? Bitte!«

Mutti lächelte. »Na los!«

Hanne drängelte sich durch die Menschenmenge, bis sie atemlos stehen blieb. Meine Güte, war die schön geworden! Die alte ramponierte Berg- und Talbahn war überhaupt nicht wiederzukennen. Sie hatte sich in eine moderne Raupenbahn verwandelt. Hanne hatte die Arbeiten daran den Winter über verfolgt, aber fix und fertig aufgebaut und beleuchtet hatte sie das Karussell noch nicht gesehen. *Und der i-Punkt auf dem Schild ist von mir*, dachte sie stolz.

An der breiten Dachkante prangten jetzt rote Herzen auf himmelblauem Grund, die hölzernen Säulen waren in denselben Farben spiralförmig bemalt und sahen wie riesige Zuckerstangen aus. Tante Fannie hatte die Malerei gemacht, weil der Karussellmaler genug mit den anderen Fahrgeschäften zu tun gehabt hatte. Es gab neue blaue Polster in den Chaisen – so nannten die Schausteller die Wagen –, und ein knallrotes Verdeck, das sich unter dem Geschrei der Fahrgäste am Ende jeder Fahrt über ihre Köpfe senkte. Das Schönste aber war die Musik. Noch nie hatte Hanne so laute Musik gehört. Lieder, die sie nicht aus dem Radio kannte, klangen aus Lautsprechern, die links und rechts vom Eingang hingen. Vor der Bahn versammelten sich immer mehr junge Leute, Mädchen mit Petticoats unter bunten, kniekurzen Röcken, dazu trugen sie Strickjacken mit hochgeschobenen Ärmeln und Söckchen in flachen Schuhen. Sie hatten die Haare zu wippenden Pferdeschwänzen gebunden und Lippen und Augen geschminkt. Die Frisuren der Jungs glänzten vor Pomade, als seien sie nass. Wenn die jungen Leute miteinander redeten, wippten sie dabei im Takt der Musik.

Hanne hätte ewig schauen können, aber Tante Wilhelmine stand plötzlich neben ihr und rief ihr ins Ohr: »Diese Hottentottenmusik ist noch nichts für dich, komm weiter.«

Sie und Mutti nahmen Hanne in ihre Mitte. Es war jetzt so ein dichtes Gedränge, dass Mutti Hannes Hand so fest umklammerte, dass es ihr wehtat. »Wenn wir uns aus den Augen verlieren, gehe ich einfach zu Tante Fannie. Da ist unser Treffpunkt, ja?«, schlug Hanne vor.

»Du liest zu viele Bücher, wir gehen zusammen«, sagte Tante Wilhelmine barsch.

Endlich waren sie am Kinderkarussell angekommen.

Fast hätte Hanne Tante Fannie nicht erkannt, so schick sah sie aus! Ihre Haare waren kürzer, gelockt und rot gefärbt. Sie war geschminkt, was ihre dunklen Augen hinter der Brille geheimnisvoll aussehen ließ.

Sie winkte ihnen aus dem Kassenhäuschen zu, beugte sich vor und sprach in ein Mikrofon: »Und wir start'n gleich zu einer neu'n Runde in Winters Märchenkarussell, die Fahrt nur zwanzig Pfennige! Der Bär, der Schwan, die Kutsche, das Pferd, hinein ins Märchenland, die nächste Fahrt beginnt ... gleich! Erleben, genießen, bitte einsteigen, es geht los!« Ein Gong ertönte, die Orgel fing an zu spielen und die Bodenmühle setzte sich in Gang. Fannie öffnete die Seitentür des Kassenhäuschens: »Kommt her, ihr beid'n!«

Sie zwängten sich in die Kabine. Mutti setzte sich auf den Stuhl neben Fannie und nahm Hanne auf den Schoß – für drei war in dem Kabäuschen kaum genug Platz.

»Du siehst blendend aus, Fannie! Dunkelblau steht dir einmalig, den Schnitt deines Kleides muss ich unbedingt haben, die Brosche dazu ist ein Traum. Und die neue Haarfarbe, sensationell!« So begeistert war Mutti selten, aber sie hatte mit jedem Wort recht.

Hanne wusste, warum Fannie auch im Sommer lange Ärmel trug: Sie mochte es nicht, wenn man die tätowierte Nummer auf ihrem Arm sah.

Ohne den Blick von dem jungen Mann zu nehmen, der die Billetts einsammelte, zählte Fannie eine Handvoll Fahrchips ab und gab sie Hanne. »Wennse alle sind, kommste wieder und holst neue. Und wennde Raupe fahr'n willst, gehste hin, da sitzt Onkel Hans anner Kasse. Inner Schiffschaukel sagste, dassde zu uns gehörst. Mia, das gilt auch für dich! Hier auf'm Platz seid ihr meine Gäste.« Nun sah sie Onkel Karl, Tante Wilhelmine und die anderen drüben stehen. »Ob das auch für Wilhelmine gilt, da muss ich noch drüber nachdenk'n.«

»Die geht nirgends rein. Für sie sind das alles Höllenmaschinen, dabei haben sie und Karl sich hier auf der Messe kennengelernt«, sagte Minna.

Hanne wollte erzählen, dass Tante Wilhelmine die Musik an der Raupe als Hottentottenmusik bezeichnet hatte, aber man redete nicht dazwischen, wenn Erwachsene sich unterhielten.

»Kommst du zurecht?«, fragte Mutti Fannie. »Hast du dich gut eingelebt?«

»Die Karussells sind 'ne Goldgrube. Hier ist unser dritter Platz in dieser Saison und der größte in der ganz'n Gegend. Bei den andern Plätzen hamwa schon richtig Kasse gemacht, aber diese Woche wird's noch besser, wetten? Is hartes Brot, hier verdienste die Moneten nich im Schlaf, aber irgendwie weißte, wofür de das machst.« Sie wies auf die Kinder, die selig grinsend oder übermütig jauchzend auf den Holztieren saßen und ihren wartenden Eltern zuwinkten.

Das Karussell wurde langsamer, die Runde war zu Ende, die Kinder stiegen aus. Vor dem Kassenhäuschen bildete sich eine Schlange. Fasziniert sah Hanne zu, wie Fannie blitzschnell kassierte, die Billetts abzählte und Wechselgeld herausgab. Der Mann, der die Chips zu Beginn der Fahrt eingesammelt hatte, lieferte sie jetzt ab. Fannie nahm sie, stapelte sie in Windeseile zu gleichen Türmchen und sagte, ohne den Mann anzusehen: »Picko, da haste zwei vergess'n, die müssen noch in deiner linken Tasche sein.«

Erschrocken fasste der Mann in seine Hosentasche, zog mit rotem Gesicht und verlegenem Grinsen zwei Chips heraus und gab sie Fannie. Die sagte freundlich: »Ich versteh dich, so is das nich. Einmal darfste das bei mir versuch'n, beim zweit'n Mal darfste deine Papiere hol'n und dann sofort verschwind'n.« Sie zwinkerte Minna zu. »Man muss die Augen überall haben. Lässte das bei den Jung's einmal durchgeh'n, kannste einpacken.«

»Du bist eine richtige Geschäftsfrau geworden. Bei dem Betrieb wirst du noch steinreich«, sagte Minna.

Fannie nickte, verkaufte neue Billetts, kassierte, zählte, sortierte, beugte sich wieder ans Mikrofon und sagte mit einem launigen Spruch die nächste Fahrt an. Dann wandte sie sich an Hanne. »Du rechnest doch so gerne, wir üb'n das jetzt mal. Wie viele Plätze ham wir?«

Hanne suchte den Schwan und begann ab da die Kinder zu zählen. »Achtundzwanzig.«

»Richtig. Die Fahrt kostet zwanzig Pfennig. Wie viel mach'n wir mit 'ner Fahrt, wenn voll besetzt is?«

Hanne rechnete laut: »Zehn Mal achtundzwanzig Pfennige sind zwei Mark achtzig und das dann mal zwei, also fünf Mark sechzig.«

»Jawoll, prima. Bist richtig gut im Kopfrechn'n. Kannste noch weiter?«

»Ja.«

»Wenn wir inner Stunde zehnmal fahren, wie viel kommt inne Kasse?«

»Zehn mal fünf Mark sechzig sind sechsundfünfzig Mark.«

»Von mittags um zwei bis Mitternacht ham wa auf, wie viele Stund'n sind das?«

Hanne zählte an den Fingern ab. »Zehn.«

»Mensch, das sind über fünfhundert Mark am Tag!«, rief Mutti dazwischen. »Und ihr habt noch die Schiffschaukel und die Raupe.«

Fannie nickte. »Ja, aber wir sind nicht immer voll, bei schlecht'm Wetter läuft's nicht, Platzmiete is trotzdem fällig, die nehmen's hier vom Lebendigen. Strom und Wasser komm'n noch dazu. Die Männer arbeit'n ja nich für umsonst, und die müssen auch ess'n und trink'n. Wir ham zwei Trecker und 'n alten Lanz für die Packwagen, das muss alles bezahlt werd'n. Aber wir komm' klar. Kannst gerne mitreis'n, wenn dir das inne Fabrik kein' Spaß macht, ich könnt noch wen für die Kasse gebrauch'n!«

»Au ja, Mutti, das wäre schön! Wir könnten auch in einem Camping wohnen und zusammen durchs ganze Land reisen!«

Mutti schüttelte den Kopf. »Das Kind muss doch zur Schule, und ich ... ich könnte das nicht. Ist nicht meine Welt, Fannie. Ich muss ja auch dauernd zum Arzt, zum Durchleuchten. Kontrolle, weißt du.«

Ohne das Geschehen aus den Augen zu lassen, stimmte Fannie zu: »Ja, hier musste für gebor'n sein. Wir ham auch nicht viele Private dabei, is' denen auf Dauer zu viel.«

Hanne wusste, dass Leute, die nicht in einer Schaustellerfamilie zur Welt gekommen waren, »Private« genannt wurden.

»Wir könnten Hanne in den Sommerferien ein paar Wochen mitnehmen. Dann is' sie nicht so alleine, und du kannst dich mal um dich selber kümmern«, schlug Fannie vor.

Als Mutti unerwartet: »Warum eigentlich nicht …« sagte, drehte Hanne sich auf ihrem Schoß um und fiel ihr vor Freude um den Hals.

Hanne fuhr zwei Runden auf der Bodenmühle mit und lief dann zu den Erwachsenen, die gegenüber an einem Bierausschank standen und sich unterhielten. Tante Lilo und Herr Witzel verabschiedeten sich gerade. Kaum waren sie in der Menge verschwunden, empörte sich Tante Wilhelmine: »Der Witzel ist ihr Chef? Sie poussiert mit ihrem Chef? Deswegen ließ er sich die ganze Zeit von uns siezen. Denkt er, der wär was Besseres? Kann ja wohl nicht wahr sein.«

Onkel Alex schüttelte den Kopf. »Denkst du immer nur das Schlechteste von den Leuten? Er hat uns auch gesiezt, hat vielleicht 'ne gute Erziehung?«

Darauf ging Tante Wilhelmine nicht ein. »Na hör mal, der ist doppelt so alt wie Lilo, der könnte ihr Vater sein. Kann mir keiner erzählen, dass sie nicht auf seine Moneten schielt.«

»Das wird dir auch keiner erzählen, weil es keiner von uns weiß.« Onkel Alex zündete sich eine Zigarette an und blies den Rauch in ihre Richtung. »Wo die Liebe hinfällt. Ist doch schön. Was Karl an einer Zeter-Else wie dir findet, müssen wir ja auch nicht verstehen.«

Hanne biss sich auf die Lippe, weil sie sonst losgelacht hätte. Onkel Alex traute sich was! Zeter-Else, was für ein lustiges Wort. Verstohlen beobachtete sie, dass Mutti und Onkel Karl ebenfalls schmunzelten, nur Tante Wilhelmine machte ein ärgerliches Gesicht.

Später fuhren die Männer im Autoselbstfahrer, obwohl Tante Wilhelmine versucht hatte, Onkel Karl davon abzubringen. »Du hattest lange keinen epileptischen Anfall, das musst du nicht mit diesem Kinderkram rausfordern! Also, wenn du hier vor allen Leuten deine Krämpfe kriegst, ich gehör nicht dazu, ich geh dann nach Hause.«

»Wir passen auf ihn auf, mach dir keine Sorgen. Warum bist du überhaupt mitgekommen, wenn du sowieso alles blöd findest?«, fragte Onkel Alex.

Daraufhin schnaubte Tante Wilhelmine verächtlich und drehte ihm den Rücken zu.

Später fuhren sie noch eine Runde in der Raupe. Mutti und Onkel Alex nahmen Hanne in die Mitte, und zum ersten Mal hörte sie ihre Mutter vor Vergnügen jauchzen, als die Fahrt zum Ende hin immer schneller wurde und sich das Verdeck nach lautem Hupen über sie wölbte.

Am Abend, bevor sie ins Bett ging, zählte Hanne am Küchenkalender die Wochen bis zum Beginn der Sommerferien. So lange noch bis zum 31. Juli ... aber dann! Dann würde sie im Camping mitreisen und konnte den ganzen Tag mit den Schaustellerkindern spielen, bis mittags der Markt geöffnet wurde, und dann konnte sie Karussell und Raupe fahren, Ponyreiten, Dosenwerfen, Popcorn essen und in die Schiffschaukel steigen. Mit einem glücklichen Lächeln auf den Lippen schlief sie ein.

Montag begann der Unterricht mit Fräulein Müller.

»Letztes Mal haben wir über unsere Nachnamen, über die Herkunft und deren Bedeutung gesprochen. Wir haben gelernt, dass Namen sich von Berufen ableiten, wie Schneider oder Koch. Oder von der Herkunft wie Böhm aus Böhmen oder Sachs aus Sachsen. Andere Namen zeigen die Rasse, äh, ich meine die Religion, wie Silbermann oder Rosenberg bei den Juden oder Bischof bei den Katholiken. Ich hoffe, ihr habt aufgepasst. Heute nehmen wir den zweiten Teil durch: die Vornamen.«

Hanne mochte Fräulein Müller nicht, sie war streng und hatte eine unangenehme Stimme. Ihre Mitschülerin Rita hatte gesagt, Fräulein Müller sei gar keine richtige Lehrerin, sondern eigentlich eine Hausfrau. Man habe sie in einem Schnellkurs zur Lehrerin gemacht, weil es nach dem Krieg nicht genug Lehrpersonal gegeben habe.

»Warum nicht?«, hatte Hanne gefragt.

»Weil die entweder tot waren, abgehauen oder Nazis. Der Vater von Fräulein Müller soll einer gewesen sein, ein Nazi!«

»Was? Woher weißt du das?«, hatte Hanne gefragt.

»Von meinem Bruder, der ist vierzehn und weiß über vieles Bescheid.«

Daraufhin hatte Hanne einen Schrecken bekommen. Sie erinnerte sich, dass Mutti mal gesagt hatte: »Nazis waren Teufel in Menschengestalt. Sie haben Tante Fannies Familie abgeholt, nur Fannie hat das überlebt.«

»Was bedeutet *abgeholt*?«, hatte Hanne gefragt.

»Das erkläre ich dir, wenn du größer bist.«

»Aber ich bin groß, ich bin zwölf!«

»Trotzdem«, hatte Mutti gesagt.

Seither hatte Hanne Angst vor Fräulein Müller. Außerdem gab es Tage, an denen man ihr nichts recht machen konnte. Dann bekam man mit dem Holzlineal kräftige Schläge auf die Finger, wenn man nur gähnte oder einen Blick aus dem Fenster tat. Oder, noch schlimmer, man musste sich mit dem Gesicht zur Wand in die Ecke stellen, wenn man ungezogen gewesen war oder nicht aufgepasst hatte. Gott sei Dank hatte Hanne bisher weder mit dem Lineal noch mit der Ecke Bekanntschaft gemacht.

Fräulein Müller sagte: »Ihr zählt heute eure Vornamen auf und ihre Bedeutung, wenn ihr sie wisst. Hanne, deine Antwort beginnt mit den Worten: Ich heiße ...«

Hanne sprang auf, legte die Hände seitlich an die Oberschenkel, so wie Fräulein Müller es verlangte. Wie immer, wenn sie drankam, hatte sie heftiges Herzklopfen und schreckliche Angst, etwas Falsches zu sagen und in die Ecke zu müssen.

»Ich heiße Hanne Ida Karoline Volkening. Ida nach meiner Oma mütterlicherseits, Karoline heißt die Mutter meines Vaters. Mein Rufname ist Hanne.«

»Kennst du die Bedeutung dieses Namens?«

Sie nickte eifrig. »Ja, ich heiße nach der Freundin meiner Mutter, Hannchen.«

»Ist sie deine Patentante?«

»Nein, sie und ihre Familie wurden in einem Lager von den Nazis getötet. Zur Erinnerung hat Mutti ihren Namen für mich ausgesucht, damit ...«

»Schluss! Hör sofort auf! Setzen!«, schrie Fräulein Müller plötzlich so laut, dass Hanne und einige der anderen Kinder zusammenzuckten. Sofort ließ Hanne sich auf den Stuhl fallen und schaute die Lehrerin eingeschüchtert an. Was hatte sie falsch gemacht? Hilfesuchend sah sie in die Runde, aber ihre Mitschüler guckten rasch weg oder senkten den Kopf.

Fräulein Müller stand mit durchgedrücktem Rücken hinter dem Pult, hielt das gefürchtete Lineal in der rechten Hand und schlug sich damit immer wieder auf die Handfläche ihrer linken.

»Was habe ich ...«, begann Hanne.

Sofort herrschte das Fräulein sie an: »Schluss! Oder willst du den Rest des Tages in der Ecke stehen? Das hat ein Nachspiel, glaub es mir.«

Hanne verstand nicht, warum Fräulein Müller plötzlich so böse auf sie war. Es fiel ihr den ganzen Rest der Stunde schwer, den Kloß im Hals herunterzuschlucken und die Tränen zu unterdrücken.

Den Rest der Stunde ließ Fräulein Müller sie nicht aus den Augen, obwohl Hanne nur völlig reglos dasaß und nichts tat außer zu atmen. Endlich klingelte es, und Fräulein Müller verließ den Klassenraum.

In der Pause stand Hanne mit Reni und Sigrid auf dem Schulhof, als Werner und Heinz, die größten Jungs der Klasse, auftauchten. Oje, sie wollten sie bestimmt wieder im Vorbeigehen an den Zöpfen ziehen und dann Hans-guck-in-die-Luft spielen und sich kaputtlachen.

Instinktiv trat Hanne einen Schritt zurück und presste ihren Körper fest an die Mauer. Aber dieses Mal kamen die Jungs geradewegs auf sie zu. Die anderen Mädchen schauten weg und huschten ängstlich zur Seite.

Heinz baute sich breitbeinig vor Hanne auf, stützte sich mit flachen Händen und ausgestreckten Armen neben ihrem Kopf an der Wand ab und kam ihr ganz nah. Er hatte schlechten Atem.

»Wie nett«, flüsterte er. »Sie heißt wie 'ne tote Judensau!«, sagte er leise.

Dann ging er einen Schritt zurück, spuckte aus, der dicke Flatschen traf mitten auf Hannes Schuh.

Heinz drehte sich um, schlenderte grinsend davon und ließ sie wie zur Salzsäule erstarrt zurück.

Es klingelte, die Kinder rannten zurück ins Gebäude.

Hanne stand noch immer wie festgenagelt, konnte den Blick nicht abwenden von dem ekelhaften Fleck auf ihrem Schuh, sah ihn in das braune Leder einziehen und immer dunkler werden.

Erst als sie bemerkte, dass alle anderen schon in den Klassenräumen waren, schüttelte sie den Fuß, sodass die restliche Spucke wegflog, und lief hinein.

Eigentlich liebte Hanne den Heimweg nach der Schule. Jeden Tag freute sie sich auf die immer wiederkehrenden Stationen, die sie gewissenhaft einhielt. Zuerst beobachtete sie den alten Koch, wenn er bei schönem Wetter im Hinterhof des Gasthauses schnarchend sein Mittagsschläfchen machte. Dann hüpfte sie trotz des Ranzens auf der Bordsteinkante an ihm vorbei.

Aber heute hatte sie keinen Blick für ihn. Auch nicht für die bunten Blumen in den Vorgärten. Sie beachtete die getigerte Katze nicht, die sich auf dem Gehsteig sonnte, und sie träumte nicht vom Fliegen, als sie den pfeilschnellen

Schwalben hinterherschaute. Aber aus Gewohnheit blieb sie vor dem Schaufenster des Spielwarenladens stehen und ließ den Blick über die schönen Sachen schweifen.

Die Puppenstube mit den zauberhaften Möbeln stand noch an ihrem Platz. Als Hanne sie zum ersten Mal entdeckt hatte, hatte sie sich an den hübschen Details gar nicht sattsehen können; sie hatte sie sich genau eingeprägt. Nie im Leben würde sie ein so teures Spielzeug besitzen können.

Hanne hatte danach begonnen, Dinge zu sammeln, aus denen sie Puppenmöbel basteln konnte. Frau Romming aus dem Laden im Erdgeschoss schenkte ihr eine runde Spanschachtel, in der ein kleiner Käse gelegen hatte. Mit einer leeren Garnrolle als Fuß wurde sie zu einem Puppentisch, ein Stück Stoff aus Muttis Restekiste diente als Tischdecke. Mit Streichholzschachteln bastelte Hanne Sessel, schnitt Fotos von Möbeln aus dem Katalog aus, klebte sie auf Pappe und stützte sie von hinten mit Stöckchen, die sie im Hof aufsammelte. Sie baute sich ein Puppenhaus: Aus aufeinander gestapelten Schuhkartons wurden Zimmer, in deren Seitenwände sie Fenster geschnitten hatte. Fetzen Futterstoff, mit Reißzwecken befestigt, dienten als Vorhänge, Zigarettenschachteln wurden zu Puppenbetten. Jedes Mal, wenn Hanne vor dem Spielzeugladen stand, kam ihr eine neue Idee für etwas Selbstgebasteltes.

Heute nicht. Zwar schaute sie in die Auslage, aber innerlich blieb sie unbeteiligt.

Am besten wäre es, sie würde krank. Dann bräuchte sie morgen nicht in die Schule zu gehen. Fräulein Müller war eine abscheuliche Person. Was hatte sie nur mit

»Nachspiel« gemeint? Und Heinz ... Seufzend wandte sie sich vom Schaufenster ab.

Sonst hüpfte Hanne auf dem letzten Stück die Obermarktstraße entlang, heute trottete sie betrübt an den Läden vorbei, deren Inhabern sie für gewöhnlich freundlich zuwinkte. Immer wieder dachte sie an die Reaktion ihrer Lehrerin. Sie verstand nicht, was sie falsch gemacht hatte. Warum war sie vor der ganzen Klasse derart ausgeschimpft worden? Wieso hatte dieses gemeine Ekel Heinz sie angespuckt und das mit der Judensau gesagt?

Mutti war müde, als sie von der Arbeit kam, aber sie merkte sofort, dass mit Hanne etwas nicht stimmte.

»Du bist so stickum, hast du etwas angestellt?«, fragte sie.

Hanne schüttelte den Kopf. »Weiß nicht.«

»Du weißt nicht, ob du etwas angestellt hast?«

Und dann sprudelten die Worte nur so aus Hanne heraus. Dass sie über ihre Namen geredet hatten und dass sie drangekommen war und alles richtig gesagt hatte: Sie hatte ihre drei Vornamen genannt und die Frage nach der Bedeutung des Rufnamens wahrheitsgemäß beantwortet. Sie hatte wie verlangt erzählt, dass sie nach Muttis Freundin Hannchen benannt worden war. »Und dann hat Fräulein Müller gefragt, ob Hannchen meine Patentante wäre, und ich habe gesagt, was du mir erzählt hast, dass die Nazis sie getötet haben, und dann hat Fräulein Müller mich angeschrien und gesagt, das hat ein Nachspiel.« Hanne hatte so heftig zu weinen begonnen, dass sie einen Schluckauf bekam. Stockend erzählte sie von Heinz, der auf ihren Schuh gerotzt und »Judensau« gesagt hatte. Bei dem Wort atmete Mutti scharf ein.

Sie zog die schluchzende Hanne auf ihren Schoß und streichelte ihr über den Kopf, bis sie sich beruhigt hatte. »Du hast nichts falsch gemacht.« Hanne schniefte und wischte mit dem Ärmel unter der Nase her.

Mutti schob sie von ihrem Schoß herunter und griff nach ihren Zigaretten. Beim Anzünden brach das Streichholz durch, weil ihre Finger zitterten, sie musste ein zweites nehmen. »Das ist ein Wort, das ich nie wieder aus deinem Mund hören möchte«, sagte sie streng.

Natürlich, Hanne hätte es sowieso nicht benutzt, man sagte nicht »Sau« über einen Menschen, das war ein ungezogenes Schimpfwort.

»Was sind überhaupt Juden, und was sind Nazis?«, fragte sie leise.

Mutti hob ihre Augenbrauen und zog an ihrer Zigarette. Sie dachte eine Weile nach. »Nazis sind Nationalsozialisten. Als sie Deutschland regiert haben, dachten sie, dass die Juden eine bösartige Rasse seien, und sie haben sie gehasst und verfolgt. Aber das Judentum ist eine Religion. Jeder normale Mensch hat eine Religion.«

»Ja, weiß ich, wir sind Christen, das ist unsere Religion.«

»Genau, wir sind Christen. Da gibt es katholische und evangelische. Die katholischen müssen öfter beten und ihre Sünden beichten, das ist bei uns anders, nicht so streng. Bei uns reicht es, wenn man wie du sonntags zum Kindergottesdienst geht und das Anwesenheitskärtchen abstempeln lässt. Den Unterschied zwischen katholischen und evangelischen Christen werdet ihr im Religionsunterricht noch lernen. Ich hab's nicht so mit dem

Beten, aber es ist wichtig, eine Religion zu haben. Zum Beispiel kann man nur, wenn man getauft ist, später konfirmiert werden. Und nur wer konfirmiert ist, kann in der Kirche heiraten.«

Hanne überlegte, ob es ein Hochzeitsfoto von ihren Eltern gab, aber sie konnte sich nicht daran erinnern, je eins gesehen zu haben.

»Du und Vati, habt ihr in der Kirche geheiratet? Mit einem Brautkleid und einem Schleier, wie Kaiserin Soraya und der Schah von Persien?«

»Nein. 1932, als wir geheiratet haben, hatten wir kein Geld für so was. Die Leute in Persien sind übrigens Mohammedaner. Das ist auch eine Religion. Habt ihr das schon durchgenommen?«

Hanne schüttelte den Kopf.

»Mohammedaner beten in einer Moschee und haben andere Sitten als wir, da kenne ich mich aber nicht weiter aus«, fuhr Minna fort. »Juden beten in einer Synagoge, so heißt bei denen das Gotteshaus. Sie dürfen freitags nicht arbeiten, da haben sie Sabbat. Das ist so ähnlich wie bei uns der Sonntag.«

Hanne dachte über die Worte ihrer Mutter nach. »Was war an den Juden denn so schlimm, dass die Nazis sie gehasst und verfolgt haben?«

»Du kannst einem Löcher in den Bauch fragen. An Juden ist nichts schlimm, die Nazis haben sich geirrt. Ich erkläre dir das, wenn du älter bist, jetzt muss ich mich ums Essen kümmern. Hast du bei Feldmann Schweinebauch gekauft?« Mutti stand auf und strich ihren Rock glatt. »Heute gibt's falsches Kotelett und Kartoffelbrei.«

Am nächsten Tag ging Hanne Heinz und seinem Kumpel aus dem Weg. Fräulein Müller konnte sie nicht ausweichen, doch sie versuchte, ihr Fehlverhalten vom Vortag durch eifrige Beteiligung am Unterricht auszugleichen.

Aber Hanne kam nicht dran, obwohl sie oft die Einzige war, die sich meldete.

Nach der Stunde zischte Reni im Vorbeigehen: »Streberin!«

Irritiert schaute Hanne ihr nach. Was hatte sie denn plötzlich?

Sie spürte, dass sie beobachtet wurde. Heinz, der in der letzten Reihe saß, fixierte sie mit seinem Blick. Er tat jetzt so, als sammle er Spucke in seinem Mund und spitzte die Lippen, als wolle er herüberspucken.

Rasch beugte Hanne sich über ihr Pult.

Als sie sich später im Fach Schönschreiben konzentrierte, flog plötzlich etwas gegen ihren Hinterkopf. Sie zuckte zusammen, stieß einen leisen Ton aus, verschrieb sich und starrte erschrocken auf den hässlichen Tintenklecks, der nun die ganze Reihe verdorben hatte. Hinter ihr kicherte jemand, aber Hanne wagte nicht, sich umzudrehen.

Fräulein Müller stand auf einmal neben ihr und tippte mit dem Zeigestock auf ihr Heft. »Ist das etwa Schönschrift?«

Hanne konnte nicht antworten.

Fräulein Müller sagte mit kalter Stimme: »Sprache verschlagen? Tja. Bis morgen schreibst du fünfzigmal: Ich darf nicht stören. In Schönschrift.«

»Aber ... ich habe doch nichts gemacht, mir hat jemand was an den Kopf geworfen und ich hab mich erschreckt ...«

»Dann schreibst du zusätzlich hundertmal: Ich darf der Lehrerin keine Widerworte geben. Bis morgen. Dein Vater wird das unterschreiben!«

Hanne schnappte nach Luft.

»Noch Fragen?« Fräulein Müller verzog den Mund zu einem hässlichen Lächeln.

»Mein Vater ... aber er ... wohnt nicht bei uns.«

»Wie bitte?«

In der Klasse war es jetzt mucksmäuschenstill, man hätte eine Stecknadel fallen hören können.

Mit gesenktem Kopf flüsterte Hanne: »Meine Mutter und ich wohnen allein.«

»Frollein, du musst schon laut und deutlich sprechen, ich verstehe dich nicht. Und sieh mich gefälligst an, wenn du mit mir redest!«

Hanne schossen Tränen in die Augen, die Stimme gehorchte ihr nicht. Ihre Hände wurden feucht, das Herz pochte wild, und sie wäre am liebsten aufgesprungen und weggelaufen, aber sie konnte sich vor lauter Angst nicht mehr bewegen.

Alle Kinder starrten sie jetzt an.

Fräulein Müller hatte immer noch dieses gemeine Lächeln um die wulstigen Lippen, ihre blauen Augen wirkten kalt wie Kieselsteine.

Hanne wiederholte tonlos: »Mein Vater wohnt nicht bei uns.«

»Oh, ist er tot?«, fragte Fräulein Müller.

Hanne schlug vor Schreck die Hand vor ihren Mund. »Aber nein, nein! Er ist doch nicht ... Er wohnt nur woanders.«

O Gott, wie sie sich schämte!

Einige Kinder wurden unruhig, scharrten mit den Füßen, murmelten etwas.

Fräulein Müller rief »Ruhe!« und wandte sich wieder Hanne zu. Höhnisch sagte sie: »Dein Vater wohnt also nicht bei euch. So. Er wird wissen, warum. Was für Zustände. Da wundert mich nichts mehr.« Sie drehte sich um, ging mit klackernden Absätzen zum Pult, setzte sich und legte die Fingerspitzen aneinander.

Hanne bewegte sich nicht. Sie konzentrierte sich nur darauf, lautlos zu atmen, nicht zu weinen und den Impuls zu unterdrücken wegzulaufen.

Nach dem Unterricht hetzte sie nach Hause, stolperte die Treppen hinauf, setzte sich sofort an den Tisch, nahm ihr Schönschreibheft aus dem Ranzen und begann die Strafarbeit. Fünfzigmal: *Ich darf nicht stören*.

Sie hatte nichts gegessen, nichts getrunken, sie schrieb und schrieb und schrieb. Eine Seite hatte fünfzehn Reihen. Sie schrieb die Buchstaben klein und die Wörter eng zusammen. So passte *Ich darf nicht stören* zweimal in eine Reihe. Fertig. Und jetzt: *Ich darf der Lehrerin keine Widerworte geben*. Hundertmal. Der Satz passte nur einmal in eine Reihe. Also fünfzehnmal auf eine Seite.

Als Hanne umblätterte, erstarrte sie. Nein! Nur noch zwei Blätter. Erst, wenn es nur noch drei oder vier freie Seiten gab, bekam sie Geld, um sich ein neues Heft zu kaufen.

Hanne sprang auf, lief ins Schlafzimmer, schaute auf den Wecker neben Muttis Bett. Halb drei. Noch zwei Stunden, bis Mutti von der Arbeit kam.

Sie lief in die Küche, riss die Schublade auf, öffnete den Deckel der Zigarrenkiste. Fünf Pfennige lagen darin. Ein Heft kostete zwanzig. Was sollte sie jetzt tun? Die Strafarbeit passte niemals auf die letzten Seiten, und für die Hausaufgaben war dann auch kein Platz mehr. O Gott, wenn sie morgen in die Schule kam und beides nicht vorzeigen konnte, was würde Fräulein Müller mit ihr machen?!

Verzweifelt trippelte Hanne mit den Füßen auf der Stelle und zwirbelte mit den Fingern die Spitzen ihrer Zöpfe.

Tante Lilo. Sie konnte Tante Lilo fragen, ob sie ihr mit zwanzig Pfennig für ein Heft aushelfen würde.

Zwei Stufen auf einmal nehmend, rannte Hanne in die erste Etage. Klingelte. Stille. Hinter der Milchglasscheibe bewegte sich nichts. Sie klingelte erneut. Nein. Es war niemand zu Hause. Und nun? Woher bekam sie sofort Geld oder ein Heft? Konnte sie im Schreibwarenladen fragen, ob sie später bezahlen dürfte? Nein, sie verwarf den Gedanken sofort wieder. Dort hatten sie noch nie anschreiben lassen, das wagte Hanne nicht, ohne Mutti vorher zu fragen. Und wenn sie so tat, als ob sie das Geld vergessen hätte? Dann würde man sie nach Hause schicken, um es zu holen.

Hanne stand im dunklen Treppenhaus, überlegte fieberhaft und presste beide Hände an die Ohren, so, wie sie es schon als kleines Mädchen getan hatte, wenn Gefahr durch Bombenalarm drohte. Damals hatte sie sich auf den Boden werfen, die Ohren zuhalten und warten müssen, bis der Angriff vorbei war. Aber jetzt war sie kein Kleinkind mehr, sondern zwölf. Und es war auch keine Lebensgefahr durch einen Bombenangriff, sondern ihr Schulheft war voll.

Sie nahm die Hände von den Ohren. Frau Kannegießer. Sie benutzte manchmal einen Block, um etwas aufzuschreiben. Vielleicht konnte sie ihr mit leeren Blättern aushelfen.

Hanne hetzte ins Erdgeschoss, stolperte am unteren Treppenabsatz, fing sich wieder und stürmte atemlos in die Leihbücherei.

Hulda Kannegießer begrüßte sie nur mit einem Nicken, sie war in ein Gespräch vertieft. Kunden standen mit Büchern in der Hand in einer Warteschlange. Es würde ewig dauern, bis Hanne an der Reihe war.

Mit schweren Schritten ging sie wieder hinauf. Vor der Korridortür griff sie in ihre Bluse. Normalerweise trug sie den Wohnungsschlüssel an einer Kordel um den Hals. Sie heulte auf. Nein! Nicht das auch noch. Bitte nicht!

Der Schlüssel war nicht da. Sie hatte ihn vorhin abgenommen und auf den Tisch gelegt.

Jetzt war alles vorbei. Hanne sank vor der Wohnungstür auf die Knie und begann bitterlich zu weinen.

8

Minna

Mai 1952

Minna ließ die Uhr an der Stirnwand der Halle nicht aus den Augen. In zwanzig Minuten würde der Zeiger auf die Zwölf springen, dann würde das blecherne Tröten den Feierabend einläuten. Endlich. Ihr Rücken schmerzte, die Stühle vor den Arbeitsplätzen waren hart und unbequem, die Handgelenke taten ihr weh. Nachdem sie aus Lippspringe zurückgekommen war und sich ihre Befürchtung bestätigt hatte, dass sie von ihrer Schneiderei nicht mehr leben konnte, hatte sie sich in der Zigarrenfabrik als Wickelmacherin beworben – ohne jegliche Ahnung, wie diese Arbeit überhaupt funktionierte. Aber sie konnte schon am nächsten Ersten angelernt werden. Minna hatte schnell verstanden, wie man mit Einlage, Umblatt und Form arbeitete. Nach wenigen Tagen bekam sie ihren eigenen Arbeitsplatz, den Wickeltisch. Diese Tische standen in langen Reihen in der Halle, und vorn, auf einem Podest, thronte der Meister hinter seinem Schreibtisch.

Es gab die Wickelmacherinnen und die Zigarrenmacherinnen. Minnas Arbeitsmaterial war Tabak. Jeden Morgen um zwei Minuten nach sieben stand sie mit ihren Kolleginnen in der Schlange an der Tabakausgabe und wartete auf die Aushändigung der Einlage, das war die fertige Tabakmischung, mit der sie arbeiten musste.

Menge und Gewicht wurden in Listen eingetragen, das galt auch für die Tabakblätter. Diese Blätter mussten mit einem besonderen Griff entrippt werden. Dazu bedurfte es einiger Geschicklichkeit, aber das war für Minna kein Problem. Nach dem Zurechtschneiden der Umblatthälften musste sie den Tabak gleichmäßig auf dem Blatt verteilen und auf der Tischplatte rollen, immer vom Körper weg. Diese Wickel legte sie in hölzerne Formen. Die vollen Formen wurden dann in einer eisernen Presse gestapelt und mussten zwei Stunden darin bleiben.

Gleich am ersten Tag hatte der Meister erklärt: »Eine Wickelmacherin versorgt drei Rollerinnen. Jede Rollerin macht am Tag vierhundert Stück. Also: Flinke Finger sind gefragt!«

Minna hasste es, wenn er ihr während der Arbeit auf die Hände schaute, aber er war nun mal der Meister, und sie hatte sich zu fügen. Sie war ja dankbar, dass man sie trotz der Tuberkulose überhaupt eingestellt hatte, und dass sie nicht zur Wohlfahrt musste. Aber die Arbeit fiel ihr oft schwer, und der Inhalt der wöchentlichen Lohntüte reichte nur fürs Nötigste. Der Traum von einem Auto war für immer ausgeträumt.

Jeden Samstag, wenn die Arbeitswoche endlich zu Ende ging, war Minna so erschöpft, dass sie eigentlich nur schlafen wollte. Doch der Sonntag war der einzige Tag, an dem sie Zeit für Hanne hatte. Das Kind war viel zu oft allein. Neulich hatte eine der Kolleginnen davon geredet, dass die Gewerkschaften sich für eine Vierzig-Stunden-Woche einsetzen wollten. Samstags und sonntags frei. Minna lächelte. *Das könnte ich aushalten. Zwei freie Tage, und davon wäre ich samstags sogar allein zu Haus, bis Hanne aus der Schule kommt.*

Sie machte ihr ein wenig Sorgen. Hanne war oft in sich gekehrt und nachdenklich, ganz anders, als Minna in ihrem Alter gewesen war. Vielleicht lag es an der Scheidung, vielleicht fehlte ihr eine Art männlicher Einfluss? Fritz kam zwar alle paar Wochen zu Besuch, aber die beiden hatten sich nicht viel zu erzählen. Im Grunde war Hanne ihm in ihrer stillen Art ziemlich ähnlich, Fritz hatte noch nie viel geredet.

Noch elf Minuten bis zum Feierabend.

Wenn Hanne in den Sommerferien mit Fannie fahren würde, das würde ihr guttun. Tapetenwechsel, andere Menschen, andere Tagesabläufe. Wilhelmine hatte ihr einen Vogel gezeigt und gesagt: »Du willst das Kind mit denen mitfahren lassen? Mit diesem Volk? Ja, bist du denn von allen guten Geistern verlassen?!«

»Es ist schön für Hanne, wenn sie in den Ferien unter Menschen ist«, hatte Minna kühl entgegnet, »ich bin doch den ganzen Tag bei der Arbeit!«

»Das hättest du dir überlegen müssen, bevor du die Scheidung eingereicht hast«, hatte die Schwägerin gesagt.

Am liebsten hätte Minna sie geohrfeigt. »Fritz hat mich betrogen! Sollen wir eine Ehe zu dritt führen? Einmal hab ich ihm verziehen, aber er konnte es ja nicht lassen. Ich habe auch meinen Stolz.«

»Aha. Du bist aber nicht zu stolz, dein Kind den Leuten vom Schock zu überlassen?«

Minna tobte innerlich und fast wäre ihr der Kragen geplatzt, aber sie kannte Wilhelmine seit über zwanzig Jahren und wusste, dass man mit ihr nicht diskutieren konnte.

»Fannie hat für Hanne gesorgt, als ich krank war«, sagte sie mit gepresster Stimme. »Das Kind ist gern bei ihr.« Im Stillen hatte sie gedacht: *Du hast sie nicht aufgenommen, du hattest Angst, dich anzustecken!*, aber das sagte sie nicht laut. Es würde zu nichts führen. Unter einem Streit mit Wilhelmine würde Karl zu leiden haben. Das wollte sie ihm ersparen.

Noch vier Minuten bis Feierabend.

Sie verließ die Halle fast als Letzte, langsam zuckelte sie hinter den anderen her und bewunderte ihren Elan: Die jungen Frauen hatten am Abend immer noch genug Energie, um zu schwatzen, zu lachen und auszugehen. Minna hingegen war erschöpft und müde. In einem Schaufenster sah sie ihr Spiegelbild. Sie blieb stehen und musterte ihre Silhouette. *Ich erkenne mich gar nicht. Wo ist meine Jugend geblieben? Werde ich wirklich in zwei Jahren fünfzig? Andere sind in meinem Alter Großmutter, so wie Anni. Ich bin Mutter einer Zwölfjährigen und geschieden. Meine Figur hab ich in Bad Lippspringe gelassen, da haben sie mich regelrecht gemästet. Wie sehe ich bloß aus?* Sie stemmte die Arme in die Seiten und drehte sich vor der Scheibe zuerst ein wenig nach links, dann nach rechts. *Wie ein Fass. Ich sehe aus wie ein Fass mit Gliedmaßen. Arme und Beine sind noch schlank, aber Bauch, Busen und dieser Hintern, meine Güte. Was singt Peter Alexander? Das machen nur die Beine von Dolores … Meine Beine sind tipptopp, da ist nichts dran.* Sie musste lachen, wurde aber sofort wieder ernst. *Vor langer Zeit war ich mal ein unbekümmertes Mädchen. Wo ist das geblieben?*

Zwei junge Frauen überholten sie. Lachend, Arm in Arm.

Bestimmt sind sie auf dem Weg zu ihren Liebsten. Und ich? Ich bin auf dem Weg nach Hause, ja. Kein Weg hat mich je an mein Ziel geführt. Oder bin ich immer wieder vom Weg abgekommen? Und was für Ziele habe ich jetzt?

Minna betrat den Flur, ging die Treppen hinauf. Ein Bad wäre jetzt schön. Sie stellte sich vor, wie es wäre, sich im warmen Wasser zu aalen, mit feinem Seifenschaum darin, dessen Bläschen leise platzten.

In Düsseldorf hatte ich ein Badezimmer, du liebe Güte, wie lange ist das her. Vielleicht könnte man in der Küche eine Badewanne aufstellen? Das Küchensofa könnte ich verkaufen und dahin käme die Wanne. Mit einem Boiler für warmes Wasser. Dann müsste ich zum Baden nicht jeden Samstag die Zinkwanne aus der Kammer holen.

Minna hatte den letzten Treppenabsatz erreicht. »O mein Gott!«, rief sie aus.

Vor der Tür lag ihre Tochter. Sie rührte sich nicht.

Mit einem Satz war Minna bei ihr und rüttelte an ihrer Schulter. »Hanne, Kind, was ist passiert?«

Hanne setzte sich mit einem Ruck auf und blickte sie verwirrt an. Im ersten Moment schien sie nicht zu wissen, wo sie war. Dann räusperte sie sich, stand auf, strich den Rock glatt und sagte zaghaft: »Ich habe den Schlüssel auf dem Tisch vergessen ...« Weiter kam sie nicht und begann zu schluchzen.

Erleichtert schloss Minna die Tür auf und schob ihre Tochter in die Wohnung. »Das ist doch kein Grund zu weinen. Du hast dich ausgesperrt. Es gibt Schlimmeres.«

Hanne ging direkt in die Kemenate, warf sich aufs Bett und vergrub ihr Gesicht im Kissen.

Minna stellte ihre Tasche ab und setzte sich zu ihrer Tochter. Sanft strich sie dem Kind über den mageren Rücken. »Nun beruhige dich. Es ist nicht tragisch! Wenn du den Schlüssel verloren hättest, das wäre dumm gewesen, dann hätten wir einen nachmachen lassen müssen, das ist teuer. Aber so ist nichts passiert.«

Das Kind reagierte nicht auf ihre Worte und beruhigte sich auch nicht.

Minna wurde ungeduldig. »Nun reiß dich aber mal zusammen!«

Hanne schluchzte auf.

Schließlich wusste Minna nicht weiter und stand auf, um das Essen vorzubereiten. Aber zuerst zog sie im Flur ihre Schuhe aus und massierte die schmerzenden Füße. Sie nahm die Kittelschürze vom Haken und zog sie über ihr Kleid.

In der Küchentür blieb sie stehen. Ihr Blick fiel auf das alte Sofa. *Genau da, unter der Schräge, könnte die Badewanne stehen. Eine Wanne ist nicht größer als das Sofa.*

Wenn man einen Boiler so anbringt, dass man die Wasserleitung vom Spülstein aus verlängert, müsste das funktionieren. Aber ich muss die Wanne nicht nur füllen können, es muss auch einen Ablauf geben. Sie hockte sich vor den Spülstein und zog den Vorhang zur Seite, hinter dem sich das Abflussrohr befand. *Ich muss das ausmessen.* Sie stand wieder auf, um ihr Maßband von der Nähmaschine zu holen.

Durch den offenen Vorhang zur Kemenate sah sie Hanne noch immer auf dem Bauch liegen. *Sie übertreibt. Sich auszusperren ist kein Grund, stundenlang zu heulen.*

Ihr Blick fiel ins Wohnzimmer. »Hanne, warum liegen deine Schulsachen noch auf dem Tisch? Ordnung ist das halbe Leben, du kannst doch nicht …« Minna war an den Tisch herangetreten, sah das aufgeschlagene Heft und las: *Ich darf der Lehrerin keine Widerworte geben.* Bis zum letzten Zentimeter war jede Reihe der Seite mit diesem Satz beschrieben. Sie blätterte zurück. *Ich darf nicht stören.* Nur dieser Satz, immer wieder. Eine Strafarbeit?

»Du kommst sofort her und erklärst mir das!«, rief sie.

Die Sprungfedern quietschten, als Hanne aufstand. Mit rot geweinten, verquollenen Augen stand sie im Türrahmen.

Minna tippte auf das Heft. »Du hast eine Strafarbeit auf?«

»Ja. Aber ich hab nichts gemacht!«

»Eine Strafarbeit, weil du nichts gemacht hast?«

»Nein, jemand hat was nach mir geworfen, und ich hab einen Schreck bekommen. Dann ist Fräulein Müller wütend geworden, und ich soll bis morgen die Strafarbeit fertig machen, und dann war mein Heft voll, und ich hatte kein Geld. Ich wollte Tante Lilo fragen, ob sie mit zwanzig Pfennig aushelfen kann, aber die war nicht da, und Frau Kannegießer hatte Kundschaft, die konnte ich nicht nach einem Blatt fragen, und als ich wieder hochkam, war die Tür zu, und was soll ich denn jetzt machen…« Sie schnappte nach Luft und begann wieder zu weinen.

»Stimmt es? Hast du den Unterricht gestört?«

Hanne schüttelte wortlos den Kopf.

»Hast du Fräulein Müller Widerworte gegeben?«

»Nein.«

»Also hör auf zu weinen und putz dir die Nase. Und dann läufst du los und kaufst ein neues Heft. Das schaffst du noch, bevor sie zumachen.«

Sie drückte Hanne zwei Groschen in die Hand und gab ihr einen Kuss auf den Scheitel. »Kopf hoch, Schultern zurück! Haltung, immer Haltung bewahren, das weißt du doch. Putz dir die Nase, bevor du gehst.«

Als Hanne die Wohnung verlassen hatte, ließ Minna sich in den Sessel fallen und zündete sich eine Zigarette an. Das war doch Schikane von dieser Lehrerin! Hanne gab niemals Widerworte, und sie störte gewiss nicht den Unterricht. Dazu war sie viel zu schüchtern. Am liebsten würde Minna in die Schule gehen und das Fräulein zur Rede stellen. Aber wahrscheinlich würde sie ihrer Tochter damit mehr schaden als alles andere. Die Lehrerin saß am längeren Hebel. Wenn sie sich mit schlechten Noten rächte, konnte man nichts machen. Und je lauter Minna sich für Hanne einsetzen würde, desto schlimmer würde das Fräulein sie schikanieren, so lief das doch überall. Nein, da musste Hanne jetzt durch.

Minna rauchte zu Ende und ging in die Küche. *Was einem alles im Kopf herumgeht … Das Kind hat Kummer, und ich wünsche mir eine Badewanne. Die Lehrerin ist gemein und ungerecht, aber ich kann meinem Kind nicht helfen. Und ich muss eine Mahlzeit strecken, weil die zwanzig Pfennig für das Heft nicht eingeplant waren.*

Sie schnitt zwei Scheiben Brot ab, bestrich sie dünn mit Margarine und Leberwurst und legte sie auf zwei Teller. Dazu gab es für jede eine saure Gurke und vier Radieschen, die sie in feine Scheiben schnitt und mit einer Prise Salz bestreute. Eigentlich hatte sie zwei Spiegeleier dazu braten wollen, aber ein Ei kostete fünfundzwanzig Pfennige. Minna überlegte. Sie hatte noch Senf im Haus, dann würden sie die Eier morgen essen, weichgekocht, dazu Senfsoße und Kartoffeln. *Wenn ich morgen acht Kartoffeln koche und wir nur vier essen, kann ich die anderen übermorgen mit einer Zwiebel und einem Stück Speck braten. Die Pfanne reibe ich mit der Schwarte ein, dann spare ich das Schmalz.*

Sie nahm die saure Gurke von ihrem Teller wieder herunter und legte sie zurück ins Glas. Die konnte man klein schneiden und zu den Bratkartoffeln essen. Die Gurke auf Hannes Portion ließ sie liegen. Minna trug die Teller zum Tisch. Kurz vor sechs, gleich kamen die Nachrichten. Sie schaltete das Radio ein. *Man kann ruhig arm sein, aber man muss sich zu helfen wissen*, dachte sie.

Nach dem Essen beobachtete sie Hanne beim Schreiben. Wenn ihre Tochter Minnas Temperament geerbt hätte, hätte sie sich wahrscheinlich schon viel öfter eine Strafarbeit eingefangen. Es war gut, dass Hanne selten auffiel, wahrscheinlich würde es ihr im Leben eine Menge Ärger ersparen. Wenn Fräulein Müller sie auf dem Kieker hatte, tja, das musste sie aushalten. Natürlich ärgerte man sich, wenn man eine Strafarbeit schreiben musste, obwohl andere einen Streich gespielt hatten, aber so war das nun mal in der Schule. Entweder gehörte man zu den lauten oder zu den leisen Kindern. Die leisen hatten gelegentlich das Nachsehen, wurden übertönt und untergebuttert. Aber man ging nicht nur in die Schule, um rechnen und schreiben zu lernen, man lernte fürs Leben. Und je nach Veranlagung lernte man eben, sich durchzusetzen und vorneweg zu gehen, mit den anderen mitzulaufen oder den unteren Weg zu benutzen.

Minna dachte an ihre jüngere Tochter. Wenn Luise noch leben würde, wäre sie bald zehn. Dann würden beide Mädchen zur Schule gehen, und Hanne wäre die große Schwester. Vielleicht wäre sie härter im Nehmen geworden, wenn sie kein Einzelkind geblieben wäre.

Es war halb zehn, als Hanne den letzten Punkt hinter den letzten Satz setzte.

Minna unterschrieb und klappte das Heft zu. »Mach in Zukunft, was Fräulein Müller sagt, damit ersparst du dir solche Strafen.«

»Aber wenn sie mich für etwas bestraft, das ich nicht getan habe?«

»Du gehst in die siebte Klasse. Nur noch dieses und nächstes Jahr, dann bist du mit der Volksschule fertig, und Fräulein Müller hat dir nichts mehr zu sagen. Bis dahin wirst du es schaffen müssen, dass sie nichts an dir auszusetzen hat.«

Fortan kamen keine Klagen mehr aus der Schule. Auch das von Fräulein Müller angekündigte Nachspiel blieb aus.

Es begann ein ruhiger, nahezu gleichförmiger Alltag, wie Minna ihn seit einer Ewigkeit nicht mehr erlebt hatte. Sie ging von Montag bis Samstag jeden Morgen um Viertel vor sieben zur Arbeit, kam um halb fünf heim, kochte, räumte die Küche auf, spielte mit Hanne Mensch-ärgere-Dich-nicht oder Mau-Mau. Am Abend nähte oder strickte Minna, oder sie las in einem der Leihbücher, die sie sich jeden Monat für dreißig Pfennig das Stück bei Hulda Kannegießer auslieh. Welch ein Luxus, eine Leihbücherei im Haus zu haben und immer lesen zu können! Niemals hätte sie Geld für den Kauf eines Buches ausgeben können. Manchmal steckte Hulda ihr kostenlos ein Leihexemplar zu, dafür kürzte Minna ihr mal ein Kleid oder besserte einen Mantel aus.

Neuerdings hatte sie Wild-West-Romane für sich entdeckt und konnte es abends kaum erwarten, sich in die spannenden Geschichten aus dieser fremden Welt zu vertiefen.

Nach wie vor kam Karl jeden Montag zu Besuch. Sie sprachen oft von Hermann und Mariechen und darüber, dass sie sich im Sommer endlich treffen wollten. In den Ferien, wenn Hanne von der Reise mit Fannie zurück war, wollten sie mit dem Zug nach Hemmerden fahren und ihren Bruder besuchen, anschließend wollte Minna ein paar Tage bei Anni verbringen. Fritz hatte sein Versprechen gehalten, sie würde wieder Freikarten für die Bahn bekommen.

Ab und zu bummelte Minna mit Lilo durch die Stadt. Die beiden waren gute Freundinnen geworden. Was Lilo ihr hinter vorgehaltener Hand erzählte, ließ Minna indes erröten. Natürlich hatte sie nach zwei Ehen so ihre Erfahrungen, aber darüber sprach man doch nicht. Lilo jedoch war nahezu schamlos und teilte ohne Scheu ihre intimen Erlebnisse mit ihr.

Und Minna war die Erste, der sie die Nachricht des Jahres verkündete: »Er hat mich endlich gefragt, Willy und ich werden heiraten! Jetzt ist er nicht mehr mein Bekannter, sondern mein Verlobter!« Stolz zeigte Lilo die linke Hand mit dem hübschen Ring.

Minna gratulierte. »Eine gute Partie, dein Saftfabrikant, du hast ausgesorgt!«

»Stimmt, die Zeit als Tippse ist vorbei, alle Investitionen haben sich gelohnt!«

»Investitionen?«

Lilo grinste frech. »Ich musste Willy überzeugen, dass ich die Einzige bin, die ihn im Bett glücklich machen kann. Dafür brauchte ich enge Röcke, hohe Schuhe, Seidenstrümpfe mit Naht, taillierte Blusen und einen guten Friseur.«

Nun, der Erfolg gab ihr recht. Bald würde sie eine wohlhabende Unternehmergattin sein und nicht mehr auf der Couch ihrer Eltern am Markt wohnen, sondern in einer schicken Fabrikantenvilla.

Auch Fritz gehörte zu Minnas Alltag: Er schaute alle paar Wochen herein und brachte jedes Mal eine Tafel Piasten-Schokolade mit, für die Hanne sich knicksend bedankte. Mokka-Sahne, die Tafel für eine Mark dreißig. Er merkte sich einfach nicht, dass seine Tochter sich nichts aus Schokolade machte, sie hätte sich eher über ein Stück Mettwurst gefreut.

Wilhelmine kam samstags, nachdem sie am Grab ihrer Eltern gewesen war. Dann kochte Minna einen Kaffee aus dem gesammelten Kaffeesatz der letzten Woche und servierte dazu zwei Stück Schokolade. Piasten, Mokka-Sahne.

»Dir scheint's gut zu gehen!«, kommentierte Wilhelmine dann mit vollem Mund.

Minna antwortete mit einem Achselzucken.

Gelegentlich ging sie mit Alex ins Jägerstübchen. Sie hatten immer viel zu lachen, vergaßen nie den Briten, dem Minna vorgegaukelt hatte, mehrsprachig zu sein.

Obwohl Alex sich redlich bemühte, wurden sie kein Paar. Einmal legte er eine Hand auf ihr Knie und zwinkerte ihr zu, aber Minna schlug ihm auf die Finger und sagte: »Lass die Fisimatenten. Du kannst gerne mein Freund sein, aber mehr nicht!«

Alex zog eine Schnute und tat beleidigt, und beide mussten lachen.

Minna war zufrieden. Sie war wieder auf dem Posten. Ihr Leben lief in geordneten Bahnen. Sie hatte ein Zuhause, Freunde, Arbeit. In wenigen Tagen begannen die Sommerferien, und Hanne würde mit Fannie mitfahren. Alles schien perfekt zu sein.

Bis zu dem Tag, an dem der Röntgenbus auf den Schulhof kam.

In zweijährigem Turnus fuhr der riesige Bus die Schulen ab. Die Kinder stellten sich in langen Reihen auf und wurden nacheinander durchleuchtet.

Hanne hatte von der Schulärztin einen Zettel mitbekommen. Wortlos reichte sie Minna das Blatt. Zitternd überflog sie die Zeilen.

»Sehr geehrte Frau ... Schulseuchenerlass ... alljährliche Röntgenuntersuchung ... lückenlose Erfassung aller Schüler ... Tuberkuloseverdacht bei Ihrer Tochter Hanne ... erging unmittelbar Meldung an das Gesundheitsamt ... dort haben Sie das Kind unverzüglich vorzustellen ...«

Ihr wurde eiskalt. Langsam ließ Minna das Schreiben sinken. Fassungslos schaute sie ihre Tochter an. *Ich habe sie angesteckt. Ich habe sie angesteckt, und wir haben es nicht bemerkt. Was, wenn mein einziges Kind stirbt.*

9

Fannie

Januar 1955

Liebe Tante Fannie,
vielen Dank für Deinen lieben Weihnachtsbrief und für die zwanzig Mark. Ich habe mich sehr darüber gefreut. Der Schein kommt in das Sparschwein zu den anderen, und wenn ich wieder zu Hause bin, kann ich mir ein Fahrrad kaufen.

Hier in Schorndorf ist es wieder schön, seit dem letzten Jahr haben sie viel verändert. Die Schlafsäle sind frisch gestrichen, und sie haben neue Wände eingebaut, nun sind nur noch zehn Mädchen in einem Saal. Mein Bett steht neben dem von Veronika, wir haben letztes Jahr auch nebeneinander gelegen und uns angefreundet. Stell dir vor, wir haben am gleichen Tag Geburtstag! Eigentlich haben wir gedacht, dass wir uns nicht so schnell wiedersehen, weil wir beide mit geschlossener TB entlassen wurden, aber es ist nun mal eine Krankheit, deren Verlauf man nicht vorhersehen kann.

Du musst Dir aber keine Sorgen machen, nach all den Jahren habe ich mich daran gewöhnt, ein paar Monate nicht zu Hause zu sein. Wenn ich an meine erste Heilstätte im Schloss Rheda denke – da war ich zwölf und noch ein Kind und hatte schlimmes Heimweh, aber das gab sich bald. Nun werde ich im März fünfzehn und ich bin ordentlich gewachsen. Als wir letztens gemessen und gewogen wurden, wog ich fünfzig Kilo und war hundertsechzig Zentimeter groß. Mutti schrieb, dass ich bestimmt so groß werde wie sie. (Vielleicht aber auch nicht, denn jetzt bin ich fast so groß wie Vati, vielleicht komme ich nach ihm und bleibe so klein ...) Hier gehöre ich zu den Großen, und, weil es mein dritter Aufenthalt in einer Heilstätte ist, zu den erfahrenen Kindern. (Eigentlich bin ich kein Kind mehr, sondern ein Backfisch.) Jedenfalls kann ich die Neuen trösten, sie weinen oft, weil sie ihre Eltern und Geschwister vermissen. Ich erkläre ihnen, warum man keinen Besuch bekommen darf, aber sie verstehen noch nicht, was Ansteckung bedeuten kann. Als ich in ihrem Alter war, habe ich auch geweint, weil Mutti mich nicht besuchen durfte, aber wenn man sich eingewöhnt hat, kommt man rasch zurecht. Ehrlich gesagt mag ich es hier, weil ich nie allein bin und Freundinnen habe. Immer, wenn ich wieder nach Minden in meine alte Schule komme, sind mir die Klassenkameraden fremd, sie haben untereinander Freundschaften geschlossen und ich bin die Außenseiterin. Und dieses Fräulein Müller... Als Mutti schrieb, dass sie der Schlag getroffen hat, und es eine neue Lehrerin gibt, war ich nicht traurig, das gebe ich zu. Liebe Tante Fannie, hoffentlich kann ich im Sommer endlich mit euch im Camping reisen. So lange planen wir das schon, und jedes Jahr kam etwas dazwischen. Ich bin so gespannt auf den neuen Kettenflieger und den Hurricane *(So ein Karussell hab ich noch nie gesehen!) 1952 fiel die Reise ins Wasser, weil ich nach Rheda musste, das Jahr drauf hatte Mutti die schlimme Gürtelrose und ich konnte sie in den Ferien nicht allein lassen, und letzten Sommer war ich ja auch hier in Schorndorf. Stell dir vor, wenn ich in der Schule nicht so viel verpasst hätte, müsste ich die achte Klasse nicht wiederholen und käme dieses Jahr schon in die Lehre. (Vati sagt, wenn man aus gesundheitlichen Gründen sitzenbleibt, ist es keine Schande, sondern eine Ehrenrunde.) Mutti hat mir die Schulbücher nachgeschickt, und ich habe fleißig gelernt. Wir haben hier zwar Unterricht, aber das ist nicht wie in einer richtigen Schule. Wenn wir einen Waldspaziergang machen und die Namen der Bäume lernen, heißt es: Das war eine Biologiestunde. Wenn uns auf der Landkarte erklärt wird, dass Schorndorf dreißig Kilometer von Stuttgart entfernt ist und fünfzig von Schwäbisch Gmünd, ist das Heimatkunde. So einfach ist es in der richtigen Schule leider nicht. Wenn ich nach Hause komme, dauert das Schuljahr noch bis April, dann werde ich entlassen. Bis die Handelsschule anfängt, wird es bestimmt klappen mit unserer Reise …*

Fannie legte den Brief zu den vielen anderen in den Schuhkarton mit der Aufschrift *Hanne*. Wie tapfer die Kleine war. Sie schmunzelte und verbesserte sich in Gedanken: *Der Backfisch*.

Als Hanne damals nach Rheda gekommen war, hatte ihre Mutter noch die Kraft gehabt, den Koffer zu packen, die Formalitäten zu erledigen und sie in der Heilstätte abzuliefern. Auf der Rückfahrt hatte Minna im Zug Schüttelfrost und Fieber bekommen. Karl hatte an Fannie ein

Telegramm auf den Platz nach Rinteln geschickt: *Hanne TB + stopp + Reise mit euch unmöglich + stopp + Minna krank stopp + Karl*

Sofort hatte Fannie sich das Auto geschnappt und war die zwanzig Kilometer nach Minden gefahren. Dass sie keinen Führerschein hatte, wusste ja niemand. Sie hatte den Opel Blitz oft auf den Plätzen umgeparkt und war gelegentlich kurze Strecken damit gefahren.

Sie musste Sturm klingeln, bevor Minna ihr die Tür öffnete. Fannie sah sofort, in welch elendem Zustand die Freundin war. Sie fackelte nicht lange, lief hinunter ins Kaffeegeschäft und telefonierte von da aus nach dem Doktor. Sie blieb so lange bei Minna, bis der Arzt sie untersucht hatte: »Allgemeiner Verschleiß und eine trockene Rippenfellentzündung. Tuberkulöse sind dafür anfällig. Bettruhe, leichte Kost und Pyramidon. Warme Wickel, Hustentee mit Thymian, Efeu und Lindenblüten.« Allgemeiner Verschleiß? Fannie hatte den Kopf geschüttelt. Das traf auf fast alle Frauen zu, die den Krieg mitgemacht hatten. Bei Minna hatte sie das Gefühl, dass sie es sich jetzt erlauben konnte, schlappzumachen. Das Kind war in guten Händen, nun konnte sie in Ruhe krank sein. Klang komisch, aber Fannie war davon überzeugt, dass es so war.

Sie musste zurück zur Kirmes. Kurzerhand hatte sie unten bei Lilo geklingelt und ihr zwanzig Mark in die Hand gedrückt. »Davon kaufste alles ein. Am besten gibste ihr Obst und kochst ihr Schonkost. Jed'n Tag muss einer nach ihr guck'n. Karl und Wilhelmine kümmern sich auch, ihr müsst euch absprech'n. Ich komme vorbei, bevor wir in Rinteln abbau'n und weiterfahr'n.«

Nach ein paar Wochen war Minna wieder auf dem Damm gewesen. Hanne hatte nichts davon erfahren, dass ihre Mutter so krank gewesen war. Sie sollte selbst gesund werden und sich nicht sorgen müssen. Erst war sie monatelang in Schloss Rheda gewesen, und die Kur schien sie geheilt zu haben. Aber im letzten Jahr hatte sie wenige Monate nach der Entlassung aus der Heilstätte Elisabethenberg in Schorndorf einen erneuten Rückfall gehabt. Hoffentlich blieb die Tuberkulose nach dieser Behandlung endlich negativ, damit sie die Volksschule beenden konnte.

Fannie hatte sich neulich beinahe mit Minna gestritten, als sie vorschlug, Hanne auf die Handelsschule zu schicken. Sie wollte die Monatsraten bezahlen.

»Das kann ich nicht annehmen! Das ist viel zu teuer«, sagte Minna.

Aber Fannie ließ sich nicht beeindrucken. »Als wir damals nich' mehr auf die Märkte konnt'n, hast du mir geholf'n, vergess'n? Ich hab deine Änderung'n mit'm Fahrrad ausgeliefert und dann haste mir Heimarbeit zugeschustert. Jetzt kann ich dir helf'n.«

Minna hatte was von Stolz gemurmelt und dass sie so was nie wiedergutmachen könnte.

»Is ja gar nich' für dich. Is für Hanne. Die hat's auch nich' leicht gehabt im Leb'n. Im Krieg gebor'n, Bomben, Feuer und Hunger, dann stirbt die Schwester, der Vater muss anne Front, da wird ihm der Kiefer weggeschoss'n, das Kind spielt in Ruinen und Bombenkratern einer kaputten Stadt. Dann eure Scheidung, du kriegst TB und dann sie. Nu quält se sich wieder mit dem Mist. Lass se was Or'ntliches lern'n.«

Schließlich hatte Minna zugestimmt, dass Hanne ein halbes Jahr die Handelsschule besuchen und danach als Anlernling ins Büro der Füllfederhalterfabrik gehen würde.

Fannie und Hans waren sich sofort einig gewesen, als sie vorgeschlagen hatte, das Schulgeld zu übernehmen.

»Uns geht's ja gut, wir können gerne was abgeben«, hatte Hans gesagt. Fannie hatte ihren Mann stumm umarmt. Sie dachten beide, was sie nicht aussprachen. Dass sie nie gemeinsame Kinder haben würden, weil Fannie von den Nazis zwangssterilisiert worden war.

Fannie sah sich um. Alles war blitzsauber geputzt und akkurat aufgeräumt. Ihre Mutter wäre erstaunt, wenn sie noch erleben könnte, was für eine gute Hausfrau sie geworden war. In wenigen Wochen würden sie endlich wieder im Camping wohnen und das Haus würde leer stehen, bis sie im Oktober zurückkamen.

Sie zog ihre Jacke an, ging raus und blieb auf der Stufe vor der Tür stehen. *Unser Taubenschlag*, dachte sie, als sie die vielen Leute bei der Arbeit beobachtete. Fast so ein Remmidemmi wie auf der Kirmes, nur dass hier alle Campings, Wagen und Karussells ihnen gehörten.

Nach der ersten Saison hatten sie den Kettenflieger, Marke Eigenbau, mit auf die Reise genommen, ihn danach mit Gewinn ins Ausland verkauft und sich ein nagelneues Modell angeschafft. Dadurch hatte Fannie eine Menge neuer Plätze ausmachen können: Die kleineren Jahrmärkte und Kirmessen in ihrem Reisegebiet vergaben nämlich immer nur einen einzigen Platz an ein großes Fahrgeschäft – und davon besaßen sie nun vier. Sie hatten die Verantwortung unter sich aufgeteilt: Hans machte jetzt die großen Plätze mit dem Hurricane, Fannie die mit der Raupenbahn, Cousin Dietrich betrieb den Kettenflieger und seine Frau Karola das Kinderkarussell. Die alte Schiffschaukel hatten sie abgestoßen. Die Fahrgeschäfte standen dann wie Platzwächter im Zentrum der Kirmes, ringsherum waren Wurf- und Losbuden, Hau-den-Lukas und Kasperltheater gruppiert.

Der Hurricane, auf den Hanne sich so freute, sollte in Paderborn zum ersten Mal fliegen. Hans setzte große Hoffnungen in das hypermoderne Geschäft mit den tollen Motiven aus der Raumfahrt.

Fannie ließ den Blick über das weitläufige Grundstück streifen.

»Ranch« nannten die Leute das Gelände, auf dem einige von ihnen nun schon zum vierten Mal den Winter verbrachten. Das lief nicht immer ohne Probleme, ab und zu gab es ordentliche Keilereien zwischen den Männern, auch die Frauen gerieten sich oft lautstark in die Haare. Aber sobald Fremde Steine über die Hecken oder Zäune warfen und Worte wie »Dreckszigeuner« oder »Lumpenpack« gebrüllt wurden, waren alle Querelen vergessen, und sie hielten zusammen. Bei den linken Nachbarn hatte Fannie sich mit einem Beutel Fahrchips für die Karussells beliebt machen können, aber südlich der Ranch lebten Leute, die sie ihren Hass immer wieder spüren ließen. Sie hatten ihnen mehrfach unter fadenscheinigen Gründen die Polizei auf den Hals gehetzt und dafür gesorgt, dass sämtliche Wagen durchsucht worden waren.

Einmal hatten Unbekannte einen Handkarren voller Abfall angezündet und ihn brennend auf das Grundstück gerollt, ein anderes Mal hatten sie an mehreren Packwagen die Reifen zerstochen, und eines Nachts waren sie aufgeschreckt, als in einem Wohnwagen die Scheiben eingeworfen worden waren. Seither liefen nach Einbruch der Dunkelheit zwei große Hunde zwischen den Wagen umher und verbellten jeden Fremden, der sich dem Grundstück näherte.

»Die Nazis sind mit dem Kriegsende nicht verschwunden, im Gegenteil. Sie sitzen in allen Vorständen und Führungsetagen, haben wichtige Posten, sind Lehrer und Polizisten, deswegen kann der Hass auf uns nie aufhören«, hatte Hans gesagt.

Fannie hatte ihm zustimmen müssen. Und sofort hatte sie die Visage von Theo Wagner vor Augen gehabt. Wer wusste schon, welchen hohen Posten der inzwischen bei der Polizei innehatte.

Drüben in der Scheune wurde gehämmert, geschraubt und gehobelt, im Schuppen mit dem Wellblechdach lagerten Frontstücke von Buden und Wagen, die man als Ersatzteile benutzen konnte, in den leeren Packwagen spielten die Kinder, die noch nicht zur Schule mussten. Aus dem Küchenwagen hörte man Geschirrklappern und Frauenstimmen, eine struppige Katze saß neben dem Ofenrohr auf dem Dach und blinzelte in die fahle Wintersonne. Hinten auf der Wiese zwischen den Mannschaftswagen flatterte Wäsche im Wind.

Das war ihr Zuhause, ihre Familie. Hier gehörte sie hin. Sie hatte Glück gehabt, dass sie Hans getroffen hatte und versuchen konnte, ein normales Leben zu führen. Trotz allem.

Im Dunst des Wiehengebirges war schemenhaft das Kaiser-Wilhelm-Denkmal zu sehen. Bei klarer Sicht hätte Fannie auch den neuen Fernsehturm erkennen können, der auf dem Jakobsberg auf der anderen Weserseite gebaut worden war. Seit bekannt geworden war, dass die Nazis in Porta, Vennebeck, Hausberge und Neesen Außenstellen ihrer Konzentrationslager betrieben hatten, konnte sie den Anblick des Jakobsberges kaum ertragen. Wie ein Mahnmal kam er ihr vor, ein gewaltiges Zeichen unfassbarer Verbrechen. Niemand hatte die Menschen gezählt, die aus anderen KZs dorthin verschleppt worden waren. Unter entsetzlichen Umständen hatten sie in den unterirdischen Stollen für die Rüstungsindustrie schuften müssen. Auch das Hotel Kaiserhof in dem kleinen Ort Barkhausen unterhalb des Denkmals, einst eine vornehme Adresse für gut betuchte Gäste, war unter den Nazis zu einem Ort des Grauens geworden. Im Festsaal des Hotels, der grade mal fünfzehn Meter lang war, waren anderthalbtausend Häftlinge unter unmenschlichen Bedingungen eingesperrt worden. Sie waren in der Enge regelrecht »gestapelt« worden. Fannie hatte von brutalen Wachmannschaften und denunzierenden Funktionshäftlingen gehört. Bis heute wusste niemand, wie viele Menschen dort zu Tode gekommen waren. Etliche waren an Krankheiten und Unterernährung verreckt, viele waren mit Eisenstangen und Stöcken einfach totgeprügelt worden.

Fannie schüttelte sich, als könne sie die dunklen Gedanken, die sie immer wieder ohne jede Vorwarnung heimsuchten, so loswerden. Manchmal genügte ein einziges Wort, ein Geräusch oder ein Geruch, um den entsetzlichen Film der Erinnerungen und Albträume in ihrem Kopf in Gang zu setzen.

Eine Frau kam die Straße hinauf, sie schob ein Fahrrad und betrat das Gelände. Hatte einer der Männer eine neue Freundin?

Die Frau kam geradewegs auf das Haus zu. Vor den Stufen blieb sie stehen. »Fannie?«

»Wer will das wiss'n?«, fragte Fannie schroff.

Die Frau lehnte das Fahrrad an die Hauswand. »Bist du die Tochter von Meta und Bruno Freiwald?«

Fannies Herz begann wild zu pochen, sie schnappte nach Luft. »Das ... war'n ... meine Eltern.«

Nun nickte die Frau und schaute Fannie mit dunklen Augen ernst an. Sie hatte ein verhärmtes Gesicht, unter ihrem Kopftuch schauten schwarze, krause Haare hervor. »Kann ich reinkommen?«

Wortlos gingen sie in die Küche. Vor dem Herd blieb Fannie stehen und verschränkte die Arme vor der Brust. In ihren Ohren rauschte es so laut, dass sie nicht verstand, was die Frau sagte, sie sah nur, dass sie die Lippen bewegte. Dabei zog sie ihre Wollhandschuhe aus. Sie hatte keine Fingernägel, an deren Stelle waren rote, wulstige Verwachsungen. Fannie kannte solche Narben. Sie hatte mit eigenen Augen gesehen, wie Menschen gefoltert worden waren und anschließend solche Finger hatten.

»Wer bist du?«, fragte sie heiser.

»Therese Laufer. Ich war in Auschwitz. Und ich kannte Siggi.«

Siggi? Meinen Siggi? Ja, kann es wahr sein? Aber, sie hat gesagt ...

»Kannte?« Fannie hielt sich jetzt an der Tischplatte fest.

Therese Laufer sagte mit fester Stimme: »Bitte setz dich.« Sie wartete, bis Fannie sich mit zitternden Knien auf die Stuhlkante gesetzt hatte. Dann hockte sie sich vor sie und sah ihr in die Augen. »Fannie Freiwald. Zehn Jahre hab ich nach dir gesucht ...« Sie umfasste mit warmen Händen Fannies Handgelenke und hielt sie ganz fest. »... Und ... ich muss dir leider sagen, dass ... dass ... Siggi 1944 in Auschwitz ermordet wurde.«

Fannie krümmte sich unter den Nadelstichen, die jeden einzelnen ihrer Knochen bis ins Mark hinein langsam durchbohrten.

Geduldig ließ Therese ihr Zeit, diesen furchtbaren Satz zu verstehen.

Und als Fannie flüsterte: »Weißt du es genau?«, füllten sich ihre Augen mit Tränen.

»Ja. Ich war dabei.«

10

Karl

Mai 1956

»Hätte man Hanne gegen Tuberkulose impfen können, wäre ihr einiges erspart geblieben«, murmelte Karl vor sich hin. Er strich die Zeitung glatt, die auf dem Tisch vor ihm lag und lehnte sich zurück, um besser lesen zu können. Es würde nicht mehr lange dauern und er würde eine Brille brauchen.

Wilhelmine stand mit dem Rücken zu ihm. Sie zog den Topf vom Gasherd und rührte Kakaopulver in das kochende Wasser. Sie nahm immer Wasser, obwohl sie sich Milch inzwischen hätten leisten können. Gleich würde sie ein Stück Butter in die Flüssigkeit geben, das Getränk in die Tasse mit dem Sprung am Henkel gießen und mit gerunzelter Stirn pusten und schlürfen. Immer abwechselnd. Dabei würde sie die Augen schließen und den kleinen Finger abspreizen. Nichts an dieser Frau war ihm fremd.

Ohne sich zu ihm umzudrehen, sagte sie: »Hat sicher 'nen Grund, dass man mit den Impfungen gewartet hat, damit nicht wieder so ein Unglück geschieht wie in Lübeck.«

Karl nickte, auch wenn sie ihn gar nicht ansah.

Ausnahmsweise waren sie einer Meinung. 1930 hatte man in Lübeck 248 Säuglinge gegen Tuberkulose geimpft. 77 Kinder waren gestorben, weil sie einen verunreinigten Impfstoff bekommen hatten. Das Impfunglück ging als furchtbare medizinische Katastrophe in die Geschichte ein.

»Das ist fünfundzwanzig Jahre her, die Medizin ist heute viel weiter.« Karl zeigte auf den Zeitungsartikel. »Inzwischen gibt es vom Gesundheitsministerium die Empfehlung, alle Neugeborenen zu impfen, die würden sie nicht aussprechen, wenn sie sich nicht ganz sicher wären.« Er blätterte zurück und fuhr mit dem Finger über die Seite, bis er gefunden hatte, was er suchte. »Hier steht es, genau so ist es doch bei der Hanne: ... *durch medikamentöse Behandlung erreicht, dass schwere offene Fälle zu geschlossenen werden. Aber oft sind sie nach wenigen Monaten wieder offen. Tuberkulose ist heute kein Mortalitätsproblem mehr, sondern in steigendem Maße ein Invaliditätsproblem.*« Er sah auf und erklärte: »Die kämpfen wirklich, um die Krankheit in den Griff zu kriegen. Jetzt haben sie in Nordrhein-Westfalen weitere Röntgenzüge angeschafft. Hundertfünfzigtausend Mark kostet einer! Nicht auszudenken, was hätte passieren können, wenn Hanne nicht bei der Röntgenreihenuntersuchung gewesen wäre ...«

»Ja, wenn sie uns angesteckt hätte, könnten wir alle tot sein. Und du warst so leichtsinnig und hast mit Minna und ihr zusammengehockt.«

Er seufzte müde. »Gibt es eigentlich ein Thema, das du nicht als Vorlage benutzt, um mit mir Streit anzufangen?«

»Was? Ich hab doch gar nichts ...«

Karl stand auf, faltete die Zeitung zusammen und legte sie in den Korb neben dem Küchenofen. Er streifte seine Pantoffeln ab und zog sich Schuhe an, steckte Streichhölzer und das Etui mit den Zigarren ein, griff Jacke und Schlüssel und wandte sich zur Tür.

Wilhelmine stellte die Tasse so heftig auf den Tisch, dass ihr wässriger Kakao überschwappte. »Wo gehst du hin?«

Er blieb mit hängenden Schultern in der Tür stehen, drehte sich nicht um. »Zum Königsplatz. Es ist Messe, hast du das nicht mitgekriegt?«

»Die macht erst morgen auf!«

»Ja, aber Fannie und Hans sind schon seit Tagen da, und ich will sie besuchen, bevor der Betrieb anfängt.« Er ging ohne ein weiteres Wort.

Minna kam mit dem Glockenschlag aus der Haustür.

»Wenn man jemanden als Pünktlichkeit in Person bezeichnen kann, bist du es!«, begrüßte Karl seine Schwester. »Wo ist Hanne?«

»Die ist schon nach dem Frühstück rüber zum Platz. Wenn sie weiß, dass ihre geliebte Tante Fannie in der Stadt ist, gibt's kein Halten mehr. Sie bettelt, dass sie endlich mitreisen kann, aber das wird wohl wieder nichts. Wenn sie eine Anstellung bekommt, muss sie hier sein. Da kann ich nicht sagen: Tut mir leid, meine Tochter ist mit meiner Freundin, die Schaustellerin ist, auf Jahrmärkten unterwegs.«

Minna strich sich die Haare hinters Ohr und Karl bemerkte, dass es an den Schläfen von silbernen Fäden durchzogen waren. Es gab ihm immer einen kleinen Stich, wenn er an ihrem Aussehen erkannte, dass sie beide langsam alt wurden.

Minna war jetzt dreiundfünfzig, trug eine Brille mit modischer Fassung und hatte neuerdings eine Dauerwelle. Karl wurde im August fünfundfünfzig. Das Wirtschaftswunder hatte dafür gesorgt, dass sie beide recht korpulent geworden waren, Minna kaschierte ihre »üppige Mitte«, wie sie ihren Bauch nannte, mit gerade geschnittenen Kleidern und passenden längeren Jacken. »Jackenkleider« waren up to date, Karl hatte es in einer Illustrierten gelesen. Minna interessierte sich immer noch für Mode, nähte ihre Garderobe selbst und ging nach wie vor nie ohne »Ha-Ha-Hu«: Handtasche, Handschuhe, Hut.

»Schick bist du!«, sagte er und strich über den Ärmel ihres Kleides. Er wusste, dass sie sich darüber freute, wenn man ihre sorgfältig ausgesuchte Kleidung bemerkte und lobte. Sie trug eine weiße Sommerhandtasche über dem angewinkelten Arm, hatte links einen Handschuh aus weißem Netzstoff an und hielt den rechten Handschuh in der linken Hand. So ging sie seit über dreißig Jahren aus.

»Ist gestern Abend erst fertig geworden.« Minna lächelte. »Ich hab ordentlich Einschläge dringelassen, damit ich es weiter machen kann, wenn ich noch mehr zunehme. Das ist diese neue Kunstseide, Trevira, ich kann dir sagen, wenn es das früher schon gegeben hätte ... billig, leicht zu nähen und so einfach zu pflegen! Das Kleid kann ich in handwarmer Seifenlauge waschen, auf dem Bügel hängend trocknen und nach ein paar Stunden wieder anziehen. Das muss nicht mal gebügelt werden. Schade, dass ich so selten reise – es wäre ein perfektes Kofferkleid!«

»Apropos reisen«, sagte Karl, »fährst du eigentlich zu Anni?«

Minna hakte sich bei ihm unter. »Ja, endlich! Im Juli habe ich eine Woche Urlaub. Anni ist übrigens inzwischen richtig wohlhabend, wusstest du das? Sie ist Sammelbestellerin beim Neckermann-Versand und hat allerhand zu tun. Sämtliche Nachbarn bestellen bei ihr aus dem Katalog, lassen sich Sachen schicken, und Anni bekommt dafür Prozente. Und Rabatt auf alles. Sie kann sich teure Dinge leisten und in Raten abzahlen, stell dir das vor! Sie hat geschrieben, dass sie sich einen todschicken Wohnzimmerschrank gekauft haben und eine Couch aus grünem Samt.«

»Fährst du allein oder kann Hanne mit? Sind ja nur ein paar Tage.«

»Kommt darauf an …«

Im vergangenen Jahr waren sie nicht zu Anni gefahren. Hanne war, wieder mal, aus der Lungenheilstätte entlassen worden. Sie hatte die Volksschule abgeschlossen und ihre Ausbildung in der Handelsschule begonnen. Dann war sie als Anlernling im Büro gewesen, hatte aber nach zwei Monaten pausieren müssen, weil die TB erneut offen gewesen war. Ende des Jahres war das arme Ding aus der Heilstätte in Warstein zurückgekommen, hatte gottlob die Ausbildung weitermachen können, war aber anschließend nicht übernommen worden.

»Wenn Hanne bis zum Sommer keine Stellung gefunden hat und dann immer noch gesund ist, fahren wir zusammen. Wenn nicht … Ach, das überlege ich mir, wenn es so weit ist. Anni hat sogar ein eigenes Telefon, ich kann sie jederzeit von der Telefonzelle aus anrufen und Bescheid geben, wann wir kommen, falls wir reisen können.«

Sie waren an der Löwenapotheke angekommen und hielten nach einem Blick zum Rathaus einen Moment inne. Ohne dass einer von ihnen etwas sagte, wussten sie, dass sie dasselbe dachten.

Mindens Stadtkern war wenige Tage vor dem Einmarsch der Alliierten zerbombt worden, aber man hatte die Ärmel hochgekrempelt und alles wieder aufgebaut. Auch das Rathaus. Neun Jahre hatte es gedauert, bis es sich in völlig neuer Optik präsentierte, mit acht großen Fenstern, einem schmucken Staffelgiebel und einem Erker zur Scharnseite. Nur der alte Laubengang war noch da, aber ohne die Malerei in den Deckengewölben, die im Krieg unrettbar zerstört worden war. Dort, wo früher die enge Hohnstraße und die düstere, noch engere Scharnstraße gewesen waren, gab es jetzt den »Scharn«, einen breiten Boulevard mit modernen Fassaden und vielen schicken Geschäften.

»Wie schön Minden wird, oder?«, sagte Minna und wies hinüber zur Dombaustelle. Das Langhaus war wieder aufgebaut, jetzt sollten die Innenausbauten und die neue Fensterverglasung folgen, im nächsten Jahr würde endlich alles fertig sein.

Wahnsinn, dachte Karl, *ein fast tausend Jahre altes Bauwerk, das man in einer einzigen Stunde zerstört und in zwölf langen Jahren wieder aufgebaut hat.*

»Größer, moderner und schöner«, antwortete er.

Sie stiegen die Martinitreppe hinauf. Hier standen noch die Ruinenreste der alten Häuser. Oben überquerten sie den Martini-Kirchplatz und vermieden es, durch die Pöttcherstraße zu gehen. Karl war es recht, auch er hatte keine Lust, seinem Ex-Schwager Fritz oder der Person zu begegnen. Minna würde nie darüber hinwegkommen. Hatte sie überhaupt noch Kontakt zu ihrer Schwiegermutter Karoline? Karl wusste nur, dass Hanne ihre kleine Oma ab und zu besuchte.

Damit die Gefühle Minna gar nicht erst übermannten, lenkte er ab: »Hoffentlich geht es Fannie gut. Dieses Gerichtsurteil und das ... das mit Therese ... hat sie fast aus der Bahn geworfen. Wen wundert's.«

Es war ungefähr anderthalb Jahre her. An einem Montag hatte Karl nach der Arbeit wie üblich bei Minna gesessen. Es hatte geklingelt, Fannie war mit schleppenden Schritten die Treppe hinaufgestiegen. Sie hatte das Wohnzimmer betreten, kein Wort gesagt, sich in den Sessel fallen lassen und auf ihre Hände gestarrt.

Minna und Karl hatten ihr sofort angesehen, dass etwas geschehen sein musste. Sie warteten geduldig, bis sie die Worte für das fand, was sie nicht aussprechen wollte.

Schließlich hatte Fannie aufgeschaut. »Mia ... die Geige ... sie gehört jetzt dir. Siggi ... Er kommt nicht mehr.«

Sie hatten geweint, alle drei.

Dann hatte Fannie von Therese erzählt, die wenige Tage zuvor auf der Ranch aufgetaucht war. Therese und Siggi waren sich im »Zigeunerlager« in Auschwitz begegnet. Sie hatten sich ineinander verliebt. Jemand hatte ihre Blicke und verstohlenen Berührungen bemerkt, wenn sie aneinander vorbeigingen und ihre Finger sich für einen winzigen Augenblick berührt hatten. Und sie waren angeschwärzt worden. Die Aufseher hatten sie mit dem Gewehr am Kopf gezwungen, sich nackt auszuziehen. Siggi hatte sich auf Therese legen müssen. Lachend hatten die Wachleute um sie herum gestanden, vulgäre Befehle gebrüllt, die anderen Häftlinge gezwungen hinzuschauen. Siggi war mit dem Kopf auf Thereses Schulter gestorben. Die Kugel hatte seine Halswirbelsäule durchtrennt und war neben ihrem Schlüsselbein stecken geblieben.

Mehr hatte Fannie nicht erzählen können. Das war auch gar nicht nötig. Karl und Minna wussten inzwischen, welche unvorstellbaren Verbrechen die Nazis begangen hatten. Sie hatten Filme und Plakate gesehen; die westlichen Alliierten hatten dafür gesorgt, dass die Deutschen erfuhren, was in den Konzentrationslagern geschehen war. Wieder und wieder wurde ihnen ihre Mitverantwortung an den Verbrechen des Dritten Reiches vor Augen geführt. Sie mussten weiterleben, mit der Trauer und der Schuld, mit den Erinnerungen. Fannie, Minna und Karl konnten nur Freunde sein, wenn sie nicht darüber sprachen, niemals.

Therese Laufer war anders gewesen. Sie hatte nicht resigniert, nicht geschwiegen. Sie hatte alles unverblümt angesprochen, hatte kämpfen wollen. Ihre ganze Hoffnung hatte auf dem Prozess beruht, den eine Klägerin angestrebt hatte. Die war im Mai 1940 verhaftet und mit ihrem Ehemann in ein Lager in Polen verschleppt worden. Die Frau hatte das KZ überlebt und war 1945 befreit worden. Sie hatte einen Antrag auf Haftentschädigung für

56 Monate und den Ersatz von Schäden an ihrem Eigentum und Vermögen gestellt. Der Prozess dauerte mehrere Jahre, bis der Bundesgerichtshof ein Grundsatzurteil fällte. Danach hatte Karl seinen Glauben an Recht und Gerechtigkeit für immer verloren.

Nach dem Bundesentschädigungsgesetz war Voraussetzung für die Bewilligung einer Entschädigung, dass jemand aus sogenannten »rassischen« Gründen verfolgt wurde. In diesem Grundsatzurteil vom 7. Januar 1956 hieß es, alle staatlichen Verfolgungsmaßnahmen vor 1943 seien legitim gewesen, weil sie von »Zigeunern« durch »eigene Asozialität, Kriminalität und Wandertrieb« selbst veranlasst gewesen seien. Eine Passage aus dem Urteil lautete: *Sie neigen, wie die Erfahrung zeigt, zur Kriminalität, besonders zu Diebstählen und Betrügereien, es fehlen ihnen vielfach die sittlichen Antriebe der Achtung vor fremdem Eigentum, weil ihnen wie primitiven Urmenschen ein ungehemmter Okkupationstrieb eigen ist.*

Therese hatte sich nach Bekanntwerden des Urteils das Leben genommen.

»Ohne Hans würde Fannie wahrscheinlich keine Kraft mehr haben weiterzuleben«, hatte Minna erklärt.

Und ohne ihre Arbeit sicher auch nicht, dachte Karl, als sie nun den Königsplatz erreicht hatten, auf dem überall fleißig aufgebaut wurde.

Was für ein Gewusel! Obwohl die Kirmes erst am nächsten Tag eröffnet werden würde, standen etliche Leute herum und sahen beim Aufbau zu. Fahrzeuge rangierten quietschend, Karl hörte Kinder kreischen, Frauen schimpfen, Männer brüllen. Das Kinderkarussell klingelte und hupte bei seiner Probefahrt, ein Bursche fluchte, als ihm in der Wurfbude ein Karton mit Blechbüchsen aus der Hand fiel und alles zu Boden schepperte.

»Eins, zwei, drei, Test, Test, Test!«, klang eine samtweiche Stimme aus dem Lautsprecher des Autoselbstfahrers. Karl sah genauer hin. Die üppige blonde Frau, die in der Kabine ins Mikrofon sprach, war eine, die seine Kollegen auf der Werft als »Wuchtbrumme« bezeichnen würden.

»Da ist die Raupe!«, rief Minna und zog ihn voran.

An Fannies Raupenbahn schien sich eine ganze Schulklasse feingemachter Mädchen versammelt zu haben, um den jungen Männern bei der Arbeit zuzusehen.

Es war heiß, einige der Typen arbeiteten in ärmellosen Unterhemden. *Du meine Güte,* dachte Karl, *diese langen Haare, die ihnen in die Stirn fallen, und die sie wegpusten können, ohne dass ihnen dabei die Zigarette aus dem Mundwinkel fliegt, das ist zirkusreif.*

Ein großes, schlankes Mädchen mit kurzen dunklen Haaren stand im Aufgang der Raupe und redete mit einem jungen Mann. Karl schätzte ihn auf Mitte zwanzig. Er war braun gebrannt, mit zu langem hellblondem Haar, das er mit gespreizten Fingern andauernd aus dem Gesicht kämmte. *Er sieht aus wie dieser James Dean, der neulich mit einem Auto tödlich verunglückt ist,* dachte Karl.

Der Typ an der Raupe hatte die Ärmel hochgekrempelt, stützte sich mit einem ausgestrecktem Arm am Geländer ab und schmachtete das Mädel mit gekonntem Augenaufschlag an.

Erst, als das Mädchen den Kopf ein wenig zur Seite drehte, erkannte Karl Hanne. Wie groß sie geworden war!

Er konnte sich nicht daran gewöhnen, dass seine Nichte ihre Zöpfe abgeschnitten hatte und die Haare modisch kurz frisiert trug. Als er sie zum ersten Mal mit der Frisur gesehen hatte, hatte sie ihn an die Schauspielerin Ruth Leuwerik erinnert. »Willst du mit den Haaren aussehen wie ein Filmstar?«, hatte er gefragt.

Hanne hatte verständnislos den Kopf geschüttelt. »Nein, bestimmt nicht, aber so ist es doch viel praktischer zu pflegen!«

»Minna, da drüben, das ist deine Tochter ...«, sagte er nun.

Sie krallte ihre Finger in seinen Arm. »Ich seh's«, schnaubte sie. »Ich glaube, ich muss bald ein ernstes Gespräch mit ihr führen. Auf einmal ist sie fast erwachsen.«

Oben auf der Raupenbahn öffnete sich die Tür der linken Glaskabine. Fannie steuerte direkt auf Hanne und den jungen Burschen zu, sagte etwas, wies mit dem Daumen hinter sich. Sofort trottete der Mann davon und machte sich in einem der Karussellwagen am Gestänge des Verdecks zu schaffen. Hanne verließ die Raupe, ohne ihre Mutter und Karl bemerkt zu haben, und verschwand hinter der Bahn.

»Oha, sieht aus, als hätte Fannie ein Machtwort gesprochen«, sagte Karl und lachte.

Minna wirkte erleichtert.

Fannie entdeckte sie und winkte sie zu sich. »Ich bin hier fertig, kommt, wir geh'n in' Camping, ich hab Kuch'n und setze Bohn'nkaffee auf. Hanne kommt gleich wieder, sie geht 'ne Runde mit den Hund'n.«

Karl saß zum ersten Mal in so einem Wohnwagen und war erstaunt, wie wohnlich und luxuriös der ausgestattet war: Perserteppiche auf dem Fußboden, polierte Einbaumöbel aus edlem Holz, ein bequemes Sofa, zwei Sessel. Sogar eine Schiebetür gab es, die den Wohnbereich vom Schlafzimmer trennte.

Fannie hatte eine elegante Frisur, trug goldenen Schmuck an den Ohren, um den Hals und an den Armen, und auch ihr Kleid machte einen teuren Eindruck.

Minna sprach aus, was Karl dachte: »Du siehst aus wie eine wohlhabende Dame!«

Fannie grinste. »Wohlhabend, ja. Dame? Ich? Nee ...« Sie schenkte Kaffee ein. »Aber es läuft. Die Leute woll'n sich amüsier'n, die renn'n uns auf all'n Plätzen die Bude ein. Seitdem wir auffer Raupe 'nen Plattenspieler hab'n und Günni auch Rock 'n' Roll und so was spielt, gibt's bei den jung'n Leut'n kein Halt'n mehr. Die tanz'n sogar bei uns auf'm Karussell! Ihr habt ja geseh'n, die Mädch'n steh'n schon rum und gaff'n, wenn die Messe noch gar nicht eröffnet und noch alles zu is ...«

»Wer war denn der junge Mann, mit dem Hanne eben geredet hat?«, fragte Minna.

»Das war unser Günni, der versucht's bei jeder. Aber bei Hanne musste dir keine Sorg'n mach'n, die denkt, man wird schwanger, wenn man geküsst wird! Sollte ihr die Tage vielleicht mal einer genauer erklär'n ...«

Entsetzt rief Minna: »Woher weißt du, dass sie das denkt? Hast du etwa mit ihr ... darüber ... gesprochen?«

»Hab nur gesagt, dasse sich nich mit Jungs einlass'n soll. Und da hatse gegrinst und gesagt, sie würd' sich bestimmt nicht küss'n und sich dadurch ins Unglück stürz'n lass'n.«

Karl bewunderte Fannie. Er erinnerte sich gut an das dürre Mädchen mit den schwarzen Zöpfen, das sie gewesen war, als sie sich kennengelernt hatten. Er dachte an die Jahrmärkte, auf denen sie mit ihrer Großmutter am Eingang des Königsplatzes gesessen und den Leuten die Zukunft vorausgesagt hatte, an ihre Eltern, die Korbflechter, an ihre drei Brüder, die auf seiner Hochzeit Musik gemacht hatten. Meine Güte, das war so lange her! Woher nahm Fannie nach allem, was sie mitgemacht hatte, die Kraft zu lächeln und sich in diesem Geschäft zu behaupten?

»Hans und du, ihr macht es richtig. Du siehst wirklich gut aus«, sagte er.

Fannie zuckte mit den Schultern. »Hier musste klar sag'n könn'n, wo's langgeht. Aber wennde auffer Kirmes mit drei Brüdern groß geword'n bist, kannste das.« In ihrer Stimme lag keine Bitterkeit.

»Wir haben dich beobachtet, als du diesen Günni mit einem Fingerzeig und wenigen Worten wieder an die Arbeit geschickt hast«, sagte Karl. »Das kann auch nicht jede, sich bei den Männern so durchsetzen.«

Grinsend antwortete Fannie: »Kann sein. Darfst dir natürlich nix biet'n lassen. Und Angst darfste nicht haben, nich' vor den Kerlen und nich' vor der Maloche. Ich arbeite im Geschäft mit, mach die Kasse, mach die Plätze aus, beim Auf- und Abbau'n muss ich auch anpack'n. Dabei hab ich's gut, ich bin die Chefin, die andern Frauen ham auch noch Kinder an der Backe und ihre Hausfrau'narbeit. Die ackern genauso wie die Männer, die sauf'n nur nicht so viel. Und dann sind's auch wieder die Frau'n, die dazwischengeh'n, wenn die Kerle sich im besoffenen Kopp inne Haare krieg'n und sich nicht einig werd'n, wer von denen der Tollste und Stärkste ist.«

Minna mischte sich zum ersten Mal ein. »Ich glaube, dass Hanne jetzt in einem Alter ist, in dem sie nicht mit euch mitreisen sollte. Ich weiß, dass du und Hans auf sie aufpasst, aber ihr könnt nicht immer überall sein. Sie ist sechzehn und ein hübsches Mädchen, wenn sie sich mit einem eurer Arbeiter einlässt und schwanger wird ... um Himmels willen.«

Fannie schaute sie nachdenklich an. »Ich verstehe, was du meinst. Schade. Aber wahrscheinlich haste recht. Sag's ihr aber bald, was es heißt mit den Bien'n und den Blümch'n.« Sie wandte sich an Karl. »Was gibt's Neues? Schreibste noch Gedichte?«

Fannie gehörte zu den wenigen Menschen, die von seiner Passion wussten und sie nicht belächelten.

Er nickte. »In den Jahren sind so viele zusammengekommen, dass ich sie nach und nach mit der Schreibmaschine abtippe. Ich will ein Buch daraus binden.«

»N' echtes Buch, und dann wirste berühmt?«

»Nein, keins, das man im Laden kaufen kann, ich will nur alles gedruckt sehen. Das ist nur für mich.«

»Seine Gedichte sind schön«, sagte Minna, »ich glaube, dass man die jemandem zeigen soll, der was davon versteht. Ich hab Karl gesagt, er soll sie an die Zeitung schicken, da drucken sie doch ab und zu was Poetisches.« Sie schaute ihn an. »Aber er will nicht.«

Karl schüttelte vehement den Kopf. Genau. Das waren seine ureigenen Gedanken und Gefühle, die er seit Jahrzehnten aufschrieb, um nicht daran zu ersticken. Mit

Wilhelmine stritt er sich seit fast dreißig Jahren, zu Kollegen hatte er keinen Draht, sein Bruder Hermann lebte weit weg. Sicher, er traf sich jeden Montag mit Minna, aber sie sprachen gewiss nicht über Liebe, Erotik oder Politik. Außerdem ging es niemanden etwas an, wie er sich fühlte.

Einen Moment dachte er an seine große Liebe, Maria, die Zwangsarbeiterin, die bei einem Fliegerangriff ums Leben gekommen war. Schwarze Rose, Königin. Wie hätte er die Trauer um sie und um seine verlorenen Träume damals aushalten können, ohne Stift und Papier. Aber er wollte nicht darüber reden und lenkte ab. »Morgen wird also die Messe eröffnet«, wandte er sich an Fannie, »und du sitzt an der Kasse auf der Raupe. Machst du auch diese frechen Ansagen?«

Fannie lachte und sprach mit nasaler Stimme in ihre Faust, die sie wie ein Mikrofon vor die Lippen hielt: »Eine tolle Fahrt, eine klasse Fahrt, Fahrscheine bitte an der Kasse lösen ... Auf und nieder, immer wieder, jetzt geht's rein in die verrückte Runde, und gleich beginnt die nächste tolle Tour ... so, bitte schön einsteigen und dabei sein ...« Sie ließ die Hand sinken. »Nein, das mach ich nicht mehr. Uns're Kund'n sind Teddyboys und junge Mädch'n, da muss 'ne alte Schachtel wie ich keine dumm'n Sprüche mehr mach'n. Habt ihr geseh'n, dass wir neb'n der Kasse 'ne zweite Kabine gebaut hab'n? Da sitzt unser Günni drin. Er is 'n guter Reko und erfüllt sogar Plattenwünsche.«

»Was ist er?«, fragte Karl.

»Der Reko, der Rekommandeur, der kann so Sachen sagen wie: ein Kuss ist, wenn's Geräusch ansteht, als wenn 'ne Kuh durch Matsche geht. Oder: das schöne Mädchen in Wagen zwölf, Mensch, dich hat die Mutti heute aber feingemacht ...«

Karl dachte an die laute Musik, die er von der Herbstkirmes noch im Ohr hatte – und die überhaupt nicht sein Geschmack war. Elvis Presley, Fats Domino, Buddy Holly. Er kannte die Namen, aber ihre Musik gefiel ihm nicht. Außer Louis Armstrong, den liebte er. Der amerikanische Jazztrompeter hatte vor Jahren eine Deutschlandtournee gemacht, die Wochenschauen hatten darüber ausführlich berichtet. Seitdem drehte Karl am Radio den Ton lauter, wenn sie Platten von ihm im Radio spielten. Sehr zum Unwillen von Wilhelmine, die sofort zu zetern begann, wenn »ausländisches Zeug gedudelt« wurde. Sie schloss sich der allgemeinen Ansicht an, dass Rock 'n' Roll in höchstem Maße jugendgefährdend war.

Fannie sagte: »Wir haben jetzt 'nen Plattenspieler mit 'ner Saphirnadel, das is 'n toller Klang! Und an die neue Musik hab ich mich gewöhnt. So übel is die nich'. An den ander'n Geschäft'n spiel'n wir Caterina Valente, Freddy und Gerhard Wendland und so, aber die jung'n Leute woll'n das nicht hör'n. Die sind verrückt nach englischer Musik, vor allem, wenn se laut is. Und wo soll'n se die hör'n? Geht nur auffer Kirmes. Im Radio läuft bloß Marschmusik und altes Zeug. Kommt doch Samstagabend!«

Karl grinste. »Lass man, bis ich Wilhelmine erklärt habe, dass es nicht der Untergang des Abendlandes ist, sondern 'ne Freilufttanzveranstaltung für die Jugend, haben wir Weihnachten.«

Nun begann Fannie zu lachen. »Da ist sie nicht die Einzige, die moralische Bedenk'n hat! Neulich stand Hans auf'm Platz in Herford, da war'n Kolleg'n mit ner Raupe, die musst'n ihre Malereien von Bikini-Mädchen überkleb'n! Die Städte schick'n überall Leute vom Ordnungsamt raus, und die kontrollier'n sogar, ob auf'm Karussell Mädch'n in Kleidern und Seidenstrümpfen steh'n, und ob die Jungs ihnen von unten unter de Röcke guck'n könnt'n!«

»Das ist genau in Wilhelmines Sinne«, sagte Karl. »Und beim Gedanken an die Raupenbahn und das geschlossene Verdeck kriegt sie Atemnot, wenn sie sich vorstellt, was da im Dunkeln alles passiert.«

Fannie grinste. »Wir hatt'n schon mal Leute vonner Kirche und vonner Stadt da, die wollt'n uns verbiet'n, das Verdeck am Ende der Fahrt runterzulass'n, weg'n Unzucht und so. Mit den'n ham wir dann 'ne Probefahrt gemacht und die Zeit gestoppt. Das Verdeck ist genau zehn Sekund'n lang unt'n! Der Kirchenheini hat eingeseh'n, dass man in der Zeit nix Unsittliches schaff'n kann. Und dann hat Günni ins Mikro hinter den'n hergeruf'n: ›Meine Damen und Herren, Sie haben es selbst erlebt. Kein Gefummel beim Rummelbummel ... diiiee nächste Fahrt geht rückwärts!‹«

Sie lachten. Karl genoss diesen Einblick in eine fremde Welt, und er gönnte Fannie ihr neues Leben aus tiefstem Herzen.

Sie gingen hinaus und stießen zwischen den Wohnwagen fast mit Hanne zusammen, die zwei Schäferhunde an die Verandatreppe angekettet hatte und ihnen Futter und Wasser hinstellte. Die Hunde schauten wachsam auf, wandten sich aber wieder ihren Schüsseln zu, als sie Fannie sahen.

»Guckt mal, King und Rex sind richtige Freunde für mich. Schade, dass wir keinen Hund haben können.« Hanne tätschelte den Tieren die Köpfe.

»Das fehlte mir noch«, murmelte Minna und mahnte zum Aufbruch. Sie verabschiedete sich von Fannie und versprach, morgen mit Hanne wiederzukommen, wenn der Jahrmarkt eröffnet war.

»Mutti, ich könnte auch allein gehen, du musst nicht unbedingt mit!«, sagte Hanne zaghaft.

Minna sah ihre Tochter streng an. »Nachdem ich gesehen habe, wie viele flotte junge Männer hier rumlaufen, und dass du bei denen nicht unbemerkt bleibst, müssen wir uns sowieso mal ernsthaft unterhalten.«

Es klang völlig gleichgültig, als Hanne sagte: »Ich weiß schon, ich kann wieder nicht mitreisen. Dieses Mal geht es nicht, weil wir zuerst eine Arbeit für mich finden müssen.«

Meine Güte, das Mädchen war immer noch so folgsam, dachte Karl. Keine Spur von der üblichen Aufmüpfigkeit eines Backfisches, eher phlegmatische Bravheit. Von wem hatte sie das bloß? Wenn er sie neben Minna sah, bemerkte er immer wieder, wie sehr sie ihrer Mutter ähnelte. Das gleiche dunkle Haar und helle Augen. Allerdings hatte Hanne nicht Minnas graue Augen, sondern grüne, und sie waren nicht schmal und mandelförmig, sondern groß und rund wie die ihres Vaters. Hanne hatte auch viel von Fritz: die gleichmäßigen Lippen, die gerade Nase und die kräftigen, geschwungenen Brauen. Sie war hübsch, aber sie schien sich dessen nicht bewusst zu sein.

»Vielleicht klappt es ein anderes Mal«, sagte Minna.

»Ja, vielleicht. Vielleicht habe ich aber auch bald wieder eine offene TB und bin sowieso nicht da.«

Da war er wieder, der teilnahmslose Blick aus grünen Augen.

Wenige Wochen später trat Hannes Befürchtung ein.

Nach der monatlichen Untersuchung wurde sie nach Warstein überwiesen. Es hieß, dass man nach den vielen Rückfällen nun operieren und einen Pneumothorax legen müsse, es gäbe keine andere Behandlungsmöglichkeit mehr.

Minna hatte Karl mit ihren eigenen Worten erklärt, was Hanne bevorstand: »Sie lösen ihre Lunge in einer Operation über den Rücken von der Brustkorbwand ab und spritzen mit einer dicken Nadel Luft in die Hohlräume, damit sich das kranke Gewebe erholen kann. Das machen sie bei Kindern und pubertierenden Lungenkranken, die nicht mehr auf Medikamente und Sanatoriumskuren anspringen. Und diese Luft müssen sie dann alle paar Wochen auffüllen.« Minna war kreidebleich, als sie ihm davon erzählte, und Karl bekam allein bei der Vorstellung einer solchen Operation weiche Knie.

Hanne hingegen sagte mit monotoner Stimme: »Wenn das gemacht werden muss, dann ist das eben so.«

11

Hanne

Juli 1957

Hanne drehte das Rädchen des Boilers auf die höchste Stufe, ging ins Wohnzimmer und nahm ein Handtuch aus der Seite des Schrankes, in dem jetzt die Wäsche untergebracht war. Wie viel Platz sie plötzlich hatten und wie viele Dinge, für die sie diesen Platz brauchten! Sie schaute durch die gläsernen Schiebetüren des Mittelteils, hinter denen Mutti ihre Weingläser auf einem Spitzendeckchen aufgestellt hatte. Auf dem oberen Glasregal stand eine Karaffe aus rosa Glas mit passenden Schnapsgläsern auf einem schwarzen Tablett – ein vornehmes Geschenk von Tante Lilo. Hier hatte sich in ihrer Abwesenheit viel verändert.

Mutti hatte den neuen Schrank und ein Klappsofa gekauft, dazu zwei moderne Sessel. Die Polstermöbel aus grobem Wollstoff hatten das gleiche beigefarbene Muster, aber verschiedene Farben: Ein Sessel war blau, einer rot, und das Sofa war grün. Die zierlichen, gebogenen Armlehnen aus lackiertem Holz passten genau zum Schrank. Außerdem besaßen sie nun einen Tisch, dessen Platte wie schwarz geäderter Marmor aussah und den man mit einer Kurbel hoch- und runterdrehen konnte, je nachdem, ob man ihn zum Essen oder als Couchtisch benutzen wollte.

Mutti hatte in ihren Briefen davon geschwärmt, wie schick die neuen Möbel waren, die sie im Katalog ausgesucht und per Brief bestellt hatte. Sie hatte geschrieben, dass Tante Wilhelmine deswegen den Zusammenbruch der Wirtschaft befürchtet hatte: »Wo wird es enden, wenn alle Leute nur noch in den Versandhäusern per Katalog bestellen? Die kleinen Läden gehen allesamt vor die Hunde, und du bist daran schuld, weil du es dir mal wieder so leicht machst!«

Als Mutti ihr dann auch noch erzählt hatte, dass sie die Möbel auf Raten gekauft und zehn Jahre Zeit hatte, um sie abzuzahlen, hatte Tante Wilhelmine die Hände über dem Kopf zusammengeschlagen. »Auf Pump gekauft? Minna, wie kannst du nur?«, hatte sie gerufen.

Hanne hatte sich ihre Tante lebhaft vorstellen können. Bestimmt hatte sie wegen der Aufregung erst mal eine Spalt-Tablette nehmen müssen.

Sie ging zurück in die Küche, die nun gleichzeitig auch ein Badezimmer war. Mutti hatte sich ihren Traum erfüllt und eine Badewanne gekauft, über der ein mächtiger Warmwasserboiler hing. Onkel Karl hatte ihr dabei geholfen, die Wanne außen mit Sperrholzplatten zu verkleiden. Anschließend hatte Mutti den Kasten, in dem die Wanne nun stand, selbst mit einer Folie beklebt, auf der

Fliesen abgebildet waren. Jedem, der es wissen oder nicht wissen wollte, erzählte sie nun, dass sie eine Badewanne besaßen, als einzige Partei im ganzen Haus. Und als einzige in ihrer kompletten Bekanntschaft.

Heute würde Hanne Rudis Eltern kennenlernen.

Sie war im Februar aus Warstein zurückgekommen. So lange war sie noch nie weg gewesen. Ende Mai 1956 war sie dort operiert worden, und bis sie sich davon erholt hatte, war es Winter geworden. Erst hatte sie gedacht, dass sie sich nie wieder normal würde bewegen können, so schmerzhaft war die vierzig Zentimeter lange Narbe auf ihrem Rücken. Aber es war alles gut verheilt, und nach acht langen Monaten war sie endlich entlassen worden.

In dieser Zeit in Warstein hatte Hanne eine Freundin gefunden: Karin Gevelsberg hatte nicht nur den gleichen Beruf als kaufmännische Angestellte, sie hatte auch fast die gleiche Krankengeschichte. Auch sie hatte viele Monate in Lungenheilstätten verbracht, und sie war am Tag vor Hanne operiert worden. Karin war schon achtzehn. Sie sorgte sich vor allem um ihre Zukunft als Ehefrau. »Wird mich jemand mit dieser hässlichen Narbe lieben können?« Das war ihre größte Sorge.

Die Mädchen lagen nach der OP im selben Krankenzimmer und hatten Glück: In der ersten Woche blieben die anderen vier Betten leer. Die beiden flüsterten ganze Nächte hindurch. Es war dunkel, sie kannten einander nicht, aber sie teilten das gleiche Schicksal, ertrugen die gleichen schrecklichen Schmerzen und die Angst vor dem frühen Tod. Anders konnte Hanne es sich kaum erklären, dass sie mit einem fremden Mädchen über Dinge reden konnte, die allesamt mit Männern und *untenrum* zu tun hatten.

Als sie nach langem Liegen endlich aufstehen durften und sich auf ihren Bettkanten gegenübersaßen, schauten Hanne und Karin einander zum ersten Mal in die Augen. Das Schicksal hatte sie zusammengeführt, dessen waren sie sicher. Lungenkranke Mädchen mit einer solchen Krankenakte hatten kaum eine Möglichkeit, echte, dauerhafte Freundschaften zu entwickeln. Kaum hatte man sich ein bisschen kennengelernt, wurde eine von ihnen entlassen und man sah sich nie wieder. Das war die schönere Variante. Die weniger schöne waren die vielen jungen Menschen, die nicht mehr gesund wurden und an der Tuberkulose starben. In der Zeit im Sanatorium gehörte man zu der Gemeinschaft der Kranken, nachher, in der Heimat, gehörte man nirgends mehr dazu, weil man den Anschluss an das normale Leben junger Leute verloren hatte.

Hanne und Karin erzählten einander alles. Hanne sprach sogar von ihrem Vater, der mit einer anderen Frau zusammenlebte und ihrer Mutter das Herz gebrochen hatte. Sie erzählte von ihrer Schwester Luise, an die sie nur noch eine vage Erinnerung hatte, die sie aber dennoch schmerzhaft vermisste. Und von ihrer Mutter, deren ganzes Denken sich ständig um Hanne drehte.

Karins liebstes Thema waren Männer. Ihre Mutter hatte ihr eingebläut, dass sie spätestens mit Ende zwanzig verheiratet sein sollte, am besten mit einem Rechtsanwalt oder noch besser mit einem Arzt – sie hätte Gott sei Dank in den Heilstätten genügend Gelegenheiten, einen kennenzulernen.

Kichernd gingen die Mädchen die Riege der Doktoren durch, aber bis auf zwei waren sie alle alt und grauhaarig. Karin wollte sich ausschütten vor Lachen: »Ich glaube nicht, dass Dr. Brünger und Dr. Müller noch mit der Schwellung ihres ... ihres ... Dingens zu tun haben!«

Hanne lachte mit, aber sie hatte keinen Schimmer, was mit jener Schwellung gemeint sein könnte. Nach einer Weile bemerkte Karin ihre Ahnungslosigkeit und klärte sie auf. Beziehungsweise erklärte sie, was sie zu wissen glaubte. Entsetzt hörte Hanne der Freundin zu.

»Wenn man sich mit einem Mann einlässt und er einen an intimen Stellen anfasst, ist es möglich, dass man anschließend ein Kind kriegt. Und sie haben dieses ... dieses Ding da unten, und das wollen sie an einen pressen.«

Sofort gellten Hanne Muttis Warnungen im Ohr: »Lass dich nicht mit Jungs ein, die wollen alle nur das eine. Die nutzen ein Mädchen nur aus, und dann stehst du da mit einem Kind. Wenn du mir mit einem unehelichen Kind nach Hause kommst ...«

Nur: Was genau bedeutete »sich einlassen« und »ein Mädchen ausnutzen«? Bei Mutti hatte Hanne immer nur genickt und so getan, als wisse sie, wovon die Rede war, weil es ihr unendlich peinlich war, an so etwas auch nur zu denken. Aber die Freundin traute sie sich zu fragen. Karin antwortete: »Ganz genau weiß ich es natürlich nicht, aber es fängt üblicherweise mit einem Zungenkuss an.«

»Was ist ein Zungenkuss?«

»Dann steckt der Mann seine Zunge in deinen Mund, und du musst es bei ihm auch tun.«

Hanne schüttelte sich. »Igitt. Warum?«

Karin hatte ein bisschen rumgedruckst und dann einen Zettel unter ihrer Matratze hervorgeholt. »Das habe ich in der Bibliothek in einem Buch gelesen und heimlich abgeschrieben, in Steno, damit es niemand lesen kann, falls doch jemand den Zettel findet.« Sie senkte die Stimme, obwohl sie allein im Raum waren und niemand sie hören konnte. »Also: Der Zungenkuss stellt aufgrund seiner starken Reizwirkung gleichzeitig ein Barometer für die Willigkeit einer Frau zum Verkehr dar. Wenn sie stark auf ihn reagiert, weiß der Mann, dass er sich der Frau in Liebe nähern darf, ohne dass darüber weitere Worte verloren werden müssten.«

Hanne hatte diese Information sacken lassen. »Jetzt bin ich so schlau wie vorher!«, hatte sie schließlich betrübt geantwortet. Sie hatte im Kino schon gesehen, wenn Leute sich küssten, aber es konnte ihr doch niemand erzählen, dass der schicke Rudolf Prack der bildschönen Sonja Ziemann seine Zunge in den Mund stecken würde! Auch in Romanen hatte Hanne nie von derlei Absonderlichkeiten gelesen.

Karin hatte schon mal geküsst, sogar auf diese Art. »Es ist eine schlabberige Angelegenheit, und ich habe keine Ahnung, was mich daran reizen soll, aber du musst es tun. Wenn der Mann das Gefühl hat, dass es dir gefällt, ist es für ihn die Erlaubnis zum Verkehr. Aber das darfst du natürlich nicht zulassen, bevor du wenigstens verlobt bist!«

»Was denn für ein Verkehr?«, fragte Hanne.

»Meine Güte, dir hat man aber auch gar nichts erklärt. Verkehr nennt man es, wenn ein Mann und eine Frau miteinander schlafen.«

»Schlafen«, echote Hanne.

Karin hatte Hanne angesehen, dass sie wirklich nicht wusste, was sie meinte. Dann hatte sie die Idee, beim nächsten Ausgang die Bibliothek aufzusuchen und in einschlägigen Büchern nachzusehen. Und so stenografierte Hanne eines Tages in ihr Notizbuch: *Ratschläge für Frauen in der Liebe: Die Hälfte des Vergnügens beim Liebesakt liegt für den Mann in der Bezauberung der Frau. Wenn sie aus irgendeinem Grunde kein Vergnügen während der Umarmung verspürt, so sollte sie es ihn nicht wissen lassen. Eine Frau handelt richtig, wenn sie vorgibt, einen großen Genuss gehabt zu haben durch die Anstrengungen des Mannes. Es macht ihn sehr glücklich, zu denken, daß er ihr außerordentliches Vergnügen bereitet habe. Sie kann dem Ehemann leicht vortäuschen, daß sie sich auf dem Höhepunkt befindet, indem sie ihn wie wahnsinnig an sich preßt, ihre Lippen auf die seinen drückt und leidenschaftliche Zärtlichkeiten während des Höhepunktes im Liebesakt stammelt.*

Das waren merkwürdige Ratschläge, deren Sinn Hanne nicht verstand. Und auch diesen Text las sie wohl hundertmal, ohne dass sie etwas damit anfangen konnte: *Die Hauptschuld an einem Fehltritt des Mannes trägt häufig die Frau, die es nicht verstand, den Gatten an sich zu fesseln. Denn sie darf niemals vergessen: sie besitzt die gleichen lockenden Reize wie jede andere Frau, ist vielleicht viel hübscher und ansprechender als die billigen Mädchen oder die Abonnements-Schönheiten. Sie versteht nur nicht, den Mann immer wieder aufs Neue zu fesseln. Sie muß nicht nur auf seine wirtschaftlichen Sorgen eingehen, sondern muß ihm vor allem in seiner Sehnsucht nach Anlehnung entgegenkommen, ohne befürchten zu müssen, daß sie sich dadurch etwas vergibt.* Ihr erster, schrecklicher Gedanke war: Die Hauptschuld am Fehltritt trug die Frau? Bedeutete das, Mutti war selbst schuld gewesen, dass Vati sich mit der Person eingelassen hatte? Weil sie es nicht verstanden hatte, Vati an sich zu fesseln?

Inzwischen war Hanne schon mehrmals geküsst worden, und zwar von Rudi. So schlimm war es gar nicht gewesen. Und heute würde Rudi sie seinen Eltern vorstellen.

Rudi Winkelmann war älter als sie, er wurde dieses Jahr einundzwanzig. Er war Bäckergeselle im Betrieb seiner Eltern, eines Tages würde er ihn übernehmen. Wenn alles so lief, wie Mutti und Tante Wilhelmine es neulich gut gelaunt ins Blaue geplant hatten, wäre Hanne in einem halben Jahr verlobt und in zwei Jahren unter der Haube und versorgt.

Sie und Rudi hatten sich an Hannes siebzehntem Geburtstag zum ersten Mal gesehen.

An Arbeiten war für sie nicht zu denken gewesen, dazu war sie nach der Operation und der langen Rekonvaleszenz noch zu schwach. Aber sie konnte Mutti im Haushalt einiges abnehmen und die täglichen Einkäufe erledigen.

An ihrem Geburtstag war sie in die Bäckerei Winkelmann gegangen, um zur Feier des Tages vier Brötchen zu kaufen. Als Hanne darauf wartete, an die Reihe zu kommen, betrat Rudi den Laden durch die Tür hinter dem Tresen. Er trug ein Blech Graubrote auf der Schulter, die er mit flinken Fingern in die Regale schob. Ihre Blicke trafen sich, als er sich umdrehte. Sie lächelten sich an. Er hatte blaue Augen, blonde Haare lugten unter seiner Bäckermütze hervor, war groß und schlank. Das war wichtig. Wie oft hatte Mutti ihr eingeschärft, sich von kleinen Männern mit dunklen Augen fernzuhalten.

Wann immer Hanne nun die Bäckerei betrat, hielt sie nach dem großen Blonden Ausschau. Und einmal, als sie ihn tatsächlich sah, fasste sie sich ein Herz und bat die Verkäuferin geistesgegenwärtig, für Samstag ein kleines Weißbrot zu reservieren. »Auf den Namen Hanne Volkening, ich wohne Am Markt 24 und hole es um acht Uhr ab«, sagte sie laut und deutlich.

Rudi lächelte.

Er hatte aufgepasst. Schon am Sonntagvormittag stand er vor der Haustür und wartete geduldig, dass sie rauskam. Sie gingen spazieren, er spendierte ihr bei Cortina einen Eisbecher und sie unterhielten sich. Im Mai küssten sie sich zum ersten Mal. Und dann trafen sie sich jeden Samstag und Sonntag.

Mutti kannte Rudi vom Sehen und hielt ihn für einen anständigen Burschen. »Aber ich sage es dir noch mal: Lass dich zu nichts überreden, benimm dich wie ein anständiges Mädchen und komm mir nicht vor der Ehe mit 'nem Kind nach Hause!«

Der Boiler gab einen knackenden Ton von sich, das Wasser war heiß.

Hanne drehte beide Wasserhähne so lange, bis sie die richtige Temperatur gemischt hatte, kniete sich vor die Wanne und hielt ihren Kopf unter den Wasserkran. Mutti hatte recht gehabt, so eine Wanne war eine praktische Angelegenheit. Sonst hatten sie die Haare über dem Spülstein gewaschen und mit Wasser aus dem Kessel ausgespült. Das war immer ziemlich umständlich gewesen.

Hanne schlüpfte in den Perlon-Petticoat und zupfte am Gummibündchen herum. Der Tüllstoff kratzte auf der Haut. »Wer schön sein will, muss leiden«, hatte Mutti gesagt. »Und das Kleid ist maßgeschneidert! Dass ich ein Burda-Schnittmuster benutzt habe, macht daraus noch keine schnöde Konfektion.«

Sie zog ihr neues Kleid an. Ja, Mutti hatte recht. Es war perfekt. Das schlichte, in weißen und hellblauen Blockstreifen gemusterte Oberteil saß bis zur Taille eng, der Tellerrock war ab der Teilungsnaht längs gestreift, mit tiefen Kellerfalten, die sich durch den Petticoat öffneten. Aus einem Stück Leinen hatte Mutti einen Gürtel mit handtellergroßer Schleife genäht, der die Taille betonte.

Für Hanne musste Kleidung eigentlich bloß sauber, praktisch und bequem sein, aber für diesen Anlass gab sie sich besondere Mühe. Sie lächelte ihrem Spiegelbild zu. So würde sie bei Rudis Eltern einen guten Eindruck machen.

Sie bürstete ihr Haar, das inzwischen trocken war, und schüttelte es, damit es mehr Fülle hatte. Währenddessen sang sie das alte Lied:

»Heut ist der schönste Tag in meinem Leben, ich spür zum ersten Mal, ich bin verliebt …«

Mutti hatte ihr einen Lippenstift geschenkt, aber darauf verzichtete sie. Wer wusste schon, wie modern Rudis Eltern eingestellt waren. Nicht jeder mochte geschminkte Mädchengesichter.

Leise öffnete Hanne die Tür zum Schlafzimmer. Mutti hatte sich mittags nach der Arbeit aufs Bett gelegt. Offensichtlich war sie eingenickt; sie schlug die Augen auf und setzte sich schlaftrunken auf die Bettkante.

»Ich gehe, Rudi und ich treffen uns gleich an der Ecke.«

»Hast du ein sauberes Taschentuch?«

»Ja.«

»Hast du ein Unterhemd an?«

»Ja.«

»Wohin geht ihr?«

»Erst zu Rudis Eltern und dann spazieren.«

Mutti nickte. »Du bist um neun zu Hause.«

»Oh, bitte, darf ich heute bis zehn? Es ist Samstag.«

»Nein. Du bist siebzehn. Um neun ist Zapfenstreich.«

Hanne wusste, dass es keinen Sinn hatte zu diskutieren. Sie nickte und verdrehte heimlich die Augen.

»Und dass mir keine Klagen kommen!«, klang es hinter ihr.

Den Satz würde sie nie verstehen. Wer sollte sich über sie beklagen?

»Nein, Mutti. Du kannst dich auf mich verlassen«, rief sie gen Schlafzimmer. Dann steckte sie den Schlüssel in die Handtasche, nahm ihre Strickjacke und verließ summend die Wohnung.

12

Minna

Juli 1957

Die Tür fiel ins Schloss. Minna hörte Hanne im Treppenhaus erneut singen: »Heut ist der schönste Tag in meinem Leben ...« und sie sang in Gedanken mit: *… ich fühl' zum ersten Mal, ich bin verliebt …* Ach, Hanne. Wie erwachsen sie inzwischen war. Und dennoch: wie jung. *Eigentlich zu jung, um einen festen Freund zu haben, das hätte es zu meiner Zeit nicht gegeben.* Minna musste schmunzeln. *Zu meiner Zeit … so was sagen doch nur alte Frauen, oder? Wann war denn meine Zeit? Als ich siebzehn war, hatten wir 1921. Genau wie Hanne hatte ich den Krieg erlebt und wollte nur eins: alles vergessen und mein Leben genießen. Und dann kam Fred.*

Sie ging in die Küche, füllte Wasser in den Emailletopf und stöpselte den Stecker des Tauchsieders ein. Sie nahm den Steingutbehälter, in dem sie den Kaffeesatz aufbewahrte, und gab zwei Teelöffel davon in die blaue Kanne.

Ihr Blick fiel auf die Badewanne. Herrlich. Natürlich war das lange nicht so luxuriös wie damals in Düsseldorf, aber immerhin. Sie sah, dass Hanne sich die Haare gewaschen und alles tipptopp hinterlassen hatte. Sie würde eine ordentliche Hausfrau werden.

Ich war nie so vernünftig wie Hanne. Sie hat mit ihren siebzehn Jahren mehr Verstand, als ich mit zwanzig hatte. Mit zwanzig habe ich Fred geheiratet. Da war ich nicht mehr unschuldig. Unschuldig? Was für ein Wort für diese Beschäftigung. Als wäre man schuldig, wenn man es zum ersten Mal getan hat. Hanne wird auf sich aufpassen. Hoffentlich. Ich hab's ihr oft genug gesagt.

Minna brühte den Kaffee auf. Er war schon ziemlich dünn, man konnte das Muster der Tasse am Boden erkennen. Für heute würde es noch mal reichen müssen. Ein Pfund Kaffee kostete fast dreizehn Mark, aber wenn man den Prött ein paarmal wieder aufgoss, konnte man ihn eine Weile strecken. Minna bestrich eine Scheibe Brot mit Margarine, bestreute sie mit Zucker und legte sie auf ein Holzbrettchen. Wenn sie tagsüber geschlafen hatte, musste sie unbedingt etwas Süßes essen. Wie wunderbar, dass es inzwischen wieder alles gab und sie sich ihre kleinen Wünsche erfüllen konnte. Gut, sie sparte immer noch, wo sie konnte. Der Unterhalt von Fritz wurde auf die TB-Beihilfe angerechnet, aber Minna schaffte es, ihre Ratenkäufe zu bedienen und alle Rechnungen zu bezahlen. Wenn Hanne endlich arbeiten und Kostgeld abgeben könnte, wäre es entspannter. Oder wenn sie gut verheiratet wäre.

Hätte, könnte, wäre, wenn ..., dachte Minna.

Sie goss den Kaffee durch das Sieb in die Tasse, gab einen Schuss Büchsenmilch hinein und trug beides ins Wohnzimmer. Nach dem Essen steckte sie sich eine Zigarette an. Was für ein schöner Tag.

Dank Hannes Hilfe gab es im Haushalt nichts zu tun, nicht mal eine aktuelle Näharbeit war zu erledigen. Das Wort »Müßiggang« kam Minna in den Sinn, und das Sprichwort »Müßiggang ist aller Laster Anfang«. Sie schmunzelte. Sie hatte kein Laster – wenn man vom Rauchen absah, und das taten schließlich alle.

Nachher wollte sie das Hörspiel im Radio anhören, im NWDR brachten sie *Biedermann und die Brandstifter*. Bis dahin konnte sie lesen und später aus dem Fenster gucken, einer ihrer liebsten Zeitvertreibe. Dafür kniete Minna sich auf einen Stuhl und legte ein Sofakissen auf die Fensterbank, um sich darauf abstützen zu können.

Irgendetwas gab es draußen immer zu sehen. Die Busse, die sie durch die Baulücke über die Lindenstraße fahren sah. Leute hinter den Fenstern des Bankhauses Lampe. Hulda Kannegießer, die unten in der Sonne saß und rauchte, wenn keine Kunden in der Leihbücherei waren. Spatzen, Schwalben, Amseln und Tauben im Innenhof, der mit seiner verwilderten Wiese wie ein verwunschener Garten aussah. Einige Mieter hatten sich beim Hauswirt beschwert, dort sei eine Wildnis, die dringend in Ordnung gebracht werden müsse, aber Minna mochte den Blick ins Grüne. Geradeaus überragte die mächtige Kastanie das Dach des Hauses, vor dem sie wuchs. Manchmal balancierte eine Katze über die schmale Mauer hinter der Hortensie.

Sie schaute auf die Uhr. Ein paar freie Stunden allein in der Wohnung waren herrlich. Hanne würde rechtzeitig zu Hause sein, sie war genauso pünktlich wie alle aus der Familie. Und mit ein bisschen Glück war sie heute Abend verlobt.

Hanne denkt, man könne vom Küssen schwanger werden. Ich hab das nicht korrigiert. Ich glaube nicht, dass sie es vor der Ehe tun wird. Rudi scheint ein anständiger Bursche zu sein, wenn er sie schon seinen Eltern vorstellen will. Er wäre eine gute Partie. Irgendwann übernimmt er die Bäckerei, dann ist Hanne die Chefin. Hungern müsste sie bestimmt nie mehr. Es ist merkwürdig, dass gerade ich meine Tochter unter die Haube bringen will. Dabei lebe ich ihr vor, dass es auch allein geht. Aber um welchen Preis? Immerhin muss ich jeden Pfennig dreimal umdrehen und alle Entscheidungen treffen. Macht nichts. Mehr als zwei Scheiben Brot kann kein Mensch zum Frühstück essen. Meine Wohnung ist klein. Na und? Ich kann mich immer nur in einem Raum aufhalten. Bin ich einsam? Nein. Ich habe meine Tochter bei mir und meinen Bruder, der seit 27 Jahren treu jeden Montag zu Besuch kommt. Wilhelmine, die mir schon fast genauso lange auf die Nerven geht und einmal die Woche auf der Matte steht. Lilo. Obwohl sie jetzt so reich mit ihrem Willy Witzel verheiratet ist, kommt sie regelmäßig. Ich gehe mit Alex ab und zu aus. Wenn alles gut läuft, fahre ich einmal im Jahr zum Rest der Familie ins Rheinland und sehe meine liebste Freundin Anni. Einen Mann will ich nicht. Wenn ich noch mal ertragen müsste, was Fritz mir angetan hat … Nein. Hanne soll natürlich kein altes Fräulein werden. Eines Tages soll sie eine eigene Familie und Kinder haben. Dann wäre ich Oma.

Bei dem Gedanken musste Minna lachen. Oma. Das klang wirklich absurd.

Sie nahm das schmutzige Geschirr, ging in die Küche und spülte ab. Dann machte sie es sich mit dem neuesten Wyatt-Earp-Roman bequem und begann zu lesen. Innerhalb weniger Momente tauchte sie in die Welt von Dodge City ein.

Um kurz nach vier hörte sie, dass die Korridortür geöffnet wurde. Sie ließ das Buch sinken. »Hanne?«

»Ja.«

Sie war vor einer knappen Stunde erst gegangen. Hatte sie was vergessen? Oder hatte dieser Rudi sie etwa versetzt? Minna lauschte, hörte ein Rascheln, dann quietschten die Sprungfedern des Bettes in der Kemenate. Warum kam ihre Tochter nicht ins Wohnzimmer? Sie legte den Roman zur Seite und ging hinüber.

Hanne lag mit angezogenen Beinen auf der Seite, hatte das Gesicht ins Kopfkissen gepresst und weinte bitterlich. Das neue Kleid hatte sie ausgezogen und ordentlich über den Stuhl gelegt.

»Ach mein Kind, was ist los ...«

Hanne weinte so sehr, dass ihr magerer Rücken bebte. Die Narbe von der Lungenoperation hob sich dunkelrot von der hellen Haut ab. Wie ein senkrechter Reißverschluss aus Fleisch und Blut.

Sanft streichelte Minna ihrer Tochter übers Haar. Ihr Herz hämmerte. Was war geschehen? Hatten die jungen Leute sich gestritten? Oder, o mein Gott, hatte dieser Rudi ihr etwas angetan?

Vorsichtig zog sie Hanne das Kissen weg. »Komm her, komm in meinen Arm, erzähl es mir!«

Es dauerte eine ganze Weile, bis Minna verstanden hatte, was Hanne zwischen ihren herzerweichenden Schluchzern sagte.

Rudi hatte Schluss gemacht. Seine Eltern hatten ihm jeden Umgang mit ihr verboten. »Du bist wohl nicht bei Trost, eine Lungenkranke anzuschleppen, die vergrault uns sämtliche Kunden!«, hatten sie gesagt. Angeblich hatte Rudi protestiert, aber seine Eltern saßen natürlich am längeren Hebel.

»Wenn ich volljährig wäre, könnte ich selbst bestimmen, mit wem ich ... Aber so ...«, hatte er traurig gesagt.

Hanne hatte keine Miene verzogen. Sie hatte die Schultern zurückgenommen, den Kopf gehoben und war nach Hause gegangen.

Minna wusste nicht, welches Gefühl in ihr stärker war: Mitleid mit Hanne oder Wut auf diese Leute. Nein, eigentlich konnte sie deren Sorgen sogar verstehen. Hanne war seit sechs Jahren immer wieder rückfällig geworden, das sprach sich in der Stadt herum. Wenn die Leute nicht genau wussten, was eine geschlossene TB war und dass die nicht ansteckend war, hatten sie Angst.

»Ich bin stolz auf dich, weil du Haltung bewahrt hast«, sagte sie sanft.

Die beiden saßen auf dem Bett, Minna hielt ihre Tochter ganz fest.

»Mein armes Kind. Es tut mir leid. Ich weiß genau, wie du dich fühlst. Die Eltern von Fred Molitor wollten mich damals auch nicht als Schwiegertochter akzeptieren. Ich hatte keine TB, ich stammte bloß nicht aus den richtigen Kreisen, wofür ich genauso wenig konnte wie du für die

Tuberkulose. Aber ich kann nachfühlen, wie es dir geht. Das nimmt man persönlich. Weine nicht, mein Schatz. Es wird alles gut. Du bist jung, du wirst dich wieder verlieben. Der Richtige kommt noch.«

Aber Minna wusste aus Erfahrung, wie Liebeskummer sich anfühlte, und sie wusste auch, dass es in so einem Moment keine Worte gab, die wirklich trösten konnten.

Im Oktober musste Hanne wieder in die Klinik. Minna nahm die Nachricht müde hin. Würde die Sorge um das Mädchen denn nie mehr aufhören? Würde sie nie vorbei sein, diese Angst vor jeder Untersuchung? Die TB war wieder offen, trotz der Pneumolyse, trotz der regelmäßigen Luftfüllungen, trotz allem.

Fannie war schon in der Stadt, das Ende der Kirmessaison war wegen des schlechten Wetters zuletzt buchstäblich ins Wasser gefallen.

»Ich fahr euch hin! Dann müsst ihr euch nich' mit den Koffern abschlepp'n.«

Vor lauter Sorge war Minna viel zu erschöpft, um das Angebot auszuschlagen.

Fannie lenkte den VW-Käfer bei strömendem Regen und fallendem Laub sicher über die Landstraßen.

Minna sah ihr bewundernd zu. »Darum beneide ich dich! Ich würde so gerne fahren können. Schade, dass wir uns so selten sehen, wenn du unterwegs bist. Ich hab gar nicht mitbekommen, dass du den Führerschein gemacht hast!«

Statt einer Antwort drückte Fannie ihr einen Lappen in die Hand, den sie unter dem Fahrersitz hervorzog. »Hier, putz mal von innen die Scheibe, wenn das so beschlägt, seh' ich ja nix mehr.« Zu Hanne nach hinten gewandt sagte sie: »Und du wickelst dich sofort in die beid'n Deck'n ein, die ich dir hingelegt hab. Wir müss'n die Fenster 'n Stück auflass'n, damit die Scheib'n frei bleib'n. Also: Bis an den Hals einpack'n!«

Sie verabschiedeten sich vor der Klinik ohne viel Aufhebens. Am liebsten hätte Minna ihr Kind bei der Umarmung nicht mehr losgelassen. Aber um es Hanne nicht schwer zu machen, hielt sie den Abschied bewusst kurz.

»Karin!«, rief Hanne plötzlich.

Sie lief auf eine junge Frau zu, die soeben aus einem Taxi gestiegen war und sich Richtung Haupteingang wandte. Sie stutzte bei Hannes Anblick, ließ ihren Koffer stehen und die beiden fielen einander um den Hals.

»Meine Freundin Karin Gevelsberg«, stellte Hanne vor.

Minna reichte Karin die Hand. »Wie schön, dass wir uns hier begegnen, Sie kennen sich vom letzten Jahr, Hanne hat von Ihnen erzählt.«

Sie unterhielten sich einen Moment, dann drängte Fannie zum Aufbruch.

Jetzt fiel es Minna leichter, Hanne zurückzulassen, wenigstens würde sie nicht allein sein. Dennoch stand ihr die Sorge ins Gesicht geschrieben, als sie wieder im Auto saßen und sich auf den Rückweg machten. Wann würde dieser Albtraum endlich vorbei sein? Würde der Tag kommen, an dem Hanne vollständig geheilt war?

Fannie ließ Minna keine Zeit zum Grübeln. »Weißte, was ich schon immer mal wiss'n wollte? Wenn diese TB so ansteckend is', krieg'n die Ärzte das gar nicht? Stecken die sich nich' an?«

»Ich glaube, dass die meisten von ihnen geimpft sind«, sagte Minna. »Und die sind auch vorsichtig. Meistens haben sie im Wartezimmer eine Glasscheibe, hinter der die Patienten sitzen, damit sie das Praxispersonal nicht anstecken. Zum Doktor gehst du durch ein Kabäuschen mit zwei Türen. An einer Seite gehst du rein, dann musst du dich obenrum freimachen und warten, bis du ins Arztzimmer gerufen wirst. Da ist es ziemlich dunkel. Du musst dich vor den Durchleuchtungsschirm stellen, so sieht der Doktor sofort, was mit dir los ist.« Das Reden tat Minna gut, dann musste sie nicht nachdenken – sie konnte gar nicht aufhören zu plappern. »Jedenfalls geht es bei meiner Kontrolle so zu. Bei Hanne ist es ja so, dass sie ihr nach der Operation immer wieder Luft in den Körper gepumpt haben, um die Lunge zu reizen, damit die wieder normal arbeitet. Aber genau weiß ich das auch nicht, Hanne redet nicht darüber. Da ist sie wie ihr Vater, der Fritz sagt eigentlich auch nie etwas. Ich hab versucht, beim Arzt nachzufragen, was genau sie mit ihr machen. Leider kommen sie immer mit unverständlichen Fremdwörtern und tun so, als würde es einen nichts angehen, was sie mit der eigenen Tochter anstellen. Ich will's gar nicht haarklein wissen. Ich weiß nur, dass dieses Verfahren Pneumolyse heißt, und dass der Pneumothorax …«

»Hör auf!«, rief Fannie, »da krieg ich ja schon beim Zuhör'n Schmerz'n. Das arme Ding. Aber das sind Fachleute, die werd'n schon wissen, was sie tun. Und dass ihre Freundin zur gleich'n Zeit da ist, ist ein Glück und ein toller Zufall.« Sie zeigte auf den Putzlappen. »Wisch noch mal, ich seh' fast nix mehr.«

Sie schwiegen eine Weile, bis Fannie sagte: »Ich hab da so'n Gefühl. Das geht gut. Eines Tages ist das Mädchen wieder ganz gesund.«

13

Hanne

April 1958

Lilo Witzel schloss die Tür auf, öffnete sie weit, lief hinein, verbeugte sich theatralisch und rief: »Hereinspaziert, meine Liebe, mein Heim ist dein Heim! Jedenfalls für die nächsten vier Wochen.«

Hanne trat ein, stellte ihre Reisetasche ab und sah sich staunend um. Sie standen in einem Raum, in dem eine breite Treppe nach oben führte. In einem Erker gab es ein Blumenfenster, das fast die gesamte Wand einnahm. Üppige Pflanzen wuchsen in Töpfen, an Rankgittern und in Blumenampeln. Davor stand ein Esstisch aus dunklem Holz, an dem zwölf Personen Platz hatten. Hier würde sie bleiben dürfen, solange Mutti zur Kur war.

»Sechs Wochen Vollpension und Erholung im Schwarzwald, und das bezahlt die Kasse?«, hatte Tante Wilhelmine gesagt, und es hatte ziemlich neidisch geklungen.

Mutti hatte geantwortet: »Tja, meine Liebe, wenn du dich ein bisschen angestrengt und dich bei uns angesteckt hättest, stünde dir auch eine Mütterkur mit allen Schikanen zu. Nächstes Mal zeigst du ein bisschen mehr Einsatz, dann klappt das schon.«

Tante Wilhelmine hatte ihren arroganten Blick aufgesetzt und eine Spalt-Tablette genommen.

Hanne wäre viel lieber mit Tante Fannie unterwegs gewesen, die Kirmessaison hatte längst begonnen. Aber dafür war sie zu schwach. Mutti hatte darauf bestanden, dass sie in Minden blieb und während ihrer Abwesenheit nicht allein war.

»Denk dran, dass der Pneumothorax immer wieder aufgefüllt werden muss, du darfst keinesfalls ohne ärztliche Aufsicht unterwegs sein. Falls was ist, sind in Minden Ärzte, die dich kennen. Bei Lilo bist du gut aufgehoben.«

»Du wohnst aber schön, Tante Lilo!«, sagte Hanne jetzt.

»Die *Tante* kannst du weglassen. Ich fühle mich uralt, wenn du das sagst, dabei bin ich nur dreizehn Jahre älter als du. Dir mag es greisenhaft vorkommen, aber wir könnten Schwestern sein, wenn deine Mutter früher angefangen hätte.«

In Hannes Augen war Lilo tatsächlich alt, auch wenn sie sich modisch frisierte und kleidete. Neuerdings trug sie ihr Haar wie die Schauspielerin Nadja Tiller, und es stand ihr ausgezeichnet. Sie streifte ihre eleganten Pumps von den Füßen, stellte die Handtasche auf den Esstisch, öffnete die Jacke ihres Kostüms und steuerte auf eine Tür zu. »Komm, wir trinken erst mal was.«

Hanne folgte ihr. »Ist gut, Ta… Lilo.«

Die Küche, in der sie sich nun befanden, war ungefähr so groß wie zu Hause das Wohnzimmer. Hanne hielt den Atem an. Eine Anbauküche mit Kühlschrank! Und diese schönen Farben! Gelb, rosa, hellblau, dazu Fußboden im Schachbrettmuster. Bewundernd ließ sie ihren Blick über den Kühlschrank, die Bosch-Küchenmaschine und den Elektroherd mit eingebautem Backofen schweifen. »So einen Arbeitsplatz möchte ich auch mal haben«, schwärmte sie.

»Arbeitsplatz?« Lilo zog die Augenbrauen hoch. »Siehst du deinen künftigen Arbeitsplatz in der Küche?«

»Ja, natürlich, eine Hausfrau träumt doch von so einer Küche!« Sofort stellte Hanne sich vor, welche Gerichte sie in einer solchen Umgebung zubereiten könnte. Wer diese Küche besaß, dem fehlte es mit Sicherheit auch nicht an guten Zutaten.

Lilo zuckte mit den Achseln. »Du musst nicht alles glauben, was sie in der Reklame behaupten. Ich träume von ganz anderen Sachen, von schönen Reisen, einem Nerzmantel, einer Uhr mit Brillanten, einem Chanel-Kostüm. Ich bin keine Hausfrau, und das ist gewiss nicht mein Arbeitsplatz. Wir haben eine Haushälterin, die sich hier austoben kann.« Sie zwinkerte Hanne zu. »Ich bin fürs Schlafzimmer, für gutes Aussehen, Einkaufen und Ausgehen zuständig. Du hast einen Beruf, in dem du arbeiten kannst, sobald du gesund genug bist. Da wirst du bestimmt einen akzeptablen Mann finden! Mein Rat: Gleich nach oben gucken. Nicht mit dem Abteilungsleiter ausgehen, sondern mit dem Chef. Schau mich an, ich habe es geschafft, mir geht es großartig.«

Lilo nahm zwei Glasflaschen mit einer schwarzen Flüssigkeit aus dem Eisschrank, benutzte zum Öffnen einen Flaschenöffner, der an einem der Schränke befestigt war, und steckte in jede Flasche einen geringelten Strohhalm.

Vorsichtig probierte Hanne das eiskalte, süße Getränk. »Oh, das schmeckt aber gut!«

»Sag bloß, du hast noch nie Cola getrunken?«

»Nein, die ist teuer, und Mutti sagt, das ist nur was für Halbstarke.«

Lilo grinste. »Wenn Max Schmeling für Coca-Cola Reklame macht, kann es nichts Schlechtes sein. Und ganz bestimmt ist er kein Halbstarker. Komm, wir gehen ins Wohnzimmer, nimm die Cola mit.«

Auch das Wohnzimmer war ein Traum. Hanne bekam vor Staunen den Mund nicht wieder zu. Zierliche Cocktailsessel rosa und beige gestreift, vanillegelbe Seidenkissen, bunte Vorhänge, die das gleiche Muster hatten wie die Tapete.

Hanne machte große Augen. »Ihr habt einen Fernseher?«

»Ja, wenn du willst, können wir morgen Abend schauen. Ich sehe gern die Tagesschau. Neuerdings haben sie einen Sprecher, der liest vor und man sieht ihn dabei, Karl-Heinz Köpcke, schicker Mann, kennst du ihn?«

»Nein.«

Lilo hantierte an dem Fernsehschrank herum, und Hanne traute ihren Augen nicht: Im unteren Teil war ein Radioapparat eingebaut, und als Lilo oben den Deckel öffnete, befand sich darunter ein Plattenspieler. »Drei Geräte in einem Schrank, was das kostet ...«, rief sie.

Wieder lachte Lilo. »Das kann ich dir sagen, ich habe Willy nach allen Regeln der Kunst überredet, für dieses Gerät genau 1558 Mark auszugeben. Aber es ist wirklich toll. Und heute hängt er an diesem Nordmende-Kommodore-Dingens fast genauso wie an seinem Auto.«

Hanne überlegte, was Lilo mit der Kunst der Überredung meinen könnte, aber sie wurde abgelenkt, als Lilo eine Schallplatte auflegte und die ersten Töne von *Rock Around The Clock* erklangen. Angewidert verzog sie das Gesicht, was Lilo sofort bemerkte.

»Magst du keinen Rock 'n' Roll?«

Hanne wurde rot. »Doch ...«

Lilo nahm den Tonarm von der Schallplatte. »Brauchst nicht aus Höflichkeit zu schwindeln. Ist dir das zu laut oder zu wild?«

»Ich verstehe die Sprache nicht, ich weiß nicht, was der Mann singt!«

»Ich fühle die Musik, dafür muss ich den Text nicht verstehen. Aber ich kann ihn dir natürlich übersetzen.« Lilo benutzte ihre Zeigefinger wie Taktstöcke und sang:

»Eins, zwei, drei Uhr, vier Uhr, Rock,
Fünf, sechs, sieben Uhr, acht Uhr, Rock,
Neun, zehn, elf Uhr, zwölf Uhr, Rock,
wir rocken heute Nacht rund um die Uhr ... Ich sehe an deinem Gesicht, dass es dir wirklich nicht gefällt.«

Hanne schlug beschämt die Augen nieder.

»Keine Sorge, es ist in Ordnung, wenn wir nicht den gleichen Geschmack haben.« Lilo zündete sich eine Zigarette an, klemmte sie in den Mundwinkel und zog eine andere Schallplatte aus der beträchtlichen Sammlung.

Margot Eskens. Beim Refrain »Tiritomba, Tiritomba ...« summte Hanne leise mit.

»Setz dich doch«, sagte Lilo. Während sie es sich in einem Sessel bequem machte und graziös die nylonbestrumpften Beine anzog, blieb Hanne auf der Kante sitzen, legte die Hände in den Schoß und sah sich um. Sie bemerkte jedes Detail: die Lampen mit den Tütenschirmchen, den Zigarettenspender in Form einer Weltkugel auf dem zierlichen Couchtisch, das klobige Tischfeuerzeug, drei weiße Freesien und vier rosa Babyröschen in einer schlanken Vase. Ein Satz von Mutti fiel ihr ein: »Man schenkt Blumen immer in ungerader Zahl.« Warum eigentlich?

»Welche Musik magst du, Hanne?«

»Bully Buhlan, Peter Alexander, Hans Albers. Caterina Valente.«

»Ganz Paris träumt von der Liebe ...«, stimmte Lilo sofort an.

Hanne schaute zu einem deckenhohen Wandregal voller Bücher. »Darf ich mal gucken?«

»Natürlich, das ist meine Taschenbuchsammlung, kannst lesen, was du willst. Bist ja alt genug.«

Hanne ging hinüber zum Bücherregal und legte den Kopf schief, um die Titel besser lesen zu können. Hans Fallada, Graham Greene, Rudyard Kipling, Kurt Tucholsky. »So viele Bücher!«

»Das sind alle Taschenbücher, die bisher bei rororo erschienen sind. Willy mag sie nicht, er hat in seinem Arbeitszimmer nur welche, die in Leinen und Leder gebunden sind, aber mir gefallen die bunten, leichten. Sie geben dem ganzen Raum eine wohnliche Note.«

»Hast du sie alle gelesen?«, fragte Hanne.

»Nein. Höchstens eine Handvoll. Dazu habe ich gar keine Ruhe.«

Obwohl ein Taschenbuch nur einsfünfzig kostete, kannte Hanne nur Romane, die sie bei Hulda Kannegießer auslieh. Das war doch viel praktischer: Wenn man ein Buch gelesen hatte, gab man es zurück und lieh sich für dreißig Pfennig ein neues aus. Gekaufte Bücher standen nach der Lektüre im Regal, man konnte für den Preis fünf in der Ausleihe lesen. Hanne verstand die Verschwendung einer Sammlung ungelesener Werke nicht.

»Ist was für dich dabei?«, fragte Lilo.

Hanne nahm *Kleiner Mann – was nun?* von Hans Fallada in die Hand und überflog den Klappentext. Sie stellte das Buch zurück. »Nein danke. Traurige Geschichten will ich nicht lesen.«

»Du magst also Gute-Laune-Musik und Heile-Welt-Geschichten?«

»Schon. Als ich klein war, war draußen andauernd was kaputt. Straßen, Häuser, Bäume, Brücken, eben alles. Nach dem Bombenangriff kurz vor Kriegsende haben Mutti und ich in der Haustür gestanden und auf die qualmenden Ruinen geschaut. Zwischen Scharnstraße und Hohnstraße stand nur noch ein einziges Haus, die Fenster waren kaputt und im Dach klafften große Löcher. Plötzlich ist es einfach in sich zusammengefallen. Wir sind schnell reingegangen, um der Staubwolke auszuweichen. Ich bin in diesen Ruinen aufgewachsen, ich kenne Hunger und Kälte, wir sind alles andere als wohlhabend, das weißt du ja. Vati ging es nach dem Krieg nie wieder gut, und seitdem er uns verlassen hat, ist Mutti traurig. Ich bin dauernd krank und werde von einer Heilstätte in die andere geschickt. Ich will mich nicht beklagen, es geht uns ja besser als vielen anderen. Aber weißt du, wenigstens in Büchern, Liedern und Filmen will ich einen blauen Himmel, schöne Gegenden und glückliche Menschen haben.« Unmittelbar wurde Hanne klar, wie undankbar ihre Worte klingen mussten. Wie konnte sie nur so unhöflich sein und jammern?!

Sie suchte in Lilos Gesicht nach Spuren von Unmut oder Verärgerung, aber die drückte nur mit unbewegter Miene ihre Zigarette aus.

»Entschuldige«, murmelte Hanne, aber Lilo reagierte nicht darauf.

»Komm, ich zeige dir das Gästezimmer, dann kannst du dich einrichten, und heute Abend gehen wir aus, ja?«

»Aus?«

»Natürlich. Wir fahren in die Milchbar am Neuplatz. Auch, wenn die Musik nicht ganz dein Geschmack ist, wird es dir gefallen. Wir werden junge Leute treffen und uns amüsieren.«

Eigentlich hatte Hanne keine Lust, sie wäre lieber in diesem schönen Haus geblieben, aber da sie Gast war, musste sie sich Lilos Wunsch wohl fügen. Dennoch versuchte sie einen schüchternen Einspruch: »Meinetwegen musst du keine Umstände machen ...«

»Papperlapapp. Das Leben ist kurz. Du hast eben erzählt, wie oft du in den Sanatorien Trübsal geblasen hast ... also bitte!«

Hanne wagte nicht zu widersprechen. Sie hatte keineswegs Trübsal geblasen, sie hatte es in den letzten Sanatorien sogar schön gehabt. Der Umgang mit Frauen, die das gleiche Schicksal teilten, tat ihr immer wieder gut. Manchmal hatten sich Freundschaften entwickelt, man schrieb sich eine Zeit lang Briefe, inzwischen hatte Hanne in Karin Gevelsberg sogar eine richtige Brieffreundin.

Lilo lief auf Strümpfen voraus. »Das Gästezimmer ist im Souterrain, aber du hast ein eigenes Bad.«

Erst als sie die Treppe hinuntergingen, verstand Hanne, was mit Souterrain gemeint war. Meine Güte, hier war der Keller heller und moderner als zu Hause die ganze Wohnung!

Lilo wies auf die Türen. »Waschküche, Trockenraum, Vorratskeller, Heizungsraum, Abstellraum, und hier ist das Gästezimmer.«

Sie öffnete die Tür zu einem hellen Raum, in dem ein Doppelbett aus weißem Schleiflack stand, ein Kleiderschrank, der die ganze Wand einnahm, und eine Frisierkommode mit einem klappbaren Spiegel, davor ein dreibeiniger Schemel mit langhaarigem orangefarbenem Fellbezug. *Der sieht aus wie ein totes Tier!*, dachte Hanne.

Sie drehte sich langsam um sich selbst. »So was hab ich noch nie gesehen«, murmelte sie.

Die geblümte Tapete passte auch hier zu den Vorhängen, es gab auf dem Bett eine Tagesdecke aus Chiffon, deren Volants bis auf den Boden reichten, an einer Wand stand ein zierlicher Schreibtisch. Zu Hause gab es im Keller kein einziges Fenster, nur eine flackernde Glühbirne baumelte in einem feuchten Gang. Wenn man dort hinunterstieg, empfing einen modrige Feuchtigkeit und der Geruch nach den Kohlen, die hinter Lattenverschlägen lagerten. Hier waren die Fenster bodentief und gaben den Blick auf den herrlichen Garten frei.

Lilo öffnete eine tapezierte Tür, die Hanne zuvor nicht bemerkt hatte. Dahinter verbarg sich das Badezimmer, rosa gekachelt, mit flauschigen Handtüchern und Vorhängen aus weichem Frottee.

»Du kannst baden, wann du willst. Ich lasse dich jetzt allein. Zieh dir was Schönes an, dann kommst du rauf. Unsere Haushälterin hat Hackbraten und Kartoffelsalat vorbereitet. Ich hoffe, das magst du?«

Hanne liebte Fleischgerichte, die kamen daheim nur sonntags auf den Tisch. Hatte sie je an einem Mittwoch Fleisch gegessen? Wohl kaum.

Als sie das Wohnzimmer betrat, las Lilo in einem Modemagazin. Sie schaute auf, musterte Hanne und klappte es zu. »Nö, so nehme ich dich nicht mit. Hast du nichts Flottes dabei?«

Ratlos sah Hanne an sich herab. Den blau-rot karierten Rock hatte Mutti nach einem aktuellen Burda-Schnittmuster genäht, dazu trug sie einen roten Pullover, den Mutti an den Bündchen schon zweimal verlängert hatte, indem sie ein paar Reihen in Weiß drangestrickt hatte. Mutti machte sich viel Arbeit mit den Stricksachen. Sie dachte sogar daran, die Ersatzwolle bei jeder Wäsche mitzuwaschen, damit sie die gleiche Farbe hatte wie die Pullover.

»Was ist denn nicht Ordnung?«

»Das ist nicht up to date, mein Schatz. Ich gebe dir was von mir.«

Das Schlafzimmer, in dem Lilos Kleiderschrank stand, war groß wie ein Tanzsaal und ein Traum in Weiß und Himmelblau. Während Lilo unzählige Kleiderbügel hin- und herschob und mit schnellen Fingerbewegungen in hohen Stapeln bunter Pullover herumsuchte, plapperte sie unentwegt. »Willy überlegt, in die Textilindustrie einzusteigen. Er sagt, es wird einen Markt geben, der nur Kleidung für Jugendliche produziert, kannst du dir das vorstellen? Die Zahl der Arbeitslosen unter den jungen Leuten hat sich mehr als halbiert, und seit es die Fünftagewoche gibt, haben sie viel Freizeit. Willy sagt, die Jungen haben Zeit, Geld und eigene Vorstellungen von Mode. Darauf muss die Wirtschaft reagieren.«

Als Hanne sich nach dem Umziehen im Spiegel anschaute, erkannte sie sich fast nicht. Zum ersten Mal in ihrem Leben trug sie eine lange Hose. Mutti hätte das niemals zugelassen. Diese war schwarz-weiß, aus fein kariertem Stoff, und sie reichte knapp bis zum Knöchel. Dazu hatte sie eine schwarze Strickjacke über einer rosafarbenen Bluse an, deren Ärmel Lilo ihr lässig hochgeschoben hatte. Lilo hatte ihr auch das Haar am Hinterkopf toupiert und mit Haarspray fixiert, und sie hatte darauf bestanden, dass Hanne Lippenstift benutzte. Einen Moment dachte sie daran, was Mutti zu diesem Aufzug sagen würde. Sie war nach wie vor an Mode interessiert, aber sie hatte einen damenhaften Geschmack, was fraglos an ihrem Alter lag. Ihr würde nicht im Traum einfallen, eine Hose anzuziehen, nach ihrem Empfinden »gehörte sich das nicht«. Hanne hingegen zog an, was ihre Mutter ihr hinlegte, sie hatte kein Interesse an modischem

Firlefanz. Da gab es wirklich Wichtigeres. Bücher zum Beispiel. Oder Kochen. Und jetzt sah sie zwar gut aus, das musste sie zugeben, aber eben nicht mehr wie sie selbst.

Lilo hörte sofort, als der Mercedes draußen vorfuhr. Sie schlüpfte in der Diele wieder in ihre hochhackigen Schuhe, ordnete rasch ihre Frisur und öffnete die Tür, bevor ihr Mann den Schlüssel ins Schloss stecken konnte.

Herr Witzel gab ihr einen Kuss und streichelte mit gekrümmtem Zeigefinger ihre Wange. »Hübsch bist du wieder, mein Engelchen!«

Sie bedankte sich, half ihm aus dem Sakko, hängte es auf einen Bügel an der Garderobe und stöckelte vor ihm her.

Hanne reichte Herrn Witzel die Hand und deutete einen Knicks an.

Sie saßen am Kopfende des hübsch gedeckten Tisches. Lilo hatte eine Kerze angezündet, obwohl es draußen noch hell war. Im Radio lief Jazzmusik. Auch etwas, das Hanne nicht verstand: Wenn man am Tisch saß, wurde gegessen. Wenn man Radio hörte, hörte man Radio. Aber dieses Gedudel während der Mahlzeit irritierte sie. Es war Stromverschwendung, wenn man gar nicht zuhörte.

Herr Witzel steckte die Serviette in den Hemdkragen, die Lilo ihm reichte. Sie schenkte ihm Bier ein, füllte Kartoffelsalat auf, schnitt zwei Scheiben Braten ab, reichte ihm Senf und Salz. Dabei plauderte sie die ganze Zeit und brachte ihren Mann immer wieder zum Lächeln.

Der Hackbraten war eine Wucht. Hanne war davon fasziniert, dass in der Mitte jeder Scheibe hart gekochtes Ei war. Die ganze Zeit überlegte sie, wie es dorthin gelangt sein könnte. Sie kam zu dem Schluss, dass man zuerst Eier hart kochen und pellen musste. Dann musste man wohl den unteren Teil des Hackbratens formen, die Eier hintereinander in die Masse legen und dann den oberen Teil des Hacks draufdrücken. Anders war das nicht möglich.

Herr Witzel war eine imposante Erscheinung: groß, etwas korpulent, was das gut geschnittene weiße Oberhemd aber kaschierte. Er hatte sein graues Haar mit Brillantine zurückgekämmt und trug am kleinen Finger einen goldenen Ring mit einem eckigen blauen Stein. *Er hat was von einem König,* dachte Hanne.

Dass Herr Witzel reich war, imponierte ihr weniger als seine souveräne Art. Freundlich, aber bestimmt unterhielt er sich mit Lilo, die ihn nicht aus den Augen ließ und zu spüren schien, was er als Nächstes wünschte. Und wie höflich er war. »Ja, bitte, ich nehme gern noch ein Bier.«

»Würdest du mir bitte den Teller abnehmen?« »Nein, ich möchte keinen Nachtisch, aber unser hübscher Gast vielleicht?«, sagte er.

Hanne spürte, dass sie rot wurde. »Nein, danke.«

»Nun mal keine falsche Bescheidenheit, ist genug für alle da. Oder magst du keinen Pudding mit Kompott?«

»O doch«, beeilte sich Hanne zu sagen, »aber ich kann nicht mehr, der Hackbraten ist köstlich, und ich habe wohl zu viel davon gegessen.«

Herr Witzel lehnte sich zurück, nahm eine Zigarette aus einem Etui und bot zuerst Lilo und dann Hanne eine an.

»Ich rauche nicht.«

»Das ist vernünftig, bei deiner gesundheitlichen Vorgeschichte ist es sicher ratsam, gar nicht erst damit anzufangen.« Er blies Rauchkringel in die Luft und schaute ihnen hinterher. »Hat deine Mutter es in der Kur gut getroffen? Wo genau ist sie noch mal?«

»In Bubenbach im Schwarzwald. Es gibt in der Nähe einen See, den Titisee. Mutti hat ein Einzelzimmer, das Wetter ist prima und das Essen auch.«

»Na, was will man mehr. Wie lange bleibt sie?«

»Sechs Wochen.«

Herr Witzel fragte Hanne auch nach dem Stand ihrer Gesundheit; er war interessiert an den Behandlungsmethoden in der letzten Heilstätte, wollte wissen, ob sie eine Beschäftigung in Aussicht habe.

»Leider nicht«, sagte Hanne traurig. »Sobald bekannt wird, dass man lungenkrank ist, wird man nicht eingestellt. Auch nicht, wenn man nicht mehr ansteckend ist.«

»Mal sehen, ob ich was für dich tun kann. Ich kenne genug Leute, ich höre mich mal um.«

»Vielen Dank, das ist nett von Ihnen.«

»Na, wir sind doch unter Freunden, für dich bin ich der Willy.« Er wandte sich an Lilo. »Mein Engel, darauf stoßen wir im Wohnzimmer mit einem Cognac an.«

Sofort ging Lilo nach nebenan.

Hanne wollte den Tisch abräumen, aber Herr Witzel hielt ihre Hand fest. »Wir haben Personal zum Abräumen, schöne Frauen haben andere Aufgaben.«

Hanne wurde wieder rot und senkte den Blick.

Herr Witzel war freundlich, aber er machte sie nervös. Noch nie hatte ein erwachsener Mann so mit ihr geredet. Aber bis auf Vati, Onkel Karl, Onkel Alex und die Ärzte in den Heilstätten hatte sie ja noch nie mit älteren Herren zu tun gehabt. Sie wusste, dass er über zwanzig Jahre älter war als Lilo, also musste er Mitte fünfzig sein. So alt? Vati wurde im Januar fünfzig. Aber er war anders als Herr Witzel, also als ... Willy. Vati war schweigsam und ernst. Willy war freundlich und scherzte dauernd.

Sie stießen mit bauchigen Kristallgläsern an.

»Willkommen in unserem Zuhause, das für dich hoffentlich eines sein wird, in dem du dich wohlfühlst«, sagte Will zu Hanne.

Sie riss sich zusammen, um nicht zu zeigen, wie ekelhaft sie das Getränk fand.

Danach half Lilo ihrem Mann ins Sakko, reichte ihm den Autoschlüssel und wünschte ihm einen schönen Abend in seiner Skatrunde.

»Und ihr genießt eure Musik und verdreht den jungen Burschen die Köpfe«, scherzte Willy. Im Rausgehen schaute er Lilo noch mal an: »Appetit kannst du dir draußen holen, gegessen wird zu Hause!«

Sie stellte sich auf die Zehenspitzen und winkelte graziös ein Bein an, als sie ihm einen Kuss auf den Mund gab.

Hanne ließ sich ihre Irritation nicht anmerken. Erst als sich die Haustür hinter ihm geschlossen hatte, schüttelte sie den Kopf. Sie kannte keinerlei Eheleben aus der Nähe, außer dem von Onkel Karl und Tante Wilhelmine. Sie hatte es sich nicht so frei vorgestellt. Herr Witzel ging mit Freunden Skat spielen, und Lilo ging mit ihr aus. Mitten in der Woche. Und es war gar nichts dabei.

Sie standen vor Lilos beigefarbenem Opel Rekord Cabrio.

»Mutti wünscht sich einen Volkswagen, seit ich denken kann«, sagte Hanne beim Einsteigen und strich mit der Hand über die roten Ledersitze. So ein Auto würden sie sich nie, niemals leisten können, aber Hanne fand es sowieso überflüssig. Sie wohnten mitten in der Stadt, konnten den Wochenmarkt, alle Geschäfte und Muttis Arbeit in wenigen Minuten zu Fuß erreichen. Außerdem besaß Hanne ein Fahrrad, der Bus hielt um die Ecke und noch fuhr die Elektrische. Die Straßenbahn sollte abgeschafft werden, sehr zum Ärger von Onkel Karl, der sich ordentlich darüber aufregte, dass man ein öffentliches Verkehrsmittel, das schwarze Zahlen schrieb und ausgelastet war, einstellen wollte. In einer Diskussion mit Mutti hatte er gesagt, dass es ein dickes Ende nehmen würde, wenn die Stadtväter immer mehr Platz für die Autos schafften. »Unser öffentliches Verkehrssystem funktioniert. Vom Stadtzentrum zum Bahnhof mit der Elektrischen in sechs Minuten, von morgens halb sechs bis zwanzig Minuten vor Mitternacht, das ist eine Taktung, davon träumen sie in mancher Großstadt. Es ist auch nicht so, dass es einen Mangel an Fahrgästen gibt. Ja, ich weiß, am Anfang hatte man 3,6 Millionen Passagiere und nun sind es nur noch 1,7 Millionen. Aber man stelle sich vor, all die Leute, die jetzt mit der Elektrischen fahren, drängeln sich im eigenen Auto durch die Stadt. Wohin soll das denn führen? Da kommt doch niemand mehr voran, von Lärm und Gestank ganz zu schweigen.«

»Schade, dass es zu kalt ist, um offen zu fahren«, sagte Lilo.

Zwar nickte Hanne, aber sie war insgeheim froh, dass sie nicht noch mehr Aufsehen erregten. Der Wagen war auffällig genug, ohne dass man darin ohne Dach durch die Gegend fuhr.

Lilo blickte sie von der Seite an. »Du stehst nicht gern im Mittelpunkt?«

»Nein.«

»Hm. Von deiner Mutter hast du das nicht.«

»Tja«, meinte Hanne. Was sollte sie denn dazu sagen?

Die Milchbar war ein flacher weißer Bau, in den man an einer Seite durch ein großflächiges, abgerundetes Schaufenster hineinsah. Wie konnte man so eine große Scheibe denn bloß biegen, fragte sich Hanne.

Lilo parkte den Wagen direkt vor dem Eingang. »Warte, noch nicht aussteigen.« Sie holte einen Spiegel aus der Handtasche und zog sich sorgfältig die Lippen nach. »So, jetzt haben drinnen alle gesehen, dass wir da sind, also los. Dein Auftritt, Hanne!«

O nein, das war nicht Hannes Welt.

Junge Leute an den Tischen und an der Bar, die sich schrecklich laut unterhielten, um die Musik zu übertönen. Zierliche Möbel in Rosa, Hellgrün, Blassblau und Gelb. Schwarz-weiße Lampenschirme, glänzender Fliesenboden. Keine Gardinen vor den Fenstern. Die Mädchen waren viel zu aufgedonnert, sie nuckelten Milchshakes durch gestreifte Strohhalme und lachten affektiert. Jetzt kam auch noch ein Bursche mit Elvis-Tolle und Lederjacke auf Hanne zu und sprach sie an. »Hey, zum ersten Mal hier?«

Sie nickte höflich.

»Ich bin Ronny, und du?«

»Hanne.«

Sie schwiegen eine Weile. Hanne hatte keine Ahnung, was sie sagen sollte. Sie suchte mit den Augen nach Lilo, die neben der Jukebox stand und jemanden begrüßte.

»Stehst du drauf?« Ronny wies mit dem Kopf zur Musikbox, aus der die Stimme von Paul Anka *Diana* schmachtete.

Drauf stehen? Was für ein komischer Ausdruck. Meinte er die Musik? Hanne schüttelte den Kopf.

»Lieber Rock 'n' Roll?«

Sie verneinte wieder.

Ronny blieb einen Moment unschlüssig stehen, dann bohrte er seine Hände in die Jackentaschen. »Na, ich muss dann mal wieder ...«

»Tschüss.«

Hanne war froh, als er weg war. Worüber sollte sie sich mit so einem unterhalten? Zum Glück winkte Lilo ihr zu, sie ging hin und bemühte sich um ein freundliches Gesicht.

Wenn das die Freizeit war, die sie durch die vielen Heilstätten verpasst hatte, na und? Hier gefiel es ihr nicht. Die Leute waren affig, die Musik war englisch und zu laut, und der Milchshake, den Lilo für sie bestellt hatte, war viel zu süß. Überhaupt war ihr alles zu quirlig und zu anstrengend.

Auf der Rückfahrt fragte Lilo: »Hat dir einer von den Jungs gefallen?«

»Nein.«

»Bist du noch traurig wegen dieses Bäckerburschen, wie hieß er noch?«

»Rudi? Ach, das ist lange her. Den hatte ich schnell vergessen. War eher eine Schwärmerei als eine Liebe. Gut, dass es so gekommen ist.« Sie würde Lilo ganz gewiss nicht erzählen, wie verletzt und wütend sie gewesen war, nachdem Rudi sie abserviert hatte.

Lilo warf ihr einen seltsamen Blick zu. »Aber du willst keine alte Jungfer werden? Heiraten willst du schon, oder?«

»Ja, aber nicht so einen von denen in der Milchbar.«

Lilo konzentrierte sich aufs Fahren und aufs Rauchen und sagte nichts mehr. Und Hanne hütete sich, ihre Gedanken auszusprechen. Ja, wenn sie einen richtigen Mann kennenlernen könnte, einen erwachsenen, der älter war als sie, zu dem sie aufschauen konnte, einen, der sich mit ihr unterhalten würde wie Willy Witzel – das wäre schön. An einem Teenager wie Ronny oder einem Schwächling wie Rudi hatte sie kein Interesse.

14

Fannie

August 1959

»Seit wann rauchst du?«, fragte Minna, beugte sich über den Tisch und gab Fannie Feuer.

Die winkte ab. »Hab's mir nebenbei angewöhnt. Bei uns rauchen se alle. Wennde bei Mistwetter stund'nlang im Kabäuschen hockst und die Jungs steh'n sich vor deiner Scheibe die Beine in'n Bauch, rauchste eine mit.«

»Ist es für euch keine gute Saison? Das Wetter war hier nicht so dolle, ich bin froh, dass ich letztes Jahr meine sechs Wochen im Schwarzwald hatte. So herrlicher Sonnenschein, die ganze Zeit!«

»Meine Güte, is' das schon so lange her? Ham wir uns fast 'n Jahr nich' geseh'n?«

»Warst ja immer unterwegs«, sagte Minna.

»Stimmt. Wenn ich nicht heute bei der Sparkasse zu tun gehabt hätte, wär ich mitt'n inne Saison auch nicht hier.«

»Ich hab dir was aus der Kur mitgebracht. Endlich kann ich es dir geben!«

»Mein Geburtstag is' aber erst im Dezember!«

Fannie öffnete das Geschenk und hielt einen winzigen grünen Fernseher aus Plastik in der Hand. Ratlos drehte sie ihn hin und her. *Bubenbach/Schwarzwald* stand auf einem Schildchen.

»Du musst ein Auge zumachen und hinten durch das Loch gucken. Und unten drunter ist ein Knopf, den musst du drücken«, erklärte Minna.

Fannie kniff ein Auge zu und hielt das Gerät vor das andere. »Ein Felsen mit einem Tier, ah, da steht *Hirschsprung.*« Sie klickte weiter. »Schluchsee, Titisee, Schwarzwaldmädel mit Bollenhut ...«

»Ja, so sieht es da aus, ist ein Andenken. Wenn du mal Ferien machen willst, den Schwarzwald kann ich empfehlen, da ist es schön!«

»Unsereins macht keine Ferien. Im Sommer, wenn die Leute neuerdings nach Italien fahr'n, steht unsereins auf'm Platz und hofft auf gute Geschäfte.« Fannie lehnte sich zurück und nahm einen Schluck Kaffee. »Aber ich will mich nich' beklag'n, wir ham jetzt sechs Großgeschäfte und die Losbud'n, uns geht's gut. Wusstest du ein'tlich, dass wir im Herbst zum letzt'n Mal auf'm Königsplatz stehn? Die Messe zieht nächstes Jahr um auf Kanzler's Weide aufer ander'n Weserseite, da ham wir mehr Platz, auch für die Autos. Die Leute fahrn ja mit ihr'n Autos fuffzich Kilometer weit, um in Minden auffe Kirmes zu geh'n. Denke, der Rummel wird mal doppelt so groß wie auf'm Königsplatz.«

Das war das Schöne an ihrer Freundschaft: Fannie und Minna konnten sich monatelang nicht gesehen haben, wenn sie zusammensaßen, war es wie immer. Sie fanden immer ein Thema, hatten sich immer was zu erzählen.

Seit fast dreißig Jahren kannten sie sich jetzt. Fannie dachte daran, wie sie Minna bewundert hatte, damals, 1930, als sie aus Düsseldorf gekommen war und mit ihren schicken Kleidern ein bisschen große Welt in die ärmliche Pöttcherstraße gebracht hatte. Wie sehr sie sich verändert hatte! Minna war jetzt Mitte fünfzig. Ihr dunkles Haar war an den Seiten grau, sie trug ein feines Haarnetz über ihrer Dauerwelle, die am Ansatz ein bisschen rausgewachsen war. Und neuerdings hatte sie eine moderne Brille, die ihr gut stand, ihr Gesicht aber sehr veränderte. Als sie ihr die Tür geöffnet hatte, hatte Fannie ziemlich dumm aus der Wäsche geguckt.

»Komm rein, ich bin es wirklich, du hast dich nicht in der Adresse vertan!«, hatte Minna gescherzt.

Während Fannie ihren Mantel auszog, schaute sie durch die offene Küchentür. Sie schmunzelte beim Anblick der Badewanne in dem winzigen Raum. Typisch, Minna hatte sich in den Kopf gesetzt, eine Wanne zu haben, und sie hatte sie bekommen.

Sie gingen ins Wohnzimmer.

»Bei dir ist es gemütlich! Dafür hast du ein Händchen.«

Minna lächelte erfreut. »Das sagt jeder. Die Wohnung hat inzwischen allen Komfort, den ich brauche. Alles habe ich selbst ausgesucht und angebracht, ich kann mit Hammer und Nagel umgehen und sogar eine Lampe anschließen.«

»Mensch, hast dich nach der Scheidung und der Krankheit gut berappelt, freut mich! Wie geht's dem Karl?«

»Ach, der regt sich wie immer über die Politik auf. Du musst nur mal das Wort *Girokonto* sagen, dann wird er ganz wild. Für ihn geht nix über seine Lohntüte. Obwohl ich ihm recht geben muss. Das Geld von Fritz kommt mit dem Geldbriefträger, das möchte ich auch nicht wie ein Bittsteller bei der Kasse abholen müssen. Aber bei mir auf der Arbeit reden sie auch davon, dass sie die Lohntüten abschaffen wollen.«

»Und Hanne? Sie schreibt mir nich' mehr oft.«

Minna seufzte. »Sie ist schon 'ne ganze Zeit hier, die TB ist immer noch geschlossen. So lange ist es noch nie gut gegangen. Ich hoffe, dass sie bald endgültig gesundgeschrieben wird. Weißt du, wofür sie sich am meisten interessiert?«

Fannie schüttelte den Kopf.

»Für etwas, was du und ich am wenigsten mögen: Haushalt! Stell dir vor, sie probiert andauernd Rezepte aus, die sie sich aus Kochbüchern abschreibt. Als ich zur Kur war und Hanne bei Lilo gewohnt hat, hat sie am liebsten die Kochsendung mit diesem Clemens Sowieso im Fernsehen geguckt und dabei die Rezepte mitgeschrieben. Sie kann ja Steno, das war praktisch.« Minna schaute, als könne sie nicht glauben, dass jemand gerne kocht. »Sie kommt auf absurde Ideen! Sie legt einen Drahtrost auf die Herdplatte, röstet darauf Weißbrotscheiben und belegt sie mit gekochtem Schinken und Ananas aus der Büchse. Das schiebt sie in den Backofen und gibt Käse drüber, und man isst es, wenn der Käse geschmolzen ist. Nichts ist für Hanne so wichtig wie Mahlzeiten. Mensch Fannie, als ich so alt war wie sie, konnte ich Wasser kochen, sonst nichts.« Sie kicherte. »Mein erster Mann musste mich täglich zum Essen ausführen.«

»Ich glaub, das ist bei vielen jung'n Leut'n so, die im Krieg gebor'n sind. Den Hunger vergess'n se nicht.«

»Na ja, unsereins hat sogar zwei Kriege mitgemacht, deswegen koche ich immer noch nicht gerne, auch wenn ich, wie du siehst, gerne esse.« Minna klopfte mit flachen Händen auf ihren Bauch und lachte. »Jetzt gehöre ich zu den Frauen mit starker Mitte. Aber um wieder auf Hanne zu kommen: Neuerdings ist sie mehr im Theater als in der Küche.«

»Was für'n Theater?«

»Stadttheater. Da arbeitet ein Fräulein Simon als Garderobiere, die kennt sie über eine frühere Schulkameradin. Erst hat Hanne dieses Fräulein bloß besucht, jetzt macht sie ab und zu Aushilfe. Sie sagt, da gibt es einen Raum mit einem Kachelofen, der nicht mehr benutzt wird. Wenn die Vorstellung angefangen hat, sitzen die Mädels mit den Ohren am Ofen und können hören, was im Theatersaal gespielt oder gesungen wird. Hanne hat auch schon neben der Bühne gestanden und sich ganze Operetten von der Seite aus angeschaut. Gönne ich ihr, ich bin als junges Ding mit Fred dauernd im Theater gewesen und hab es geliebt. Hanne hat so was durch ihre Krankheit alles verpasst. Aber ich hab es nicht gerne, wenn sie spät nach Hause kommt. Wenn sie dem Fräulein an der Garderobe nach der Vorstellung hilft, die Mäntel wieder auszuteilen, wird's halb elf, das ist viel zu spät für eine

Neunzehnjährige. Ich mach kein Auge zu, bevor sie wieder hier ist.«

»Aber du kannst dich auf Hanne verlass'n, die treibt sich ja nich' irgendwo inner Gegend rum, die is' im Theater und das is' keine drei Minut'n von hier.«

»Ach, man weiß doch nie. Davor hab ich am meisten Angst, dass Hanne an den Falschen gerät und mit 'nem Kind nach Hause kommt.«

Fannie verstand die Sorge ihrer Freundin. Sie wurde auf der Kirmes Abend für Abend Zeugin, wie sorglos sich Mädels verhielten. Viele wussten offenbar nicht, wie sehr sie die jungen Männer mit ihren engen Kleidern, den Ausschnitten und dem Augenklimpern provozieren konnten. Nicht nur einmal hatte Fannie einen besorgten Vater an der »Knutschraupe« auftauchen sehen, um der halbwüchsigen Tochter nachzuspionieren. Zu Recht. Es gab jede Menge verschwiegener Ecken zwischen den Wagen und Karussells, und die jungen Leute fanden sie immer. Wo ein Wille war, war ein Gebüsch, hieß es. Gerade neulich hatte ein Mann für Aufsehen gesorgt: Eine Ohrfeige hatte es vor allen Leuten gegeben, als er seine Tochter mit einem Halbstarken hatte schäkern sehen, dann hatte er das Mädchen am Arm hinter sich hergezogen. Als sie am Kassenhäuschen vorbeigegangen waren, hatte Fannie ihn zischen hören: »Du kommst mir nicht mit 'nem Blag nach Hause! Du treibst dich nirgends mehr rum, das schwöre ich dir, Frollein. Und jetzt hör auf zu flennen, die Leute gucken schon!« Der kalte Befehlston in seiner Stimme hatte Fannie erstarren lassen, er erinnerte sie an die Zeit im Lager.

Später hatte sie sich mit Hans darüber unterhalten. Auch ihr Mann kannte die strengen Väter, die ihren Töchtern nicht »von zwölf bis Mittag trauten«, wie er es ausdrückte. »Man traut anderen nicht über den Weg, wenn man selber nicht vertrauenswürdig ist. Verstehst du, man traut anderen das zu, was man auch selber täte. Diese Typen trauen anderen Männern alles zu. Und weil sie dagegen nichts machen können, behandeln sie die Töchter so.«

Fannie hatte genickt. »Ja, sind vielleicht genau die Männer, die uns in den Lagern was ganz and'res angetan hab'n als 'n harmloses Küsschen im Dunkeln.«

Hans hatte ein bitteres Lachen ausgestoßen. »O ja. Und sie sind nahezu besessen davon, dass sich heutzutage an Anstand, Ordnung und Sauberkeit gehalten wird. Als würden sie Angst vor ihrer eigenen inneren Bestie haben. Angst, dass die wieder entfesselt wird, weil sie genau wissen, wozu sie dann fähig sind.«

Erschrocken über diesen Ausbruch hatte Fannie seine Hand genommen.

»Nich'. Nich' dran denk'n, Hans, den Hass zulassen, das darfste nich, niemals, sonst frisst er dich auf!«

Aber Hans war plötzlich nicht zu stoppen gewesen. Ganz leise hatte er gesprochen, aber sehr deutlich. »Die Kerle tun, als wären ihre ganzen Verbrechen nur ein Ausbruch gewesen. Wie bei einem Vulkan, den man nicht mehr stoppen kann, wenn die Lava erst mal alles unter sich verbrennt. Und mit derselben Gründlichkeit, mit der sie Juden, Sinti und Roma und all die anderen vernichtet haben, kümmern sie sich jetzt um Moral und Anstand. Haltung wollen sie zeigen und Sauberkeit. Guck dir ihre

Kledage an, bloß kein Fleck, bloß immer ’nen sauberen Kragen und sonntags das gebügelte weiße Hemd. Nicht auffallen, unsichtbar sein. Nach außen soll alles sauber sein, damit keiner auf die Idee kommt, was sie im Innern mit sich ausmachen.« Hans hatte die Stimme gehoben. »Wie kann ein Mensch, der 1933 schon in ganzen Sätzen denken konnte, je wieder ruhig schlafen? Wie können die ihren eigenen Kindern ins Gesicht schauen, nach allem, was sie uns angetan haben?«

»Fannie, hallo? Hörst du mir zu?«

Irritiert schaute Fannie auf. Es passierte ihr in letzter Zeit öfter, dass die Erinnerungen sie übermannten und wie ein Kinofilm vor ihrem Auge abliefen. »Tschuldigung, ich musste grad an was denk’n.«

Fannie musterte ihre Freundin. Sie wusste, dass Minna kein Nazi war, aber sie hatte ihre Schwägerin beherbergt. Wilhelmine war eine glühende Hitleranhängerin gewesen, hatte sich jahrelang bei der NS-Frauenschaft engagiert. Und Fritz, Minnas Exmann, bei der Bahn war er. Damals war er für die Instandhaltung der Schienen zuständig gewesen, auf denen die Waggons mit Menschen abtransportiert worden waren. Millionen Menschen. Auch Fritz war kein Nazi, aber er war für immer ein Teil der Tötungsmaschinerie. Ja, man hätte ihn erschossen, wenn er protestiert hätte, Fannie wusste das. Und sie wusste, dass Vergebung und Vergessen für sie die einzige Möglichkeit war, um weiterzuleben. Aber sie sah auch die Männer, die sich vor den Karussells aufspielten, um junge Mädchen vor bösen Buben zu beschützen. Wer waren sie gewesen, bevor sie zu besorgten Vätern wurden?

Sie schaute auf die Schlafzimmertür. Drüben auf dem Kleiderschrank lag die Geige ihres Bruders Siggi. Fannie biss sich auf die Lippe und ballte die Fäuste. *Nicht. Lass sein, denk an was and'res. Führt zu nix.*

Plötzlich merkte sie, dass Minna sie die ganze Zeit anschaute.

»Tschuldigung«, sagte Fannie wieder. »Mir kam da grad was hoch ...«

Minna nickte. »Ja, habe ich dir angesehen. Ist es, weil ich gesagt habe, dass Hanne mir kein uneheliches Kind mit nach Hause bringen soll, und du konntest keins kriegen?«

Ach herrje. Wie falsch die Freundin lag!

»Nee. Ich musste nur an was denken«, sagte Fannie. »Haste mit Hanne drüber gesproch'n, wie se sich schütz'n kann?«

»Na wie schon, sie soll es vor der Ehe lassen!«, brauste Minna auf.

Fannie holte tief Luft. »Isses nicht irre? Über zwei Dinge darfste nich red'n: über Nationalsozialismus und Sexualität. Dabei gibt's rein gar nix, was die Leute mehr beschäftigt.«

Minna sah sie entsetzt an. »Sag mal, wir beide wollen doch nicht etwa ... *darüber* reden?«

»Nee, da bin ich nich' für zuständig. Aber ich kenn viele junge Leute, is' ja mein Beruf. Und ich hör, worüber die sprech'n. Is 'ne andere Zeit als in deiner oder meiner Jugend, kann man nich' vergleich'n. Die sind heute viel moderner, die woll'n immer über alles red'n. Vor all'n Dingen woll'n sie, dass man ihnen glaubt und vertraut.«

Fannie erzählte von einem Gespräch, in dem ein Mädchen gesagt hatte, sie wolle mal ins Kino gehen, aber die Mutter hätte es verboten mit der Begründung, als sie in dem Alter gewesen sei, hätte sie auch nicht ins Kino gekonnt. Und ihr hätte das nicht geschadet.

»Kunststück«, sagte Minna, »es gab vielleicht noch keine Kinos?«

»War nur ein Beispiel«, sagte Fannie. »Musik ist für die Jugend wichtig, aber die dürf'n se zu Hause nicht hör'n. Manche ham das Geld für teure Tanzstunden, aber das ist den meist'n zu spießig. Desweg'n steh'n die bei uns auf der Raupe, wo sie endlich ihre eigene Musik hör'n könn'n.«

»Findest du nicht«, fragte Minna, »dass die Jugend anspruchsvoll ist? Eigene Musik, eigene Mode, sogar eigene Ausdrücke haben sie für viele Dinge. Muss das sein?«

»Ja. Die wiss'n doch alle nicht, was ihre Eltern unter Hitler getan hab'n, deswegen trau'n die den Erwachsenen nicht von zwölf bis Mittag. Und solange von den Alten nie einer was zur Vergangenheit sag'n will, würd' ich mich auch von den' unterscheid'n woll'n.«

»Mensch, Fannie, du bist ja eine richtige Psychologin geworden. Machst dir viel Gedanken um Kinder, oder?«

»Ja, schon. Wenn die mit ihren sechzehn, achtzehn oder zwanzig Jahren bei uns steh'n, dann seh ich, wie lebenslustig se sind, und dann denk ich manchmal: Ich bin Mitte vierzig, ich könnt auch 'n Kind in dem Alter hab'n.« In Gedanken setzte sie den Satz fort: *Ich würde nicht alles verbieten, ich würde ihnen vertrauen, damit sie sich nicht von mir zurückziehen und lügen müssen, um ein bisschen jung sein zu können.* Fannie hatte im Kino den

Film »Die Halbstarken« mit Horst Buchholz gesehen. Da ging es darum, welche Probleme die Jugendlichen hatten. Den Film sollten die besorgten Mütter und Väter sich mal anschauen, anstatt alles immer sofort zu verurteilen. Ging doch schon bei der Musik los. Auf der Raupe spielten sie inzwischen mehr amerikanische Musik als deutsche. Amerika war für die Jugend das Land der Länder. Das waren die Sieger, die hatten tolle Mode, schicke Autos, die hatten Hollywoodfilme, Coca-Cola und Rock 'n' Roll. Lebensfreude. Nichts liebte Fannie so sehr wie die unbeschwerte Lebensfreude der jungen Leute. Warum mussten die verbissenen Alten alles schlechtreden? Beschimpften die Lieder als Negermusik, hielten sich bei Elvis Presley die Ohren zu. Minna war auch nicht anders.

Was war schlecht daran, dass Hanne gerne kochte, gern ins Theater ging? Das Kind hatte genug mitgemacht.

»Du musst dir um Hanne nich so'n Kopp mach'n«, sagte sie. »Hauptsache, sie wird wieder ganz gesund und is' glücklich. Eins nach'm ander'n.«

Minna sah sie an. »Ich mein's gut. Wenn einer kommt und sie ins Unglück stürzt ...«

»Komm, Minna, wir wiss'n beide, dass da immer zwei dazu gehör'n. Vertrau deiner Tochter.« Fannie schmunzelte. »Deine Mutter hat dir auch vertraut, als du mit deinem ersten Mann in Düsseldorf geblieben bist.«

15

Hanne

September 1959

Die Stimmen klangen gedämpfter, das Lachen wurde leiser, die Töne der Instrumente aus dem Orchestergraben waren soeben verstummt. Hanne wusste: Wenn die Ordner die Türen zum Theatersaal geschlossen hatten, würden die Damen und Herren in ihren feinen Kleidern in wenigen Minuten ihre Plätze eingenommen haben. Sobald das Licht im Saal erlosch und der erste Ton der Musik erklang, würde das Gemurmel verstummen. Und wenn der rote Samtvorhang sich hob, war im ganzen Theater Stille bis zur Pause. Noch wenige Minuten, dann konnte Hanne sicher sein, dass kein Nachzügler mehr hereinstürmen und die Garderobe oder den Schirm abgeben würde. Sie hatte oft genug ausgeholfen, um mit dem Ablauf vertraut zu sein.

Heute gab es *Zwei Herzen im Dreivierteltakt*. Die Operette von Robert Stolz hatte Hanne schon im letzten Jahr gesehen, sie würde also heute nicht am Ofen lauschen, sondern den Fortsetzungsroman im *Mindener Tageblatt* lesen. Am liebsten hätte sie jeden Abend an der Theatergarderobe gestanden, aber sie war schon glücklich, dass sie Gerlinde Simon jederzeit besuchen durfte. Und ab und zu durfte sie sie vertreten, neulich sogar für drei Wochen, als ihre Freundin wegen ihres entzündeten Blinddarms im Krankenhaus gelegen hatte. Vielleicht ergab sich eines Tages eine richtige Anstellung, zum Beispiel, falls Gerlinde heiraten und ein Kind kriegen würde. Wenn Günter, mit dem sie schon eine Weile poussierte, ihr länger als sein Vorgänger gefallen würde, standen die Chancen gut, dass die Stelle bald frei wurde.

Gerlinde hatte sie mit einem Augenzwinkern gebeten, heute die Stellung zu halten, sie habe etwas Wichtiges zu erledigen. Derlei Wichtigkeiten kannte Hanne, sie war nicht blöd und tat ihr diesen Gefallen gern. Gerlinde war eine ausgesprochen hübsche Frau: Mit ihren rotblonden Locken, einer weiblichen Figur und den vollen Lippen fiel sie auf. Und sie kannte ihre Wirkung und schäkerte gern. Vielleicht konnte sie sich bei den vielen Avancen nicht entscheiden, jedenfalls war sie mit Ende zwanzig noch unverheiratet. »Drum prüfe, wer sich ewig bindet, ob sich nicht noch ein Bess'rer findet«, hatte sie neulich gesagt. Darüber hatte Hanne lachen müssen.

Sie setzte sich so hin, dass sie Mäntel und Jacken im Blick hatte.

Sie konnte kaum erwarten, *Dein in Wind und Wetter* von Ruth Fleming weiterzulesen. Schon nach wenigen Sekunden war sie in die Geschichte vertieft und bemerkte den

Herrn, der das Theater betreten hatte und zielstrebig auf sie zukam, erst, als er vor ihr stand und sich diskret räusperte.

Rasch schob Hanne die Zeitung unter den Tresen und erhob sich. »Guten Abend, die Vorstellung hat schon angefangen, die Türen sind zu, Sie können leider erst nach der Pause hinein.«

Der Herr war groß, schlank, hatte dichtes blondes Haar und auffallend blaue Augen. Solche Augen hatte Hanne bisher nur bei dem Schauspieler Hans Albers gesehen. Er trug einen teuren grauen Anzug und hatte einen hellen Mantel über seinen Arm gelegt. Als er lächelte, bildete sich ein feiner Fältchenkranz um seine Augen. »Ich hatte Fräulein Simon heute hier erwartet.«

Hanne antwortete, was sie mit Gerlinde abgesprochen hatte: »Sie musste wegen eines plötzlichen Krankheitsfalles in der Familie nach Hause. Da ich mich auskenne und in der Nähe wohne, bin ich eingesprungen.«

»Soso«, sagte der Mann und lächelte erneut. Er sah wirklich gut aus. »Richten Sie ihr bitte Grüße aus. Wagner ist mein Name. Paul Wagner.«

Hanne nickte, machte einen Knicks, ärgerte sich sofort über diese mädchenhafte Geste und senkte den Blick, bis der Mann das Theater verlassen und die Tür hinter sich geschlossen hatte. Was hatte er wohl mit Gerlinde zu tun?

Gerlinde kam erst nach der Vorstellung zurück. Sie war durch den Hintereingang gekommen und unbemerkt in die Garderobe gehuscht, als Hanne schon begonnen hatte, die Mäntel auszugeben.

»Ist es gut gegangen?«, flüsterte sie ihr zwischen den Kleiderständern zu.

»Klar. Aber es war jemand hier und hat nach dir gefragt. Ich soll dich grüßen, von einem Herrn Wagner.«

Gerlinde verdrehte die Augen und winkte ab. »Ach der! Das ist der vom Kulturamt. Will mich zum Essen einladen, aber der ist mir viel zu alt ...«

Sie hatten alle Hände voll damit zu tun, den Theaterbesuchern die Garderobe auszuhändigen.

Später gingen sie noch ein paar Schritte.

»Danke, dass du mich vertreten hast! Sag mal, du kommst doch zur Feier, oder?«, fragte Gerlinde.

»Welche Feier?«, fragte Hanne.

»Wir machen einmal im Jahr ein geselliges Beisammensein in der Jägerstube vom Hotel Königshof. Es kommen alle, die hinter den Kulissen arbeiten. Beleuchter und Techniker, Pförtner, Parkwächter und Ordner, die Frauen von der Theaterkasse und die Garderobenfräuleins. Du gehörst doch dazu! Dieses Mal ist es am 14., Montag, natürlich, weil das Theater montags geschlossen hat.«

Hatte Gerlinde das eben wirklich gesagt? *Du gehörst dazu* ... Hanne hatte noch nie irgendwo dazugehört. Es hatte in ihrem Leben bisher viel zu viele Veränderungen gegeben, die das verhindert hatten.

Sie strahlte glücklich, wurde aber sofort wieder ernst. Das Hotel Königshof lag am südlichen Stadtrand. Sie wusste nicht, ob überhaupt ein Bus dorthin fuhr, und mit dem Rad konnte sie abends nicht fahren. Es wurde um sieben dunkel, das würde Mutti nicht erlauben. Sie würde so gern dabei sein, vielleicht konnte sie Lilo fragen, ob sie ...

Mitten in ihre Gedanken hinein sagte Gerlinde: »Prima! Ich kann dich abholen und im Auto mitnehmen. Aber wir sehen uns vorher noch. Wir sammeln übrigens für ein Geschenk, Lampen-Gustav wird sechzig und hat vierzigjähriges Dienstjubiläum, gibst du ’ne Mark dazu? Ich weiß gar nicht, als was er mal angefangen hat, er war ja nicht sofort der Chef der Technik …«

An jenem Montag im September fuhr Gerlinde pünktlich um Viertel nach sechs mit ihrer roten Isetta vor. Hanne amüsierte sich darüber, dass man die Tür samt Lenkrad nach vorn aufklappen musste. In einem solchen Gefährt hatte sie noch nie gesessen.

Gerlinde kicherte. »Wie eine Kühlschranktür. Die Isi ist klein, aber mein, ich komme damit überallhin. Nur Günter, der muss den Kopf einziehen, wenn er mit mir fährt, aber das tut er nicht oft. *Frau am Steuer, Ungeheuer,* sagt er immer. So ein Unsinn.« Sie zog am Lenkrad, schloss dadurch die Tür mit einem Ruck und warf einen Seitenblick auf Hannes ärmelloses Kleid. »Schick! Das Grün passt toll zu deinen Augen. Hatten wir je einen so warmen September, in dem wir noch unsere Sommerkleider tragen konnten? Gestern waren es am Abend noch zweiundzwanzig Grad.«

Gerlinde lenkte den winzigen Zweisitzer gekonnt durch den Feierabendverkehr. Vor einer Viertelstunde hatten die Geschäfte geschlossen, es schien, als seien sämtliche Kunden und Mitarbeiter gleichzeitig mit dem Auto auf dem Weg nach Hause.

Die Feier fand im Jagdzimmer statt, einem rustikal eingerichteten Raum. Sie saßen an einem großen ovalen Tisch. Hanne fühlte sich in der Runde pudelwohl. Es wurde gelacht, gescherzt und getrunken. Gustav, der Jubilar, bekam unter dem Beifall der Kollegen ein Tischfeuerzeug mit passendem Aschenbecher und einen Zigarrenabschneider geschenkt. Als Dankeschön bestellte er eine Runde Doornkaat, den Hanne nur mit Widerwillen runterkriegte. Den anderen Frauen schien es ebenso zu gehen, was Gustav dazu veranlasste, Kirschlikör für alle zu ordern. Den mochten nun wieder die Männer nicht, aber er schmeckte den Frauen.

Hanne kam mit Fräulein Meier von der Theaterkasse ins Gespräch. Sie unterhielten sich über den neuen Film *Wenn das mein großer Bruder wüsste*, der gerade in die Kinos gekommen war.

»Ich sehe den Fred Bertelmann so gerne, aber Claus Biederstedt und Adrian Hoven mag ich auch«, sagte Fräulein Meier.

Hanne schwärmte zurzeit für Curd Jürgens, der wegen seiner Stattlichkeit in den Zeitschriften als »normannischer Kleiderschrank« bezeichnet wurde. Seit sie Willy Witzel näher kennengelernt hatte, gefielen ihr große, reife Männer mit breiten Schultern.

»Aber der ist schon so alt ...«, wandte Fräulein Meier ein.

Plötzlich ging hinter Hanne die Tür auf und eine tiefe Stimme sagte: »Guten Abend, die Herrschaften!«

Einen Moment war es ruhig, dann klopften alle zur Begrüßung auf den Tisch.

Hanne tat das nicht. Sie hatte sich umgedreht und starrte den Mann im grauen Anzug an, der lächelnd in der Tür stand.

Gustav erhob sich. »Herr Wagner, das ist aber eine Überraschung!«

Man rückte zusammen, der Ober brachte einen Stuhl für den neuen Gast und stellte ihn neben den von Hanne. Ausgerechnet.

Paul Wagner bestellte sofort eine Runde Pils, dazu, sehr umsichtig, Schnaps für die Herren und für die Damen Likör. Er schüttelte jedem die Hand, zuletzt Hanne. Er stutzte, sah ihr in die Augen und lächelte. »So schnell sieht man sich wieder.«

Sie nickte und bekam keinen Ton heraus. Aus dem Augenwinkel sah sie, dass er Blickkontakt zu Gerlinde suchte und bemerkte, dass die genau das vermied. Gerlinde hatte gesagt, dass er sie einladen wollte, und sie nicht mochte, weil er ihr zu alt war.

Hanne fand Paul Wagner nicht alt. Sie fand ihn äußerst attraktiv.

Als die Getränke serviert waren, stand er auf und erhob sein Glas.

»Auf das Wohl des Jubilars! Ich bin zwar nicht eingeladen, aber ich hoffe, ich bin dennoch willkommen.«

Alle nickten zustimmend.

»Ich habe nämlich«, fuhr Wagner fort, »ein Schreiben der Stadtverwaltung bei mir, das ich als stellvertretender Leiter des Kulturamtes Ihnen, lieber Gustav Großjohann, im Namen des Stadtdirektors überreichen darf.« Er zog einen Umschlag aus der Innentasche seines Jacketts. Was er danach sagte, bekam Hanne nicht mit, weil sie sich nicht mehr konzentrieren konnte. Ein Bier, ein Schnaps und zwei Liköre waren definitiv zu viel für sie. So viel

Alkohol hatte sie noch nie getrunken. Sie bekam aber mit, dass Wagners Rede gut ankam und am Ende applaudiert wurde. Dann erst setzte er sich. Die Gespräche verlagerten sich in kleine Grüppchen. Wagner wandte sich Fräulein Meier zu, er saß jetzt zwischen ihr und Hanne.

Es gab noch eine Runde, man hob die Gläser, stieß an, prostete einander zu. Dabei sah Wagner Hanne einen Moment zu lange in die Augen, aber der Alkohol bewirkte etwas in ihr: Sie senkte nicht wie üblich die Lider, sondern hielt dem Blick stand.

»Zeit für Musik!«, rief Gerlinde, lief zur Musikbox, warf eine Münze ein und drückte verschiedene Tasten.

Caterina Valente begann zu singen: »Spiel noch einmal für mich, Habanero«.

»Darf ich bitten?«, sagte Paul Wagner und hielt Hanne seinen Arm hin.

Ach du liebe Güte, warum tat er das?

»Äh, nein, danke, weil ... ich kann leider gar nicht tanzen ...«, stotterte sie.

»Kommen Sie, ich mache das schon, keine Angst!«

Er nahm einfach ihre Hand, zog sie auf die freie Fläche vor der Musikbox und begann, sie zu führen.

Es fühlte sich herrlich an. Auch zu dem Lied über die Caprifischer mit Rudi Schuricke tanzten sie, und als die Stimme von Ivo Robić erklang, bewegte Hanne die Lippen zum Text: »Morgen, morgen, lacht uns wieder das Glück ...«

Galant führte Wagner sie danach zurück an den Tisch, bestellte ihr eine Cola, als sie weiteren Alkohol ablehnte, und verwickelte sie in ein Gespräch. Er machte

Komplimente wegen des Kleides, fand ihre Augen bemerkenswert schön, fragte nach ihrem Beruf und danach, wie sie Gerlinde kennengelernt hatte.

»Über eine Freundin meiner Mutter, letzten Sommer habe ich bei ihr gewohnt, als meine Mutter zur Kur war.«

Wagner lächelte. »Dass Ihre Mutter so ein schönes Mädchen nicht allein lassen wollte, kann ich gut verstehen.« Er beugte sich vor. »Aber Ihr Verlobter hat in der Zeit gewiss gut auf Sie aufgepasst?« Dabei kam er ihr so nahe, dass sie den Duft seines Rasierwassers riechen konnte.

»Ich habe keinen Verlobten.«

»Aber Sie haben einen Freund?«

»Nein, auch das nicht.«

»Das gibt es doch nicht, so eine bezaubernde Schönheit hat keinen Freund? Ich kann es gar nicht glauben. Lassen Sie mich raten: Die Männer stehen Schlange und wollen Sie am liebsten vom Fleck weg heiraten, aber Sie sind sehr wählerisch?«

Noch nie hatte ihr jemand derart geschmeichelt, und noch nie hatte Hanne die Nähe eines Mannes so genossen. Und dann erzählte sie ihm sogar von der Lungenkrankheit, vom Pneumothorax, der immer wieder gefüllt werden musste, von den Aufenthalten in den Lungenheilstätten, von der Schwierigkeit, Arbeit zu finden, obwohl sie nicht mehr ansteckend war.

Paul Wagner war ein guter Zuhörer. »Und deswegen ist es für Sie eine willkommene Abwechslung, ab und zu im Theater auszuhelfen. Und Sie würden gern eines Tages ganz dort arbeiten?«

»Ja, so ist es.«

Er verstand Hanne. Er interessierte sich für sie. Und Hanne plauderte freimütig darüber, dass sie mit Mutti allein in einer kleinen Wohnung am Markt lebte, dass ihre Eltern geschieden waren.

Wieder nickte Wagner, rauchte, schaute in ihre Augen, in ihr Herz, in ihre Seele. Er kümmerte sich darum, dass sie immer etwas zu trinken hatte, fragte, ob sie Hunger habe, versicherte, er würde dafür sorgen, dass man ihr in der Hotelküche etwas zubereitete. Aber Hanne hatte keinen Hunger. Sie genoss seine ungeteilte Aufmerksamkeit, sonnte sich in seiner Zuwendung und fühlte sich wie die tollste Frau der Welt, weil ein so erwachsener und attraktiver Mann sich für sie interessierte. Paul Wagner hatte tatsächlich nur Augen für sie, er schielte nicht mehr zu Gerlinde hinüber, sprach kaum noch mit den anderen. Er tanzte immer wieder mit Hanne, bot ihr einmal eine Zigarette an, zog sie aber sofort wieder zurück. »Entschuldigung, natürlich sollten Sie mit Ihrer Lungenkrankheit nicht rauchen, das schadet Ihnen sicherlich. Ich habe nicht daran gedacht, unverzeihlich. Was trinken Sie noch, Hanne? Ein Glas Sekt vielleicht?« Wie fürsorglich und aufmerksam er war!

Hanne sah, dass Gerlinde aufstand und ihre Jacke anzog. Sie ließ die Schultern hängen und sagte traurig: »Nein, ich glaube, ich muss los. Fräulein Simon hatte mich im Auto mitgenommen, sie geht, da muss ich mit. Ich komme sonst nicht nach Hause.«

Paul Wagner schaute auf seine Armbanduhr. Dann lächelte er. Offenbar hatte er soeben eine Idee. »Wissen Sie was? Wir zwei trinken noch ein Gläschen Sekt, dann nehme ich Sie im Taxi mit. Ich muss sowieso in die Stadt, wir haben denselben Weg.«

Ohne ihre Antwort abzuwarten, winkte er dem Ober und bestellte. Hannes Herz schlug so heftig wie noch nie. Paul Wagner war ein Traummann. Er war attraktiv, gebildet, höflich und charmant. Er kümmerte sich um sie. Er war nicht so ein Weichei wie Rudi, kein Schnösel wie Ronny aus der Milchbar, er war ein richtiger Herr, so einer wie Willy Witzel.

»Aber eine Bedingung habe ich, Fräulein Hanne!« Wenn er lächelte, sah er noch besser aus.

»Ja?«

»Es kann nicht angehen, dass wir einen so schönen Abend miteinander verbringen, uns wunderbar verstehen und einander siezen wie Fremde.«

Sie stießen an.

»Hanne!«, sagte er.

Sein Name kam ihr leicht über die Lippen. »Paul!«

»Auf diesen Abend, Hanne, auf unseren Abend!«

Wie konnte ein Mann so schöne blaue Augen haben?!

»Ja!«, hauchte Hanne.

Gerlinde kam herüber. »Ich muss los, kommst du mit?«

»Danke, nein, ich fahre gleich mit Herrn ... mit Paul ...«

Gerlindes Blick konnte Hanne nicht deuten, aber er war ihr egal.

»Kommst du dann pünktlich nach Hause?«, fragte sie. »Deine Mutter sorgt sich doch immer so schnell.«

»Keine Sorge, ich kann heute länger«, log Hanne rasch. Es war jetzt schon klar, dass sie zu spät kommen würde, aber ihr fiele irgendetwas ein, damit Mutti nicht allzu ärgerlich würde. Jetzt war jetzt, und nur der Augenblick zählte.

Sie spürte plötzlich Wagners Knie an ihrem. Eine verschworene Geste, die ihr Herz erneut heftig klopfen ließ.

Nach und nach verabschiedeten sich alle aus der Runde. Hanne und Paul waren die Letzten. Er zahlte und bat den Ober, ein Taxi zu rufen. Sie stiegen hinten ein. Hanne hatte nichts dagegen, dass er seinen Arm um sie legte.

»Sie können am Residenz-Kino halten«, wies Paul den Fahrer an.

Es imponierte ihr, dass er so wohlhabend war und sich für den langen Weg in die Stadt ein Taxi leisten konnte. Als der Wagen scharf um eine Kurve fuhr, rutschte sie so nah an ihn heran, dass sie seinen Atem an ihrer Wange spürte. Sie wandte ihm das Gesicht zu.

Er legte seinen Zeigefinger unter ihr Kinn, schaute sie mit einem intensiven Blick an, beugte sich langsam vor und küsste sie. Sanft zuerst, dann heftiger. Er hörte gar nicht mehr damit auf.

Die Fahrt endete viel zu schnell.

Hanne überlegte fieberhaft, wie sie sich gleich verabschieden sollte. Der Abend war zu Ende, leider, herrje, wie verhielt man sich in so einem Moment?

Aber Paul nahm ihr wieder jede Sorge ab. Das Auto hielt am Straßenrand, er legte eine Hand auf ihr Knie, räusperte sich und sagte heiser: »Warte.«

Ein wohliger Schauer durchlief sie, sie mochte diese Berührung.

Er bezahlte den Taxifahrer, gab üppiges Trinkgeld, sie stiegen aus. Standen voreinander. Hanne war gewiss nicht klein, sie hatte das Gardemaß ihrer Mutter geerbt, aber Paul überragte sie um einen Kopf. Mit Daumen und Zeigefinger fasste er sie wieder unters Kinn. Seine Stimme klang rau. »Es ist so ein herrlicher Abend. Sollen wir noch ein bisschen spazieren gehen?«

Hanne nickte.

Arm in Arm gingen sie die paar Schritte hinunter bis zum Glacis. Der Park lag im Dunkeln, aber im Wasser des Schwanenteichs spiegelten sich der Mond und die Lichter der Villen an der Westseite. Hanne ließ sich von ihm führen, genau wie eben beim Tanzen.

Paul beschleunigte seinen Schritt, zog sie hinter ein Gebüsch und begann sie wieder zu küssen. Er schob den Rock ihres Kleides hoch, seine Hände waren plötzlich überall. Hanne fühlte das Blut in ihren Adern fließen, es rauschte, prickelte wie vorhin der Sekt, und als sie ihn an ihrem Ohr keuchen hörte, dachte sie diesen schrecklich kitschig romantischen Satz: … *und sie gab sich ihm hin.*

So fühlte es sich also an, wenn das geschah, was in all den Romanen mit diesen Worten angedeutet wurde, so ein Schwindel erfasste einen, so ein Rausch, so ein neues Gefühl. Ja, es tat auch weh, davon hatte sie gelesen, aber das war nur beim ersten Mal so.

Hanne ließ alles geschehen. Sie wartete darauf, dass das Gewitter im Kopf losging, dass vor ihren Augen Blitze explodierten, dass die Innigkeit dieser Nacht sie in den Himmel schweben ließ. So stand es in den Romanen. Was Paul jetzt mit ihr tat, war eigentlich recht unangenehm, aber es würde bestimmt bald besser …

»Ach du Scheiße!«, hörte sie ihn plötzlich sagen.

Abrupt ließ er von ihr ab, drehte ihr den Rücken zu, machte sich irgendwie in der Dunkelheit zu schaffen.

Hanne hatte sich sicher verhört. *Ach du Scheiße?* Das konnte er nicht gesagt haben, die Umarmungen eben waren so schön gewesen, so leidenschaftlich, und das andere, das ... so intim.

Wagner hustete kurz, gab ihr einen Kuss auf die Stirn. »Alles in Ordnung bei dir?«

Sie nickte und richtete ihr Kleid.

Als sie noch eine Weile auf der niedrigen Mauer saßen, die den Schwanenteich umgab, bot er ihr wieder eine Zigarette an.

»Nein, danke.«

Sollte sie jetzt etwas sagen? Sich an ihn schmiegen? Den Kopf an seine Schulter legen? Nach seiner Hand greifen? Hanne rührte sich nicht.

Er rauchte schweigend. Sie schaute ihm dabei zu. Im Mondlicht sah sein Profil aus wie ein Scherenschnitt. Wann würde er etwas Romantisches sagen? Ihr eine Liebeserklärung machen? Sie fragen, wann sie sich wiedersehen würden?

Er trat die Kippe aus, erhob sich und zupfte an seiner Krawatte. »Komm, ich glaube, es wird Zeit für dich. Nicht, dass du zu Hause Ärger mit deiner Mutter bekommst.«

Sie gingen zurück Richtung Kino. Nebeneinander, aber jetzt legte er den Arm nicht um sie. Sie überquerten den Klausenwall am Stadttheater. An der Ecke Lindenstraße sagte er: »Die letzten Meter gehst du besser allein, damit uns niemand sieht. Aber ich bleibe hier stehen, bis du die Haustür hinter dir abgeschlossen hast.«

Hanne nickte. »Natürlich«, sagte sie, aber sie wusste nicht, warum sie das sagte.

»Tschüss, Hanne, danke für den schönen Abend!«

»Tschüss, Paul. Bis ...« Einige Sekunden vergingen quälend langsam.

Er antwortete nicht.

Mutti kam ihr entgegen, als sie die Korridortür aufschloss. »Weißt du eigentlich, wie spät es ist! Halb zwölf! Wo bist du gewesen?«

»Die Isetta von Gerlinde hatte eine Reifenpanne, und wir mussten zu Fuß gehen.«

Muttis Ton wurde sofort sanft und besorgt. »Den ganzen Weg, in der Dunkelheit, liebe Güte. Gut, dass es nicht kalt ist, du hattest nur die dünne Jacke dabei. Aber jetzt bist du hier. War's denn schön?«

Hanne nickte. »Ja, sehr.«

Wie leicht all die Lügen über ihre Lippen kamen.

»Gut«, sagte Mutti, »dann kann ich ins Bett gehen, ich muss endlich schlafen. Gute Nacht.« Sie gab Hanne ein Küsschen auf die Wange und schnüffelte. »Hast du Alkohol getrunken?«

»Ja, ein Glas Sekt und einen Likör.«

»Na ja, das ist wohl so in deinem Alter. Solange du nicht betrunken nach Hause kommst ...«

Hanne schlief erst im Morgengrauen ein. Es war das erste Mal, dass sie Mutti angelogen hatte, aber darüber wollte sie nicht nachdenken. Nicht jetzt. In ihrem Kopf rasten alle möglichen Gedanken durcheinander, sie wusste nicht, welche sie zulassen sollte und welche lieber nicht.

Schon am nächsten Tag ging Hanne wieder ins Theater. Vielleicht tauchte er auf. Vielleicht hatte er gestern in der Aufregung nur vergessen, sie nach einem weiteren Treffen zu fragen. Vielleicht war er genauso aufgewühlt gewesen wie sie und hatte seine Gefühle mit dem spröden Abschied überspielen wollen. Hanne lächelte, als sie sich vorstellte, wie es sein würde, wenn sich die Tür öffnete, er langsam auf sie zukommen und sie anlächeln würde. Ob er ihr zur Begrüßung einen Kuss geben würde? Nein, natürlich nicht, nicht im Theater, wo jeder sie sehen konnte. Er war kein kopfloser Heißsporn, sondern ein erfahrener Mann. Wahrscheinlich würde er ihr einen verschworenen Blick schenken, den nur sie beide deuten konnten. Immerhin hatten sie *es* getan. Sobald Hanne an gestern Abend dachte, fuhr ihr ein kribbelnder Schmerz in die Magengegend, die Handflächen wurden feucht und ihre Kopfhaut fühlte sich an, als würden Millionen Ameisen darauf herumkrabbeln.

Sonst war sie nicht eitel, aber heute wählte sie ihre Kleidung sorgfältig, entschied sich für einen engen schwarzen Pullover mit kurzen Ärmeln und einen weinroten, schwingenden Rock. Ihre Taille betonte sie mit einem Gürtel, sie legte Lippenstift auf. Dann verstellte sie den dreiteiligen Spiegel der Frisiertoilette so, dass sie sich von allen Seiten sehen konnte. Eigentlich fand sie sich heute hübsch. Sie musste hübsch sein, sonst hätte Paul sich gestern nicht für sie interessiert, oder?

Hanne lächelte sich im Spiegel an. Bevor sie nach Muttis Parfümflasche griff, zögerte sie. Dann stibitzte sie einen Tropfen Tosca und tupfte ihn hinter ihr Ohr.

»Parfüm gehört dahin, wo das Blut pulsiert«, hatte Lilo mal erklärt, nur dort würde es seine Wirkung entfalten. Hanne hielt inne, nahm einen zweiten Tropfen und verwischte ihn auf den Innenseiten ihrer Handgelenke. Schuhe, Tasche, Schlüssel. Sie zog die Tür hinter sich zu und eilte die Treppen hinunter. Am liebsten wäre sie auf dem Geländer hinuntergerutscht. Hach, diese unbändige Kraft, die sie in jeder Faser ihres Körpers spürte, war wundervoll!

Hanne hatte das Gefühl, den kurzen Weg zum Theater nicht zu gehen, sondern zu schweben. Schwungvoll stieß sie die Tür auf, grüßte Fräulein Meier an der Kasse und die beiden Kulissenschieber, die sie behänden Schrittes überholte.

Gerlinde war dabei, den Tresen an der Garderobe mit einem feuchten Tuch abzuwischen. Sie unterbrach ihre Arbeit und schaute Hanne bewundernd von oben bis unten an. »Hui, siehst prima aus, hast du noch was vor?«

Hanne lächelte. »Vielleicht, ich weiß nicht.«

Während sie weiter putzte, fragte Gerlinde: »Sag mal, bist du gestern Abend gut nach Hause gekommen? Ist es spät geworden mit Wagner?«

Allein die Erwähnung seines Namens löste ein Kribbeln in Hanne aus.

»Alles bestens!« Sie überlegte, ob sie Gerlinde von der erfundenen Autopanne mit der Isetta erzählen sollte, entschied sich aber dagegen. Sie und Mutti waren sich noch nie begegnet, und da Mutti nicht ins Theater ging, würde sich das auch nicht ändern.

»Da bin ich aber froh«, sagte Gerlinde, »ich hab mir dann doch Vorwürfe gemacht, dass ich dich mit ihm da hab sitzen lassen, ich meine, dass der ein Auge auf dich geworfen hatte, sah ja ein Blinder mit dem Krückstock.« Sie stutzte und begann zu kichern. »Du wirst ja ganz rot! Ach du liebe Zeit, hat der alte Knacker dich etwa belästigt?«

Hanne betastete ihre Wangen und erwiderte hektisch: »Nein, ich bin bloß zu warm angezogen, ich hätte lieber eine Bluse wählen sollen. Es war in Ordnung, dass du gefahren bist, wir waren auch nicht mehr lange da ...«

»Dann ist es gut. Ich war einfach zu müde.« Ungerührt plapperte Gerlinde weiter, während sie die Kleiderbügel auf den Garderobenständern so verschob, dass sie immer zwei Fingerbreit auseinanderhingen. »Ich dacht's mir schon, dass Wagner bei dir auf Granit beißt, obwohl du gestern ganz schön mit ihm geflirtet hast.« Sie machte eine scherzhafte Bewegung mit dem Zeigefinger. »So kenn ich dich gar nicht. Stille Wasser sind tief. Aber es ist natürlich gut, dass du ihm keine falschen Hoffnungen gemacht hast, ich meine, der Kerl ist über vierzig und hat Frau und zwei Kinder zu Hause ...«

Wie bitte? Plötzlich begann sich um Hanne alles zu drehen.

Gerlindes Stimme war auf einmal weit weg, gellendes Piepen ertönte in ihren Ohren, wurde lauter – lauter – lauter und verstummte wieder. Sie atmete tief ein und aus, durch die Nase, noch einmal, klammerte sich an der Stuhllehne fest, die Knöchel ihrer Hände waren weiß. Noch nie war ihr so übel gewesen.

Gerlinde bekam davon nichts mit, wandte ihr den Rücken zu, quasselte und wuselte weiter emsig in der Garderobe herum.

»Ich muss los, wollte nur kurz reinschauen«, presste Hanne schließlich hervor, drehte sich auf dem Absatz um und brauchte ihre ganze Kraft, um das Theater mit schnellen Schritten zu verlassen. Am liebsten wäre sie gerannt, aber wohin?

Schwer atmend stand sie vor der Tür, am Rand der Straße, die sie heute Nacht mit ihm, mit Paul überquert hatte, nachdem sie ... das ... getan hatten. Sie blickte auf das Kopfsteinpflaster der Straße, die zum Glacis hinunterführte, dachte an den Schwanenteich, an den Mond, an alles, was da geschehen war.

Verheiratet. Zwei Kinder.

Verheiratet! Zwei Kinder!

Sie biss in ihren Handballen, um nicht zu schreien. Zwang sich, einen Fuß vor den anderen zu setzen, starrte dabei die ganze Zeit auf den Boden, der sich bei jedem Schritt unter ihr zu öffnen schien. Sie ging und fiel zugleich ins Bodenlose, immer weiter, sie hörte überhaupt nicht mehr auf zu fallen. Alle Leute starrten sie an. Jeder sah es, jeder konnte erkennen, was mit ihr geschehen war, las, was auf ihrer Stirn geschrieben stand. Dummes Ding, naive Person, billiges Flittchen.

Das Ehepaar Romming stand in der offenen Ladentür, heute nickte Hanne ihnen nur zu und ging stumm hinein.

Hulda Kannegießer polierte das nagelneue Schild an der Tür. *Leihbücherei* stand in schwarzer Schrift auf weißer Emaille.

»Hanne, das Buch von Jane Viers, Sonnabend war die Rückgabe fällig, ich hab es eine Woche für dich verlängert.«

»Danke«, murmelte Hanne, schaute Hulda nicht an und ging hinauf.

Sie zog im Flur die Schuhe aus, ließ in der Kemenate die Handtasche auf den Boden fallen, setzte sich auf die Bettkante, legte ihre Hände in den Schoß und schloss die Augen.

Er war verheiratet.

Natürlich war er verheiratet, was hatte sie denn erwartet? Dass er ihr Fotos von der Familie zeigte, bevor er sie ins Taxi einlud?

Hanne ließ jede Minute ihrer Begegnung Revue passieren. Sie erinnerte sich an jeden Moment, jede einzelne Geste. Mit keinem einzigen Wort hatte Paul Wagner gestern angedeutet, dass er ein freier Mann sei. Dass er mehr von ihr gewollt hatte als dieses eine, dieses ... Abenteuer. Er hatte ihr Komplimente gemacht, mit ihr getanzt, hatte ihr geschmeichelt. Im Nachhinein kam ihr sein Ziel eindeutig vor. Und sie hatte mitgespielt, ohne eine einzige Frage zu stellen. Aber was hätte sie ihn fragen sollen? Und wann? Bevor er mit ihr ... oder nachher? Hätte sie fragen müssen, ob er nach Hause zu Frau und Kindern musste? Hätte sie ahnen oder wissen müssen, dass ein Mann seines Alters nicht frei und ungebunden war?

Hanne schlug die Hände vors Gesicht. Wie unfassbar dumm sie gewesen war! Sie war neunzehn Jahre alt, meine Güte, sie wusste doch, was Männer wollten. In jedem Film und jedem Roman ging es darum, jede Geschichte hatte ihre ehrbaren Frauen – und die anderen. Jetzt war sie eine von den anderen. Jetzt war sie nicht besser als Grete Rübenkamp, *die Person,* das Weibstück, das sich mit Vati eingelassen hatte und ihrer Mutter den Mann und ihr, Hanne, den Vater weggenommen hatte. Grete Rübenkamp war eines der liederlichen Frauenzimmer, das sich einem verheirateten Mann an den Hals geworfen und eine Familie zerstört hatte.

Und Hanne war jetzt keinen Deut besser.

Nie, niemals durfte Mutti davon erfahren.

16

Minna

Januar 1960

Minna hatte am Abend zuvor Kamillentee und Zwieback in die Kemenate gebracht, aber als sie nachschaute, stand beides unberührt auf dem Tablett.

Hanne hatte sich den Magen verdorben. Ganz blass war sie, mit dunklen Schatten unter den Augen.

»Lass mal fühlen, ob du Fieber hast.« Minna setzte sich auf die Bettkante und legte die Hand auf ihre Stirn. Sie war feucht, aber das mochte von der Anstrengung des Erbrechens kommen. Minna war von den Würgegeräuschen wach geworden und sofort aufgestanden. Für solche Fälle gab es im Besenschrank einen Emailleeimer mit Deckel, den sie gestern Abend schon in Reichweite platziert hatte.

Hanne saß erschöpft im Bett und atmete schwer.

Minna griff nach dem Eimer, um ihn mit hinunter zum Klo zu nehmen und dort zu leeren.

Nahezu hysterisch rief Hanne: »Lass stehen, ich muss noch mal …« Erneut würgte sie erbärmlich, riss ihr den Eimer aus der Hand, dabei fiel der Deckel scheppernd zu Boden. Sofort verschwand Hannes Kopf im Eimer, und sie kotzte sich die Seele aus dem Leib.

Diskret drehte Minna sich um.

»Wenn ich einkaufen gehe, bringe ich Kohletabletten mit.« Im Rausgehen murmelte sie: »Ich überlege die ganze Zeit, was hast du gegessen hast, das ich nicht hatte?«

Minna ließ ihre Tochter allein und ging in die Küche, um die Heizsonne einzuschalten und den Boiler hochzudrehen. Wahrscheinlich brauchte Hanne einen Tag Ruhe. Da traf es sich gut, dass Minna sich um sie kümmern konnte. Heute war ihr monatlicher Hausarbeitstag, an dem sie nicht zur Arbeit musste. Es war einer ihrer Lieblingstage, weil sie dann in Ruhe ihre Besorgungen machen konnte. Wenn sie arbeitete, war sie jetzt manchmal erst um halb sechs zu Hause, um sechs schlossen die Geschäfte. Hanne, die den ganzen Tag Zeit hatte, nahm ihr unter der Woche sämtliche Einkäufe ab.

Minna schaute auf die Uhr. Bald würde Wilhelmine hier sein, sie wollten heute gemeinsam gehen.

In der Zeit, in der das Wasser im Boiler warm wurde, suchte Minna im Schlafzimmer ihre Garderobe heraus. Sie hatte sich für diesen Winter einen voluminösen Teddymantel genäht, dunkelbraun, mit fünfmarkstückgroßen Knöpfen und aufgesetzten Taschen, der neueste Schrei, aber auch in ihrem Alter noch unbedenklich tragbar.

Sie musste an den Weihnachtsabend in Düsseldorf denken, an dem ihre eigene Mutter im hochgeschlossenen

Sonntagsstaat dagesessen und Minna gedacht hatte: *Mode ist nichts für Mütter*. Das war kurz vor Adeles Tod gewesen, also 1925. *Und Mutter war damals jünger als ich heute.* Lächelnd strich sie mit der Hand über den kuscheligen Stoff. Sie hatte ihn im Juli im Sommerschlussverkauf ergattert: Knappe vier Meter waren noch auf dem Ballen gewesen, mehr als genug für den Wintermantel, den Minna sofort vor Augen gehabt hatte. Kein Wunder, wer wollte im Sommer so einen dicken Stoff kaufen. Der Clou an dem neuen Mantel war jedoch das Futter aus türkisblauem Taft. Für passende braune Futterseide hatte das Geld nicht gereicht, aber die türkisfarbene hatte sie fast geschenkt bekommen. Es war nicht genug für den ganzen Mantel, daher hatte sie Taschen und Ärmel mit verschiedenen Resten gefüttert, aber das sah man nicht.

Minna legte ein kamelhaarfarbenes Jerseykleid aufs Bett, das sie an den Seitennähten mit handbreiten Einsätzen aus schwarzem Stoff weiter gemacht hatte. Sie drapierte es mit schwarzen Handschuhen, Hut und Handtasche auf dem Mantel, trat einen Schritt zurück und nickte. Ja, das war ein schönes Ensemble und sah richtig nach was aus.

Sie ging in die Küche und legte ein Handtuch auf den Rand der Badewanne. Karl hatte ihr zu Weihnachten ein Drahtgestell gebaut, das man quer über die Wanne legen und an den Rändern festklemmen konnte. Damit das Emaille und die beklebte Holzumrandung nicht beschädigt wurden, hatte er das Gestell mit Gummi umwickelt, so konnte es auch nicht verrutschen. Man konnte ähnliche Wannenablagen fertig kaufen, mit Körbchen für

Seife, Waschlappen und Nagelbürste. Aber Karl hatte etwas Besonderes eingebaut: In die Mitte konnte man eine Waschschüssel aus Plastik einhängen, sie hatte einen Durchmesser von fünfzig Zentimetern und war das Praktischste, das Minna seit Langem gesehen hatte. Die Schüssel taugte nämlich nicht nur zum Wäschewaschen, ohne dass man sich bis auf den Boden der Badewanne bücken musste, sie war auch für die tägliche Körperpflege äußerst hilfreich.

Vorsichtig stieg sie in die Wanne und setzte sich auf das Handtuch. Obwohl sie ab und zu Gymnastik machte, um gelenkig zu bleiben, gab es Bewegungen, die ihr schwerfielen. Sie ließ warmes Wasser in die Schüssel laufen, griff nach Seife und Waschlappen und wusch sich bequem im Sitzen. Das sparte Wasser, und mit der Seifenlauge konnte man später immer noch Strümpfe waschen. Und es sparte Strom, weil sie den Boiler nicht für ein Vollbad aufheizen musste.

Sie trocknete sich ab und zog den Morgenrock über.

»Hanne, das Wasser im Boiler ist warm, wenn du dich waschen willst?«

Die Arme hockte immer noch wie ein Häufchen Elend in den Kissen. »Gleich. Ich geh erst mal aufs Klo und nehme den Eimer mit ...«

»Zieh dir was über, im Treppenhaus ist es eisig. Nicht dass du dich auch noch erkältest. Willst du frühstücken?«

Heftig schüttelte Hanne den Kopf.

»Du musst aber was essen! Mal sehen, ob ich Hühnerklein bekomme, dann koche ich dir eine Brühe. Hühnerbrühe ist immer gut.«

»O Gott, nein, Mutti, bloß keine fette Brühe, da kommt es mir direkt wieder hoch!« Hannes Lippen waren spröde und aufgesprungen, ihr Gesicht war immer noch kalkweiß. »Kannst du mir Äpfel mitbringen?«

Minna stutzte. »Du bist doch sonst eine fleischfressende Pflanze, und du fragst nach einem Apfel? Du musst wirklich krank sein. Aber vielleicht hast du recht, geriebener Apfel ist gut bei Magen-Darm. Wilhelmine kommt gleich, sieh zu, dass du bis dahin ein frisches Nachthemd anhast, du hast dich vorn eingesaut. Ich frage in der Apotheke, was sie gegen deine Magengeschichte empfehlen.«

Minna zog sich an, ging wieder in die Küche und stöpselte den Stecker des Tauchsieders ein. Dann gab sie einen Teelöffel Kaffeebohnen in die hölzerne Kaffeemühle und drehte die Kurbel so lange, bis alle Bohnen zu Pulver gemahlen in der kleinen Schublade lagen. Sie brühte sich eine Tasse Kaffee auf, schmierte ein Marmeladenbrot, nahm es mit ins Wohnzimmer und schaltete das Radio ein.

»Beim nächsten Ton des Zeitzeichens ist es neun Uhr. Sie hören die Nachrichten«, klang es aus dem Lautsprecher. Während Minna aß, blätterte sie in dem Kundenmagazin *Die kluge Hausfrau*. Eine Kollegin hatte es ihr geschenkt, sie hatte es in einem Laden kostenlos bekommen.

Was für ein schöner Tagesanfang. Schade, dass es Hanne schlecht geht. Womit hat sie sich bloß den Magen verdorben?

Während Minna frühstückte und in dem Magazin blätterte, verkündete der Nachrichtensprecher Neuigkeiten aus aller Welt. »Die Regierung der Vereinigten Staaten richtet eine Protestnote an Kuba, in der sie sich gegen die Beschlagnahmung des Eigentums US-amerikanischer

Bürger aufgrund der kubanischen Agrarreformen wendet.«

Was geht uns das an?, fragte Minna sich und studierte nebenher die Reklame. *Das neue Ata ist extrafein.*

In Indien war ein Stahlwerk in Betrieb genommen worden, an dem deutsche Firmen beteiligt waren.

Indien, Amerika, unsereiner freut sich über eine Kur im Schwarzwald … Im Oktober werde ich sechsundfünfzig. Ob ich in meinem Leben wohl mal ins Ausland komme? Lilo fährt im Frühling nach Italien, Anni hat geschrieben, dass sie unbedingt an den Gardasee möchte. Und ich? Das Meer möchte ich noch mal sehen. Wie hab ich die Ostsee geliebt, als ich zur Kinderlandverschickung in Pommern war. 1918 war das, als Vater starb, im Großen Krieg, so nannten wir ihn damals. Erster Weltkrieg heißt er erst, nachdem wir den Zweiten erlebt hatten. Sie rief sich zur Ordnung. *Bloß nicht an den Krieg denken. Heute ist heute, heute habe ich frei, und alles ist in Ordnung. Aber das ist so, als würde jemand sagen: Denk nicht an eine Zitrone. Der Krieg ist vorbei und wir mischen wieder in der ganzen Welt mit. Und bauen sogar ein Stahlwerk in Indien.*

»Wir sind wieder wer«, hatte es 1954 geheißen, als Deutschland Fußballweltmeister geworden war. Seither wurden alle möglichen wirtschaftlichen und politischen Erfolge mit diesem Satz kommentiert. Karl sagte immer, das Land habe sich nicht *trotz* der Nazis wieder nach oben gekämpft, sondern *mit* den Nazis. Darüber hatte Minna nicht diskutieren wollen. Was änderte es, wenn sie wusste, wer nach dem Krieg einen hohen Posten bekommen hatte, und wer vorher was gewesen war?

»Laut Meldung der Hamburger Gesundheitsbehörde sind in der Stadt einunddreißig Menschen an der Papageienkrankheit erkrankt; vier von ihnen sind gestorben«, sagte der Nachrichtensprecher.

Minnas Blick fiel auf die Werbung für die neuen Camelia-Binden. *Meine Güte. Werbung für Monatsbinden. Das muss doch nicht sein. Die Frauen haben früher auch gewusst, wie sie damit umzugehen hatten, muss man das für alle lesbar in der Zeitung breittreten?*

Es klingelte.

Wilhelmine war außer Atem, als sie die Treppen hinaufgestiegen kam. Sie putzte sich gewissenhaft auf der Fußmatte die Füße ab, trat ein, band ihr Kopftuch los und öffnete hektisch den Mantel. »Heiliger Strohsack, ist das hier überheizt, du hast wohl zu viel Geld? Mir ist direkt ganz kodderig, ich muss erst mal 'ne Spalt-Tablette nehmen.« Sie marschierte ins Wohnzimmer, hielt die Nase hoch und schnüffelte. »Ich rieche Kaffee? Hast du Bohnenkaffee?«

»Nur ein Viertelpfund für den ganzen Monat. Fast zehn Mark fürs Pfund kann ich mir nicht leisten. Ich gönne mir jeden Morgen eine Tasse, und den Prött sammle ich immer noch, wie früher. Ab Mitte des Monats strecke ich das Kaffeepulver damit.«

Wilhelmine nickte zustimmend, ließ sich in den Sessel fallen, holte ihre Spalt-Tabletten aus der Handtasche, nahm eine und schluckte sie trocken runter.

Aus der Kemenate klang Husten.

Wilhelmine wies mit dem Finger zur Tür. »Liegt Hanne um diese Zeit noch im Bett?«

»Sie hat sich den Magen verdorben«, erklärte Minna.

»Hoffentlich ist es nicht ansteckend, ich pack lieber nix an.«

Achselzuckend ging Minna nach nebenan, zog Mantel, Hut und Schuhe an, nahm die beiden Einkaufsnetze vom Haken und steckte sie in die Handtasche.

»Meinetwegen können wir los«, sagte sie, als sie das Wohnzimmer wieder betrat.

Wilhelmine hielt das Kundenmagazin in der Hand und wedelte damit herum. »Sag nicht, du gehst in diesen neumodischen Selbstbedienungsladen? Ich hab davon in der Zeitung gelesen, schrecklich, ganz schrecklich! Bediene dich selbst! Wohin soll das führen? Keine Bedienung, keine Beratung. Du kriegst eine Art Teewagen, den schiebste durch den ganzen Laden und dann musste alles selbst zusammensuchen. Und von wegen, man muss nicht mehr anstehen! Jetzt steht man nicht mehr am Verkaufstresen an, sondern an der Kasse. Nee, Minna, nicht alles, was aus Amerika kommt, ist gut. Selbstbedienungsläden sind so überflüssig wie 'n Kropf.«

»Ich war noch nie in einem, das Magazin hat mir eine Kollegin geschenkt. Komm, sonst sind beim Fleischer die besten Sachen weg.«

»Du willst am Montag schon Fleisch kaufen? Fürs Wochenende? Das hält sich doch nicht so lange.«

»Tja, einen Kühlschrank müsste man haben ... oder kommt der vielleicht auch aus Amerika?«

Minna beachtete Wilhelmines ärgerliches Brummen nicht und schaute in die Kemenate. »Hanne, wir machen einen Schaufensterbummel und gehen dann einkaufen. Versuch zu schlafen und trink deinen Tee.«

Minna und Wilhelmine überquerten den Markt, gingen durch den Scharn an den parkenden Autos entlang und bogen in die Bäckerstraße ein. Minna atmete auf. »So kann ich es aushalten. Am Sonntag vor Weihnachten bin ich mal mit Alex hier promeniert, es war so schrecklich voll, die Straße war schwarz vor Menschen!«

Neuerdings hatten die Geschäfte an den drei sogenannten »bronzenen«, »silbernen« und goldenen« Sonntagen vor Weihnachten nachmittags geöffnet, es war offenbar eine neue Tradition, Weihnachtsgeschenke genau an diesen Tagen zu kaufen. Die Bäckerstraße wurde deswegen sogar für den gesamten Autoverkehr gesperrt. Jetzt drängelten sich wieder der Bierwagen mit den Kutschpferden, Dreiradlieferwagen, Pkw, Lastwagen und Fußgänger zwischen den Häusern. Die Bürgersteige waren an manchen Stellen schmal wie ein Handtuch. Dort mussten Minna und ihre Schwägerin im Gänsemarsch hintereinander gehen. Sie studierten die übervollen Auslagen der Geschäfte, schlenderten auf der einen Straßenseite bis zum Wesertor und auf der anderen wieder zurück.

»Mensch, Wilhelmine, wie beschissen ging es uns mal, und heute ...«

Wilhelmine warf den Kopf zurück. »Heute, meine Liebe, hast du 'nen freien Tag, den du von deiner Firma bezahlt kriegst. Und warum? Dein Haushaltstag wurde '39 eingeführt, Waschtag hieß er damals. Und '43 wurde sogar ins Gesetz geschrieben, dass arbeitenden Frauen ein solcher Tag zusteht, damit sie ihren Haushalt in Schuss halten können. War also doch nicht alles schlecht, nech?«

Darauf antwortete Minna nicht.

Als Minna später ihre Einkäufe auspackte, hatte Hanne sich inzwischen angezogen. Sie saß im Wohnzimmer am Tisch, las aufmerksam *Die Kluge Hausfrau* und sah gar nicht mehr krank aus, Gott sei Dank. Sie nahm sich einen Apfel aus der Obstschale und biss heißhungrig hinein.

Minna erzählte ihr, dass Wilhelmine sich über die Selbstbedienungsläden aufgeregt hatte. »Ich habe es wieder richtig genossen, meine Runde zu gehen. Das hab ich schon damals in Düsseldorf so gemacht. Jeden Tag hatte ich dieselben Stationen in derselben Reihenfolge. Die Leute in den Geschäften kennen einen, man hat immer was zu plaudern, und wenn man freundlich ist, wird man gut bedient. Von Selbstbedienung halte ich auch nichts. Es war ein herrlicher Vormittag: Erst war ich beim Fleischer Feldmann, ich hab uns zwei Pferdewürstchen mitgebracht. Dann hab ich im Butterhaus Frau Südmersen getroffen, du ahnst nicht, wie dick sie geworden ist. Ich weiß nicht, ob sie es an den Drüsen hat, oder ob sie zu viel isst. Vier Päckchen Butter hat sie gekauft, für sechs fünfzig, immerhin. Ich hab Milch mitgebracht, sag mal, hast du letzte Woche auch schon fünfundvierzig Pfennig für den Liter bezahlt? Na ja, dann bin ich rüber zum Fischhändler, da hab ich zwei Heringe mit Rogen geholt, die lege ich gleich mit Sahne, Zwiebeln, Piment und Lorbeerblättern ein, dann sind sie morgen schön durchgezogen, und wir essen Pellkartoffeln dazu. Aus den restlichen Pellkartoffeln mach ich übermorgen Bratkartoffeln zu den Bockwürstchen und heute wollte ich dir Milchsuppe kochen, das ist gut für dich. Hühnerklein gab es keins. Aber auf Hühnersuppe hattest du ja keinen Appetit. Puddingpulver haben wir noch ein Tütchen. Ich mache Klößchen aus süßem Eischnee dazu, das sättigt und schont den Magen. Zuletzt war ich bei Frau Padberg, der Vater ist so krank. Rheuma, er soll durch die Schmerzen schon ganz hinfällig sein. Na, das Alter hat er, er ist über siebzig. Frau Padberg hat mir zu meinen Zigaretten zwei Päckchen Streichhölzer geschenkt!« Während sie sprach, hatte Minna alles eingeräumt, nun setzte sie sich und zündete sich eine Zigarette an.

Ihr Blick fiel auf die aufgeschlagene Kundenzeitschrift. Sie stutzte.

Die Reklame.

Die blaue Schachtel.

Camelia Record.

Moment mal.

Minna legte ihre Zigarette in den Aschenbecher und stand auf. Sie öffnete den Besenschrank im Flur. Im obersten Regal lag eine volle Schachtel mit Damenbinden. Camelia Record.

Und sie lag da schon lange. Sehr lange.

Langsam ging sie zurück ins Wohnzimmer.

Hanne aß konzentriert ihren Apfel.

Minna setzte sich wieder. Nahm die Zigarette. Zog daran. Blies den Rauch an die Decke. Ihr war plötzlich kalt, eiskalt.

»Sag mal«, sie zögerte einen Moment, weil sie es kaum wagte, ihre Gedanken auszusprechen. »Wann hattest du eigentlich das letzte Mal deine Tage?«

Dabei starrte sie in die Glut der Güldenring, als gäbe es nichts Interessanteres auf der Welt.

Hanne hörte auf zu kauen. Ließ die Hand mit dem Apfel sinken. Als sie den Blick senkte und mit den Achseln zuckte, ahnte Minna es.

Sie schloss einen Moment die Augen, stieß einen langen, gequälten Seufzer aus und wiederholte die Worte: »Wann hattest du das letzte Mal deine Tage?« Ihre Stimme war nun lauter.

Die Uhr an der Wand tickte. Sonst war es still im Zimmer.

»Hanne, wann?«, schrie Minna.

»Anfang September«, flüsterte Hanne, nachdem sie sich geräuspert hatte.

Minna stand auf und drückte die Zigarette im Aschenbecher aus. »Ab in die Küche, waschen, anziehen, aber dalli.«

»Was ist denn los?«, fragte Hanne kleinlaut.

»Was los ist? Wenn du noch so eine dämliche Frage stellst, bekommst du eine ordentliche Ohrfeige. Jetzt sieh zu, dass du fertig wirst, und dann gehst du zum Frauenarzt.«

17

Hanne

Januar 1960

Obwohl Hanne in ihrem Leben schon viele Untersuchungen über sich hatte ergehen lassen müssen, war diese mit Abstand die schrecklichste. Noch nie zuvor war sie bei einem Gynäkologen gewesen, nie zuvor hatte sie einen solchen Untersuchungsstuhl gesehen, noch nie hatte sie sich in eine derart demütigende Position begeben müssen. Vor lauter Scham weinte sie die ganze Zeit, da nutzte es auch nichts, als sie sich sagte, dass der Arzt so etwas jeden Tag sah. Mit geschlossenen Augen und zusammengepressten Lippen ließ sie die entsetzliche Prozedur über sich ergehen.

Als sie sich angezogen hatte, auf dem Besucherstuhl saß und der Doktor sie anlächelte, glaubte sie, vor Scham sterben zu müssen. Was gab es zu lächeln, nachdem er sie erst untenrum angeschaut hatte und ihr nun ins Gesicht sah?

»Fräulein Volkening, gratuliere, Sie sind guter Hoffnung.«

Hanne hörte, was er sagte, aber sie verstand es nicht. »Guter Hoffnung?«

»Sie sind in anderen Umständen. Sie bekommen ein Kind.«

Ihr wurde kalt, dann fing sie an zu schwitzen. In ihrem Schädel rauschte es, so laut, dass sie nichts anderes mehr hörte als dieses Rauschen – dann kam ein dumpfes Hämmern hinzu. Erst nach Sekunden begriff sie, dass es ihr Herz war, das so heftig schlug.

Der Doktor las in der Karteikarte, die vor ihm lag. »Sie sind ledig, Fräulein Volkening, ich hoffe, dass der Vater die Verantwortung für Sie und das Kind übernehmen wird.«

Was redete er denn da? Das Kind? Der Vater? Hannes Finger begannen plötzlich heftig zu zittern, rasch schob sie ihre Hände unter ihre Oberschenkel, damit man es nicht sah.

»Fräulein Volkening? Ist Ihnen nicht gut?«

»Ja. Nein. Doch, danke.«

»Ich denke, Sie sind Ende des vierten Monats, ergo wird Ihre Niederkunft zwischen Ende Mai und Mitte Juni sein. Bitte suchen Sie Ihren Lungenfacharzt auf, wegen der Tuberkulose sollten Sie in Bälde durchleuchtet werden. Mit ihm wird auch das weitere Vorgehen zu besprechen sein.«

Hanne nickte, wortlos.

»Ich empfehle in Ihrem Fall die obligate Röntgen-Thoraxuntersuchung aller Schwangeren ab dem vierten Schwangerschaftsmonat, damit wir unter Umständen eine rechtzeitige Behandlung einleiten können, aber das wird der Kollege wissen.«

Hanne schaute ihn an, aber sie sah ihn nicht. Sie verstand kein Wort. Seine Stimme klang, als käme sie aus einem anderen Raum.

»Eine Hausgeburt kommt für Sie nicht infrage. Bei tuberkulösen Schwangeren ist grundsätzlich eine stationäre Entbindung erforderlich.« Das Rauschen in Hannes Ohren wurde noch lauter, nur einzelne Wörter drangen zu ihr durch, während sie sich am liebsten verkriechen würde, die Augen zumachen, die Ohren zuhalten und weglaufen.

»Entbindungsheilverfahren ...«

Wenn es doch einen Schalter gäbe, mit dem man diese Sätze abstellen könnte!

»Durchführung der BCG-Schutzimpfung des Neugeborenen ...«

Sie sog so viel Luft ein, wie sie konnte, und atmete langsam wieder aus. Die Stimme des Arztes kehrte zurück, wurde wieder lauter: »Sollten Sie im fortgeschrittenen Stadium Schwierigkeiten haben, das Kind zu tragen, empfehlen sich Umstandsbinden. Sie schützen den Unterleib und nehmen der Bauchmuskulatur einen Teil der Last ab. Ihre Bauchmuskeln erfahren durch das Heranwachsen des Embryos eine starke Dehnung, aber bei der Verwendung einer Umstandsbinde werden diese Muskeln weniger beansprucht. Dass Sie ein vernünftiges Leben führen müssen, braucht nicht besonders betont zu werden. Sollten Sie Appetitsgelüste haben, kommen Sie denen unbesorgt nach, das ist die Stimme der Natur.« Er machte eine drohende Geste mit dem Zeigefinger. »Das gilt aber nicht für Alkohol und Nikotin, nicht wahr! Wenn Beschwerden eintreten, wenn Sie Leib- oder Kreuzschmerzen bekommen oder sich Blutungen bemerkbar machen, nehmen Sie eine ausgestreckte Rückenlage ein. Ruhen Sie sich aus, wann immer Ihnen danach ist. Sportliche Betätigung sollten Sie unterlassen, Sie sollen keine Kohlen schleppen, Sie sollen überhaupt nicht schwer tragen. Viel frische Luft ist für Sie und das Kind zuträglich. Achten Sie auf regelmäßigen Stuhlgang. Es ist wichtig, dass der Darm keinen Druck auf das Kind und seine Lage ausübt. Und denken Sie immer daran: Eine Schwangerschaft ist keine Krankheit, sondern ein natürlicher Vorgang.«

Mit den letzten Worten stand der Doktor auf, reichte Hanne die Hand und brachte sie zur Tür.

Sie ging ins Wartezimmer und holte ihren Mantel. Mehrere Frauen saßen dort, denen man deutlich ansah, dass sie hochschwanger waren. In diesem Moment wurde ihr unvermittelt klar, was sie verdrängt hatte, weil es nicht sein konnte, weil es nicht sein durfte, weil es das Schlimmste und Schrecklichste war, was passieren konnte. Sie bekam ein Kind.

Minna sprang sofort auf, als Hanne zur Tür hereinkam. Im Wohnzimmer war es bullig warm, dichte Rauchschwaden hingen im Raum, sie hatte offenbar eine nach der anderen geraucht.

Hanne musste sofort würgen, lief zum Fenster, riss es auf und atmete die kalte Luft tief ein.

Als sie sich umdrehte, stand ihre Mutter hinter ihr.

Sie sah es ihr an. Ihre grauen Augen wurden ganz schmal. Sie öffnete den Mund, konnte aber nichts sagen.

Hanne kannte die Frage, die ihre Mutter ihr nicht stellte. Sie schlug die Augen nieder und flüsterte: »Es tut mir so leid.«

»Wie weit?« Ganz kalt war die Stimme, ganz kalt.

»Ende vierter Monat.«

Minna schüttelte langsam den Kopf, als könne sie nicht glauben, was Hanne selber kaum glauben konnte.

»Wer?«

Hanne schüttelte den Kopf.

Minna holte aus, ohrfeigte sie, rechts und links, weinte, die Tränen liefen an ihren Wangen hinunter, sie schrie dabei: »Hab ich es dir nicht gesagt? Hab ich dir nicht immer wieder gesagt, du sollst dir kein Kind andrehen lassen? Wer? Hanne, wer war das?«

Hanne antwortete nicht.

Minna legte die Hand über ihren Mund, als wolle sie ihn zuhalten, um nicht zu schreien, ging mit gesenktem Kopf und hängenden Schultern ins Schlafzimmer und machte die Tür hinter sich zu.

Hanne hörte sie weinen.

Es war schon dunkel, als Minna wieder herauskam und sich im Wohnzimmer in den Sessel fallen ließ.

Die ganze Zeit hatte Hanne auf dem Bett in der Kemenate gelegen, hatte gegrübelt, geweint, innerlich geflucht und sich vor Angst fast übergeben. Was würde nun werden? Würde Mutti sie in ein Heim stecken? Wie oft hatte sie gedroht: »Wenn du mir mit einem Kind nach Hause kommst ...«

Ja, und dann? Sie hatte den Satz nie zu Ende gesagt.

Jetzt war es passiert. Unfassbar. Nur ein einziges Mal, nur eine einzige Stunde, ein kurzer, unachtsamer Moment, den sie nicht hatte verhindern können, weil sie ihn gar nicht hatte kommen sehen. Und dieser Moment würde nun ihr ganzes Leben verändern. Wie konnte dieses Leben weitergehen? Alle würden wissen wollen ... sie fragen, wer ... mit wem sie ... wie ...

Das war doch alles ein furchtbarer Albtraum, oder?

Sie hatte Paul Wagner seit diesem Septemberabend nie wieder gesehen. Er war verheiratet und hatte Kinder. Und sie bekam ein Kind. Guter Hoffnung, hatte der Doktor gesagt. Was für eine alberne Ausdrucksweise. Sie hatte keine Hoffnung, und schon gar keine gute. Würden die Leute jetzt mit dem Finger auf sie zeigen? War sie jetzt für alle ein Flittchen, ein leichtes Mädchen, ein dummes Ding? Was würde sein, wenn man es ihr ansah? Wie würden die Nachbarn im Haus darauf reagieren? Und der Hauswirt? Durfte man das? Ein Kind ohne Vater bekommen und trotzdem in der Wohnung wohnen bleiben? Wie sollte sie es überhaupt ernähren? Es gab keinen Mann, der für sie und das Kind sorgte. Wenn Mutti sie jetzt hinauswerfen würde, was dann?

Hanne legte sich auf die Seite, zog die Beine an, vergrub das Gesicht im Kissen und hielt sich mit flachen Händen die Ohren zu. Sie versuchte, in ihren Körper hineinzulauschen. Spürte sie etwas? Da wuchs ein Kind in ihrem Bauch, herrje, das hätte sie doch merken müssen. Spätestens, als sie zum ersten Mal überfällig gewesen war, hätte sie an so was denken müssen. Nach dem, was sie mit Paul Wagner getan hatte. Aber sie hatte nicht daran gedacht. Verdammt. Vielleicht hätte man es wegmachen können, wenn sie es eher gewusst hätte? Sie begann wieder zu weinen.

Als sie eine Hand auf der Schulter spürte, drehte sie sich um. Mutti saß auf der Bettkante. Ihr Gesicht war vom Weinen verquollen.

»Setz dich hin«, sagte sie.

Hanne richtete sich auf.

»Wer?«, sagte Mutti tonlos.

Hanne antwortete nicht.

»Wer war das, Hanne? Wer hat dir dieses Kind gemacht?«

Sie schüttelte stumm den Kopf. Niemals würde sie jemandem sagen, was geschehen war. Niemals.

18

Karl

Anfang Mai 1960

»Gott, wie lange war ich nicht auf der Messe. Das ist wirklich Jahre her«, sagte Wilhelmine.

Karl wusste, dass es pure Neugier war, die seine Frau heute hatte mitgehen lassen. Zum ersten Mal fand die Kirmes nämlich auf Kanzlers Weide am rechten Weserufer statt, und Wilhelmine hatte seit Tagen lamentiert, dass so eine alte Tradition nicht einfach verlegt werden dürfe, bloß, um noch mehr Reibach zu machen. Dabei ging es ihr nicht um Geschäfte im Allgemeinen, sondern im Besonderen: In der Zeitung hatte gestanden, dass das bekannte Schaustellerehepaar Fannie und Hans Winter ein neues Fahrgeschäft aufgebaut hatte. Es sei noch größer, bunter und schneller als alle bisherigen. Sogar ein Foto von den beiden zeigte, wie sie vor dem neumodischen Karussell posierten.

»Die kriegen einfach den Hals nicht voll«, hatte Wilhelmine gehässig gesagt und die Zeitung auf den Tisch gepfeffert. »Elf Karussells, Losbuden und ein Zelt mit Getränkeausschank, irgendwann muss es doch mal gut sein! Und jetzt noch ein *Heller Hopp*, bei dem die Leute in engen Käfigen auf dem Kopf stehen und sich dabei drehen ...«

»Es heißt *Hula Hoop*, aber egal. Fannie arbeitet wie ein Pferd, und sie ist erfolgreich. Ich möchte dich mal sehen, wenn du dich monatelang abrackern müsstest, jedes Wochenende, jeden Feiertag, und im Wohnwagen lebst«, hatte Karl müde geantwortet.

»Keiner zwingt sie zu diesem Leben, das machen sie freiwillig«, keifte Wilhelmine.

»Warum bist du so? Nimmt sie dir was weg? Hat sie dir was getan? Nach allem, was sie mitgemacht haben, ist es Fannie und Hans zu gönnen, dass sie erfolgreich sind. Sorgenfrei sind sie deswegen noch lange nicht.«

»Meinst du den angeblichen Anschlag? Pah. Solche Leute kommen aus jedem Schlamassel wieder raus. Dieser Brand, da hat doch die Versicherung alles bezahlt. Wer weiß, ob sie da nicht noch einen Reibach gemacht haben. Wenn das man mit rechten Dingen zuging ...«

Damit spielte Wilhelmine auf den Brand des nagelneuen Riesenrades an. Es war letzten Herbst in der Nacht nach dem Aufbau in Flammen aufgegangen und völlig zerstört worden. Zum Glück war kein Mensch zu Schaden gekommen. Karl wusste nichts Genaues, er hatte Fannie seither nicht gesprochen, aber sie hatte in einem Brief an Minna geschrieben, dass es ein Anschlag der Konkurrenz gewesen sei. Gegenüber der Polizei hatte Fannie einen konkreten Verdacht geäußert, man hatte jedoch niemandem etwas nachweisen können.

Nun standen Karl und Wilhelmine auf der Weserbrücke und schauten hinüber zum Festplatz. Der Wind wehte die Klänge des Hits »Marina« herüber, angeblich hatte Rocco Granata davon eine Million Platten verkauft.

»Was für ein Gewusel, Geblinke und Gehupe«, meinte Wilhelmine kopfschüttelnd. Für einen Moment wurde ihr Blick freundlich, versonnen. »Weißt du noch, als wir uns auf der Messe zum ersten Mal getroffen haben? Am Klohäuschen deiner Mutter?«

Oh ja, diesen Moment würde Karl nie vergessen. Er hatte sich oft ausgemalt, was aus seinem Leben geworden wäre, wenn er das Pissoir nicht linksrum, sondern rechtsrum verlassen und Wilhelmine nicht umgerannt hätte. *Einmal im Leben bin ich falsch abgebogen, dafür büße ich bis an mein Ende*, dachte er.

Der Geruch von gebrannten Mandeln, Bratwurst vom Rost und Pferdeäpfeln empfing sie – kein Wunder, direkt neben der Ponyreitbahn am Eingang des Platzes stand die Bude mit Lebkuchenherzen und gebrannten Mandeln.

»Möchtest du welche?«, fragte Karl.

Seine Frau zeigte ihm einen Vogel. »Damit ich mir das Gebiss ruiniere?« Daran hatte er nicht gedacht. Wilhelmine trug neuerdings im Oberkiefer eine Zahnprothese, die sie nachts getrennt von ihrem Körper in einem Wasserglas neben dem Bett aufbewahrte.

»Möchtest du ein Softeis?«

»Zu Deutsch heißt das Weicheis. Wieder so ein amerikanischer Unsinn, den unterstütze ich nicht.«

»Gut. Ich möchte Zuckerwatte, du auch?«

»Karl, das ist was für Kinder und nicht für alte Leute wie uns.«

Er war es leid, winkte ab, sagte: »Warte hier« und stellte sich bei der Zuckerwatte an. Fasziniert sah er dem Mann zu, wie er den Holzstab in den Metallbehälter hielt. Wie von Zauberhand bildete sich weiße Watte um den Stab. Karl hatte Fannies Mann gefragt, wie so etwas funktioniert, und Hans, der gelernter Elektriker war, hatte erklärt: »Der Zucker wird an einer Heizwendel erhitzt, bis er anfängt, flüssig zu werden. Da gibt es einen Spinnkopf, durch die Zentrifugalkraft wird der Zucker davon weggeschleudert, aber er erstarrt direkt wieder zu feinen Fädchen. Die wickelt man um den Stab. Haben die Amis erfunden.«

Karl grinste vor sich hin, als er daran dachte. Die Amis wieder. Das würde er Wilhelmine bestimmt nicht sagen.

Karl nahm die Stiele mit dem süßen Zeug in Empfang, drehte sich um – und stieß mit einem Mann zusammen. Reflexartig nahm Karl die Arme hoch, dabei kam er mit der Zuckerwatte an die Hutkrempe des Mannes, der Hut fiel ihm vom Kopf, der Mann bückte sich und schimpfte gleichzeitig. »Können Sie nicht aufpassen ... Karl? Mensch, Karl, das ist ja 'n Ding!«

»Fritz!«

Es war Minnas Exmann, der mit seiner Lebensgefährtin hinter ihm gewartet hatte.

Fritz klopfte den Staub vom Hut, grüßte Wilhelmine, die nun mit spitzen Lippen ihre Zuckerwatte aß und Grete Rübenkamp dabei ungeniert musterte.

Zum ersten Mal gab Karl *der Person* die Hand. Einen Moment hatte er das Gefühl, als würde er Minna damit verraten, aber es gehörte sich nun mal so. Er wandte sich schnell wieder ab und sagte zu Fritz: »Da wohnt man in derselben Stadt und läuft sich nur alle paar Jahre über den Weg. Hab von Minna gehört, dass du im Krankenhaus warst?«

Fritz nickte. »Ja, mein Magen macht manchmal Zicken, aber es geht wieder.«

»Ist es dir auf den Magen geschlagen, dass du Opa wirst?«, fragte Wilhelmine, ohne den Blick von ihrer Zuckerwatte zu nehmen. Sie konnte es einfach nicht lassen.

Fritz zuckte leicht zusammen. »Vielleicht. Die Nachricht kam ein bisschen überraschend.«

»Hat Hanne dir denn wenigstens erzählt, von wem es ist? Sie macht ja ein Riesengeheimnis daraus. Minna sagt, sie wüsste es auch nicht …«

»Nein, außer Hanne weiß es niemand«, sagte Fritz.

Karl nickte. Minna hatte weiß Gott alles versucht, um die Identität des Kerls rauszukriegen, aber Hanne schwieg beharrlich. Wilhelmines Frage war sowieso pure Gehässigkeit gewesen. Wenn Hanne sich ihrer Mutter nicht anvertraute, würde sie ihrem Vater erst recht nichts erzählen.

»Dauert ja nicht mehr lange«, sagte Wilhelmine jetzt und schaute abwartend in die Runde.

Aber niemand reagierte, niemand fütterte sie mit neuen Informationen.

Kopfschüttelnd sagte Karl: »Was soll das? Wir wissen alle, wann der Geburtstermin ist und dass Hanne Mitte des Monats nach Brilon fährt.«

Statt einer Antwort zuckte Wilhelmine scheinbar gleichgültig die Achseln. Es entging Karl nicht, dass sie Grete Rübenkamp mit den Augen nahezu fotografierte. Kein noch so kleines Detail von Kleidung, Haaren und Auftreten entging ihr, und ob Minna wollte oder nicht, Wilhelmine würde ihr brühwarm alles über ihre Nachfolgerin berichten.

Grete – sie war eine der kleinsten Frauen, die Karl je gesehen hatte – hielt sich völlig zurück. Sie sagte keinen Ton, schaute teilnahmslos in die Gegend und war eigentlich fast unsichtbar. Optisch war sie so sehr das Gegenteil von Minna, dass Karl sich nicht erklären konnte, warum Fritz ihretwegen seine Ehe geopfert hatte.

»Ja, zwei Wochen vor der Geburt soll sie dort sein«, erklärte der in diesem Moment. »In Brilon gibt es eine Station für lungenkranke Schwangere, sie sind technisch mit allen Schikanen ausgestattet, falls der Pneumothorax bei der Geburt Probleme macht.« Unschlüssig schaute er in die Runde.

Karl hatte das Gefühl, dass Fritz durchaus noch etwas sagen wollte, aber nicht die richtigen Worte fand. Also ergänzte er: »Mach dir keine Sorgen, die Klinik Hoheneimberg ist seit fast dreißig Jahren ein Tuberkulose-Krankenhaus mit einer Entbindungsabteilung. Die sind darauf spezialisiert, bis jetzt sind da schon weit über viertausend Kinder geboren worden. Minna sagte, dass es immer noch viele alte Ärzte gäbe, die bei tuberkulösen Frauen die Schwangerschaft unterbrechen wollen. Gut, dass sie da so modern sind! Wenn es die Spezialisten in Brilon nicht gäbe, würde dein Enkelkind vielleicht nicht geboren werden.«

»Tja, also ... wir müssen mal weiter.« Fritz lüftete seinen Hut, hielt Grete den Arm hin, die hakte sich unter, und die beiden verschwanden im Gewühl. Verwirrt schaute Karl hinter ihnen her. Interessierte ihn das Schicksal seiner Tochter nicht? Oder war es Eitelkeit, wollte er in Gegenwart *der Person* nicht als Großvater dargestellt werden?

Wilhelmine aß den letzten Rest Zuckerwatte und betrachtete den leeren Holzstiel mit zusammengekniffenen Augen. »Sodom und Gomorrah! Was für eine Familie. Deine Schwester ist zweimal geschieden, dein Schwager lebt in wilder Ehe mit einer Frau, die stumm zu sein scheint, und deine Nichte kriegt ein Kind von einem Unbekannten.«

»Hör sofort auf!« Karl musste sich zusammenreißen, um sie nicht vor allen Leuten an den Schultern zu packen und zu schütteln. »Du hast Irmi auch unehelich bekommen, weil du sitzengelassen wurdest ...« Wilhelmine fiel ihm ins Wort. »Das waren andere Zeiten!«

Er schnaubte. »Allerdings.« Im letzten Moment verkniff er sich den Rest der Antwort: *Eine Zeit, in der ich dachte, dich retten zu müssen. Jetzt weiß ich nicht mehr, wie* ich mich *vor dir und deiner Bosheit retten kann.*

Leise sagte er: »Hanne kriegt ein Kind. Sie will nicht, dass der Vater bekannt wird, und diese Entscheidung müssen wir respektieren.«

»Sie ist minderjährig. Wenn sie den Kerl nicht angibt, gibt's einen Vormund vom Jugendamt. Sie wird Spießruten laufen müssen, wenn sie mit dem Kind durch die Stadt geht. Minna wohnt seit sechzehn Jahren am Markt und ist bekannt wie ein bunter Hund, natürlich kennt man Hanne auch. Seit man sehen kann, dass sie in anderen Umständen ist, geht Minna nur noch im Dunkeln mit ihr vor die Tür. Jetzt können sie sich noch vor den Leuten verstecken, aber wenn das Kind da ist, ist das vorbei. Dann muss Hanne Farbe bekennen. Die vom Jugendamt werden ihr die Hölle heiß machen, um rauszukriegen, wer der Kindsvater ist.«

Das Schlimme war, dass Wilhelmine recht hatte.

Karl und Minna hatten oft darüber gesprochen, aber Hanne blieb stur und schwieg. Warum nur? Sie war immer ein folgsames Kind und ein braver Teenager gewesen, hatte nie Widerworte gegeben, war nie aufsässig oder rebellisch geworden, wie man es von Pubertierenden oft hörte oder in den Zeitungen las. Was hatte das Mädchen denn nur erlebt, über das es nicht reden konnte? Schützte Hanne den Mann, der sie geschwängert hatte? Oder sich selbst? In wenigen Wochen würde das Baby da sein, und man würde es nicht verstecken können. Er musste lächeln, als er sich vorstellte, nächstes Jahr um diese Zeit mit Hanne und einem Kleinkind über die Kirmes zu gehen.

Sie waren eine ganze Weile an den Fahrgeschäften entlanggeschlendert, als sie an der Stirnseite des Festplatzes das neue Karussell entdeckten. Vor *Winters Hula Hoop* standen gewiss hundert Menschen vor dem Kassenhäuschen. Und tatsächlich hörten sie Fannies Stimme: »Eine neue Fahrt, eine rasante Fahrt, steig'n Se ein, fahr'n Se mit, staun'n und genieß'n Se, die nächste Fahrt is' doppelt so lang!« Dann hupte es ohrenbetäubend, bevor das Karussell Fahrt aufnahm.

Wilhelmine zeigte auf die Warteschlange. »Ich würde sagen, der Zeitungsartikel hat sich gelohnt. Madame sitzt persönlich am Mikrofon. Guck dir an, wie bekloppt die Leute sind. Stundenlang anstehen, damit einem für teures Geld schlecht wird, es ist doch nicht zu glauben ...« Sie stellte sich auf die Zehenspitzen, reckte sich und machte einen langen Hals. »Siehst du Fritz und seine Ische noch? Fahren die auch?«

»Selbst wenn, wir sind auf der Kirmes. Es ist nichts Unanständiges, Karussell zu fahren«, sagte Karl.

Er war im August achtundfünfzig geworden. Nur noch wenige Jahre, dann würde er Rentner sein und den ganzen Tag mit Wilhelmine verbringen müssen. Wenn er daran dachte, wurde ihm übel.

»Du bist schon so lange mit ihr unglücklich, Karl, warum beendest du das Ganze nicht?«, hatte Minna gefragt.

Das war sein wunder Punkt. Er hatte gezögert, es auszusprechen. »Weil ich Angst habe, im Alter allein zu sein. Weil ich nicht kochen und waschen kann und das alles. Ich bin hilflos. Ohne Wilhelmine würde ich verlottern und verhungern.«

»Na, ich bin ja auch noch da!«, hatte Minna protestiert. Aber sie wusste, was er meinte. »Allein zu sein, stelle ich mir furchtbar vor. Ehrlich gesagt ist das auch ein Grund, warum ich mich inzwischen auf das Baby freue. Die trostlosen Zeiten, wenn Hanne in der Heilstätte war und ich jeden Abend allein vor dem Radio saß, sind vorbei. Bald sind wir zu dritt.«

Karl hatte darauf verzichtet, sie darauf hinzuweisen, dass Hanne gerade zwanzig Jahre alt geworden war und gewiss nicht für den Rest ihres Lebens mit ihrem Kind bei Minna leben würde. Jetzt brauchte seine Schwester erst mal eine Menge Kraft, um sich dem neuen Alltag stellen zu können. Denn das war längst nicht geklärt: Wie sollte sie mit ihrem kargen Lohn auch noch ein Baby durchbringen?

Inzwischen schien Minna sich aber mit der Lage abgefunden zu haben.

»Es ist, wie es ist. Ich bin für meine Tochter und das Baby verantwortlich, ich werde mich nicht drücken. Hanne ist kein Flittchen, und ich lege meine Hand dafür ins Feuer, dass sie sich niemandem an den Hals geworfen hat. Ich vermute, dass ihr einer falsche Hoffnungen gemacht hat, und sie darauf reingefallen ist. Jetzt schämt sie sich.« Und zu Wilhelmine hatte sie gesagt: »Die Schuld liegt eher bei mir. Ich hätte mit Hanne offener über das Thema reden müssen.«

Woraufhin Wilhelmine trocken geantwortet hatte: »Warum? Dass deine Tochter weiß, wie es geht, ist ja wohl offensichtlich.«

Minna hatte sich zur allgemeinen Konfrontation entschlossen. Als man Hanne die Schwangerschaft ansah, war Frau Romming unten aus dem Laden die Erste gewesen, die genauer hingeguckt und eine fragende Miene aufgesetzt hatte. Minna hatte sofort reagiert: »Sie sehen das ganz richtig, ich werde Großmutter. Zwar werde ich nicht zeitgleich Schwiegermutter sein, das hätte ich mir natürlich gewünscht, aber manchmal spielt das Leben nach Regeln, auf die man keinen Einfluss hat.«

Karl hatte sich das Lachen nicht verkneifen können, als Minna ihm diese Szene schilderte. Da war sie wieder, die resolute Minna, die sich nicht unterkriegen ließ, mochte das Schicksal auch noch so heftig zuschlagen.

Das verständnisvolle Nicken von Frau Romming habe sie nicht erwartet, sagte sie, innerlich sei sie in Verteidigungsstellung gegangen. »Aber dann hat sie verschmitzt gelächelt und Hanne eine Tüte Bruchschokolade geschenkt. Mensch, Karl, vor Rührung sind mir die Tränen gekommen.«

Vielleicht hatte Minna durch diese Reaktion den Mut gehabt, anschließend in die Leihbücherei zu marschieren, Hulda Kannegießer zu einer Zigarette im Hof einzuladen und unverblümt zur Sache zu kommen. »Es wird sich bald nicht mehr vermeiden lassen, dass man es sieht: Wir kriegen ein Kind. Und weil es keinen Mann dazu gibt, werden wir es allein großziehen.«

Eine ganze Weile hatte Hulda sie mit unergründlichem Blick angeschaut, schließlich gegrinst: »Dann muss ich wohl sehen, dass ich ein paar Bilderbücher ins Sortiment kriege.«

Karl lächelte wieder, als er an dieses Gespräch dachte.

Es gab sie also doch, die guten Menschen.

19

Hanne

Sommer 1960

»So, Fräulein Volkening, nun lesen Sie sich noch mal alles sorgfältig durch, und dann unterschreiben Sie hier.« Dr. Neubert klopfte mit dem Füllhalter unten auf das Formular und schob Hanne den Stapel zu. »Lassen Sie sich Zeit, und vor allen Dingen, lassen Sie sich Ihre Entscheidung unbedingt noch einmal durch den Kopf gehen. Eine Amtsvormundschaft ist für Sie und Ihre Tochter nicht die beste Wahl. Darauf muss ich Sie erneut eindringlich hinweisen.«

Wortlos nahm Hanne die Papiere entgegen und studierte jeden Satz. *Fragebogen über das Kind Romy Felicitas Volkening, geboren am 1.6.1960 in Brilon Wald, Fachklinik Hoheneimberg.*

Hanne überprüfte ihre Angaben, ja, es war alles korrekt ausgefüllt. Wochenhilfe hatte sie noch nicht beantragt, die Frage nach Vermögen hatte sie wahrheitsgemäß mit Nein beantwortet, die unterschiedlichen Adressen ihrer Eltern waren richtig geschrieben. Auf dem nächsten Blatt war nur eine der dreißig Zeilen ausgefüllt. Hinter der Frage *Wer ist gesetzlicher Vertreter der Kindesmutter?* stand *Eltern*, alles andere war durchkreuzt. Auf dem dritten Blatt ging es um den Erzeuger des Kindes.

Ist der Kindsvater Ihnen namentlich bekannt? Wie heißt er? Wo wohnt er? Was macht er beruflich? Hat er Vermögen? Ist er verheiratet?

Hanne seufzte. Wie immer hatte sie vorhin den Kopf geschüttelt und keine Frage beantwortet. Der Doktor hatte mit verkniffenem Gesicht eine zusammenfassende Klammer hinter alle Punkte gemacht und in Großbuchstaben vermerkt: *AUSKUNFT VERWEIGERT.*

Als er sie gefragt hatte, ob der Kindsvater verheiratet sei, war Hanne beinahe ein »Ja« herausgerutscht. Dr. Neubert hatte diesen Moment sofort registriert und sie ermunternd angeschaut, aber sie war bei ihrem Entschluss geblieben, niemals zu verraten, wer Romys Erzeuger war. Nicht um Paul Wagner zu schützen, dazu bestand weiß Gott kein Grund, sie kannte ihn doch gar nicht. Nein, Hanne musste sich selbst schützen. In den letzten Monaten war ihr klar geworden: Dieser Abend am Schwanenteich hatte ihm nichts bedeutet. Sie selbst spielte für Wagner überhaupt keine Rolle. Sie waren sich im Hotel Königshof zufällig begegnet, sie hatte ihm spontan gefallen. Und er ihr, das konnte sie nicht leugnen. Wagner hatte sie verführt und sie hatte es, hopplahopp, geschehen lassen, ohne Fragen zu stellen. Zu keiner Zeit hatte er ihr falsche Hoffnungen oder Versprechungen gemacht, im Nachhinein konnte sie über ihre Naivität nur den Kopf schütteln. Sie war selbst schuld. Jeder würde sie hassen, wenn rauskam, dass sie sich mit einem verheirateten Mann eingelassen hatte. Mutti wäre bitter enttäuscht, nach allem, was sie durchgemacht hatte. Onkel Karl würde es nicht verstehen; er hatte hautnah miterlebt, wie Mutti und sie gelitten hatten, als Vatis Verhältnis mit der Person rausgekommen war. Tante Wilhelmine würde gemeine Dinge zu ihr sagen, und überhaupt konnten doch alle nur Verachtung für sie übrig haben, weil sie so unfassbar dumm gewesen war. Und Wagner? Hatte er überhaupt einen Fehler gemacht? Er hatte seine Frau betrogen, aber das taten Männer nun mal. Hanne hatte oft genug darüber gelesen, welche Pflichten Frauen ihren Ehemännern gegenüber hatten, und wenn sie die nicht erfüllten, *musste* der Mann fremdgehen. Alles andere war gegen seine Natur. Im Falle einer Scheidung wurde in den meisten Fällen der Frau die Schuld gegeben: Hätte sie ihre ehelichen Pflichten in dem Umfang erfüllt, den der Gatte sich wünschte, hätte er sich nicht anderweitig Erfüllung suchen müssen. Schuldig geschieden zu werden bedeutete für eine Frau, dass man ihr die Kinder wegnehmen konnte, und dass sie keinen Unterhalt bekam. Bei Mutti und Vati war das Gott sei Dank anders gewesen, Vati hatte bei der Scheidung alle Schuld auf sich genommen.

Wenn Hanne also beim Jugendamt zugeben würde, dass der verheiratete Paul Wagner Vater ihrer Tochter war, dass sie sich am ersten Abend mit ihm eingelassen hatte, dass sie ohne Not mit ihm ins Gebüsch gegangen war – dann musste jeder sie für ein Flittchen halten. Sie hatte es ihm an diesem Abend im September so leicht gemacht, dass sie sich über sich selber nur wundern konnte. Nein, das traf es nicht, sie schämte sich, schämte sich in Grund und Boden. Wenn sie seinen Namen preisgab, wenn er beim Jugendamt vorgeladen wurde und erzählen musste, wie bereitwillig sie gewesen war, wie sah das denn aus? Wie stünde sie da? Konnte man ihr bei diesem Verhalten nicht unterstellen, dass sogar mehrere Männer infrage kommen könnten? Dass es gar nicht sicher war, wer der Vater war? Dass sie ein leicht zu habendes Flittchen war? Wie sollte sie das Gegenteil beweisen? Selbst wenn Wagner nicht so schrecklich von ihr denken würde, was änderte es an ihrem Fehlverhalten? Und wenn sie ihn verriet und alles ans Tageslicht kam, was geschah dann mit seiner Frau und seinen Kindern? Würden sie genau so leiden, wie sie selbst gelitten hatte, als Vati zu *der Person* gezogen war? Dann wäre Hanne in Wagners Familie die Person, die alles zerstört hatte. Dann würden Kinder und Frau ihretwegen weinen. Vielleicht würde seine Frau sogar schuldig geschieden werden, und man nähme ihr die Kinder weg. Und alles, weil Hanne nicht Nein gesagt hatte. Was würden all die Leute von ihr denken?

Nein. Es gab keine andere Möglichkeit. Sie musste für immer schweigen.

Sie las weiter. Als Doktor Neubert sie eben gefragt hatte, ob das Kind in Hoheneimberg bleiben solle, war fast ihr Herz stehen geblieben.

»Was?«

»Nun, es besteht auch die Möglichkeit, das Kind zur Adoption freizugeben, damit es in einer intakten Familie aufwachsen kann. Für Neugeborene gibt es eine Warteliste. Wenn Sie sich dafür entscheiden, dann bleibt es gleich hier.«

»Nein!«

Der Doktor war zusammengezuckt, weil Hanne zum ersten Mal nicht geflüstert, sondern gerufen hatte. »Nein«, hatte sie leise wiederholt.

Er war kommentarlos zum nächsten Punkt übergegangen. »Wer wird sich um das Kind kümmern?«

»Meine Mutter und ich.«

Er hatte ihre Antwort vermerkt und geseufzt. »Sie werden wissen, was Sie tun. Hoffentlich. Über die Konsequenzen sind Sie von uns oft genug belehrt worden.«

Ja, und sie konnte es bald nicht mehr hören. Die Klinik würde das Jugendamt in Minden informieren, dort würde die Amtsvormundschaft für Romy übernommen werden. »Sie müssen sich nicht einbilden, dass das Jugendamt Ihnen die Vormundschaft für das Baby überträgt, wenn Sie sich weiter beharrlich weigern, den Kindsvater zu nennen. Warum verschweigen Sie seinen Namen? Schützen Sie ihn? Haben Sie Angst vor ihm? Hat er Sie bedroht? Hat er Ihnen Gewalt angetan? Es gibt Mittel und Wege, ihn zur Rechenschaft zu ziehen.«

Immer und immer wieder dieselben Fragen, aber sie hatte es durchgestanden. Auch als Dr. Neubert gesagt hatte: »In den Unterlagen Ihres Kindes wird zeitlebens stehen: Vater unbekannt. Was für ein schmachvoller Start ins Leben eines Menschen, Fräulein Volkening!«

Hanne dachte bei sich: *Wenn in den Unterlagen steht, dass der Vater ein verheirateter Familienvater ist und ein hohes Tier bei der Stadt, ist es noch viel schmachvoller.*

Hanne prüfte die letzten Angaben. Da stand immer *das Kind*. Es war nicht *das Kind*. Es war ihre Tochter.

Die Schwangerschaft war ohne jegliche Komplikation verlaufen, bis zuletzt hatte man es ihr kaum angesehen. An die Geburt wollte sie nicht mehr denken. Solche Schmerzen, so eine stundenlange Qual – sie hatte sogar geschrien, hatte sich vor Hebamme und Arzt nicht zusammenreißen können. Und diese entwürdigende Haltung, in der sie dagelegen hatte! Dann war sie untenrum sogar aufgeschnitten worden, weil das Köpfchen nicht durchgepasst hatte. »Fräulein Volkening, Sie haben eine Tochter«, hatte irgendwann jemand gesagt.

Sie war so erschöpft gewesen, dass sie nichts hatte fühlen können. Vergeblich hatte sie auf ein Glücksgefühl gewartet, auf das Mutterglück, von dem sie gelesen hatte. Kein Gefühl. Sie hatte nur noch schlafen wollen.

Als sie das Kind zum ersten Mal in Ruhe hatte ansehen können, war es ihr fremd gewesen. Woher sollte sie wissen, was es hatte, wenn es schrie? Was bedeuteten diese glucksenden Geräusche? Meine Güte, sie kannte diesen kleinen Menschen nicht, wie sollte sie darauf richtig reagieren? *Wenn doch bloß Mutti hier sein könnte*, hatte sie gedacht, aber Besuche waren in der Klinik verboten.

Jetzt war Romy schon vier Wochen alt, aber Hanne brach immer noch der Schweiß aus, wenn sie zu schreien begann. Sie zitterte manchmal am ganzen Körper, weil sie Angst hatte, etwas falsch zu machen: beim Wickeln, beim Füttern, beim Tragen.

Romy Felicitas Volkening. Sie hatte den zweiten Vornamen gewählt, weil er »die Glückliche« bedeutete. Ihre Tochter sollte glücklich sein. Schwarzes Haar hatte sie und ein winziges Gesicht.

Hanne warf einen kurzen Blick auf den Arzt. Natürlich würde Romy bei ihr bleiben. Sie gab doch ihr Baby nicht weg. Das gehörte sich nicht. Mutti und sie würden das schon schaffen, das hatten sie sich gegenseitig versprochen.

Hanne nahm den Stift, den der Doktor ihr gegeben hatte. *Brilon-Wald, den 18. Juni 1960,* stand in der vorletzten Zeile.

Sie unterschrieb.

Zwei Wochen später hatte sie ihre Siebensachen gepackt, saß auf der Bettkante und wartete.

Schwester Doris kam herein. »Dann wollen wir mal das Töchterchen holen, Ihre Frau Mutter steht schon vor dem Säuglingszimmer.«

So schnell war Hanne den langen Flur noch nie entlanggelaufen. In den ersten Wochen nach der Geburt war ihr das Laufen schwergefallen, weil die grässliche Narbe da unten so schmerzte. Abend für Abend hatte sie in einer Zinkwanne gesessen und Kamillenbäder nehmen müssen, damit untenrum alles verheilte. Jetzt konnte sie endlich wieder ohne Qualen gehen. Bei schönem Wetter war sie sogar mit Romy im Klinikgarten herumspaziert. Auch ihre Lunge hatte alles gut überstanden. Hanne hatte Angst gehabt, dass sich ihr Kind im Bauch angesteckt haben könnte, aber es war kerngesund. Kurz nach der Geburt war Romy gegen Tuberkulose geimpft worden, sie würde sich niemals mit dieser furchtbaren Krankheit quälen müssen. Und heute würden sie nach Hause fahren, endlich.

Mutti stand an der Scheibe vor dem Säuglingszimmer und schaute verzückt auf das Kinderbettchen dahinter.

Als Hanne sie umarmte, sah sie ihre Mutter zum ersten Mal seit langer Zeit wieder weinen, aber dieses Mal waren es Freudentränen. »Hanne, jetzt hast du das Schlimmste überstanden, alles ist gut gegangen. Es war die richtige Entscheidung, das Baby hier zu bekommen, auch, wenn ich es kaum ausgehalten habe, euch erst jetzt zu sehen. Lass dich anschauen.« Sie schob Hanne mit ausgestreckten Armen zurück und musterte sie. »Siehst gut aus. Ich würde sogar sagen, das Wochenbett hat dich noch hübscher gemacht. Ich bin stolz auf dich.« Sie wandte sich wieder der Scheibe zu, klopfte leise daran und winkte dem Baby zu, das nichts davon mitbekam und ungerührt weiterschlief. »Meine Enkeltochter. So eine süße Kleine. Darf ich sie gleich halten?«

Es war ein inniger Moment, in dem Hanne das Kissen mit dem Baby in die Arme ihrer Mutter legte. »Nun bist du eine Omi«, sagte sie. Und insgeheim atmete sie auf, weil sie jetzt nicht mehr allein mit dem Kind fertig werden musste.

Sie fuhren mit dem Fahrdienst der Klinik zum Bahnhof. Mutti kümmerte sich um das Gepäck, Hanne trug das Kissen mit dem Baby.

»Schicken Sie uns das Kissen mit der Post zurück, wenn Sie zu Hause angekommen sind«, hatte Schwester Doris gebeten. Sie hatte Romy in der Klinik noch mal gewickelt, hoffentlich würde sie während der stundenlangen Bahnfahrt trocken bleiben. Zur Vorsicht hatte man Hanne eine frische Mullwindel und ein Moltontuch mitgegeben, außerdem zwei Nuckelflaschen mit Babynahrung. Gelegentlich hatte Hanne Mütter, die ihre Kinder stillten, beneidet. Es war so praktisch und natürlich auch viel preiswerter, immer alles in der richtigen Menge und Temperatur dabeizuhaben. Wegen der Tuberkulose durften die Frauen in Brilon aber nicht stillen, die Kinder waren sofort an die Flasche gewöhnt worden.

Im Moment waren sie allein im Abteil, der Zug hielt an jedem dritten Baum, man wusste nie, wann jemand während der vierstündigen Reise zusteigen würde. In Gegenwart von Fremden war es in jedem Fall besser, dem Kind die Flasche zu geben. Hanne hätte ja schlecht in der Eisenbahn vor den Augen ihrer Mitreisenden stillen können.

Sie hörte Mutti wieder zu.

»Onkel Karl hat eine Wiege gebaut, ans Kopfende hat er ein Herz gemalt. Tante Wilhelmine hat eine Ausfahrgarnitur gestrickt, stricken kann sie ja wie keine zweite. Von Lilo hast du ein Paket Strampelhosen und Jäckchen bekommen, sieht so aus, als wäre sie in einen Kaufrausch verfallen, so viel Zeug ist es. Stell dir vor: Alle im Haus haben für die Grundausstattung zusammengeschmissen. Es ist alles da: Windeln, Moltontücher, Gummihosen. Sogar einen neuen Eimer mit Deckel haben wir, darin können wir die vollen Windeln ausschütteln. Hättest du das gedacht? Ich nicht. Und einen Emailletopf hat uns Wilhelmine besorgt, in dem wir die Windeln kochen können. Ach ja, Fannie hat einen Teddy und fünfzig Mark geschickt. Ich habe Bettwäsche für die Wiege genäht. Sie steht neben meinem Bett, in die Kemenate passt sie nicht. Du solltest im Schlafzimmer schlafen, ich ziehe in die Kemenate. Wenn die Kleine nachts wach wird, kannst du sie zu dir holen, und wenn ich zur Arbeit muss, bleibst du liegen. Wer weiß, ob du in den nächsten Wochen zum Schlafen kommst. Hat sie schon durchgeschlafen?« Mutti streichelte mit einem Finger über Romys rosige Wange.

»Nein, sie haben die Kinder alle vier Stunden geweckt und zu den Müttern gebracht, damit sie sich an den Rhythmus gewöhnen.«

»Wir werden unseren eigenen Rhythmus finden. Am Wochenende ruhst du dich aus, und ich versorge sie.«

Hanne entspannte sich. Sie musste sich um nichts kümmern. Mutti kümmerte sich. Endlich.

Romy verschlief die ganze Reise, verschlief, dass sie von zugestiegenen Mitreisenden lächelnd bestaunt wurde, dass Hanne unterwegs erschöpft einnickte, dass sie in Hamm aus dem Eilzug aussteigen und zum anderen Gleis laufen mussten, um den D-Zug zu erreichen. Erst kurz vor Minden fing Romy an zu greinen. Sofort begann Mutti, sie im Arm zu wiegen und leise zu summen. Als sie in den Bahnhof einfuhren, trug Hanne ihre Tochter wieder, und Minna nahm das Gepäck.

Onkel Karl wartete auf dem Bahnsteig und strahlte wie ein Honigkuchenpferd. Er umarmte Hanne so vorsichtig, als sei sie aus Glas, dann beugte er sich über das Kind. »So ein schönes Baby. Sie hat deinen Mund und deine Augen!«

Tatsächlich? Darüber, wem Romy ähnlich sah, hatte Hanne noch gar nicht nachgedacht.

Onkel Karl begrüßte Mutti und nahm ihr die Koffer ab. »Ganz pünktlich seid ihr. Wie war die Fahrt?«

»Unspektakulär und ruhig. Romy ist ein liebes Baby, sie hat fast nur geschlafen.« Mutti stutzte, sah ihren Bruder skeptisch an. »Warum grinst du denn die ganze Zeit, ist irgendwas? Hast du was ausgeheckt? Oder amüsiert es dich, mich als Oma zu sehen?« Sie zupfte an seinem Ohrläppchen.

Sein Grinsen wurde noch breiter. Er ging vor, öffnete die Tür zur Bahnhofshalle, Minna schritt an ihm vorbei – und blieb plötzlich wie angewurzelt stehen. »Anni?«, flüsterte sie.

Hanne sah die dicke Frau im wild geblümten Sommerkleid da stehen. Dann rief Mutti so laut, dass alle Leute sich zu ihnen umdrehten: »Anni! Das kann nicht wahr sein! Was machst du denn hier ... Mensch, Anni!«

Lachend und weinend gleichzeitig fielen die beiden sich in die Arme. Auch Onkel Karl wischte sich verstohlen eine Träne ab. »Überraschung gelungen«, murmelte er und wartete geduldig, bis sie mit ihrer überschwänglichen Begrüßung fertig waren.

Erst jetzt bemerkte Hanne den weißen Korbkinderwagen, der neben Tante Anni stand.

Mutti sah ihn auch. Verstummte, ihre Körperhaltung änderte sich, sie sackte ein bisschen in sich zusammen, ging langsam um ihn herum, strich mit der Hand über das Verdeck, über das Spitzenkissen, über den Griff. Mit tränenüberströmtem Gesicht sagte sie: »Hanne, erinnerst du dich an diesen Kinderwagen?«

»Nein.«

»Zwanzig Jahre ist er alt. Darin hast du als Baby gelegen, dann deine Schwester, das Luischen. Im Krieg haben wir darin Brennholz transportiert, das wir im Glacis gesammelt haben.«

Beim Wort »Glacis« zuckte Hanne innerlich zusammen und sah sofort Paul Wagner und den Schwanenteich vor sich. Nein! Sie wollte nicht an ihn denken, nie wieder.

Mutti straffte sich und wandte sich wieder an Anni. »Ich weiß nicht, was ich sagen soll. Wie kommst du her, und woher wusstest du, wann wir ankommen? Wie lange bleibst du, und was ist das für eine Überraschung mit dem Kinderwagen?«

Anni machte eine beschwichtigende Geste. »Minnchen, vielleicht können wir erst mal das Baby in den Kinderwagen legen, dafür ist er nämlich da. Außerdem muss ich die junge Mutter begrüßen und mir das neue Menschlein in Ruhe begucken.« Sie schlug das Kissen zurück, und Hanne legte die Kleine vorsichtig hinein.

Romy steckte ihre Faust in den Mund, schmatzte leise und schlief weiter.

Tante Anni zog das gleiche verzückte Gesicht, das alle Frauen beim Betrachten eines Babys zogen. Dann tätschelte sie Hanne den Arm. »Gratuliere zu deiner Tochter. Romy ist ein schöner Name, bisschen ungewöhnlich, aber schön. Hast du sie nach der Sissy, also ich meine, nach der Romy Schneider benannt?« Sie wartete keine Antwort ab, erkundigte sich, ob Hanne die Geburt gut überstanden habe, wie lange sie in den Wehen gelegen habe, wie die Reise gewesen sei, ob das Baby viel schrie. Mit keiner Silbe erwähnte sie, dass es keinen Vater gab. Auch Onkel Karl benahm sich normal. Was Mutti vorhin von den Freunden, der Familie und den Nachbarn erzählt hatte, war so unendlich erleichternd! Niemand schien Hanne zu verurteilen, niemand wandte sich von ihr ab.

Wie sehr hatte sie sich davor gefürchtet, Zielscheibe von Verachtung und Gerede zu werden. Nichts davon schien einzutreffen. Sogar Tante Wilhelmine hatte sich an den Vorbereitungen für Romys Ankunft beteiligt. So viele Geschenke – Hanne freute sich aufs Auspacken. Dass Tante Anni da war, brachte zwar noch mehr Leben in die Bude, aber in den ersten Tagen würden sie gewiss jede Hilfe gebrauchen können.

Um diese Zeit fuhr kein Bus mehr in die Stadt, und mit dem sperrigen Kinderwagen konnten sie kein Taxi nehmen, also gingen sie zu Fuß.

Hanne schob den Wagen, in dem Romy jetzt zu schreien begann. Wahrscheinlich hatte sie Hunger und eine randvolle Windel. Außerdem war die Ruckelei im Kinderwagen neu für sie.

Als Hanne sich anschickte, das Baby auf den Arm zu nehmen und den Rest des Weges zu tragen, riefen Mutti und Tante Anni im Chor: »Nicht hochnehmen!«

Erschrocken hielt Hanne inne. »Aber sie schreit wie am Spieß, die Leute gucken doch schon!«

Tante Anni schüttelte den Kopf. »Trotzdem nicht hochnehmen. Lass sie schreien, das tun Babys nun mal, ob die Leute gucken oder nicht. Außerdem stärkt es die Lunge, wenn sie eine Weile brüllt!«

Hanne fügte sich. Die beiden mussten es wissen. In ihren Ohren gellte das Geschrei bei jedem Schritt lauter, sie konzentrierte sich aufs Ein- und Ausatmen, um sich davon abzulenken. Karl trug die Koffer, Minna und Anni hatten sich untergehakt, die drei schwatzten die ganze Zeit. So erfuhr Hanne, dass Karl den Kinderwagen heimlich vom Speicher geholt und aufgearbeitet hatte. Er sah aus wie neu, sogar die Kappen der Räder hatte er auf Hochglanz poliert. Karl hatte Anni angeschrieben, sie hatten den Überraschungsbesuch gemeinsam ausgeheckt. Anni war gestern Abend schon angekommen und hatte bei Karl und Wilhelmine auf der Couch geschlafen.

»Karl hat sich nichts anmerken lassen, und Wilhelmine hat auch nix gesagt. Ihr seid ja alle verrückt«, stammelte Minna.

»Ich soll Grüße von Reini und den Kindern ausrichten. Bis Sonnabend bleibe ich. Also, wenn du willst …«

Minna umarmte Anni freudestrahlend. »Ja!«

Zwischen der Bunten Brücke und der Weserbrücke knatterten einige Auto besonders laut, von den stinkenden Abgasen wurde Hanne plötzlich übel. Kalter Schweiß brach ihr aus, hinter ihrem linken Auge begann ein fieser Schmerz zu klopfen, im Kinderwagen brüllte das Baby. Es hatte schon einen ganz roten Kopf, aber sie sollte es ja nicht herausnehmen. Am liebsten hätte sie das Kind kräftig geschüttelt, bis es endlich ruhig war. Mutti und Tante Anni schnatterten wie Teenager und versuchten offenbar, das Babygeschrei zu übertönen. Als sie in die Vinckestraße einbogen, wurde wenigstens der Verkehrslärm weniger. Romy schrie immer noch. Es war ein langer Tag gewesen, die Bahnfahrt hatte Hanne völlig erschöpft, sie hatte fürchterliche Rückenschmerzen, sie war müde, sie war hungrig. Sie wünschte, sie könnte sich die Ohren zuhalten, damit endlich Ruhe herrschte.

Endlich kamen sie am Markt an. Mutti schloss die Haustür auf, Hanne schob den Kinderwagen in den engen Flur.

Hier hallte das Babygebrüll noch lauter. Mutti und Tante Anni quatschten immer noch, als ob nichts wäre. Hanne hatte plötzlich das Gefühl, als würde sich eine eisige Hand auf ihren Hals legen und ihr langsam die Kehle zudrücken. Hektisch sah sie von einem zum andern. Was sollte sie um Gottes willen jetzt tun? Den schweren Kinderwagen mit Romy darin hinauf in die dritte Etage schleppen? Ihn im Weg stehen lassen und nur das Kind rauftragen? Oder erst Romy in die Wohnung bringen, sie oben in die Wiege legen und dann den Kinderwagen holen? Wie sollte das denn alles gehen?

Aus heiterem Himmel begann sie zu heulen. Die Tränen strömten, als habe jemand einen Hahn geöffnet. Die Nase lief, das Weinen schüttelte ihren ganzen Körper. Sie presste ihre Hände mit aller Kraft auf die Ohren, lehnte sich mit dem Rücken an die Wand, sank in die Hocke und kniff die Augen so fest zusammen, bis sie Sterne sah. Sie konnte einfach nicht mehr. So wollte sie sitzen bleiben, bis das Geschrei vorbei war.

Hanne wusste nicht, wie viel Zeit vergangen war, als sie die Hände von den Ohren nahm.

Stille.

Mutti saß neben ihr auf dem Boden. Sie reichte ihr wortlos ein Taschentuch.

Hanne putzte sich die Nase. »Wo sind die anderen? Wo ist der Kinderwagen?«

»Anni ist mit dem Baby hochgegangen, ich hab ihr den Schlüssel gegeben. Sie wickelt Romy und setzt Wasser für das Fläschchen auf. Ich hab heute früh alles vorbereitet.

Der Kinderwagen steht im Hof. Karl hat neben den Ascheneimern einen Verschlag gebaut, da können wir ihn unterstellen. Der Hauswirt hat es erlaubt. Wir müssen nur das Kissen immer mit nach oben nehmen, damit es nicht klamm wird.«

Hanne begann wieder zu weinen. Sie war zu Hause, aber ihr Leben würde nie, niemals wieder normal sein. Sie hatte ein Kind, ein lebendiges Kind. Es war in ihr Leben eingedrungen, es würde für immer alles verändern, sie hatte es gar nicht gewollt, und nun musste sie es lieben und versorgen. Nein, das würde sie nicht schaffen.

»Hör mal, Hanne«, riss Mutti sie aus ihren Gedanken, »ich krieg langsam 'nen kalten Pöter und würde jetzt gern aufstehen. Schaff ich aber leider nicht allein, ich bin nicht mehr die Jüngste, und außerdem bin ich eine Oma. Wäre nett, wenn du mir mal aufhelfen würdest.«

20

Minna

Juli 1961

Die Villa überwältigte Minna immer wieder. Lilo hatte es wirklich gut getroffen: so ein herrschaftliches Haus in einer schicken Gegend, nicht weit von der Innenstadt entfernt und dennoch mitten im Grünen. Hier gab es herrliche bepflanzte Vorgärten, auf dem Weg hierher war Minna immer wieder stehen geblieben und hatte die üppig blühenden Beete und die gepflegten Rabatten der vornehmen Häuser bestaunt. Auf der anderen Straßenseite lag das Glacis, man hörte nur das Zwitschern der Vögel, das Summen der Insekten und irgendwo die Stimmen spielender Kinder.

Minna öffnete das eiserne Tor und schob den Kinderwagen durch den Vorgarten. Der nierenförmige Springbrunnen war neu. Als Romy die Fontäne in seiner Mitte sah, klatschte sie vor Freude in die Hände.

Minna löste das Ledergeschirr, mit dem sie das Kind gesichert hatte, damit es nicht aufstand und herausfiel, hob es aus dem Wagen und stellte es daneben. Sie strich das Kleidchen glatt, zog die heruntergerutschten Kniestrümpfe an den Speckbeinchen hoch und rieb mit Spucke und Taschentuch einen winzigen Fleck von den Lackschuhen. Dann nahm sie Romy auf den Arm und ging die Stufen zur Haustür hinauf. Sie stöhnte auf. Das ging in den Rücken! Hoffentlich fing Romy bald richtig an zu laufen, lange würde sie sie nicht mehr tragen können.

Lilo sah mal wieder umwerfend aus. Sie trug ihr Haar neuerdings blondiert und schulterlang, mit einer schwungvollen Außenrolle. Mit einem Stirnband, das aus dem gleichen Stoff wie ihr Sommerkleid war, hatte sie das Haar aus dem Gesicht frisiert. »Mia, das ist ja eine schöne Überraschung!«

Minna winkte ab. »Ich war schon wieder mit Romy beim Jugendamt und bin fertig mit den Nerven. Jetzt brauche ich eine Portion Zuspruch à la Lilo, eine Zigarette und einen Kaffee.«

»Dann kommt mal rein«, sagte Lilo und tätschelte Romy die Wange. »Na, meine Süße, die Omi hat dich wieder schick gemacht, wie eine Prinzessin siehst du aus. Kommst du mal zu Tante Lilo?« Sie nahm Minna das Kind ab und herzte und küsste es.

Lilo trug sogar im Haus Pumps. Puschen hätten auch nicht zu ihrem eleganten Kleid gepasst. »Wir können im Garten sitzen, dann kriegt der kleine Wonneproppen frische Luft!«, sagte sie. Dabei kitzelte sie Romy, die sich auf ihrem Arm wand und vor Vergnügen gluckste.

Sie gingen durch die Küche, in der Minna sich wie jedes Mal staunend umsah. Nicht, weil die Küche größer war als ihr Wohnzimmer, sondern weil sie das Modernste vom Modernen war. »Lilo, hier ist alles wie im Kino!« Sie entdeckte eine eckige, glänzende Maschine und stutzte. »Sag nicht, du hast jetzt einen Geschirrspülautomaten? Von Philips ... den hab ich im Schaufenster gesehen.«

»Ja, das Ding ist wirklich praktisch. Man muss das Geschirr reinstellen, auf den Knopf drücken und später das trockene Geschirr rausnehmen. Unsere Haushälterin kann sich leider nicht damit anfreunden, sie spült weiter mit der Hand. Aber sie wird es schon noch lernen.«

Das war wahrer Luxus, dachte Minna, wenn man sich ein Gerät für tausendachthundert Mark kaufte und es dann nicht benutzte.

Ihr stockte der Atem, als sie die Terrasse betraten. Dieser herrlich gepflegte Rasen und die entzückenden Gartenzwerge entlang der geschwungenen Blumenbeete! Auf der Terrasse unter einem Sonnenschirm stand ein Tisch mit einer gelben Tischdecke, darauf eine hellblaue Vase mit gelben Blumen. Es gab bequeme Stühle mit geblümten Polstern, dazu passend eine Hollywoodschaukel. »Todschick!«, stellte sie fest. »Lilo, du lebst wie ein Filmstar!«

»Noch lange nicht. Mir fehlen ein Nerzmantel, eine Handtasche aus Krokodilleder, ein neues Auto, ich wünsche mir ein Kostüm von Dior und habe lächerlich wenig Schmuck. Und ich möchte unbedingt in einem Flugzeug nach Rom fliegen.« Lilo stellte Romy vor sich auf den Boden, die Kleine griff nach ihren Fingern, machte ein paar unsichere Schritte und jauchzte.

Eine halbe Stunde später lag sie schlafend in der Hollywoodschaukel, nachdem sie von der Haushälterin mit Kakao und Keksen gefüttert worden war.

Minna und Lilo tranken Kaffee aus pastellfarbenen Tassen.

»Wie hübsch es aussieht, wenn man die Farben mischt!«, rief Minna. Ihr Gedeck bestand aus einer gelben Tasse, einer himmelblauen Untertasse und einem rosafarbenen Kuchenteller.

»Das Geschirr ist von Melitta, ich benutze es gern morgens und nachmittags«, erklärte Lilo. Bei dem Wort »Melitta« zuckte Minna leicht zusammen. Sofort musste sie an die Werkzeitungen denken, die während der Nazizeit im Umlauf gewesen waren, und in denen besonders niederträchtig gegen Juden gehetzt wurde. Mein Gott, waren das schlimme Zeiten gewesen. Aber das war kein Thema, über das sie hier und heute mit Lilo in diesem paradiesischen Garten reden wollte. Die Zeiten waren vorbei. Allerdings war der Chef von Melitta immer noch derselbe.

Minna griff den lockeren Plauderton wieder auf: »Selbstverständlich, die Dame von Welt braucht ein Geschirr für den Vormittag, eins für das Mittagessen und für den Abend hast du wahrscheinlich noch mal ein besonderes Service?«

»Stimmt, und für festliche Anlässe wie Weihnachten, Silvester und Geburtstage auch«, bestätigte Lilo schmunzelnd.

Minna gab ein Stück Würfelzucker in den Kaffee, dafür benutzte sie eine kleine Zange, mit der man nichts anderes anfangen konnte, als einen Zuckerwürfel zu transportieren. Sie rührte um. Bei diesem Kaffee konnte man den Tassenboden nicht sehen. »Köstlich! Und schön stark!«

»Onko. Man mahlt die Bohnen in der elektrischen Mühle, und alles andere besorgt der Onko-Kaffeeautomat.«

»Mensch, Lilo, als du nach deiner Scheidung aus England zurückgekommen bist und bei deinen Eltern auf dem Sofa gewohnt hast, weil du sonst nirgends hinkonntest – hättest du da gedacht, dass du mal so reich werden würdest?«

Lilo spitzte die Lippen und machte ein nachdenkliches Gesicht. Dann begann sie zu lachen. »Ja. Genau dieses Leben war mein Ziel. Ich wollte keine Geldsorgen mehr haben, keinen Hunger, ich wollte nicht mehr frieren, und ich wollte anerkannt werden. Ich wollte nicht mehr die Nazi-Hure sein, als die mich die Leute in England beschimpft haben, und auch nicht das Tommy-Flittchen als ich zurück in Deutschland war. Jetzt bin ich Frau Witzel. Ich habe Hauspersonal, Geld und viel Zeit.« Mit einem Blick auf die schlafende Romy sagte sie: »Viel zu viel Zeit. Willy will keine Kinder. Ich hätte gern eins. Aber so ist das Leben, jeder zahlt seinen Preis.« Sie griff nach ihrem silbernen Zigarettenetui und bot Minna eine an. »Apropos Zeit und Geld: Du hast bei Rinn & Cloos gekündigt, weil die arme Hanne wieder in der Heilstätte ist?«

»Ja. Es war eine schwere Entscheidung, weil ich gern dort gearbeitet habe. Aber Hanne wird noch mindestens bis Oktober in Warstein bleiben müssen, sie lösen ihre Pneumolyse auf, das dauert. Aber danach ist sie geheilt. Kannst du dir das vorstellen? Nach all den Jahren, die sie in den Heilstätten verbracht hat, nach all dem Kummer, der Angst, den Schmerzen, die sie ausgehalten hat, wird sie gesund sein. Ich kann es kaum glauben. So ein Glück!«

»Glück? Das arme Ding hat seine Kindheit im Krieg, seine Schulzeit in Sanatorien verbracht und ist mit gerade mal zwanzig Mutter eines unehelichen Kindes geworden. Wenn das für dich Glück ist ...«

Minna lächelte milde. »Na ja, viele haben nicht überlebt, im Krieg, oder sie sind an der Krankheit gestorben. Du musst das so sehen: Glücklich sein ist kein Zustand, es ist eine Eigenschaft.«

Lilo lächelte. »Das ist eine schöne Sicht auf das Leben, ich beneide dich darum, aber du musst dich den Tatsachen stellen. Du hast keine Arbeit, Hanne wird noch wochenlang in der Klinik sein. Wovon lebt ihr jetzt?«

»Von der Fürsorge. Jedenfalls, bis Hanne zurückkommt und eine von uns wieder arbeiten kann.«

»Es ist eine Riesenaufgabe, in deinem Alter ein Kleinkind allein großzuziehen.«

Minna dachte, dass Karl, Wilhelmine und Fannie ihr halfen, aber das war etwas anderes, als wenn sie einen Mann an ihrer Seite gehabt hätte.

Fritz hatte die Nachricht, dass Hanne schwanger war, damals hingenommen, ohne eine Miene zu verziehen. Er hatte keine Fragen gestellt. Im Grunde hatte er Minna nur angestarrt und gesagt: »So.«

Er kam selten zu Besuch, jetzt, wo Hanne weg war, gab es keinen Grund. Mit Romy konnte er nicht viel anfangen.

Womit Minna nicht gerechnet hatte, war der Rückhalt der Hausgemeinschaft. Alle waren freundlich, hilfsbereit und schienen sich sogar darüber zu freuen, dass ein kleines Kind im Hause war.

Minna achtete darauf, dass Romy immer sauber, adrett und niedlich war. Dafür saß sie abends Stunde um Stunde an der Nähmaschine und stellte Rüschen, Schleifen und Volants her, mit denen sie die entzückenden Kleidchen verschönte. Aber wer wusste schon, ob die Nachbarn nicht doch heimlich hinter ihrem Rücken redeten …

Sie wandte sich wieder an Lilo. »Was soll ich tun? Das Jugendamt ist Romys Vormund. Die haben die Macht. Wenn wir nicht sichergestellt hätten, dass Romy während Hannes Abwesenheit zu Hause bestmöglich versorgt wird, hätten sie uns die Kleine wegnehmen und ins Kinderheim stecken können.«

»Um Himmels willen!«, rief Lilo aus.

»Eben. Ich bin froh, dass das Amt mit dieser Lösung einverstanden war. Aber sie setzen uns dermaßen unter Druck, davon machst du dir kein Bild.«

Minna berichtete von den vielen Vorladungen, die Hanne erhalten hatte, und dass es jedes Mal darum ging, den Vater preiszugeben. »Alle paar Wochen muss sie antanzen, Formulare ausfüllen, immer dieselben Fragen über sich ergehen lassen. Die zuständige Fürsorgerin, Fräulein Tellermann, ist eine schlimme Person. Allein wie sie redet …« Mit schnarrender Stimme imitierte Minna: »Wie Ihnen bekannt sein dürfte, hat das Jugendamt gemäß Paragraf weißichnicht des Jugendwohlfahrtsgesetzes die Amtsvormundschaft über das am 1. Juni 1960 in Brilon unehelich geborene Kind Romy Felicitas Volkening, Kindesmutter Hanne Volkening, erlangt.«

»Und da bist du eben gewesen?«

»Ja, Hanne ist ja nicht da. Und dann hat mir das Fräulein aus Hannes Akte vom vergangenen Schriftverkehr zitiert.«

Minna hatte vor Wut geschäumt. Sie hatte die Vorladungen, die an Hanne geschickt worden waren, natürlich alle gelesen, und der Ton darin gefiel ihr ganz und gar nicht. Schon im letzten August hatte es eine Aktennotiz gegeben, dass Hanne den Kindsvater nicht angeben, sich aber mit ihren Eltern noch einmal beraten wollte. Im September hatte der Landkreis, bei dem das Kind »wirtschaftlich betreut« wurde, um Auskunft ersucht, ob vom Kindsvater Unterhalt gezahlt wurde, oder ob eine Klage deswegen eingeleitet worden sei. Im April, so Fräulein Tellermann, habe es Vermerke gegeben, dass Hanne auf wiederholte Vorladung nicht erschienen sei. Das Fräulein hatte Minna mit einem Blick angesehen, bei dem ihr angst und bange geworden war. *Jetzt nichts Falsches sagen*, hatte sie gedacht, ihr nettestes Lächeln aufgesetzt und behauptet, Hanne sei krank gewesen.

»Und heute habe ich gesagt, Hanne hätte sich mit einem Anwalt in Verbindung gesetzt, um sich wegen einer Anerkennung der Vaterschaft zu beraten.«

»Und das stimmt nicht?«, fragte Lilo.

»Nein. Aber ich wollte meine Ruhe haben, wenigstens bis Hanne nach Hause kommt.« Minna seufzte. »Und was hat die Fürsorgerin angedroht? Hausbesuche, unangemeldet. Jederzeit.« Da hatte sie sich nicht mehr beherrschen können und das Fräulein angeschnauzt: »Tut mir leid, abends öffne ich die Tür nicht. Wissen Sie, ich habe ein Kleinkind zu versorgen, das schläft abends.« Minna hatte mit Romy, die die ganze Zeit ruhig und wohlerzogen auf ihrem Schoß gesessen hatte, grußlos das Amtszimmer verlassen.

Lilo schmunzelte. »Ich verstehe dich. Aber die Fürsorgerin verstehe ich auch. Sie muss dafür sorgen, dass nicht der Steuerzahler, sondern die Eltern für den Unterhalt aufkommen. Und das sind Mutter *und* Vater.«

»Darüber haben wir oft genug geredet, Hanne sagt es einfach nicht.«

Minna hatte es mit allen Mitteln versucht, aber sobald das Thema auf den »Erzeuger« kam, veränderte sich Hannes Gesichtsausdruck. Es war, als zöge sie einen Vorhang zu, hinter dem sie nicht mehr zu erreichen war. Die Nächte, in denen Minna deswegen wachgelegen und gegrübelt hatte, konnte sie nicht mehr zählen. Wenn das Gedankenkarussell sich drehte, war es nicht mehr zu stoppen. Und immer wieder die Frage: Was steckt hinter Hannes Schweigen? Hat ihr jemand Gewalt angetan? War ihr etwas zugestoßen, das bestraft werden muss? Hat sie vor jemandem Angst? Musste sie eine große Enttäuschung hinnehmen, so wie damals mit dem Bäckerssohn? War sie verlassen worden? Oder hat sie den Mann verlassen, vielleicht, weil sie andere Lebensziele hatten oder weil sie gemerkt hatte, dass sie nicht zusammenpassten? Aber: Welcher Mann? Sie hatte nie von einem erzählt. Diese Fragen machten Minna irre. Warum, wieso, weshalb?

Lilo schaute sie eine ganze Weile an. Dann sagte sie: »Ich will dir nicht zu nahe treten, aber kann es sein, dass du die einzige logische Erklärung, die es gibt, verdrängst?

Dass du sie nicht mal denkst, weil du nicht weißt, wie du dann darauf reagieren sollst?«

Minnas Puls beschleunigte sich. Sie hatte das Gefühl, bei etwas ertappt worden zu sein – nein, schlimmer, sie fühlte sich plötzlich bloßgestellt. Am liebsten hätte sie sich die Ohren zugehalten, so wie Hanne es immer getan hatte, wenn die Bomben gefallen waren, wenn sie sich auf den Boden werfen und mit geschlossenen Augen und zugehaltenen Ohren hatte warten müssen, bis der Angriff zu Ende gewesen war. Im Grunde tat sie das heute noch – nur warf sie sich nicht mehr auf Boden. Ihr Verhalten war eigentlich wie immer: Augen zu, Ohren zu und warten, bis alles vorbei ist. Nur würde Romy nicht eines Tages »vorbei sein«.

Minna ahnte, was Lilo jetzt sagen würde, und nein, sie wollte es nicht hören, aber da waren sie, die Worte, die sie als Gedanken immer abgelehnt hatte.

»Irgendwer hat dieses Kind gezeugt. Es gibt nur eine einzige Erklärung für ihr Verhalten: Der Mann ist verheiratet!«

Ein Satz wie eine Handgranate.

Und er war wahr.

Jetzt, nachdem Lilo ihn ausgesprochen hatte, gingen Minna etliche Bilder und Gedanken ungefiltert durch den Kopf. War ihre Tochter so eine? So eine *Person* wie Grete Rübenkamp? Hatte sie einer Frau den Ehemann abspenstig gemacht? Hatte Hanne eine Ehe zerstört? Oder wollte sie genau das durch ihr Schweigen verhindern? Aber warum? Liebte sie diesen Mann so sehr, dass sie ihm nicht schaden wollte? Welchen Mann? Wer war Romys Vater?

Als könne sie ihre Gedanken lesen, sagte Lilo: »Ich denke nicht, dass Hanne ein Flittchen ist. Ich denke, jemand hat sie verführt, und sie schämt sich in Grund und Boden, weil sie dich nicht enttäuschen will.«

»Ja«, sagte Minna leise. »Ja, das kann sein.«

»Kann sein? Minna, wach auf! Irgendwo da draußen ist ein Kerl, der sich mit Hanne vergnügt hat und für die Folgen geradestehen muss.« Lilo erhob die Stimme. »Du versorgst ein Kleinkind, kannst deswegen nicht mehr arbeiten und lebst von der Fürsorge, weil deine Tochter den Mann, der sie geschwängert hat, beschützt. Du musst alles daransetzen, dass er Verantwortung übernimmt! Zahlen muss er, zahlen!«

21

Karl

Juli 1961

»Ich muss mit dir reden, Karl.«

»Ja, sicher, es ist Montag. Wir reden seit dreißig Jahren jeden Montag.«

»Karl, es ist ernst. Wir müssen Romys Vater finden. Sofort!«

Wie kam sie denn jetzt darauf?

»Wir? Den Vater? Wenn Hanne ihn nicht preisgeben will, warum sollten wir ihn suchen und finden?«

»Weil er zahlen muss.«

»Zahlen muss«, wiederholte Karl. Er konnte seiner Schwester nicht folgen. »Was soll er denn bezahlen?«

Minna stand auf und ging in die Küche. »Willst du ein Bier?«, fragte sie im Hinausgehen. »Ich hab dir zwei Flaschen in einen Eimer Wasser gestellt, das hab ich lange laufen lassen, damit es richtig schön kalt ist.«

Sie brachte das Bier und einen Teller Butterbrote mit. Romy spielte in ihrem Laufstall, unermüdlich warf sie Bauklötze in einen alten Blechtopf und schüttete sie wieder aus. Als sie sah, dass Minna und Karl eine Stulle aßen, machte sie mit ihrem Patschhändchen eine unmissverständliche Geste. Minna schnitt das Brot in winzige Häppchen und fütterte sie damit.

Sie saßen im Wohnzimmer, es war ein stürmischer, ungewöhnlich warmer Tag, im Radio hatten sie für den Abend schwere Gewitter angekündigt. Minna berichtete von ihrem Termin im Jugendamt und dem anschließenden Besuch bei ihrer Freundin. »Lilo hat mir die Augen geöffnet. Ich hab's vielleicht die ganze Zeit geahnt und wollte es nie wahrhaben, aber ...« Sie zögerte, als müsse sie sich die folgenden Worte genau überlegen. »Sie glaubt, Hanne schützt einen verheirateten Mann. Ich glaube es inzwischen auch.«

Das musste Karl erst mal sacken lassen. Natürlich hatte er sich immer wieder gefragt, wer Hanne in andere Umstände gebracht hatte, er hatte sogar gemeinsam mit Wilhelmine verschiedene Möglichkeiten erwogen. Darunter war auch diese Variante gewesen, aber solange Hanne zu diesem Thema schwieg, konnten sie alle nur spekulieren.

»Romy ist dreizehn Monate alt, und auf einmal willst du den Vater finden? Warum? Und warum sofort?«

»Weil ich wissen will, wer er ist, bevor Hanne zurückkommt. Wenn ich sie vor vollendete Tatsachen stelle, muss sie es zugeben. Dann kann sie nicht weiter schweigen.«

Das leuchtete ihm ein. »Aber da sie ihn nicht preisgeben will, wird sie auch nicht wollen, dass du ihn findest und ihn – wie auch immer – dazu zwingst, Alimente zu zahlen!«

Minna nahm Karls Glas und trank einen kleinen Schluck Bier. »Heute war das Jugendamt hier«, sagte sie.

Es hatte mittags geklingelt, vor der Tür standen die Fürsorgerin und ein älterer Herr. »Wir sind vom Stadtjugendamt. Mein Name ist Müller, Fräulein Tellermann ist Ihnen ja persönlich bekannt, wir müssen die Lebenssituation unseres Mündels Romy Volkening überprüfen«, hatte der Mann förmlich gesagt. Fräulein Tellermann nickte die ganze Zeit. Minna hatte sie hereingelassen.

Sie schauten in die Küche, die man allerdings nur betreten konnte, wenn man die frisch gewaschenen Mullwindeln zur Seite schob, die wie rechteckige Gardinen über die Leinen gehängt waren.

Fräulein Tellermann machte sich eine Notiz. »Wo ist das Kind?«

»Es macht Mittagsschlaf, bitte seien Sie leise!«

Sie waren durchs Wohnzimmer gegangen, Minna hatte die Tür zum Schlafzimmer geöffnet und einen Blick auf die schlafende Romy erlaubt.

»Sie konnten unmöglich etwas auszusetzen haben«, meinte Karl, »die Wohnung ist tipptopp, Romy ist gesund und entwickelt sich prächtig.«

»Nein, sie hatten auch nichts auszusetzen. Im Gegenteil, dazu komme ich gleich. Wir haben hier gegessen, und sie haben gefragt, was sie sowieso wussten: wann Hanne zurückkommt, ob ich arbeite, wovon ich lebe. Sie haben jedes Wort mitgeschrieben.«

Minna hatte alles offenlegen müssen, den Besuchern war nichts entgangen. Die Leute vom Amt hatten ihre Notizen noch mal vorgelesen. Minna konnte sie auswendig zitieren. »Das Mündel Romy Volkening ist ein gesundes, körperlich und geistig gut entwickeltes Kind. Es lebt mit seiner Mutter Hanne Volkening und seiner Großmutter Minna zusammen in einem Haushalt. Zurzeit befindet sich Romys Mutter in der Lungenheilstätte in Warstein und wird voraussichtlich Mitte Oktober 1961 zurückkommen. Das Kind wird von der Großmutter, die ihre Arbeit in der Zigarrenfabrik Rinn & Cloos niedergelegt hat, gut gepflegt und versorgt. Sie bezieht für sich und das Kind eine wirtschaftliche Tbc-Hilfe von zweihundertneunundzwanzig Mark. Sie erhält außerdem vom geschiedenen Ehemann einen Unterhalt von monatlich dreißig Mark. Für die Wohnung, bestehend aus zwei Zimmern und einer Küche, wird eine Miete von zwanzig Mark gezahlt. Sie ist sauber und wohnlich eingerichtet. Für das Kind ist ein eigenes Bett vorhanden. Über den Erzeuger des Mündels befragt, erklärte die Großmutter, sie kenne ihn nicht.«

»Hört sich alles gut an, die werden gewiss keinen Ärger machen. Warum also willst du auf Erzeugersuche gehen?«, fragte Karl.

»Weil der Mann vom Amt mir in der Tür etwas zugeflüstert hat, da war seine Kollegin schon auf der Treppe. Er hat gesagt, wenn der Kindsvater bekannt sei, müsse er bis zu fünfundsechzig Mark Unterhalt bezahlen. Im Monat!«

Karl stieß einen Pfiff aus. »Das ist ordentlich!«

»Ja, Karl, das ist ordentlich. Er müsste zahlen, bis Romy einundzwanzig und volljährig ist, und wir bekämen das Geld auch, wenn Hanne oder ich wieder arbeiten. Alle Geldsorgen wären für immer vorbei.« Minna atmete ein, blähte die Wangen auf und blies die Luft mit spitzen Lippen wieder aus. »Mir ist die Frage rausgerutscht, wie das ablaufen könnte, wenn der Erzeuger verheiratet wäre. Der Mann hat ein Gesicht gezogen, als sei das die ganze Zeit sein Verdacht gewesen. Dann wird's für ihn zwar unangenehm, aber nicht billiger. Gesetz ist Gesetz, hat er gesagt.«

Karls Zigarre war ausgegangen, er steckte sie in den Mund und zündete sie erneut an. Dabei paffte er Rauchkringel, die über Romys Laufstall waberten und die sie jauchzend zu greifen versuchte. »Ich ahne, was du vorhast. Du willst ihn zur Rede stellen. Und dann?«

»Weiß ich noch nicht. Eins nach dem anderen. Erst mal will ich jetzt endlich wissen, wer er ist. Dann entscheide ich, ob ich ihm überhaupt von Romy erzähle. Vielleicht hat er tatsächlich keine Ahnung, dass er ein Kind gemacht hat. Vielleicht ist er ein Drecksack, der besser nichts von seiner Tochter wissen soll. Aber ich kann mir beim besten Willen nicht vorstellen, dass Hanne sich mit einem Drecksack eingelassen hat.«

Während Karl über ihre Worte nachdachte, betrachtete er Romy. »Nehmen wir an, du findest ihn. Nehmen wir an, du stellst ihn zur Rede, was machst du, wenn er die Vaterschaft abstreitet? Das ist doch ein Wespennest, in das du stichst! Hanne hat sich entschieden. Dürfen wir uns einmischen?«

Sie funkelte ihn wütend an. »Was ist das für eine Frage? Erstens ist Hanne noch minderjährig, ich darf mich in alles einmischen. Ich habe viel zu lange nichts unternommen, weil ich wie gelähmt war. Meine größte Angst ist eingetroffen, ein uneheliches Kind, meine Güte, Karl, ihre ganze Zukunft ist verbaut. Und derjenige, der Romy gezeugt hat, hat sich auch in mein Leben eingemischt! Ich werde sechsundfünfzig. Ich hatte mich gut eingerichtet, ich hatte Arbeit und ein bescheidenes, aber ordentliches Leben. Und jetzt habe ich zweihundertsechzig Mark im Monat und ziehe damit ein Kind groß, weil irgendwo so ein Schweinehund seinen ... seinen ... du weißt schon ... nicht in der Hose lassen konnte! Hanne ist zwanzig und unverheiratet, ich glaube, ihre Chancen auf einen ordentlichen Ehemann sind mit Romys Geburt ziemlich gesunken. Und nicht nur in ihr und mein Leben hat er sich eingemischt, sondern auch in Romys. Das Kind kann nichts dafür, dass es den Makel hat: Vater unbekannt ... Nee, Karl, ich hab die Faxen dicke! Versteh mich nicht falsch, ich liebe Romy über alles, und deswegen werde ich alles tun, damit es ihr gut geht. Weiß du, Fred hat mich betrogen, und ich habe ihm verziehen. Fritz hat mich betrogen, und ihm konnte ich nicht verzeihen, weil ich ihn liebe wie am ersten Tag. Ich kann ihm nicht verzeihen, dass er alles verraten hat, dass er sich nicht zusammengerissen hast, als ...« Sie holte zitternd Luft, bevor sie fortfuhr. »Der Kerl, den wir suchen, hat wahrscheinlich Frau und Kind zu Hause, und er konnte sich auch nicht zusammenreißen. Wie lange dauert so ein Akt? Zehn Minuten? Fünfzehn? Egal. Will ich mir gar nicht vorstellen. Er hatte sein Vergnügen, und er hat ein Kind gezeugt, verdammt noch mal! Das ist für den Rest meines Lebens, für den Rest von Hannes Leben und für Romys ganzes Leben die Konsequenz aus diesen paar Minuten. Diesen Mann lasse ich nicht davonkommen, diesmal gebe ich nicht klein bei, dieser Kerl zahlt für sein Vergnügen!«

Sie war so laut geworden, dass Romy zu weinen begann. Karl legte die Zigarre ab, erhob sich schwerfällig und hievte das Kind aus dem Laufstall. Er ging mit ihr hin und her, sang leise *Alle meine Entchen* in ihr Ohr und streichelte dabei den kleinen Rücken, bis sie sich beruhigt hatte. Er lehnte sich zurück, schaute in das zarte Gesicht mit den grünen Kulleraugen und den feinen, geschwungenen Brauen, küsste die letzte Träne weg, die über Romys rosige Wange kullerte, und tat so, als wolle er mit lauten Schmatzgeräuschen ihre Hand aufessen, womit er sie, wie immer, zum Lachen brachte.

»Deine Omi hat recht, mein Sonnenschein. Natürlich hat sie recht. Wir werden ihn finden. Ich glaube zwar nicht, dass er je mit dir in den Zoo gehen oder eines Tages auf deiner Hochzeit tanzen wird, aber wenn wir ihn finden, wird er zahlen.«

Romy steckte ihren Daumen in den Mund und legte ihr Köpfchen an Karls Schulter. In diesen innigen Sekunden kamen ihm die Tränen. Es war ein Moment, in dem ihm wieder schmerzlich klar wurde, dass er kein eigenes Kind hatte, dass er keine Spur hinterlassen würde, in nichts und niemandem würde ein Teil von ihm weiterleben. Wie wäre es gewesen, wenn seine schwarze Rose, seine Königin, Maria, wenn sie den Bombenangriff überlebt hätte? Wenn sie ein Paar geworden wären? Wenn er Wilhelmine verlassen und Maria geheiratet hätte? Er stieß ein leises, bitteres Lachen aus. Auch dann hätte er kein Kind zeugen können. Es sollte nicht sein.

Romy zupfte an seinem Ohr und krähte: »Tahl, Ball!«

»Du willst mit mir Ball spielen? Na, los.«

Später, als Romy in ihrem Bettchen lag und schlief, saßen sie noch zusammen. Obwohl Minna Fenster und Dachluken weit geöffnet hatte, um ein bisschen Durchzug zu schaffen, war es in der Mansarde unerträglich warm geworden. Der stürmische Wind hatte sich gelegt, es war jetzt ganz still draußen, nicht mal Vogelstimmen waren zu hören. Eigentlich hatte Karl schon viel früher nach Hause radeln wollen, aber der Himmel war so schwarz, dass er das Gewitter, das sich da ankündigte, lieber bei Minna abwarten wollte.

Minna sagte: »Ich habe zurückgerechnet. Romy ist am ersten Juni geboren. Eine Schwangerschaft dauert achtunddreißig bis vierzig Wochen, sie wurde also zwischen Ende August und Mitte September gezeugt. Wenn ich zweihundertachtzig Tage Schwangerschaft rechne – es gibt nämlich verschiedene Rechenarten –, komme ich auf Ende August bis Anfang September. Damit steht fest, dass es in Minden passiert sein muss, denn in dieser Zeit war Hanne hier und nicht in der Heilstätte.«

Karl nickte. »Und jetzt willst du rausfinden, was Hanne an den infrage kommenden Tagen gemacht hat, während du arbeiten warst. Viel Spaß.«

»Was hast du gerade gesagt?« Minna saß jetzt kerzengrade da.

»Ich hab gefragt, wie du rausfinden willst, wo Hanne in der Zeit war.«

Sie stand auf. »Nein, was hast du genau gesagt, du hast etwas von Tagen gesagt! Das ist es doch, Karl, das ist es. Es muss abends passiert sein!«

»Tatsächlich?«

Draußen grummelte es, Minna eilte wieder zum Fenster und schaute ängstlich zum Himmel. »Da kommt gleich was runter ...« Sie drehte sich um und sah Karl über den Rand ihrer Brille an. »Wo soll sie das denn tagsüber getan haben? Ich war arbeiten. Sie wird keinen Kerl mit nach Hause genommen haben. Es ist unmöglich, an Rommings Geschäft vorbeizukommen, ohne gesehen zu werden, und bei Hulda Kannegießer steht die Tür zur Leihbücherei meistens offen. Wenn der Mann verheiratet ist, war Hanne mit absoluter Sicherheit nicht bei ihm zu Hause.«

»Hotel? Pension?«, fragte Karl, aber er wusste, wie absurd das war. Wie konnte ein Mann mit einer Frau, die nicht nachweislich seine Ehefrau war, ein Zimmer mieten? »Nee, selbst wenn er es irgendwie hingebogen hätte, ein Zimmer zu bekommen, müsste das in Minden oder in der Nähe gewesen sein. Oder war Hanne mal über Nacht weg?«

Minna schüttelte den Kopf. »Nein, nie. Sie war neunzehn, als es passiert ist, das hätte ich im Leben nicht erlaubt. Um zehn war spätestens Zapfenstreich. Nur, wenn sie im Theater gearbeitet hat oder sich dort eine Vorstellung anschauen durfte, kam sie später nach Hause.« Sie stutzte plötzlich. Ihr Mund öffnete sich, ihr Blick flog unruhig hin und her. Sie setzte sich, stand aber sofort wieder auf, lief zum Fenster, guckte hinaus, kam zurück. Karl sah ihr an, dass sie versuchte, einen Gedanken oder eine Erinnerung zu fassen. »Karl, mir fällt da was ein ...«

Und dann erzählte sie von einem Abend, an dem Hanne mit dieser Gerlinde weggefahren war. »Verflixt und zugenäht, auf den Nachnamen komme ich jetzt nicht, die Garderobiere aus dem Theater! Sie sind irgendwo hingefahren, zu einer Feier. Hanne ist spät heimgekommen, wegen der Panne, die Fräulein Gerlinde mit ihrer Isetta hatte. Das weiß ich genau, weil so was noch nie vorgekommen war.«

Karl versuchte sich vorzustellen, ob Hanne diese Feier vorgeschoben hatte, um sich in Wahrheit mit dem Mann zu treffen, mit dem sie ins Bett gegangen war. Nein. Das passte nicht zu Hanne. Sie würde sich niemals eine so durchdachte Ausrede einfallen lassen und ihrer Mutter ins Gesicht lügen. Andererseits, in den letzten Monaten hatte sie sich der ganzen Welt gegenüber durchgesetzt und den Namen des Mannes, den sie nun suchen wollten, verschwiegen. War das eine Lüge? Nein. Weil Hanne nichts dazu sagte, war es auch keine Lüge.

»Weißt du was«, sagte Minna. »Es ist erst acht. Bleibst du bei Romy? Ich laufe ins Theater und frage nach Fräulein Gerlinde, vielleicht kann sie uns weiterhelfen.«

»Da wirst du kein Glück haben, heute ist Montag, das Theater hat zu.«

Minna bekam plötzlich rote Flecken am Hals, das geschah immer, wenn sie sich sehr aufregte. »Karl! Das ist es! Es war ein Montag, an dem diese Feier war. Die Belegschaft feierte irgendwas, und nur am Montag hatten alle Mitarbeiter Zeit!«

In diesem Moment ging draußen ein solcher Donnerschlag los, dass Minna zusammenfuhr. »Das reicht, Fenster zu, bevor es anfängt zu regnen, und nichts wie runter!«, rief sie.

Karl kannte ihre panische Angst vor Gewitter und wusste, was zu tun war. Er schloss die Fenster im Wohnzimmer, während Minna sich um die Dachfenster kümmerte. Es war wie im Krieg beim Fliegeralarm: Alle Handgriffe saßen und erfolgten automatisch. Sie nahm die Luftschutztasche aus dem Besenschrank, in der sie seit dem Krieg alle wichtigen Papiere, ein paar Fotos und ein bisschen Bargeld aufbewahrte. Mit einem Blick in ihre Handtasche prüfte sie, ob sich Ausweis und Portemonnaie darin befanden, steckte Zigaretten und Streichhölzer ein und füllte ein kleines Glas mit Schraubverschluss einen Fingerbreit mit Leitungswasser. »Für die Kippen, falls es länger dauert«, erklärte sie. Sie nahm eine der Nuckelflaschen, die auf dem Bord über dem Spülstein standen, gab zuerst Büchsenmilch und dann Leitungswasser und eine Prise Zucker hinein.

Jetzt begannen dicke Regentropfen auf die Dachfenster zu pladdern, zuerst langsam, ein Tropfen nach dem anderen, dann immer mehr, immer schneller. Nach wenigen Augenblicken war es draußen stockdunkel, und es ging ein Wolkenbruch mit Blitz und Donner nieder, wie sie ihn lange nicht erlebt hatten. Minna drückte Karl die Taschen in die Hand und rief: »Steck den Schlüssel schon in die Tür, ich hole Romy!«

Sie wickelte das weinende Kind in ein Betttuch, Karl schloss ab, dann rannten sie die Treppen hinunter ins Erdgeschoss. Dort setzte Minna sich auf die unterste Stufe, versuchte, die brüllende Romy mit der gezuckerten Milchmischung zu beruhigen, während Karl den Flur entlanglief, vorn die Haustür weit öffnete und mit dem Holzkeil fixierte, der immer in der Ecke lag.

Sie saßen zu dritt im finsteren Treppenhaus. Bei jedem Donner zuckte Minna zusammen. Blitze erhellten den Flur, und das Rauschen des Regens übertönte jedes andere Geräusch. Minna war kreidebleich, sie zitterte am ganzen Körper, und Karl wusste, dass diese Panik sie nach den unzähligen Bombennächten für immer begleiten würde.

Nach einer Ewigkeit wurde es draußen ruhiger. Minna zählte die Sekunden, die es nach jedem Blitz dauerte, bis es donnerte. »Siebzehn ... achtzehn, neunzehn ... Neunzehn Kilometer ist es weg, jetzt schlägt es hier nicht mehr ein.«

Romy wimmerte vor Müdigkeit, vielleicht auch vor Aufregung.

»Gib sie mir mal, dann kannst du eine rauchen«, sagte Karl.

Er ging mit Romy auf dem Arm hin und her. Nach dem nächsten Donner sagte er: »Hörst du, bumm hat es gemacht. Das sind die Engel im Himmel, die spielen mit Bauklötzen, mit so schönen bunten Klötzen, wie du sie auch hast. Da sind ganz viele Engel im Himmel, sie haben viele Bauklötze und damit bauen sie einen Turm, der ist so groß wie du!« Romy riss die Äuglein auf und warf kichernd die Ärmchen hoch. Karl lachte. »Genau, so groß bist du schon, und so groß ist der Turm. Und dann ...« Er senkte die Stimme, flüsterte, Romy lauschte aufmerksam. »Dann kommt ein kleiner frecher Engel und schmeißt den ganzen Turm wieder um, und dann macht es bummmm, und es donnert auf der Erde!«

Wie auf Bestellung grollte draußen ein langer, dumpfer Donner.

Romy hatte verstanden, hob ihren Zeigefinger und flüsterte: »Hoich!«

»Ach, Karl, du bist einfach der Beste, ich hab dich so lieb«, sagte Minna.

22

Minna

September 1961

Es regnete seit Tagen ununterbrochen aus tiefen grauen Wolken, dabei pladderte es so gleichmäßig und beständig, dass Minna fürchtete, es würde nie wieder anderes Wetter geben. Sie stand in der Haustür, hatte sich in ihren Mantel gekuschelt und trat fröstelnd von einem Fuß auf den anderen.

Zwei Männer näherten sich. Sie diskutierten darüber, dass die DDR-Behörden mit der gewaltsamen Räumung von Gebäuden entlang der Sektorengrenze zwischen Berlin Ost und Berlin West begonnen hatten. »Der Ulbricht ist mir nicht geheuer, die haben drüben ein Gesetz zur Verteilung …« Mehr konnte Minna nicht verstehen, die Männer entfernten sich in der Dunkelheit.

Es war kurz vor elf. Lilo musste gleich kommen, die Vorstellung war seit einer halben Stunde vorbei.

In diesem Moment hielt Witzels Mercedes vor dem Haus, Minna rannte hin, öffnete die hintere Tür und stieg ein. Im Wagen roch es nach Parfüm und Zigaretten.

Minna hielt sich nicht lange mit der Begrüßung auf. »Hallo Willy, Lilo, hat es was ergeben?«

Lilo drehte sich auf dem Vordersitz um. Sie trug ein burgunderrotes Abendkleid unter einer Nerzstola und traumhaften Perlenschmuck. »Möchtest du eine rauchen?«, fragte sie.

»Ich hab's ein bisschen eilig«, sagte Minna atemlos, »Romy ist allein oben, falls sie wach wird ... Sie kann jetzt allein aus dem Kinderbett klettern.«

Lilo zündete zwei Zigaretten an, reichte ihrem Mann eine und begann zu berichten. »Gut, ich mach schnell: Sie waren zu zweit an der Garderobe. Als nicht mehr viel zu tun war, habe ich der Jüngeren unseren Garderobenzettel gegeben und gefragt, ob sie Gerlinde sei. Sie war natürlich verdutzt. Dann habe ich gesagt, dass ich die Freundin von Hanne Volkening sei, dass Hanne früher ab und zu im Theater gearbeitet und viel von ihr erzählt hätte. Daraufhin meinte Gerlinde, das könne sie sich kaum vorstellen, denn nach ihrem letzten gemeinsamen Abend wäre Hanne nur noch einmal ins Theater gekommen, und dann nie wieder. Irgendwie wirkte sie ziemlich eingeschnappt. Ich habe gefragt, ob es mit der Autopanne nach der Feier zu tun hätte. Sie hat mich angeschaut wie 'ne Gans, wenn's donnert. Ihre Isetta hätte sie noch nie im Stich gelassen, und was ich damit meinen würde. Ich hab so getan, als hätte ich mich geirrt und gesagt: ›Oh, dann bringe ich was durcheinander. Ich hatte in Erinnerung, dass Sie mit

Hanne nach Hause fahren wollten und fast den ganzen Weg zu Fuß gehen mussten, weil die Isetta kaputt war.‹«

»Und dann?«, fragte Minna ungeduldig.

Lilo schaute sie ernst an. »Ja, dann hat sie gesagt, dass sie eher nach Hause gefahren sei. Dass Hanne nicht mitwollte, die sei mit dem Chef im Taxi mitgefahren, weil der denselben Weg hatte.«

Minna schluckte. »Mit dem Chef? Wer ist denn der Chef?«

»Das musst du rausfinden, ich konnte mich nicht länger mit ihr unterhalten.«

Ratlos schüttelte Minna den Kopf. »Mit dem Chef ist Hanne nach Hause gefahren? Wer zum Teufel ist Chef der Garderobenfrauen?«

Willy Witzel hatte die ganze Zeit schweigend zugehört, jetzt drehte er sich um. »Wenn mich nicht alles täuscht, ist das Kulturamt dafür zuständig. Den Namen kriegt man raus!«

In dieser Nacht machte Minna kein Auge zu. Hanne hatte sie angelogen. Es hatte keine Autopanne gegeben. Sie war nicht mit Gerlinde zu Fuß nach Hause gegangen. Sie war mit dem Chef, wer immer das war, im Taxi gefahren. Es stimmte, Hanne war irgendwann nicht mehr ins Theater gegangen. Minna erinnerte sich, nach dem Grund gefragt zu haben.

»Die sind im Herbst und Winter an der Garderobe immer zu zweit. Wenn die Leute die schweren Mäntel abgeben, schafft eine allein das nicht. Ich brauche im Moment nicht auszuhelfen«, hatte Hanne gesagt.

Minna hatte sich damit zufrieden gegeben und nicht weiter nachgefragt. Sie war überhaupt nicht auf die Idee gekommen, dass ihre Tochter nicht die Wahrheit sagte.

Der Chef. Mit dem Chef im Taxi nach Hause gefahren. Was hatte Lilo gesagt? Weil er denselben Weg hatte? Bedeutete das, dass er in der Nähe wohnte? Waren sie sich womöglich schon begegnet?

Im Nachhinein fiel Minna auf, wie bereitwillig Hanne sich daran gehalten hatte, im letzten Stadium der Schwangerschaft nicht so oft rauszugehen, meistens waren sie erst am Abend spazieren gegangen, wenn die Stadt menschenleer gewesen war. Hatte die Möglichkeit bestanden, diesem Mann zu begegnen? Wollte Hanne das vermeiden? Hatte sie ein Verhältnis mit jemandem gehabt, der irgendwo in den Straßen rund um den Markt wohnte? Mit dem Taxi, denselben Weg ... Minna konnte nicht aufhören, darüber nachzudenken.

Als es draußen hell wurde, stand sie auf. Sie zog ihren Morgenmantel an und ging zum Fenster. Es regnete immer noch. Der Regen perlte in kleinen Rinnsalen an den Scheiben hinab. Schwer vor Nässe glänzten drüben die Blätter der Kastanie. Sie drehte sich um, schaute auf das schlafende Kind im Gitterbettchen und murmelte: »Wer ist dein Vater?«

Dann hatte sie eine Idee. Ungeduldig wartete sie, dass es halb neun wurde, dann nahm sie Romy auf den Arm und lief hinunter.

Hulda Kannegießer war schon da. »Minna, bei dem Wetter liest man mehr, ich habe Western reinbekommen, willst du den neuen ...«

Minna unterbrach sie. »Hast du ein Adressbuch?«

»Zum Ausleihen? Nein, da musst du zum Postamt gehen.«

»Mist. Ich müsste dringend was nachschauen.«

»Ich habe nur ein altes von 1955, wenn dir das weiterhilft?«

Minna nahm es und ging mit Romy wieder nach oben. Sie setzte die Kleine in den Laufstall und drückte ihr eine Scheibe Brot in die Hand. Romy liebte Brot und würde eine Weile damit beschäftigt sein, es zu essen und damit herumzumatschen.

Als sie sich eine Zigarette anzündete und das Adressbuch aufschlug, zitterte Minna vor Aufregung. Auf Seite vierzehn fand sie, was sie gesucht hatte: *Behörden und allgemeiner Teil*. Sie fuhr mit dem Finger in die nächste Zeile. *Inhaltsübersicht*, nein, das war es nicht. Der nächste Absatz war mit *Sachregister* überschrieben. »Staatsanwaltschaft, Staatshochbauamt, Stadtbücherei, Stadtsparkasse, Stadttheater! Da haben wir's doch! Seite 19.« Sie fuhr mit der Zunge über ihre Fingerspitze, um das dünne Papier der Seiten schneller umblättern zu können. Leise las sie vor sich hin: »Stadttheater, Tonhallenstraße, Telefon eins sieben vier eins, nach Dienstschluss eins sieben vier sechs, nein, das ist es nicht.« Sie schaute unter dem Stichwort *Behörden*. »Minden, rund fünftausend Häuser, achtundvierzigtausend Einwohner, das will ich doch gar nicht wissen ... Stadtverwaltung, das könnte es sein ...« Minna ging alle Zeilen durch und notierte sich schließlich die Sammelnummer, unter der die Stadtverwaltung über die Vermittlung zu erreichen war.

Was mache ich? Marschiere ich mit Romy ins Theater und frage, wer Chef der Garderobenfrauen ist? Und wenn jemand fragt, warum ich das wissen will? Kann ich sagen, ich möchte mich bewerben? Nein, nachher klappt das noch. Oder gehe ich zum Münzfernsprecher am Postamt und rufe die Stadtverwaltung an? Da sieht mich jedenfalls keiner. Was sage ich? Kann ich einfach fragen, wer für die Garderobenfräuleins zuständig ist? Warum eigentlich nicht? Der Chef hat Hanne im Taxi mitgenommen. Der Chef ist der Mann, den ich suche, ich hab's im Gefühl. Sobald es aufhört zu regnen, ziehe ich Romy an und gehe zum Fernsprecher.

Minna hatte Romy, die im Kinderwagen nur noch sitzen konnte, weil sie eigentlich viel zu groß war, wieder mit dem Ledergeschirr festgebunden. »Du musst schön sitzen bleiben, nicht aufstehen, ja? Omi geht jetzt da rein, und du kannst mich die ganze Zeit sehen.«

Romy freute sich, als Minna den Kinderwagen so hinstellte, dass sie ihre Hand an die Scheibe der Telefonzelle drücken konnte, und Minna von drinnen so tat, als wolle sie sie kitzeln. Mit der anderen Hand warf Minna zwei Groschen in den Münzschlitz, während sie sich den Hörer zwischen Ohr und Schulter geklemmt hatte. Es tutete nur zweimal, bis sich die Stadtverwaltung meldete. Hektisch und viel zu laut sagte Minna: »Guten Tag, mein Name ist Anneliese Schmitt, ich würde gerne wissen, wer für das Stadttheater zuständig ist, also ich meine, welches Amt.«

»Das ist das städtische Kulturamt.«

»Und wer ist da der Chef?«

»Wenn Sie den Amtsleiter meinen, das ist Herr Großjohann, aber er ist leider schon seit vielen Monaten krank.

Soll ich Sie mit seinem Stellvertreter, Herrn Wagner, verbinden?«

Wagner? Minna hielt die Luft an und hängte sofort den Hörer ein. Wagner? Sie kannte nur einen Wagner. Theo Wagner. Der Nazi mit dem Feuermal auf der Wange, der Kerl, dessen Frau ihre Kundin in der Schneiderei gewesen war, und den sie vor vielen Jahren vor der brennenden Synagoge getroffen hatte. SS-Obersturmbannführer.

Wie im Film tauchte die Szene vor Minnas Augen auf, in der sie und Fritz Zeugen geworden waren, als das historische Gebäude in der Kampstraße ausbrannte. Zwei Uniformierte waren aus der Menge aufgetaucht und neben ihnen stehen geblieben. Minna hörte ihre Worte, als sei es gestern gewesen. »Wollen wir doch mal sehen«, hatte einer von ihnen gesagt, »ob wir das Geschmeiß nicht endgültig vernichten können! Das ist der Anfang! Da haben wir ganze Arbeit geleistet, aber das Beste kommt noch, oder?« Das war Theo Wagner gewesen. Er hatte Minna plötzlich angeschaut und gesagt: »Kennen wir uns?« Sie hatte den Kopf geschüttelt, unfähig, ein Wort rauszubringen. »Aber ja«, hatte Wagner mit diabolischem Grinsen gesagt. »Sie sind die Schneiderin meiner Frau! Ich vergesse niemals ein Gesicht.« Dabei hatte er mit dem Kopf hinüber zum Feuer gewiesen, als wollte er sie darauf aufmerksam machen, dass es loderte.

Fritz hatte dafür gesorgt, dass sie schnell nach Hause gingen. Und dann hatte Minna Theo Wagner ein zweites Mal gesehen, in einer Gewitternacht in der Pöttcherstraße, im Sommer 1940, als sie mit Hanne auf dem Arm aus dem Fenster geschaut und mitangesehen hatte, wie

Fannie und ihre Brüder Siggi, Chris und Matze mit Gewehren an ihren Köpfen in einen Transporter geschubst worden waren.

Theo Wagner. War es möglich, dass er stellvertretender Leiter des Kulturamtes war? Um Gottes willen, war er womöglich der Vater von Romy?!

Ihr Herz raste, sie war schweißgebadet, als sie die Telefonzelle verließ und das Kind herzte, das ihr die Ärmchen entgegenstreckte, weil es lieber laufen wollte.

Wagner, Wagner, Wagner. Das konnte nicht sein. Das durfte nicht sein.

Minna nahm Romy auf den Arm und studierte jeden Millimeter des Gesichtchens. Hatte Romy Ähnlichkeit mit ihm? Konnte es sein, dass ...

Minna begann zu weinen.

Nein, nach Hause wollte sie nicht gehen, sie konnte jetzt nicht allein sein.

Wenn sie doch mit Fritz darüber reden könnte! Es ging ihn ja auch etwas an, Romy war seine Enkeltochter, und bei seinem letzten Besuch hatte er zum ersten Mal sogar ein paar Minuten mit ihr gespielt. Für einen Augenblick hatte Minna gedacht, ihr Herz würde stehen bleiben: Dieses Bild, Fritz mit dem kleinen Mädchen – das gleiche Bild hatte sie schon einmal gesehen, 1944, als er mit Luise so dagesessen hatte. Nur wenige Tage später war sie gestorben. *Wenn es einen Gott gibt*, hatte sie gedacht, *dann hat er mir Romy geschickt, als Trost vielleicht, weil er mir Luise genommen hat.*

Sie schüttelte sich, als könne sie so die Schatten der Vergangenheit loswerden. Fritz konnte ihr hier und heute auch nicht helfen. Er war mit der Person in den Harz gefahren.

Minna setzte Romy wieder in den Kinderwagen, gab ihr eine halbe Scheibe Brot, damit sie sich ohne Geschrei anschnallen ließ, und machte sich auf den Weg zur Weserwerft.

Vor dem Pförtnerhäuschen nahm sie Romy wieder auf den Arm, sie schauten durch die Scheibe, und Minna ließ das Kind mit der Faust daran klopfen.

»Schwesterherz, du siehst aus, als hättest du ein Gespenst gesehen!«

»Eher hab ich von einem gehört ...« Minna erzählte von ihrem Telefonat mit der Stadtverwaltung und von ihrem fürchterlichen Verdacht.

»Da kann ich dich sofort beruhigen. Theo Wagner ist nicht beim Kulturamt, sondern bei der Polizei, das hat Fannie nämlich mal erzählt«, sagte Karl.

»Aber das Fräulein am Telefon hat gesagt, der stellvertretende Kulturamtsleiter sei Herr Wagner!«

»Das haben wir gleich.« Karl stellte Romy an den Schreibtisch, sie hielt sich mit einer Hand fest und lief mit wackeligen Schritten daran entlang. »Hast du die Nummer?«, fragte er und griff nach dem schwarzen Telefonapparat.

»Eins, sieben, vier, eins.«

Karl hatte seinen Bleistift hinters Ohr geklemmt, jetzt benutzte er ihn, um die Wählscheibe zu drehen.

»Hallo, hallo!«, krähte Romy mit vollem Mund. Karl machte mit dem Zeigefinger ein Zeichen vor den Lippen und sagte »Psst«, was Romy aber nicht zum Schweigen veranlasste. Sie rief noch lauter: »Hallo, hallo!«

Rasch ging Minna mit ihr vor die Tür.

Karl telefonierte kurz und winkte sie wieder herein. »Der Mann heißt Paul Wagner.«

»Paul? Woher weißt du das?«

»Ich habe gefragt, ob ich den stellvertretenden Amtsleiter Theo Wagner sprechen könnte. Daraufhin sagte das Fräulein, es gäbe einen Paul Wagner, ob ich den meine.«

»Paul Wagner«, flüsterte Minna. »Das muss er sein.«

23

Fannie

Anfang Oktober 1961

»Du siehst ja großartig aus!«, rief Minna und fiel ihrer Freundin um den Hals.

»Vielleicht kannste mich erst mal reinkomm'n lass'n, ich hab schwer zu schleppen!«, lachte Fannie.

Sofort nahm Minna ihr die Einkaufstaschen ab, ging vor und stellte sie im Wohnzimmer auf den Tisch. Eine bunte Plastikwindmühle an einem Holzstiel guckte oben raus. Romy sah sie sofort, stellte sich blitzschnell an das Gitter im Laufstall und machte unmissverständlich klar, dass sie das Ding haben wollte.

»Meine Herr'n, is' sie groß geworden! Und wie schick se is', Minna, da haste wieder toll genäht, so'n süßes Kleid!« Sie ging vor Romy in die Hocke, die sich davon nicht beeindrucken ließ und so lange energisch »Da!« rief und auf die Windmühle zeigte, bis Fannie sie ihr gab.

Minna ging in die Küche, um Kaffeewasser aufzusetzen, Fannie nahm das Kind aus dem Laufstall.

»Sie läuft ja auch schon!«, rief sie, als Romy schnurstracks zum Tisch flitzte, die Ärmchen reckte und auf die Taschen zeigte. »Da!«

»Die willste hab'n? Ja, mein Schätzeken, kriegste, is' ja auch was für dich drin, das weißte schon, mein schlaues Mäuschen.«

Die beiden setzten sich auf den Fußboden, und Fannie sah zu, wie Romy mit wachsender Begeisterung einen Teddy, eine Puppe und ein kleines Lebkuchenherz aus der Tasche zog.

Minna stellte das Tablett mit der Kaffeekanne und den Tassen ab. »Hast du die Kirmes geplündert?«

Fannie musste lachen. »Ich war bei meiner Freundin inne Schießbude un' hab die Puppe und den Bär abgestaubt, dann hab ich noch 'ne Tröte mitgebracht. Die hab ich ihr aber noch nicht gezeigt, wenn se spitzkriegt, wie man damit Krach macht, versteh'n wir unser eigenes Wort nich.«

Sie setzte Romy mitsamt dem Spielzeug wieder in den Laufstall und beobachtete sie beim Spielen. »Wie schnell se wächst, jetzt läuft se, meine Güte, Minna, die Zeit vergeht! Hätte nie gedacht, dass ich so was mal sage, aber was hat se in den paar Monaten 'n Schuss gemacht ...«

Minna schenkte Kaffee ein. Leise sagte sie: »Romy ist jetzt so alt wie Luise, als sie gestorben ist. Ich muss in letzter Zeit oft an sie denken. Und ich hab sogar das Gefühl, dass Romy ihr ähnlich sieht.«

»Nee, das kann nich' sein, das bildeste dir ein. Kann ich aber versteh'n, dass die kleine Maus dich an sie erinnert.«

»Wieso bist du um diese Zeit schon in Minden, ihr baut doch noch lange nicht für die Messe auf?«, lenkte Minna ab.

Irgendwie kam es Fannie großkotzig vor, den nächsten Satz zu sagen, aber so war es nun mal: »Wir ham uns 'n Haus gekauft, 'n Bungalow, ganz inner Nähe vonner Ranch. Und da muss ich mich drum kümmern.«

Minnas Freude war neidlos und aufrichtig. Fannie erzählte von dem Winkelbungalow, in dem sie und Hans schon den kommenden Winter verbringen würden. Die Ranch mit dem Haus von der Erbtante würde Cousin Dietrich übernehmen, er würde sich auch um die Schausteller kümmern, die ihr Winterquartier auf dem Gelände aufschlugen. »Zur Not sind wir schnell da, wir kriegen nemmich auch 'n Telefon.«

Fannie und Hans freuten sich auf den Winter, auf die Ruhe und auf die Geselligkeit untereinander. Fannie erzählte, dass es inzwischen Schaustellervereine gab, deren Mitglieder sich während der dunklen Monate trafen und zusammen feierten, fröhliche Feste und sogar einen Winterball.

»Wofür braucht man einen Verein? Ihr seid doch die Hälfte des Jahres unterwegs und selten am selben Ort?«, fragte Minna.

»Sogar länger. Kann sein, dass wir uns bald mit neu'n Bud'n auf Plätze bei Weihnachtsmärkten bewerb'n. Hans will das gerne mach'n, aber ich bin da nicht so für. Bis November reicht mir ei'ntlich, dann is' es kalt und früh dunkel, kostet 'n Heid'ngeld an Strom, weil wir die Lichter früher anmach'n müss'n. Und wenn wir abends schlaf'n geh'n, müss'n wir das Wasser abdreh'n, sonst friert das in den Schläuch'n. Aber um auf die Vereine zu kommen, die sind 'ne gute Sache, stärk'n den Zusammenhalt unter den Schaustellern. Dies' Jahr kommt Gerhard Wendland als Stargast zum Winterball, wird ausse Vereinskasse bezahlt.«

Fannie erzählte vom Schaustellerverband, den es jetzt in fast jeder Stadt gab. »Die kümmern sich um unsere Interessen und sprech'n bei Problemen mit den Leuten vonner Stadt und so. Ich will da auch 'n bisschen mitmischen.«

»Mensch, Fannie, du hast richtig was vor, eines Tages wirst du noch Bürgermeister!«, scherzte Minna.

»Na, ob wir den Tach noch erleben werden, dass 'ne Frau Bürgermeister vonner Stadt wird? 'Ne Sinteza? Eine vom Schock? Da glaub ich nicht dran, eher singt Inge Meysel Rock 'n' Roll. Aber man muss es ja auch mit der Modernität nich' übertreib'n.«

Minna wollte jede Einzelheit über den Bungalow wissen, und Fannie beschrieb alles, so gut sie konnte. Eine Anbauküche würden sie bekommen, Zentralheizung und Teppichauslegware im Wohnzimmer. »Weil ich doch seit'm Lager immer kalte Füße hab. Ich glaub, wenn man mal so gefror'n hat, wird ei'm nie wieder richtig warm.«

»So ein teures Haus, nur für den Winter«, dachte Minna laut.

»Ich geh auf die fuffzich und hab's in den Gelenk'n, irgendwann ist die Fahrerei zu viel für die alt'n Knoch'n, dann mach ich nur noch Büro und genieß mein Leb'n.«

So ganz traute Fannie ihren eigenen Worten nicht. Sie war schon als kleines Kind im Schaustellergewerbe gewesen und konnte sich eigentlich nicht vorstellen, jemals etwas anderes zu machen. Aber dieses Leben heute war ein anderes als das frühere, in dem sie und ihre Familie als Korbflechter und Wahrsager durchs Land gezogen waren. Die Schaustellerei entwickelte sich zu einem Gewerbezweig, der in jeder Saison enorme Summen umsetzte. Allein was Hans in die Karussells investiert hatte, ging in die Abertausende. Da musste jedes Geschäft wohl überlegt kalkuliert werden, sonst funktionierte in diesem Beruf nichts. Die Leute wollten sich vergnügen, und Vergnügen bedeutete für die einen harte Arbeit – und finanzielle Risiken für die anderen. Fannie hatte schon oft versucht zu schätzen, wie viele Menschen jedes Jahr Kirmessen und Volksfeste besuchten, es mochten Millionen sein.

Nach dem Krieg hatte sich viel verändert. In den ersten Jahren danach war es noch relativ leicht gewesen, Plätze auszumachen, heute war das schwieriger. Wo früher fünfzig Schausteller standen, waren es nun oft mehr als hundert, aber die Kirmesplätze hatten sich kaum vergrößert. Alles musste auf engstem Raum untergebracht werden, es gab jede Menge Sicherheitsbestimmungen, das war alles nicht so einfach. Manchmal fragte Fannie sich, woher sie und Hans die Kraft nahmen, um bei Wind und Wetter Jahr für Jahr durchzuhalten. Vielleicht war es der starke Zusammenhalt unter den Schaustellern oder die kollegiale Gemeinschaft, die gemeinsame Freude daran, Menschen zu unterhalten, und der Wunsch, etwas Sinnvolles zu tun. *Wie wäre es gelaufen, wenn ich Kinder gehabt hätte*, dachte Fannie mit Blick auf Romy, die jetzt mitten in ihrem Laufstall stand und herausgefunden hatte, dass die Windmühle sich drehte, wenn man sie nur heftig genug schüttelte. *Sie ist ein Kind ohne Vater, mein Hans und ich sind Eltern ohne Kind.* Fannie seufzte. Nicht darüber nachdenken, das Leben hatte es ja doch noch gut mit ihnen gemeint. »Wann kommt Hanne nach Hause?«, fragte sie.

»In zwei Wochen. Endlich, so lange war sie noch nie weg. Hoffentlich hab ich Romys Vater bis dahin gefunden.«

»Ihren Vater? Wie denn das? Ich denke, Hanne sagt nix?«

Fannie staunte nicht schlecht, als Minna ihr von ihrem Plan erzählte und davon, was sie rausgefunden hatte.

»Nu sag schon, kennst du den Kerl?«

Warum rauchte Minna auf einmal so hektisch und druckste herum?

»Das kann ... ein Zufall sein, aber ... es kann auch sein, dass die ... verwandt sind ...«, stammelte sie.

»Hä? Wenn du den Vater gefund'n hast, is er natürlich mit Romy verwandt, was redest du für'n Quatsch?«

»Nein, ich meine, der Mann, er heißt Paul. Paul Wagner. Und ich weiß nicht, ob er mit ... mit *dem* Wagner verwandt ist.«

»Oh.« Fannie schwieg einen Moment. Dann sagte sie: »Jetzt würd ich 'nen Schnaps nehm'n, wennde einen hast.«

Sie habe in den vergangenen Wochen immer wieder zur Feierabendzeit vor der Stadtverwaltung gewartet, erzählte Minna. »Aber ich habe doch keine Ahnung, wie er aussieht. Ich kann schlecht jeden Mann, der da rauskommt, fragen, wie er heißt. Jedes Mal steh ich mit einem anderen Hut oder Kopftuch da, mal neben dem Eingang, mal auf der anderen Straßenseite, aber ich bin mit Sicherheit schon aufgefallen, weil ich immer den Kinderwagen mit Romy dabeihabe. Solange ich keine Ahnung habe, wer von denen es ist, kann ich nichts machen. Das Gefühl zu wissen, dass ich ihm mit Sicherheit schon begegnet bin, dass er an uns vorbeigegangen ist, an seinem eigenen Kind, vielleicht, das ist schon komisch. Ich hab natürlich überlegt, ob ich ins Amt marschiere und ihn direkt zur Rede stelle, aber da komme ich nicht weiter als bis ins Vorzimmer. Und ihm Romy einfach so zu präsentieren, ist mir zu gefährlich. Wer weiß, was das für ein Mensch ist. Immerhin war er skrupellos genug, meiner minderjährigen Tochter ein Kind zu machen. Und immerhin hat er sie irgendwie dazu gebracht, ihn nicht zu verraten. Ich muss vorsichtig sein. Das Jugendamt hat die Vormundschaft und duldet nur, dass ich mich um Romy kümmere. Wenn ich mir irgendwas zuschulden kommen lasse oder bloß unangenehm auffalle, können sie uns das Kind wegnehmen.«

Fannie überlegte: »Nazi-Wagner war damals um die dreißig, der müsste heute also über fuffzich sein. Wenn die verwandt sind ... vielleicht ist Paul Wagner sein Sohn? Aber ... nee ... wenn er ’n hohes Tier bei der Stadt ist, muss er älter sein, als Jungspund kriegste so ’nen Posten nich’. Vielleicht isses der Bruder? Haste im Adressbuch geguckt?«

»Ja. Es gibt vier Männer mit dem Namen Paul Wagner.« Minna zeigte ihr die Adressen, die sie aus dem Adressbuch abgeschrieben hatte.

»Gut«, sagte Fannie, »dann muss man sich überall auffe Lauer legen und guck’n, wer da raus- oder reingeht.«

»Ja, und dann? Merke ich mir die Gesichter, stelle mich wieder auf meinen Posten an der Stadtverwaltung und vergleiche? Das krieg ich mit dem Kind nicht hin! Außerdem will ich wissen, wer der Richtige ist, bevor Hanne wieder da ist. Ich habe keine Zeit mehr.«

»Na, du hast doch 'ne Schwägerin, die sich bestimmt noch mit Bespitzeln auskennt. Was ist mit der?«

»Wilhelmine? Ich soll Wilhelmine ansetzen, um ...«

»So schlecht is' die Idee nicht. Sie hat Zeit genug, oder arbeitet sie was?«

»Nein, sie macht den Haushalt und piesackt Karl, dazwischen kümmert sie sich um Irmi und die Erziehung der Enkel.«

»Siehste. Sie muss doch nur guck'n, welcher der Wagners morgens in die Stadtverwaltung geht. Ich bin sicher, dass ihr so was Höllenspaß macht.«

Minna zögerte. »Ich weiß nicht, ob ich möchte, dass Wilhelmine vor mir erfährt, wer Romys Vater ist.«

»Sag ihr nicht, dassde weißt, wo er arbeitet. Sag ihr nur, dass es vielleicht einer von denen ist, und ob se rausfind'n kann, wo die alle arbeiten.«

Nach einer Weile schüttelte Minna heftig den Kopf. »Nee, Fanny. Nee, nicht Wilhelmine.« Bittend schaute sie ihre Freundin an. »Kannst du das machen? Ich meine, du hast ein Auto, kommst überall schnell hin und kannst vom Wagen aus alles beobachten. Und wenn du jetzt eine Weile in der Stadt bist, vielleicht hast du ein paar Stunden Zeit?«

Jetzt zögerte Fannie. Eigentlich hatte sie mit dem Haus mehr als genug zu tun. Aber dann dachte sie daran, wie sehr Minna sie damals unterstützt hatte, und willigte ein.

Der erste Paul Wagner, den Fannie aus einem uralten Haus in der Videbullenstraße kommen sah, war über siebzig und ging am Stock. Der zweite lebte in einer so schäbigen Gegend in der Nähe des Bahnhofs, dass sie ihn als Kandidaten ausschloss. Der dritte wohnte in einem Mietshaus mit drei Klingeln. Fannie parkte vor der Tür, stieg aus und schaute sich die Namen an. *P. Wagner, Pfarrer i. R.* Das war er auch nicht. Blieb nur noch einer.

24

Minna

Oktober 1961

Das musste er sein. »Um die vierzig, groß, blond, teurer Hut und feiner Zwirn. Er hat ganz helle Augen und so'n stechenden Blick wie Hans Albers. Nich' mein Fall, aber schon schnieke«, hatte Fannie gesagt. Früh um sechs hatte sie in ihrem Auto gesessen und die Haustür keine Sekunde aus den Augen gelassen. Als er das Haus verlassen hatte, sie ihm im Schritttempo gefolgt war und er den Weg zur Stadtverwaltung eingeschlagen hatte, war alles klar gewesen.

Der Mann hatte eine lederne Aktentasche in der Hand, trug einen dunkelblauen Mantel, dem Minna ansah, dass er aus gutem Stoff war, und einen passenden Hut. Neben ihm ging ein ältliches Fräulein, sah zu ihm auf, redete die ganze Zeit auf ihn ein und konnte kaum mit ihm Schritt halten. Die beiden kamen direkt auf Minna zu.

»Auf Wiedersehen, Herr Wagner, und ein schönes Wochenende!«, hörte Minna das Fräulein sagen. Ihr Herz setzte kurz aus, bevor es wild zu hämmern begann. Kein Zweifel. Minna presste die Lippen zusammen, um nicht vor Aufregung zu keuchen. *Herr Wagner*, hatte sie gesagt. Fannie hatte ihn gut beschrieben. War er ihr bei den letzten Malen, als sie hier gestanden hatte, nicht aufgefallen? Sie erinnerte sich nicht.

Das o-beinige Fräulein überquerte die Straße, Wagner war nur wenige Schritte entfernt. Minna wandte sich rasch ab, winkte, tat so, als würde sie unter den Leuten, die durch das Portal der Stadtverwaltung strömten, jemanden erkennen. Aus dem Augenwinkel sah sie, dass Wagner sie nicht beachtete. Rasch drehte sie sich wieder um, schlug den Kragen hoch, steckte die Hände tief in die Manteltaschen und folgte ihm.

O Gott, ich kann nicht glauben, was ich hier tue. Ich verfolge den Mann, der meiner Tochter ein Kind gemacht hat. Dieser Lulatsch mit den breiten Schultern ist Romys Erzeuger. Also, vielleicht. Wahrscheinlich. Höchstwahrscheinlich. Eigentlich ist er viel zu alt. Der ist mindestens Mitte vierzig. Heiliger Strohsack, dann ist er fünfundzwanzig Jahre älter als Hanne. Und nur ein paar Jahre jünger als ihr Vater, Fritz ist zweiundfünfzig. Wo geht er hin? Jedenfalls nicht nach Hause, das wäre die entgegengesetzte Richtung. Hilfe, wenn er mich bemerkt, was soll ich sagen? Sie sind doch sozusagen der Chef der Garderobenfrauen, haben Sie meine Tochter nach der Feier im Königshof im Taxi mitgenommen? Haben Sie ihr ein Kind gemacht? Wollen Sie bitte die Verantwortung übernehmen und dafür zahlen? Wir leben nämlich von der Fürsorge, wissen Sie. Meine Tochter ist lungenkrank und in der Heilstätte, ich kümmere mich um das Kind, deswegen kann ich nicht mehr arbeiten, aber es ist ja auch Ihr Kind, also bitte … Soll ich das sagen? Und dann? Wird er Hurra rufen und sich bedanken, dass ich ihm endlich Bescheid sage? Wohl kaum. Eher wird er alles abstreiten. Wie steht Hanne dann da? Mist, Mist, Mist. Er wohnt in einem schönen Haus. Er hat eine Frau und zwei Kinder. Fannie hat sie vom Auto aus gesehen. Das Mädchen ist dreizehn oder vierzehn, hat sie gesagt, der Junge etwas jünger. Wenn man es genau nimmt, sind es Romys Halbgeschwister. Verflixt und zugenäht, wenn ich was falsch mache, nehmen sie uns das Kind weg, und Hanne wird ihres Lebens nicht mehr froh. Und ich auch nicht.

Paul Wagner ging rechts, links, wieder rechts und bog in eine Seitenstraße in der Nähe des Domhofs ein. Minna blieb an der Ecke stehen. In diese Gasse würde sie ihm gewiss nicht folgen, da hinten war das Parkstübchen, eine Kneipe mit zweifelhaftem Ruf. Tatsächlich verschwand er in der Gaststätte. Und jetzt? Sollte sie vor der Tür auf ihn warten? Ausgeschlossen. Hineingehen? Unmöglich.

Ich kann nichts machen. Er ist drin, ich kann nicht rein, und überhaupt, was hat mich bloß geritten, dass ich hier stehe und nicht weiterweiß? Ich kann doch diesen wildfremden Mann nicht ansprechen und ihm erzählen, dass ich sein Kind großziehe. Sie stampfte mit dem Fuß auf. Wut überkam sie in einer heißen Welle, schnürte ihr die Kehle zu, ließ Tränen in ihre Augen schießen, bohrte sich mit eiserner Faust in ihren Magen. *Himmel, Arsch und Zwirn, er wird davonkommen. So wie Fred, der mich betrogen hat und davonkam, so wie Fritz, der sich mit der Person im Harz amüsiert, und auch dieser Wagner hat seine Frau betrogen und marschiert seelenruhig in eine Wirtschaft, um darin Geld auszugeben, das er genauso gut für den Unterhalt seiner Tochter ausgeben könnte. Ausgeben müsste. Sollte. Ich liebe meine Romy, ich liebe meine Hanne, ich möchte immer alles für sie tun, aber ich habe doch kein Geld. Und nach all den Jahren hab ich auch keine Kraft mehr.*

Weinend ging Minna nach Hause.

Fannie kam ihr im Korridor entgegen. »Deine Enkelin ist frisch gebadet und gepudert, sie hat ihr Butterbrot gemampft und Kakao getrunk'n. Seit fünf Minut'n schläft se wie'n Engel. Erzähl, haste ihn geseh'n?«

Minna streifte die Schuhe ab, hängte ihren Mantel auf den Bügel und holte sich zuerst ein Glas Wasser. Fannie sah ihr an, dass sie geweint hatte, aber sie sagte nichts dazu.

Sie rauchten schweigend eine Zigarette.

Müde berichtete Minna Fannie, was sie gesehen hatte.

»Er geht ins Parkstübchen? Das is 'ne üble Spelunke. Was macht so'n feiner Pinkel vonner Stadt da? Im Parkstübchen steh'n auf jedem Quadratmeter hundert Jahre Kittch'n. Ich weiß das von unser'n Jungs, im Winter geh'n die da zocken. Da geht's oft um richtige Summen, früher stand dauernd die Polente auffer Matte, wegen verbotenem Glücksspiel und so. Da is der rein? Meinste, der is 'n Spieler? Ich hör mich auffer Ranch mal um. Biste morgen zu Hause? Wenn ich vom Wochenmarkt komme, klingel ich bei dir. Dann weiß ich mehr. Jetzt beruhigste dich erst mal und liest dein Buch mit dem schick'n Sheriff.«

Sie zeigte grinsend auf den Western, der aufgeschlagen auf dem Tisch lag. »Hab mal drin geschmökert …«

Am nächsten Tag wusste Minna, dass Paul Wagner im Parkstübchen Stammgast war.

»Der zockt jeden Freitag nach'm Büro und samstags ab fünf. Kommt immer pünktlich, da kannste die Uhr nach stellen, so'n Beamtenheini eben«, erzählte Fannie.

»Samstag? Also heute«, sagte Minna. Sie fasste den Entschluss sofort. Jetzt wollte sie es wissen. »Kannst du noch mal bei Romy bleiben?«

»Sicher. Minna, du gehst nich' rein in den Schupp'n, das musste mir versprech'n. Is' kein Lad'n, wo man als Frau reingeh'n sollte, wenn dich da einer sieht, haste dein'n Ruf wech.«

»Jaja.«

Minna stand vor ihrem offenen Kleiderschrank. Sie wählte den braunen Teddymantel mit dem blauen Futter, einen braunen Hut mit königsblauem Ripsband, dazu ein gemustertes Halstuch aus Kunstseide und ihre besten Schuhe. Die zimtfarbenen Lederhandschuhe hatte sie von Lilo abgestaubt, sie passten perfekt zu Hut und Tuch. Sorgfältig zog sie ihre Augenbrauen nach, trug einen dezenten Lippenstift auf und tupfte sich damit auch ein paar Punkte auf die Wangenknochen, die sie dann gekonnt verwischte.

»Mensch Minna, siehst aus wie's blühende Leb'n, wie 'ne ganz feine Dame, die ausser Sommerfrische kommt«, entfuhr es Fannie, als Minna das Wohnzimmer betrat und sich vor ihr drehte wie ein Mannequin.

»Ich *bin* eine Dame. Dame sein hat nix mit dem Portemonnaie zu tun.«

»Noch mal: Du gehst da nich' rein! Du wartest vor der Tür. Er kommt auf fünf Uhr, getz isses vier. Und wennde da 'ne ganze Stunde stehst und wartest, egal, aber nicht reingeh'n! Und wenn er dich angreift oder irgendwie gefährlich wird, läufste wech! Kannste in den Schuhen rennen, wenn's sein muss?«

Minna versprach's, rückte ihren Hut noch mal zurecht und verließ die Wohnung.

Der Weg zum Parkstübchen war nicht weit, das Lokal war keine fünfhundert Meter vom Markt entfernt. Dieses Mal überlegte sie nicht, was sie sagen würde, und wie sie es sagen würde, und was sie antworten würde, falls er dieses oder jenes sagen würde. Sie würde es tun und fertig. Und sie würde keinesfalls als arme Bittstellerin auftreten.

Sie wartete in einem Hauseingang, von dem aus sie die Gasse überblicken konnte. *Herr im Himmel, lass keinen aus diesem Haus kommen, mach, dass mich keiner sieht und dass keiner fragt, was ich hier zu suchen habe.*

Um fünf vor fünf bog Paul Wagner um die Ecke. Sie straffte sich, nahm die Schultern zurück, trat auf die Straße und hing erhobenen Hauptes auf ihn zu. Direkt vor ihm blieb sie stehen. »Guten Tag, Herr Wagner!«

Er lüftete automatisch den Hut, behielt ihn in der Hand und schaute sie irritiert an. »Guten Tag, Frau ... Entschuldigen Sie, ich weiß im Moment nicht, woher wir uns kennen.«

»Ich bin Minna Volkening, und ich habe eine Tochter, sie heißt Hanne. Hanne Volkening.«

Wagner wurde bleich, seine Lider flatterten über den auffällig blauen Augen. Langsam setzte er den Hut wieder auf. Sein Gesicht zeigte jetzt keine Regung mehr. Minna registrierte jedes Detail. *Du kennst sie. Du kennst ihren Namen. Du bist es. Ich weiß es. Ich weiß es einfach.*

Er wollte etwas sagen, aber sie ließ ihn nicht zu Wort kommen und redete hektisch drauflos. »Herr Wagner, ich weiß, dass Sie im Kulturamt arbeiten und in dieser Eigenschaft auch für das Stadttheater zuständig sind. Ich weiß, dass meine Tochter mit Ihnen letzten Herbst nach einer Feier im Hotel Königshof im Taxi mitgefahren ist. Ich weiß sogar ziemlich genau, wann das war.«

Er behielt sein Pokerface bei. Nur in seinem rechten Augenwinkel zuckte das Lid, ganz leicht. »Was soll das? Was wollen Sie?« Er machte sich gerade, es wirkte, als wolle er sich aufplustern, um noch größer zu wirken.

Minna ließ sich nicht einschüchtern. Sie improvisierte: »Es gibt jede Menge Zeugen im Hotel, die wissen, dass Sie und meine Tochter das Lokal gemeinsam verlassen haben.«

Auf ihre bewusst eingesetzte Pause reagierte er auch nicht.

»Sie wissen das mit Sicherheit auch. Vielleicht wissen Sie auch, dass Hanne damals erst neunzehn war. Minderjährig. Was Sie wahrscheinlich nicht wissen: Sie hat im Juni ein Kind bekommen. Und wenn ich Sie mir so ansehe, dann bin ich mir ziemlich sicher, dass Sie der Vater dieses Kindes sind.«

Das Entsetzen in Wagners Gesicht war echt. Minna sah, dass sich Schweißperlen auf seiner Stirn bildeten. »Was sagen Sie da?«, keuchte er heiser.

»Meine Tochter hat im Juni 1960 ein Kind bekommen.«

»Und ... sie sagt ... das Kind sei von mir?«

»Nein. Sie sagt niemandem, wer der Vater ist.«

Irritiert schaute Paul Wagner sie an. »Aber ... dann verstehe ich nicht, was Sie jetzt von mir wollen?«

Die Tür der Gaststätte öffnete sich, man hörte Musik, das Geräusch von Knobelbechern, die auf einen Tisch oder Tresen geknallt wurden, Männerstimmen. Ein Mann kam heraus, angetrunken, tippte grüßend an seine Hutkrempe und schwankte an ihnen vorbei.

Wagner schaute auf seine Armbanduhr. »Tut mir leid, ich habe es ...«

Sie fiel ihm ins Wort. »Ich fürchte, Sie müssen Ihre Verabredung zum Pokern für heute verschieben. Wir haben einiges zu besprechen.«

Er schnappte nach Luft, protestierte: »Was fällt Ihnen ein!«, aber Minna hatte jetzt ordentlich Oberwasser und sagte, bevor er einen weiteren Ton rausbrachte: »Nein, Herr Wagner, es gibt keine andere Möglichkeit, es sei denn, Sie möchten, dass ich Sie im Kulturamt aufsuche. Ist Ihr Chef, der Herr Großjohann, eigentlich noch auf Dienstreise? Oder soll ich vielleicht lieber zu Ihnen nach Hause kommen? Ihre Adresse habe ich, das wäre wirklich kein Problem für mich.«

»Was zum Teufel wollen Sie von mir?« Wagners Stimme klang jetzt ärgerlich.

Minna machte eine beruhigende Geste. »Herr Wagner. Sie haben zwei Kinder, einen Sohn und eine Tochter, nicht wahr? Sie würden sicher auch alles für sie tun. Ich habe meine Tochter Hanne und ein Enkelkind. Im Grunde wollen wir beide bestimmt dasselbe: Wir wollen, dass es unseren Kindern gut geht. Bevor Sie sich aufregen – ich sehe die Ader an Ihrer Schläfe dick werden –, sollten Sie wissen: Ich will Ihnen weder drohen noch will ich Sie erpressen. Ich will mit Ihnen gemeinsam eine Lösung finden, mit der wir alle leben können.«

Paul Wagner sah sich um, als sei jemand da, der ihnen zuhören könne, dann zischte er: »So, gute Frau, jetzt halten Sie aber mal die Luft an! Sie können nicht einfach aus dem Nichts aufkreuzen, mich mitten auf der Straße ansprechen, mir unterstellen, dass ich Ihre Tochter ... dass Ihre Tochter von mir ...«

»Ein Kind gekriegt hat, ja, sprechen Sie bitte weiter!«

»Jetzt ist Schluss! Wie reden Sie denn mit mir?«

War sie zu weit gegangen? Minnas Herz raste. Sie riss sich zusammen, um sich ihre Aufregung nicht anmerken zu lassen. Sie stieß einen theatralischen Seufzer aus, wischte sich gewissenhaft einen nicht vorhandenen Fussel vom Mantel und schaffte es tatsächlich, ihre Stimme ruhig und lässig klingen zu lassen. »Wollen Sie wirklich abstreiten, dass Sie im Herbst 1959 im Hotel Königshof gewesen sind, dass Sie Hanne dort getroffen haben, und dass Sie ihr am Ende des Abends angeboten haben, sie im Taxi mitzunehmen, weil Sie denselben Weg hatten?« Sie schaute Wagner ins Gesicht. Meine Güte, hatte der Mann blaue Augen!

Er wich ihrem Blick nicht aus. »Woher wissen Sie das?« Er machte einen Schritt auf sie zu, Minna wich keinen Zentimeter zurück.

»Ich weiß es. Herr Wagner, meine Tochter ist seit zehn Jahren lungenkrank, sie hat die Hälfte ihrer Jugend in Heilstätten verbracht. So was bleibt nicht folgenlos. Sie ist ein bisschen schüchtern, vielleicht ist sie auch zu vertrauensselig. Aber sie ist kein Flittchen. Sie sind ein gebildeter Mann auf einem guten Posten, Sie haben Familie. Sie sind kein Schweinehund, das sehe ich Ihnen an. Ich war auch mal jung. Ich weiß, wie schnell es passieren kann, dass ein Mann sich vergisst. Ich vermute, Sie haben sich vergessen, und meine Tochter hat sich verleiten lassen. Die Möglichkeit, dass Sie ihr Gewalt angetan haben, habe ich natürlich in Betracht gezogen, aber dafür gibt es in Hannes Verhalten keine Anzeichen. Nun wird sie aber vom Jugendamt extrem unter Druck gesetzt, den Vater zu nennen. Es geht um Geld, wie immer. Das fing schon in der Schwangerschaft an. Sie ist minderjährig und ledig, in solchen Fällen gibt es eine Amtsvormundschaft, und das Amt zahlt für das Kind. Für *Ihr* Kind, Herr Wagner. Bisher hat Hanne beharrlich geschwiegen. Sie ist zurzeit in der Lungenheilstätte, seit Monaten schon, sie kommt nächste Woche zurück. Es sind bereits drei schriftliche Vorladungen bei uns angekommen, einmal bin ich an Hannes Stelle hingegangen. Das war nicht angenehm, o nein. Ich kann Ihnen versichern, die haben so ihre Druckmittel. Sie sind selber bei der Stadt, Sie kennen diese Methoden vielleicht. Das Jugendamt hat bei uns zu Hause unangemeldet eine Kontrolle durchgeführt. Ich bin zäh, ich halte so was aus. Aber ich weiß nicht, wie lange meine Tochter es durchhält, wenn sie dauernd ins Amt bestellt wird, wenn sie mündlich und schriftlich immer wieder aufgefordert wird, den Kindsvater zu nennen, damit eine Unterhaltsklage gegen ihn eingeleitet werden kann, immer mit der unterschwelligen Drohung, dass die Vormundschaft bei Gericht liegt und nicht bei ihr. Und wenn das Jugendamt es so will, kann man uns das Kind wegnehmen.«

Plötzlich hatte Minna keine Energie mehr. Alles, was sie eben gesagt hatte, hatte sie tausendmal gedacht, aber noch nie so konkret ausgesprochen. Sie fühlte sich ausgelaugt, schlapp, als hätten die Worte ihr den letzten Rest ihrer Kraft geraubt. Sie spürte, dass eine Träne ihre Wange hinablief, wischte sie weg, aber sie konnte die weiteren nicht stoppen.

»Wir werden reden, ungestört«, raunte Wagner. »In zehn Minuten im Domgarten. Gehen Sie vor, es ist nicht gut, wenn man uns zusammen sieht.«

Minna zögerte.

»Ich verschwinde nicht, ich werde da sein«, versicherte er.

Also zog sie ihren Hut tief ins Gesicht, eilte aus der Gasse, überquerte den Domhof und setzte sich im Domgarten auf eine Bank, die ein bisschen versteckt stand. Sie zündete sich eine Zigarette an und inhalierte tief.

Wenigstens war er kein Hallodri. Im Gegenteil, er wirkte ziemlich ernst, ein bisschen humorlos sogar. Mit seiner Reaktion hatte sie nicht gerechnet. Womit hatte sie überhaupt gerechnet? Ihr Wille, ihn zu finden und zur Rechenschaft zu ziehen, bevor Hanne zurückkam, hatte sie in letzter Zeit so beschäftigt, dass sie jetzt, nachdem er ihr gegenübergestanden hatte, regelrecht erleichtert war. Er war kein Monster. Er war kein Widerling. Er war offenbar bloß ein Mann, der leichtsinnig eine Dummheit begangen hatte. Und er hatte wirklich nichts von dem Kind gewusst.

Er bog um die Ecke, sah sich suchend um, entdeckte Minna und steuerte auf sie zu. Wortlos nahm er neben ihr

Platz. Als er sich auch eine Zigarette anzündete, zitterten seine Hände so sehr, dass das Streichholz ausging und er es erneut versuchen musste.

Sein Gesicht war ernst, ebenso wie seine Stimme. »Das ist ein ziemlicher Schock für mich. Sie haben sich wirklich Mühe gegeben, mich zu finden.« Er sah sich um. »Weiß jemand, dass Sie mir aufgelauert haben?«

Minna erschrak. Hier war keine Menschenseele. Warum fragte er das? Instinktiv rückte sie ein Stück von ihm weg. »Ja, ich hatte einige Helfer, um Sie zu finden. Es gibt Menschen, die den gesamten Sachverhalt kennen.« Sie hob herausfordernd das Kinn. »Wenn Sie mich erwürgen oder erschlagen wollen, wird man Ihnen schnell auf die Spur kommen.«

»Seien Sie nicht albern. Sie tauchen hier auf und konfrontieren mich mit einer unmöglichen Situation, was erwarten Sie? Wenn Ihre Tochter den Vater ihres Kindes nicht nennen will, kennt sie ihn vielleicht gar nicht. Haben Sie daran mal gedacht?«

Auf diesen Satz war Minna vorbereitet. »Ich wiederhole mich gern. Sie waren auf einer Feier und haben dort meine Tochter getroffen. Als ihre Freundin sie mit nach Hause nehmen wollte, hat sie das abgelehnt, weil Sie von Ihnen im Taxi mitgenommen wurde. Ich kenne die Zeugin, die Sie zusammen gesehen hat, und ich bin sicher, dass ich den Taxifahrer ausfindig machen kann, der Sie am Hotel abgeholt hat ...« Sie zog an ihrer Zigarette und schwieg vielsagend.

Nach einer Ewigkeit, in der Wagner auf seine Schuhe starrte und keine Miene verzog, sagte er: »Ich habe nicht gewusst, dass dieser Abend Folgen hatte.«

Minna atmete erleichtert auf. »Wissen Sie was? Das glaube ich Ihnen. Und ich bin froh, dass man mit Ihnen reden kann.« Sie zog erneut an ihrer Zigarette und schaute ihn nicht an, während sie den Rauch ausblies. »Sie hätten es abstreiten können.«

Wagner schnaubte. »Und dann? Sie würden es drauf ankommen lassen, mir das Gegenteil zu beweisen, oder?«

»Ja. Ehrlich gesagt gehören solche Gespräche nicht zu meinem Alltag. Aber was soll ich tun? Wenn meine Tochter aus der Heilstätte zurückkommt, war sie ein halbes Jahr dort. Ich musste meinen sicheren Posten in der Fabrik aufgeben, damit ich mich um das Kind kümmern kann. Es ist nicht witzig, auf die Fürsorge angewiesen zu sein und immer Angst zu haben, dass sie einem das Kind wegnehmen. Wollen Sie eigentlich gar nichts darüber wissen? Es ist ein ...«

»Nein!« Vehement schüttelte er den Kopf. »Nein. Will ich nicht. Ich will auch nichts von Ihrer Tochter wissen. Ich habe eine unverzeihliche Dummheit begangen. Es tut mir leid, Ihnen sagen zu müssen, dass es wirklich nicht mehr war als das, nur eine Dummheit.« Er lachte auf. »Wissen Sie, was bitter ist? Das war das erste und einzige Mal ...«

Minna zuckte mit den Achseln. Was änderte das schon.

»Wenn Sie mir ein paar Tage Zeit geben, werde ich eine Lösung finden.«

»Was für eine Lösung soll das sein? Es ist doch so: Wenn wir Ihnen nachweisen, dass Sie der Vater sind, müssen Sie zahlen, der Mann vom Jugendamt sprach von fünfundsechzig Mark im Monat. Ich will ehrlich sein. Von der Fürsorge bekomme ich zweihundertsechzig, davon bezahle ich Miete für eine Dachwohnung, Kohlen, Licht und Essen. Kleidung nähe ich selbst, aber wissen Sie, was Kinderschuhe kosten? Ich will mich nicht bereichern, das müssen Sie mir glauben, ich will nur das Kind in Ruhe und ohne Not durchbringen.«

Wagner trat seine Zigarette aus, stützte seine Ellenbogen auf die Knie und vergrub das Gesicht in den Händen. »Nun seien Sie doch mal kurz still, Sie reden ja wie ein Maschinengewehr. Ich muss nachdenken.«

Minna rauchte schweigend zu Ende und ließ ihn denken.

Auf einmal setzte er sich auf, holte seine Brieftasche aus der Innentasche seines Mantels und nahm einen Hundertmarkschein heraus. Er behielt ihn in der Hand. »Vertrauen gegen Vertrauen?«

»Wie meinen Sie das?«

»Hundert Mark, Sie bekommen noch fünfhundert, sehen Sie es als Nachzahlung. Ab dem nächsten Ersten schicke ich Ihnen jeden Monat hundert Mark, in einem Kuvert ohne Absender, per Post.«

Minna runzelte ungläubig die Stirn. »Ist das Ihr Ernst?«

»O ja. Aber, und jetzt fallen Sie mir nicht ins Wort, ich will Ihre Tochter nicht sehen. Ich will auch dieses Kind nicht sehen. Sie reden mit niemandem, hören Sie, mit niemandem, über dieses Gespräch. Sie werden mir nie mehr irgendwo auflauern. Sie brauchen gar nicht so empört zu gucken … Sie werden mir nicht auflauern, weder hier noch vor meiner Wohnung und auch nicht im Amt. Ganz wichtig: Sie gehen am Montag zur Fürsorge und geben an, dass der Kindsvater den gesetzlichen Unterhalt zahlt, aber nicht genannt werden will. Das müssen Sie genau so formulieren, haben Sie das verstanden?«

Natürlich verstand Minna sofort. Damit wäre erreicht, dass das Jugendamt nicht mehr zahlen musste und dann wohl kein Interesse daran haben würde, den Namen des Vaters zu erfahren.

Paul Wagner fuhr fort: »Des Weiteren werden Sie die Vormundschaft für das Mündel beantragen, das erkläre ich Ihnen noch genauer.«

»Ich? Als Großmutter? Ja, geht das denn? Ich bin geschieden, allein mit meiner Tochter und dem Kind, und ... bin ich nicht zu alt?«

Er schüttelte den Kopf. »Tun Sie, was ich gesagt habe. Aber das ist nicht alles, Frau Volkening. Ich muss mich absichern. Ich werde etwas organisieren. Geben Sie mir ein paar Tage. Wo können wir uns in, sagen wir, zwei Wochen treffen? Dann bekommen Sie die fünfhundert, und wir besprechen die Details. Es muss ein diskreter Ort sein, an dem uns niemand sieht.«

Das war so viel Geld! Minna wurde ein bisschen schwindelig. Es würde reichen, um genug Kohlen für den kommenden Winter einzukellern, sie konnte einen Zentner Kartoffeln kaufen, alle Rechnungen bezahlen, sie könnten jede Woche den Boiler anschmeißen und baden, es wäre immer genug Geld für Strom da. Sie hätte keine Geldsorgen mehr. Gab es einen Haken?

Sie wusste nicht, warum, aber sie traute ihm. Also schlug sie vor: »Wir können uns bei mir zu Hause treffen.«

»Garantieren Sie mir, dass ich dort weder Ihrer Tochter noch dem Kind begegne?«

»Ja.«

»Sollten Sie sich nicht daran halten, drehe ich auf dem Absatz um, nehme das Geld wieder mit und mein Vorschlag ist hinfällig.«

»Gut.«

Er hielt ihr den Hunderter hin, aber als Minna ihn nehmen wollte, zog er ihn wieder weg. Seine Stimme klang eindringlich: »Das ist Ihre einzige Chance. Wenn etwas schiefläuft, gehen wir den offiziellen Weg, dann können Sie rumposaunen, was Sie denken, und ich werde alles abstreiten. Dann müssen Sie Ihre Behauptungen beweisen, es wird Sie Zeit, Kraft und Nerven kosten. Und vielleicht den Ruf Ihrer Tochter. Ich werde all meinen Einfluss geltend machen, und der ist nicht unbedeutend. Es kann sein, dass Sie dann gar nichts bekommen. Und ich werde Sie wegen Erpressung anzeigen müssen.«

Sie wusste, dass er jetzt bluffte. Sie wusste es einfach. Er war ein Spieler, und er hatte seine Chancen abgewägt. Wenn man ihn öffentlich als Kindsvater angeben würde, konnte er alles verlieren, seinen hohen Posten bei der Stadt, seine Familie, alles.

Er hielt ihr den Hunderter wieder hin. Minna nahm ihn, faltete ihn zusammen und steckte ihn in ihren linken Handschuh.

Paul Wagner reichte ihr die Hand. »Ich bin kein Verbrecher, ich bin ein anständiger Mensch, der einen Fehler gemacht hat. Ich werde das regeln. Ich frage Sie noch einmal: Kann ich mich auf Sie verlassen?«

»Ja. Sie können sich auf mich verlassen.«

25

Hanne

Anfang Oktober 1961

Als der Zug in den Mindener Bahnhof einfuhr, war es anders als in all den Jahren zuvor: Dieses Mal kam Hanne nicht nur vorläufig nach Hause, dieses Mal war sie als geheilt entlassen worden. Neun Jahre lang hatte sie immer wieder etliche Monate in einer Heilstätte verbracht, hatte viele Erinnerungen an Schloss Rheda-Wiedenbrück, Elisabethenberg in Schorndorf, sie war zweimal in Bad Lippspringe gewesen, dann in Warstein, Brilon und nun wieder in Warstein. Es war eine lange Prozedur gewesen, die Pneumolyse aufzulösen, nach und nach war immer weniger Luft in den Thorax gespritzt worden. Nun würde sie nie mehr mit einem Keilkissen zwischen den Knien auf der gesunden Seite liegen müssen, den Arm angehoben, die Hand hinter dem Kopf, damit man die dicke Kanüle zwischen den Rippen einstechen konnte. Kombinationstherapie,

Resistenzbildungen, Ethambutol, Rifampicin – sie konnte all die Wörter nun vergessen, sie war gesund, geheilt, die Gefahr eines neuerlichen Rückfalls hatte der Arzt ausgeschlossen. Nun begann ein neues Leben.

Hanne hatte sich wehmütig von Karin Gevelsberg verabschiedet, mit der sie zum dritten Mal gleichzeitig in der Heilstätte gewesen war.

»Dreimal ist kein Zufall, das ist Schicksal!«, hatte Karin gejubelt, als sie sich im Speisesaal wiedergetroffen hatten. Sie versprachen, sich zu schreiben und so bald wie möglich zu besuchen, wenn auch Karin entlassen worden war.

Die letzten Wochen in Warstein hatte Hanne regelrecht genossen. In der Heilstätte war sie frei und unbeschwert, alle Sorgen und Pflichten wurden ihr abgenommen, sie hatte sich nur um sich selbst zu kümmern. Sie wusste, wann sie zu schlafen, zu ruhen und zu essen hatte, alles wurde für sie entschieden und erledigt, es war ein einfaches, bequemes Leben. Keine Arbeit, keine Einkäufe, keine Wäsche, kein Haushalt. Keine schlaflosen Nächte, keine vollen Windeln, kein Kind. Die Liegekuren, Spaziergänge mit Karin, Spieleabende im Aufenthaltsraum, das war der Alltag gewesen, dessen Verlauf unumstößlich festgestanden hatte.

Und nun würde sie gleich Mutter sein müssen, Tag und Nacht, für immer und ewig. Natürlich freute sie sich auf Romy, sie hatte ihre Tochter über ein halbes Jahr nicht gesehen. Mutti hatte in ihrem letzten Brief geschrieben, dass sie inzwischen laufen und eine Menge Wörter sprechen konnte. Hanne war gespannt, wie sie sich entwickelt hatte und wie sie jetzt aussah.

Minna und Romy warteten am Ende des Bahnsteiges. So schnell sie mit dem Koffer gehen konnte, eilte Hanne auf sie zu.

Aber das Wiedersehen hatte sie sich anders vorgestellt. Romy versteckte sich hinter ihrer Omi und weigerte sich, Hanne zu begrüßen.

»Aber das ist deine Mutti, du musst guten Tag sagen!«, erklärte Minna und schob Romy nach vorn.

Das Kind drehte sich weg. Hanne ging in die Hocke, begann mit sanfter Stimme zu sprechen, aber Romy schaute sie nicht mal an, sie vergrub ihr Gesicht in Minnas Mantel. Sie erkannte sie nicht! Das konnte doch nicht wahr sein. Hanne nahm sie einfach hoch, aber sofort begann Romy zu strampeln und zu brüllen, sodass Hanne sie sofort wieder hinstellte.

Minna zuckte ratlos mit den Schultern. »Gib ihr ein bisschen Zeit, sie wird sich schon wieder an dich gewöhnen!«

Hanne fühlte sich scheußlich. Es war ein nagender Schmerz, von der eigenen Tochter nicht erkannt zu werden. Immer, wenn sie in den folgenden Stunden sah, wie vertrauensvoll Romy sich ihrer Omi gegenüber verhielt und wie sehr sie an ihrem Rockzipfel hing, hätte Hanne am liebsten geheult. Dabei war ihr dieses Gefühl, ausgestoßen zu sein, nicht dazuzugehören, nicht fremd, sie kannte es von jeder Rückkehr aus einer Heilstätte, wenn sie sich in der Familie, in der Schule und später auf der Arbeit wieder hatte einordnen müssen.

Gegen Abend versuchte sie es noch mal. »Romy, kommst du jetzt mal zu deiner Mutti?«

Das Kind hob abwehrend beide Hände und rief: »Tante Mutti weg!«

Hanne schnappte nach Luft, verließ wütend das Zimmer und zischte im Rausgehen: »Dann leck Butter!«

»Hanne!«, mahnte Minna, aber sie hörte nicht auf sie, verzog sich in die Kemenate und schmollte.

Erst als Romy in ihrem Bettchen lag und eingeschlafen war, kam Hanne aus der Kemenate und setzte sich zu Minna.

Die lächelte sie glücklich an. »Ich kann es noch gar nicht glauben, dass du gesund bist. Nach all den Jahren ... Hanne, was haben wir wieder Glück gehabt! Und wegen der Lütjen mach dir keine Sorgen, das wird schon. Sie ist ein liebes Kind, in ein paar Tagen hat sie sich wieder an dich gewöhnt, und du wirst deine Freude an ihr haben.«

Hanne hatte das Gefühl, dass ihre Mutter ungewöhnlich nervös war: Sie rauchte eine nach der anderen und benahm sich irgendwie komisch.

Und, richtig, Minna sagte mit einem ungewohnt trotzigen Unterton: »Da ist noch etwas, das ich mit dir besprechen muss. Kann sein, dass es dir nicht gefällt, aber im Grunde hatte ich keine andere Wahl.«

Oje, was kam denn jetzt? Hatte Mutti jemanden kennengelernt? Wollte sie wieder arbeiten und Hanne bitten, künftig zu Hause zu bleiben und sich selbst um das Kind zu kümmern? Hoffentlich nicht!

Hanne sah ihre Mutter fragend an.

Die atmete tief ein und setzte sich so gerade hin, als müsse sie sich aufrichten, um sich gegen Hannes bevorstehende Reaktion zu wappnen.

»Ich habe Paul Wagner gefunden und ihn zur Rede gestellt.«

Vor Hannes Augen begannen rote Punkte zu tanzen. Das leise Dudeln des Radios, das Ticken der Uhr auf dem Schrank, das Summen des Kühlschranks in der Küche – alles klang plötzlich wie in Watte gepackt. Auch Muttis Stimme tönte dumpf, die Worte jedoch, die schnitten Hanne messerscharf in ihre Eingeweide. Sie starrte ihre Mutter an, versuchte zu verstehen, was Minna da von sich gab, und gleichzeitig wollte sie nichts davon hören. Mutti hatte mit ihm gesprochen? Wie hatte sie nur herausgefunden, dass er ... dass sie mit ihm ...

Hanne wäre am liebsten einfach hinausgelaufen, irgendwohin, wo sie ihre Ruhe hatte. Aber sie konnte der Situation nicht entkommen.

»Es geht nicht, dass wir beide deine Tochter mit dem Geld vom Wohlfahrtsamt großziehen«, sagte Minna, »und außerdem halte ich dem Druck des Jugendamtes auf Dauer nicht stand. Es ist Gesetz: Der Kindsvater muss zahlen, und zwar so viel, dass wir nie wieder Geldsorgen haben, auch nicht, wenn eine von uns in den kommenden Jahren zu Hause bleibt und Romy betreut. Zur Zeugung eines Kindes gehören zwei Menschen, und es sind unter diesen Umständen auch zwei, die dafür sorgen müssen, dass es ernährt und gekleidet wird. Ich will nicht, dass wir Romy verlieren, dass sie dir dein Kind wegnehmen, weil irgendwas geschieht, das dem Amt nicht passt. Sie werden dir immer, immer wieder die Hölle heiß machen, bis du weich wirst und Romys Vater angibst, und dann geht alles einen Weg durch die Behörden, und den wollen wir beide nicht gehen.«

»Was hast du getan?«, flüsterte Hanne. Sie sah Paul Wagner vor sich, zum ersten Mal seit langer Zeit ließ sie die Gedanken an ihn zu, sah seine blauen Augen, dachte voller Scham an das, was sie im Gebüsch am Schwanenteich getan hatten, und an Gerlinde, als sie diese schrecklichen Worte »Frau und Kinder« einfach so ausgesprochen hatte, ohne zu wissen, das danach alles in Hanne zerbrochen war.

»Ich habe eins und eins zusammengezählt«, fuhr Mutti fort und schilderte Hanne, wie sie alles herausgefunden hatte. »Nachdem klar war, dass es keine Autopanne gegeben hat, und du mit dem stellvertretenden Chef im Taxi nach Hause gefahren bist, war es einfach, den Namen rauszukriegen«, schloss sie.

Hanne schluckte; es tat ihr weh, ihre Kehle war völlig ausgetrocknet. Ihr Herz schlug unregelmäßig in ihrem Hals, nicht in der Brust, und es fühlte sich an, als wollte es ihr jeden Moment aus dem Rachen springen. Mutti hatte seinen Namen gesagt, sie hatte Paul Wagner gefunden, o mein Gott, wie peinlich, wie unfassbar peinlich war das alles?! Hanne konnte nicht mehr klar denken, atemlos keuchte sie: »Das ... das darf doch niemand wissen ...« Sie bemerkte, dass sie die ganze Zeit hektische Bewegungen mit ihren Händen machte, als wolle sie sie waschen, ohne Wasser, ohne Seife. »Mutti, ich bin nicht wie *die Person*, bitte glaub mir, ich wusste nicht, dass er verheiratet ist, ich wusste es doch nicht!«, stammelte sie. »Ich wollte niemandem den Mann oder den Vater wegnehmen, so wie es uns passiert ist, das wollte ich nicht! Was sollen denn jetzt alle von mir denken?«

»Kind, ich weiß, dass du ein anständiges Mädchen bist. Deswegen sollst du auch nicht dein Leben lang darunter leiden, dass du einmal einen Fehler gemacht hast. Ich habe mich mit Wagner getroffen. Er hat nicht gewusst, dass du ein Kind gekriegt hast.« Hanne wollte etwas sagen, aber Minna ließ sie nicht zu Wort kommen. »Hör mir gut zu. Er ist sich über seine Verantwortung im Klaren. Er hat zugesagt, dass er sich etwas einfallen lassen will, um die Angelegenheit ein für alle Mal zu regeln. Er kommt hierher, hier sieht uns niemand, und wir besprechen alles!«

»Was?«, schrie Hanne auf.

»Psst, du weckst Romy auf. Ja, er kommt hierher. Aber er will dich nicht sehen und auch das Kind nicht. Wenn wir uns nicht daran halten, geht er sofort wieder.«

Hanne atmete erleichtert auf.

»Und er hat mir gesagt, was wir jetzt tun müssen.« Mutti zog einen Hundertmarkschein aus ihrer Kitteltasche, strich ihn glatt und legte ihn auf den Tisch. »So viel wird er jeden Monat zahlen. Das ist fast ein Drittel mehr, als er müsste. Morgen gehen wir zum Jugendamt und erklären, dass der Kindsvater den Unterhalt übernimmt, dass er aber nicht genannt werden will. Wenn das Amt nicht mehr für Romy bezahlen muss, werden sie uns in Ruhe lassen.«

Hanne musste sich mehrmals räuspern, bevor ihre Stimme ihr wieder gehorchte. »Was habt ihr denn ... Was will er ...«

Kopfschüttelnd sagte Minna: »Kümmere du dich darum, dass Romy sich wieder an dich gewöhnt. Morgen machen wir das mit dem Jugendamt, und an dem Tag, an dem Wagner herkommt, verschwindest du für ein paar Stunden und gehst mit Romy zu Lilo. Ich mach das schon.«

»Weiß Lilo Bescheid?«

Minna klang ein bisschen spöttisch: »Na ja, dass du ein Kind gekriegt hast, ist ja nun kein Geheimnis, und dass du nicht vom Heiligen Geist befruchtest wurdest und es einen Erzeuger geben muss, ist jedem klar. Nein, Lilo weiß keine Details. Aber dein Vater, Onkel Karl und Tante Fannie werden dabei sein, wenn Wagner kommt.«

Hanne widersprach nicht. Mutti kümmerte sich. Sie musste nichts tun. Mutti hatte alles im Griff. Sie musste ihn nicht sehen. Irgendwie würde Mutti alles regeln. Und danach würde sie nie, nie mehr an Paul Wagner denken.

26

Fannie

Mitte Oktober 1961

So nervös hatte Fannie ihre Freundin lange nicht gesehen: Minna hatte vor Aufregung rote Wangen, ihre Frisur saß nicht ganz so akkurat wie gewöhnlich, und sie hatte ihre Bluse falsch geknöpft. Fannie griff nach Minnas Händen. »Beruhig dich, wird alles gut.«

»Na, ich weiß nicht …«

»Soll ich dir die Karten leg'n, glaubste mir dann?«

»Großer Gott, nein.«

»Vielleicht guckste mal in'n Spiegel, knöpfst die Bluse richtig, kämmst dich noch mal und wischst dir den Lipp'nstift aus'm Mundwinkel, dann siehste aus wie neu.«

»Ach du liebes Lottchen, danke.« Minna trat vor den Spiegel im Flur und richtete alles. Sie gingen ins Wohnzimmer, das heute besonders picobello aussah, sogar der Laufstall mit dem Spielzeug war weggeräumt.

»Er will Romy und Hanne nicht sehen, daran halte ich mich. Bin gespannt, ob er wirklich kommt, ob er das mit dem Geld wahrmacht und was er vorhat. Er sprach von einem Plan. Hoffentlich geht er nicht direkt wieder, wenn er euch sieht.«

»Wo sind Hanne und Romy?«

»Bei Lilo.«

»Weiß sie auch Bescheid?«

»So weit schon. Also sie weiß, dass der Mann, der Hanne geschwängert hat, zu uns kommt. Lilo war es ja, die mich davon überzeugt hat, ihn zu suchen. Namen hab ich ihr keinen gesagt. Sie muss Hanne und Romy mindestens vier Stunden beschäftigen.«

»Aber Hanne weiß, mit wem wir verabredet sind?«

»Ja. Ich hatte den Eindruck, dass sie heilfroh ist, ihn nicht sehen zu müssen.«

»Wolltese nich dabei sein? Ich meine, geht doch um ihre Zukunft und um ihr Kind, da kannse sich doch nicht komplett raushalten und alles dir überlassen?«

»Es war Wagners Bedingung, er will ihr keinesfalls begegnen. Wenn Hanne oder Romy in der Wohnung sind, geht er sofort wieder.«

»Jetzt will ich noch wiss'n, was Hanne überhaupt dazu gesagt hat, dass du den Knaben gesucht hast und dass wir ihn gefund'n hab'n.«

Nachdenklich knetete Minna ihr Kinn. »Ganz merkwürdig war sie. Ich hab damit gerechnet, dass sie weint oder schrecklich wütend auf mich ist, aber sie blieb ganz ruhig. Es war dieses Mal sowieso komisch, als sie nach Hause kam. Romy hat total gefremdelt, wollte nicht auf ihren Arm, hat gebrüllt wie am Spieß, wenn Hanne sie hochgenommen hat. Ist doch klar, sie war sechs Monate weg, für ein kleines Kind ist das eine Ewigkeit! Romy hat sie nicht erkannt. Hanne war richtig eingeschnappt, als die Kleine zu mir rannte. Nach ein paar Tagen hat sich das aber gegeben. Das mit Wagner hab ich ihr am ersten Abend gleich gesagt. Ich hab ihr erklärt, dass es nicht geht, dass wir ständig ins Amt bestellt werden und dass sie uns da mürbe machen, um den Namen rauszukriegen. Sie hat immer bloß genickt und nichts weiter kommentiert. Und dass ich die Vormundschaft beantragt habe, damit war sie einverstanden. Deswegen waren wir schon beim Jugendamt. Das läuft! Die geben jetzt Ruhe.«

Ja, so war Hanne, dachte Fannie. Sie hatte schon als Kind keine Widerworte gegeben, sie hatte ihre TB mit stoischem Gleichmut ertragen und sie fügte sich auch jetzt. Es wunderte Fannie nicht, dass Hanne mit den Vorladungen des Amtes überfordert war. Sie selbst kannte sich mit Amtspersonen aus und wusste, welchen Druck diese ausüben konnten.

Fritz kam auf die Minute pünktlich. *Was für ein hübscher Mann, trotz des zusammengeflickten Kiefers*, dachte Fannie. Er gab ihr die Hand, setzte sich, ließ sich von Minna Kaffee einschenken.

Es entging Fannie nicht, wie er seine geschiedene Frau anschaute, sie hätte schwören können, dass er sie noch immer liebte. Aber sie wusste auch, dass Minna es nie wieder zulassen würde, von ihm betrogen zu werden. Für die beiden gab es keine dritte Chance. Irgendwann hatte Hanne mal in einem Nebensatz gesagt: »Vati? Ach, der kommt doch nicht meinetwegen, der kommt nur wegen ihr.« Damit hatte sie Minna gemeint, und Fannie hatte sich ihren Teil gedacht.

Ihr Leben lang hatte sie gelernt, Menschen zu lesen. Ihre Großmutter und ihre Mutter hatten es ihr vor vielen Jahren beim Wahrsagen beigebracht: Aufmerksamkeit war das Geheimnis. Man musste genau beobachten, aufmerksam hinhören, was die Leute sagten, und verstehen, was sie nicht sagten. Und dann musste man rasch die richtigen Schlüsse ziehen. Deswegen hatte Minna sie gebeten, heute dabei zu sein: Weil Fannie diese Menschenkenntnis hatte, sollte sie Wagner im Auge behalten und Minna unter dem Tisch mit dem Fuß anticken, wenn sie aus irgendeinem Grund aufpassen musste.

Paul Wagner musste den Kopf einziehen, als er durch die Wohnzimmertür kam, so groß war er. Er erblickte Fannie, Karl und Fritz und drehte sich verärgert zu Minna um: »Es war nicht vereinbart, dass andere Personen anwesend sind!«

Minna sagte: »Sie müssen verstehen, dass ich keinen fremden Mann allein in meiner Wohnung empfange, noch dazu, wenn es um so ein heikles Thema geht. Das ist Fritz Volkening, Hannes Vater, mein Bruder Karl Wolf und meine engste Vertraute Frau Winter. Sie hat mir geholfen, Sie ausfindig zu machen. Alle sind verschwiegen und diskret.«

Fannie sah Wagner an, dass er überlegte, ob er sofort wieder gehen oder bleiben sollte. Aber dann blieb er.

Sie grinste innerlich, als Fritz beim Handschlag nur kurz den Hintern anhob, aber ansonsten sitzen blieb; um keinen

Preis hätte er sich mit seinen knapp über einssechzig neben diesen langen Kerl gestellt. Auch über die Eitelkeit der Männer hätte Fannie Geschichten erzählen können.

Hatte dieser Mann Ähnlichkeit mit dem Nazi Theo Wagner? Sie konnte nichts entdecken.

Minna schenkte ihm Kaffee ein, bot Zigaretten an, sie rauchten. Es war eine Stille, in der man nur das Ticken der Kuckucksuhr hörte, das Atmen der Menschen und das Geräusch, wenn sie den Rauch auspusteten.

Was mochte in Fritz vorgehen? Immerhin saß er neben dem Mann, der seine einzige Tochter geschwängert hatte, und dieser Mann war nicht viel jünger als er. Aber Fritz wirkte eher unbeteiligt, trank stumm seinen Kaffee und schaute immer wieder aus dem Fenster.

Fannie beobachtete auch Minna, die sich sichtlich um Haltung bemühte und versuchte, ihre Nervosität zu verbergen, was ihr in den Augen eines Fremden sicherlich gelang. Wer sie nicht kannte, merkte ihr nichts an, aber Fannie sah ihren umherhuschenden Blick und wie sie immer wieder die Unterlippe durch die oberen Zähne zog. Das tat sie nur, wenn sie sehr aufgeregt war. Nach einer Weile – es mochten zwei oder drei Minuten Stille gewesen sein, die sich wie eine Ewigkeit anfühlten – sagte Wagner: »So.« Er legte ein Briefkuvert auf den Tisch und schob es Minna zu. »Zählen Sie nach. Es ist die versprochene Summe. Spätestens an jedem Dritten eines Monats sind hundert Mark bei Ihnen.«

»Wie denn?«, fragte Fannie.

»Per Brief, per Postanweisung, kommt darauf an.« Er schaute sie der Reihe nach an, sein Blick verharrte bei

Minna. »Ich habe es neulich schon gesagt, und ich wiederhole: Darauf können Sie sich verlassen.«

Alle Augen ruhten auf ihm, er aber hielt weiter Blickkontakt mit Minna. »Ich muss mich aber auch auf Sie verlassen können.«

»Natürlich«, sagte sie, Fritz nickte dazu.

Fannie spitzte die Ohren. Da kam doch noch was.

Und richtig, Wagner fuhr in ernstem Ton fort: »Ich werde nicht für den Rest meines Lebens erpressbar sein.«

Das hättest du dir überlegen können, bevor du Hanne vernascht hast, dachte Fannie, dann schaute sie zu Fritz: *Kommt in den besten Familien vor, dass einer sich nicht beherrschen kann ... gut, dass du deiner Grete kein Kind gemacht hast, als du noch mit Minna verheiratet warst ...*

»Ich muss dafür sorgen, dass niemand jemals etwas von alldem erfährt«, erklärte Wagner.

»Natürlich nicht«, murmelte Minna, aber es klang wie eine Frage.

»Dann verstehen wir uns? Ich muss mich absichern. Aber darüber kann ich nur mit Ihnen allein reden, unter vier Augen, Frau Volkening.« Minna wollte empört widersprechen, aber Wagner ließ sie nicht zu Wort kommen. »Wenn Sie nicht mit mir allein sein wollen, gehen wir in einen anderen Raum. Sobald Sie wissen, was ich Ihnen vorschlage, werden Sie verstehen, warum es dafür keine Zeugen geben darf.«

Jetzt mischte Fritz sich ein. »So läuft das nicht. Sie sind hier nicht derjenige, der Forderungen stellen kann.«

Minna pflichtete ihm scheinbar erleichtert bei. »Vielleicht können wir uns darauf verständigen, dass wir alle nur das Beste für die Kinder wollen? Und dass es nicht darum geht, wer besser drohen kann oder wer besser verhandelt.«

Fannie schaute Wagner zu, wie er mit sich rang. Schließlich sagte er: »Ich hab mich darauf eingelassen, Ihnen zuzuhören. Ich habe Ihnen ein ausgesprochen anständiges Angebot gemacht, das Ihre wirtschaftliche Situation nicht unerheblich erleichtern wird.« Dabei sah er sich um. Fannie folgte seinem Blick. Minnas Wohnung war sauber und gemütlich, aber sie war klein und gewiss nicht komfortabel. »Was Sie mit mir gemacht haben, könnte man als Erpressung auslegen, nicht wahr? Sie haben mich vor die Wahl gestellt, entweder zu zahlen oder das Risiko einzugehen, dass Sie mich beim Amt als Kindsvater angeben. Das würde einen Vorgang lostreten, den wir alle nie mehr stoppen könnten. Ich habe gesagt, ich komme für das Kind auf. Das ist ein Eingeständnis. Was wollen Sie also noch? Ich brauche Sicherheit. Frau Volkening, gehen Sie mit mir nach nebenan. Je weniger Zeugen es gibt, desto besser.«

»Wenn ich dazu mal was sag'n dürfte«, mischte Fannie sich ein. Sie beachtete Wagners missmutige Miene nicht. »Ich weiß, dass Sie 'n Pokerspieler sind. Un genau deswege'n mach'n Sie das hier: Weil Sie'n Zocker sind. Sie ham, wie beim Pokern, an alle Möglichkeiten gedacht, und dann ham Sie sich das Risiko ausgerechnet, stimmt's?« Sie wartete nicht ab, ob er antwortete. »Egal, was Sie meiner Freundin anbiet'n woll'n, wenn Hanne das alles nich' mitmacht und Sie als Vater angibt, dann müssense zahl'n. Nich' so viel, wie Sie jetzt freiwillig rausrück'n, aber zahl'n müssense. Darauf verwette ich meinen Hintern: Wenn rauskommt, dass

Sie 'ner Minderjährigen 'n Kind gemacht hab'n, könnense bei der Stadt Ihr'n Hut nehmen. Mein lieber Schwan, und ob Ihre Frau das gut findet, weiß man ja auch nich'. Steht also für Sie 'ne Menge auf'm Spiel. Ihr Angebot is' bis hierhin in Ordnung, wirklich, wenn alles wie besproch'n läuft, kriegt Hanne fast doppelt so viel. Is' also ziemlich unwahrscheinlich, dass einer aus der Familie Sie irgendwann beim Jugendamt inne Pfanne haut und ausplaudert, wie Sie das hier gedeichselt hab'n.« Und zu Minna sagte sie: »Hör dir ruhig an, was er dir zu sagen hat. Wir wart'n hier.«

Minna und Wagner verließen das Wohnzimmer und schlossen die Tür hinter sich. Fannie, Karl und Fritz rauchten schweigend. Man hörte die beiden in der Küche flüstern, aber was sie sagten, konnte man nicht verstehen.

»Ich trau ihm, und ihr?«, fragte Fannie.

Fritz zuckte mit den Achseln. »Steht viel auf dem Spiel für ihn, da hast du schon recht. Und wenn er das nicht regeln wollte, wär er nicht hier.«

»Denke ich auch«, sagte Karl.

Einmal erhob Minna drüben die Stimme, aber dann wurde es sofort wieder leise.

Es war etwa eine Viertelstunde vergangen, als sie zurückkamen.

Minna wirkte aufgewühlt, ihre Wangen glühten, sie musste sich räuspern, bevor sie reden konnte. »Es geht alles in Ordnung, Herr Wagner hat es ordentlich geregelt«, aber ihre Stimme klang dünn und brüchig.

»Nicht ich, wir haben das geregelt«, korrigierte Wagner.

Alle Augen ruhten auf Minna, als sie wieder am Tisch saß. Sie hob ihre Hände, als wolle sie etwas abwehren. »Ja, wir machen das so, wie er sagt. Und er hat recht ... das ist ... das ist ein Pakt ... von dem ihr lieber nichts wisst.«

Karl wiegte seinen Oberkörper vor und zurück, ein Zeichen dafür, dass er angestrengt nachdachte. Fritz schaute aus dem Fenster. Minna zog so lange an ihrer Zigarette, bis die Glut fast einen Zentimeter lang war. Wagner trommelte mit den Fingern auf seine Oberschenkel. Schließlich ergriff er das Wort. »Minden ist ein Dorf. Sie wohnen mittendrin, und ich arbeite mittendrin. Wenn ich einen von Ihnen oder Hanne mit dem Kind sehe, werde ich die Straßenseite wechseln.«

Sie nickten alle gleichzeitig. Sie vereinbarten, einander niemals zu grüßen, wenn sie sich zufällig begegnen würden. Weder Minna noch Fritz würden jemals in seine Dienststelle kommen, und niemand würde je wieder vor seinem Haus stehen, daran wollten sich alle halten.

»Ich bespreche das mit Hanne«, sagte Minna. »Ist für sie und das Kind ja gut gelöst.«

Nun gaben sich alle die Hand darauf, niemals über dieses Treffen zu reden.

Als Wagner sich erhob, um zu gehen, bat Fannie: »Wart'n Se, jetzt muss ich noch was frag'n, hat mit Hanne nix zu tun.« Dabei schob sie den Ärmel ihrer Strickjacke hoch, sodass er ihre KZ-Nummer sah.

»Oh ...«

»Sind Sie mit Theo Wagner verwandt? Er war bei der SS.«

Er wich ihr nicht aus. »Theo war mein Bruder.«

»War?«

»Er hat sich erschossen, bevor sein Prozess begann.«

Fannie erkannte die Aufrichtigkeit in seinem Blick. Nein, er war keiner von denen gewesen. Den Gedanken daran, dass Romys Vater der Bruder eines Naziverbrechers war, schob sie sofort beiseite. In die Richtung durfte man nicht denken, niemals – sie waren doch alle ein Teil dieser unaussprechlichen Vergangenheit.

»Danke.« Sie schob den Ärmel wieder zurück.

Er nickte. Damit war alles gesagt.

Als Wagner die Wohnung verlassen hatte, war es still.

Natürlich brannten die anderen drei darauf zu wissen, worauf Minna sich eingelassen hatte, aber niemand sprach sie darauf an.

Das mussten sie auch nicht. Denn nach einigen Minuten der Stille stellte Minna klar, dass sie für immer schweigen würde. »Fragt mich bloß nicht«, sagte sie mit leiser Stimme. »Fragt mich niemals, was wir verabredet haben. Außer Hanne kann ich es keinem sagen.«

27

Hanne

August 1962

Was für ein herrlicher Tag! Hanne mochte, dass es morgens schon hell war, wenn sie zur Arbeit fuhr. Im Winter war sie während der fast einstündigen Busfahrt nach Bad Oeynhausen oft eingeschlafen; zum Glück war sie jedes Mal rechtzeitig hochgeschreckt und an der richtigen Haltestelle ausgestiegen. Nach der Viertelstunde, die sie noch bis zur Firma laufen musste, war die letzte Müdigkeit überwunden, und wenn sie um zehn vor sieben stempelte, war sie putzmunter.

Die Arbeit im Büro gefiel ihr, die Kolleginnen waren nett, und sie hatte einen Schreibtisch am Fenster, durch das sie einen schönen Blick über den Hof hatte. Auf der grasbewachsenen Böschung, die das ganze Gelände der Maschinenfabrik umgab, verbrachten die Mechaniker, Schlosser, Dreher und Werkzeugmacher aus der Werkstatt bei gutem Wetter ihre Mittagspause. Dabei machten sie den Mädchen aus den Büros schöne Augen, pfiffen hinter ihnen her oder riefen ihnen kleine Frechheiten zu, wenn sie, kokett schauend, an ihnen vorbeischlenderten. Nur einer hielt sich zurück. Er redete nicht viel, lächelte mit geschlossenem Mund und beobachtete Hanne.

Seit letztem Dezember arbeitete sie nun hier. Eines Tages hatte Mutti ihr die Adresse aufgeschrieben und gesagt: »Da schickst du sofort eine Bewerbung hin, die suchen eine kaufmännische Angestellte.«

»Stand das in der Zeitung?«, hatte Hanne gefragt, denn ihr war kein solches Inserat aufgefallen.

»Nein«, hatte Minna knapp gesagt, »ich habe einen Tipp bekommen.«

Einen Moment hatte Hanne sich gefragt, ob Paul Wagner dahintersteckte, aber dann verbot sie sich jeden Gedanken an ihn. Sie hatte nicht nachgefragt, von wem der »Tipp« gewesen war. Es war ja auch egal, wenn sie die Stelle bekam, würde sie sie annehmen.

Sie konnte nicht nur sofort anfangen, sie wurde auch gut bezahlt: Dreihundertacht Mark waren am Ersten in ihrer Lohntüte. Zusammen mit dem Unterhalt für Romy und mit Muttis TB-Hilfe kamen sie jetzt gut über die Runden.

Hanne hatte nach dem ominösen Treffen mit Wagner, von dem Mutti erzählt hatte, keine einzige Frage gestellt. Sie hatte getan, was man von ihr wollte, seither war Ruhe. Es gab keine Vorladungen vom Jugendamt mehr, keine unangenehmen Befragungen, keine Bedrängnis. Das Geld kam pünktlich, alles andere war ihr egal. An Paul Wagner und die folgenreiche Nacht am Schwanenteich wollte sie nie wieder denken.

»Eines Tages, wenn Romy alt genug ist, musst du es ihr natürlich erklären, dann muss sie die Wahrheit erfahren«, hatte Mutti gesagt.

Sicher, aber bis dahin war noch viel Zeit, Romy war im Juni zwei geworden.

Sie war ein anstrengendes Kind, Hanne reagierte oft ungeduldig auf dieses quirlige Mädchen, dessen Plappermäulchen nie stillstand. »Warum, wieso, weshalb, wann ...« Mit diesen Wörtern schienen all ihre Sätze zu beginnen.

»Sie ist reichlich altklug und ziemlich verwöhnt«, fand Tante Wilhelmine. »Das kommt, weil sie nie mit anderen Kindern spielt und immer nur mit Erwachsenen zusammen ist.«

Ja, was sollte man dagegen tun? Hanne ging arbeiten, und Mutti kannte keine Mütter mit gleichaltrigen Kindern. Hanne dachte an ihre eigene Kindheit im Krieg – die war ja wohl schlimmer gewesen, als in einer gemütlichen, warmen Wohnung aufzuwachsen, mit einer fürsorglichen Oma, die Romy anzog wie ein Püppchen und mit ihr redete, als sei sie eine erwachsene Person.

Der Schweigsame aus der Werkstatt hieß Otto Lindemann, hatte dunkle Augen und fast schwarze Haare. Die waren allerdings schon recht schütter, auf seinem Kopf wuchs nur in der Mitte ein dünner Streifen Haar, den er sorgfältig nach hinten gekämmt trug. Dafür hatte er immer einen Kamm in der Gesäßtasche seiner Hose.

Hanne und Otto standen in der Mittagspause manchmal nebeneinander und rauchten. Beim Betriebsfest hatten sie sich zum ersten Mal unterhalten und später zusammen Tischtennis gespielt. Hanne mochte seine ruhige Art, den sanften Blick, das freundliche Lächeln. Und sie mochte es, dass er sie gestern gefragt hatte, ob sie mit ihm zum Schützenfest gehen wollte.

Sie wollte. Mutti war mit Romy, Onkel Karl und Tante Wilhelmine ins Rheinland gefahren, also sagte Hanne sofort zu. Sie wusste noch nicht, wann die Familie zurückkommen würde, Onkel Hermann war ganz plötzlich gestorben. Herzinfarkt. Obwohl Mutti ihren ältesten Bruder in den letzten Jahren selten gesehen hatte, war sie sehr traurig. Nach der Beerdigung wollte sie mit Romy ein paar Tage bei Tante Anni im Schönholz verbringen, um auf andere Gedanken zu kommen.

Otto Lindemann wartete nach Feierabend am Tor. Hanne verließ das Büro als Letzte. Sie wollte nicht, dass die Kolleginnen sich das Maul zerrissen, wenn man sie zusammen weggehen sah. Erst mal abwarten, wie sich alles entwickelte. Sie hatte sich zweimal vergeblich Hoffnungen bei einem Mann gemacht, zuerst bei Rudi, dann bei Wagner, sie war vorsichtig geworden. Wenn man sie zusammen sah und dann doch nichts daraus wurde, konnte man sie rasch für eine flatterhafte Person halten.

Otto hatte seinen Blaumann gegen ein graues Hemd, beigefarbene Hosen und einen hellbraunen Blouson getauscht. Sein Fahrrad lehnte an der Wand, er stand daneben und rauchte. Als er Hanne kommen sah, griff er wortlos ihre Hand und hielt sie beim Gehen die ganze Zeit fest. Mit der anderen Hand schob er sein Rad.

»Wo ist das Schützenfest?«, fragte sie.

»Nicht weit.«

»In Minden haben wir Freischießen, da ist es immer schrecklich voll. Aber wenn Mindener Messe ist, geh ich hin.«

Hanne war weiß Gott kein redseliger Mensch, sie kam da eher nach ihrem Vater, aber Otto übertraf sie mit seiner Wortkargheit bei Weitem. Weil er nicht antwortete, fügte sie erklärend hinzu: »Das ist keine Messe in der Kirche, so heißt die Kirmes bei uns.«

»Aha«, sagte Otto.

Während des Weges erfuhr Hanne immerhin, dass er mit seiner Mutter und seiner Schwester in einem winzigen Siedlungshäuschen lebte. »Jetzt zu dritt, früher zu zwölft,« sagte er.

»Zu zwölft? Ich wohne mit meiner Mutter und meiner Tochter in einer kleinen Wohnung in Minden«, sagte Hanne. So, nun war es raus. Wenn er was dagegen hatte, dass es ein Kind gab, konnte er es jetzt direkt sagen.

Otto sagte: »Och.« Sonst nichts.

Er war das jüngste von zehn Geschwistern, von denen drei gestorben waren. Bei diesem Thema taute er auf. »Nur Mädchen, erst beim zehnten Mal hat es mit dem Jungen geklappt. Deswegen heiße ich Otto, wie unser Vater. Änne ist die älteste, fünfzehn Jahre älter als ich, sie und ihr Mann Alois haben eine Wirtschaft.«

Kurz bevor sie den Festplatz erreicht hatten, wusste Hanne, dass Otto zweiunddreißig Jahre alt war, gern Tischtennis und Skat spielte und sonntags nach dem Frühschoppen in der Kneipe seiner Schwester zum Sportplatz ging. Er war nicht verlobt und nicht verheiratet, dieses

Mal hatte sie gefragt. So was wie mit Wagner würde ihr nicht noch mal passieren. Dass Otto zehn Jahre älter war als sie, machte ihr nichts aus. Im Gegenteil, ihr gefiel seine reife, besonnene Art. Er hob nie die Stimme und war in der Firma beliebt, was sicherlich an seiner gleichbleibenden Freundlichkeit lag. Hanne war unendlich erleichtert, dass er sie nicht fragte, von wem sie das Kind hatte. Natürlich hatte sie sich für alle Fälle eine Erklärung zurechtgelegt: Sie würde sagen, dass man sie sitzengelassen hätte. Das war ja keine Lüge. Aber Otto fragte gar nicht. Er fragte nicht, wie das Kind hieß, wie alt es war, wer der Vater war. Das machte Hanne das Schweigen leicht.

Sie aßen auf dem Schützenfest eine Bratwurst und gebrannte Mandeln, tranken an der Bierbude ein Pils und schauten den jungen Leuten auf der Raupe zu. Fahren wollte Otto nicht. »So weit kommt das noch!«, brummte er. Hanne war nicht sicher, was er damit meinte, aber sie vermutete, dass er sich zu alt dafür fühlte.

»Eine Freundin meiner Mutter hat viele Karussells, auch eine Raupe, ich habe überall freien Eintritt. Sollen wir zusammen hin, wenn Mindener Messe ist?«, fragte sie mutig.

»Mal gucken«, murmelte Otto.

Sie gingen im Schützenzelt an die Sektbar, Otto spendierte ihr ein Glas Sekt. Immer wieder traf er Bekannte, und obwohl er so gut wie nichts sagte, hatte es den Anschein, als würde jeder sich freuen, ihn zu sehen.

Er brachte Hanne rechtzeitig zur Haltestelle, damit sie den letzten Bus bekam. Sie gingen durch eine schmale Straße, dort gab es keine Laternen, es war ziemlich dunkel.

Als Otto sie küsste, hatte Hanne damit gerechnet, und es fühlte sich richtig an. Aber die Erinnerung an die Nacht am Schwanenteich blitzte plötzlich auf. Sofort schob sie ihn sanft von sich und drängte zum Weitergehen.

Kurz bevor der Bus kam, fragte Hanne: »Gehst du jetzt nach Hause und denkst an mich?«

Otto verzog den Mund zu diesem Lächeln, das ihr schon vertraut vorkam. »Nee. Ich wollte noch ein Bier trinken, ist ja erst neun.«

Einen Moment überlegte sie, ob sie bleiben sollte. Es gefiel ihr nicht, dass er noch mal zurückgehen würde. Aber dann käme sie nicht mehr nach Hause.

Sie nahm all ihren Mut zusammen. »Magst du Sonntag nach Minden kommen? Wir könnten ins Schwimmbad gehen.«

Wortlos sah er sie an, mit unbewegter Miene ließ er sie eine Weile schmoren. Endlich sagte er: »Bis wohin muss ich fahren?«

»Minden Markt.«

Er schaute auf den Fahrplan neben dem Bushäuschen. »Sonntag fährt der Bus zweimal. Ich nehme den um eins.«

Sie verbrachten den Sonntag im Sommerbad, und am Abend fuhr Otto mit dem letzten Bus zurück. Obwohl er wusste, dass Hanne allein zu Hause war, drängte er sie zu nichts. Er fragte nichts, er forderte nichts.

Montags in der Firma warfen sie sich verstohlene Blicke zu. Als sie sich nach der Arbeit trafen, hatte Otto seine Aktentasche an der Stange des Fahrrades befestigt. »Steig auf«, sagte er.

Hanne setzte sich auf den Gepäckträger, umschlang Otto mit den Armen und schmiegte ihre Wange an seinen Rücken. Er kannte eine versteckte Ecke hinter dem Südbahnhof, dort hockten sie auf einem Mäuerchen und knutschten. Zwischendurch rauchten sie. Hanne hatte es sich angewöhnt, weil alle rauchten. Eigentlich kannte sie niemanden, der es nicht tat.

Otto erzählte von seiner Familie. Seinen Vater hatte bei der Arbeit der Schlag getroffen. »Der war Schlosser auf der Weserhütte. Mitten in der Schicht: zack, tot.«

»Ist das lange her?«, fragte Hanne.

»Zweiundfünfzig war das.«

Sie schwiegen eine Weile, bis Hanne fragte: »Und deine Schwestern, wie alt sind sie und was machen sie?«

»Lisa ist zweiundvierzig, sie ist die Schönste von allen, aber leider geschieden, und jetzt wohnt sie wieder bei uns. Die Älteste ist Änne, das ist die mit Alois und der Wirtschaft.« Otto zählte an den Fingern mit. »Erika ist 1918 geboren, danach kam Grete, die wohnt mit Dieter in Löhne. Trude und Sigrid sind im Krieg gestorben, Ulla ist '23 geboren, die ist in Herford mit Jupp verheiratet, Gerda ist zwei Jahre jünger, sie und Heinz wohnen in Bünde. Unsere Mutter ist traurig – so viele Töchter, und keine hat Kinder!«

»Und du bist nicht verheiratet ...« Hanne ließ den Satz unvollendet.

Er ergänzte: »Was nicht ist, kann ja noch werden.«

Sie schauten sich in die Augen, aber weil Otto nichts weiter sagte, überging Hanne den letzten Satz.

»Das sind nur acht, da fehlt eine Schwester«, sagte Hanne.

Otto zählte noch mal durch. »Jau, stimmt. Hertha, die ist auch tot. Die war lungenkrank.«

»Ich auch.«

»Was?«

»Ich war auch lungenkrank. Fast zehn Jahre lang. Ich habe eine Narbe, von der Operation, die geht den ganzen Rücken runter.«

»Bist aber wieder gesund?«

»Ja.«

»Denn ist es doch gut.«

28

Karl

Ende März 1963

»Wenn der Bus Verspätung hat, fahren die ohne uns«, sagte Wilhelmine, trat nervös von einem Fuß auf den anderen und spähte die Straße hinab.

»Davon, dass du herumzappelst, kommt er nicht schneller«, bemerkte Karl.

Der Bus bog pünktlich um die Ecke, sie stiegen pünktlich um zwanzig nach acht am Markt aus, gingen hinüber zu Minna und warteten im Hauseingang. In zehn Minuten waren sie hier verabredet.

»Mensch, Karl, wie lange waren wir nicht mehr auf 'ner Hochzeit?«

»Lange nicht. Liegt am Alter, da wird man öfter zu Beerdigungen eingeladen als zu Hochzeiten.«

Der plötzliche Tod seines Bruders im letzten Jahr machte ihm zu schaffen. Hermann war erst zweiundsechzig gewesen. Von heute auf morgen zu sterben, war wahrscheinlich angenehmer, als eine Krankheit mit Siechtum und Schmerzen aushalten zu müssen, aber für die Hinterbliebenen war so ein schneller Abgang schwer zu ertragen. Zwar hatten Karl und Hermann seit vier Jahrzehnten weit entfernt voneinander gelebt, aber wenn sie sich getroffen hatten, hatten sie sich immer prima verstanden. Er war sehr gerührt gewesen, dass sein Bruder ihm die Leica vererbt hatte, mit der er nach dem Krieg als Hochzeitsfotograf durchs Land gezogen war. Karl trug sie in einer Ledertasche bei sich, er würde damit heute die Fotos machen. Sachte strich er mit der Hand über das robuste schwarze Leder. Karl würde sie in Ehren halten, solange er lebte.

Er hatte in der Zeitung gelesen, dass Männer eine durchschnittliche Lebenserwartung von sechsundsechzig Jahren hatten. Statistisch gesehen blieben ihm dann nur noch fünf Jahre. Was würde er damit anfangen?

Er zwang sich, die dunklen Gedanken abzuschütteln. Heute war Hannes Hochzeit, gleich kam ein Auto mit einem Fahrer, um ihn, Minna, Hanne und Romy zur Trauung zu bringen.

Wie rasend schnell die Zeit vergangen war! Karl erinnerte sich, als sei es gestern gewesen, dass Minna ihm überglücklich von ihrer Schwangerschaft erzählt hatte. Heute war ihre Tochter dreiundzwanzig, hatte selber ein knapp dreijähriges Kind und heiratete Otto Lindemann.

Karl wusste nicht, was er davon halten sollte. Der Mann war ganz nett, aber ausgesprochen schweigsam. Hoffentlich würde er für Romy ein guter Stiefvater sein.

Anfang Dezember hatte Hanne verkündet: »Otto und ich wollen heiraten. Romy sollte ihn kennenlernen.«

Minna war außer sich gewesen. »Karl«, hatte sie geklagt, »dieser Otto ist der gleiche Typ wie Fritz! Dem muss man auch jedes Wort aus der Nase ziehen. Er hat dunkle Augen, dunkle Haare und ein Riese ist er auch nicht gerade. Herrje, was hab ich bloß falsch gemacht?«

Karl hatte versucht, seine Schwester zu beruhigen. »Mach dir keine Sorgen, er hat einen anständigen Beruf, Hanne kommt unter die Haube, und Romy hat endlich einen Vater.« Kaum hatte er die letzten Worte ausgesprochen, hatte Minna zu weinen begonnen. Und plötzlich hatte er ihren Kummer verstanden: natürlich! Hanne und Romy würden ausziehen. Sie würden eine eigene Familie sein und nicht mehr bei Minna leben.

Sie hatte ihm nichts erklären müssen, Karl wusste genau, was in ihr vorging. Es war die furchtbare Angst vor der Einsamkeit, die ihr bevorstand. Zweieinhalb Jahre hatte sie sich Tag und Nacht um Romy gekümmert, hatte ihre Arbeit aufgegeben, die Vormundschaft übernommen – meine Güte, wie hatte sie gekämpft, um dem Kind die Existenz zu sichern! Sogar den leiblichen Vater hatte sie gefunden und mit ihm eine Vereinbarung erreicht, über die sie nie sprach. Man hätte es kommen sehen müssen: Natürlich war immer klar gewesen, dass Hanne eines Tages heiraten und mit ihrem Kind zu ihrem Mann ziehen würde. Wie würde Minna das verkraften?

Sie hatte in dem Moment so reagiert, wie sie es ihr Leben lang getan hatte: Irgendwann hatte sie aufgehört zu weinen, sich die Nase geputzt, den Kopf gehoben und die

Schultern zurückgenommen. Sie machte weiter und ließ sich Hanne und Romy gegenüber nichts anmerken.

An dem Tag, als Otto Lindemann seiner künftigen Stieftochter zum ersten Mal begegnet war, hatte Karl bei Minna im Wohnzimmer gesessen. Sie hatte Romy wieder fein herausgeputzt, ein Winter-Dirndl aus dunkelgrünem Wollstoff hatte sie genäht, mit Puffärmeln und einer gestärkten weißen Schürze.

Karl hörte Hanne zu ihrer Tochter sagen: »Und du bist ganz artig, hörst du? Wenn du schön lieb bist, wird der Onkel Otto nämlich dein Papa!«

Romy hatte eifrig genickt und war beim ersten Klingelton zur Tür gerannt. Im Treppenhaus hatte sie am Geländer gestanden und aufgeregt durch die Streben geschaut, wer da zu Besuch kam. Als sie Otto erblickte, hatte sie laut gerufen: »Hallo, Onkel Otto, willst du nämlich mein neuer Papa sein?«

Karl sah Hanne die Hände über dem Kopf zusammenschlagen, puterrot vor Verlegenheit war sie, als sie Otto ins Wohnzimmer führte und ihn vorstellte. Das Gespräch lief schleppend. Von sich aus begann Otto keinen einzigen Satz, reagierte jedoch freundlich auf Ansprache.

Romy beachtete ihn nicht weiter, sie spielte in der Kemenate mit ihrer Puppenstube.

Nachdem Wilhelmine Otto am Silvesterabend kennengelernt hatte, hatte sie Karl zugeraunt: »Was ist das denn für einer? Mit diesen braunäugigen Kerlen ist Minna schon nicht zurechtgekommen, dieser ist doch wieder vom selben Schlag. Der sieht bloß nicht so gut aus wie Fritz und ist ein paar Zentimeter größer. Mensch, Karl, ich weiß wirklich nicht, was Hanne an ihm findet. Er hat ja auch nix an den Füßen…« Damit meinte sie, dass Otto finanziell gesehen keine besondere Partie war. Wilhelmine hielt einen dreiunddreißigjährigen Mann, der noch bei seiner Mutter wohnte und mit neun älteren Schwestern aufgewachsen war, für einen schwierigen Fall. »Pass mal auf, der war schwer vermittelbar, den haben die Schwestern verwöhnt wie 'nen Pascha und jetzt sind sie froh, dass ihn eine genommen hat.« Karl hatte eingewandt, dass Hanne als ledige Frau mit Kleinkind auch nicht grade eine große Auswahl gehabt hatte.

»Auch wieder wahr«, hatte Wilhelmine gesagt. In letzter Zeit gab sie ihm gelegentlich recht, musste er sich etwa Sorgen machen?

Hinter ihnen öffnete sich die Haustür. Hanne trug ein blaues Kostüm, das ihre Haut noch heller scheinen ließ.

Wilhelmine musterte sie enttäuscht. »Wieso trägst du an so einem Tag was Dunkles? Klar, dass du nicht in Weiß heiraten kannst, weil du keine Jungfrau …«

Minna trat mit Romy an der Hand aus der Tür und fiel Wilhelmine ins Wort: »Das ist ihr Konfirmationskostüm, ich hab's umgeschneidert, ist es nicht schick? Das kann sie auch später zu vielen Gelegenheiten weitergetragen, weil es dezent und vollkommen zeitlos ist.«

»Mir ist das zu duster«, murmelte Wilhelmine und beugte sich zu Romy hinunter, die in ihrem rosa Rüschenkleid mit weißer Strickjacke, der weißen Strumpfhose und einer breiten rosa Schleife in den dunklen Haaren ganz entzückend aussah. »Oh, so schicke Sachen, da musst du aber schön aufpassen, dass du dich nicht dreckig machst.«

In diesem Moment hupte es. Ein VW-Bus, zweifarbig in Weinrot und Beige, hielt am Bürgersteig, ein Mann sprang heraus und lief auf die Familie zu. Er trug einen Anzug und eine Chauffeurmütze, die er mit großer Geste abnahm und während einer tiefen Verbeugung übertrieben schwenkte. »Klaus Bökenkröger, Freund und Trauzeuge von Otto. Ich bin euer Chauffeur.«

Karl hatte noch nie einen VW Samba von innen gesehen. Er freute sich, dass keine der Frauen vorn sitzen wollte, und er neben dem Fahrer Platz nehmen konnte. Er sah Wilhelmine an, dass sie das Gefährt eher als ungewöhnlich empfand, aber der Komfort, bis vor die Tür chauffiert zu werden, gefiel ihr durchaus. »Ich hatte mich schon gefragt, wie wir mit dem Fahrer, vier Erwachsenen und dem Kind in ein Auto passen sollen. Aber so haben wir Platz genug, hier hätten noch zwei Leute sitzen können.« Sie legte eine winzige Pause ein, bevor sie den nächsten Satz abfeuerte. »Also, wenigstens Fritz hätte noch Platz gehabt.«

Minna hatte sich hinter Karl gesetzt und legte ihm bei dieser Bemerkung die Hand auf die Schulter. Er griff danach und drückte sie. Es war eine stumme Geste, die sie trösten sollte.

Fritz würde nicht zu Hannes Hochzeit kommen. Er befand sich in Bad Reichenhall zur Kur, wo er sich von den Strapazen einer Magenoperation erholte. *Die Person* war auch dort, sie residierte während der sechs Wochen in einer Pension. »Die ham's ja …«, hatte Wilhelmine gesagt. Vor einigen Monaten war Fritz' Mutter Karoline gestorben. Er hatte das alte Haus in der Pöttcherstraße geerbt und es sofort verkauft. Dann war er mit *der Person* in eine Neubauwohnung in Bärenkämpen gezogen. Mit Badezimmer und Balkon.

Minna hatte sich bei Karl bitterlich beklagt. »Und nun bringt er das Geld mit *der Person* durch, anstatt seiner einzigen Tochter was zuzustecken!«

Ganz so war es allerdings nicht gewesen: Hanne und Otto hatten ihre Hochzeit ziemlich kurzfristig verkündet. Wenige Tage, bevor Fritz abreiste, hatten sie beim Standesamt das Aufgebot bestellt und rasch einen Termin bekommen. Für Fritz gab es keine Möglichkeit, die Kur zu verschieben oder sie für die fast achthundert Kilometer lange Reise nach Hause zu unterbrechen. »Wenn ich zurück bin, bekommt Hanne ein Sparbuch mit fünfhundert Mark«, hatte er Minna versprochen.

Der Bulli tuckerte die lange Straße am Fuße des Wiehengebirges entlang. *Unter'm Berge her*, wie der Westfale sagte, Bad Oeynhausen liegt von Minden aus gesehen *hinter'm Berge*, dachte Karl. Er nahm das Innere des Wagens in Augenschein, zählte nach, ob dieses Modell tatsächlich dreiundzwanzig Fenster hatte, und erkundigte sich bei Bökenkröger, ob es sich um das 1960er-Baujahr mit den 34 PS handelte. Der nickte, begann, einen begeisterten Vortrag über das Auto zu halten, und verwies darauf, dass es das Modell mit den Blinkern war, die seit 1960 gesetzlich vorgeschrieben waren. »Bis dahin benutzte man Winker, die in die B-Säule integriert waren«, erklärte Bökenkröger.

Hinter ihm sprang Romy aufgeregt von einer Seite zur anderen, entdeckte hier eine Kuh, dort ein Pferd, da einen entgegenkommenden Bus. Jedesmal forderte sie die anderen lautstark zum Hinsehen auf.

»Kind, musst du hier so rumspalkern, das ganze Auto wackelt, wenn du immer herumkletterst. Mir ist schon ganz kodderig, ich muss erst mal 'ne Spalt-Tablette nehmen«, schimpfte Wilhelmine. Sie begann, in ihrer Handtasche zu wühlen, fand das Röhrchen mit ihrem Allheilmittel und schluckte eine Tablette trocken herunter.

Romy zog ein Schnütchen, setzte sich aber hin.

Minna lobte sie: »Das ist lieb, mein Schatz. Wir müssen aufpassen, dass dein schönes Kleid nicht zerknittert, wir wollen doch bei deiner neuen Oma und den neuen Tanten einen guten Eindruck machen.«

Klang da ein bisschen Eifersucht in ihrer Stimme mit?

Karl drehte sich zu Hanne um, die noch keinen Ton gesagt und nur aus dem Fenster geschaut hatte. »Na, mein Mädchen, aufgeregt?«

»Na ja, es ist nicht so, wie man es sich wünscht, aber so ist es nun mal.«

Karl glaubte nicht, dass Hanne zu den romantischen Frauen gehörte, die von einer Hochzeit wie im Kino träumten, dazu war sie zu pragmatisch. Aber dass ihr Vater heute nicht dabei war, bedrückte sie fraglos. Und dass sie die Hochzeitsnacht und das Wochenende im Haus ihrer Schwiegermutter verbringen und am Montag wieder bei Minna wohnen würde, war sehr unromantisch. Erst in der Woche nach der Hochzeit sollten Hanne und Otto den Berechtigungsschein für eine eigene Wohnung in Oeynhausen bekommen. Wenn Karl das richtig verstanden hatte, kannte Otto jemanden beim Wohnungsamt und hatte »da was in Aussicht«.

»Wie läuft das gleich ab?«, fragte Wilhelmine.

Klaus Bökenkröger schaute in den Rückspiegel. »Ich bringe euch zu Lindemanns, dann fahre ich mit Hanne und Otto und dem anderen Trauzeugen zum Standesamt.«

»Der andere Trauzeuge bin ich«, sagte Karl. »Und ich bin der Fotograf.«

Romy meldete sich: »Ich will mit!«

»Du bleibst bei Omi«, bestimmte Hanne.

»Warum?«

»Weil ich es sage.«

»Aber ich will mit.«

»*Ich will nicht* ist Trotz. Du bleibst bei Omi.«

Karl wunderte sich nicht, als das Kind zu heulen begann, das hätte Hanne ruhig freundlicher sagen können. Aber sie war nervös, es war ihr Hochzeitstag, und Romy konnte wirklich eine Nervensäge sein.

Es dauerte nicht lange, bis Wilhelmine ihren Senf dazugab: »Wenn das Kind sonst immer seinen Willen kriegt, ist es kein Wunder, dass sie jault!« Dabei versuchte sie, Romys Geschrei zu übertönen, woraufhin die mit noch größerer Lautstärke reagierte.

Klaus Bökenkröger tat genau das Richtige: Er hupte. Und Minna rief: »Romy, was war das?« Die Kleine horchte auf, vergaß zu brüllen und klatschte beim nächsten Hupen begeistert in die Hände.

Sie bogen in eine Siedlung mit engen Straßen und schmalen braunen Doppelhäusern ein. Die Zäune der winzigen Vorgärten waren ordentlich gestrichen, die niedrigen Hecken akkurat gestutzt. Als der Bulli vor einem der Häuschen hielt und alle ausstiegen, bewegten sich die Gardinen in den Fenstern der Nachbarn. Die Haustür öffnete sich, Otto kam heraus, ungewohnt anzusehen im dunklen Anzug, mit Schlips und weißem Hemd. Hinter ihm sah Karl eine hübsche Blondine mit toupierter Kurzhaarfrisur und eine winzige alte Frau mit schlohweißem Haar.

Das waren also Ottos Mutter und eine seiner Schwestern.

Otto und Hanne umarmten einander, er gab ihr einen Kuss auf den Mund.

Minna ging mit Romy auf die Frauen zu und schüttelte ihnen die Hand. »Ich bin Mia Volkening, und das ist unsere Romy.«

Die alte Frau lächelte, dabei vertieften sich ungezählte Falten in ihrem sanftmütigen Gesicht.

Otto schob Romy mit der Hand am Kopf näher zu ihr. »Das ist die Oma Paula, nun sag mal artig guten Tag.«

Knicksend gab Romy das schöne Händchen. Die Alte grinste noch breiter, Karl bemerkte, dass sie offensichtlich nur einen Zahn hatte.

Die Blonde beugte sich zu Romy. »Komm mal mit Tante Lisa mit, kriegst auch ein Bonbon!«

»Nun aber zügig«, rief Otto, »sonst kommen wir zu spät zu unserer eigenen Hochzeit!«

Hanne und Otto stiegen hinten in den VW-Bus ein, Karl und Bökenkröger vorn, sie düsten los, und Karl sah Minna, Wilhelmine und Romy in dem kleinen Haus verschwinden.

Die Zeremonie im Standesamt begann pünktlich und war kurz und sachlich. Der Standesbeamte leierte seinen

Text runter, schob ihnen die Papiere zur Unterschrift zu und erklärte Hanne und Otto Lindemann zu Mann und Frau.

Karl ließ Hanne nicht aus den Augen. War Otto der Richtige? Wer wusste das schon. Er erinnerte sich an seine Hochzeit mit Wilhelmine und dachte daran, wie oft er diese Entscheidung bereut hatte. Im Moment wirkte sie auf ihn eher nervös als glücklich. Er schob es darauf, dass sie nachher mit Ottos großer Familie feiern würden, von Hannes Seite aus waren sie nur zu viert.

Das Haus war wirklich winzig. Als Karl mit Klaus Bökenkröger und dem Brautpaar zurückkam, konnte man vor lauter Zigarettenrauch kaum atmen. Das Stimmengewirr war so laut, dass man sein eigenes Wort nicht verstand. Otto führte sie in ein karges Wohnzimmer mit einem wuchtigen Kachelofen, der vom Flur aus befeuert wurde und das ganze Haus heizte. Das wenige Mobiliar war offenbar an die Wände gerückt worden, man sah an den Abdrücken im Linoleum, dass das schwere Büfett vorher woanders gestanden hatte. So hatte man Platz geschaffen, um mehrere Tische verschiedener Breiten und Höhen zu einer Tafel zusammenzuschieben und mit weißen Tischtüchern zu bedecken. Oder waren es Bettlaken? Karl kannte sich damit nicht aus. Alle schienen jetzt gleichzeitig aufzustehen, um das Brautpaar zu beglückwünschen, Stühle wurden über den Boden geschoben, alle redeten durcheinander. Und Karl dachte: *Gott, wenn es dich gibt, lass Hanne glücklich werden.*

29

Hanne

Ende März 1963

Hanne stand nicht gern im Mittelpunkt. Am liebsten hätte sie sich auf dem Absatz umgedreht und sich in irgendeiner stillen Ecke des kleinen Hauses versteckt. Aber es gab keine stille Ecke, und es gab auch keine Möglichkeit, sich vor dieser Situation zu drücken. Schließlich war sie als Braut die Hauptperson und seit einer halben Stunde offizielles Mitglied dieser großen Familie, die sich in der engen Stube versammelt hatte und sie und Otto mit fröhlichem Beifall begrüßte.

Mit den Augen suchte Hanne den Raum ab. Mutti saß ganz hinten in der Ecke und schaute hilflos zu ihr herüber. Es gab keine Möglichkeit, sich an den vielen Leuten vorbeizudrängen, um ihr zu gratulieren. Für einen Moment trafen sich ihre Blicke. Mutti lächelte liebevoll und warf ihr eine Kusshand zu.

Hanne ließ sich von Ottos Schwestern und Schwagern umarmen, bedankte sich für gute Wünsche und Willkommensfloskeln. Irgendwann saßen alle dicht an dicht auf ihren Plätzen, hielten ein randvolles Schnapsglas in der Hand und tranken auf das Brautpaar.

Otto prostete in die Runde und bedankte sich für die Glückwünsche. Eine hübsche Frau mit dunklen Augen und schwarz gefärbter Turmfrisur rief mit energischer Stimme: »Jetzt ist Zeit, um alle mal vorzustellen!«

»Änne wieder vorneweg«, sagte Otto. »Aber mach du man, ich hab's nicht so mit dem Reden.«

Die Schwarzhaarige stand kopfschüttelnd auf. »Wenn man die Älteste ist, muss man schon als Kind auf die Kleinen aufpassen, und das bleibt für immer so. Ich bin also Änne, das ist mein Mann Alois. Mutter Paula sitzt am Kopfende, damit sie schnell in die Küche kann, wo Lisa auf die Suppe aufpasst.«

Der Reihe nach stellte Änne ihre Schwestern und Schwager vor. Hanne versuchte, die Namen zu behalten, aber es gelang ihr nicht.

Lisa in der Küche, das war die hübsche Blonde, die hatte sie sich gemerkt. Erika, die allein saß und offenbar unverheiratet war, Grete und Dieter, Gerda und Heinz, Ulla und Jupp, es waren zu viele neue Gesichter.

Irgendwann war Mutti endlich bei ihr, umarmte sie stumm und flüsterte in ihr Ohr: »Ich wünsche dir, dass du glücklich wirst. Ich wünsche es dir so sehr!«

Hanne kamen die Tränen. Ja, das wünschte sie sich auch.

Als sie vorhin in dem schmucklosen Trauzimmer vor dem Standesbeamten gestanden hatten, der seinen Text ohne jede Betonung heruntergeleiert hatte, hatte sie auch beinahe geweint. Warum denn nur, das war doch ein freudvoller Tag, der schönste im Leben einer Frau. Oder? Hatte sie sich das so vorgestellt? Eine standesamtliche Hochzeit in einem kleinen Dorf, kilometerweit von zu Hause entfernt? Ein umgearbeitetes, dunkles Kostüm, drückende Schuhe und eine Feier in einer spartanischen Stube? Mutti, Romy, Onkel Karl und Tante Wilhelmine als einzige Gäste von ihrer Seite?

Als sie nach der Trauung mit ihrem neuen Namen unterschrieben hatte, hatte ihre Hand gezittert. Jetzt war es besiegelt. Sie hieß nun Hanne Lindemann und hatte einen Ehemann. Sie hatte Ja gesagt, nun hatte sie eine eigene Familie. Bald mit einer eigenen Wohnung. Zwei möblierte Zimmer, Klo auf halber Treppe. Hanne war alles andere als begeistert gewesen, aber für den Anfang musste es gehen. Otto hingegen hatte so getan, als sei die Wohnung was Besonderes. Aus seiner Sicht war das vielleicht richtig, man sah ja hier, aus welchen Verhältnissen er kam. Das winzige Siedlungshäuschen hatte früher im Erdgeschoss drei Räume gehabt, von denen einer die Küche gewesen war. Dann hatte man eine Wand herausgenommen und das Wohnzimmer erhalten, in dem sie nun feierten. Hanne wusste, dass die »Stube« danach wieder abgeschlossen und erst Weihnachten wieder geöffnet wurde. Im Obergeschoss gab es drei winzige Zimmer mit schrägen Wänden. Hier hatten Mutter Paula, ihr Mann und zehn Kinder gelebt. Das Plumpsklo befand sich in einem windschiefen Anbau. Kein Wunder also, dass Otto die neue Wohnung für ein großzügiges Zuhause zu halten schien.

Hanne saß ein bisschen verloren auf ihrem Platz. Otto unterhielt sich mit seinem Schwager, Lisa, Änne und ihre Schwiegermutter Paula kümmerten sich um das Essen. Als das aufgetragen wurde, wusste Hanne endlich, wohin mit ihren Händen.

Es gab eine kräftige Suppe mit Markklößchen und Möhrenscheiben, Rinderbraten mit Rotkohl und Kartoffeln und Pudding mit eingewecktem Obst. Als der Tisch abgeräumt war und alle vor einem Verdauungsschnaps saßen, war Romy auf Muttis Schoß eingeschlafen, auch Onkel Karl sah hundemüde aus. Verstohlen schaute Hanne auf ihre Armbanduhr. Der Tag würde sich noch ewig hinziehen. Der Qualm, der überheizte Raum, das Essen, die vielen Leute und der reichlich nachgeschenkte Schnaps – das alles war anstrengend. Sie schaute zu Minna hinüber. Auch sie wirkte ziemlich erschöpft.

Als Otto aufstand, Hanne am Arm hochzog und mit dem Ehering an sein Glas klopfte, verstummten alle. Nervös schaute Hanne zu ihrer Mutter. Sie wusste, was Otto jetzt sagen würde, aber sie konnte sich nicht vorstellen, wie Mutti darauf reagieren würde.

»Liebe Familie. Hanne, also meine ... Frau und ich«, dabei sah Otto Hanne lächelnd an, »wir haben eine wichtige Neuigkeit.«

Tante Wilhelmine stieß Onkel Karl mit dem Ellenbogen an. Obwohl sie flüsterte, verstand man jedes Wort: »Pass auf, Karl! Ich ahne schon, was jetzt kommt.«

Otto bemühte sich sichtlich um eine gewählte Ausdrucksweise: »Liebe Familie, also ... wir wollen heute mit euch Hochzeit feiern, dabei können wir euch auch ... die

Mitteilung machen, dass Hanne, dass wir, also ich und meine Frau, haha, der Esel nennt sich immer zuerst ... Also, was ich sagen wollte: Im September kommt Nachwuchs.«

Bevor allgemeiner Jubel und Beifall losging, rief Wilhelmine: »Wusst ich's doch, dass es 'ne Heirat mit Rückenwind ist!«

Für einen Moment schloss Hanne die Augen.

Dann sah sie zu Minna.

Mutti war in sich zusammengesunken und schüttelte den Kopf. Als sie merkte, dass Hanne sie anschaute, setzte sie sich sofort gerade hin und lächelte.

30

Minna

Ende Juni 1963

»So, ich glaube, wir haben alles«, sagte Hanne und schaute sich noch einmal im Wohnzimmer um. Dann öffnete sie die Schlafzimmertür und kontrollierte auch dort jede Ecke. »Wie viel Platz du jetzt hast, wo das Kinderbett weg ist.«

Auf den Platz kann ich gerne verzichten, was soll ich damit?, dachte sie. Sie hütete sich aber, solche Gedanken auszusprechen. Stattdessen sagte sie: »Wenn du Hilfe brauchst, kann ich gern kommen. Ich nehme den ersten Bus und fahre mit dem letzten zurück.« Im letzten Moment verkniff sie sich die Worte: *Ich hab ja jetzt Zeit genug …*

»Nein, Mutti«, sagte Hanne, »brauchst du nicht. Die Wohnung ist möbliert, da gibt es nicht viel zu tun. Ich muss nur Romys und meine Sachen in die Schränke räumen, und Otto muss ihr Bett aufbauen.«

Die Kisten mit Hannes Aussteuer waren schon im Bulli von Klaus Bökenkröger verstaut. Obwohl Minna seit der Konfirmation Bettwäsche, Handtücher, Geschirr und Besteck gesammelt hatte, waren es nicht mehr als sechs Kartons gewesen, die Otto und sein Kumpel nach unten getragen hatten. Hannes und Romys Garderobe war in zwei Koffern und zwei alten Bettbezügen verstaut und verladen, das Puppenhaus und ein Wäschekorb mit Spielzeug ebenso. Der zusammengeklappte Laufstall stand im Flur. Romy war jetzt drei Jahre alt und zu groß dafür, aber wenn im September das Baby kam, konnte Hanne es darin ablegen.

Minna hatte die Wohnung noch nicht gesehen, aber Hanne hatte sie ihr beschrieben. Zwei möblierte Zimmer im Erdgeschoss, zur Straße hin. »Man geht direkt vom Treppenhaus aus in eine Wohnküche, es gibt einen Kohlenherd und eine Klappcouch. Von der Küche aus geht's ins Schlafzimmer, da stellen wir Romys Bett rein, und wenn das Baby da ist, schläft es erst mal im Kinderwagen. Ich bekomme nämlich einen ganz modernen, da kann man das Oberteil vom Gestell abnehmen und in die Wohnung tragen.«

Der Moment, in dem sie sich verabschieden mussten, rückte näher. Romy saß auf der Couch und schaute sich ein Bilderbuch an.

Hanne umarmte Minna. »Mensch, Mutti, jetzt hast du endlich deine Ruhe, wir sehen uns Mittwoch in zwei Wochen. Schreib mir eine Postkarte, damit wir wissen, mit welchem Bus du ankommst, dann holen wir dich ab. Denk dran: Vier neun sieben Rehme bei Bad Oeynhausen.«

Minna schluckte und brauchte ihre ganze Kraft, um nicht zu weinen.

Hanne sagte: »Komm, Frollein, es wird Zeit. Sag Omi Tschüss!«

Romy klappte das Buch zu, kletterte aus dem Sessel und schlang ihre Ärmchen um Minnas Hals. »Tschüss Omi, wir fahren zu Bad Oeynhausen mit Onkel Klaus!«

Stimmt, dachte Minna, *aber du ahnst nicht, dass du nicht mehr wiederkommst, sondern dass du jetzt in Rehme bei Bad Oeynhausen wohnst. Und dass du nicht mehr Romy Volkening heißt, sondern Lindemann, das werden sie dir auch noch beibringen.*

Es klingelte Sturm – das Zeichen der Männer, dass sie mit dem Packen fertig waren und Romy und Hanne runterkommen sollten. Minna war erleichtert, dass diese Situation damit abrupt beendet war. Sie konnte sich nur noch so lange zusammenreißen, bis sie die Wohnungstür hinter den beiden geschlossen hatte. Dann lehnte sie sich an die Wand, ließ sich auf den Boden sinken und begann bitterlich zu weinen. Die Zukunft lag leer und einsam vor ihr.

Sie saß da gewiss eine Stunde. Als sie aufstehen wollte, ging es zuerst nicht, weil ihre steifen Knie schmerzten. Ächzend zog sie sich an der Kommode hoch, stützte sich auf und schaute im Spiegel in ihr Gesicht. Sie nahm die Brille ab und beugte sich vor. Die Augen waren vom Weinen geschwollen, ihr Haar, vorn und an den Seiten komplett grau, war zerzaust, sie war bleich wie eine Kranke.

Mia, was ist aus dir geworden?

Sie legte die Brille ab, ging noch näher an den Spiegel heran, zog die Krähenfüße in den Augenwinkeln glatt, schob die schlaffe Haut der Wangen nach hinten, bis ihr Gesicht zwar verzerrt, aber faltenfrei war.

Es gibt Frauen, die altern schön. Ich gehöre nicht dazu.

Sie ließ die Haut wieder los, klopfte mit den Fingerspitzen darauf herum und schüttelte den Kopf.

Nächstes Jahr werde ich sechzig, es ist nicht mehr wichtig, wie ich aussehe. Wer sieht mich denn noch? Sie sind alle weg. Meine Kinder sind ausgezogen. Wie soll ich in dieser stillen Leere weiterleben?

Sie verfiel in einen Dialog mit sich selbst.

Rehme ist nicht auf dem Mond! Es ist ein Dorf vor der Nachbarstadt.

Aber es ist eine andere Welt.

Meine Mutter hat in Minden gewohnt, als ich in Düsseldorf gelebt habe, hat sie sich deswegen gehen lassen?

Nicht in meiner Gegenwart.

Ich hab Hanne und Romy auch nicht gezeigt, wie verzweifelt ich bin, natürlich nicht. Sie leben ihr eigenes Leben, so ist der Lauf der Dinge. Ich habe Hanne allein großgezogen, wir haben den Krieg, die Scheidung und die TB überlebt – und die ungewollte Schwangerschaft. Paul Wagner. Was für ein raffinierter Mann.

Romy sieht ihm nicht ähnlich. Mit den dunklen Augen und Haaren kommt sie mehr nach Fritz.

Das Mundwerk könnte sie von mir haben, vielleicht auch die Größe, sie ist groß für ihr Alter.

Mein Fleisch und Blut. Ein Teil von mir.

Aber sie ist auch ein Teil von Wagner.

Sie trägt nicht mal mehr meinen Namen. Romy Lindemann.

Otto gibt sie als seine Tochter aus. »Der Ehemann der Mutter hat dem Kind den Familiennamen Lindemann erteilt.« Ja, ich weiß, es ist gut für Romy. Otto hätte sie adoptieren können, aber das wollten sie nicht, weil sie den Unterhalt nicht verlieren wollen. Verstehe ich.

In Rehme sind sie das Ehepaar Hanne und Otto mit einer dreijährigen Tochter, im Herbst kommt das zweite Kind. Eine normale, seriöse Familie, über die sich niemand das Maul zerreißen kann. Niemand weiß, dass Romy nicht von Otto ist. Romy, mein Augenstern. Ich hätte nie gedacht, dass ich einen Menschen außer Hanne so lieben könnte. Karl sagt, ich soll aufpassen, dass ich Romy nicht als Ersatz für Luise sehe.

Minna setzte die Brille wieder auf, ging ins Wohnzimmer und blieb in der Tür stehen.

Sie war in all den Jahren, wenn Hanne monatelang in den Heilstätten war, auch allein gewesen. Aber sie hatte gewusst, dass es vorübergehend gewesen war. Dieses Mal war es für immer.

31

Hanne

Dezember 1963

Als um halb sechs der Wecker klingelte, schreckte Hanne beim ersten Ton hoch, ergriff ihn trotz der Dunkelheit zielsicher und legte mit geschlossenen Augen den Hebel um. Sofort verstummte das schrille Geräusch. Sie stellte die Uhr lautlos zurück aufs Nachtkonsölchen, setzte sich auf die Bettkante und lauschte. Otto war nicht wach geworden, er schnarchte vor sich hin. Auch die Kinder schliefen noch. Hanne schlüpfte in Pantoffeln und Morgenmantel und verließ das Zimmer auf Zehenspitzen.

Morgens war es eiskalt, daher öffnete sie zuerst den Herd, nahm den Schürhaken und schob die Asche hin und her, bis alles durch den Rost in den Aschekasten gefallen war. Vorsichtig, damit nichts durchs Zimmer staubte, zog sie den Kasten heraus und stellte ihn ab. Dann wickelte sie sich ihr Wolltuch um Hals, Kopf und Schultern und lief in den Hof, um die Asche in den Ascheimer zu schütten. Es war Glatteis angesagt, nachher würde sie den Weg zum Haus, einen Pfad im Hof und den Bürgersteig mit der Asche bestreuen müssen, damit niemand ausrutschte.

Die eisige Kälte schnitt ihr ins Gesicht, ihr Atem verwandelte sich in der Dunkelheit in weißen Dampf.

Rasch eilte sie über den finsteren Hof zurück in die Wohnküche. Sie zerknüllte eine halbe Zeitungsseite und legte sie auf den Rost, schichtete Holzspäne darüber, die sie aus dem Eimer neben dem Herd nahm, und zündete das Papier an. Wenn sie später einkaufen ging, musste sie unbedingt Zündhölzer mitbringen, die Schachtel war fast leer.

Als das Kleinholz lichterloh brannte, legte sie zwei Briketts nach. Sobald sie glühten, würde sie Kohlen hineinschütten. Jetzt war es Zeit, Wasser für Ottos Tee aufzusetzen. Bis es kochte, hatte sie seine Brote für die Arbeit geschmiert und in Wachspapier eingewickelt. Zwei Butterbrote mit Leberwurst lagen dann, in kleine Häppchen geschnitten, auf einem Holzbrettchen an seinem Platz.

Pünktlich um zehn vor sechs weckte sie ihn, leise, damit die Kinder nicht wach wurden. Während Otto sich am Spülstein rasierte und wusch, goss Hanne seinen Tee auf, gab zwei schwach gehäufte Löffel Zucker hinein, rührte um. Otto zog sich an. Hose, Hemd und Pullover hatte sie ihm gestern Abend über den Stuhl gehängt. Um Punkt Viertel nach sechs gab er ihr einen Kuss und verließ das Haus. Hanne schob den Vorhang am Fenster zur Seite, wartete, bis Otto mit dem Fahrrad in ihrem Blickfeld auftauchte, winkte ihm zu und ließ den Vorhang wieder fallen.

Sie war so müde. Seit Michaels Geburt vor zwölf Wochen hatte sie keine Nacht mehr durchgeschlafen. Wenn das Baby nur den leisesten Ton von sich gab, war sie hellwach. Sobald Michi Luft holte, um zu brüllen, nahm sie ihn sofort hoch und ging mit ihm in die Küche. Otto brauchte seinen Schlaf, sie kannte ja seinen Alltag in der Firma. Und wenn Romy aufwachte und Hanne beide Kinder beruhigen musste, war die Nacht gelaufen. Seit ein paar Tagen stellte sie Michis Fläschchen vor dem Zubettgehen in einen Topf mit fast kochendem Wasser. Auch wenn das Feuer im Herd ausgegangen war, blieb das Fläschchen darin lange warm, und sie konnte Michi nachts sofort füttern. Manchmal dauerte es eine Ewigkeit, in der sie ihn danach in der Küche herumtrug, bis endlich sein Bäuerchen kam.

Die einzige Zeit, die Hanne allein gehörte, war diese halbe Stunde, nachdem Otto das Haus verlassen hatte und die Kinder noch schliefen. Später kam sie vor lauter Arbeit nicht mehr zum Atmen. Dabei war es nicht das Baby, das ihr die Kraft raubte, auch nicht die Hausarbeit mit den Einkäufen, der vielen Wäsche und der täglichen Kocherei. Nein, es war Romy. Sie plapperte den ganzen Tag, bestand darauf, dass Hanne mit ihr spielte, sobald Michi schlief, und überhaupt drängelte sie sich ständig in den Vordergrund.

Als Mutti zu Besuch gewesen war, hatte Hanne sich bitterlich bei ihr beklagt. »Wenn sie ihren Willen nicht bekommt, wirft sie sich auf den Boden und fängt an zu schreien. Zu Hause stecke ich sie ins Bett, aber wenn sie beim Bäcker so einen Tobsuchtsanfall kriegt, ist es schrecklich peinlich, wenn alle Leute gucken.«

»Was meinst du mit ihrem Willen?«, hatte Mutti gefragt.

»Zum Beispiel, ausgerechnet wenn ich Michi wickele oder füttere, will sie auf den Arm oder auf den Schoß. Das geht nun mal nicht. Neulich hab ich gesagt: Du siehst doch, dass ich das Baby habe, jetzt nicht. Weißt du, was sie gesagt hat? Bring es wieder weg, wir brauchen es nicht!«

Mutti hatte diese sanfte Stimme benutzt, mit der sie immer sprach, wenn es um Romy ging. »Hanne, sie ist drei. Sie war ihr ganzes Leben lang mit mir allein, nun ist sie in einer fremden Wohnung an einem fremden Ort. Sie ist nicht daran gewöhnt, dass du den ganzen Tag da bist, und dass es jetzt einen Vater gibt, den sie vorher nur ein paarmal gesehen hat. Und dann gibt's auf einmal auch noch ein Baby. Du hättest wirklich mit ihr vor der Geburt über das Geschwisterchen sprechen sollen.«

Hanne war ärgerlich geworden. »Hätte ich sie um Erlaubnis fragen sollen, wenn ich ein Kind kriege?«

»Nein. Aber ihr nichts zu sagen und von heute auf morgen ein Brüderchen zu präsentieren, war vielleicht unklug.«

Möglich, dass Mutti recht hatte. Aber es war alles so viel gewesen. Die Hochzeit, der Umzug, Ottos Familie und die vielen Schwestern und Schwager, der Haushalt, den ganzen Tag Romy, und alles während der Schwangerschaft, die viel beschwerlicher gewesen war als die erste. Sie musste sich selbst doch auch an die neuen Umstände gewöhnen, nicht nur das Kind.

Otto hatte Regeln aufgestellt: »Ich kümmere mich um alles außer Haus, du bist für alles im Haus zuständig.«

Das bedeutete, dass er ihr am Ersten achtzig Mark Haushaltsgeld auf den Tisch zählte, seit Michis Geburt gab es hundertzwanzig. Otto bezahlte Miete, Strom, den Kohlenhändler und was sonst anfiel. »Du bekommst ja auch noch das Geld für Romy, damit hast du für den Haushalt genug.«

Aus ihrer Zeit im Büro wusste Hanne, dass die Männer in der Werkstatt zwischen vier und vier Mark fünfzig Stundenlohn bekamen. Otto arbeitete zweiundvierzig Stunden in der Woche, sie konnte sich leicht ausrechnen, dass er knapp siebenhundert im Monat verdiente. Aber das war unnützes Wissen, denn sie hatte keine Ahnung, wie viel Miete sie für die beiden möblierten Zimmer bezahlten, wie teuer Elektrizität war und was die Kohlen gekostet hatten, die im Keller lagerten.

Hanne führte ein Haushaltsbuch, trug akribisch jeden Pfennig ein, damit sie mit dem Geld hinkam. Bald kannte sie die Preise der täglichen Einkäufe aus dem Kopf. Sie wollte eine gute Hausfrau sein, damit Otto mit ihr zufrieden war. Beim Kaufmann rechnete sie immer schon im Kopf aus, wie viel sie bezahlen musste.

Der Unterhalt für Romy kam per Geldbriefträger. Otto hatte noch nie gefragt, von wem das Geld war, hatte sich nie nach Romys Erzeuger erkundigt und nie wissen wollen, warum Hanne nicht von ihm sprach. Sie wusste nicht, ob er diskret war, oder ob es ihn einfach nicht interessierte. Aber sein Gleichmut half ihr, die Erinnerung an Paul Wagner komplett zu verdrängen. Sie war nicht mehr wichtig. Neulich hatte sie Otto um die Erlaubnis gebeten, ein Girokonto zu eröffnen, um den Unterhalt darauf überweisen zu lassen.

»Wozu soll das gut sein?«, hatte er gefragt.

Sie hatte mit den Achseln gezuckt. »Ich dachte nur …«

Er hatte verständnislos den Kopf geschüttelt. Das Thema war vom Tisch.

Halb sieben.

Hanne bereitete Michis Fläschchen vor, schnitt eine Scheibe Graubrot ab, bestrich sie mit Margarine und Marmelade und legte sie auf Romys Brettchen. Seit Romy während eines Wutanfalls eine Tasse vom Tisch gefegt hatte, die in tausend Scherben zerschellt war, weil sie nicht wie Michi mit der Flasche gefüttert wurde, stellte Hanne ihr eine Plastiktasse hin und füllte sie nur zu einem Drittel mit Milch.

Sie legte Kohlen nach, wusch sich, zog sich an, schrieb den Einkaufszettel und weckte die Kinder.

Nach dem Frühstück räumte sie den Tisch ab und spülte das Geschirr. Sie musste täglich einkaufen, weil sie mit dem Baby im Kinderwagen und Romy im Schlepptau nie mehr als die Lebensmittel für einen Tag tragen konnte. Tante Wilhelmine hatte Mutti ein selbst gehäkeltes Netz mitgegeben, das am Griff des Kinderwagens befestigt wurde und in dem man einiges transportieren konnte. Das war eine Erleichterung.

Romy spielte unter dem Küchentisch mit Legosteinen, die sie von Schwägerin Änne geschenkt bekommen hatte. Einfach so, mitten im Jahr, ohne Anlass. Das Kind wurde zu sehr verwöhnt. Vielleicht war es deswegen so aufsässig.

Hanne legte eine gefaltete Wolldecke auf den Tisch, um Michi darauf zu wickeln. So ein süßer Wonneproppen! Feines blondes Haar, blaue Augen, irgendwie kam er nach

Ottos Mutter Paula, die war auch so ein heller Typ. Michi lag nackig auf dem Küchentisch und strampelte. Hanne packte seine Füßchen, küsste sie und freute sich über das niedliche Glucksen, das er von sich gab.

Plötzlich klingelte es, Hanne rief: »Romy, komm, bleib kurz bei Michi stehen und pass auf, dass er nicht runterfällt!«

Romy kam eifrig unter dem Tisch hervor, stellte sich breitbeinig vor das Baby und breitete die Arme aus. »Ich schütze Michi!«, sagte sie.

Hanne lief aus der Wohnung, öffnete die Haustür. Es war ein Weihnachtspäckchen von Tante Fannie, wie schön! Doch bevor sie sich richtig freuen konnte, begann in diesem Moment Michi zu brüllen. Hanne schlug dem Postboten die Tür vor der Nase zu, rannte zurück und fand Romy unter dem Tisch hockend. Sie hatte die Arme über den Kopf gelegt und das Gesicht zwischen ihren Knien versteckt.

Mit einem Satz war Hanne beim Baby und tröstete es. Es war ein Wunder, dass es nicht vom Tisch gefallen war – es hätte sich das Genick brechen können!

Nachdem Michi sich beruhigt hatte, begann Hanne ihn anzuziehen. Plötzlich sah sie, warum er geweint hatte: An seinem Fuß war der Abdruck kleiner Zähne zu sehen. Das konnte ja wohl nicht wahr sein! Dieses kleine Biest!

»Romy!«

Das Mädchen saß immer noch unter dem Tisch und rührte sich nicht.

»Ab in dein Bett«, zischte Hanne. »Wenn ich hier fertig bin, hat dein Hintern Hochzeit! Und wenn Vati nach Hause kommt, dann kannst du noch mal was erleben.«

32

Fannie

Dezember 1964

»Eins, zwei, drei, Augen auf!«, rief Fannie, und am Weihnachtsbaum gingen die Lichter an.

Minna stieß einen verzückten Laut aus, Romy staunte mit offenem Mündchen.

Die Tanne stand auf einem Tisch und reichte beinahe bis an die Zimmerdecke. Sie war mit Süßigkeiten in glänzendem Stanniolpapier, bunten Glaskugeln und glitzerndem Lametta geschmückt. Und mit elektrischen Kerzen.

»Das ist der prächtigste Weihnachtsbaum, den ich je gesehen habe«, sagte Minna, »wenn man von dem in der Kirche mal absieht! Wie schön das Licht schimmert, obwohl es nicht echt ist!«

»Echt isses schon, bloß elektrisch«, schmunzelte Fannie und nahm Romy an die Hand. »Komm, wir guck'n uns die Kugeln an. Gibt blanke und welche mit Glitzerschnee.«

Die Kleine zögerte und presste ihre Puppe an sich.

Fannie beruhigte sie. »Nee, is' nich' heiß, wir dürf'n nah rangeh'n, aber wir müss'n trotzdem vorsichtig sein!« Sie nahm ein paar Lamettafäden von einer Tannenspitze und hängte sie Romy über die Ohren.

Vorsichtig strich Romy mit dem Zeigefinger über die in der Mitte zusammengeklebten Schokohalbkugeln, dazwischen war ein Kranz aus goldenen Strahlen. »Eine Glitzersonne!«, sagte sie ehrfürchtig. Jetzt entdeckte Romy das Paket unter dem Weihnachtsbaum. »War der Weihnachtsmann bei dir? Wann darfst du das auspacken? Ich hab ausgepackt, eine Schlenkerpuppe hab ich und Gummistiefel. Bei Tante Hulda hat der Weihnachtsmann ein Bilderbuch gebracht und bei Tante Romming Mangarinen.«

Fannie lächelte. »Mangarinen, soso. Bei uns hat der Weihnachtsmann auch was für dich gelass'n, das darfste jetzt auspack'n.«

Während Romy sich über das Paket hermachte, jubelnd den Puppenwagen auspackte und sofort damit zu spielen begann, setzten Fannie und Minna sich an den Kaffeetisch und rauchten eine.

»Schön habt ihr es.« Minna ließ ihren Blick über die gediegenen dunklen Holzmöbel und die rotbunten Perserteppiche schweifen.

»Wennde auffer Kirmes lebst, wo immer alles hell und grell und bunt ist, willste zu Hause was Ruhiges«, sagte Fannie. »Kannste altmodisch find'n, aber is' mir egal. Ich will es gediegen, und ich will was für immer. Kirmes ändert sich dauernd, weil die jung'n Leute bald jed'n Monat mit was Neuem umme Ecke kommen.«

Sie erzählte von Beatles-Musik, albernen Pilzkopffrisuren, von jungen Frauen, die sich zurechtmachten wie die verstorbene Marilyn Monroe, und von Mädchen in Miniröcken, die manchmal so kurz waren, dass Fannie sie »Arschbetrüger« nannte, worüber Minna lachen musste.

»Eine von Hannes Schwägerinnen, Lisa, die ist auch so ein Monroe-Typ. Gebleichte Haare, Diven-Frisur und die Augen immer aufgerissen wie ein erschrockenes Kaninchen. Und dauernd haucht sie: *Sag bloß*!«

»Sag bloß!«, antwortete Fannie mit großen Augen und halb offenem Schmollmund, was zu neuerlichem Gelächter führte. »Mensch Mia, jetzt kenn' wir uns über dreißig Jahre und ham immer noch was zu lach'n!«

»Weißt du noch, als du mir die Karten legen wolltest, damit ich dir zeige, wie man näht?«

Fannie kicherte. »Ja! Du warst so schick. Näh'n kann ich immer noch nich', muss ich aber auch nich', dafür hab ich jetzt meine Leute.«

»Bist ja auch eine reiche Frau geword'n! Weißt du, was ich ein bisschen kann?« Minna senkte die Stimme, als wolle sie ein Geheimnis verraten, bevor sie fortfuhr. »Siggis Geige. Die hab ich nach all der Zeit vom Schrank geholt. Den Anfang von *O Sole Mio* hab ich mir selbst beigebracht. Ich wusste nicht, wie schwer es ist, Geige zu spielen.«

Ach, Siggis Geige.

Seit 1944 hütete Minna sein geliebtes Instrument. Auch, nachdem Fannie erfahren hatte, dass ihr Bruder im KZ ermordet worden war, hatte sie die Geige bei Minna gelassen. Siggi hatte sie ihr gegeben, und da sollte sie bleiben.

Wenn die Geige Minna dabei half, ihre Einsamkeit zu ertragen, war das gut und richtig. »Musst mir mal was vorspiel'n.«

»Ich übe noch, und auch nur, wenn ich nicht weiß, was ich machen soll.« Fannie ahnte, wie sehr Minna darunter litt, dass sie allein lebte. Um so schöner, dass Romy jetzt bei ihr war, und dass heute, am ersten Weihnachtstag, dieser Besuch möglich war.

»Wie lange bleibt Romy?«

»Je nachdem, wann das Baby kommt. Hanne ist am Tag vor Heiligabend mit Wehen ins Krankenhaus gekommen, da war aber nichts. Otto hätte bei Romming im Laden angerufen, die waren am 24. bis abends da, sie hätten bei mir Sturm geklingelt. An den Weihnachtstagen und Sonntag ist der Laden natürlich zu. Wenn Hanne jetzt entbindet, erfahre ich es erst am Montag.«

»Hat se Romy dieses Mal erzählt, dass 'n Geschwisterchen kommt?«

Fannie dachte an das Theater, das die Kleine letztes Jahr gemacht hatte. Kein Wunder. Während Hanne im Wochenbett gelegen hatte, hatte Minna sich um Romy und Otto gekümmert. Otto war arbeiten gegangen, als wäre nichts, Hanne war nach zwei Wochen mit einem Baby wiedergekommen. Natürlich hatte Romy das nicht verstehen können.

Minna nickte. »Romy weiß es, weil sie umgezogen sind. Sie haben jetzt eine größere Wohnung. Wohnzimmer, Schlafzimmer, Kinderzimmer und Wohnküche. Otto hat in die Speisekammer eine Dusche eingebaut. Und ein Waschbecken. Gibt keinen Ofen in der Kammer, sie müssen eine Heizsonne anmachen, sonst friert man sich den Hintern ab. Klo teilen sie sich mit dem Hauswirt, der wohnt unten.«

»Zwei Babys in so kurzer Zeit, meine Güte. Hanne kommt jetzt jahrelang nich' mehr aus den schmutzig'n Windeln raus.« Neulich hatte Fannie gedacht, dass sich das Schuldgeld für Hannes Ausbildung, das sie damals übernommen hatte, nicht wirklich gelohnt hatte.

»Wenn's das nur wäre. Zu der neuen Wohnung gehört ein Garten mit Gemüse und Obstbäumen. Kirschen, Äpfel, Pflaumen, Birnen, Aprikosen. Die Vermieter sind alt, die einzige Tochter wohnt weit weg, sie können den Garten nicht mehr bewirtschaften. Ich habe Hanne mein Kochbuch gegeben, im Krankenhaus will sie Rezepte zum Einwecken lesen. Auch wenn Romy bald in den Kindergarten kommt – sie ist jetzt vier und geht aufs Töpfchen, vorher nehmen sie die Kinder nicht –, wird das nicht einfach. Zwei Windelkinder, Haushalt, Garten und einen Mann, der sich alles hinterhertragen lässt und auf pünktliche Mahlzeiten besteht. Als ich zu Michis Geburt da war, hab ich für ihn gekocht und mich um den Haushalt gekümmert. Wenn Otto von der Arbeit kommt und nicht sofort sein warmes Essen kriegt, zieht er 'ne Schnute und läuft in die Kneipe. Fannie, manchmal denke ich, es ist gut, dass ich allein geblieben bin. Ich muss keinen Mann fragen, wenn ich mir was anschaffen will, ich kann kochen, was mir schmeckt, und schlafen gehen, wann ich will. Und ich hab auch keinen besoffenen Kerl in meinem Bett.«

Plötzlich sprang Romy auf, stemmte die Fäuste in die Seiten, zog ein ärgerliches Gesicht und schimpfte lautstark mit ihrer Puppe: »Du siehst doch, dass ich jetzt das Baby habe, geh du weg! Ich sag's dir, wenn du nicht artig bist, hab ich dich gar nicht mehr lieb!«

Fannie seufzte. »Oje, ich frag jetzt nicht, wo se das her hat …«

Ihr Mann Hans betrat das Wohnzimmer, setzte sich zu ihnen. Sie aßen Topfkuchen und Weihnachtsplätzchen und tranken Bohnenkaffee.

»Und was hat dir der Weihnachtsmann gebracht?«, fragte Hans Romy.

Sie wollte zu reden anfangen, aber Minna hob den Zeigefinger: »Erst den Mund leer essen.«

Romy kaute, schluckte und antwortete: »Eine Puppe und einen Puppenwagen und Gummistiefel und ein Buch.«

»Ein Buch? Kannst du denn schon lesen?«

Die Kleine schüttelte den Kopf. »Nur mein Bilderbuch. Ich hab auch noch ein Buch von Mutti, aber davor hab ich Angst.«

Verwirrt wandte Hans sich an Minna. »Sie hat Angst vor einem Buch?«

Romys Bäckchen waren ganz rot. »Mutti hat gesagt, Omi muss mit mir lesen, dass ich nicht mehr so böse bin!«

Fannie schaute Minna fragend an. Die machte eine Handbewegung: »Später.«

Hans und Romy verschwanden nach dem Essen, um sich in der Garage ein Karussellpferd anzuschauen.

Fannie fragte: »Was meinte sie eben?«

»Hanne hat mir den Struwwelpeter mitgegeben, damit das Kind mal zur Räson kommt, sagt sie. Aber sobald man das Buch aufschlägt, fängt Romy an zu weinen und versteckt sich unter dem Tisch. Das verbrannte Paulinchen, der Hase mit dem Schießgewehr, die abgeschnittenen Finger vom Daumenlutscher – Romy hält sich sofort die Augen zu. Aber Hanne findet, das sei alles lehrreich.«

»Hört sich nicht gut an. Geht se mit Michi auch so um?«

»Nein. Das ist der Stammhalter, Ottos ganzer Stolz. Verstehe ich ein bisschen, Blut ist dicker als Wasser, und Romy ist nun mal nicht sein Kind. Ich weiß gar nicht, wie das werden soll mit dem dritten ...«

»Wo ist Michi jetzt?«

»Bei Änne, das ist Ottos älteste Schwester. Die haben eine Wirtschaft.«

»Lass mich raten: Dein Schwiegersohn kommt jeden Abend nach der Arbeit in die Wirtschaft, natürlich nur, um den Sohnemann zu sehen.«

»Ach, Fannie, es ist ein Kreuz. Du weißt doch, was man sagt: kleine Kinder, kleine Sorgen, große Kinder, große Sorgen.«

33

Hanne

August 1966

Seit halb fünf war Hanne auf den Beinen, hatte mühsam die letzten beiden Eimer Kirschen entsteint, die Otto gestern Abend gepflückt hatte. Der Kirschbaum saß so voll wie noch nie, und weil sie rechtzeitig etliche Streifen silberne Folie im Baum verteilt hatten, gab es kaum Früchte, an denen Amseln, Stare und Spatzen sich bedienten. Hanne hatte die Früchte am Morgen mit Zucker und Zimt zu Marmelade gekocht und in Gläser gefüllt, die nun zum Abkühlen auf nassen Handtüchern standen.

Seit Juni weckte sie täglich ein, was der Garten hergab. In den Kellerregalen standen die Gläser in Dreierreihen und waren gefüllt mit eingemachten Erdbeeren, süßen und sauren Kirschen, Erbsen und Bohnen. Aus Rhabarber hatte sie Kompott gekocht, sie hatte Gelee aus Johannisbeeren zubereitet und kiloweise Gurken sauer eingelegt.

Bald waren die Aprikosen und die Pflaumen reif, im September kamen dann Äpfel und Birnen vom Baum, und danach würde sie Kartoffeln und Kohl ernten können. Das Rezept für Sauerkraut hatte sie sich schon besorgt. Es beruhigte sie, einen Vorrat an Lebensmitteln zu besitzen. Wer wusste schon, was mal kam.

Sie trat ans geöffnete Küchenfenster, vor dem der Aprikosenbaum wuchs. Auch er hing voller Früchte, meine Güte, wie viel Obst sollten sie denn im Winter essen?

Der Aprikosenbaum ... Hanne dachte schmunzelnd an das erste Frühjahr in dieser Wohnung. Michi war anderthalb gewesen, hatte gerade angefangen zu laufen und sie hatte immer achtgeben müssen, dass er nicht die Treppe herunterfiel. Suse, die am 27. Dezember '64 geboren war, war noch ein Säugling gewesen. Und Romy war das neugierigste und widerspenstigste Kind, das Hanne je erlebt hatte.

Sie erinnerte sich an diesen Tag im März vor zwei Jahren. Als der Frost vorüber war, hatte Otto eine Sandkiste zusammengezimmert und sie unter dem Aprikosenbaum aufgestellt. An der Teppichstange hatte er eine Schaukel aufgehängt.

Außerdem besaß Romy ein Fahrrad mit Stützrädern, mit dem sie im Hof fahren durfte. Es war ja nicht so, dass dieses Kind Langeweile hatte, sie hatte weiß Gott genug zum spielen.

Aber natürlich gab es Regeln: Sie durfte nicht an die Regentonne, denn die war brusthoch und randvoll, wenn sie da reingefallen wäre, wäre sie ertrunken. Sie durfte nur auf den Steinplatten mit dem Rad fahren, die Beete nicht betreten und den Hof nicht verlassen. Sie war zu der Zeit erst vier gewesen und hatte auf der Straße nichts zu suchen.

Aber als Hanne zufällig aus dem Fenster zur Straßenseite schaute, balancierte das Kind mit ausgebreiteten Armen auf dem Mäuerchen gegenüber.

Sie riss das Fenster auf: »Du darfst nicht auf die Mauer von fremden Leuten klettern, das tut man nicht!«

»Mutti, das sind nicht andere Leute, das ist doch Tante Deppe!« Romy zeigte auf eine weißhaarige Frau, die Hanne erst jetzt bemerkte, und die sich mit einer Harke zwischen den Büschen zu schaffen machte.

Die alte Dame grüßte freundlich, Hanne nickte ihr nervös zu. Hinter ihr war Michi aufgetaucht, zupfte an ihrem Kittel und wollte auf den Arm, im Kinderzimmer hatte Suse zu weinen begonnen. Liebe Güte, sie konnte doch nicht alles gleichzeitig machen!

»Romy, in den Hof, ab in den Sandkasten, sofort!«, rief Hanne. Sie wartete, bis Romy das Tor hinter sich geschlossen hatte, dann knallte sie das Fenster zu und kümmerte sich um die Kleinen.

Als sie später aus dem Küchenfenster schaute, um zu kontrollieren, ob Romy im Sand spielte, war sie nicht zu sehen. Hanne lief ins Wohnzimmer, sah dort hinaus, auch nichts. Auf ihr Rufen reagierte niemand. O mein Gott, dieses ungezogene Kind, hoffentlich war es nicht in die Regentonne gefallen! Hanne stellte Michi in den Laufstall, aus dem er noch nicht allein rauskam, legte die heulende Suse ins Gitterbett und rannte hinunter.

Romy war nicht im Sand, nicht auf der Schaukel, das Fahrrad stand mitten auf dem Weg. Das Kind war einfach nicht da. Hanne rief ihren Namen, so laut sie konnte. Nichts. Hektisch rannte sie zum Tor, auf die Straße, schaute rechts, links, rief wieder, so laut sie konnte. Bei den Nachbarn bewegten sich die Gardinen.

Plötzlich hörte sie ein entferntes: »Jaha, ich komme!« Und als wäre nichts gewesen, kam Romy angeschlendert. »Ich hab mir bloß bei Bauer Korte das Pferd angeguckt.«

»Ich will nichts hören!« Hanne packte sie mit festem Griff im Nacken und schob sie in den Hof, so energisch, dass Romy stolperte. Am Sandkasten zischte Hanne: »Du bleibst hier stehen!« Sie eilte ins Haus, zum Kinderwagen. Daran hing das lederne Laufgeschirr, mit dem sie Michi festhielt, damit er ihr nicht abhaute, wenn sie unterwegs war. Kurzerhand nahm sie es, zwängte Romys Arme durch die Riemen und band sie mit den Zügeln an den Stamm des Aprikosenbaumes. »Da bleibst du, bis ich dich hole!«

Sie drehte sich um und stapfte wütend die Treppe hinauf. Oben öffnete sie lautlos das Küchenfenster und lehnte sich hinaus, um zu beobachten, wie Romy sich verhielt.

Die stand reglos da, die Arme hingen neben dem Körper hinab, sie schien angestrengt nachzudenken. Plötzlich rief sie: »Gut, dann spiele ich eben angebundenes Pferd!« Und sofort begann sie wild auf der Stelle zu galoppieren und gekonnt zu wiehern.

Was für ein aufsässiges Kind!

Das war zwei Jahre her. Jetzt war Romy sechs und ging seit Ostern zur Schule. Das neue Schuljahr sollte nach den Sommerferien beginnen, daher gab es zwei Kurzschuljahre.

Schwägerin Lisa hatte gesagt: »Sag bloß! Romy kommt in die Schule? Sie ist doch erst fünf!«

Hanne hatte mit den Achseln gezuckt. »Die zwei Monate machen den Kohl nicht fett. Außerdem mussten wir zum Eignungstest, da haben sie gesagt, sie wäre schulreif.« Dass Romy bei einem Bilderrätsel einen Schlüssel für einen Knochen gehalten hatte, und Hanne deswegen peinlich berührt rot geworden war, erzählte sie nicht.

»So ein kluges Mädchen, von wem hat sie das bloß?«, hatte Lisa gefragt, und Hanne hätte ihrer Schwägerin am liebsten in den Hintern getreten. Das war doch eine Anspielung darauf, dass Romy nicht von Otto war, oder?!

Apropos! Hanne schaute auf die Küchenuhr. Es wurde Zeit.

Bevor sie Otto weckte, räumte sie die Küche auf. Er mochte diese Unordnung nicht, die sich aber beim Einkochen nicht vermeiden ließ.

Er verließ das Haus um halb sieben, sie brachte ihn, wie immer, runter zum Fahrrad, ging mit bis ans Tor. Bevor er seine Aktentasche an der Fahrradstange befestigte, sagte er: »Heute Abend essen wir auf der Kirmes 'ne Bratwurst, brauchst nicht kochen. Um fünf am Dorfkrug.«

»Äh, wie meinst du das, nicht kochen?«

Er verdrehte die Augen. »Ich geb 'ne Bratwurst aus.«

»Und die Kinder?«

»Kriegen auch eine.«

Er schaute abwartend, bis sie sagte: »Oh, danke.« Dann radelte er davon.

»Wie großzügig …«, murmelte sie, als sie das Tor schloss.

Als ob sie nicht trotzdem mittags für die Kinder kochen müsste! Aber immerhin entfiel das abendliche Stehen am

Herd. Otto verweigerte nämlich aufgewärmtes Essen und bestand auf frisch Gekochtem. Außer bei Suppen und Eintöpfen, aber die durfte es nur samstags geben. Unter der Woche wollte er Bratwurst, Bockwurst, Frikadellen, Hackbraten oder Strammen Max, immer mit Gemüse, Kartoffeln und Soße. Solche Gerichte konnte Hanne aber den Kindern nicht täglich vorsetzen, dafür hätte das Haushaltsgeld nicht gereicht. Also kochte sie mittags Nudeln mit Milch und Zucker, Pellkartoffeln mit Quark, Spinat mit Spiegelei, Eier in Senfsoße, Rührei mit Brot, Milchreis, Bratkartoffeln, Reibekuchen. Am Wochenende gab es Kotelett, paniertes Schnitzel, Rinderrouladen oder Schweinebraten, immer im Wechsel. Und nur sonntags Nachtisch. Eingemachtes. Früher hatte sie so gern gekocht, aber seit sie es zweimal täglich tun und zudem auf den Pfennig schauen musste, machte es ihr keinen Spaß mehr. Billig und schnell, das waren die Kriterien, die eine Mahlzeit zu erfüllen hatte.

Hanne verbot sich weitere Gedanken. Das war nun mal ihr Leben – jetzt musste sie es ordentlich über die Bühne bringen.

Obwohl Sommerferien waren und Romy erst Anfang September wieder in die Schule musste, weckte Hanne sie um zehn vor sieben.

Die ersten Wochen der Ferien hatte Romy in Minden verbracht. Mutti hatte sie natürlich wieder nach Strich und Faden verwöhnt. Sie war mit ihr abends noch spazieren gegangen, hatte sie lange aufbleiben und morgens ausschlafen lassen. Das ging hier nicht. Der Tag verlief nach

Plan, und den musste Hanne auch in den Ferien beibehalten, um alles zu schaffen, was getan werden musste.

Romy trödelte morgens nicht, sie war immer sofort munter, konnte sich allein waschen, die Zähne putzen und sich anziehen. Wenn endlich die Schule wieder losging, war sie um halb acht weg, dann hatte Hanne morgens schon mal ein Kind aus den Füßen. Den Schulweg hatte sie ihrer Tochter einmal gezeigt, am ersten Schultag war sie mitgegangen. Seither konnte Romy das, wie alle anderen Kinder auch, allein.

Clever war sie, aber sie war auch durchtrieben. Wenige Tage nach ihrer Einschulung war sie mittags nach Hause gekommen, hatte die Tafel und den Griffel ausgepackt und gesagt: »Wir müssen Schularbeiten machen, du sollst mir zeigen, wie man Ata und Ajax schreibt, hat die Lehrerin gesagt. Zehnmal.«

Hanne hatte dumm aus der Wäsche geschaut. Lernten sie das Schreiben heutzutage mit Namen von Putzmitteln? Gut, beide begannen mit einem großen A.

Hanne hatte beide Wörter in Schönschrift auf die Tafel geschrieben und anschließend Romy dabei zugesehen, wie es ihr nicht gelang, sie nachzuschreiben.

Kurz darauf war sie Frau Ulrich, der Klassenlehrerin, beim Bäcker begegnet. Hanne hatte eine ganze Weile mit sich gerungen und sich zuerst nicht getraut, die Lehrerin einfach anzusprechen, aber dann hatte sie es doch getan. Ob es eine moderne Methode sei, das Schreiben mit Wörtern aus der Reklame zu beginnen, hatte sie gefragt, Romy habe bei den Schularbeiten mit den beiden Wörtern Ata und Ajax Schwierigkeiten gehabt.

Frau Ulrich reagierte perplex. »Die Kinder haben noch keine Schularbeiten auf, damit beginnen wir erst später.«

»Musste Romy nicht zehnmal Ata und zehnmal Ajax schreiben?«

»Bestimmt nicht, so ein Unsinn«, lachte die Lehrerin.

Hanne glaubte, vor Scham im Boden versinken zu müssen. »Na, die kann was erleben«, murmelte sie.

Frau Ulrich hob abwehrend die Hände: »Nein, schimpfen Sie nicht mit ihr. Romy ist ein aufgewecktes, aber ungeduldiges Kind, das ist mir schon aufgefallen. Sie kann es nicht abwarten, endlich lesen zu können.«

Hanne hatte mit Romy geschimpft, natürlich. Und den Hausfreund, den hölzernen Kochlöffel, den hatte sie auch anständig zu spüren bekommen. Wie konnte sie nur so einen Blödsinn erzählen und sie vor der Lehrerin dermaßen lächerlich machen?

Eine Viertelstunde vor der Zeit stand Hanne mit den Kindern am Dorfkrug und wartete auf Otto. Suse saß in der Sportkarre und beobachtete die Ponys, die drüben im Kreis herumtrotteten. Michi war mit dem Laufgeschirr am Griff der Karre angebunden, damit er nicht weglief, und Romy hatte sie eben angewiesen, stillzustehen und fünf Minuten die Klappe zu halten.

Als Otto um die Ecke geradelt kam, begann Romy auf der Stelle zu hüpfen und rief: »Vati, Vati, darf ich jetzt zum Kinderkarussell? Und dürfen wir Zuckerwatte? Mutti hat gesagt, ich soll dich fragen, sie hat für so was kein Geld.«

Hanne biss die Zähne zusammen und schaute sich verstohlen um, ob jemand zugehört hatte. Am liebsten hätte sie Romy für dieses vorlaute Verhalten eine Ohrfeige gegeben. Dieses schreckliche Kind nahm einfach jeden Satz für bare Münze. Ja, sie hatte Romys Quengelei eben mit exakt diesen Worten beendet. Und es stimmte ja auch, derlei Extras waren einfach nicht drin. Aber das musste doch nicht die ganze Nachbarschaft wissen.

Otto reagierte nicht, lehnte das Rad an einen Laternenpfahl, schloss es ab, nahm die Aktentasche von der Stange. Er kam auf Hanne zu, hielt ihr wortlos die Wange hin, sie gab ihm einen spitzlippigen Kuss. Er tätschelte Michis Schulter, streichelte Suse mit dem Finger über die Wange, wandte sich an Romy und gab ihr eine leichte Kopfnuss.

Dann drehte er sich um und steuerte auf den Bierwagen zu. Hanne und die Kinder drängelten sich durchs Gewühl hinterher.

Natürlich kannte Otto wieder alle möglichen Leute, kaum war er an der Bierbude stehen geblieben, hatte ihm schon jemand ein Pils in die Hand gedrückt. Er prostete den Männern um ihn herum zu und bestellte eine neue Runde. Na, das konnte ja heiter werden. Wenn er Bier trank, bevor er was gegessen hatte, wurde es ein langer Abend. In spätestens zwei Stunden sollten die Kinder im Bett liegen. Hanne bemühte sich, ihre Stimme nicht allzu ärgerlich klingen zu lassen. »Ich denke, wir wollten alle eine Bratwurst essen?«

Otto schaute sie an, zog die Geldbörse aus der Gesäßtasche, nahm einen Zehner heraus und gab ihn ihr. »Geht schon mal.«

»Was ist mit dir?«

»Ich komme später.« Er wandte sich wieder den Umstehenden zu.

Hanne bestellte am Bratwurststand drei Würstchen, wobei Romy mäkelte, sie möge keine Wurst, sie wolle nur das Brot. Hanne drückte ihr die drei pappigen Brötchen in die Hand und sagte: »Dann iss' sie auch auf.« Sie fütterte die Kleinen mit der Wurst, die natürlich erst abkühlen musste, und gab dann Romys Quengeln nach und ging mit ihnen zum Kinderkarussell.

Sie stellte sich vor der Kasse an und zählte ihr Kleingeld. Als sie hochschaute, sah sie in Fannies Gesicht.

»Hanne, das is' ja schön, dassde mich mal besuchst! Und die Kinderchen sind auch da, warte, ich komm gleich raus!«

Die vertraute Stimme trieb Hanne aus einem unerfindlichen Grund die Tränen in die Augen. Tante Fannie saß auf der Bodenmühle – damit hatte sie überhaupt nicht gerechnet. Die Kirmes, die Messe, Tante Fannie und all die anderen Menschen ihrer Kindheit waren in den letzten drei Jahren fast aus ihrem Gedächtnis verschwunden. Es war doch immer so viel zu tun! Außerdem war Minden weit, der Bus war teuer, und Hanne hatte weder Zeit noch Geld, um aus Jux und Dollerei mit den Blagen hinzufahren.

»Oh Tante Fannie, du bist hier, wie geht's?«, stammelte sie.

»Moment«, sagte Fannie, beugte sich über ihr Mikrofon und sagte mit ihrer unnachahmlichen Kirmesstimme: »Eine neue Fahrt, eine tolle Fahrt, bitte einsteigen, die nächste Fahrt geht doppelt so lange. Paolo Kasse, Paolo Kasse, bitte!« Kurz darauf tauschte sie mit einem Mann den Platz und verließ das Kassenhäuschen.

Romy fiel ihr in ihrer Überschwänglichkeit sofort um den Hals. Tante Fannie nahm sie auf den Arm und herzte sie, während sie zur Seite traten, damit Paolo den Anstehenden die Fahrchips verkaufen konnte.

Fannie setzte Romy ab und ging vor Michi in die Hocke. »Mensch, das ist also dein Sohnemann. Wie heißt du denn?«

Michi lächelte sie freundlich an und sagte nichts.

Hanne stupste ihn an. »Wie heißt du?«

»Michi«, sagte er schüchtern.

»Michi. Und wie alt biste?«

Er zeigte ihr den Daumen und den Zeigefinger.

»Mensch, so groß schon, da biste ja fast so alt wie ich.« Fannie griff in die Tasche ihres Kleides, holte eine Handvoll Fahrchips heraus und drückte sie Romy in die Hand. Dabei schnallte sie ungefragt Michis Laufgeschirr ab, legte seine Hand in Romys und sagte: »Ihr zwei dürft jetzt Karussell fahr'n. Romy, du passt schön auf den Lütjen auf, un' Michi, du hörst, was deine große Schwester sagt! Ihr dürft so lange fahre'n, bis die Chips alle sind.«

»Wie heißt das?«, rief Hanne hinter ihnen her.

»Danke!«, antwortete Romy, ohne sich umzudrehen.

»So, jetzt ham wir mal 'ne Minute Zeit, Mensch, Hannekind, wie geht's dir denn? Hast viel Arbeit, ne? Is nich' einfach mit drei Rackern, oder?«

Meine Güte, warum war sie denn heute so nah am Wasser gebaut?! Hanne unterdrückte schon wieder die Tränen.

Fannie sah das und nahm ihre Hand. »Erzähl mal, deine Mutter sagt, ihr wohnt so schön, und Romy geht jetzt inne

Schule?« Fannie beugte sich zu Suse hinab, streichelte ihre Patschhändchen und murmelte kopfschüttelnd: »Un die Lüttje is auch schon wieder so groß.«

»Wir wohnen nicht weit von hier, nur ein paar Minuten«, sagte Hanne.

»Mensch, dann komm ich morg'n auf'n Sprung vorbei, bevor wir aufmach'n. Wir steh'n jedes Jahr hier, ich find das Dorf schön, so nah anne Weser, und die alte Kirche auf'm Marktplatz. Is doch 'ne gute Gelegenheit. Soll ich Kaffee mitbringen? Ach, was frag ich denn so doof, natürlich bring ich Kaffee mit.«

»Ja, wenn du Zeit hast, kannst du hier weg?« Hanne erinnerte sich noch gut daran, wie viel Arbeit es für die Schausteller auf dem Platz gab, auch morgens, bevor die Buden und Karussells geöffnet wurden.

»Du, wir ham unsere zwei Italiener, Paolo und Franco, Gastarbeiter aus Sizilien, die schmeißen den Lad'n. Da kann ich mich drauf verlass'n.«

Dass es auf der Kirmes auch Gastarbeiter gab, hatte Hanne nicht gewusst, aber sie hatte sich in den letzten Jahren eigentlich um nichts anderes gekümmert als um Kinder, Haushalt und Otto.

Der vertraute Geruch nach gebrannten Mandeln und Bratwurst, die laute Musik, das Blinken der Lichter am Karussell, und Fannie ... Hanne fühlte sich in eine Zeit zurückversetzt, in der es viel öfter leichte Momente gegeben hatte. In Fannies Gegenwart war alles so heimelig, hier war sie auf einmal wieder ein umsorgtes Kind. Einen Moment lang war sie nicht nur müde und erschöpft, sondern es ging ihr gut.

Sie standen gewiss eine halbe Stunde am Kinderkarussell, sahen Romy und Michi zu, die jedes Mal, wenn sie an ihnen vorbeifuhren, im Chor »Suse!« brüllten, und sie freuten sich über die Kleine, die vor Vergnügen darüber krähte und so heftig mit den Beinen strampelte, dass Fannie vorsichtshalber die Sportkarre festhielt.

Hanne sah sofort, dass Otto ordentlich getankt hatte.

»Otto, dein Hausdrachen kommt!«, rief jemand, und die Gruppe Männer, in deren Mitte er stand, grölte.

Ottos Augen waren rot, sein spärlicher Haarstreifen war zur Seite gefallen und hing in einer langen Strähne in die Stirn. Er schaute mit weit ausholender Geste auf seine Armbanduhr, hob die linke Augenbraue und drehte sich wortlos um.

Die Wut über dieses Verhalten schnürte Hanne die Kehle zu. Was sollte sie jetzt tun? Ihn fragen, ob er mit nach Hause kam? Warten, bis er etwas sagte? Und überhaupt, wie kamen diese Leute dazu, sie als Hausdrachen zu bezeichnen?

Als hätte er ihre Gedanken gelesen, kam Ottos Kollege Hermann auf sie zu, machte dabei einen Ausfallschritt, murmelte »Hoppela…«, fing sich aber sofort wieder. Er kniff Hanne in die Wange. »Na, wer guckt denn da wieder mal so schlecht gelaunt?«

Am liebsten hätte sie ihn vors Schienbein getreten, aber sie nahm sich zusammen und ignorierte ihn. »Otto, die Kinder müssen ins Bett«, sagte sie kühl.

Langsam drehte Otto sich um. »Es sind Ferien. Wird ihnen schon nicht schaden, wenn sie noch bleiben.« Er kramte in seiner Hosentasche und drückte Romy ein paar Münzen in die Hand. »Lauf und hol dir da drüben ein Lebkuchenherz.«

»Otto, das kann sie noch nicht!«

Aber Romy hatte das Geld schon in ihrer Faust eingeschlossen und lief Richtung Süßigkeitenbude. »Doch, Mutti, ich kann das, ich zeig's dir!«

Minuten später kam sie freudestrahlend zurück, gab Otto die restlichen Münzen und teilte das Lebkuchenherz mit den Kleinen.

»Na siehste! Kann sie doch.« Otto trank sein Bier aus.

War das Triumph in Romys Augen? Hanne fühlte sich von allen verraten: von Otto, dem die Kumpels wichtiger waren als seine Familie, von diesem Hermann, der sie behandelte wie ein dummes Kind, von Romy, die ihr durch ihren aufdringlichen Eifer in den Rücken fiel.

Es war fast acht, als Otto endlich das Zeichen zum Aufbruch gab. Hanne trug den müden Michi auf dem Arm und schob mit einer Hand die Karre, in der Suse die ganze Zeit quengelte. Romy hüpfte vorneweg und sang. »Geh manierlich!«, schimpfte Hanne.

»Ich hüpfe doch bloß.«

»Du sollst manierlich gehen!«

Romy blieb so abrupt stehen, dass Hanne ihr mit der Karre in die Hacken fuhr. Das Kind stolperte, fing sich aber im letzten Moment und fing an zu weinen.

»Ja, heul erst 'ne Naht, damit alle Leute wissen, dass du da bist!«

Das Heulen verstummte, als sei es abgeschaltet worden. Romy sah sich um. »Hier sind keine Leute.«

In diesem Moment fing Michi an zu weinen, Suse brüllte jetzt richtig laut, und Otto ging einfach weiter, als würde er nicht dazugehören.

Hätte Hanne eine Hand frei gehabt, hätte dieses vorlaute Kind sich eine eingefangen. So zischte sie nur: »Wenn du keine Widerworte geben kannst, bist du krank, oder?«

»Was sind Widerworte?«

»Otto, sag du doch auch mal was!«, rief Hanne.

Der marschierte wortlos weiter, ging vor ihnen durch die Haustür rein und schlug sie hinter sich zu.

Hanne hatte für die Vordertür keinen Schlüssel. Sie und die Kinder gingen immer hinten rum, weil der Kinderwagen im Vorraum des Hintereingangs abgestellt werden musste. Michi heulte, Suse brüllte, Romy stampfte absichtlich laut die Treppe hinauf.

»Du sollst nicht so trampeln, sonst kommt gleich der Hauswirt und schimpft mit dir!«

Hanne wusste, dass der Vermieter nicht zu Hause war, sie hatte ihn eben auf der Kirmes gesehen. Aber die Kinder mussten grundsätzlich lernen, sich im Treppenhaus leise zu verhalten.

Endlich war dieser schreckliche Tag zu Ende. Suse lag in ihrem Gitterbett, hielt die Nuckelflasche mit den Schmelzflocken in ihren Händchen und trank schmatzend. Michi war im unteren der beiden Etagenbetten sofort eingeschlafen, und Romy saß oben in ihrem Bett. Sie hatte die Hände gefaltet, wartete, bis Hanne sich aufgerichtet hatte, schloss die Augen und leierte in einem Satz:

»LieberGottmachmichfromm,dassichindenHimmelkommAmen.«

»Wenn du dich so ungezogen benimmst wie heute, kommst du bestimmt nicht in den Himmel«, schimpfte Hanne.

»Warum nicht?«

»Darum nicht. Mach die Augen zu und schlaf.«

Leise schloss Hanne die Kinderzimmertür hinter sich.

Otto saß am Küchentisch und rauchte. Schade, sie hatte gehofft, dass er auf der Couch eingeschlafen wäre. Sie mochte es nicht, wenn er ihr in diesem Zustand die ehelichen Pflichten abverlangte, sie wollte nur noch schlafen, schlafen, schlafen.

Er klopfte auf den Tisch. »Setz dich mal dahin.«

Was kam denn jetzt?

Er gehörte nicht zu den Männern, die sich nennenswert veränderten, wenn sie betrunken waren. Er wurde nicht laut, aggressiv oder albern. Aber er schaffte es, sie dann noch länger zu ignorieren oder noch längere Pausen zwischen seine Sätze zu legen.

»Bist urlaubsreif, oder?«

»Und wenn schon. Urlaubsreif oder nicht urlaubsreif, Urlaub können wir uns mit drei Kindern wohl kaum leisten«, gab sie zurück.

Er verdrehte die Augen. »Sieh zu, dass du die Kinder in den Herbstferien unterbringst.«

»Unterbringen? Wo? Warum?«

»Wir fahren weg.«

Hanne verstand nicht. »Wegfahren? Wer? Wir? Du und ich?«

»Sag ich doch. Romy kann zu deiner Mutter, Michi geht zu Änne, und Suse zu Lisa.«

Hanne verstand die Welt nicht mehr. »Aber, wohin fahren wir und wie und wann und wie lange?«

»Nach Waging. Wir starten am 23. Oktober und kommen am 30. wieder.« Otto stand auf, wandte sich Richtung Schlafzimmer und sagte im Rausgehen: »Komm.«

34

Minna

Oktober 1966

Minna stand viel zu früh an der Bushaltestelle, sie war ziemlich aufgeregt. Den langen Absatz aus Hannes Brief kannte sie fast auswendig: *Romy hat Samstag nur zwei Stunden, ich hole sie mit ihrem Gepäck von der Schule ab, gehe mit ihr zur Haltestelle und setze sie um sieben nach zehn in den Bus. Dem Busfahrer sage ich, dass sie bis Minden Markt fährt, und dass du sie abholst. Ich kann sie beim besten Willen nicht zu dir bringen. Wenn ich mit drei Kindern nach Minden komme und mit den beiden Kleinen einen Bus später wieder zurückfahre, wird es viel zu teuer. Nachmittags bringe ich Michi und sein Köfferchen zu Änne, dann muss ich mit Suse wieder nach Hause, ihr Gepäck holen und damit in die Südstadt laufen. Mit dem Bus müsste ich zweimal umsteigen, das dauert zu lange, also gehe ich zu Fuß, liefere Suse bei Lisa und Oma Paula ab und gehe wieder nach*

Hause. Dann muss ich unsere Koffer packen. Otto und ich stehen um halb 5 auf, wir müssen zu Fuß nach Oeynhausen zum Bahnhof, weil sonntags um die Zeit noch kein Bus fährt. Mit dem Gepäck laufen wir eine Dreiviertelstunde. Hoffentlich regnet es nicht. Um zwanzig nach sechs fährt unser Zug. Wir steigen in Hannover, München und Traunstein um und sind gegen Abend in der Pension in Waging am See. Die gehört dem Bruder eines Kollegen, so kam Otto darauf. Was er sich dabei gedacht hat, weiß ich nicht. Wahrscheinlich meint er es gut, hat aber wieder mal nicht bedacht, wie viel Arbeit für mich dahintersteckt. Kannst du dir vorstellen, wie umständlich es ist, das Einsammeln der Kinder nach unserer Rückkehr zu regeln?

Ich bin froh, dass du Romy nach Hause bringst. Sie muss Montag wieder in die Schule. Fahrgeld gebe ich dir am Ersten wieder.

Typisch Otto, dachte Minna, wahrscheinlich hatte er Hanne tatsächlich mit dieser Reise überraschen wollen, aber er machte sich wohl kein Bild von dem Aufstand, den er für sie damit ausgelöst hatte. *Wenn ich damals Geld gehabt hätte, um den Führerschein zu machen, wäre heute alles viel einfacher*, dachte sie. *Jetzt ist es zu spät. Vielleicht erlaubt Otto ihr eines Tages, fahren zu lernen. Wenn sie sich ein Auto leisten könnten, wäre es für Hanne eine große Erleichterung. Aber ich fürchte, Ottos Lohn reicht dafür nicht. Ich weiß gar nicht, wie Hanne ohne den Unterhalt für Romy über die Runden käme.*

Endlich bog die Linie 61 um die Ecke. Minna trippelte von einem Fuß auf den anderen. Der Bus hielt, die hintere Tür öffnete sich, die Leute stiegen aus. Sie eilte nach vorn zum Einstieg und winkte dem Fahrer zu. Mit einem lauten Seufzen öffnete sich die Tür. Romy sprang ihr entgegen und warf sie fast um.

»Da ist ja deine Omi«, sagte der Busfahrer überflüssigerweise, zwängte sich aus seinem Sitz und hinter dem Kassentisch her und reichte Minna Romys Koffer. »Na, Sie haben aber ein pfiffiges Enkelkind! Was die Kleine alles wissen wollte – sie fragt einem Löcher in den Bauch.«

»Hat sie sich anständig benommen?«

»Aber sicher! Sie hat nur die ganze Zeit geredet und den halben Bus unterhalten. Vor allem, weil sie meinte, dieser Bus würde Omi-Bus heißen, weil er zu ihrer Omi fährt.«

Minna bedankte sich lachend, Romy winkte dem netten Busfahrer zu und rief: »Wir fahren bald wieder mit dir nach Hause, tschüss!«

Romy stürmte sofort in Rommings Kaffeegeschäft.

»Ich bin allein mit dem Omi-Bus gefahren, und der Busfahrer hat auch Kinder, aber die sind schon groß«, plapperte sie. Dann hielt sie inne. »Was ist denn das für ein Ding?«

Auf dem Tresen stand eine Figur mit einem prächtigen Samt-Turban und schimmernden roten Pluderhosen, sie hielt ein Tablett in der Hand, auf dem viele kleine Schokoladentafeln lagen.

»Das ist der Sarotti-Mohr!«, sagte Frau Romming.

»Was ist ein Mohr?«, fragte Romy.

»Ein Neger, das siehst du doch.«

»Was ist ein Neger?«

»Das ist einer mit schwarzer Haut.«

Romy schaute auf ihre Hände, dann wieder auf die Figur. »Warum hat er schwarze Haut?«

Frau Romming machte eine ratlose Geste. »Warum, warum? Warum ist die Banane krumm?«

Bevor Romy die nächste Frage loslassen konnte, zog Minna sie in den Hausflur. »Komm, es gibt Reis im Bett, den magst du doch so gerne!«

»Reis im Bett« war schon eins von Hannes Lieblingsessen gewesen, und Minna kochte dieses Gericht gern, weil es preiswert und einfach war. Sie gab auf eine Tasse Reis sieben Tassen Milch in einen Topf und rührte ohne Unterlass, bis die Milch zu kochen begann. Dann nahm sie den Topf samt Deckel vom Herd, schlug ihn in ein Handtuch ein und steckte ihn unters Federbett. Nach zwei Stunden war der Reis sämig und weich. Er brannte auf diese Weise nicht an, blieb ewig warm, und zwar in der perfekten Temperatur, um ihn mit Zucker und Zimt sofort zu verspeisen. In der kalten Jahreszeit, wenn Minna die Milch auf dem Kohleofen zum Kochen bringen konnte, kostete das Ganze nicht einmal Strom.

Wie herrlich, das Kind wieder für ein paar Tage hier zu haben! Minna hatte sich zwar in ihrem neuen Alltag einigermaßen eingerichtet, aber mit Romy war alles viel lebendiger. Das Schönste jedoch war, dass ihre Enkelin an ihrem Geburtstag da sein würde. Sie würde mit Romy einen Topfkuchen backen, und zur Feier des Tages hatte sie eine Flasche Kosakenkaffee gekauft, diesen köstlichen Mokkalikör, den sie ihrem Besuch anbieten wollte. Aber heute war erst Montag, und alles ging seinen üblichen Gang. Als Karl klingelte, dreimal kurz, einmal lang, versteckte Romy sich in der Kemenate, um ihn mit wildem Indianergeheul zu erschrecken, sobald er die Wohnung betreten hatte.

Minna ging das Herz auf, als sie ihn mit der Kleinen auf dem Schoß am Tisch sitzen sah. Sein Haar war weiß geworden, er hatte ein ordentliches Doppelkinn bekommen, unter seinen blauen Augen hingen Tränensäcke. Aber immerhin konnte er, im Gegensatz zu ihr, noch ohne Brille sehen.

Seit Karl Rentner war, vertiefte er sich wieder in seine Schreiberei, unzählige Gedichte hatte er im Laufe der Zeit verfasst. Seit Jahren tippte er jedes einzelne säuberlich auf der Schreibmaschine ab, und zwar so, dass es immer genau in der Mitte des Blattes stand. Demnächst wollte er die Blätter zurechtschneiden und zu einem Buch binden. Das hatte er schon seit einer Ewigkeit vor, jetzt fand er endlich die Zeit dafür.

»Wenn ich Romy dafür begeistern kann, soll sie es bekommen, wenn ich mal nicht mehr bin! Vielleicht wird es eines Tages was wert sein«, hatte er neulich gesagt. Der Satz hatte Minna die Kehle zugeschnürt. *Wenn ich mal nicht mehr bin.*

Ja, die meiste Lebenszeit hatten sie beide hinter sich, sie waren alt geworden, aber, dem Himmel sei Dank, so weit gesund. Minna ging regelmäßig zu Dr. Holtmann zum Durchleuchten, mit der Lunge war alles in Ordnung. Am kommenden Freitag wollte sie wieder hin. Romy fand das verdunkelte Arztzimmer spannend und schaute jedes Mal fasziniert zu, wenn Minna hinter dem Apparat stand und durchleuchtet wurde.

Karl war ein bisschen ungelenkig geworden und hatte zu hohen Blutdruck – kein Wunder bei dem Eheweib. Wilhelmine wurde immer giftiger, von Altersmilde keine Spur.

Romy legte die Arme um Karls Nacken und sah ihn mit wichtigem Gesicht an: »Noch zweimal schlafen, dann musst du wiederkommen, dann hat Omi Geburtstag, und wir essen Kuchen. Mit Rosinen und Puderzucker. Du bist eingeladen!«

Karl lachte. »Soso, das ist schön. Und wer ist noch eingeladen?«

Sie zählte an den Fingern ab: »Tante Wilhelmine, du, Tante Lilo, Onkel Alex, der ist immer lustig, vielleicht Tante Fannie, wenn sie da ist und nicht im Karussell arbeiten muss. Und Opa Fritz.« Erklärend fügte sie hinzu: »Das ist Muttis Vati, aber der wohnt woanders, weil er eine neue Frau hat und die heißt Person.«

Karl schmunzelte. »Ich weiß, den Opa Fritz kenne ich ganz gut ...«

Was Hanne nur immer hatte, dachte Minna, das Kind war nicht vorlaut, es war klug, höflich und selbstbewusst.

Am Dienstag ging sie mit Romy die »große Runde«. Voller Stolz erzählte Minna jedem: »Das ist meine Enkeltochter Romy. Sie ist sechs, kommt im Dezember in die zweite Klasse und kann allein mit dem Bus von Oeynhausen nach Minden fahren.«

Romy freute sich, wenn sie, von wem auch immer, gelobt wurde. Dann machte sie einen graziösen Knicks und sagte lächelnd: »Vielen Dank!«

»Du bist ja eine richtige kleine Dame«, meinte die Frau beim Bäcker und schenkte ihr ein Brötchen. Bei Fleischer

Feldmann war es eine Scheibe Fleischwurst, im Butterhaus ein Stück Käse und beim Gemüsehändler bekam sie einen Apfel. Bei Frau Padberg kaufte Minna eine Stange Güldenring-Zigaretten und ein Paket Streichhölzer. Für Romy gab es einen roten Kirschlutscher, den sie sich aus dem Glas neben der Kasse fischen durfte. Die letzte Station war die Zeitungsfrau am Markt, die ihren hölzernen Kiosk in einer handtuchschmalen Lücke zwischen den Häusern hatte. Sie legte Minna die Zeitschrift *Heim und Welt* hin, und Romy bekam einen Buntstift geschenkt. »Wie schick das kleine Frollein ist!«, sagte die Zeitungsfrau, und Minna lächelte stolz. Sie hatte den dunkelblauen Wollmantel aus einer alten Jacke von Hulda Kannegießer genäht, der üppige weiße Plüschrand an der Kapuze war früher ein Sofakissen auf Lilos Couch gewesen.

Minna fragte sich, ob sie mit Hanne auch solche Glücksgefühle gehabt hatte, wenn sie mit ihr unterwegs gewesen war. *Nein*, dachte sie, *das waren andere Zeiten. Da saß uns der Krieg in den Knochen, wir hatten die Beerdigung von Mutti und Luise hinter uns, hatten die Kälte, den Hunger und das Hochwasser überlebt und waren mit Weitermachen beschäftigt.* Es hatte auch damals glückliche Momente gegeben, aber sie waren sehr selten gewesen.

Zur Krönung dieses schönen Vormittags wurde Minna leichtsinnig: Im Kaufhaus Kepa gab es auf der Martinitreppe den Eingang zu einem modernen Selbstbedienungsrestaurant. Lilo hatte sie mal dorthin eingeladen, und Minna war begeistert gewesen. Man suchte sich ein Gericht an der Theke aus, ging mit vollem Tablett zur Kasse und bezahlte. Sie gönnte sich und Romy Quarkspeise für sechzig Pfennig: In gläsernen Pokalen war mit Sahne glatt gerührter Quark angerichtet, der mit einer herrlich süßen Erdbeersoße richtig was hermachte.

Am 26. Oktober war Minnas zweiundsechzigster Geburtstag. Hanne hatte eine Ansichtskarte geschrieben, die musste sie sofort nach ihrer Ankunft in Waging in den Kasten geworfen haben, sonst wäre sie nicht pünktlich angekommen.

Liebe Mutti, alles Gute zum Geburtstag. Wir haben schönes Wetter, das Essen ist prima, die Leute sind nett. Hanne und Otto

Romy war ganz aufgeregt gewesen, als sie die Karte aus dem Briefkasten geholt hatten, sie hatte zuvor noch nie eine Ansichtskarte gesehen. Sie schaute sich jedes Bild und jedes Detail genau an, staunte über die hohen Berge mit dem Schnee auf den Gipfeln, den See mit den Schwänen und die Kirche mit dem komischen runden Kirchturm. Minna musste vorlesen, was Hanne geschrieben hatte, die Schrift konnte Romy noch nicht lesen. Sie dichtete die Worte »Grüße an meine liebe Romy« hinzu, denn die hatte Hanne offenbar vergessen.

Die ersten Gratulanten waren Karl und Wilhelmine. Die hatte für Minna weiße Topflappen mit grünem Rand gehäkelt, in der Mitte prangte eine kunstvolle rote Rose. »Die sind nur zur Zierde, nix Heißes damit anfassen, da verbrennste dir die Finger«, erklärte sie und ließ nebenbei den Blick über den gedeckten Kaffeetisch schweifen.

Karl schenkte Minna ein flaches Zigarettenetui aus Messing und braunem Leder, darüber freute sie sich so sehr, dass sie ihn umarmte. Was Wilhelmine mit einem abfälligen Blick kommentierte.

Lilo kam schnaufend oben an und beschwerte sich scherzhaft, dass es im Haus noch immer keinen Fahrstuhl gab. »Willy lässt grüßen und die besten Wünsche ausrichten!«, sagte sie. Sie brachte eine mit Blumen bedruckte Schachtel mit, in der sich bestickte Taschentücher aus echter Schweizer Baumwolle befanden. Die Ränder waren mit feinster Spitze umhäkelt.

Wilhelmine nahm die Taschentücher mit spitzen Fingern und beäugte sie kritisch. »Die kann man aber nicht kochen, dann läuft die Spitze ein!«

»Die sind nicht zum Schnäuzen gedacht«, sagte Minna.

»Hä? Taschentücher, mit denen man sich nicht die Nase putzen kann?«

»Genau«, erklärte Minna. »Man gibt einen Tropfen Parfüm darauf und legt das Taschentuch zwischen die Wäsche. Und wenn man aus dem Haus geht, steckt man es in die Handtasche. Dann kann man es benutzen, um sich zwei oder drei Tropfen Kölnischwasser auf die Schläfe zu tupfen.«

»Guck mal«, rief Romy, zog ihr Kindertaschentuch aus der Rocktasche und wedelte damit herum. »So geht das, Tante Wilhelmine, eine Dame macht das immer so!« Dann tupfte sie auf ihrer Stirn herum.

»So einen Blödsinn kann dir nur deine Oma beigebracht haben!«, fauchte Wilhelmine, während die anderen sich über das Kind amüsierten.

Hulda Kannegießer schenkte Minna einen Blumenstrauß aus Freesien und Zierspargelkraut und ein Romanheft.

»Liest du mir daraus heute Abend was vor?«, fragte Romy.

»Jerry Cotton, *Gedungen und zum Mord bestellt* – was ist denn das für ein brutaler Titel? Ich glaube, das ist nichts für dich!«, empörte sich Wilhelmine.

»Was ist Mord?«, fragte Romy, und Minna verzog sich grinsend in die Küche, um eine neue Kanne Kaffee aufzubrühen. Sollte Wilhelmine sich ruhig mit der Erklärung befassen.

Als Alex mit einer Schachtel Weinbrandbohnen ankam, sagte Wilhelmine: »Jetzt sind wohl alle da, oder kommt noch wer? Hanne ist ja im Urlaub. Wie Otto sich so was leisten kann, mit drei Blagen …«

»Fannie wird auf dem Kirmesplatz sein, die bauen die Herbstmesse auf, wenn sie es heute nicht schafft, wird sie in den nächsten Tagen vorbeischauen. Fritz kommt auch, aber erst nach Feierabend«, sagte Minna. »Er lässt sich nicht oft blicken, seit Hanne ausgezogen ist. Aber an meinem Geburtstag war er noch jedes Jahr zum Gratulieren hier.«

Die letzten Gäste gingen gegen acht. Minna brachte Romy ins Bett, lüftete das verräucherte Wohnzimmer, leerte die Aschenbecher und kümmerte sich um den Abwasch.

Fritz war nicht aufgetaucht. Der Blödmann. Schade. Traurig. Vielleicht war die Verbindung zwischen ihnen nach all den Jahren jetzt endgültig vorbei. Die Scheidung war anderthalb Jahrzehnte her, ihre Tochter lebte in einer anderen Stadt, und wenn er seiner Enkelin begegnete, benahm er sich genauso unsicher und unbeholfen wie seinerzeit mit Hanne. Das letzte Mal, dass Fritz etwas für die Familie getan hatte, war seine Anwesenheit bei dem Gespräch mit Paul Wagner gewesen.

Ihre Gedanken schweiften zu dem denkwürdigen Tag, an dem sie ihre geheime Vereinbarung getroffen hatten. So ganz hatte Minna sich nicht an ihr Schweigegelübde gehalten. Sie hatte Karl eingeweiht.

»Das kannst du nicht tun«, hatte er gesagt, »das ist kriminell und gefährlich! Lass dich nicht auf so was ein. Noch kannst du einen Rückzieher machen. Wenn das rauskommt, geht ihr alle ins Kittchen.«

Minna hatte nicht auf ihn gehört. Wie sollte es rauskommen? Hanne sprach niemals über diese Angelegenheit, Otto wusste nichts davon, Fannie hielt dicht, und Fritz interessierte es im Grunde nicht.

Halb neun. Nein, jetzt würde er wohl nicht mehr kommen. Ob er ihren Geburtstag vergessen hatte? Nein, gewiss nicht. Wie lange kannten sie sich? Vierunddreißig Jahre. Sogar aus der Gefangenschaft hatte er ihr zum Geburtstag geschrieben. Oder hatte *die Person* verhindert, dass er kommt? Nun, sie konnte es nicht ändern. Es war sinnlos, sich darüber zu ärgern.

Am Freitag ging Minna wie geplant mit Romy zu Dr. Holtmann. Der alte Arzt hatte sie und Hanne schon während der Tuberkulose betreut. Er war inzwischen um die siebzig und empfing nur noch »Stammgäste«, wie er sie nannte.

Minna zog sich hinter dem Paravent aus und trat auf die Markierung auf dem Fußboden. Während sie hinter dem Gerät stand und durchleuchtet wurde, saß der

Doktor auf einem Schemel rauchend davor und begutachtete, was er sah.

»Darf ich auch in Omi reingucken?«, fragte Romy. »Ja, aber komm nicht so dicht ran«, sagte Doktor Holtmann und gab Minna Anweisungen, wie sie zu atmen hatte.

Schließlich hatte Romy keine Lust mehr und ging in den Vorraum, in dem die Frau Doktor immer ein Bonbon in der Schublade hatte. Minna hatte schon oft gedacht, dass es nicht richtig war, wenn sich die Gattinnen der Ärzte mit deren Titeln schmückten.

»Wir sehen uns in acht Wochen wieder«, verabschiedete der Doktor Minna.

Sie gingen hinaus und auf die Weserbrücke zu.

»Ich gucke, ob ein Schiff kommt!«, rief Romy und rannte voraus. Sie liebte die Brücke und blieb jedes Mal so lange stehen, bis ein Schiff kam. Sobald ein Kohlenschlepper oder ein Ausflugsschiff unten hindurchfuhr, winkte sie wie eine Wilde und freute sich, wenn Leute auf den Decks standen und zurückwinkten. In der Mitte der Brücke hielten sie nach einem Schiff Ausschau. Wie schön es hier war! Die Blätter der Bäume im Glacis und hinten im Wiehengebirge leuchteten in kräftigen Herbstfarben – rot, orange, gelb, gold, kupfer, braun. Bald würden sie kahl sein; die Abende und die Nächte waren schon empfindlich kühl.

»Guten Tag, Frau Volkening, lange nicht gesehen!«, sagte eine Frauenstimme.

Minna drehte sich um.

Vor ihr stand Frau Ballhaus, eine Arbeitskollegin von Fritz und Bürokraft im Bundesbahnzentralamt.

Minna lächelte. »Frau Ballhaus, wie geht es Ihnen?«

Die Frau legte den Kopf schief und bedachte Minna mit merkwürdig prüfendem Blick. »Na, das muss ich Sie fragen, hoffentlich sind Sie wieder ganz gesund! War es wieder die Lunge?«

Verwirrt schüttelte Minna den Kopf. »Ich war eben zum Durchleuchten, da ist alles in Ordnung, seit Jahren schon ...«

Frau Ballhaus fiel ihr ins Wort. »Nein, ich meinte die Krankheit, wegen der Sie nicht zur Beerdigung von Fritz Volkening kommen konnten. Ich dachte, dass Sie da sein werden, Sie waren doch lange mit ihm verheiratet, und die Tochter ...«

Der Bürgersteig wölbte sich plötzlich und kam ihr entgegen. Minnas Herzschlag verfiel in einen heftigen Galopp. Frau Ballhaus hob und senkte ihre Stimme, wie eine Sirene wurde sie lauter und leiser, aber die Wortfetzen ergaben gar keinen Sinn.

Fritz.

Beerdigung?

Nordfriedhof?

Minna klammerte sich am Brückengeländer fest, ihre Beine waren mit einem Mal ohne Muskeln, sie lösten sich auf, ja, ihr ganzer Körper löste sich auf, gleichzeitig hielt ihr etwas mit eiserner Kralle die Kehle zu. Sie keuchte, schnappte nach Luft, und alles um sie herum wurde finster.

Als sie die Augen wieder aufschlug, kniete ein fremder Mann neben ihr. »Sie kommt zu sich«, sagte er. »Hallo, können Sie mich hören?«

Minna wollte etwas sagen, aber ihre Lippen ließen sich nicht öffnen, keinen Ton bekam sie heraus.

Fritz ist doch nicht tot. Er ist nicht tot. Er ist nicht tot. Ich will das nicht. Ich kann das nicht. Fritz ist nicht tot. Ich kann nicht mehr.

Woher kannte sie diese Worte? Sie hatte genau diese Sätze schon einmal gedacht. Wann denn, warum denn?

Unvermittelt sah Minna sich selbst an einem Novembertag im Hausflur am Briefkasten stehen, mit einem Feldpostbrief in der Hand. Fritz. Fritz! Damals war er im Krieg geblieben. So lange hatte sie nichts von ihm gehört, und dann war dieser Brief gekommen. Sie hatte ihn nicht geöffnet, weil sie nicht lesen wollte, dass er tot war. Sie war damit zu Karl gerannt. Dann hatte sich alles aufgeklärt. Fritz war nicht tot, er war verwundet, lag im Lazarett. Sie träumte jetzt nur. Gleich würde diese schreckliche Frau sagen, dass alles gut war, dass Fritz lebte, dass er nur verwundet war, dass er im Krankenhaus lag, dass sie sich verhört hatte. Es war ein Irrtum, ein grauenhafter, schrecklicher Irrtum.

Romy, da drüben stand Romy. Das Kind weinte.

Der Mann fragte sie: »Kleine, wie heißt deine Oma denn?«

»Mia Volkening.«

»Frau Volkening, können Sie mich hören? Atmen Sie tief ein und aus, bleiben Sie ganz ruhig, es kann jemand zum nächsten Haus laufen und nach einem Arzt telefonieren!«

»Ich ... brauche ... keinen ... Arzt ...«

Verflixt, was war denn hier los? Sie musste aufstehen, sofort. Sie konnte doch nicht hier auf dem kalten Trottoir hocken wie eine Bettlerin, was sollten denn die Leute denken.

Der Fremde half ihr, stützte sie, dankbar nahm sie seinen Arm, zog sich gleichzeitig mit einer Hand an den Streben des Brückengeländers hoch. Frau Ballhaus hatte ihre Handtasche vor den Bauch gepresst und sah fasziniert zu, wie Minna sich abmühte, ihre Haltung wiederzufinden.

Romy schluchzte: »Omi, was hast du denn?«

Passanten waren stehen geblieben und gafften, Autos fuhren langsamer, ihre Fahrer reckten die Hälse.

Minna stand jetzt mit beiden Füßen wieder auf dem Boden, ihre Knie zitterten. Sie lehnte sich mit dem Rücken ans Geländer, ließ zögernd den Arm des Mannes los. »Danke, es geht wieder«, sagte sie leise.

»Soll ich Sie nach Hause bringen? Haben Sie es weit?«

Sie schüttelte den Kopf, vergewisserte sich erneut, ob sie ohne Hilfe stehen konnte. »Ein Schwächeanfall. Es geht schon wieder.«

Dann nahm sie all ihre Kraft zusammen, straffte die Schultern und wandte sich an Frau Ballhaus. Das musste sie jetzt klären. Sie konnte erst sprechen, nachdem sie sich zweimal geräuspert hatte.

»Fritz ist ... Herr Volkening ist ... er ist ...?«

Eifrig nickte Frau Ballhaus und trat einen Schritt vor. »Sagen Sie bloß, Sie wussten das nicht? Ach herrje, das tut mir wirklich leid, hat man Ihnen denn nicht Bescheid gegeben? Das ist ja 'n Ding. Ich hatte noch nach Ihnen gefragt, es hieß, Sie seien krank und könnten nicht kommen. Ach, das wollte ich nicht, das muss ja jetzt ein Schreck für Sie sein, mein Beileid! Ja, er ist ... der Magen, schlimme

Geschichte ... und er war noch gar nicht alt, achtundfünfzig! Ist doch kein Alter.«

Was sie noch sagte, erreichte Minnas Verstand nicht mehr.

»Wann ... war ... die ... Beerdigung?«, stammelte sie.

»Montag vor acht Tagen.«

Fritz war nicht zu ihrem Geburtstag gekommen. Er hatte sie gar nicht vergessen. Er war tot. Als sie sich darüber geärgert hatte, dass er nicht gekommen war, hatte er schon stocksteif und mit geschlossenen Augen in einem Sarg gelegen.

Sie sah seine braunen Samtaugen vor sich. Versank in dem ersten Blick, damals, in der Küche in der Pöttcherstraße. Von dieser Sekunde an hatte sie ihn geliebt. Die Samtaugen waren nun geschlossen, und seine warmen Hände waren für immer kalt.

Minna begann zu frieren. Er war noch nicht alt gewesen, nein. Dann übermannte sie der nächste Schreck. Wie sollte sie es Hanne sagen? Wie sollte sie bloß Hanne sagen, dass ihr Vater tot war?

Später erinnerte Minna sich nicht mehr daran, wie sie mit Romy nach Hause gekommen war. Sie hatte die Ansichtskarte aus Waging am See hervorgeholt, aber es stand kein Absender drauf. Sie kannte den Namen der Pension nicht, in der Hanne und Otto wohnten. Sie musste bis Sonntag warten und konnte es ihrer Tochter erst sagen, wenn sie Romy nach den Ferien zurückbrachte.

35

Hanne

Weihnachten 1968

Der hohe Turm mit der schiefergedeckten Spitze, den eine goldene Kugel, ein Kreuz und ein Wetterhahn schmückten, ragte dunkel in die Dämmerung. Die Flügeltüren der Kirche waren weit geöffnet, gelbes Licht schien auf den Vorplatz, das Fenster mit den bunten Scheiben über der mittleren Tür sah aus wie ein leuchtendes Gemälde.

Es würde Schnee geben, die Wolken hingen tief. Heiligabend und Schnee, das wäre ja schön. Romy hatte vorhin gefragt: »Mutti, hast du kalte Knie?« Daraufhin hatte sie an Hannes Knien gefühlt. Sie hatte mal so dahingesagt, kalte Knie seien ein Zeichen, dass es bald Schnee gäbe. Als es wenig später tatsächlich zu schneien begonnen hatte, war Romy ganz aus dem Häuschen gewesen. Natürlich nahm sie wieder jedes Wort für bare Münze und fragte nun täglich nach, welche Temperatur Hannes Knie hatten.

Vor der Kirche hatte sich das halbe Dorf versammelt, man hatte sich schick gemacht und zeigte, was man besaß. Einige Frauen trugen schwarze Pelzmäntel mit hellen Kragen, eine hatte sogar einen echten Nerzmantel an. Auch Schwägerin Änne trug ihren knielangen Persianer, sie besaß sogar eine passende Kappe. Die hatte sie allerdings zu Hause gelassen. »Ich komme frisch vom Friseur, die Frisur war zu teuer, um sie unter der Kappe wieder platt zu drücken«, hatte sie vorhin gesagt.

Zum Friseur würde ich auch gern mal wieder gehen, dachte Hanne. Sie sparte, wo sie konnte, sogar die Dauerwelle hatte sie sich mit Lisas Hilfe zu Hause selbst gewickelt. Die Schwägerin hatte ihr ihre alte Schwebetrockenhaube geschenkt. Jeden Samstag wusch Hanne sich die Haare, drehte sie auf stachelige Lockenwickler und trocknete sie unter der Plastikhaube. Um ihren Hals hing ein Gebläse, das warme Luft in die Haube pustete. So konnte sie beim Haaretrocknen nebenher bügeln, musste aber immer aufpassen, nicht über das Kabel zu stolpern. Gestern hatte sie die Haare außer der Reihe gewaschen, es war ja erst Freitag, und sie hatte sie mit »sham tu color« selbst getönt. Leider war das Ergebnis kaum sichtbar. Die Haare waren bloß dunkler geworden und hatten mitnichten den eleganten Kastanienton, den Hanne sich gewünscht hatte. Außerdem hatte sie ewig gebraucht, um die Farbspritzer aus dem Bad zu entfernen.

Änne ließ sich die Haare jede Woche beim Friseur waschen und legen, aber sie hatte ja auch keine Kinder und eine gut gehende Wirtschaft. *Gasthaus Brinkmann* war eine Goldgrube. Wirte waren alle wohlhabend. Dass man den Wohlstand mit einem Breitschwanzpersianer raushängen ließ, war indes unnötig. Hanne hielt nichts von Pelzmänteln. *Da ist das Warme außen, wozu soll das gut sein*, dachte sie. Neulich hatte sie im Neckermann-Katalog gesehen, wie viel so ein Teil kostete: knapp zweitausend Mark! Ihr war ganz schwindelig geworden. Sie bekam jetzt hundertachtzig Mark Haushaltsgeld von Otto, dazu Romys Unterhalt. Zweihundertachtzig Mark für fünf Personen, für alles: Essen, Kleidung, Schulsachen, Geburtstagsgeschenke. Und dann gab es Leute, die kauften sich für zweitausend einen Mantel, den sie nur im Winter an Sonn- und Feiertagen trugen. Aber was sollte man machen, so war's eben.

Änne hielt Michi an der Hand, er ging artig neben ihr her. Mit seinen blonden Locken, die unter der Pudelmütze hervorlugten, sah er wirklich niedlich aus. Er war ein liebes Kind, sanft und leise, vielleicht hatte er das von Otto. Im Gesicht sah er Hanne sehr ähnlich. Suse hingegen kam mit ihren dunklen Augen deutlich nach ihrem Vater. Und Romy? Hanne musste innerlich jedes Mal grinsen, wenn jemand sagte, die Große sei ganz der Papa, und damit Otto meinte. Niemand im Dorf wusste, dass sie Romy mit in die Ehe gebracht hatte. Niemand außer Ottos Schwestern und Schwagern, aber die sagten nichts, die waren glücklich, dass es endlich Kinder gab, die sie betüddeln und verwöhnen konnten.

Hanne dachte kurz an Paul Wagner. Sie wusste nicht mehr, wie er aussah, die Erinnerung an ihn war nur noch schemenhaft. Augen wie Hans Albers, groß und blond, ja, solche Einzelheiten hatte sie nicht vergessen, aber sie konnte sie nicht mehr zu einem Bild zusammensetzen. War ja auch egal. Romy hatte dunkle Augen und dunkles Haar, sie sah ihrem Großvater sehr ähnlich, aber den kannte hier ja niemand.

Vati. Heute hätte er Geburtstag gehabt. Nun war er schon zwei Jahre tot. Die Nachricht hatte Hanne nicht besonders getroffen, sie hatte ihn in den letzten fünf Jahren kaum gesehen. Im Grunde war sie ohne ihn aufgewachsen. Als er in den Krieg ging, war Hanne vier gewesen, als er wiederkam, sieben, als er auszog, elf. Traurig war sein Tod natürlich für Mutti, die hatte lange gebraucht, bis sie sich einigermaßen wieder gefangen hatte. »Jetzt hat er mich zum zweiten Mal verlassen«, hatte sie gesagt. Hanne hatte nicht widersprochen, denn eigentlich hatte er Mutti nicht verlassen, sondern sie hatte ihn rausgeworfen, weil er fremdgegangen war. Aber das ging sie nichts an. Dass Mutti sich nicht von ihm verabschieden konnte, war für sie das Schlimmste gewesen. *Die Person* hatte keinen Grabstein aufstellen lassen, niemand aus der Familie Volkening wusste, wo Fritz beerdigt war. Heute wäre er neunundfünfzig geworden. *Vorbei ist vorbei*, dachte Hanne.

Romy lief ausnahmsweise nicht vorneweg, sie ging manierlich neben ihr. »Fällst du hin, weil du wieder herumspalkerst und hast ein Loch in der Strumpfhose, hat dein Hintern Hochzeit!«, hatte Hanne ihr eingeschärft, bevor sie losgingen.

»Nun sei doch nicht so streng mit ihr«, hatte Lisa gesagt.

Die hatte gut reden. Sie lebte mit Oma Paula im Siedlungshäuschen und ließ es sich gut gehen. Immerhin bekam sie ordentlich Unterhalt von ihrem wohlhabenden Exmann; er musste zahlen, bis sie wieder heiratete. Na, Lisa war Ende vierzig, der Zug war wohl abgefahren. Allerdings sah sie für ihr Alter noch gut aus. Für Hannes Geschmack war sie zu aufgedonnert mit den gebleichten Haaren, aber die Männer drehten sich durchaus nach ihr um. Was wusste Lisa schon von Kindern, die so schnell wuchsen, dass man ihnen dabei zusehen konnte? Romy war jetzt achteinhalb und im letzten Jahr zehn Zentimeter gewachsen. Immer, wenn wieder ein Kleid zu kurz oder eine Strumpfhose oder Schuhe zu klein geworden waren, musste Hanne sehen, wie sie das Geld vom Haushalt abzweigte. Die Kleinen trugen Romys Sachen auf, Michi hatte heute zum Beispiel ihre alten Winterstiefel an, die waren noch gut. Hanne hatte sie an den Zehen mit Zeitungspapier ausgestopft, weil sie ihm zu groß waren. Aber Romy bekam immer eine Extrawurst, für sie musste man alles neu kaufen.

»Hab ich ’nen Dukatenesel?«, hatte Hanne gesagt, als Mutti sie darauf aufmerksam gemacht hatte, dass Romy Blasen an den Füßen hatte, weil ihre Schuhe zu eng geworden waren.

»Sie wächst nicht, um dich zu ärgern«, hatte Mutti beschwichtigt. »Gib mir ihren Wintermantel vom letzten Jahr, ich versuche, ihn zu ändern. Dann musst du für einen Mantel kein Geld ausgeben.« Und dann hatte Mutti diesen schwarzen Plüsch aufgetrieben, mit dem sie den alten blauen Mantel am Saum und an den Ärmeln verlängert hatte. Sie hatte die Knöpfe abgetrennt, die Knopflöcher zugenäht, das Ding mit dem Plüsch verbrämt und so weiter gemacht. Nur die Knebelknöpfe hatte sie neu gekauft.

Romy war begeistert gewesen. »Darf ich den zur Schule anziehen, der ist so schön!«

Natürlich nicht, das war der Sonntagsmantel. »So weit kommt das noch!«, hatte Hanne gesagt.

Sie mochte es nicht, dass Romy eitel war, aber das war Muttis Schuld. Sie hatte das Mädchen schon immer ausstaffiert und fein gemacht, jetzt musste Hanne sehen, wie sie ihr das wieder austrieb.

»Das passt nicht zusammen, das sieht nicht schön aus, das ist nicht modern, darin sehe ich doof aus …« So was musste man sich von einer Achtjährigen anhören. *Das ist nicht modern* – hatte man da noch Töne? In ihrer Kindheit hätte es das nicht gegeben, da war man froh gewesen, wenn man überhaupt was anzuziehen hatte.

Die Glocken begannen zu läuten. Hanne wollte die Kirche so spät wie möglich betreten, sie mochte nicht an all den Leuten vorbeigehen. Aber Änne zog sie am Ärmel. »Lass uns versuchen, vorn zu sitzen, sonst können die Kinder nicht gucken.«

Sie fanden eine halb freie Reihe in der Mitte. Romy konnte außen sitzen, hatte einen guten Blick auf das Krippenspiel, und Michi konnte Hanne auf den Schoß nehmen. Für einen Fünfjährigen war er zierlich und leicht. Suse war noch zu klein für den Gottesdienst, deswegen passte Lisa auf sie auf. Sie hatten sich vorhin bei Änne in der Wirtschaft getroffen, dort würden sie alle zusammen den Heiligabend feiern.

Mutti und Onkel Karl waren morgens schon angekommen. Onkel Karl war dünn geworden. Seit Tante Wilhelmine im Sommer gestorben und in Leteln beerdigt worden war, hatte Hanne ihn nicht mehr gesehen. Tante Wilhelmine hatte Leukämie gehabt, keiner wusste, wie lange schon.

»Die Bösartigkeit hat ihr Blut vergiftet«, hatte Tante Fannie beim Begräbnis gesagt. Da war vielleicht was dran. Hanne hatte Tante Wilhelmine nie besonders leiden können, daher war sie nicht in Trauer, als sie starb. Onkel Karl schien auch ziemlich gefasst. Als Hanne ihm ihr Beileid aussprach, sagte er: »Nur den eigenen Tod muss man sterben. Mit dem Tod anderer muss man leben.«

Mutti nahm es nicht so pragmatisch: »Die Einschläge kommen immer näher. Erst Fritz, jetzt auch noch Wilhelmine.« Und zu Karl hatte sie gesagt: »Nun sind wir beide verwitwet.«

Wie man's nimmt, dachte Hanne.

Seit sie in Rehme wohnte, hatte sie mit Onkel Karl und Muttis Freundinnen kaum Kontakt. Die Wege waren weit und umständlich. Alle paar Wochen machten sie ihren Sonntagsausflug mit dem Bus, aber dann besuchten sie nur Mutti, das war mit zwei Erwachsenen und drei Kindern anstrengend genug.

Hannes Gedanken wurden unterbrochen, als die Gemeinde zum Gebet aufstand. Gebete und die Predigt interessierten Hanne nicht, sie hatte mit der Kirche nichts am Hut. Große Anlässe mit vielen Menschen machten sie nervös, und sie wollte sich auch nicht mit Hinz und Kunz über belangloses Zeug unterhalten. Seit Romy in die Schule und Michi in den Kindergarten ging, kannte sie ziemlich viele Leute. Wenn sie im Dorf unterwegs war, musste sie oft grüßen und stehen bleiben und übers

Wetter oder über andere Leute reden. Darin sah sie überhaupt keinen Sinn.

Im Dorf war das üblich, man kannte sich und wusste übereinander Bescheid. Hanne war es piepegal, dass Frau Brünger von gegenüber jetzt Avon-Beraterin war und sich am helllichten Tag die Augen mit blauem Puder schminkte. Es interessierte sie nicht, dass sich die Familie mit den vier Kindern sonntags in diesen winzigen NSU Prinz quetschte, um damit zum Kaiser-Wilhelm-Denkmal zu fahren. Und ob Olschewskis Hund Junge kriegte oder nicht, was ging es sie an? Neulich hatte sie beim Bäcker gehört, wie sich zwei Frauen über eine dritte unterhielten. Thema: Schmutz im Teppich. Ob sie sich vorstellen könnte, wie viel Staub beim Teppichklopfen aufgewirbelt sei, fragte eine die andere. Die Teppichstange sei genau unter ihrem Küchenfenster, sie habe es sofort geschlossen, als der Teppich über der Stange hing und die Nachbarin begonnen hatte, den Teppichklopfer zu schwingen. So ein sinnloses Geschwafel, fand Hanne.

Hier war es üblich, dass jeder jeden kannte, und jeder alles über jeden wusste. Hanne schaute Romy an. Was wohl geschähe, wenn jemand die Wahrheit über ihre Herkunft erführe? Sie wäre überall unten durch. Hanne hatte von dieser Lehrerin gehört, Frau von Hold-Bekenwisch. Sie lebte allein mit ihrem Kind, einem Negerjungen namens Kasim. Ja, da war im Ort was los gewesen! Jeder hatte Bescheid gewusst: Der Mann war abgehauen, nachdem er ihr die Ehe versprochen und das Kind gemacht hatte. Er hatte sie vergewaltigt. Sie hatte sich ihm an den Hals geworfen, er saß im Kittchen wegen Vielweiberei, weil er in Afrika noch ein paar andere Frauen hatte ... Das waren nur wenige von etlichen Versionen, die im Dorf kursierten. Aber eigentlich hatte keiner die Frau privat gekannt. Wollte auch niemand, denn eine, die sich mit einem Neger eingelassen hatte, meine Güte! Mit der gab man sich nicht ab. Man ließ auch die eigenen Kinder nicht mit dem Jungen spielen. Der kleine Kasim hatte sich in der Schule von Kindern und Lehrern viel gefallen lassen müssen. So viel, dass Frau von Hold-Bekenwisch mit ihm weggezogen war. Im Dorf war klar, dass sie Dreck am Stecken gehabt haben musste, sonst wäre sie nicht geflohen. Aber dann war herausgekommen, dass sie mit einem deutschen Arzt verheiratet gewesen war und mit ihm in Afrika gelebt hatte. Sie hatten Kasim adoptiert, nachdem dessen Eltern gestorben waren. Leider war Herr von Hold-Bekenwisch von einem Bus überfahren worden und Frau von Hold-Bekenwisch war mit dem Jungen nach Rehme gekommen.

Keiner, der zuvor gelästert hatte, schämte sich. Die Frau hätte ja erzählen können, wie alles zusammenhing, dann hätte man nicht spekulieren müssen. So war das.

Jetzt wurde wieder gesungen.

Hannes Blick fiel auf die Frau vom Schlachter. Sie sang gar nicht mit, sie tat nur so, bewegte bloß den Mund. Neben ihr entdeckte sie Frau Klimke, die wohnte am Ende der Straße und hatte Hanne zum Kaffee eingeladen. Also wirklich! Sie hatte den ganzen Tag zu tun und wusste nicht, woher sie auch noch die Zeit nehmen sollte, um sich mit anderen Frauen zum Tratschen zu verabreden.

Die Konfirmanden führten das Krippenspiel auf, Romy und Michi schauten fasziniert zu. Das machten sie nett, dachte Hanne. Die Maria trug einen roten Satinumhang, der Josef kam mit Schlapphut und Wanderstock, vor ihnen stand eine mit Stroh gefüllte Holzkrippe.

»Da ist das Jesuskind!«, flüsterte Michi.

»Das ist bloß 'ne Babypuppe!«, antwortete Romy, woraufhin Michis Augen sich mit Tränen füllten. Seine Unterlippe begann zu zittern, und er öffnete den Mund, um zu weinen. In diesem Moment setzte die Orgel ein und die Leute sangen *Ihr Kinderlein kommet*. Am Ende des Liedes hatte Hanne den Jungen beruhigt und Romy mit strengem Blick zum Schweigen gebracht.

Es folgte der Abschiedssegen. Der Posaunenchor spielte, während die Gemeinde die Kirche verließ. *Fröhliche Weihnacht, überall …*

Hanne steckte ihre Hand tief in den Klingelbeutel, damit niemand sah, dass sie nur ein paar Zehnpfennigstücke klimpernd hineinfallen ließ. Änne tat genau das Gegenteil, sie hielt sogar einen Moment inne, damit der Zwanzigmarkschein gut zu sehen war.

Kaum traten sie ins Freie, als Romy einen Schrei ausstieß. »Es schneit!«

Und tatsächlich: Dichte Schneeflocken tanzten herab, stoben, wenn ein Windstoß kam, wirbelnd durcheinander. Dächer, Straßen und Bäume waren bereits weiß überzuckert.

»Wie schön!«, sagte Änne und zog dabei hektisch ein Päckchen aus der Handtasche, nicht größer als eine Streichholzschachtel. Mit wenigen Handgriffen hatte sie das Ding entfaltet. Es war eine plissierte, durchsichtige Regenhaube, die sie übers frisierte Haar legte und am Hals zuband.

Hanne legte ihren Wollschal um den Kopf, nicht auszudenken, wie sie aussehen würde, wenn die frische Tönung nicht wasserfest war!

Auf dem Weg zu Brinkmanns Gasthaus, wo sie alle den Heiligen Abend verbringen würden, hatten die Kinder genug damit zu tun, Spuren im Schnee zu hinterlassen. Romy versuchte, auf der verwitterten Mauer am Bauernhof Schnee zu einem Schneeball zusammenzuschieben, aber Hanne konnte es gerade noch verhindern. »Nicht mit den guten Handschuhen! Es ist Weihnachten, Kinder, müsst ihr euch sogar Weihnachten dreckig machen?«

»Aber der Schnee ist sauber!«, rief Romy.

»Stell dich nicht dümmer an, als du bist. Er liegt auf einer dreckigen Mauer, und damit machst du deine Handschuhe schmutzig.«

Und was tat dieses unmögliche Kind? Lächelte, nickte, zog die Handschuhe aus, stopfte sie in die Manteltaschen und formte den Schneeball mit bloßen Händen.

Hanne holte Luft, um zu schimpfen, aber Änne raunte: »Lass sie. Der erste Schnee und dann noch Heiligabend.«

Sie gingen an einem Acker entlang. Es war kalt geworden, die Schlammfurchen am Feldrand waren silbern verkrustet, das dünne Eis der Pfützen knackte unter den Füßen der Kinder. Die Frauen tippelten vorsichtig hinter ihnen her, sie trugen die guten Schuhe mit den glatten Ledersohlen.

Es schneite und schneite, als wolle es nie wieder aufhören, im Licht der Straßenlaternen sah man Millionen Flocken tanzen. Romy legte den Kopf in den Nacken und hielt den Mund auf. »Ich esse Schnee, wie lecker!« Michi ahmte sie nach.

»Nun macht zu, sonst kommen wir nie an«, drängte Hanne.

»War der Weihnachtsmann eigentlich schon da?«, fragte Romy.

Hanne zuckte mit den Achseln. »Ich weiß nicht, ob der überhaupt zu dir kommt, er kommt nur zu den artigen Kindern.«

Romy stutzte und schaute ihre Mutter mit zusammengezogenen Augenbrauen an. Dann drehte sie sich wortlos um, nahm ihren Bruder an die Hand und ging weiter. Dabei fielen ihr die Handschuhe unbemerkt aus dem Mantel. Hanne hob sie auf und verstaute sie in ihrer Handtasche.

»Gib sie ihr doch, sie hat schon ganz rote Finger«, sagte Änne.

Hanne verzog die Mundwinkel. »Seh ich gar nicht ein. Wer nicht hören will, muss fühlen.«

36

Änne

Weihnachten 1968

Vor einigen Tagen, am achtzehnten Dezember, war Änne Brinkmann fast unbemerkt dreiundfünfzig Jahre alt geworden. Alois hatte ihr beim Frühstück mit dem ihm eigenen Pragmatismus eine Nerzbrosche geschenkt: »Wenn sie dir nicht gefällt, kannst du sie umtauschen, den Beleg hab ich noch!«

»Nee, die ist schön, die behalte ich, danke«, hatte sie im gleichen Ton geantwortet.

Von Lisa gab es eine Topfblume. Ihre Mutter hatte ihr ein Fläschchen Uralt-Lavendel überreicht. Oma Paula hatte vergessen, dass sie diese Flasche von Änne zu ihrem eigenen Geburtstag bekommen hatte.

Es war in der Familie nie üblich gewesen, an Geburtstagen ein Brimborium zu veranstalten, aber bei den Gästen war das anders. Während sie früher im Saal hauptsächlich

Feiern zu Kindstaufen, Konfirmationen, Hochzeiten und Begräbnissen ausgerichtet hatten, häuften sich inzwischen Anlässe wie Firmenjubiläen und Geburtstage. Runde Geburtstage und solche mit Schnapszahlen wurden mit Bowle und Büfett begangen, die neue Feierwut der Menschen kam ihnen im Gasthaus zupass. Der Getränkelieferant erzählte von Firmen, die ihre Mitarbeiter zu Weihnachtsfeiern in Restaurants einluden. Na, das waren rosige Aussichten! Dann würde man bald einen zweiten Koch anstellen müssen. Bisher machte Alois in der Küche alles allein, darauf wies das Holzschild über der Küchentür hin: *Hier kocht der Chef selbst.*

Otto und Heinz hatten einen Tannenbaum besorgt, der bis an die Decke reichte, hatte man so was schon gesehen? Vom Boden bis zur Decke! Zu Hause hatte es Kiefernzweige in einer Vase gegeben, aber heutzutage musste alles immer größer und prächtiger werden. Wer wusste schon, woher Otto und Heinz die Tanne hatten.

Otto hatte immer jemanden an der Hand, der etwas für ihn besorgte oder erledigte, kein Wunder, er war's nicht anders gewohnt. Als einziger Junge mit neun älteren Schwestern war er so verhätschelt worden, dass er ohne weibliche Hilfe völlig hilflos gewesen wäre. Dann war Hanne aufgetaucht. Änne hatte Otto immer als »schwer vermittelbar« bezeichnet, obwohl er nicht übel aussah. Aber der Bursche redete einfach nicht. »Musste er nicht, der brauchte daheim nur zum Topf *gucken*, dann sprang sofort eine von uns auf und füllte ihm Suppe nach«, hatte sie zu Lisa gesagt.

Nun hatte der »Junge«, wie sie ihn immer noch nannten, obwohl er Ende dreißig war, mit Heinz diesen Baum besorgt. Sie hatten den Stamm zurechtgesägt, damit er in den Tannenbaumständer passte, die Lichterketten angebracht, und Änne hatte gestern schon geschmückt. Sie hatte den Tisch festlich eingedeckt, mit roten Kerzen, Kiefernzweigen und weißen Servietten. Und wenn sie jede Woche zur Heißmangel musste: Diese modernen Papierservietten zum Wegwerfen kamen ihr nichts ins Haus. Änne hatte aus den gestärkten Stoffservietten kunstvolle Hütchen gefaltet. Alois hatte das Essen weitgehend vorbereitet, damit er heute Abend mit am Tisch sitzen konnte. Von Heiligabend bis Neujahr war das Gasthaus geschlossen.

Es gab kleine panierte Schnitzel, mit Petersiliensträußchen garniert. Änne hatte Schälchen mit Silberzwiebeln und eingelegten Gürkchen gefüllt, Käsewürfel und Weintrauben auf Holzstäbe gespießt und in eine Ananas gesteckt. Fliegenpilzeier waren auf Salatblättern angerichtet: hart gekochte Eier mit einem Deckel aus ausgehöhlten Tomatenhälften mit Mayonnaisetupfern. Es gab Dosenspargel, der in mit Mayonnaise bestrichenen Kochschinkenscheiben eingerollt wurde, und Kartoffelsalat nach einem Spezialrezept. Alois briet durchwachsenen Speck aus und gab ihn samt Fett über die gekochten Kartoffelscheiben, rührte die Mayonnaise selbst, mischte sie mit einem Schuss Maggi-Brühe und gab Gewürzgurken, Fleischwurstwürfel und gehackte Eier hinein. Änne hatte runde Scheibchen Pumpernickel ausgestochen und Mett darauf gehäuft, das sie mit Zwiebelschnitzeln in kleine Igel verwandelt hatte. Zum Nachtisch gab es »Kalten Hund«, einen Schichtkuchen aus Butterkeksen und Kakao-Kokosfett.

Wie schön, ein Heiligabend mit Kindern. Schon bitter, Oma Paula hatte zehn Kinder bekommen, und ihre neun Töchter kein einziges. Als Änne und Alois geheiratet hatten, träumten sie von einer Familie. Dann, während des Krieges, war Änne froh gewesen, dass sie nur um Alois hatte bangen müssen und nicht auch um das Leben kleiner Kinder.

Änne hatte sich mit ihrem Leben abgefunden: Sie betrieben die Wirtschaft, sie hatten ordentlich Geld auf der hohen Kante, aber sie hatten keine Zeit, um es auszugeben. Um so schöner, dass sie Ottos Kinder nach Strich und Faden verwöhnen konnte. Die Rabauken würden Augen machen, wenn sie nachher ihr Geschenk auspackten.

Wie herrlich, dass es angefangen hatte zu schneien, während sie in der Kirche waren. Jetzt war Änne richtig feierlich zumute. Der Schnee knirschte unter ihren Schuhen, und die Kinder wurden immer aufgeregter, je näher sie dem Gasthaus kamen.

Als sie um die Ecke bogen, rief Romy: »Der Weihnachtsmann war schon da, seht ihr den Tannenbaum? Michi, gleich bekommen wir Geschenke!« Sie wollte losrennen, aber Hanne rief: »Moment! Wir gehen langsam und anständig.« Sie zog Romy am Ohrläppchen. »Frollein, du bist mal nicht so gierig! Zuerst werden die Erwachsenen begrüßt, mit Knicks und Diener. Dann sagt ihr das Gedicht auf, das ihr eingeübt habt, danach wird gesungen. Und erst dann werden wir sehen, ob es Geschenke gibt. So und nicht anders läuft das!«

Romy sah Änne ängstlich an.

Sie schüttelte fast unmerklich den Kopf und zwinkerte dem Kind vertraulich zu. »Musst du so streng sein?«, fragte sie Hanne.

»Sie tanzen dir auf dem Kopf rum, wenn du alles durchgehen lässt.«

Was haben sie gemacht, außer sich zu freuen?, dachte Änne, hütete sich aber, ihren Gedanken auszusprechen. Heute war Heiligabend, bisher war alles relativ harmonisch, und so sollte es bleiben.

Die Familie hatte sich in der Bierstube vor der Theke versammelt. Romy lief sofort zu ihrer Großmutter Minna, umarmte sie jubelnd und begann unvermittelt vom Krippenspiel und vom Schnee zu erzählen. Das Mädchen hatte aber auch ein Temperament! Minnas Bruder Karl stand schmunzelnd daneben und paffte eine Zigarre.

Oma Paula und Ännes Schwestern Gerda und Lisa saßen am Stammtisch, Lisa hatte Suse auf dem Schoß. Otto und Schwager Heinz hielten ein Pils in der Hand und dozierten mit Alois, der hinter der Theke stand und sogar heute seine Kochjacke, klein karierte Hosen und Kochmütze trug, über Politik. »So einen von diesen Hippies, diesen Gammlern mit langen Haaren, so einen müsste ich mal eine Woche in meiner Küche ans Arbeiten kriegen, dann hätte sich das mit dem Gefasel von Frieden und Liebe!«

Otto nickte beipflichtend. »Neulich bin ich mit Hermann im Auto gefahren, steht da so ein Chaot am Straßenrand und hält ein Schild in der Hand. Wollte nach Bremen. Hat man da noch Töne? Zu geizig, um sich 'nen Fahrschein für den Zug zu kaufen, steht der am helllichten Tag an der Straße. Arbeitsscheu und verdorben, diese

Halbstarken. Und ich sage dir, so wie der guckte, hatte der Drogen genommen. Mit Sicherheit.«

Daran, dass Otto so viel sprach, erkannte Änne, dass er schon mehr als drei Bier getrunken hatte. Sie konnte es sich nicht verkneifen: »Immerhin bist du auch am helllichten Tag an ihm vorbeigefahren. Warst du danach mit Hermann wieder im Rolandseck? Fünf Bierchen trinken?«

Otto schaute sie mit hochgezogenen Augenbrauen an. »Hä? Nach der Arbeit, sicher. Was hat das mit den Hottentotten zu tun?«

»Ich mein ja nur.«

Heinz mischte sich ein: »Auf meiner Tour habe ich ja die Kommune in der Schützenstraße, die hausen da mit acht Leuten, mindestens. Ich glaub, die schlafen übereinander gestapelt. Der Briefkasten ist kaputt, wenn ich denen die Post bringe, muss ich klingeln. Da macht immer einer auf, da ist immer einer zu Hause, da geht keiner arbeiten.« Er trank sein Glas leer und wischte sich über den Mund. »Aber freundlich sind die, das muss ich zugeben.«

Alois zapfte für die Männer noch eine Runde Bier und winkte Änne zu sich. Sie kam hinter den Tresen, holte den Sekt aus der Kühlung, füllte die bereit gestellten Gläser und verteilte sie an die Frauen. Die Kinder bekamen Florida Boy.

»Hat jeder ein Glas?«, fragte Änne. »Fröhliche Weihnachten!«

»Fröhliche Weihnachten!«

Gerda und Hanne halfen ihr, holten die kalten Platten aus dem Kühlhaus und platzierten sie auf der Festtafel.

Als alle Erwachsenen am Tisch saßen, stellte Hanne die Kinder wie die Orgelpfeifen auf. Mit blanken Äuglein schielten sie zu den Päckchen unter dem Tannenbaum, legten aber nach einem Blick ihrer Mutter die Hände an die Oberschenkel und blickten geradeaus. Lahm und leiernd sangen sie: *O Tannenbaum*, bis Minna laut einstimmte und damit die anderen Frauen zum Mitsingen animierte.

»Und jetzt das Gedicht«, befahl Hanne.

Romy begann, ihre Geschwister sprachen ihr artig nach: »Advent, Advent, ein Lichtlein brennt. Erst eins, dann zwei, dann drei, dann vier, dann steht das Christkind vor der Tür.«

Heinz grölte vom hinteren Ende des Tisches: »Und wenn das fünfte Lichtlein brennt, dann haste Weihnachten verpennt!«

Änne bemerkte Romys erschrockenen Blick, mit dem sie zu Heinz und dann zu ihrer Mutter schaute. Aber Hanne stimmte in das Gelächter der anderen ein.

Alois hielt eine kurze Rede, kündigte für später Feuerzangenbowle an, dann konnte Änne endlich die Bescherung einleiten. Zuerst gab es die Geschenke, die Hanne und Otto mitgebracht hatten. Romy und Suse bekamen die gleiche Puppe, Michi packte einen Lastwagen aus, den er mit den Bauklötzen belud, die im nächsten Paket waren.

»Guck mal, wie schön der Junge spielt«, lächelte Hanne.

Suse bekam ein Malbuch und Stifte. »Aber nur auf dem Papier malen, sonst gibt's auf die Finger«, mahnte Hanne.

Romy hielt eine bunte Holzfigur und ein Wollknäuel hoch und schaute ziemlich ratlos. »Was ist das?«

»Eine Strickliese«, erklärte Hanne.

»Was kann man damit machen?«

»Handarbeiten. Mit der Wolle und der Stricknadel kannst du Schnüre stricken.«

»Ach so. Und was kann man mit Strickschnüren machen?«

»Man kann sie zusammennähen, dann hat man eine Puppendecke oder einen Topflappen.«

»Aber ich brauche keinen Topflappen.«

Änne bemerkte, wie Hannes Gesicht sich verfinsterte und griff schnell ein. »Der Weihnachtsmann hat mir gesagt, das ist für euch drei, weil ihr gemeinsam damit spielen könnt.« Sie zog das große Paket unter dem Tisch hervor.

Es war ein Kaufladen aus rotem und braunem Holz und mit allen Schikanen: Die Registrierkasse auf dem Verkaufstresen klingelte, wenn man die Schublade öffnete, darin lag Spielgeld in Scheinen und Plastikmünzen. In den Regalen standen Schächtelchen, die mit Puffreis gefüllt waren, es gab Einkaufskörbe, eine Miniaturwaage und sogar ein Regal mit Bonbongläsern. Die winzigen Pakete sahen aus wie die großen Originale.

Gegen neun brachte Hanne die Kinder nach Hause. Änne stand in der Tür und winkte, als sie das Gasthaus verließen. Sie hörte Romy sagen: »Ich finde meine Geschenke schön, nur die Strickliese nicht. Der Weihnachtsmann hat sich vielleicht vertan, bestimmt sollte die nicht für mich sein.«

»Meine Güte.« Hanne seufzte lautstark. »Dir könnte man Zucker in den Hintern blasen, dann wärst du immer noch nicht zufrieden.«

Kopfschüttelnd ging Änne hinein. Warum war Hanne nur so patzig?

Minna stand in der Küche, ließ Wasser ein und begann, das Geschirr zu spülen. Die Frauen schafften Ordnung: Lisa und Gerda deckten den Tisch ab, Änne schob die Essensreste in den Eimer und sortierte das Geschirr vor. Lisa und Gerda trockneten ab, Änne räumte alles in die Schränke und Schubladen. Zwischendurch holte sie für die Frauen eine Runde Kirschlikör.

»Es ist ein Brauch von alters her, wer Sorgen hat, hat auch Likör! Wohlsein.«

Alois betrat die Küche. »Was ist hier los, Damenkränzchen?«

»Nee«, erwiderte Änne, »Putzkolonne, wir haben abgewaschen.«

Mit unbewegter Miene und einer scheuchenden Handbewegung sagte er: »Ich setze die Feuerzangenbowle auf, bereite du draußen alles vor.«

Später saßen sie am Tisch, links die Männer, rechts die Frauen, in der Mitte stand der Topf mit dampfendem Rotwein, den Alois mit Zimtstangen und Orangenscheiben erhitzt hatte. Auf einer Metallzange lag ein Zuckerhut, mit hochprozentigem Rum getränkt.

»Änne, mach das Licht aus«, sagte Alois. Fasziniert beobachteten sie, wie der Zucker in den bläulichen Flammen schmolz und brennend in den Rotwein tropfte.

Gegen zehn kam Hanne zurück und setzte sich auf den freien Platz zwischen Lisa und Änne.

»Schlafen die Kinder?«, fragte Lisa.

»Ja, sie waren sehr müde.«

Mit weit geöffneten Blauaugen hauchte Lisa: »Sag bloß. Biste gar nicht bange, wenn sie allein sind?«

»Nein, die Hauswirtin geht rauf, wenn sie was hört. Aber wenn die Kinder einmal schlafen, schlafen sie.«

»Hast du keine Angst vor Einbrechern?«

»Nein. Bei uns ist nichts zu holen, und wenn, dann werden sie vielleicht mein Sparschwein klauen, aber nicht die Blagen.«

Lisa schien keineswegs beruhigt zu sein. »Sag bloß. Hast du ein kleines Licht angelassen, damit sie keine Angst haben, wenn sie aufwachen?«

Ungehalten antwortete Hanne: »Wir haben's nicht so dicke, dass wir das Licht anlassen können, wenn keiner zu Hause ist.«

»Und wenn es mal brennt?«

Hanne verdrehte die Augen. »Es hat noch nie gebrannt.« Sie hob ihr Glas und drehte Lisa den Rücken zu. »Fröhliche Weihnachten!«

Das war für die Männer, die sich eben über die Studentenunruhen unterhalten hatten, ein Signalwort, sie prosteten ihnen zu.

Karl Wolf, ein großer, bulliger Mann Mitte sechzig, hing an Lisas Lippen. Er war letztes Jahr Witwer geworden, Änne hatte läuten hören, dass er danach aufgeblüht war. Sie hatte ihn als gemächlichen Typen kennengelernt, der sich für seine Mitmenschen interessierte, ohne neugierig zu wirken. Schade, dass er so alt war. Sie beobachtete ihre Schwester. Lisa war Ende vierzig und immer noch ein zartes Persönchen. Die Kulleraugen hatte sie von Oma Paula, auch das helle Haar, das sie akkurat toupiert und stark gebleicht trug. Sie war die einzige Frau in der Familie, die lange Hosen trug. Seit sie geschieden wurde, hatte Änne sie nie wieder im Rock gesehen. Es war vermutlich eine Trotzreaktion, weil ihr Ehemann ihr Hosen niemals erlaubt hatte. Änne hatte kein Verlangen nach Hosen. So ein unpraktisches Kleidungsstück hätte sich im Betrieb nicht gut gemacht. Sie trug bei der Arbeit schwarze Röcke und Gesundheitsschuhe.

Sie schaute zu Oma Paula, die im Sitzen eingenickt war. Sie würde sie gleich nach oben in die Wohnung bringen, das Sofa hatte sie schon ausgeklappt. Am Heiligabend gab es kein Taxi, das die alte Frau nach Hause bringen konnte, auch Minna und Karl mussten übernachten. Der nächste Bus nach Minden fuhr morgen Mittag, und an den Feiertagen war es sogar der einzige.

Es wurde ein feuchtfröhlicher Abend, sie tanzten, tranken, tratschten und amüsierten sich. Nur Lisa und Karl steckten die ganze Zeit die Köpfe zusammen. Änne sagte zu Minna: »Man müsste blind sein, um nicht zu sehen, dass sich da was anbahnt, oder?«

Minna schaute lächelnd hinüber. »Lass sie, Änne. Sie wären ein ungleiches Paar, aber ich würde es beiden von Herzen gönnen.«

Nach Mitternacht zogen Lisa und Karl ihre Mäntel an und verkündeten, einen nächtlichen Schneespaziergang machen zu wollen. Bei dem Wetter? Änne grinste. Sie wusste Bescheid. Gerda und Heinz verabschiedeten sich kurz danach. Alois hatte sich, wie üblich, ohne ein Wort in die Wohnung verzogen. Otto stand hinter der Theke und zapfte sich ein Bier. Hanne saß davor auf einem Hocker.

»Hör mal, Hanne, das wär auch was für mich«, sagte Otto.

»Was meinst du?«

»So 'ne gemütliche Kneipe. Kann mir gut vorstellen, mal Wirt zu sein.«

Gähnend sagte Hanne: »Klar, immer an der Quelle, versteh ich schon.«

Der Blick, den Otto seiner Frau zuwarf, war nicht freundlich. Sie beachtete ihn nicht weiter und winkte Minna zu. »Mutti, wir müssen nach Hause, ich muss morgen noch Romys Sachen packen.«

»Wofür?«, fragte Änne.

»Es sind Ferien«, sagte Hanne. »Mutti und Onkel Karl nehmen sie mit nach Minden.«

Änne blickte sie überrascht an. »Davon hat Romy gar nichts gesagt.«

»Nee, sie weiß das auch nicht.«

»Warum nicht? Sie hätte sich gefreut. Vorfreude ist die schönste Freude.«

Hanne lachte auf. »Ja, und mir hätte sie die ganze Zeit die Ohren vollgejabbelt, wann es endlich losgeht. Die kann alles essen, aber sie muss nicht alles wissen.«

37

Minna

Juni 1970

Minna hatte wieder wild geträumt. Vielleicht lag es daran, dass sie zu viel fernsah. Hulda Kannegießer hatte so was angedeutet. Seit sie sich den gebrauchten Schwarz-Weiß-Fernseher auf Raten gekauft hatte, las Minna bedeutend weniger. Stattdessen schaltete sie mehrmals täglich die Flimmerkiste ein: Um fünf, wenn die *Drehscheibe* lief, dann wieder nach dem Abendbrot zur *Tagesschau,* und sie blieb oft bis zum Sendeschluss davor sitzen. *Bonanza*, *Rauchende Colts* und *High Chaparral* waren ihre Favoriten, aber sie schaute auch gern Krimis. Besonders, wenn der hübsche Blacky Fuchsberger mitspielte. Der war gestern Abend, neben anderen Prominenten wie dem lustigen Engländer Chris Howland und dieser barfüßigen Bibi Johns in der *Rudi Carell Show* aufgetreten. Danach hatte Minna nicht schlafen können, weil ihr beim Nachdenken über die letzte

Folge *Bonanza* etwas aufgefallen war. Sie war heute früh in die Leihbücherei gegangen und hatte im Lexikon gesucht, wann der Reißverschluss erfunden worden war.

»Wofür willst du das wissen?«, hatte Hulda erstaunt gefragt.

»Als ich Lehrmädchen war, haben wir fast nur mit Knöpfen gearbeitet. Reißverschlüsse kamen erst in den dreißiger Jahren öfter vor. Aber Ben Cartwright und seine Söhne Adam, Hoss und Little Joe tragen Hosen mit Reißverschlüssen.«

»Was?« Hulda wirkte ratlos.

»Die Serie spielt 1860, da gab's keine Reißverschlüsse in Herrenhosen.«

»Hier nicht, aber im Wilden Westen vielleicht? Die Amis sind ja der Zeit immer weit voraus.«

Daran wollte Minna nicht glauben und nahm sich vor, in der nächsten Folge genau hinzuschauen.

Karl klingelte pünktlich um drei. Obwohl sie Rentner waren und sich jeden Tag sehen konnten, hielten sie an ihren montäglichen Treffen fest. Karl saß immer auf demselben Stuhl, sie tranken Kaffee aus denselben Tassen, und immer rauchten sie eine Zigarette.

Seit Karl mit Lisa liiert war, rauchte er Zigaretten, Lisa vertrug keinen Zigarrenrauch. Das war aber auch das Einzige, was sie an Karl verändert hatte. Es schien, als würde sie ihn so lieben, wie er war. Was Besseres hatte ihm nach Wilhelmine nicht passieren können, fand Minna.

»Was gibt's Neues?«, fragte sie und freute sich, dass Karl seit dem Weihnachtsabend vor zwei Jahren immer viel zu erzählen hatte. Was war seither alles geschehen …

Er und Lisa hatten sich quasi vor den Augen der Familie ineinander verliebt, waren die halbe Nacht durch den Schnee marschiert und hatten sich am nächsten Tag nur widerwillig getrennt.

Karl wohnte immer noch in Leteln, Lisa und Oma Paula in Oeynhausen. Zwanzig Kilometer und eine ungünstige Busverbindung mit mehreren Umstiegen, die jeden Besuch zu einem umständlichen Tagesausflug machte, lagen zwischen ihnen.

»Das kann doch nichts werden«, hatte Änne gesagt, aber dann hatte ausgerechnet sie dafür gesorgt, dass es doch was wurde. Beziehungsweise war es Alois, der Anfang des Jahres erst eine Hiobsbotschaft und dann einen Plan verkündet hatte. Der Pachtvertrag für das Gasthaus war gekündigt worden: Der Besitzer war gestorben, die Erben wollten auf dem Gelände eine Tankstelle bauen. Alois hatte sich entschlossen, in Minden das Hotel *Kurfürst* zu übernehmen. »Zwanzig Doppelzimmer, Restaurant mit vierzig Plätzen, Bierstube mit eigenem Eingang und ein großer Saal. Und eine Küche, in der man locker fünfzig Essen am Tag raushauen kann!«

Geld genug hatten Alois und Änne, die Entscheidung war schnell gefallen. Lisa hatte mit Panik in den Augen und tränenerstickter Stimme gesagt: »Dann sind alle meine Schwestern in einer anderen Stadt ...«

Im Obergeschoss des Hotels gab es eine Personalwohnung mit zwei Zimmern, einer Wohnküche und einem Badezimmer.

»Wir brauchen keine Wohnung für die Kellnerinnen«, hatte Änne gemeint und Alois davon überzeugt, die

Wohnung an Lisa und Oma Paula zu vermieten. Fortan trennten Lisa und Karl nur noch drei Kilometer, die er mit dem Fahrrad in zehn Minuten zurücklegte.

Minnas Hoffnung, dass Karl und Lisa trotz seines Alters heiraten würden, erfüllte sich nicht. »Sie ist fünfzig und bekommt mehr Unterhalt vom Exmann, als sie je Witwenrente von mir bekäme«, brummte Karl. »Wir können davon ausgehen, dass sie mich überlebt, bei dem Altersunterschied. Lass uns man ruhig dieses wilde Verhältnis haben.«

»Schade«, scherzte Minna. »Wenn du es dir eines Tages anders überlegst, werde ich im Matrosenkleid Blumen streuen.«

Hauptsache, ihr Bruder war endlich glücklich. Darüber, dass Karl eines Tages nicht mehr leben könnte, wollte sie nicht nachdenken.

Es schellte. Dreimal kurz, einmal lang. Das war eigentlich Karls Klingelzeichen, aber der saß ja schon hier. Minna drückte auf den elektrischen Türöffner, trat ins Treppenhaus und schaute über das Geländer.

Es war Romy, die zwei Stufen auf einmal nahm und ihr schluchzend in die Arme fiel. Sie war völlig verschwitzt, das Gesicht war gerötet, und sie weinte bitterlich.

Minna zog sie in die Wohnung. »Kind, ist was passiert? Wo kommst du denn her? Wo ist deine Mutter?«

Von Schluchzen und Weinkrämpfen unterbrochen, stammelte Romy: »Zu Hause. Ich ... bin ... weggelaufen ... ich bin mit dem Fahrrad hier. Kann ich bei dir bleiben? Bitte. Ich will nicht zurück ...«

Wortlos schob Minna sie ins Wohnzimmer. Romy sah Karl, warf sich in seine Arme und weinte noch verzweifelter.

Minna ging in die Küche, ließ das Wasser laufen, damit es kalt wurde, und presste derweil eine Zitrone aus. Den Saft goss sie mit Wasser auf und rührte sechs Esslöffel Zucker hinein. »Hier, Kind, du musst was trinken. Und deine Nase putzen. Und dann möchte ich wissen, was geschehen ist.«

Minna und Karl trauten ihren Ohren nicht, als Romy erzählte, sie habe Ärger mit ihrer Mutter bekommen, weil sie sich in der Schule danebenbenommen hatte. Das Kind ging inzwischen in die sechste Klasse der Realschule, was in Minnas Augen ein Unding war. Sie hatte sich letztes Jahr schrecklich aufgeregt. »Sie ist neun! Durch die Kurzschuljahre hat sie den Stoff von vier Jahren in drei Jahren durchpauken müssen. Und weil Hanne sie mit fünf hat einschulen lassen, ist sie die jüngste in der Klasse, der älteste Mitschüler ist zwölf.«

Auch, dass Hanne das Kind die vier Kilometer bei Wind und Wetter mit dem Fahrrad zur Schule fahren ließ, konnte Minna nicht verstehen. »Da fährt doch ein Schulbus!«

»Sie will immer so selbstständig sein, dann kann sie auch mit dem Rad zur Schule. Schulbus ist teuer«, hatte Hanne erklärt.

Und jetzt war Romy mit dem Fahrrad bis nach Minden gekommen, fünfzehn Kilometer, herrje, was hätte unterwegs alles passieren können! Wenn sie gestürzt oder von einem Auto angefahren worden wäre oder den falschen Weg genommen hätte ... Minna wurde ganz flau im Magen, am liebsten hätte sie zur Beruhigung einen Schnaps getrunken.

»Was ist denn nun genau in der Schule passiert?«, fragte Karl.

Beschämt senkte Romy den Kopf. »Wir haben ein Diktat geschrieben, ich bin mittendrin aufgestanden und hab gefragt, ob wir was anderes machen können, weil ich dazu keine Lust hatte.«

Jetzt musste Minna sich das Lachen verkneifen. Was für ein Kind! Na, die traute sich was!

Aber das war nicht alles gewesen. Romy hatte wiederholt keine Mathehausaufgaben gemacht und dem Lehrer erklärt, sie habe keine Zeit, sie müsse jeden Tag mit den Eltern mit dem Auto wegfahren.

In Karls Stimme lag kein Vorwurf: »Warum hast du gelogen?«

Romy zuckte mit den Achseln. »Ich kann kein Mathe, ich kapiere es einfach nicht. Herr Winkelmann hat gesagt, ich soll mit Mutti üben, aber sie hat keine Zeit. Und irgendwann hab ich gar nichts mehr verstanden.«

Der Rest war schnell erzählt. Es war ein blauer Brief gekommen, ihre Mutter war in die Schule zitiert worden. Und vorhin hatte sie Romy wieder ausgeschimpft und gedroht: »Wenn du dich nicht zusammenreißt und anständig benimmst, steck ich dich ins Erziehungsheim!«

»Mir doch egal, ich weiß sowieso, dass du mich nicht ausstehen kannst!«, hatte Romy geantwortet.

Sie fing wieder an zu weinen.

Als sie sich beruhigt hatte, sagte Karl: »Deswegen reißt man nicht zu Hause aus.«

»Sie hat mich mit dem Kleiderbügel verhauen, ich hasse sie!«

Minna war außer sich, als sie die Wunde an Romys Kopf entdeckte.

Karl schüttelte fassungslos den Kopf. »Das darf sie nicht. Das geht zu weit. Das geht entschieden zu weit!«

»Ich muss runter zu Rommings und telefonieren«, sagte Minna.

»Wir haben doch kein Telefon!«, schluchzte Romy.

»Deine Mutter und ich haben ausgemacht, dass ich bei den Nachbarn anrufen kann, wenn was Wichtiges ist. Jetzt ist was Wichtiges.«

Minnas Finger zitterten, als sie die Wählscheibe drehte. »Guten Tag, hier spricht Mia Volkening aus Minden, das ist ein Ferngespräch, würden Sie bitte meine Tochter, Hanne Lindemann, an den Apparat holen? Es ist ein Notfall. Ich rufe in zehn Minuten wieder an.«

Atemlos meldete Hanne sich. »Ja, Mutti?«

»Sie ist bei mir.«

»Was?«

»Romy ist bei mir. Das Kind ist mit dem Rad unterm Berge hergefahren, sie hat sich an der Busroute orientiert, die kennt sie auswendig. Es geht ihr gut, ihr ist nichts passiert. Wie stellst du dir das vor, Hanne? Du kannst das Kind nicht blutig schlagen!«

»So ein Früchtchen. Hat das Rabenaas mich wieder schlecht gemacht? Sie hat den Hinternvoll verdient! Das hat noch keinem Kind geschadet!«

»Hanne, du hörst mir jetzt genau zu: Romy kann nichts dafür, dass du mit deinem Leben nicht zufrieden bist. Drei Kinder hätten nicht sein müssen, Otto hätte nicht sein müssen. Wir hätten eine andere Lösung finden können. Glaubst du, ich wüsste nicht, dass er jeden Abend in der

Kneipe sitzt? Glaubst du, ich wüsste nicht, dass er ein Pascha ist, der dich herumkommandiert und rumscheucht? Mensch, Hanne, mein Bruder ist mit seiner Schwester zusammen, ich erfahre einiges. Ja, du bist unglücklich, weiß ich, aber Romy ist nicht schuld daran. Wenn du sie noch einmal schlägst, bekommst du mit mir den Ärger deines Lebens.«

Hanne schwieg.

»Jetzt will ich das Versprechen, dass du sie nicht mehr verhaust und beschimpfst«, sagte Minna scharf.

Kleinlaut murmelte Hanne: »Ja.« Und nach einem Moment: »Du musst sie zurückschicken, sie muss morgen in die Schule.«

»Sie soll den ganzen Weg noch einmal fahren? Fünfzehn Kilometer?«

»Ja, wie soll sie sonst samt Fahrrad nach Hause kommen?«

»Ach Hanne, kannst du nicht diesen Freund von Otto fragen, den Bökenkröger mit dem Bulli?«

»Damit Otto weiß, was für ein Früchtchen er hier mit durchfüttert? Bloß nicht! Nein, dass sie ausgerissen ist, darf er nicht erfahren.«

»Aber er füttert sie nicht durch. Oder zahlt Wagner etwa nicht mehr?«

Stille, sekundenlang.

Dann sagte Hanne: »Das ist ein teures Ferngespräch, wir müssen Schluss machen. Schick das Kind nach Hause.«

38

Hanne

Juli 1971

Der erste Ferientag war ein Donnerstag. Hanne brachte Romy zur Bushaltestelle, weil das Kind die schwere Tasche nicht hätte tragen können. Sie brauchte eine Menge Zeug, fünf der sechs Ferienwochen würde sie wegbleiben, davon zehn Tage mit Mutti bei Tante Anni im Rheinland verbringen.

Endlich Ruhe, dieses Kind raubte ihr den letzten Nerv. Sie jabbelte von früh bis spät, auch jetzt erzählte sie von ihren Freundinnen, von Lehrern und Mitschülern, von Mode und Frisuren, aber Hanne hörte nur mit halbem Ohr hin.

Romy war elf, und sie hatte immer irgendein Problem. Letztens hatte Hanne ihr die Haare geschnitten, Romy hatte geheult wie ein Schlosshund und gejammert: »Der Pony ist zu kurz. Ich will nicht so doof aussehen!«

»*Ich will nicht* ist Trotz!«

Sie hatte keine Ruhe gegeben. »Warum darf ich keine langen Haare haben? Alle Mädchen in meiner Klasse haben lange Haare. Jetzt bin ich hässlich. Das ist ein Pisspottschnitt!«

»Du, ich geb dir gleich Pisspottschnitt!«, hatte Hanne mit drohender Geste gerufen. »Du kriegst gleich 'ne Naht, Frollein!«

Aber seit Romy letzten Sommer ausgerissen und mit dem Rad nach Minden gefahren war, hatte Hanne ihr keine Ohrfeige mehr gegeben. Sie wollte keinen Ärger mit Minna riskieren. Es gab andere Möglichkeiten, das Kind zur Räson zu bringen. Stubenarrest hatte sich zum Beispiel als äußerst wirksam erwiesen. Ja, es stimmte schon, der Pony war kurz geraten, Hanne hatte immer wieder nachschneiden müssen, weil alles schief geworden war. Aber das würde sie vor dem frechen Kind nicht zugeben. »Lange Haare, so weit kommt's noch. Kurzes Haar ist viel praktischer.«

Auch an ihren Klamotten hatte Romy immer was auszusetzen. Hanne hatte sich mit Jutta angefreundet; sie hatten sich in der Wirtschaft kennengelernt, die sie mit Otto sonnabends besuchte. Ihr Sohn war ein Jahr älter als Romy. Hanne war so froh, wenn Jutta ihr Schuhe, Jacken und Pullover schenkte, damit Romy sie auftragen konnte. Aber: Nichts war gut genug. »Das sind Jungenschuhe, das ist 'ne Kackfarbe, alle Mädchen in meiner Klasse haben rote Schuhe, nur ich nicht«, hatte sie geheult.

Hanne fackelte nicht lange, das gab einen Tag Stubenarrest.

»Der Pullover stinkt unter den Armen!«

Noch ein Tag Stubenarrest.

»Das ist ein Jungsanorak und der ist hässlich!«

Zwei Tage Stubenarrest und am Wochenende durfte sie im Fernsehen keine Kinderstunde gucken. Danach war Ruhe gewesen.

Wenn Romy Stubenarrest hatte, durfte sie das Kinderzimmer nur zum Essen verlassen und wenn sie zur Toilette musste. Wenn sie mittags aus der Schule kam, hatte Hanne die Uhr im Blick: Sie wusste genau, wie lange das Kind von der Schule brauchte und wann es spätestens zu Hause sein musste. Für jede Minute, die sie zu spät kam, würde es einen weiteren Tag Hausarrest geben.

Siehe da: Es klappte. Romy war kleinlaut, brav und pünktlich.

Neulich hatte Lisa mitgekriegt, wie aufsässig Romy sein konnte, und gefragt: »Von wem hat sie das bloß?«

Hanne war heiß und kalt geworden. Das war doch wieder eine Anspielung darauf, dass sie nicht von Otto war, oder? Es war einer der seltenen Momente gewesen, in denen Hanne aus heiterem Himmel an Paul Wagner erinnert wurde. Wenn am Monatsanfang das Geld kam, brachte sie die Summe nicht mehr mit ihm Verbindung. Es war ein regelmäßiges Einkommen, an das sie sich gewöhnt hatte, und das ihr alles erleichterte. Dennoch, in Gegenwart ihrer Schwägerinnen war Hanne auf der Hut. Eines Tages würde eine von ihnen vielleicht fragen, wer Romys Vater war.

Neulich hatte Romy tatsächlich wissen wollen, warum sie als kleines Kind bei Omi und nicht bei ihren Eltern gewohnt hatte. Rasch hatte Hanne geantwortet: »Weil wir kein Geld für eine eigene Wohnung hatten. Die haben wir erst bekommen, als du drei warst.« Schnell hatte sie das Thema gewechselt. Am Abend hatte sie sofort an ihre Mutter geschrieben und sie gebeten, Romy dasselbe zu erzählen.

Sie schaute sie aus dem Augenwinkel an. Das Kind war nicht hübsch. Romy war mager, hatte viel zu lange Arme und Beine, das dunkle Haar wurde schnell fettig, war dünn und fusselig. Ihre vorderen Zähne waren groß und ziemlich schief. Zahnarzt Brüggemann hatte gesagt, man solle bei der Fehlstellung über eine Zahnspange nachdenken.

»Dann habe ich später schöne Zähne?« Romy war so einfach zu begeistern, dass es schon peinlich war. Eine Zahnspange war zu teuer und kam nicht infrage.

Romy wünschte sich tausend Dinge, eine Kordhose mit Schlag, eine gelbe Öljacke, Miniröcke und Hotpants, mit elf! Wohin sollte das führen? Diese Eitelkeit hatte sie von Mutti, solches Verhalten war Hanne fremd. Sie trug Tag für Tag die praktischen Klapperschlappen mit der Holzsohle und bügelfreie, bunte Perlonkittel, im Sommer nur mit einem Korselett darunter. Wenn sie aus dem Haus ging, schlüpfte sie in Rock und Bluse. Mode war ein teurer Spaß.

Nach den Ferien würde Suse eingeschult werden. Drei Schulkinder, das bedeutete: dreimal Stifte, Radiergummi, Lineal, Tuschkasten, Zeichenblock, Bücher, Hefte, Turnzeug. Da war kein Geld für Schnödelfötz übrig.

Die Aussicht darauf, dass die Kinder morgens aus dem Haus sein würden, hatte etwas Verlockendes. Hanne hatte gelesen, dass sie bald auch in der Schule die Fünftagewoche einführen wollten. Meine Güte, wozu sollte das gut sein?!

Neulich hatte Hanne eine Liste angelegt, eine Art Stundenplan. Damit wollte sie Otto beweisen, wie viel sie täglich schuftete. Sie hatte ihn gefragt, ob sie eine elektrische Waschmaschine kaufen konnten, er hatte verständnislos gesagt: »Wozu? Du hast den ganzen Tag Zeit für den Haushalt. Meine Mutter hat zehn Kinder versorgt, die brauchte auch keine Waschmaschine.«

Hanne hasste Wäschewaschen. Im Keller gab es einen beheizbaren Holzbottich, in dem sie die Wäsche mit einer Kurbel durch die Lauge drehen konnte, aber das Spülen und Wringen danach ging heftig ins Kreuz und in die Arme. Wenn sie wenigstens eine elektrische Wäscheschleuder hätte! Nein, sie schleppte die nasse Wäsche aus dem Keller und hängte sie im Garten auf. Wenn es regnete, nahm sie sie schnell wieder ab, trug sie hinauf auf den Trockenboden und hängte sie erneut auf. Abnehmen, bügeln, falten, einräumen, Strumpfhosen und Socken stopfen, Knöpfe annähen, zerrissene Hosen flicken, Sachen enger, weiter, länger oder kürzer machen, Gummibänder in den Schlüpfern austauschen ... die Arbeit hörte niemals auf. Jeden Tag einkaufen. Alles nach Hause schaffen, mittags und abends kochen, abwaschen, abtrocknen.

Samstag war Kehr- und Badetag. Während Otto gemütlich vor dem Fernseher hockte und sich die Übertragung von Fußballspielen anschaute, wischte und bohnerte Hanne die Böden, danach wusch sie sich die Haare und drehte sie auf. Unter der Haube gönnte sie sich einen

Blick in die *Bild-Zeitung*, die Otto täglich mitbrachte. Spätnachmittags wurden die Blagen gebadet, damit sie am Sonntag sauber waren. Dafür ließ Hanne die Duschwanne volllaufen und setzte sie nacheinander hinein, das sparte Wasser. Wenn die Bagage samstags im Bett war, gingen Hanne und Otto aus. In den Dorfkrug oder ins Rolandseck. Die Männer knobelten, die Frauen tranken Likör.

Sonntags nach dem Frühstück schickten sie die Kinder in den Kindergottesdienst, und Hanne erledigte ihre ehelichen Pflichten, bevor Otto zum Frühschoppen ging. Er wusste nicht, dass sie sich heimlich die Anti-Baby-Pille besorgt hatte, er hätte ihr das niemals erlaubt.

Manchmal nahm er jetzt Michi mit zum Frühschoppen. Das wiederum gab Romy wieder was zu mosern: weil sie in die Kirche musste, weil sie nicht auf ihre kleine Schwester aufpassen wollte. Natürlich, es hatte ihr wohl gefallen, in der Kneipe am Tisch zu sitzen, auf kleinen Blocks Bildchen zu malen und Florida Boy, Erdnüsse und Schokolade zu bekommen. Ottos Knobelbrüder steckten ihr Münzen für die Musikbox zu, und das Frollein machte Musik. Jetzt war eben Michi mal dran, so einfach war das.

Hanne versuchte, Romy fürs Kochen zu begeistern, dafür hatte sie ihren alten Puppenherd vom Dachboden geholt. Der Herd war aus Blech und hatte einen Spiritusbrenner, man konnte aber auch Kerzenstummel benutzen, das war billiger. Sie zeigte Romy, wie sie eine Kartoffel klein schneiden und mit ein bisschen Wasser im Puppentopf aufsetzen konnte. Sie stand gelangweilt davor. »Das dauert mir zu lange!«

»Wenn du dich später so anstellst, bekommst du nie einen Mann«, hatte Hanne prophezeit.

»Ich will keinen Mann, ich werde Friseuse und verdiene selber Geld.«

»Igitt«, hatte Hanne gerufen. »Du willst anderen Leuten in ihren fettigen Haaren rumwühlen?«

»Oh. Nein, das lieber nicht. Dann werde ich eben Krankenschwester!«

»Wenn du lieber Fremden den Hintern abwischen willst …«

Romy hatte ein Gesicht gezogen. »Dann werde ich Zarah Leander, singe schöne Lieder und werde berühmt.«

Genervt wandte Hanne sich ab. Das Kind hatte sie doch nicht alle.

Suse interessierte sich mehr für den Haushalt als die Große. Romy steckte ihre Nase andauernd in Bücher, Mutti schenkte ihr seit ihrem achten Geburtstag *Bonanza*-Bücher. Hanne hatte sie ihr zuerst wegnehmen wollen. »Western sind nichts für Mädchen! *Hanni und Nanni* und *Pucki*, das sind Mädchenbücher.«

»Omi liest auch Western«, hatte Romy gesagt.

Hanne zischte: »Wenn du keine Widerworte geben kannst, bist du nicht zufrieden, oder?«

Sie hatte ihr die Bücher gelassen. Das Frollein lag also sonntags lesend auf dem Bett, Otto war mit Michi in der Wirtschaft, Suse guckte Hanne beim Kochen zu.

»Um eins wird gegessen!«, rief Hanne jeden Sonntag hinter Otto her. Wenn er vom Frühschoppen kam, konnte er kaum noch das Besteck halten, so besoffen war er. Oft stand er schwankend auf, hatte das Essen kaum angerührt und lallte: »Mutter, ich hau mich 'ne Stunde aufs Ohr.« Hanne hasste es, wenn er sie Mutter nannte. Sie war einunddreißig Jahre und seine Frau, nicht seine Mutter.

Die Kinder wussten, dass sie leise zu sein hatten, bis Otto aufwachte. Danach wurde spazieren gegangen. Alle paar Wochen verzichtete Otto auf den Frühschoppen, sie fuhren mit dem Bus und besuchten Mutti zum Mittagessen. Kaffee und Kuchen gab es bei Lisa in der Dachwohnung im Hotel Kurfürst. Seit Lisa und Oma Paula auch in Minden wohnten, war das ein Abwasch. Da saßen sie zusammen, auch Änne, Oma Paula, Mutti und Onkel Karl waren dabei. Nur Alois, den hatte Hanne lange nicht mehr gesehen. Änne erwähnte ihn nicht, da war was im Busch, jede Wette. Mutti hatte angedeutet, dass er mit einem der jungen Zimmermädchen poussierte. Na, das würde Änne sich bestimmt nicht bieten lassen, man durfte gespannt sein.

Während die Erwachsenen sich am Kaffeetisch in der Küche unterhielten, saßen die Kinder im Wohnzimmer auf dem Perserteppich und sahen fern. *Augsburger Puppenkiste, Die kleinen Strolche, Flipper*.

Hanne und Romy kamen an der Bushaltestelle an, fünf Minuten zu früh.

Jetzt waren Ferien, Romy fuhr zu ihrer heiß geliebten Omi, Michi kam zu Lisa, Suse brachte sie zu Schwägerin Gerda. Eine Woche, in der alle drei weg waren, herrlich.

»Benimm dich anständig. Dass mir keine Klagen kommen.«

»Ja, Mutti.«

»Gib Omi den Brief, da steht drin, dass du abends nicht fernsehen sollst. Um halb acht ist Zapfenstreich.«

»Ja, Mutti.«

Hanne stieg mit in den Bus ein, löste den Fahrschein und drückte ihn Romy in die Hand, trug das Gepäck zu einem freien Platz und hielt Romy die Wange hin.

»Tschüss, Mutti.« Romy gab ihr mit spitzen Lippen ein Küsschen.

Hanne stieg aus, winkte dem Bus hinterher und atmete auf, als die Rücklichter verschwunden waren.

Drei Tage später war ein Sonntag. Die beiden Kinder waren in der Verwandtschaft verteilt, Hanne hatte sich mit dem Essen nicht viel Arbeit gemacht. Panierte Kasslerkoteletts, Salzkartoffeln, aus deren Rest sie am nächsten Tag Bratkartoffeln machen konnte, dunkle Soße aus dem Päckchen und eine Dose Erbsen, in Margarine erhitzt und mit Fondor gewürzt. Während sie das Geschirr abwusch und im Deutschlandfunk-Radio leise die Sendung *Volkstümliche Hitparade, Wettstreit nach Noten hörte*, schnarchte Otto vor dem Fernseher.

»Weck mich um halb drei, wir haben was vor«, hatte er gesagt.

»Was haben wir vor?«

»Das siehst du dann.« Er hatte geschmunzelt. »Mach dich schick. Mit den schönen Schuhen.«

Wollte er sie zum Kaffeetrinken ausführen? Fuhren sie zu einer seiner Schwestern? Egal. Otto hatte eine merkwürdige Art, Überraschungen zu verpacken, aber so war er nun mal.

Hanne zog ihr Sonntagskostüm an. Sie trug es nie, wenn die Kinder dabei waren, weil sie es nicht selbst waschen konnte. Irgendwer patschte immer mit schmutzigen Fingern irgendwohin und hinterließ einen Fleck. Und wenn K2R, dieses Wundermittel aus der Tube, doch nicht wirkte, musste das Kostüm in die teure Reinigung. Dazu trug Hanne, wie gewünscht, ihre Pumps mit den Pfennigabsätzen, obwohl ihr darin nach kurzer Zeit die Füße brannten. Die Schuhe hatte Otto aus Schmidts Schuhgeschäft als Überraschung mitgebracht, sie hatten prima gepasst. Aber leider war der Absatz so hoch, dass Hanne damit größer war als er. Wortlos war Otto mit den Schuhen zum Schuster geradelt und hatte die Absätze drei Zentimeter kürzen lassen. Mit dem Ergebnis, dass Hanne darin nun merkwürdig watschelte, weil sie das Gleichgewicht nicht halten konnte.

Sie fuhren mit dem Bus in die Oeynhausener Innenstadt.

»Gehen wir ins Café?«

Er grinste.

Sie gingen am Kaufhaus *Hitzemann* vorbei. Hanne blieb stehen, um sich die Auslagen der Schaufenster anzusehen, Otto ging einfach weiter. »Warte doch!« Keuchend stöckelte sie hinter ihm her und hakte sich unter, als sie ihn wieder eingeholt hatte. »Wollen wir in den Kurpark? Das kostet Eintritt!«

Er grinste.

Am *Café Ellinghaus* machte Otto keine Anstalten einzukehren.

»Wenn du weiter so rennst, sind wir gleich hinter der Stadtgrenze.«

Er grinste.

Plötzlich blieb er vor einem Eckhaus stehen, in dessen Souterrain sich eine Gaststätte befand. *Latüchte* stand auf der Leuchtschrift über der Tür. Er wies mit dem Kopf auf die Kneipe. »Was sagste?«

»Wie, was sage ich? Latüchte, ja, ist ein Mundartwort für Laterne, was willst du von mir wissen?«

Er grinste wieder. Hanne spürte kalte Wut in sich aufsteigen.

»Drinnen ist es dunkel. Wir sind im Kurviertel, die machen erst auf, wenn die Kurgäste Abendbrot gegessen haben.«

»Die machen gar nicht auf.«

Hanne schluckte. Langsam reichte ihr dieses Rätselspiel, aber sie riss sich zusammen. Wenn sie ihn verärgerte, konnte es sein, dass er sich auf dem Absatz umdrehte, sie stehen ließ und sich in der nächsten Kneipe einen hinter die Binde goss.

»Schön. Wir schauen uns die Fenster einer Kneipe an, die zuhat.«

Er reagierte nicht auf ihren Spott und zeigte auf die Fenster im Erdgeschoss. »Die Wohnung gehört dazu. Vier Zimmer, eins kriegen die Mädchen, eins der Junge. Wohnzimmer, Schlafzimmer, Küche, Badezimmer. Zentralheizung. Gut in Schuss. Kriegst 'ne Anbauküche und 'ne Waschmaschine. Haste dir doch gewünscht.«

Ihr wurde eiskalt. »Wovon redest du?«

Er verdrehte die Augen, zog sie an sich und gab ihr einen feuchten Kuss auf den Mund. »Ich hab in der Firma gekündigt. Wir machen den Laden hier. Kannst anfangen zu packen, hast ja Zeit, jetzt, wo die Kinder weg sind. Am ersten August ziehen wir ein, dann können wir im September aufmachen.«

Sie hatte ihn bestimmt falsch verstanden. »Sag das noch mal.«

»Wir übernehmen den Laden. Die Kinder sind bald alle in der Schule, dann hast du morgens Zeit für den Haushalt, und danach machen wir das zusammen. Ich mach die Theke, du bedienst.«

Hanne schnappte nach Luft. Das konnte nicht wahr sein. Das hatte er nicht getan, oder?

»Du hast gekündigt?«, brachte sie nur mühsam heraus.

Er nickte.

»Wir ziehen in knapp vier Wochen hier ein?«, presste sie hervor.

»Hab ich doch gesagt. Muss ein bisschen was renoviert werden, das mach ich mit Schwager Heinz und Klaus Bökenkröger. Dienstag kriege ich den Schlüssel. Du musst bloß packen, der Spediteur kommt am 31.«

Es dauerte, bis Hanne ihre Stimme wiedergefunden hatte. Das konnte er nicht tun. Kündigen, die gesicherte Existenz einfach aufgeben, eine Kneipe im Kurviertel übernehmen. Er stahl ihr einfach ihren Alltag, ihr Zuhause, alles, an das sie sich gewöhnt hatte.

Sie wagte nicht, sich über ihre Angst zu beschweren, schob die Kinder ins Feld: »Die Kinder, Otto! Dann muss Suse nach den Ferien woanders eingeschult werden! Das hier ist Oeynhausen, das ist eine andere Grundschule. Und Michi muss auch umgeschult werden.«

»Ja, sicher, kannst du ja alles regeln.«

»Und Romy ... sie ist bis Anfang August in Minden, das heißt, sie kommt überhaupt nicht mehr nach Hause?«

»Sie kriegt ein größeres Zimmer, und sie schlafen nur noch zu zweit.«

»Weißt du, wie sie ausrasten wird?«

Er zuckte mit den Achseln. »Deine Tochter, dein Problem.«

Das Blut in Hannes Adern wurde eisig. Es war das erste Mal, dass Otto so etwas sagte. Sie reagierte mit abweisender Miene. »Und wenn ich das nicht will?«

Der Blick aus seinen braunen Augen war kalt. »Was willst du nicht?«

»Wirtin sein. Bier verkaufen. Leute bedienen. Bis in die Nacht in einer Kneipe stehen. Du hast mich nicht mal gefragt!«

Er lachte höhnisch. »Das müsste Mode werden, dass ein Mann seine Frau fragen muss, was er arbeiten darf.«

»Ich muss dich ja auch fragen, ob ich arbeiten oder den Führerschein machen darf.« Ihre Stimme wurde eine Oktave höher. »Und ob ich ein Konto haben darf und ob ich eine Waschmaschine bekomme.«

Mit gerunzelter Stirn sagte er: »Das ist doch wohl was anderes! Und außerdem kriegst du deine Waschmaschine. Nun gib Ruhe.«

39

Minna

Juli 1971

Wann hatte es zuletzt so einen verregneten Juli gegeben? Jetzt war Romy seit einer Woche hier, und es pladderte fast ohne Unterlass. Alles, was sie sich vorgenommen hatte, fiel buchstäblich ins Wasser, bei dem Wetter blieb man am besten zu Hause.

In ein paar Tagen würden sie zu Anni fahren, hoffentlich war im Rheinland besseres Wetter. Bis dahin gingen Minna und Romy morgens mit Regenhaube und Schirm zum Einkaufen, nach dem Mittagessen lasen sie, bis sie den Fernseher einschalteten und *Die Drehscheibe* guckten. Oder sie legten Kissen auf die Fensterbank, stützten sich auf und schauten aus dem Fenster. Sie zählten die Busse, die sie durch die Lindenstraße fahren sahen, beobachteten die Angestellten hinter den Fenstern vom Bankhaus Lampe, sahen den Vögeln im Hof zu.

Heute Nachmittag würde Karl kommen, bis dahin schauten sie sich Fotos an, damit konnte man Romy immer begeistern. Besonders die Bilder aus der Düsseldorfer Zeit faszinierten sie. Sie liebte Fotos, auf denen Minna ihre schicken Kleider trug. Es gab eins, da stand sie rauchend am Klavier und posierte mit großer Geste.

»Omi, da siehst du aus wie ein Filmstar!«

»Das war eine schöne Zeit. Ich hatte ein Atelier in Düsseldorf mit vielen Angestellten. Traumhafte Kleider hab ich genäht und viel Geld verdient.«

»Warum hast du das Atelier nicht mehr?«

»Es gab einen Börsencrash, und ich habe alles verloren, aber das erkläre ich dir, wenn du älter bist.«

»Hast du mit Mutti und Opa Fritz in Düsseldorf gewohnt?«

»Nein, deine Mutter war noch nicht geboren. Da lebte ich mit meinem ersten Mann Fred.« Als sie Romys verständnisloses Gesicht sah, erklärte sie: »Bevor ich Opa Fritz kannte, war ich mit Fred verheiratet. Aber wir haben uns getrennt, und ich bin nach Minden gezogen, weil meine Mutter, also deine Uroma, und Onkel Karl hier wohnten.«

»Ist Düsseldorf weit weg?«

»Von hier aus schon. Aber wenn du magst, können wir nächste Woche mit Tante Anni hinfahren.«

Begeistert stimmte Romy zu und griff nach einem Schwarz-Weiß-Foto mit gezacktem Rand. »Und wer ist das?«

»Das ist Charly, ein kesser Vater ...«

»Was ist ein kesser Vater?«

»Äh, das erkläre ich dir, wenn du älter bist.«

»Immer, wenn ich älter bin«, maulte Romy. Derweil kramte sie weiter. »Wer ist das?« Sie reichte Minna ein Bild.

Meine Güte! Wie lange hatte sie dieses Foto nicht gesehen! Es hatte lange neben dem Radio gestanden, irgendwann hatte sie es weggeräumt. Hermann hatte es fotografiert, Ostern 1942, als sie mit Luise schwanger gewesen war, und die Welt trotz des Krieges noch in Ordnung schien. Dreißig Jahre war das her. Die Familie hatte in den geöffneten Fenstern in der Pöttcherstraße posiert und Hermann von unten Anweisungen gegeben. »Links, das ist meine Nichte Hilde, daneben Tante Wilhelmine, die kennst du ja noch. Im mittleren Fenster steht Onkel Karl – ach, wie jung er da ist! –, das bin ich, ganz rechts meine Mutter, deine Uroma. Und hier Opa Fritz mit deiner Mutti, als sie noch klein war, siehst du, er hält sie fest, damit sie nicht aus dem Fenster fällt. Und die Frau daneben ist seine Mutter, also deine andere Uroma.«

Romy wandte den Blick nicht von Fritz und Hanne. »Hast du von Vati und mir auch ein Bild, als ich klein war?«

»Äh, nein. Weil ... als du ein Baby warst, hast du mit deiner Mutter bei mir gewohnt, und Otto, also dein Vati, wohnte bei seiner Mutter.«

»Ich weiß, sie hatten kein Geld für eine Wohnung. Sie mussten erst sparen.«

Minna atmete auf. Das hatte Hanne dem Kind plausibel erklärt.

»Hast du ein Foto von Muttis Hochzeit?«

Minna dachte nicht nach, als sie die Keksdose öffnete, in der sie weitere Fotos aufbewahrte. Sie schob die Bilder darin hin und her, zog eins raus und reichte es Romy.

Das Kind zeigte auf die Gesichter. »Du, Vati, Mutti, Oma Paula. Und das bin ich, als ich noch klein war.«

Lächelnd erinnerte sich Minna: »Ja, ich hatte dir dieses hübsche Kleid genäht, in dem du entzückend aussahst!«

Plötzlich stutzte Romy. »Omi?«

»Ja?«

»Warum bin ich auf der Hochzeit?«

»Na, wo solltest du denn sonst sein?« Minna hatte die Worte kaum ausgesprochen, als ihr klar wurde, was sie gesagt hatte.

Ihre Hoffnung, dass Romy den Fehler nicht bemerkt hatte, erfüllte sich nicht. Fieberhaft suchte sie nach einer Antwort auf die Frage, von der sie vorher wusste, dass sie gestellt werden würde. Aber Romy war schneller.

Instinktiv hatte sie das Foto umgedreht und las: »März 1963, Hochzeit Hanne und Otto«.

Minnas Puls raste. Sie rang hilflos nach Worten, aber ihr fiel so schnell keine Erklärung ein.

»Hä?«, sagte Romy. »War ich drei, als Mutti und Vati Hochzeit hatten?«

Minna schaute auf die Uhr und sprang abrupt auf. »Oje, ich hab vergessen, dass ich noch zur Post muss, ich habe keine Briefmarken mehr. Leg die Bilder weg und zieh die Regenjacke an! Wenn wir uns beeilen, schaffen wir es, bevor die Post über Mittag zumacht.«

Draußen atmete sie erleichtert auf, weil Romy sich so schnell hatte ablenken lassen. Vielleicht vergaß sie diese

Ungereimtheit ja wieder, bis sie ihr wieder einfiel, würde Minna eine gute Erklärung parat haben.

Sie kaufte bei der Post Briefmarken und Postkarten. Auf dem Rückweg erreichten sie gerade noch den Laubengang des Rathauses, bevor ein solcher Wolkenbruch niederging, dass das Wasser innerhalb von Sekunden zentimeterhoch auf dem Markt stand. Etliche Leute suchten ebenfalls Schutz und drängelten sich eng zusammen, um den schmutzigen Fontänen hinter den Reifen der vorbeifahrenden Autos auszuweichen.

Romy wurde dermaßen von Erwachsenen eingezwängt, dass Minna sie aufforderte, sich hinter ihr auf die Treppe vor dem Rathauseingang zu stellen. »Aber pass auf, dass du nicht im Weg stehst, wenn jemand die Tür öffnet.«

Romy legte ihre Hände auf Minnas Schultern. »Jetzt bin ich so groß wie du!«

Minna hörte die Tür hinter sich quietschen, spürte, dass jemand hinter sie getreten war. Sie warteten eine ganze Weile, aber der Regen ließ nicht nach, im Gegenteil, er wurde immer stärker. Passanten spannten ihre Schirme auf und verließen eilig den Laubengang.

»Komm, Romy, wir gehen auch, sonst stehen wir morgen noch ...« Minna drehte sich um und verstummte. Die hellblauen Augen, das blonde Haar unter dem Hut, der elegante Mantel, die hohe Statur.

Paul Wagner.

Er hatte die ganze Zeit hinter ihr gestanden.

Neben seiner Tochter.

Als er Minna erkannte, atmete er scharf ein, seine Lider flatterten, instinktiv wandte er den Kopf zu Romy. Aber er hatte sich sofort wieder unter Kontrolle. Kein Muskel bewegte sich in seinem Gesicht, erhobenen Hauptes verließ er den Laubengang. An seinem Arm hing ein schwarzer Schirm.

Wagner lief durch den strömenden Regen, ohne ihn zu öffnen.

Minna begann zu zittern. Zehn Jahre waren sie sich nicht begegnet. Jetzt wusste er, wie das Kind aussah, für das er zahlte.

Ihre innere Unruhe hörte zu Hause nicht auf. Romy saß in der Kemenate und las, Minna schenkte sich in der Küche einen Schnaps ein. Irgendwann würde man Romy sagen müssen, dass sie mit einem Mann aufwuchs, den sie für ihren Vater hielt, der aber in Wirklichkeit ein Fremder war. Sie war elf Jahre alt. Damals, als Hanne sich mit Wagner eingelassen hatte, waren dessen Kinder nur wenig älter gewesen. Also waren sie heute Anfang zwanzig. Würden sie und Romy sich eines Tages begegnen, ohne zu wissen, dass sie Halbgeschwister waren? Würde es Romys Leben verändern, wenn sie erführe, dass Michi und Suse nur ihre Halbgeschwister waren? Sie hatte vergessen, dass sie früher einmal Romy Volkening hieß, dafür war sie zu klein gewesen. Wann würde der richtige Zeitpunkt sein, um es ihr zu sagen?

Minna schenkte sich noch einen Schnaps ein.

Karl sah ihr sofort an, dass etwas nicht stimmte. »Ist was passiert?«

»Sag ich dir später«, flüsterte sie ihm ins Ohr, während sie ihn zur Begrüßung umarmte.

Karl legte ein blaues Notizbuch auf den Tisch. In der Hand behielt er ein Heft mit einem Einband aus grauer Pappe. Er gab es Romy. »Das hab ich für dich gemacht.«

Frl. Romy Lindemann war in verschnörkelten Buchstaben darauf geschrieben. Minna schaute dem Kind über die Schulter.

Eulenspiegelei

Verfasser: Karl Wolf

Minna wusste, wie viel ihm das Geschenk bedeutete. »Wie schön hast du das gemacht! Sorgfältig, und so liebevoll, ach Karl. Ein richtiges Buch hast du geschrieben.«

Romy blätterte darin und las mit schöner Betonung vor:

Es war einmal im Ärztezimmer,
dort hört man Stöhnen und Gewimmer.
Ein Mann erschien, mit viel Beschwerden
und wünschte, schnell kuriert zu werden.
Er wurde gründlich untersucht
und der Befund korrekt verbucht.
Drauf spricht der Arzt, mit viel Bedacht:
Viel Licht und Luft ist angebracht.
Sie sollten viel spazieren gehen,
den Vorteil werden Sie bald sehen.
Er tat, wie ihm der Arzt gebot
und wenig später war er – tot.
Er hatte nämlich ganz vergessen,
auch hin und wieder was zu essen.
Zu spät erkannte dieser Mann,
dass man von Luft nicht leben kann.
Beim Diskutieren weiser Themen
soll man nicht alles wörtlich nehmen.

»Das finde ich sehr schön, Onkel Karl, und es reimt sich perfekt, danke!«

Lächelnd überreichte er ihr das Notizbuch.

»Aber es ist leer«, sagte Romy verdutzt.

»Du hast doch schon ein paar schöne Reime geschrieben, übertrag sie in das Büchlein, und wenn dir ein neues Gedicht einfällt, schreibst du es dazu.«

Romy freute sich über die Geschenke und verzog sich in die Kemenate.

»Mensch Karl. Sie wird es in Ehren halten, sie hat einen Sinn dafür.«

»Ja, glaube ich auch.« Sie rauchten eine.

»Was gibt's Neues?«, fragte Minna.

»Änne hat die Scheidung eingereicht. Lisa hat es erzählt.«

»Was? Warum?«

»Alois hat ein Verhältnis mit dem Zimmermädchen. Das Personal im Hotel Kurfürst tratscht, und Lisa ist außer sich. Er ist über dreißig Jahre älter als die Neue – und ist bei ihr eingezogen.«

»O mein Gott. Und was wird aus Änne?«

»Soll im Hotel Kost und Logis bekommen, und wenn sie Taschengeld braucht, muss sie in der Küche arbeiten.«

Minna war entsetzt. In letzter Sekunde konnte sie sich die Bemerkung: *Je öller, je döller, sagt der Volksmund* verkneifen.

Karl wurde im August achtundsechzig. Er war längst nicht mehr der Jüngste, und er war immer noch verliebt in die viel jüngere Lisa. Die beiden gingen sogar Händchen haltend spazieren. Minna wollte nicht darüber nachdenken, was Frauen aushielten, wenn ihre Männer sich einer Jüngeren zuwandten. Bloß nicht an Änne denken oder an Fritz und dann an den eigenen Schmerz erinnert werden ...

Sie wechselte schnell das Thema. »Stell dir vor: Wir haben Paul Wagner getroffen.«

Karl schnappte nach Luft. »Was?«

Darauf tranken sie einen Schnaps. Und noch einen, weil Minna klar wurde, dass es schon wieder um dasselbe Thema ging: Wagner hatte Hanne verführt, als sie neunzehn war, zu Hause hatte er Frau und Kinder gehabt. Fritz war zu der Person gezogen. Lisa war unschuldig geschieden, also war ihr Mann fremdgegangen. Und nun hatte es die arme Änne erwischt.

»Karl, das gilt jetzt nicht für dich, aber du musst es zugeben: Männer sind Schweine! Kannst du mir einen Mann nennen, der seine Frau wirklich liebt, bis dass der Tod sie scheidet, nur einen?«

Ihr Bruder legte den Kopf schief, zog an seiner Zigarette und blies den Rauch nach oben.

Minna ließ ihm nicht die Zeit, eine Antwort zu finden. »Ob das Fred war oder Fritz, beide waren Fremdgänger. Mensch, hab ich Fritz geliebt, ach, was rede ich, ich liebe ihn noch, obwohl er fünf Jahre tot ist. Da hat das Schicksal mit dem Tod und dem Scheiden was verwechselt, bei uns war es erst die Scheidung und dann der Tod. Und du hast Maria geliebt, sie ist gestorben, bevor ihr zusammenkommen konntet. Aber mit der grässlichen Wilhelmine hast du es ausgehalten, bis die gestorben ist.«

»Über Wilhelmine habe ich einen Vers geschrieben. Wenn der eines Tages veröffentlicht wird, ist das meine

Rache.« Er rief: »Romy, bringt mir bitte mal das graue Buch!«

Romy kam rüber, blieb stehen und wedelte mit dem Buch vor ihrer Nase. Recht hatte sie, hier war ein Qualm, man sah kaum die Hand vor Augen. Minna schwankte, als sie zum Fenster ging und es öffnete.

Karl blätterte, fand, was er gesucht hatte, und trug mit fester Stimme vor:

Es war einmal ein böses Weib. Den Teufel hatte es im Leib.

Ein Toben gab's an allen Tagen, bald war es nicht mehr zu ertragen.

Dem Gatten wurde es zu bunt, und er verschwand zur späten Stund.

Vor Wut und Groll die Tränen fließen,

jetzt könnte sie den Mann erschießen.

Das eine leuchtet ihr nicht ein: dass sie die Schuldige allein.

Besteht die Ehe nur zum Schein, zieht es den Mann zu Weib und Wein.

Was ihn zu Hause nicht kann binden, wird er bei einer andren finden.

»Mensch Karl, bist du etwa auch ...« Minna beugte sich vor und schaute sich rasch um, aber Romy war nicht mehr im Zimmer. »Fremdgegangen?«, ergänzte er leise. »Nein, ich wäre gern, aber ich hab es nicht gewagt. Aber nun habe ich Lisa, ist ein spätes Glück, aber es ist eins. Vielleicht hättest du noch mal jemanden kennengelernt, wenn du es zugelassen hättest. Alex wäre kein schlechter Kerl gewesen.«

Minna winkte ab. »Lass man, gebranntes Kind scheut das Feuer ...« Sie goss ihnen noch einen Schnaps ein.

»Das war der letzte für mich, sonst kann ich nicht mehr Rad fahren.«

»Ich muss immerzu an den Wagner denken, ich hab vorhin so einen Schreck gekriegt, überleg mal, da stand Romy neben ihrem ...«

In diesem Moment betrat Romy das Wohnzimmer, sie hielt ein Tablett in den Händen.

Minna war sofort still.

Romy stutzte. »Wer stand neben mir?«

Minna antwortete nicht, schüttelte nur den Kopf, stand auf, sie musste sich am Tisch festhalten, so schwindelig war ihr. War vielleicht doch ein Schnäpschen zu viel gewesen.

Sie zeigte auf das Tablett, auf dem Tassen, Untertassen, Kaffeelöffel, Büchsenmilch und die Zuckerdose standen. »Kind, was hast du gemacht?«

»Ich hab Kaffee gekocht. Ihr seid heute irgendwie so komisch, vielleicht tut Kaffee euch gut.«

Konnte es wahr sein? Romy kochte Kaffee?

»Wie hast du das gemacht?«

Romy setzte das Tablett ab und verteilte das Geschirr. Dabei erklärte sie in altklugem Tonfall: »Wasser in den Emailletopf, Tauchsieder rein, Stecker in die Steckdose. Drei Löffel Kaffeepulver aus der Schublade der Kaffeemühle in die Kanne, als das Wasser geblubbert hat, Stecker rausgezogen, Tauchsieder auf den Teller gelegt, Topflappen genommen, Kaffee aufgegossen. Und ich hab den Schaumgummi-Schmetterling an der Tülle festgemacht, falls es tropft. Hab ich bei dir so oft gesehen, dass ich es kann. Außerdem bin ich elf.«

»Ach, mein Mädchen!« Minna wunderte sich, die Wörter kamen so langsam über ihre Lippen, dass es klang, als würde sie lallen. Sie drückte ihre Enkelin an sich und küsste sie auf die Wange. »Ach, mein Mädchen«, wiederholte sie, »so groß bist du, dass du uns Kaffee kochen kannst.« Sie ließ sich in den Sessel fallen, zog Romy auf ihren Schoß und flüsterte ihr ins Ohr: »Wenn du groß bist, muss ich mit dir über etwas Wichtiges reden.«

»Über was denn?«

Minna schüttelte so heftig den Kopf, dass ihre Brille verrutschte. Sie richtete sie. »Dafür bist du zu klein, da müssen wir noch warten.«

»Aber ich bin nicht klein!«, protestierte Romy und wies zum Kaffeetisch.

Minna blieb eisern. »Wenn du ein bisschen älter bist.«

Minna und Romy verbrachten eine schöne Woche bei Anni im Schönholz. In einem Neubau kurz vor dem Waldrand wohnten jetzt Leute mit einer Tochter, sie und Romy freundeten sich an.

Minna und Anni saßen in der Hollywoodschaukel und schauten den Mädchen beim Federballspielen zu.

»Anni, weißt du noch, als wir uns 1951 nach etlichen Jahren wiedergesehen haben? Da war Hanne so alt wie Romy jetzt. Und deine Enkelin war neun.«

»Meine große Tochter ist jetzt selber Oma, meine Enkelin ist dreißig und hat dreijährige Zwillinge, ich bin noch keine siebzig und bereits Uroma.« Anni lächelte. »Ach, Minnchen, wir sind zwei richtig alte Gurken geworden, nun sitzen wir in der Sonne und reden immerzu von früher.«

Über die Gurken musste Minna lachen. »Es gibt eben viel zu erzählen, wenn die Vergangenheit lang ist und man sich sein Lebtag kennt!«

Die Freundinnen schwelgten in Erinnerungen, lachten über Anekdoten und schöne Erlebnisse und schwiegen, als sie an die Tragödien dachten. »Rückblickend war manches dann doch nicht so schlimm, oder?«, meinte Anni.

»Was soll's«, sagte Minna, »ist alles vorbei. Wir haben es ausgehalten. Die Zeit hat Rückscheinwerfer, die vieles vergolden. Lass uns immer nur ins goldene Licht gucken, das macht es einfacher.«

Am nächsten Tag fuhren Minna und Romy mit Annis Enkelin nach Düsseldorf. Reini hatte es mit den Augen, seine Brillengläser waren dick wie Lupen, er konnte nicht mehr Auto fahren. Es war ihm schwer gefallen, seinen uralten VW Käfer zu verkaufen. »Er ist über siebzig und tüddelig. Ich lass ihn nicht mehr allein«, erklärte Anni.

Minna und Romy ließen sich an der Königsallee absetzen. Langsam bummelten sie die Straßen entlang, in denen Minna vor fast fünfzig Jahren gelebt hatte. Vieles hatte sich verändert, manche Ecken erkannte sie nicht wieder. Etliche der herrlichen Häuser waren verschwunden und nach dem Krieg durch Neubauten ersetzt worden – aber die Atmosphäre auf der Kö, die war immer noch prickelnd und verheißungsvoll.

Romy war begeistert. »Omi, hier ist es schön, viel schöner als in Rehme, wenn ich erwachsen bin, werde ich hier wohnen!«

Zum ersten Mal wurde Minna klar, dass sie es nicht mehr erleben würde, wenn Romy erwachsen war.

Als sie wieder in Minden ankamen, fand Minna einen Brief von Hanne im Briefkasten. Schon nach den ersten Worten verschlug es ihr die Sprache.

Liebe Mutti, es gibt wichtige Neuigkeiten. Otto hat in der Firma gekündigt. Er hat in Bad Oeynhausen eine Gaststätte und die dazugehörende Wohnung gepachtet, wir ziehen am Ersten ein. Ich bin seit Tagen am Packen. Von alldem habe ich nichts gewusst. Otto hat mich wieder mal vor vollendete Tatsachen gestellt. Dass er davon träumt, eine eigene Wirtschaft zu haben, wusste ich seit Weihnachten bei Änne und Alois, aber ich hatte keine Ahnung, dass er hinter meinem Rücken alles eingefädelt hat. Keine Minute hat er darüber nachgedacht, was das für mich bedeutet. Es ist so ungerecht: Ich schufte den ganzen Tag, und nun soll ich auch noch in einer Wirtschaft arbeiten! Ich gebe zu, dass ich überlegt habe, ihn zu verlassen, doch dann würde ich schuldig geschieden. Romy bliebe bei mir, aber was ist mit Michi und Suse? Ach Mutti, das Leben ist ein Misthaufen. Mir bleibt nichts übrig, als klein beizugeben und mitzuspielen. Ich weiß, dass ich Otto keinen Tag mehr nüchtern erleben werde. Für mich heißt diese Kneipe, dass ich obendrein bis in die Nacht hinter dem Tresen stehe. Da hilft es wenig, dass ich eine Anbauküche und eine Waschmaschine bekomme und keine Gartenarbeit mehr habe. Um Romy mache ich mir Sorgen, sie kommt von Minden aus direkt in die neue Wohnung … und sie ist doch immer so empfindlich …

Seufzend ließ Minna das Blatt sinken. *Ach, Hanne, mein armes Mädchen. Ich hab's geahnt, Otto ist nicht der Richtige. Kleine Männer mit braunen Augen haben den Frauen unserer Familie noch nie gutgetan.*

Sie ging in die Küche, nahm die Flasche Klaren aus dem Kühlschrank und trank sich Mut an, um ihrer Enkelin von den Neuigkeiten zu berichten.

Aber Romy reagierte ganz anders, als sie erwartet hatte: »Eine Wirtschaft? In der Stadt? Ein neues Zimmer, nur mit Suse?« Sie strahlte. »Das ist doch spitzenmäßig!«

40

Karl

1971

An diesem Sonntagmorgen zog es Karl in die Stadt. Er fuhr mit dem Bus von Leteln bis zum Markt und stieg über die Martinitreppe hinauf in die Oberstadt. Wie lange war er nicht mehr hier gewesen! Er spazierte an den windschiefen Häusern in der Pöttcherstraße vorbei, in denen er einst gelebt hatte, zuerst allein, dann mit Mutter. Da hatte es die Schlosserei noch gegeben, als Maschinenputzer hatte er damals gearbeitet. Er blieb stehen. Hier hatten Minna und Fritz mit den Kindern gewohnt, hinter den Fenstern hatten sie seine Hochzeit mit Wilhelmine gefeiert, die ganze Familie hatte zusammengesessen. Hermann war mit Mariechen und den Kindern aus Düsseldorf gekommen, die Freiwald-Söhne hatten Musik gemacht. *Liebling, mein Herz lässt dich grüßen* hatten sie gespielt. Er war glücklich gewesen und hatte an die Ehe mit Wilhelmine geglaubt.

Tja. Aus dieser Tür war er mit Minna und Luise auf dem Arm zum Krankenhaus gerannt. Zu spät, das arme Würmchen war an der Diphtherie gestorben. Mutter, Hermann, Fritz, Luise, Wilhelmine – sie waren alle schon lange nicht mehr da. Familie Freiwald, sein Freund Siggi, dessen Brüder Chris und Matze, die Eltern, alle waren tot. Nur Fannie lebte noch. Karl dachte heute ohne Wehmut, sondern mit einem leisen Glücksgefühl an die schönen Momente, die er mit diesen Menschen hatte erleben dürfen.

Schritt für Schritt folgte er seinen Erinnerungen an vergangene Jahre. Es waren auch gute dabei gewesen. Am Königswall schaute er in die Richtung, in der das Toilettenhäuschen gestanden hatte. Da hatte Mutter gearbeitet, vor der Tür war er mit Wilhelmine zusammengestoßen.

Karl ging über die Hufschmiede in den Scharn, der früher aus zwei engen Straßen bestanden hatte. Er hatte mit Wilhelmine hier gelebt, bevor sie ausgebombt worden waren, einen Steinwurf entfernt von Minnas Schneiderei. Jetzt wohnte sie schon lange am Markt, in ihrer Puppenstube, vor deren Tür er seinen Schwager Fritz gefunden hatte, als er halbtot aus der Gefangenschaft zurückgekehrt war. So viele Erinnerungen.

Minna schlief sicher noch, sie war in Oeynhausen gewesen und hatte Hanne unterstützt. Otto hatte eine Kneipe übernommen, sie konnten sich vor Gästen kaum retten. Hanne hatte ihre Mutter um Hilfe gebeten, eine Seltenheit, eigentlich machte sie immer alles stiekum mit sich selbst aus.

»Die Gäste rennen ihnen die Bude ein, Hanne kommt kaum hinter dem Tresen weg, sie sagt, an manchen Tagen haben sie abends mehr als dreihundert Mark in der Kasse«, hatte Minna ihm vor der Abreise erzählt, während sie ihren Koffer packte. »Das müssen sie doch mitnehmen, so viel Geld! Wer weiß, was mal kommt.«

Karl wollte Minna am Nachmittag mit Lisa besuchen.

Er ging an der Tonhalle vorbei, querte den Klausenwall, passierte den Schwanenteich. Es war doch erst gestern gewesen, als er mit Minna und der kleinen Hanne dort spazieren gegangen war! Hanne war auf dem Mäuerchen balanciert und hatte die Enten gefüttert. Und es schien, als habe er nur Tage später das Gleiche mit Romy erlebt. Meine Güte, heute kamen die Erinnerungen aber mit Macht!

Nahe der Bastau-Mündung setzte er sich auf eine Bank. Entspannt lehnte er sich zurück und zündete sich eine Zigarette an. Was für ein herrlicher Spätsommertag. Träge und silbrig floss die Weser im Morgenlicht, ein Vogel ließ sich mit der Strömung treiben. Die Luft war frisch und klar. Am Horizont stand das Kaiser-Wilhelm-Denkmal majestätisch auf dem Gipfel des Wiehengebirges. Das Glockengeläut vom Dom wehte herüber, drüben am Schiffsanleger versammelten sich erste Ausflügler.

Karl dachte an Maria. Schwarze Rose, Königin. Er lächelte. Welch glühende Liebe ihn erfüllt hatte. Maria. Eine Liebe ohne Zukunft. Auch wenn sie nicht ertrunken wäre, im Luftschutzkeller, weil die Bomben eine Flutwelle ausgelöst hatten – sie wären nie ein Paar geworden. Aber seine Träume hatten ihn das Unglück seiner Ehe mit Wilhelmine aushalten lassen. Russisch hatte er gelernt, um in Marias Sprache denken zu können. Und Gedichte geschrieben. Hunderte.

Romy hatte seine Liebe zum Reimen geerbt. Ein widersprüchliches Kind, sensibel und stark, wissbegierig und interessiert, mit einer großen Portion Empathie. Wer wusste schon, was für einen Charakter ihr leiblicher Vater hatte, welche Anlagen sie in sich trug. Karl war Paul Wagner mehrmals in Minden begegnet, grußlos waren sie aneinander vorbeigegangen. Dieses Treffen, die geheime Vereinbarung ... er war dagegen gewesen. Es war keine bloße Ordnungswidrigkeit, die sie begangen hatten, es war ein Verbrechen. Hoffentlich fanden Hanne oder Minna eines Tages den richtigen Moment, um Romy die Wahrheit zu sagen.

»In zehn Jahren ist sie volljährig. Vorher muss sie es nicht wissen«, hatte Minna gemeint. Wahrscheinlich hatte sie recht.

Irgendwas hatte Romy neulich wieder angestellt. Eigentlich stellte sie gar nichts an, sie versuchte nur immer, die Aufmerksamkeit auf sich zu ziehen. »Von wem hat sie das bloß«, hatte Lisa wieder einmal gesagt, und Karl war rausgerutscht: »Von deinem Bruder Otto gewiss nicht, das ist ja wohl klar.« Sofort hatte er gemerkt, dass er ein heikles Thema berührt hatte. Aber dann hatte er gedacht: *Wieso heikel? Lisa weiß, dass Romy nicht von Otto ist.* Aber er hatte einen Moment lang Angst gehabt, dass sie ihn fragen würde, ob er Romys leiblichen Vater kannte, dann hätte er sie anlügen müssen. Oder das Versprechen brechen, das er Minna gegeben hatte. Rasch hatte er abgelenkt: »Otto kann alles Mögliche organisieren, aber mehr als zwei Sätze reden kann er erst, wenn er ein paar Bier intus hat.«

Betrübt hatte Lisa geantwortet: »Ja, Otto ist ein komischer Junge. Bevor er in den letzten Kriegswochen eingezogen wurde, war er ganz anders.«

Sie erzählte, dass Otto etliche Leichen hatte wegräumen müssen, als in Rehme das Eisenwerk *Weserhütte* bombardiert worden war. Wie schrecklich. Das prägte einen Fünfzehnjährigen fürs ganze Leben. Lisa war damals als Schreibkraft in der Weserhütte gewesen. Am 30. März 1945 starben auf dem Werksgelände 192 Menschen im alliierten Bombenhagel. Lisa war im Keller gewesen, um etwas aus dem Archiv zu holen. Zwei Tage und zwei Nächte war sie verschüttet gewesen, bevor man sie gefunden hatte. Zwei Tage und zwei Nächte hatte sie Todesangst gehabt, allein, im Dunkeln, in der Kälte. Jetzt verstand er, warum sie ihre Geschwister jedes Mal zuerst fragte: »Geht es dir gut? Hast du es warm? Hast du es hell?«

Auch Karl kannte Dunkelheit. Wie oft war er als junger Mann ins bodenlose schwarze Nichts gestürzt, wenn er einen epileptischen Anfall gehabt hatte. Damals, bevor es diese Medikamente gab, die alles in Schach halten konnten.

Ach, dieser Scheiß-Krieg. Er wirkte über Generationen nach. Karl hatte zwei Kriege erlebt. Was diese Zeit mit seiner Nichte Hanne angerichtet hatte, die mitten im Krieg geboren war, ahnte er nur. Ihre phlegmatische Tapferkeit, dieses Aushalten um jeden Preis, gewiss waren das Folgen ihrer Erlebnisse der ersten Jahre. Sie war in Ruinen aufgewachsen, hatte als Vierjährige über Leichen klettern müssen, die nach einem Angriff noch nicht weggeschafft worden waren. Sie hatte Flammenhöllen gesehen, Angst,

Hunger und Kälte hinter sich. All das war in ihr, vielleicht war sie deswegen oft hartherzig ihren Kindern gegenüber. Hanne hatte nie gelernt, tiefe Bindungen zu Menschen einzugehen. Wie auch? In den Lungenheilstätten hatte sie immer nur für ein paar Monate dieselben Leute um sich gehabt, und wenn sie wieder nach Hause gekommen war, war sie unter den anderen Kindern eine Fremde gewesen. Wie hätte sie Freundschaften schließen sollen? Ihr Verhältnis zu den Schwägerinnen blieb distanziert, Hanne ließ niemanden an sich ran. Auch Änne und Lisa nicht, die sich wirklich um sie bemühten.

Lisa. Karl lächelte unwillkürlich, wenn er an sie dachte.

Als er sie zum ersten Mal gesehen hatte, hatte er gewusst, dass er angekommen war. Er schrieb keine Gedichte über sie. Er schrieb ihr lange Briefe, die er ihr nie gab. *Mein hell leuchtendes Liebchen, du Sonne meines Herbstes.* So begannen diese Briefe.

Eines Tages würde sie sie lesen.

Wie wohlig müde er auf einmal war.

Die Sonne machte ihn schläfrig.

Er lehnte den Kopf zurück und schloss die Augen.

Plötzlich sah er Minnas Gesicht vor sich. Ihre schmalen grauen Augen, der wissende Blick, das leise Lächeln. Ihr ganzes Leben lang waren sie unzertrennlich gewesen, hatten zusammengehalten wie Pech und Schwefel, sich gegenseitig aufgerichtet, wenn das Schicksal ihnen zu arg zugesetzt hatte.

Wir waren vier Geschwister. Hermann, Karl, Minna und Adele. Wir sind nur noch zwei. Minna ist der Felsen in meiner Brandung, mein Halt, eine verlässliche Instanz.

Diese Wärme auf seinen Wangen. Karl spürte sein Blut durch die Adern fließen, lauschte seinem Herzschlag und hörte seinen Gedanken zu.

Ich fühle mich, als wäre das alles gestern gewesen, als sei ich noch ein junger Mann, der gerade erst zu leben begonnen hat.

Und nun ist es schon wieder zu Ende.

So fühlt es sich an, wenn man geht?

Man weiß es.

Man hält still.

Man lauscht.

Und dann ist es vorbei.

41

Hanne

März 1972

Sie hatte sich in der neuen Wohnung ganz gut eingelebt. Wenn die Kinder vormittags in der Schule waren und Otto unten in der Kneipe stand, ging Hanne die Hausarbeit flott von der Hand. Dass sie keinen Garten mehr zu pflegen hatte, war eine große Erleichterung, auch wenn die Ausgaben fürs Essen dadurch natürlich stiegen. Das ganze eingeweckte Obst und Gemüse musste sie nun im Supermarkt kaufen. Aber die *Latüchte* lief gut, und Otto gab ihr immer mal einen Zehner extra für den Haushalt.

Es war ein Sonntagmorgen, der Ruhetag. Otto schlief noch, Hanne saß in der Küche und rauchte eine, als sie plötzlich einen Aufschrei aus dem Badezimmer hörte. Sie legte die Zigarette in den Aschenbecher und lief hinüber. »Wer ist da drin?«, rief sie. Die Tür war abgeschlossen.

»Ich bin's ...« Das war Romy. Ihre Stimme klang weinerlich.

»Warum heulst du?«

Heftiges Schluchzen war die Antwort.

»Romy! Was ist passiert?«

»Ich weiß es nicht«, jammerte sie.

»Himmel, Kind, wenn ich dir helfen soll, schließ gefälligst die Tür auf.«

»Moment.« Wie dünn das Stimmchen war, so kannte sie ihre Tochter gar nicht.

Der Schlüssel wurde umgedreht, die Tür langsam geöffnet. Mit vor Schreck geweiteten Augen stand Romy vor ihr. Um ihren schmalen Unterleib hatte sie ein Handtuch gelegt, das sie vorn zusammenhielt. »In meinem Schlafanzug ... da ist alles voller Blut ... und mein Bauch tut mir so weh«, wimmerte sie.

Jetzt verstand Hanne. Romy hatte ihre Tage. Mein Gott, jetzt schon? Sie war erst elfeinhalb, das war doch viel zu früh! War das bei ihr selbst auch so früh gewesen?

Romy setzte sich auf den Rand der Badewanne und weinte jetzt so sehr, dass ihr ganzer Körper bebte. »Mein Bett ... so viel Blut ...«

»Das Bett auch? Mist, hoffentlich ist es nicht in die Matratze gesuppt, das geht nie wieder raus!«, schimpfte Hanne. »Weißt du, was eine Rosshaarmatratze kostet?«

»Ich hab doch nichts gemacht, Mutti, es kommt von selber ... da unten ... so viel Blut, muss ich sterben?«

Hanne verdrehte die Augen. »Natürlich nicht, benimm dich nicht so hysterisch, stell dich in die Wanne und wasch dich. Ich ziehe dein Bett ab, das fängt sonst an zu stinken.«

Romy hörte nicht auf zu heulen. »Aber woher kommt das ganze Blut?«

»Du weißt doch sonst immer alles! Du hast deine Tage, die kriegen alle Mädchen irgendwann. Aber nicht alle sterben deswegen den Heldentod. Die hast du jetzt jeden Monat.« Hanne ging zur Tür. »Nun wasch dich endlich. Leg das Handtuch und den Waschlappen und alles, wo Blut dran ist, auf einen Haufen, das muss ich einzeln einweichen. Ich komme gleich wieder.«

Um Otto nicht zu wecken, schlich Hanne sich auf Zehenspitzen ins Schlafzimmer und holte eine Packung Monatsbinden aus ihrem Wäscheschrank. Großer Gott, sie hätte Romy aufklären müssen, daran hatte sie überhaupt nicht gedacht. Aber wer rechnete denn auch damit, dass sie mit elf Jahren schon ... Hanne hatte noch nie mit ihr über irgendwas gesprochen, das mit ... untenrum zu tun hatte, sie hatte immer angenommen, das hätte noch Zeit. Wie sollte sie ihr erklären, was es bedeutete, wenn sie ihre Tage hatte? Mist. Hätte Mutti das nicht erledigen können? Die beiden redeten doch sonst auch über alles Mögliche.

Sie ging zurück ins Bad, wo Romy sich inzwischen gewaschen hatte. »Hier, die legst du dir in den Schlüpfer. Wenn eine Vorlage voll ist, kommt sie nicht ins Klo, sondern in den Müll. Falls was daneben geht, weichst du die Unterhose sofort in kaltem Wasser ein und hängst sie im Keller auf, so, dass sie niemand sieht.«

Romy nickte kleinlaut. »Ist das nichts Schlimmes?«

»Nein. Man nennt es Periode, das haben Mädchen und Frauen nun mal. Das bedeutet, dass man ... dass man ...« Himmel hilf, wie sollte sie ihr das bloß verständlich machen? Ungeduldig sagte sie: »Es bedeutet, dass du langsam erwachsen wirst.«

Sie erkannte an Romys Blick, dass sie damit nichts anfangen konnte, aber das war nun mal nicht zu ändern. Sie konnte ihr ja schlecht zwischen Tür und Angel erklären, wie Babys entstanden.

Am nächsten Tag kam Romy aus der Schule und verkündete freudestrahlend am Mittagstisch: »Ich weiß jetzt, warum Mädchen ihre Tage kriegen, ich hab Ute aus meiner Klasse gefragt. Sie ist die Älteste, sie hat schon ihre Regel. Das ist so …«

»Romy, bist du wohl sofort still!«, fuhr Hanne dazwischen. »Das gehört nicht an den Tisch. Wenn du jetzt Bescheid weißt, ist es ja gut, aber für Michi und Suse ist das ja wohl noch kein Thema!«

Michi kicherte, Suse stocherte in ihren Bratkartoffeln herum und hatte den Kopf so weit gesenkt, dass man ihr Gesicht nicht sehen konnte.

Obwohl sie erschüttert darüber war, worüber die Mädchen heutzutage in dem Alter in der Schule sprachen, war Hanne zugleich erleichtert. Dieses Gespräch musste sie nun nicht mehr führen.

Der nächste Sonntag war ein ungewöhnlich warmer Märztag, schon morgens zeigte das Thermometer an der Scheibe des Küchenfensters zweiundzwanzig Grad an. Die Mädchen hatten gefragt, ob sie statt ihrer weißen Sonntagsstrumpfhosen Kniestrümpfe anziehen durften, und obwohl man das eigentlich nicht vor Ostern tat, hatte Hanne es erlaubt. Romy kam in einer rosa Cordhose und einem dünnen Pullover vom letzten Jahr, aus dem sie fast rausgewachsen war, zum Frühstück. Michi zeigte plötzlich mit dem Finger auf seine Schwester und rief feixend: »Guckt mal, Romy kriegt einen Busen!«

Otto, Suse und Hanne starrten automatisch auf Romys Brust.

Die stutzte einen Moment und reagierte dann so typisch, dass Hanne nur den Kopf schütteln konnte: Sie legte ihre Hände auf die kleinen Beulen, die sich unter dem Pullover abzeichneten, warf den Kopf zurück und sagte: »Genau! Jedes Mädchen kriegt einen Busen. Michi, meiner fängt auch an zu wachsen. Willst du mal anfassen?«

Michi schüttelte sich und kreischte: »Nein, iiiii!«

»Will von euch jemand fühlen?«, fragte Romy frech und schaute Otto und Suse provozierend an.

Zwar mussten jetzt alle lachen, sogar Otto. Aber Hanne entging nicht, dass er Romy mit einem Blick anschaute, der ihr nicht gefiel.

Kurz darauf begann Romy, sich zu verändern. Hanne bemerkte dunkle Schatten unter ihren Augen, sie war ernst und schweigsam und wirkte jeden Morgen, als habe sie die halbe Nacht geheult. *Wahrscheinlich ist das schon ein Anzeichen der Pubertät und hat damit zu tun, dass sie ihre Tage bekommen hat*, dachte Hanne. *Solche Launen hätte ich mir nie erlaubt. Sie muss lernen, sich besser zusammenzureißen. Wer weiß, wie Romy sich entwickelt. Woher soll ich wissen, welche Veranlagungen das Mädchen in sich trägt, von unserer Seite aus hat sie das jedenfalls nicht. Auch Mutti hätte sich nie so gehen lassen.*

Romy antwortete nur noch, wenn sie gefragt wurde, aß nur noch mit langen Zähnen und ging nach dem Abendbrot sofort ins Bad und verkroch sich im Bett. Sie traf sich fast täglich nach der Schule mit einer Freundin namens Judith, die wohl in ihre Klasse ging. Hanne kannte Romys Freundinnen nicht, sie erlaubte nicht, dass die Kinder sich bei ihnen zu Hause trafen, weil Otto dort bis drei Uhr seinen Mittagsschlaf hielt und nicht gestört werden durfte, und weil sie selbst später am Tag mit ihm unten in der *Latüchte* war. Sie duldete keine Fremden in der Wohnung. Wenn es nicht regnete, hatten Kinder sich draußen zu beschäftigen, bei schlechtem Wetter blieben sie in ihren Zimmern und konnten spielen oder lesen.

Romys schlechte Laune schien sich auf ihre Schwester zu übertragen. Auch Suse war einsilbig und mürrisch, schaute beim Essen nur auf ihren Teller und reagierte maximal mit einem kurzen Blick auf Hannes Frage, was mit ihr los sei. *Sie ist eben Ottos Tochter. Sie hat nicht nur seine lange Nase, sondern auch seine braunen Augen geerbt, und sogar diesen unbeteiligten Blick, den sie aufsetzt, wenn ihr was nicht passt. Ich hätte nie gedacht, dass halbwüchsige Kinder so anstrengend sein können. Na ja, nicht alle. Michi ist ja lieb. Wenn die Mädchen nur ein bisschen von seiner Art hätten, wäre alles einfacher.*

Romy ging ihr mit ihrem dauernden Leidensblick auf die Nerven. Seit zwei Wochen gab es kein Lächeln, kein freundliches Wort, immer nur knappe Antworten und diese verheulten Augen.

»Was ist mit dir?«, hatte Hanne ein paarmal gefragt.

Aber Romy hatte nur gesagt: »Nix.«

»Ist in der Schule alles in Ordnung?«

»Klar.«

»Hast du dich mit deiner Busenfreundin Judith gestritten?«

»Nein.«

Hanne blieb ratlos. Was konnte ein elfjähriges Kind schon an Problemen haben? Es ging ihnen gut, sie hatten zu essen, der Vorratskeller war gefüllt, die Kneipe warf genug ab, um sorgenfrei leben zu können, Romy bekam fünf Mark Taschengeld im Monat. *Wenn ich so ein Leben gehabt hätte, als ich in ihrem Alter war, hätte ich nicht so ein Gesicht gezogen. Diese Kinder wachsen in ständig steigendem Wohlstand auf, haben immer genug zu essen, die wissen doch gar nicht zu schätzen, wie gut es ihnen geht. Und beim kleinsten bisschen setzen sie eine Leidensmine auf und heulen ohne Grund.*

Karin Gevelsberg kündigte ihren Besuch in Oeynhausen an. Hanne hatte ihre Freundin aus Heilstättenzeiten ewig nicht gesehen und freute sich sehr. Karin war zurzeit bei Verwandten in Bünde und wollte sich Sonntagabend mit Hanne treffen.

Sie hatten gegessen, Otto lag schon auf der Couch und schlief den Rausch aus, den er sich beim Frühschoppen angetrunken hatte. Hanne spülte das Geschirr, Romy und Suse trockneten ab.

»Heute Abend bin ich nicht da, ich treffe eine Freundin von früher«, erklärte sie. »Vati ist hier, also benehmt euch, dass mir nachher keine Klagen kommen.«

Sie zuckte zusammen, als Romy der Teller aus der Hand fiel und auf dem Fußboden scheppernd in Scherben zerbrach. Ohne ein Wort warf Romy das Geschirrtuch hin und stürmte aus der Küche. Sie knallte die Tür so laut hinter sich zu, dass Hanne einen Moment die Luft anhielt, weil sie fürchtete, dass Otto aufgeweckt worden war. Währenddessen begann Suse wortlos, die Teile des zerbrochenen Tellers aufzusammeln und in den Mülleimer zu bringen.

Hanne war wie festgenagelt stehen geblieben und versuchte, diesen Ausbruch zu verstehen. Sie hörte Romy nebenan weinen.

Was war hier los?

»Suse, wasch zu Ende ab, sonst wird das Wasser kalt.«

Hanne ging ins Mädchenzimmer. Romy lag bäuchlings auf dem Bett und schluchzte bitterlich in ihr Kissen. Einen Moment lang tauchte vor Hannes Augen dieser Tag auf, an dem sie selbst so in ihrem Bett in der Kemenate gelegen hatte, nach einem Treffen mit Rudi, der sie weggeschickt hatte, weil sie lungenkrank gewesen war und seine Eltern sie nicht in ihrer Nähe haben wollten. Hatte Romy Liebeskummer? Aber doch nicht mit elf!

»Kind, was ist mit dir?«, fragte Hanne leise.

Und dann tat ihre Tochter etwas, das sie noch nie getan hatte. Sie richtete sich auf, schaute sie mit tränennassem Gesicht und kreuzunglücklichem Blick an, warf sich in Hannes Arme, klammerte sich an ihr fest und weinte so herzerweichend, dass Hanne selbst die Tränen kamen.

»Was hast du denn, was ist in der letzten Zeit mit dir los?«, murmelte sie in Romys Haar. »Und warum weinst du jetzt so?«

»Mutti ... geh nicht weg ... heute, bitte! Lass mich nicht allein mit ...« Sie sprach nicht weiter.

»Romy, ich bitte dich, du tust doch sonst immer so erwachsen, du bist nicht allein, deine Geschwister und dein Vater sind da! Ich werde wohl mal ausgehen können, ohne dass du so ein Theater machst!«

Romy löste sich aus ihrem Arm, zog die Nase hoch, senkte den Kopf, legte die Hände in den Schoß und sagte eindringlich: »Lass mich nicht mit Vati allein, bitte!«

Hanne erstarrte.

Wie kalt es plötzlich im Zimmer wurde. Wie laut dieser Wecker auf dem Nachttisch tickte. Wie heftig ihr Herz schlug. Wie schwer ihr das Atmen fiel.

Tonlos sagte sie: »Was soll das denn heißen?«

Und dann versuchte Hanne, diese furchtbaren Sätze, die ihre Tochter schniefend und heulend stammelte, zu verstehen. Versuchte, ihnen einen Sinn zu geben, versuchte, das Ausmaß der Verwüstung zu erfassen, das diese Worte in diesem Moment in ihrem Leben anrichteten.

Als Romy geendet hatte, setzte Hanne die Informationen in Gedanken zusammen.

Neulich sonntags, war Hanne zu Mutti nach Minden gefahren und erst spät zurückgekommen. An diesem Abend hatte Otto sich ins Mädchenzimmer geschlichen, hatte sich auf die Bettkante gesetzt und der schlafenden Romy an die Brust gefasst. Sie war davon aufgewacht, hatte seine Hand weggeschoben und immer wieder Nein gesagt. Aber Otto hatte versucht, sie zu küssen, ihr die Lippen auf den Mund gedrückt und nicht losgelassen. »Neulich hast du auch gefragt, ob wir mal fühlen wollen, jetzt stell dich nicht so an!«, hatte er sie angeherrscht. »Du wolltest das doch.«

Und dann hatte Romy gesehen, dass ihre kleine Schwester aus dem Bett gegenüber herüberstarrte, und gesagt: »Suse ist wach und sieht, was du tust.«

Da hatte er von ihr abgelassen und war wieder ins Wohnzimmer gegangen.

Wortlos starrte Hanne in das verquollene Gesicht ihrer Tochter.

Sie konnte nicht denken. Sie konnte das Kind auch nicht wieder in den Arm nehmen. Was zum Teufel hatte Romy da angerichtet?!

»Ach, so ist das«, presste Hanne hervor, stand auf und ließ Romy zurück.

Sie konnte nicht mehr. Konnte ihrem Kind nicht in die Augen schauen, schämte sich vor Suse in Grund und Boden, die das alles mitangesehen hatte, hasste Otto für diesen widerlichen Verrat. Sekunden später entschuldigte sie sein Verhalten damit, dass Romy nicht seine Tochter war, und ja, sicher, sie hatte das durchaus provoziert mit ihren frechen Bemerkungen. Das machte man nicht, fragen, ob andere mal anfassen wollen. *Das kommt davon.* Aber Romy war elf und Otto einundvierzig. Das hätte er nicht tun dürfen. Nein, das nicht.

Das Treffen mit Karin Gevelsberg ließ Hanne sausen.

Sie blieb zu Hause, legte sich auf die Couch und sah mit Otto fern. Es ginge ihr nicht gut, sagte sie, deswegen wolle sie doch nicht ausgehen. »Och, Mensch«, sagte er.

Ihm war nichts anzumerken. Romys hysterischer Ausbruch war wahrscheinlich unbegründet. Otto hatte nicht vorgehabt, das heute noch mal zu versuchen. Wie denn auch, in einem Zimmer, in dem beide Mädchen schliefen. Das war ein Ausrutscher im besoffenen Kopf gewesen. Otto war doch kein ... Er war doch nicht ... so einer.

Natürlich sprach Hanne nie wieder mit Romy darüber. Was sollte sie auch tun, sich etwa mit einem Kind gegen ihren Ehemann verbünden?

Romy würde schon darüber hinwegkommen, es war ja im Grunde nicht wirklich was passiert. Meine Güte, Otto war nun mal abends um diese Zeit besoffen, der hatte eben nicht gewusst, was er tat. Da gab es Schlimmeres. Man musste diesen Vorfall vergessen, ein für allemal.

42

Hanne

Sommer 1973

Die Sommerferien begannen mitten in der Hauptsaison. Das war eine mittlere Katastrophe, denn eigentlich konnte Hanne nicht auf Romy verzichten. Aber es half nichts, sie musste sie nach Minden fahren lassen. Nachdem Onkel Karl vor zwei Jahren gestorben war, ließ Minna sich dermaßen gehen, dass Hanne sich große Sorgen machte.

Zunächst hatte Mutti versucht, tapfer zu sein. »Er ist als glücklicher Mann und geliebter Mensch gegangen. Ein schöner Tod, ohne Krankheit, Siechtum, Angst oder Schmerzen. So einen Abschied wünscht man sich doch. Aber ich weiß nicht, wie ich ohne ihn zurechtkommen soll.«

Spaziergänger hatten Onkel Karl auf einer Bank sitzend im Glacis gefunden, er war mit einem Lächeln auf den Lippen einfach eingeschlafen. Seitdem ging Minna täglich an die Weser, setzte sich auf »Karls Bank« und blieb dort stundenlang.

Hanne schaffte es selten, nach Minden zu fahren, um ihre Mutter zu trösten, sie wurde von früh bis spät im Geschäft gebraucht. Deswegen hatte sie letztes Jahr den Führerschein gemacht und einen VW Variant angeschafft. Mit dem Auto dauerte es keine halbe Stunde, mit dem Bus wäre sie dreimal so lange unterwegs gewesen.

Otto hatte ungewöhnlich rasch eingewilligt, als sie ihn wieder mal gefragt hatte, ob sie zur Fahrschule gehen dürfe. Nicht, damit Hanne nach Minden fahren konnte, sondern weil sie mit dem Auto bequemer für die *Latüchte* einkaufen konnten. Die Rechnung ging indes nicht auf, viel zu selten konnte Hanne Zeit abzweigen, um nach Minna zu sehen.

In der Kneipe war so viel zu tun, dass sie sich die hohen Tagesumsätze nicht entgehen lassen konnte. Auch am Ruhetag torpedierte Otto ihre Planung: Sonntags konnte sie ihn nicht davon abhalten, in die Gasthäuser der Konkurrenz zu gehen. »Ich will auch mal vor der Theke sitzen und mich bedienen lassen«, meinte er. Es hatte wenig Sinn, ihn darauf hinzuweisen, dass er spätestens nachmittags in der *Latüchte* vor der Theke saß, mit den Gästen trank und es liebte, Runden zu spendieren.

»Das ist gut für den Umsatz, es animiert die Leute zum Weitertrinken!«, behauptete er. *Ja, und dich animiert es auch*, dachte Hanne.

Dass ihr die Arbeit Spaß machte, überraschte sie selbst am meisten. »Die Leute wollen sich amüsieren und sind fast immer gut gelaunt. Nach sechs Wochen kommen neue Gäste, langweilig wird das nie«, hatte sie zu Lisa am Telefon gesagt. Sie sahen sich nur noch an Geburtstagen, seltene Telefonate fielen kurz aus, Ferngespräche waren teuer.

Obwohl Hanne noch nie so viel verdient hatte, hielt sie eisern an ihrer Sparsamkeit fest. Man konnte ja nie wissen, wie lange das alles gut ging.

Zurzeit aber war in der *Latüchte* jeden Tag Rambazamba: Die meisten Gäste waren zum ersten Mal von zu Hause weg, hatten ihren Alltagstrott zuvor nie verlassen. Hier blühten sie auf, konnten feiern, flirten und trinken und sich benehmen, als seien sie jung. Viele holten in der Kur eine Unbeschwertheit nach, die sie in den Kriegs- und Nachkriegsjahren nicht gekannt hatten – und davon lebte das Staatsbad. Mehr als eine Million Übernachtungen pro Jahr, Bad Oeynhausen war Spitzenreiter unter den Badeorten der Bundesrepublik. Knapp sechstausend Gästebetten gab es, und auf diesen Zug war Hanne aufgesprungen.

Als im Januar die Wohnungen in der ersten Etage und im Dachgeschoss zufällig zeitgleich frei geworden waren, hatte sie mit dem Hausbesitzer verhandelt. Der war von ihrem Plan, das Haus als Pension zu betreiben, angetan, konnte er doch für betriebliche Nutzung mehr Miete verlangen.

Dieses Mal war es Hanne, die Otto keine Wahl gelassen hatte: »Aus zwei Wohnungen werden sieben Doppelzimmer. Auf jeder Etage gibt es ein Badezimmer, besser geht's doch gar nicht. Die Küche im ersten Stock wird zum Frühstückszimmer, Einrichtung und Umbauten übernimmt der Hausbesitzer. Wir stellen ein Zimmermädchen ein, eine zweite Putzfrau und eine Frühstückskellnerin. Die Kinder sind groß genug, um mitzuhelfen.«

Otto hatte sie angeschaut und keine Miene verzogen.

»Otto, hast du mir zugehört? Mit Frühstück können wir pro Nase fünfundzwanzig Mark nehmen. Wenn wir ausgebucht sind, sind das dreihundertfünfzig. Am Tag! Wenn es schlecht läuft und wir nur ein Drittel des Jahres ausgebucht sind ...«

Er hatte sie unterbrochen. »Ist ja schon gut. Mach es halt. Tust doch sowieso, was du willst.«

Sie hasste es, wenn er so großzügig tat, als wolle er ihr einen Gefallen erweisen. Dabei ging es ihm ums Geld, um sonst nichts.

Nun war die Pension *Villa Hanne* eröffnet, die ersten Gäste logierten, alles lief wie am Schnürchen. Und ausgerechnet jetzt machte Mutti ihr solche Sorgen. Die Wohnung am Markt verstaubte und verkam zusehends, Minna konnte sich kaum aufraffen, sich morgens anzuziehen. Nur wenn Romy bei ihr war, verbrachte sie ihre Tage nicht rauchend im Sessel. Genau genommen: rauchend und trinkend. Hanne hatte neulich Lebensmittel eingekauft und in den Kühlschrank geräumt, den sie Mutti zu Weihnachten geschenkt hatte. Sie hatte die Flasche Wacholder und das Schnapsglas im Eierfach wohl gesehen. Natürlich sprach sie ihre Mutter nicht darauf an, was hätte die denn dazu sagen sollen?

Aber sie schickte Romy jedes zweite Wochenende und in den Ferien nach Minden, obwohl sie im Betrieb eigentlich nicht auf sie verzichten wollte. Romy putzte Minnas Wohnung und schaffte es, dass sie sich morgens wusch, anzog und mit ihr »die Runde« ging. Fleischer, Butterhaus, Bäcker, Zigarettenladen, Zeitungsfrau. Wie früher. Im Winter hatte Romy sogar Kohlen aus dem Keller hochgeschleppt. Als sie angekommen war, hatte Minna im Kalten gesessen, weil sie die schweren Eimer nicht tragen konnte und niemanden hatte, der ihr half.

Inzwischen murrte Romy. »Schule, zu Hause helfen, bei Omi sauber machen ... nie hab ich frei!«

Dafür hatte Hanne wenig Verständnis: »Pass halt im Unterricht auf, dann brauchst du nicht so lange für die Hausaufgaben. Für deine Hilfe gebe ich dir Geld. Für jede Stunde fünfzig Pfennig.«

So würde Romy rechtzeitig lernen, dass man für Geld arbeiten und es sich einteilen musste.

»Wird das auf meine fünf Mark Taschengeld im Monat angerechnet?«, hatte Romy gefragt.

»Willst du dich über irgendwas beklagen, Frollein? Ich wäre dankbar und glücklich gewesen, wenn es mir in deinem Alter so gut gegangen wäre.«

»Ich möchte mich mit meinen Freundinnen treffen, und nicht immer nur putzen. Bei Omi ist es nicht mehr schön. Onkel Karl und Tante Wilhelmine sind tot, Tante Lilo ist weggezogen, Tante Fannie ist immer unterwegs, Onkel Alex kann die Treppen nicht mehr steigen. Es kommt kein Besuch mehr, das ist langweilig. Omi weint oft und erzählt nur von früher. Und wenn sie zu viel getrunken hat, holt sie ihre Geige raus und spielt traurige Lieder.«

Ach du liebe Zeit! Siggi Freiwalds Geige, die hatte schon auf dem Kleiderschrank gelegen, als Hanne ein kleines Kind gewesen war.

»Deswegen fährst du hin. Geh mit ihr spazieren, lenk sie ab. Sie hat sich um dich gekümmert, als du klein warst, jetzt kümmern wir uns um sie.«

Romy zog ein Gesicht. »*Wir* soll wohl ein Witz sein«, sagte sie und verließ das Zimmer.

Dieses Mädchen raubte ihr mit den frechen Widerworten noch den letzten Nerv. Sie war jetzt dreizehn und sah aus wie sechzehn, was auch daran lag, dass sie sich mit knallengen Nietenhosen und kurzen Pullöverchen viel zu aufreizend anzog. Eigentlich hätte Romy aus dieser Sache mit Otto vor zwei Jahren lernen müssen, dass man Männer nicht provozieren sollte. Über den Vorfall hatten sie nie wieder gesprochen, aber es entging Hanne nicht, wie verächtlich Romy ihren Vater manchmal ansah. Obwohl ... Er war ja nicht ihr Vater, aber das wusste sie schließlich nicht. Noch nicht. Bald würde sie es ihr sagen müssen. Hanne sah auch, dass Otto ihr manchmal länger als nötig hinterherschaute, aber er guckte ja nur.

Und sie wirkt so erwachsen, dass Otto sich über die Lippen leckt, wenn er sie beim Arbeiten beobachtet.

Einmal hatte Hanne gesehen, wie Romy mit einem Tablett voller schmutziger Gläser und Aschenbecher hinter den Tresen gehen wollte. Otto hatte sie zuvor die ganze Zeit nicht aus den Augen gelassen, Hanne hätte schwören können, dass er ihr auf den Hintern gestarrt hatte. Er versperrte Romy grinsend den Weg zum Spülbecken. Sie war inzwischen fast genauso groß wie er, blieb dicht vor ihm stehen und schaute ihn mit einem derart verächtlichen Blick an, dass sein Grinsen erstarb und er wortlos den Weg freigab.

Romy hatte das Tablett so ruppig auf die Theke gestellt, dass ein paar Gläser umfielen, und gesagt: »Vati, ich muss Hausaufgaben machen, spülen schaffst du?«

Im August gab es in Bad Oeynhausen kaum noch ein freies Bett. Auch die Pension war ausgebucht. Die *Latüchte* öffnete morgens um zehn, dann kamen die alten Männer aus den umliegenden Straßen und knobelten mit Otto. Nachmittags war der Laden zu, Otto lag in der Wohnung auf dem Sofa und schlief den ersten Rausch des Tages aus. Hanne kümmerte sich derweil um die Bestellungen und führte die Bücher, und die führte sie so, dass sie inzwischen eine fünfstellige Summe zur Seite geschafft hatte, von der niemand etwas wusste. Es war einfach: Sie sparte ihr Trinkgeld, da kam ordentlich was zusammen, manchmal zwanzig Mark am Tag. Und dann gab es den Schnaps, den sie nicht beim Großhändler, sondern ohne Rechnung im Supermarkt besorgte. Aus einer Flasche konnte sie knapp vierzig Einheiten verkaufen. Für einen Liter Wein, den sie für vier Mark das Viertel anbot, bezahlte sie zwei Mark. Das beste Geschäft war Kaffee: Da machte sie den höchsten Gewinn. Niemand konnte das kontrollieren. Otto hatte sie in dieses Leben gedrängt, und Hanne sorgte jetzt vor. Sie war ihr Leben lang arm gewesen und wollte nie wieder jeden Pfennig umdrehen müssen.

Natürlich war sie weiterhin sehr sparsam, aber zwischen sparen müssen und sparen wollen lagen Welten. Sie dachte oft an den Krieg und an den schrecklichen Kohldampf. Wie oft war sie als Kind nachts mit schmerzendem Hunger aufgewacht und hatte gedacht, sterben zu müssen.

Hanne hatte immer diese Angst, es könnte irgendetwas passieren, und sie hätten wieder nichts zu essen. Der Vorratskeller glich dem Warenlager eines Ladens, sie hortete in allen Regalen haltbare Lebensmittel. Es widerstrebte ihr zutiefst, Essensreste wegzuwerfen. Sie sammelte alles, von dem sie dachte, man könne es noch mal gebrauchen. Bevor sie aufgetragene Kleidung in die Kleidersammlung gab, trennte sie die Knöpfe ab und die Reißverschlüsse raus. Sie zog die Schnürsenkel aus den durchgelaufenen Schuhen der Kinder und bewahrte sie auf. Sie legte Ziegelsteine in die Wasserkästen der Klosetts, um Wasser zu sparen. Den Inhalt einer Flasche Shampoo verteilte sie auf zwei und verdünnte beide mit Wasser. Hanne sammelte Seife. Immer fürchtete sie, es gäbe keine Seife mehr, und sie könne sich nicht waschen. Sie gab sämtliche Seifenreste in ein Glas mit Schraubverschluss, goss sie beizeiten mit heißem Wasser auf und benutzte die Lauge zum Waschen der Feinwäsche.

»Warum machen wir das? Warum müssen wir sparsam sein, obwohl wir so viel arbeiten?«, hatte Romy gefragt.

»Wer den Krieg erlebt hat, kann nicht anders«, war ihre Antwort gewesen.

Die *Latüchte* war eine Goldgrube, da hatte Otto den richtigen Riecher gehabt. Über die Brauerei hatten sie einen Kredit aufgenommen und neues Mobiliar gekauft, das sie über einen erhöhten Bierpreis abzahlten. Je mehr Bier sie bestellten, desto schneller sanken die Schulden. Es gab vier große Tische und zwei kleine, die sie »Schattenplatz« nannten, weil sie von verliebten Kurgästen und ihren Kurschatten belegt wurden. An der Theke standen

Barhocker, deren Sitze mit rotem Kunststoff bezogen waren. Die Wände des Lokals waren fast bis zur Decke mit dunklem Holz vertäfelt, wo die Vertäfelung aufhörte, krönte eine Sammlung Bierkrüge und Zinnbecher ein schmales Sims. Rot-weiß karierte Tischdecken und Messingvasen mit künstlichen Rosen zierten die Tische, Kupferlampen mit Bierreklame gaben gemütliches Licht, Musikbox und Spielautomat sorgten für einen ansehnlichen Nebenverdienst. Oft dachte Hanne: *Eigentlich geht's mir gut, ich darf mich nicht beklagen. Es hätte alles schlimmer kommen können.*

Wenn da nur nicht immer diese traurige Stimmung wäre, aus der sie sich nicht lösen konnte, die Sehnsucht nach einer Unbeschwertheit, die sie bei den weiblichen Gästen oft beobachtete, aber selbst noch nie gefühlt hatte. Wenn jemand in der Musikbox die Platte *Ein Festival der Liebe* von Jürgen Marcus auswählte, begannen die Gäste, mitzusingen und zu tanzen. Dann bemühte Hanne sich, nicht hinzuhören. *Es geht mir gut, anderen geht es schlechter. Ich habe doch alles*, sagte sie sich wieder und wieder.

Romy war eine große Hilfe, trotz ihrer frechen Klappe. Sie passte auf ihre Geschwister auf, beaufsichtigte deren Hausaufgaben und übernahm leichte Arbeiten im Haushalt und in der Wirtschaft. Wenn Otto sich nicht zu Tode soff, konnten sie sich in zwanzig Jahren zur Ruhe setzen. *In zwanzig Jahren bin ich dreiundfünfzig, und die Kinder sind erwachsen,* dachte sie. Das wäre ein gutes Alter, um zu verreisen, an den Gardasee oder die Adria. Wenn das Geschäft weiter so lief, sah die Zukunft finanziell sogar recht rosig aus.

Hanne war über die geschäftliche Seite des Staatsbades gut informiert, deswegen gönnte sie sich für die Zukunft gelegentlich eine Portion Optimismus. Bad Oeynhausen konnte mit vierundzwanzig Hotels und vierzehn Gaststätten aufwarten, es gab zwölf Sanatorien, sechs Ferien- und Erholungsheime, über sechzig private Zimmervermietungen, neunzig Fremdenheime und Kurpensionen, hinzu kamen Fachkliniken für Diabetes, Herz- und Gefäßkrankheiten, eine orthopädische Klinik, eine Rheumaklinik und eine Privatklinik für Gynäkologie. Der Einzelhandel mit seinen Boutiquen und Fachgeschäften und das Kaufhaus in der Innenstadt florierten, die Cafés waren immer gut besucht, die Prominentengastspiele im Kurtheater ausverkauft. Einer der Stammgäste hatte früher im Rathaus gearbeitet und warf gern mit Zahlen um sich: »Kurbetrieb, private Übernachtungen, Verpflegung, ärztliche Versorgung, Therapien und Kurmittel bringen jährlich hundertfünfzig Millionen Mark Umsatz nach Oeynhausen. Wir haben nicht nur Kurgäste, sondern auch ambulante Badegäste, Busreisende, Tagesgäste, Wochenendbesucher, Wanderer und Tagungsteilnehmer. Das sind noch mal ungefähr zweihunderttausend Gäste im Jahr. Und jeder gibt elf bis fünfzehn Mark am Tag aus!« Dass die Stadt durch die Gebietsreform, bei der umliegende Dörfer und Gemeinden eingemeindet worden waren, ein guter Standort war, betonte er mehrfach. »Zwanzig Prozent der Arbeitsplätze sind vom Kurgeschehen abhängig.«

Ja, wir sind auch vom Kurgeschehen abhängig, hatte Hanne gedacht und sich wieder an die Arbeit gemacht. Wenn das so weiterging, war sie in wenigen Jahren eine wohlhabende Frau.

Als Romy aus Minden zurückkam, hatte sie gute Nachrichten. Tante Fannie hatte angekündigt, Ende September für sechs Wochen nach Bad Kissingen zur Kur zu fahren. »Sie hat Omi eingeladen mitzukommen, weil sie nicht allein reisen will. Und sie bezahlt alles! Erst wollte Omi nicht, meinte, das könne sie nicht annehmen, aber jetzt fährt sie doch.«

Fannie, die Gute, dachte Hanne, sie war wirklich eine Freundin fürs Leben. Wie oft hatte sie ihnen schon geholfen, sogar Hannes Schuldgeld für die Handelsschule hatte sie damals bezahlt. *Schade, dass ich so wenig Zeit habe, ich würde sie gerne mal wiedersehen.*

Romy freute sich: »Dann muss ich in den Herbstferien nicht hin und kann endlich mal ausschlafen!«

»Sei nicht so undankbar«, sagte Hanne. Aber sie verstand ihre Tochter. Sie fühlte sich in der verräucherten Mansarde mit den alten vergilbten Tapeten, dem abgenutzten Ballatum-Boden und all dem Schmutz auch nicht mehr wohl. Spontan nahm sie sich vor, Minna zu ihrer Rückkehr mit einer grundgereinigten Wohnung und zu ihrem Geburtstag mit einem Telefonanschluss zu überraschen. Dann konnte man sie anrufen, das war viel einfacher als die Fahrerei. Die monatlichen Grundgebühren und Rechnungen wollte sie übernehmen, davon musste Otto nichts wissen.

Es war an einem Abend im September, als Otto sich schon früh Richtung Bett verabschiedete. Er hatte vormittags mit den Rentnern aus der Wiesenstraße gebechert, mittags nicht geschlafen und nachmittags weitergetrunken.

Der Laden war voll, er konnte sich kaum auf den Beinen halten, und Hanne war froh, als er weg war.

Zwei Männer betraten die *Latüchte* und setzten sich auf die beiden freien Plätze vor der Theke. »N'Abend, schöne Frau, ob Sie uns wohl zwei kühle Blonde verkaufen?«, fragte der jüngere, woraufhin der ältere amüsiert die Augen verdrehte.

Hanne zapfte die Biere an, legte zwei Bierdeckel auf den Tresen und zog den Kugelschreiber hinter ihrem Ohr hervor: »Hier wird nicht gesiezt, ich bin Hanne. Sagt mir eure Vornamen, ich schreibe sie auf den Deckel. Sobald ihr den Platz wechselt, nehmt ihn bitte mit.«

»Warum sollten wir bei diesem Anblick den Platz wechseln wollen?«, fragte der ältere. Hanne schätzte ihn auf Anfang vierzig. Mit den schwarzen Haaren und den blauen Augen sah er dem Schlagersänger Roy Black sehr ähnlich, allerdings war er mit einem verwaschenen Feinkordhemd und einer Nietenhose nicht so gut gekleidet. Der andere trug eine exakt gescheitelte und geföhnte blonde Langhaarfrisur, er war wesentlich jünger als sein Kumpel.

Im Laufe der Zeit hatte Hanne ihre Scheu im Umgang mit Gästen verloren und konterte schlagfertig: »Wusstet ihr nicht, dass man unser Lokal auch Witwenkeller nennt? Hier verkehren rüstige Männer und verwitwete Damen. Wer weiß, wen ihr heute noch trefft. Heißt nicht umsonst, dass man den Tag nicht vor dem Abend loben soll. Die diskreten Tische sind dort drüben.« Sie wies mit dem Kopf zu den Schattenplätzen.

»Witwenkeller? Ich lach mich kaputt!« Der Blonde schlug sich auf die Oberschenkel.

Hanne klopfte mit dem Kuli auf den Bierdeckel. »Vorname?«

»Ich heiße Hubert, und das ist Rainer«, sagte der Ältere.

Hanne notierte die Namen, schrieb jedem einen Strich auf den Deckel und servierte das Pils.

»Trinkst du einen mit?«, fragte Hubert.

»Später, wenn nicht mehr so viel los ist.«

»Ich warte gern.« Seine Lippen verzogen sich zu einer Mischung aus frechem Grinsen und schüchternem Lächeln.

Hanne wirbelte hinter der Theke hin und her, las die Bons der Kellnerin, bestückte ihr Tablett mit den Bestellungen, säuberte Aschenbecher und bediente die Leute, die am Tresen saßen. Sie sah, wenn die Gläser von Hubert und Rainer fast leer waren, zapfte neue Biere an und stellte sie hin, sobald sie den letzten Schluck getrunken hatten.

»Hui, das ging schnell«, lobte Hubert.

»Nicht wirklich. Ein frisch gezapftes Pils dauert immer sieben Minuten.«

Im Laufe des Abends plauderten sie, wann immer Hanne ein paar Minuten Zeit fand. Die beiden kamen aus Kiel und würden als Monteure einer Küchenfirma sechs Wochen bleiben. Sie wohnten in einer Pension in der Parallelstraße und beschwerten sich über durchgelegene Betten, Waschbecken im Zimmer und spartanisches Frühstück. Hubert sagte: »Auf jedem Flur zehn Zimmer und nur ein Klo ...«

Hanne schaltete sofort. »Ich könnte die Pension *Villa Hanne* empfehlen. Neue Möbel und Matratzen, auf jeder Etage ein Badezimmer für vier Parteien und ein gutes Frühstück mit allem, was Männer brauchen.«

Ihr Herz pochte heftiger, als Hubert ihr viel zu lange in die Augen schaute. Er beugte sich vor und raunte: »O ja, mit dir würde ich gerne frühstücken. Mit allem, was Männer so brauchen.«

Das war nun wirklich eine Nummer zu frech. Hanne grinste, aber sie wandte sich rasch ab und begann, Gläser zu spülen.

Sie flirteten den ganzen Abend. Und am nächsten. Und am übernächsten. Hanne hatte Glück, dass Otto jedes Mal schon oben war, wenn Hubert kam.

Am vierten Abend ertappte Hanne sich dabei, dass sie sehnsüchtig zur Tür schaute und darauf wartete, Hubert zu sehen. Um acht war er noch nicht da. Um neun auch nicht. Bis um halb elf war so viel zu tun, dass sie nicht dazu kam, auf die Uhr zu schauen. Hubert kam nicht.

Die Kurgäste mussten bis elf in der Klinik sein, eine halbe Stunde vorher riefen fast alle gleichzeitig nach der Rechnung. Hanne und die Kellnerin mussten achtgeben, dass ihnen niemand entwischte und das Lokal verließ, ohne den Deckel zu bezahlen.

Das war der Vorteil der Kurgastkneipen: Spätestens um elf war Schluss.

Sie räumten auf, spülten und polierten die Gläser. Hanne schloss hinter der Kellnerin ab und löschte das Licht.

Plötzlich klopfte es am Fenster.

Sie bekam einen Schreck – es war nicht ungefährlich, nachts mit dem Geld der Tageskasse allein in der Wirtschaft zu sitzen.

Es klopfte wieder.

Geistesgegenwärtig schaltete Hanne die Außenbeleuchtung an und schaute durch die Scheibe.

Draußen stand Hubert. Ihr Herz klopfte heftig. Sie öffnete das Fenster einen Spalt. »Wir haben geschlossen.«

»Ich weiß. Deswegen habe ich gewartet. Lässt du mich rein? Wenn nicht, muss ich bis früh um sechs um den Kurpark laufen, unsere Pension ist seit elf abgeschlossen.«

Sie lächelte. »Das ist üblich, wusstest du das nicht?«

»Doch.«

Sie ließ ihn herein.

»Hubert, ich muss früh raus, ich hab drei Schulkinder und Pensionsgäste und außerdem ... außerdem ... bin ich verheiratet.«

O Gott, warum sagte sie so was?!

Er legte einen Finger auf ihren Mund, zog sie an sich und küsste sie. Er schmeckte nach Tabak, seine Wange roch nach Rasierwasser, seine Hände hielten ihr Gesicht. Zum ersten Mal in ihrem Leben hatte Hanne bei einem Kuss nicht das Gefühl, etwas geben und auf eine bestimmte Weise reagieren zu müssen, um sich richtig zu verhalten. Zum ersten Mal fühlte sie sich in den Armen eines Mannes sicher. Es war schön.

Aber sie wusste, wie dieser Abend ausgehen konnte, und sie wusste auch, dass danach nichts mehr so sein würde wie vorher.

43

Änne

Silvester 1975

»Fünf, vier, drei, zwei, eins: Frohes neues Jahr!« Sie hoben die Gläser, prosteten einander zu und fielen sich in die Arme, wobei der zwölfjährige Michi eine Grimasse zog und sich schüttelte, nachdem Änne und Lisa ihn umarmt und auf die Wange geküsst hatten.

Draußen gingen die ersten Böller los. Lisa, Otto, Gerda, Schwager Heinz und die Kinder schlüpften in ihre Mäntel und liefen vor die Tür, um ihre Knallfrösche zu zünden und sich das Feuerwerk anzusehen.

»Minna, kommst du nicht mit raus?«, fragte Änne im Rausgehen.

»Nein. Bloß nicht. Das erinnert mich an den Krieg, das ertrage ich nicht.«

Hanne stimmte ihr zu. »Geht mir auch so, ich bin froh, wenn es vorbei ist und bleibe bei Mutti.«

Änne wusste, dass Minna auch bei Gewitter in Panik verfiel. Beim ersten Donnerschlag verließ sie mit der Luftschutztasche die Wohnung und saß bei geöffneter Haustür fluchtbereit auf der untersten Stufe. Verständlich, manche Raketen machten tatsächlich dieselben sirrenden Geräusche wie seinerzeit die Bomben, bevor sie explodierten.

Nach dem Feuerwerk schickte Hanne die Kinder ins Bett.

»Muss Romy auch rauf? Sie ist doch schon fünfzehn«, meinte Änne.

Hanne winkte ab. »Ich bin froh, wenn das Mundwerk mal stillsteht.«

Änne, Lisa, Minna und Hanne saßen in der Küche und tranken Punsch. Otto und Heinz hatten nach einigen Gläsern Silvesterbowle alle viere von sich gestreckt und schnarchten im Wohnzimmer, um ihre Hälse trugen sie Ketten aus Luftschlangen, schief auf ihren Glatzen saßen bunte Papphütchen. Gerda war in ihrem Zimmer verschwunden.

»Meine Güte, wie lange ist es her, dass wir zusammen gefeiert haben«, sinnierte Lisa. Wenn ihre Stimme so leidend klang, musste Änne einschreiten, sonst gab es Tränen. Seit Karls Tod war sie sichtlich gealtert. Dass auch Oma Paula letztes Jahr gestorben war, hatte sie vollends umgehauen – nur ein falsches Wort, und sie fing an zu heulen.

Skeptisch sah sie ihre Schwester an. »Dir fehlt eine Aufgabe, Lisa. Schaff dir einen Hund an. Oder geh arbeiten. Ich bin sechzig und stehe jeden Tag in der Küche. Seit Alois das Flittchen gewechselt hat, arbeite ich sogar wieder im Service mit, weil sich das neue Fräulein dafür zu fein ist.«

Lisa nickte fügsam. Den ganzen Tag feudelte sie in ihrer Wohnung herum, stickte scheußliche Gobelinbilder oder puzzelte Bilder von Schlössern und Heidelandschaften, die sie einrahmte und zu allen möglichen Gelegenheiten verschenkte. Und sie las die Briefe, die Karl ihr hinterlassen hatte. Änne fand, dass vier Jahre Trauer genug waren, aber inzwischen hatte sie den Verdacht, dass Lisa ihren Schmerz hegte und pflegte, weil er ihrem einsamen Leben überhaupt einen Sinn gab.

Zuerst wollte Lisa nicht mit, aber Änne hatte kein Nein akzeptiert.

»Das fehlte noch, dass wir Silvester alleine hier hocken und Trübsal blasen. Hanne holt uns ab, wir übernachten in der Pension. Zwischen Weihnachten und Neujahr haben sie keine Gäste. Lisa, das wird schön, du kommst mit.«

Minna hob erneut ihr Glas. »Auf 1976.«

Sie stießen an.

»Gibt's Wünsche fürs neue Jahr?«, fragte Änne. »Ich wäre zufrieden, wenn es bleibt, wie es ist. Und du, Minna?«

»Gesundheit. Ohne Gesundheit ist alles nichts. Ich hätte mir früher nie vorstellen können, dass ich mal so klapperig werde. Meine Mutter war mit zweiundsiebzig nicht so.«

Es lag Änne auf der Zunge zu bemerken, dass Minnas Mutter vielleicht weniger dem Alkohol zugesprochen hatte, aber weil sie heute selbst getrunken hatte, ließ sie es. In letzter Zeit hatte sie Minna selten nüchtern gesehen. Sie war keine rotnasige Trinkerin, wie man sie manchmal durch die Stadt torkeln sah. Minna gab immer die Dame, war schick gekleidet, trug Ohrringe, Perlenketten und Lippenstift, sie besaß sogar einen künstlichen Nerzmantel.

»Den hab ich mir vom Klingel-Versand schicken lassen, sieht er nicht richtig nach was aus?«

Typisch Minna. In der Tat. Nicht nur der Mantel, die ganze Frau sah nach was aus. Groß und kräftig, man sah sie nie ohne Hut, durch den sie noch größer wirkte, sie trug immer den linken Handschuh und hielt den rechten in der Hand, an ihrem Arm schaukelte die passende Handtasche – aber sie hatte immer eine Fahne. Einsamkeitstrinkerin, konstatierte Änne. Einsame Männer konnten in die Kneipe gehen, einsame Frauen mussten ihren Kummer zu Hause ersäufen. Das Leben war ungerecht.

Sie wandte sich an ihre Schwester. »Lisa, was wünschst du dir fürs neue Jahr?«

»Du hast mich auf die Idee gebracht, dass ich einen Hund haben möchte. Beim Einkaufen hab ich gehört, dass Neugebauers ihren Pudel Schikko abgeben wollen. Ich glaube, ich nehme ihn.«

»Gute Idee, dann kommst du jeden Tag vor die Tür. Trinken wir also auf 1976, auf einen Pudel für Lisa und Gesundheit für Minna! Und du, Hanne?«

Die seufzte. »Einerseits wünsche ich mir weniger Arbeit, andererseits aber auch nicht, weil das Geschäft so gut läuft. Ich wünschte, Otto würde sich mehr um die Arbeit und weniger ums Kartenspielen und Mittrinken kümmern. Und dass Romy nicht immer solche Klöpse liefert.«

»Sie ist in der Pubertät«, sagte Änne.

»Wenn es nur das wäre. Ich hab euch noch gar nicht erzählt, was sie sich wieder geleistet hat!«

Eigentlich hätte Romy im Sommer die Realschule mit Mittlerer Reife abgeschlossen, aber wenige Wochen vor den Versetzungszeugnissen war der Klassenlehrer, Herr Manfreds, bei Hanne aufgetaucht.

»Sie wissen, dass Ihre Tochter beschlossen hat, sitzenzubleiben?« Hanne war aus allen Wolken gefallen. »Sie möchte eine Lehre im Hotelfach machen, dafür muss sie sechzehn sein. Durch die Kurzschuljahre ist sie mit fünfzehn die jüngste Schülerin des Jahrgangs. Sie haben mit ihr über ihre Berufswünsche gesprochen?«

»Nein, habe ich nicht. Ich hab noch zwei weitere Kinder, wir haben eine Gaststätte und eine Pension ...«

»Ich dachte mir schon so was, weil Sie nie zu den Elternsprechtagen gekommen sind. Tja. Ihre Tochter will die zehnte Klasse wiederholen. Ich habe ihr ein Überbrückungsjahr in einer Hauswirtschaftsschule nahegelegt. Das will sie nicht. Sie wird in Mathematik, Physik und Chemie eine Sechs bekommen, dafür hat sie gesorgt. In Deutsch, Englisch und Französisch steht sie auf zwei plus, aber Sechsen kann man nicht ausgleichen. Sie wird die Klasse wiederholen müssen oder ohne Abschluss abgehen.«

Hanne wurde rot im Gesicht, als sie das Gespräch mit dem Lehrer schilderte. »So ein Früchtchen! Verweigert einfach die Mitarbeit. Sie ist nicht dumm oder faul, sie hat sich in den Kopf gesetzt, bis zum Beginn der Lehre weiter zur Realschule zu gehen, und das zieht sie durch.«

Änne sagte: »Gastronomie ist kein Zuckerschlecken, trotzdem will sie eine Lehre machen. Was bringt ihr eine Haushaltsschule?«

»Darum geht's nicht! Es geht darum, dass eine Fünfzehnjährige uns auf dem Kopf rumtanzt und macht, was sie will! Sie ist sitzengeblieben. Wie steh ich denn jetzt da?«

Wie eine überarbeitete Mutter, die nicht über ihr Kind nachdenkt, sondern bloß wieder Angst davor hat, was die Leute von ihr halten, dachte Änne.

»Der Lehrer meinte, ich soll sie nicht so oft in der Pension einspannen«, sagte Hanne. »Kunststück. Es ist ein Familienbetrieb, und Arbeit hat noch keinem geschadet. Romy will Geld verdienen, aber dann gibt sie alles für neumodische Klamotten aus. Wenn sie sich mit ihren Freundinnen trifft, sagt sie, sie ginge in die Stadt, bummeln. In Wirklichkeit treibt sie sich im Kurparkstübchen rum und spielt mit langhaarigen Halbstarken Billard!«

»Woher weißt du das?«

»Neulich haben sie in dem Laden Ausweiskontrolle gemacht. Romy hat kackfrech gesagt, sie wäre sechzehn, hätte aber leider ihren Ausweis nicht dabei. Was sie nicht wusste: Den Mann vom Ordnungsamt kenne ich. Der hat getan, als würde er ihr glauben, hat mich angerufen und mir geraten, dass ich in Zukunft besser auf meine Tochter aufpassen soll.«

»Sag bloß! Ist ja noch mal gut gegangen«, sagte Lisa. »Pass auf, dass man sie nicht bei euch in der Kneipe beim Arbeiten erwischt!«

»Keine Sorge. Sie hilft dem Zimmermädchen auf der Etage beim Putzen und Bettenmachen und deckt das Frühstück für die Pensionsgäste ein. In der *Latüchte* macht sie bloß die Aschenbecher sauber oder spült Gläser. Im Service ist sie selten.«

Lisa und Minna gingen dann schon bald ins Bett, Hanne und Änne öffneten noch eine Flasche Sekt. »Ich schlafe morgen aus«, beschloss Hanne. »Wann kann ich schon mal feiern?«

Obwohl Änne und Hanne sich mehr als zwölf Jahre kannten, hatten sie noch nie so lange zusammengesessen.

Änne redete ohne Scheu darüber, wie beschissen es ihr damals ergangen war, als sie nach der Scheidung in der Hotelküche Kartoffeln geschält hatte, während Alois sich mit der drallen Blondine vergnügt hatte, bei der er eingezogen war. »Mensch, war das schön, als sie ihn verlassen hat, weil er ihr kein Kind machen und sie auch nicht heiraten wollte. Stell dir das mal vor: Ich habe meinen Exmann getröstet, weil unser Scheidungsgrund ihn sitzenlassen hat.«

Hanne zog die Augenbrauen hoch. »Hast du gehofft, dass ihr wieder zusammenkommt? Als mein Vater ausgezogen ist, hab ich jeden Tag gebetet, dass er zurückkommt.«

»Nein, ich will nicht mehr mit Alois zusammen sein.« Änne beugte sich vor. »Wir verstehen uns inzwischen prima. Im Geschäft sind wir wieder ein gutes Team, weil er gemerkt hat, dass eine erwachsene Frau vom Fach sich in einem seriösen Hotel gut macht. Er hatte mich wegen Thema Nummer eins verlassen. Das ist bei Frauen irgendwann nicht mehr wichtig, bei Männern hört es nie auf. Wenn ich Alois zurücknähme, wäre unser Problem nicht gelöst, verstehst du?«

»Oh ja, das verstehe ich. Dass Otto trinkt, hat Vorteile. Er kann dann nicht mehr mitarbeiten, aber andere Dinge kann er auch nicht mehr. Das ist gut, ich hab nämlich keine Lust, noch mal schwanger zu werden.«

»Na, da gibt's ja inzwischen die Anti-Baby-Pille«, sagte Änne.

Hanne lachte. »Die nehme ich seit Suses Geburt heimlich.«

Kopfschüttelnd sagte Änne: »Ich muss dich wirklich mal loben, Hanne. Du wirkst immer ein bisschen schüchtern, aber du lässt dir nichts verbieten, du setzt dich auf deine Art durch. Hast deinen Führerschein gemacht, fährst Auto, managst die Familie, die Pension und die Kneipe, und, erzähl mir nichts, du hast auch ein bisschen Geld auf der Seite.«

Hanne wirkte plötzlich verlegen, aber Änne beruhigte sie. »Das machen alle, es ist richtig so! Man weiß als Frau nie ... da sorgt man besser vor. Nicht, dass es dir geht wie mir: Kost und Logis im Hotel, und fürs Taschengeld musst du beim eigenen Mann arbeiten. Auch wenn's jetzt wieder Spaß macht.« Sie schenkte Sekt nach, sie hoben die Gläser. Hanne trank genau in dem Moment, als Änne grinsend sagte: »Ich bin ja schon eine alte Schachtel, aber ich bin für die absolute Gleichberechtigung der Frau. Jetzt müsstest du dir nur noch einen knackigen Liebhaber zulegen!«

Hanne verschluckte sich, prustete in ihr Glas und spuckte den Sekt über den Tisch. Sofort sprang sie auf, holte ein Handtuch und wischte hektisch alles sauber.

Änne musterte sie neugierig. Der Alkohol lockerte ihre Zunge. »Mein Bruder ist kein guter Ehemann, oder?«, fragte sie mutig.

Hanne schnaubte. »Was soll ich denn jetzt sagen? Du hast doch Augen im Kopf. Er trinkt. Dabei benimmt er sich nicht daneben, im Gegenteil, wenn er gesoffen hat, unterhält er sich regelrecht lebhaft mit den Gästen, er kann sogar witzig sein, die Leute mögen ihn. Wenn er nichts trinkt, kriegt er keinen Ton raus. Ob es mich trösten soll, dass er spätestens mittags einen im Tee hat, weiß ich jetzt auch nicht.« Sie zündete sich eine Zigarette an. »Tut mir leid, ist vielleicht nicht das, was du hören wolltest, aber du hast gefragt.«

»Die Welt ist ungerecht! Wenn ein Mann sich in der Ehe langweilt, nimmt er sich ein Liebchen. Dafür zahlen Männer jeden Preis, hast du ja mit deinem eigenen Vater erlebt.« Änne redete sich in Rage. »Lisas Mann war auch so ein Schwerenöter, der blecht heute noch dafür, und nicht zu knapp! Und Alois, reden wir nicht drüber ... Aber wenn das einmal eine Frau täte!«

»Ich hab's mal fast getan!« Hanne hielt sich sofort die Hand vor den Mund, die Worte waren ihr herausgerutscht.

Änne machte sich gerade. »Schätzelein, ich bin ganz Ohr!« Sie schenkte den letzten Rest aus der Sektflasche ein.

Hanne senkte den Kopf. Sie sprach leise. »Ich hab mal jemanden kennengelernt, einen Monteur aus Kiel. Ein toller Mann, freundlich, gut aussehend, lustig und richtig charmant. Wenn ich nicht verheiratet wäre und drei Kinder hätte, wäre er mein Traummann gewesen. Und er wollte tatsächlich mit mir zusammen sein ... aber ... ich konnte es einfach nicht.«

In diesem Moment empfand Änne großes Mitgefühl mit Hanne. Sie griff nach Hannes Hand. »Manchmal muss man auf sein Gefühl hören und nicht auf den Verstand. Vielleicht wärst du mit ihm glücklich geworden.«

»Nein«, sagte Hanne, und ihre Stimme klang unendlich traurig. »Ich glaube nicht. Hubert ist auch verheiratet und hat einen Sohn. Er war sehr verliebt in mich und wollte sich sogar scheiden lassen. Wir haben bis zum Morgengrauen in der *Latüchte* gesessen und geredet. Es war schön. Wir haben davon geträumt, wie es sein könnte, wenn wir zusammen wären. Aber dann hat uns die Realität eingeholt.« Tränen kullerten über Hannes Wangen, als sie weitersprach. Änne ahnte, dass sie die Erste war, der sie sich anvertraute. »Wir wären beide schuldig geschieden worden, wie sollte man damit ein neues Leben anfangen? Mir hätte man Michi und Suse weggenommen, und sie wären bei Otto geblieben. Änne, ich will dir nicht zu nahe treten, Otto ist dein Bruder, aber um nichts in der Welt hätte ich einem Trinker die Kinder überlassen. Huberts Sohn wäre seiner Frau zugesprochen worden, er hätte zahlen müssen. Ach, es hatte einfach alles keinen Sinn. Wir haben nichts miteinander gehabt, nur diesen Traum vom Glück. Es tut machmal so weh. Ich bin Mitte dreißig und hab noch nie ... Eine richtige Liebe, die hab ich nie erlebt.«

Zum ersten Mal erkannte Änne, dass Hanne nicht nur die frustrierte, jähzornige Frau war, die mit allem überfordert war. Jetzt wusste sie, welche Traurigkeit hinter der ruppigen Fassade steckte.

»Hast du ihn wiedergesehen, den Hubert?«

»Ja. Jedes Jahr ist er sechs Wochen hier, wenn in den Möbelbuden die Hausmessen sind. Er kommt jeden Abend und sitzt vor der Theke. Niemand weiß, was uns beide verbindet.«

Jetzt musste Änne sich zusammenreißen, um nicht zu weinen. »Vielleicht gibt es eine Chance für euch, wenn die Kinder größer sind?«

Hanne blickte sie traurig an. »Vielleicht.«

44

Minna

April 1976

Minna wusste, dass diese Osterferien die letzten waren, die Romy bei ihr verbringen würde, bevor sie im August ihre Lehre im Hotel Hahnenkamp begann. Die wochenlangen Besuche ihrer Enkelin, seit Karls Tod das einzig Helle im Alltagsgrau, waren endgültig vorbei. Wenn sie daran dachte, wurde ihr ganz flau im Magen.

Ihre Einsamkeit war schlimmer als jeder Schicksalsschlag, den sie ausgehalten hatte. Vielleicht, weil alles andere vorübergegangen war? Krieg, Trauer, Krankheit und Angst hatten ein Ende gehabt, die Einsamkeit aber würde bleiben bis zum Schluss.

Minna war deprimiert, dagegen half heute auch der Klare nicht. Jede Stunde ging sie in die Küche, nahm das Pinnchen aus dem Eierfach und schenkte sich einen Schnaps ein. Sie wusste, dass Romy es nicht ausstehen konnte, wenn sie getrunken hatte. Zwar sagte sie nichts, aber sie merkte es sofort und wurde dann rasch ungehalten. Als sie gestern angekommen war und sie umarmt hatte, hatte sie geschnüffelt, natürlich, sie prüfte, ob Minna eine Fahne hatte. Die hatte sie dank der scharfen Pfefferminzbonbons, die sie immer bei sich trug, nicht.

Romy hatte kaum den Koffer ausgepackt, als sie schon das Staubtuch in der Hand hielt. »Mensch Omi, Staubwischen und mal mit der Kehrmaschine über den Teppich rollen, das schaffst du noch! Ich mach ja gerne für dich alle zwei Wochen gründlich sauber, aber du musst schon ein bisschen mithelfen, wenn wir alles in Schuss halten wollen.«

So weit war es also gekommen: Ihre sechzehnjährige Enkelin rügte sie, weil sie nicht reinegemacht hatte. Minna hatte es einfach vergessen. Oder es waren diese brutalen Rückenschmerzen, die sie seit Langem immer wieder lähmten, und gegen die auch die Tabletten, die Dr. Holtmann ihr auf einem Privatrezept verschrieb, nicht mehr richtig halfen. Der alte Arzt praktizierte schon lange nicht mehr, aber er stellte noch für einige Patienten Privatrezepte aus. Minna gehörte dazu. Dabei konnte er nur noch schreiben, wenn seine Frau ihm den Kugelschreiber in der zittrigen Hand führte. Wenn Minna das gelbe Röhrchen mit den Polamidon-C-Tabletten und das Fläschchen Adumbran aus der Apotheke geholt hatte, atmete sie auf. Ohne die Tabletten wäre sie verloren. Einen eingeklemmten Rückennerv konnte man in ihrem Alter nicht mehr operieren. Von den Polamidon durfte sie morgens nur eine halbe nehmen, sie wirkte kaum noch, aber wenn sie danach zwei, drei

Wacholder trank, waren die Schmerzen weg. Und wenn sie weitertrank, hielt sie den Schmerz komplett in Schach. Gegen die Dämonen schlafloser Nächte nahm sie allabendlich eine Adumbran. Minna mochte nicht daran denken, dass Dr. Holtmann irgendwann nicht mehr da sein würde. *Hoffentlich sterbe ich vor ihm*, dachte sie.

Minna und Romy saßen vor dem Fernseher und schauten im Vorabendprogramm *Rendezvous mit Caterina Valente*.

Plötzlich stand Romy seufzend auf. »Omi, kannst du dich nicht anziehen, und wir gehen ein bisschen spazieren?«

»Kind, ich kann nicht mehr gut laufen, meine Hühneraugen ...«

»Muss ja nicht weit sein, nur einmal um den Block, frische Luft schnappen und ein bisschen in die Schaufenster gucken.«

»Ach, ich weiß nicht, ich hab Rückenschmerzen.«

Romy wurde ärgerlich. »Du willst nicht im Ernst die ganzen Ferien, drei ganze Wochen, mit mir vor dem Fernseher sitzen?«

»Natürlich nicht, morgen früh müssen wir zum Beispiel einkaufen.«

Romy sah sie verächtlich an. »Ja, ich weiß, dann ist dein Schabau alle.«

O wie Minna sich schämte!

Sie schickte Romy seit Jahren zum Einkaufen, und weil sie nie *Wacholder* auf den Zettel schreiben wollte, schrieb sie *Schabau* oder *Medizin*. Aber natürlich konnte sie Romy nichts vormachen, sie war in einer Wirtschaft groß geworden und wusste, was in den Flaschen war. Minna schluckte. Kopf hoch. Schultern zurück. Zusammenreißen. So durfte Romy nicht von ihr denken. Niemals.

Wenn ich mal nicht mehr da bin, soll sie mich in guter Erinnerung haben.

Sie ging ins Schlafzimmer und öffnete den Schrank. Meine Güte, man wurde so ungelenkig und steif im Alter. Es war jeden Morgen ein gewaltiger Kraftakt, die Strümpfe anzuziehen. Sorgsam stellte sie ihre Garderobe zusammen, wählte zum Jackenkleid aus grauer Kunstseide einen hellen Übergangsmantel und ein passendes Halstuch. Ihr Spiegelbild war in Ordnung, für eine Zweiundsiebzigjährige war sie noch flott, wenn sie sich Mühe gab. Ihre eigenen Worte kamen ihr in den Sinn: »Ob man sich morgens gut oder schlecht anzieht – der Aufwand ist derselbe.«

Nach einer halben Stunde war sie fertig. Romy reichte ihr Hut und Spazierstock, ohne den Minna schon lange nicht mehr zurechtkam. Langsam, Schritt für Schritt, schlenderten sie an den Schaufenstern vorbei. Dabei schaute Minna in die Auslagen, tat interessiert, wenn Romy sie auf etwas hinwies, aber in Wahrheit sehnte sie sich danach, in ihrem Sessel zu sitzen und eine zu rauchen. Und vielleicht einen kleinen Wacholder zu trinken.

»Schülerhilfe für die Osterferien gesucht!«, rief Romy plötzlich.

»Was? Wer? Wo?«

»Da, im Fenster vom *Café Müller* hängt ein Schild.« Sie zog die Unterlippe durch die Zähne. »Weißt du was? Wir gehen rein, du trinkst einen Kaffee und rauchst eine, und ich frage wegen der Stelle. Vielleicht nehmen sie mich, dann muss ich nicht den ganzen Tag in der Bude hocken und kann ein bisschen Geld verdienen.«

Minna ließ sich nicht anmerken, wie sehr dieser Satz sie verletzte. Aber andererseits verstand sie Romy. Wenn sie zu Hause in der Pension mithalf, bekam sie von Hanne Geld, das fehlte ihr hier.

»Wenn ich mich setze, komme ich nicht wieder hoch. Ich warte hier draußen und rauche eine.«

Romy machte ein erstauntes Gesicht. »Wer hat mir noch mal seit frühester Kindheit erzählt, dass eine Dame niemals im Stehen und nur in geschlossenen Räumen raucht?«

Sie kicherte, als Minna ihr scherzhaft mit dem Spazierstock drohte. Das war der alte Ton zwischen ihnen, so war es gut.

Nach wenigen Minuten war Romy wieder da. Eine Frau nahm das Schild aus dem Fenster und winkte ihnen freundlich zu.

»Ich kann morgen anfangen. Aschenbecher auswechseln, Tische abräumen, an der Kuchentheke die Bons ausgeben, was so anfällt. Es gibt eine Frühschicht bis um eins und eine Spätschicht bis abends um sechs. Sie zahlen vier Mark die Stunde!«

»Was wird deine Mutter dazu sagen, musst du sie nicht fragen?«

»Nein, wozu? Ich helfe zu Hause, seit ich elf war, und bald arbeite ich jeden Tag in einem fremden Betrieb, was soll sie dagegen haben?«

Natürlich war Minna traurig, dass Romy nicht den ganzen Tag mit ihr zusammen war, aber irgendwie spornte es sie auch an. Wenn Romy aus dem Café kam, hatte sie gekocht, nach dem Essen gingen sie spazieren.

Kurze Wege, sie taten Minna gut.

Ostern war herrliches Wetter, sie waren nach dem Frühstück an die Weser gegangen. Nun saßen sie auf Karls Bank und schauten aufs Wasser.

»Jetzt bist du fast erwachsen«, sagte Minna und sah Romy liebevoll an. Sie war groß für ihr Alter, einssiebzig, sie würde sicher noch ein paar Zentimeter wachsen. Lange hatte Romy schlaksig und mager gewirkt, mit viel zu langen Armen und Beinen, aber das hatte sich verwachsen. Ihr glattes dunkles Haar trug sie schulterlang und in der Mitte gescheitelt. Dass sie sich die Augen schminkte, gefiel Minna nicht, dafür war sie viel zu jung, aber sie konnte es ihr nicht verbieten. Das hatte Hanne schon erfolglos versucht.

Romy antwortete: »Ja, in zwei Jahren bin ich achtzehn und volljährig.«

Sie hatten die Großjährigkeit herabgesetzt, Minna hatte es in der *Tagesschau* gesehen. Wäre Hanne damals volljährig gewesen, hätten sie vielleicht keinen Amtsvormund für Romy gehabt, es wäre sicher alles anders gekommen. Bald musste ihre Enkelin erfahren, dass Otto nicht ihr Vater war.

»Wenn du volljährig bist, muss ich dir was Wichtiges sagen!«

Der Satz war ihr herausgerutscht, sie hatte ihn eigentlich nicht aussprechen wollen.

»Omi, das sagst du, so lange ich denken kann! Du kannst ruhig jetzt schon damit rausrücken, ich bin alt genug!«

»Äh. Nein. Nein, lieber nicht, erst, wenn du achtzehn bist.«

»Jaja, du und dein großes Geheimnis, ich bin wirklich gespannt! Wenn ich achtzehn bin, ziehe ich übrigens aus.«

Entgeistert schaute Minna sie an. »Wohin denn?«

»Wenn was frei ist, ins Personalhaus vom Hotel Hahnenkamp.«

»Warum?«

»Mutti und ich streiten uns nur, sie ist viel zu streng und hat dauernd was an mir auszusetzen.« Gekonnt äffte sie Hannes Tonfall nach: »Du bist zu dünn, deine Röcke sind zu kurz, deine Schuhe sind zu hoch, du läufst rum wie ein Flittchen, warum malst du dich so an, du siehst aus wie Frankensteins Tochter, mach diese Musik nicht so laut, hast du ein Unterhemd an, treib dich nicht mit Jungs rum, um acht bist du daheim, komm mir bloß nicht mit 'nem Kind nach Hause.«

Bei diesen Worten schluckte Minna. Das hatte sie ihrer Tochter auch eingebläut, und was war geschehen? Genau das.

Sie horchte auf, als Romy fortfuhr: »Dabei hat Mutti es nötig! Sie und Vati haben erst 1963 geheiratet, da war ich schon drei, also war ich ein uneheliches Kind.« Minna wollte antworten, aber Romy schnitt ihr das Wort ab: »Das weiß ich, seitdem ich das Hochzeitsbild gesehen habe, auf dem ich auch bin.« Sie grinste. »Ich vermute, das ist dein Geheimnis? Dass ich unehelich war? Mir ist das egal!«

Unbehaglich rutschte Minna auf der Bank hin und her. War das der richtige Moment? Sollte sie es ihr jetzt sagen?

War das überhaupt ihre Aufgabe oder sollte sie es lieber Hanne überlassen?

Mit fahrigen Bewegungen holte sie ihr Zigarettenetui aus der Handtasche und nahm eine Güldenring heraus. »Das ... Das waren damals ganz andere Zeiten, Romy, deine Eltern ... Sie waren ... Sie hatten ... kein Geld für eine Wohnung.«

»Gibst du mir auch eine?«

Minna hatte die Zigarette im Mund und wollte sie gerade anzünden. »Was?«

»Gibst du mir auch eine Zigarette?«

»Sag mal! Du bist fünfzehn, du ...«

Romy zuckte mit den Achseln. »Und weil es für mich erst in sechs Wochen gesetzlich erlaubt ist, muss ich bis dahin weiter heimlich qualmen?«

Dagegen kam Minna nicht an. Sie reichte Romy das Etui und erkannte staunend, dass ihre Enkelin gewiss nicht zum ersten Mal rauchte. Es war nicht zu fassen. Gestern hatte sie an ihrer Hand laufen gelernt und heute rauchten sie eine zusammen.

Nach Ostern begann die letzte Ferienwoche, Romy hatte im Café Spätschicht.

Minnas Schmerzen hielten sich heute in Grenzen, obwohl sie nach der Polamidon erst einen einzigen Schnaps getrunken hatte. Sie fühlte sich gut. Die Sonne schien, die Vögel zwitscherten, die Luft war frühlingshaft mild. Sie beschloss, ein schönes Kleid anzuziehen, sich im *Café Müller* ein Stück Kuchen und eine Tasse Kaffee zu gönnen und Romy bei der Arbeit zuzusehen. Wenn sie erst abgereist war, würden die einsamen Tage wieder beginnen, und Minna wusste, dass sie sich dann kaum noch aufraffen würde, um unter die Leute zu gehen.

Vor dem Café spähte sie ins Fenster, ob sie einen freien Platz entdecken konnte. Romy stand an einem Tisch und unterhielt sich mit einem Herrn, dem sie soeben ein Stück Torte serviert hatte. Der Mann hatte graublond meliertes Haar und saß mit dem Rücken zum Fenster. Minna sah Romy mit dem Gast reden, sie lachte, dann begann sie, den Nebentisch abzuräumen. Dabei sprach sie weiter mit dem Herrn. Es gefiel Minna, sie so in ihrem Element zu sehen. Romy hatte keinerlei Berührungsängste und kam mit ihrem freundlichen Wesen gut an. Ihre Berufswahl im Hotelfach war offenbar genau richtig.

In diesem Moment hatte Romy ihre Omi entdeckt und winkte ihr zu. Auch der Gast drehte sich um. Minna blickte in sein Gesicht – und hatte das Gefühl, als würde sie in einen schwarzen Strudel gerissen und unrettbar darin verschwinden.

Paul Wagner.

Sie sah an seiner Körperhaltung, dass er sie auch erkannt hatte. Augenblicklich wandte er ihr wieder den Rücken zu, griff eilig nach der Zeitung, die neben ihm lag, und vergrub sich dahinter.

Minna atmete schwer, umklammerte den Knauf ihres Spazierstocks und konzentrierte sich darauf, dass ihre zitternden Knie sie nicht zu Fall brachten. Was sollte sie jetzt tun? Wusste Wagner, wer Romy war? Nein, woher denn? Konnte er in diesem Moment einen Zusammenhang herstellen? Wahrscheinlich nicht. Es konnte sein, dass er sie für einen Gast hielt, den Romy gegrüßt hatte. Beim ersten Mal, während des Wolkenbruches, als sie im Laubengang des Rathauses gestanden hatten, hatte Wagner gesehen, dass das Kind neben ihm seine Tochter war, aber sie hatte sich seitdem sehr verändert. Sie war fast erwachsen, es war ziemlich unwahrscheinlich, dass er sie heute wiedererkannt hatte. Wenn sie jetzt aber hineinging, würde Romy sie mit »Omi« anreden, dann wusste er Bescheid. Was würde geschehen, wenn ihm klar wurde, dass seine Tochter ihn bedient hatte? Doch wenn Minna weiterging, konnte sie die Situation vielleicht auflösen. Sie hob den Arm und zeigte Romy ihre Armbanduhr, als Zeichen, dass sie es eilig hatte, dann lief sie erhobenen Hauptes weiter.

Es hatte so kommen müssen. Das hier war Minden und nicht Düsseldorf oder Berlin, natürlich lief man sich über den Weg. Nun waren Vater und Tochter sich zum zweiten Mal begegnet. Es grenzte an ein Wunder, dass es bisher nicht öfter passiert war.

Als sie zu Hause war, hatte Minna sich ihre Ausrede zurechtgelegt, denn natürlich würde Romy fragen, warum sie nicht reingekommen war.

Sie trug noch Hut und Mantel, als ihr Weg sie zum Kühlschrank führte. Auf den Schreck musste sie unbedingt einen Schnaps trinken.

Was für eine Situation! Wer wusste schon, wie oft Romy ihren Erzeuger schon bedient hatte, ohne es zu ahnen. Minna hängte Hut und Stock an die Garderobe und zog Schuhe und Mantel aus. Mit zitternden Fingern wählte sie Hannes Telefonnummer.

»Pension *Villa Hanne*, Lindemann am Apparat.«

»Hier ist Mutti. Kannst du reden?«

»Mutti, ist was passiert?«

»Kann dich jemand hören?«

»Nein, was ist denn los?«

»Romy ist im Café ihrem Vater begegnet.«

»Otto? Nein, der ist hier.«

»Nicht Otto. Paul Wagner.« Minna erklärte ihr, was geschehen war.

Hanne klangt entsetzt. »Wieso arbeitet sie in einem Café? Warum weiß ich davon nichts? Was habt ihr wieder hinter meinem Rücken ausgeheckt?«

»Reg dich nicht auf. Im *Café Müller* haben sie Schüler zur Aushilfe gesucht, sie verdient sich ein bisschen Taschengeld. Ist ja kein Zustand, die Ferien mit einer alten Frau zu verbringen, deswegen habe ich es erlaubt.«

»Du hättest mich fragen müssen, sie ist erst fünfzehn!«

»Ich war schon für Romy verantwortlich, da warst du selbst noch ein halbes Kind!«, empörte sich Minna. Sie ärgerte sich, dass Hanne überhaupt nicht auf die Begegnung mit Wagner einging, aber dann begriff sie, dass es eine Art Flucht war. »Hanne, was meinst du, wann wir es ihr sagen? So was kann immer wieder passieren.«

»Wenn Romy bei dir gewesen wäre, anstatt heimlich zu arbeiten, wäre es nicht passiert.«

»Wie redest du mit mir?«, sagte Minna verärgert. »Ich möchte wissen, wann du ihr sagen willst, dass Otto nicht ihr Vater ist?«

»Wenn der Zeitpunkt da ist. Sie soll Samstag schon kommen, hier gibt's auch Arbeit.« Hanne legte auf.

Romy war abends gut gelaunt, sie hatte an diesem Tag fast zehn Mark Trinkgeld bekommen. Und sie stellte genau die Frage, die Minna erwartet hatte: »Warum bist du vorhin nicht reingekommen?«

»Ich musste zur Sterbekasse und die Rate einzahlen, das hatte ich tatsächlich vergessen.«

»Vergessen? Du sagst doch immer, das sei so wichtig?«

»Ja, sicher ist das wichtig, ich muss schließlich dafür sorgen, dass ich am Ende vernünftig unter die Erde komme.«

»Omi, soll ich dir die wichtigen Daten in den Jahreskalender schreiben?«

»Unsinn, ich bin nicht senil, ich habe das *einmal* vergessen, meine Güte. Sag mal, wer war denn der Mann im Café, der kam mir bekannt vor?«

»Welcher Mann?«

»Er saß mit dem Rücken zum Fenster, als wir uns gesehen haben.«

»Ach der, ein Stammgast. Der nimmt immer Irish Coffee und isst Stachelbeer-Baiser-Torte, nie was anderes. Er gibt gutes Trinkgeld.«

»Weißt du, wie er heißt?«

»Nein, natürlich nicht, ich kenne die Gäste doch nach so kurzer Zeit noch nicht beim Namen.«

»Kennt er deinen?«

»Ja, ich bin *Hallo Frollein*«, lachte Romy. »Was fragst du denn so viel?«

»Ach, nur so.«

Als Romy sich am Ende der Ferien verabschiedete, weinte Minna.

»Omilein, nicht weinen! In zwei Wochen bin ich wieder hier!«

»Ja, aber nur noch übers Wochenende, das waren die letzten Ferien.«

Achselzuckend sagte Romy: »Stimmt, dann beginnt für mich der Ernst des Lebens, wie es so schön heißt. Vielleicht kommst du in Zukunft einfach öfter zu uns? In Michis Zimmer steht eine Umbauliege, er benutzt sie als Sofa, da könntest du schlafen.«

»Ach, ich weiß nicht, ich kann woanders nicht so gut schlafen.«

Romy grinste. »Deine K.o.-Pillen wirken in Oeynhausen auch.«

»Sei nicht so frech«, sagte Minna und wischte sich die Tränen ab. »Die Busfahrt ... mit Gepäck ... das ist beschwerlich für mich.«

»Mutti kann dich mit dem Auto abholen.«

»Aber sie hat immer so viel zu tun.«

»Omi! Dann vertrete ich sie solange. Du sagst immer: Wer etwas will, sucht Wege, wer etwas nicht will, sucht Gründe. Was suchst du gerade? Einen Weg, uns öfter zu sehen, oder einen Grund, um hierbleiben zu können?«

Unter Tränen schmunzelte Minna.

45

Hanne

April 1978

Als das Telefon an diesem Montag klingelte, bereitete Hanne gerade das Mittagessen vor. Kartoffeln hatte sie schon geschält, die Eier lagen in einem Topf mit kaltem Wasser und mussten nur noch wachsweich gekocht werden, und die Senfsoße aus Sahne, Wasser, Maggi-Soßenpulver und einer Tube Senf brauchte sie erst zubereiten, während die Kartoffeln kochten. Michi und Suse hatten beide sechs Stunden, sie würden um kurz vor zwei hier sein. Romy blieb den ganzen Tag im Hotel: Sie hatte ab sechs Frühstücksdienst gehabt, war mittags im Service und ab drei im Kaffeegeschäft eingeteilt, die Pausen verbrachte sie mit den anderen Lehrlingen im Hotel. Obwohl er zugesagt hatte, würde Otto wieder nicht zum Essen hier sein. Seit die *Latüchte* erst am Abend öffnete, war er tagsüber »unterwegs«.

Das Kostendämpfungsgesetz im Gesundheitswesen hatte verheerende Folgen für Bad Oeynhausen gehabt: Die Versicherten mussten sich an den Kosten für Badekuren beteiligen, im letzten Jahr waren dreißig Prozent weniger Kurgäste gekommen, darunter ächzten alle Branchen. Die Pension *Villa Hanne* lief noch ganz gut, aber ausgebucht war sie selten. Es lohnte sich auch nicht mehr, die *Latüchte* morgens zu öffnen. Hannes Hoffnung, dass Otto nun weniger trinken würde, hatte sich nicht erfüllt: Er wusste tagsüber nichts Besseres mit seiner Zeit anzufangen, als sie bei Mitbewerbern vor dem Tresen zu verbringen. Hanne hatte die Frühstückskellnerin entlassen und versorgte die Pensionsgäste mit einem Büfett, das ging schneller und war billiger.

Einmal in der Woche besuchte sie ihre Mutter. Auf dem Weg nach Minden kaufte sie ein, Mutti gab zuvor am Telefon durch, was sie brauchte. Hanne nahm ihre Wäsche mit, brachte sie in der folgenden Woche gewaschen und gebügelt zurück und putzte die Wohnung, die früher ihr Zuhause gewesen war. Ab und zu gingen sie ein paar Schritte spazieren, aber weiter als einmal um den Markt schaffte Minna es nicht. Sie klagte über Rückenschmerzen, geschwollene Füße und Kopfweh.

Bei jedem Besuch ließ Hanne die leeren Flaschen, die sie neben dem Kühlschrank, unter dem Spülstein, im Brotschrank, hinter den Gardinen oder im Wäschekorb fand, kommentarlos verschwinden. Manchmal waren es nur vier Flaschen Wacholder in der Woche, meistens sechs oder sieben. Hanne kaufte ihr keinen Schnaps, wohl wissend, dass es Minna nicht vom Trinken abhielt.

Sie vermutete, dass sie bei Romming im Geschäft anrief und sich das Zeug nach oben bringen ließ.

Einmal hatte sie das Thema vorsichtig angesprochen. »Kann es sein, dass du im Moment ein bisschen zu viel trinkst?«

Ihre Mutter hatte sie mit ihren grauen Augen beinahe belustigt angesehen. »Im Moment? Dumme Frage, Hanne, ganz dumme Frage.« Sie hatte ihre brennende Zigarette hochgehoben, die Glut angestarrt und gesagt: »Ich bin allein. Tag und Nacht, von montags bis sonntags bin ich allein. Meine Zigaretten und ab und zu ein Schnäpschen, das ist alles, was mir im Leben geblieben ist. Willst du mir das jetzt auch noch wegnehmen?«

Für Hanne klang es, als würde Minna ihr nach all den Jahren Vorwürfe machen, weil sie nach der Hochzeit mit Romy nach Rehme gezogen war und ihre Mutter allein zurückgelassen hatte. Aber sie tat so, als habe sie den anklagenden Ton nicht bemerkt. Minnas gehässigen Gegenangriff – »Du stehst jeden Tag hinter der Theke und trinkst mit den Gästen einen mit, soll ich dir das auch vermiesen?« – kommentierte Hanne nicht. Mutti trank, Otto trank, und sie hatten beide jedes Maß verloren. Sie selbst trank nur mit, wenn jemand einen ausgab, das war doch was ganz anderes. Sie blieb geduldig: »Mutti, das ist nicht wahr. Es ist nicht so, dass du niemanden hast. Du hast mich, und du hast drei Enkelkinder, die sich freuen, wenn du sie besuchen würdest.«

»Papperlapapp. Romy ist im zweiten Lehrjahr und arbeitet den ganzen Tag. Außerdem hat sie einen Freund. Norbert? Peter? Hans? Franz? Ist auch egal. Sie wechselt gern, legt sich nicht fest. Sind andere Zeiten heute. Heißt nicht umsonst: Prüfe, wer sich ewig bindet, ob sich nicht noch was Besseres findet. Wir beide wissen, wovon ich rede. Hoffentlich ist sie schlauer als du und lässt sich mit neunzehn kein Kind machen.«

Wenn sie so aggressiv war, hatte es wenig Sinn, ihr zu widersprechen.

Sanft lenkte Hanne ab: »Michi und Suse sind auch deine Enkel.«

»Jaja.« Zu beiden hatte Minna nie eine richtige Bindung gehabt, es war, als hätte sie ihre ganze Liebe für Romy verbraucht.

Ein paarmal hatte Hanne ihr vorgeschlagen, nach Bad Oeynhausen zu ziehen. »Wir können ein Pensionszimmer mit deinen Möbeln einrichten. Du wärst nicht mehr allein, und wenn mal was ist, bin ich da.«

»Nein. Einen alten Baum verpflanzt man nicht.« Damit war das Thema für Minna beendet.

Als das Telefon schrillte, zuckte Hanne zusammen.

Es war Fannie. Ihre Worte ließen Hannes Blut zu Eiswasser werden.

»Ich bin bei deiner Mutter zu Besuch, Mensch Hanne, die sieht gar nich' gut aus. Ich glaub, sie muss nach'n Arzt. Und zwar sofort.«

Hannes Herzschlag wurde schneller. »Ist sie gefallen?«

»Nee, das nich ... ich würd mal sag'n, sie hat Wasser inne Beine, und dicke Füße und Knie hattse, wie'n Elefant. Hanne, ich bin getz kein Doktor, aber das sieht böse aus.« Fannie senkte die Stimme: »Sie is' auch im Kopp nicht ganz bei sich, ich meine, es is' grad Mittach, und sie hat schon orn'lich ein' getrunk'n und erzählt nur dummes Zeuch.«

»O Gott, Tante Fannie, was soll ich jetzt machen?« Hanne hörte Minna im Hintergrund brabbeln. »Vielleicht kannst du ihren Hausarzt anrufen?«

»Ja. Nummer? Name?«

»Neben dem Telefon liegt ein grünes Adressbuch, Doktor Heinemann.«

»Ich ruf da an und melde mich wieder bei dir.« Tante Fannie legte auf.

Nach bangen Minuten, in denen Hanne den Telefonapparat auf dem Tischchen hypnotisierte und es nicht wagte, ihren Platz im Flur zu verlassen, klingelte es erneut.

Sie riss den Hörer von der Gabel. »Ja, Tante Fannie?«

»Der Arzt kommt inne Mittagspause. Ich bleib solange hier. Getz is' ihr auch noch schlecht, ich hab ihr 'n Eimer geholt, sie liegt auffe Couch, eben hat se Blut gespuckt, aufsteh'n is' nich, dann schlägt se lang hin. Ich seh' zu, dasse liegen bleibt, nich' dasse sich noch den Hals bricht ...« Wenn Fannie derart in den Dialekt verfiel, war sie sehr aufgeregt.

Zwei Stunden später rief sie wieder an. »Sie muss ins Krank'nhaus.«

Hanne schaltete sofort. »Ich fahre sofort los und hole sie. Ins Krankenhaus kann sie auch hier, dann kann ich mich um sie kümmern.«

Romy war außer sich vor Sorge, als sie erfuhr, dass ihre Omi im Krankenhaus lag. »Was hat sie?«

Hanne zögerte, bevor sie die Lüge aussprach. »Sie hat Wasser in den Beinen, das ist auf den Kreislauf geschlagen.«

»Wann kann ich sie besuchen?«

»Besuchszeit ist nachmittags von zwei bis fünf.«

Mittwoch war Romys freier Tag. Sie machte sich rechtzeitig auf den Weg, hatte eine Flasche Saft, eine Tafel Schokolade und einen neuen Wild-West-Heftroman in der Tasche. »Braucht sie sonst noch was?«

Hanne schüttelte den Kopf. »Nein. Ich war gestern noch mal in Minden und hab alles zusammengepackt. Bettjäckchen, Puschen, Nachthemden, Strümpfe, Unterwäsche. Ich bin froh, dass sie ein Bett im Raucherzimmer frei hatten, sie kann im Moment nicht aufstehen. Wenn sie von heute auf morgen nicht mehr rauchen könnte, würde sie verrückt. Ich habe ihr eine Stange Zigaretten geholt, man weiß ja nicht, wie lange sie bleiben muss.«

Auch das war gelogen.

Die Tür fiel hinter Romy ins Schloss.

Hanne setzte sich an den Küchentisch, vergrub den Kopf in ihren Armen und begann zu weinen. Der Arzt hatte gestern kein Blatt vor den Mund genommen.

»Es tut mir leid, Frau Lindemann, es sieht nicht gut aus. Ihre Mutter ist alkoholkrank und tablettenabhängig. Sie hat eine fortgeschrittene Leberzirrhose und, um es mal für Laien auszudrücken, Krampfadern in der Speiseröhre, allein die können zu lebensgefährlichen Blutungen führen. Selbst wenn es uns gelingt, sie zu entgiften und ihren Stoffwechsel zu stabilisieren, heißt das nicht, dass sie den Entzug übersteht. Viel können wir nicht für sie tun. Ihr Zustand ist sehr kritisch.«

Er hatte noch mehr gesagt, aber Hanne hatte nicht mehr zuhören können. Was sollte das heißen? Dass Mutti eine Säuferin war? Eine Süchtige? Dass sie sterben würde? Jetzt? Bald? Aber das war doch ausgeschlossen! Die Medizin war heute so weit, man konnte sogar Herzen verpflanzen, da würden sie bei einer alten Frau doch wohl ein paar Krampfadern im Hals behandeln können. Alkoholkrank. Tablettenabhängig. Wie konnte er so was Gemeines über Mutti sagen? Nein, der Arzt irrte sich. Sie würde sich wieder erholen, sie würde aufhören zu trinken, und alles würde wieder gut. Man durfte sich nur nicht verrückt machen lassen und musste erst mal abwarten.

Hanne ging hinunter in die *Latüchte*. Otto war schon da, er hatte die Getränke in der Theke aufgefüllt, ein neues Fass Bier angeschlossen und die Aschenbecher auf den Tischen verteilt. »Komm, ich mach den Laden allein, dann kannst du zu deiner Mutter«, sagte er, als er sie sah.

Seine Fürsorge war ungewohnt, aber sie tat ihr gut. Dennoch lehnte Hanne ab. »Danke. Heute nicht. Romy ist bei ihr.«

Otto nahm sie in den Arm und strich ihr übers Haar. Das hatte er lange nicht getan. Hanne riss sich zusammen, um nicht wieder zu weinen.

Sie hatte Angst, sie hatte solche Angst!

Romy kam um halb sechs und zog Hanne sofort ins Treppenhaus. »Was ist wirklich mit Omi los?«

»Wieso?« Hanne bemühte sich, sorglos zu klingen. »Geht's ihr heute nicht so gut?«

Wie Romy sie anschaute! Als würde sie ihr kein Wort glauben.

Und so war es auch, sie zischte: »Nicht gut? Nein, es geht ihr nicht gut! Sie fantasiert! Sitzt kerzengrade mit zotteligen Haaren und entzündeten Augen im Bett, hat keine Zähne im Mund und schnauzt mich an, ich soll endlich mal den Herd ausmachen, das wär lebensgefährlich. Ich sage: Omi, ich bin es, Romy! Und sie keift: Ja, sicher bist du Romy, ich bin alt, aber ich bin doch nicht blöd! Und so ging das die ganze Zeit. Ich hab nach der Schwester geklingelt, weil ich nicht wusste, was ich machen sollte, und was sagt sie? Ob sie Omi anbinden soll. Anbinden, eine alte Frau ans Bett fesseln – das kann doch alles nicht wahr sein! Dann bin ich aus dem Zimmer und hab den Arzt gesucht.«

Hanne begann zu frieren; sie musste sich räuspern, bevor sie sagen konnte: »Den Arzt? Warum das denn?«

»Weil ich wissen wollte, ob man Wasser auch im Gehirn haben kann, und welche Auswirkungen das hätte. Ausgelacht hat er mich, ausgelacht!«

Dieses Kind! »Was mischst du dich so vorlaut ein? Was soll denn das?«

»Einmischen nennst du es, wenn ich den Arzt frage, warum es meiner Oma dermaßen schlecht geht, warum sie so wütend ist und angriffslustig, und warum sie fantasiert, obwohl sie bloß Wasser in den Beinen hat!«

Ärgerlich sagte Hanne: »Jetzt mach kein Drama draus und reiß dich zusammen. Die Gäste können dich hören. Was sollen die Leute denken!«

Romy drehte sich auf dem Absatz um und rannte hinauf in die Wohnung. Hanne blieb reglos im Treppenhaus stehen. Sie hörte ihre Tochter weinen. Aber sie war nicht in der Lage hinaufzugehen, um sie trösten.

Am Tag vor dem Maifeiertag wurde Minna entlassen.

»In häusliche Pflege«, hieß es, was bedeutete, dass sie nie mehr nach Hause in ihre Mindener Wohnung konnte. Der Arzt hatte gesagt, es sei besser, wenn Minna rund um die Uhr betreut würde. Es solle immer jemand in ihrer Nähe sein.

»Aber ich habe eine Pension, eine Gaststätte und drei Kinder, ich muss den ganzen Tag arbeiten!«, hatte Hanne hilflos geantwortet.

»Machen Sie sich mal nicht verrückt, lange dauert das nicht mehr«, hatte die Schwester lapidar gesagt.

Hanne hatte in Michis Zimmer ein Krankenlager hergerichtet: Minna bekam sein Bett, und der Junge zog auf die Umbauliege um, die zuvor als Couch benutzt worden war.

»Warum in meinem Zimmer?«, maulte er.

»Weil in der Badewanne kein Platz ist«, fuhr Hanne ihn an. Wo sollte Mutti denn sonst hin? Ins Mädchenzimmer passte kein drittes Bett und ins Wohnzimmer auch nicht.

Otto war in diesen Tagen ungewohnt fürsorglich, er hielt sich sogar mit dem Trinken zurück. Zuerst hatte Hanne das Gefühl, als wolle er verhindern, dass ihn dasselbe Schicksal ereilte wie seine Schwiegermutter, aber davon wusste er ja gar nichts. Auch ihm hatte sie erzählt, Minna habe Wasser in den Beinen und Kreislaufprobleme.

Am ersten Mai hatte Romy frei. Vormittags saß sie an Minnas Bett und las ihr aus einem Western vor, während Hanne nebenan in der Küche das Essen vorbereitete. Sie hatte ein Suppenhuhn aufgesetzt und frisches Gemüse geschnitten. In einem kleinen Topf kochte das Wasser für den Eierstich. Hanne fettete eine Tasse mit Margarine ein.

Sie hatte Eier, Milch und Muskatnuss zu einer Masse verquirlt, gab sie in die Tasse, stellte sie in das kochende Wasser und deckte sie mit einem kleinen Teller zu. Dann legte sie den Deckel auf den Topf und schaltete den Herd auf die kleinste Stufe. In dreißig Minuten würde die Eimasse fest sein und konnte geschnitten werden.

Drüben in Michis Zimmer war es still geworden, schlief Mutti?

Hanne trat in den Flur. Auf einmal hörte sie Minna flüstern.

Durch den Spalt der halb offenen Tür konnte sie aufs Bett schauen. Romy saß mit dem Rücken zu ihr, hielt Minnas Hand. Die beiden bemerkten Hanne nicht.

Minna rang nach Worten, stammelte etwas, das Hanne nicht verstehen konnte, dann schloss sie die Augen. Ihre Lider flatterten, die Augäpfel rollten darunter hin und her. Fantasierte sie wieder?

Hanne wollte sich gerade abwenden, als Minna die Augen wieder öffnete. Ihr Blick war vollkommen klar, nicht so irr wie in den vergangenen Tagen. »Romy, mein Mädchen, wenn du bald großjährig bist ... dann ... Also, ich muss dir was Wichtiges sagen.« Sie hustete, räusperte sich, suchte Romys Blick.

Hanne ahnte, was sie vorhatte.

Oh nein, nicht jetzt, nicht heute. Jetzt will sie ihr von Wagner erzählen, jetzt will sie es ihr sagen. O mein Gott, soll ich eingreifen? Oder nicht? Soll ich es etwa zulassen? Wenn Romy das jetzt erfährt, gibt es einen Riesenaufstand. Dazu wird sie nicht nur nicken und sagen ja, ist gut, dann weiß ich über meinen Erzeuger Bescheid. Nein, Romy wird wieder alles genau wissen wollen und sie wird auch keine Ruhe geben, bis sie alles weiß. Halte ich das aus? Mein Gott, Mutti stirbt, es dauert nur noch ein paar Tage, das ist schrecklich genug… wie soll ich mich denn auch noch um Romy kümmern …

Minna räusperte sich erneut. Dann sagte sie deutlich: »Wenn du … bald achtzehn bist … dann musst du … immer …« Sie brach den Satz wieder ab, straffte sich, wiederholte: »… Dann musst du … dann sollst du … dann sollst du immer … die SPD … wählen.«

Romy stieß ein Lachen aus. »Ach, Omi, das ist aber jetzt nicht das große Geheimnis, von dem du mir immer erzählt hast, seit ich klein war?«

Minna hatte ihre Hand losgelassen und war mit einem langen Seufzer eingeschlafen.

Hannes Knie waren weich, als sie zurück in die Küche schlich. Sie hätte vor Erleichterung weinen können.

Natürlich musste man es Romy sagen. Aber bitte nicht heute.

46

Minna

Mai 1978

Sie hatte versagt. Die Beichte hatte einfach nicht über ihre Lippen kommen wollen.

Aber Romy musste es wissen. Heute.

Es blieb nicht mehr viel Zeit, das spürte Minna nicht nur, das wusste sie.

In diesem Zustand machte einem keiner mehr Hoffnung, und es machte einem keiner mehr was vor.

Wer sollte die Wahrheit aufdecken, die schwere Aufgabe übernehmen, es ihr zu erklären? Wer, wenn nicht sie?

Sie dachte an den Tag, als sie in der Mansarde gesessen, geraucht und geredet hatten, bevor sie endlich die Lösung fanden. Eine Lösung, die doch allen gerecht geworden war, finanziell, emotional, beruflich.

War das nach knapp achtzehn Jahren eigentlich verjährt? Wohl kaum. Es war ja kein harmloses Delikt gewesen, sondern ein furchtbarer Betrug. Sie selbst würde dafür nicht mehr ins Gefängnis gehen, sie würde bald ganz woanders sein. Aber was war mit den anderen? Durfte sie die eigene Tochter ausliefern? Beide Familien zerstören, diese und die von Paul Wagner? Wenn sie jetzt auspackte und Romy alles erfahren würde, könnte sie nicht stillhalten. Niemand konnte so etwas zur Kenntnis nehmen und ohne Konsequenzen weiterleben. Ausgeschlossen. Alles würde enttarnt werden, jede Lüge, die etliche nach sich gezogen hatte, käme nach und nach heraus. Diese Wahrheit würde alles verändern, dem Mädchen – na gut, sie war siebzehn und fast eine junge Frau – den Boden unter den Füßen wegreißen und sie bis ins Mark erschüttern.

So wie ihr eigener Tod, der unmittelbar bevorstand.

Minna war bereit. Sie hatte alles gelebt. Ihre Kraft war zu Ende, ihr Mut erloschen, ihre Lebensfreude verbraucht.

»Bis deine Stunde kommt, kann dir nichts schaden, wenn deine Stunde kommt, kann dich nichts retten.«

Wer hatte das gesagt? Fred? Fritz? Hermann? Karl? Mutti? Fannie? Hannchen? Es fiel ihr nicht ein.

Es war gut und richtig, wenn die Alten vor den Jungen gingen. Die Kleine würde es aushalten müssen. Und dann würde sie sich auf die Suche machen und alle zur Rechenschaft ziehen. Alle, die damals beteiligt gewesen waren. Alle, die ihr das angetan hatten. Damals sollte sie geschützt werden, aber durch das Schweigen hatte man sie verwundbar gemacht. Sie würde nicht ruhen, bis sie alle Details erfahren hatte, und, verdammt, das war ihr gutes Recht.

Fritz und Karl waren tot. Sie schwiegen für immer.

Fannie würde nichts sagen. Niemals.

Minna würde Romy in diesem Chaos nicht mehr auffangen können, dieses Mal nicht. Sie würde sich quasi durch Abwesenheit vor der Aufgabe drücken, die Wunden zu heilen, die sie zuvor mit der Wahrheit schlagen würde. Würde sich feige den Folgen entziehen, wenn sie heute beichtete und morgen oder übermorgen starb. Was, wenn sie weiter schwieg, wie sie siebzehn Jahre lang geschwiegen hatte? Wenn sie das Geheimnis mit ins Grab nahm? Sie krallte die Finger in die Bettdecke. Es war die letzte Entscheidung, die sie treffen musste. Schweigen oder beichten?

Der Verrat war groß. Außerdem gab es Urkunden, die eines Tages alles ans Licht bringen würden.

Was würde diese Wahrheit anrichten, wenn noch mehr Zeit verging?

Sie musste es tun. Sie durfte nicht länger schweigen.

Müde war sie, so müde. Ihr Kopf fiel zur Seite.

Es war dämmerig, als sie die Augen wieder aufschlug. War es Morgen oder Abend? Sommer oder Winter? Was war das nur für eine grässlich bunte Tapete an den Wänden? Grün und orange. Und dieser fremde Stoff unter ihren Fingern, Baumwolle, kein Leinen, fest und neu und es roch irgendwie ... parfümiert. Und dort, neben der Tür, das lebensgroße Foto eines Indianers, zusammengeklebt aus einzelnen Blättern. Sie entzifferte die Buchstaben an der Seite: *Bravo*. So ein Unsinn. Bravo!

Aber sie kannte ihn. Der Mann mit den schulterlangen schwarzen Haaren, dem Fransenanzug und der Flinte, das war Winnetou, der Häuptling der Apachen, im Film gespielt von Pierre Brice.

Minna war zu müde, um den Kopf zu bewegen. Schloss die Augen wieder, sog den frischen Wäscheduft ein. Das war doch nicht ihr Schlafzimmer, nicht ihr Kissen, nicht ihre Wand, und natürlich nicht ihr Indianer. Wo war sie?

Dann fiel es ihr wieder ein. Das war ihr Sterbebett.

Hanne hatte sie zu sich genommen, und drüben, auf der anderen Seite des Zimmers, schlief der Junge. Es war sein Kinderzimmer, sie hatten ihr Krankenbett hier eingerichtet. Woanders war in der Wohnung kein Platz gewesen. Er war ihr Enkel, eins von Hannes Kindern, wie hießen denn nur die beiden jüngsten? Die Namen. Sie wollten ihr nicht einfallen.

Sie waren ihr nie so ans Herz gewachsen wie Romy.

Romy, die sie gewickelt, gefüttert, in ihren Armen gewiegt hatte wie damals Luise. Die kleine Luise, die sterben musste, bevor sie zwei Jahre alt geworden war.

Romy, die Fritz so ähnlich sah, schon als Baby. Als er sie zum ersten Mal auf dem Arm hielt, hatte er gelächelt. Er war kein glücklicher Mann geworden, lächelte kaum mehr. Und dann: sein erstes Enkelkind. Unter diesen Umständen. Es gab ein Foto von diesem Tag. Wie er Romy mit beiden Händen hochhielt, halb vor sein Gesicht, und so die entstellende Narbe verdeckte.

Fritz hatte es gewusst. Er und Karl hatten gewusst, welche Schuld sie auf sich geladen hatten, welches Risiko alle eingegangen waren, um das Kind durchzubringen.

»Kriminell!«, hatte Karl es genannt. »Das kannst du nicht tun, es ist kriminell und gefährlich!«

Hatte sie eine Wahl gehabt? Nein.

Hanne hatte nichts verhindern können, hatte sich stumm ergeben, nachdem sie diesen Plan gefasst hatten. Hanne hatte sich fügen müssen, Minna hatte ihr keine Wahl gelassen. Ihr hatte damals schon der Name Wagner gereicht, um Himmel und Hölle in Bewegung zu setzen.

Der Schreck fuhr ihr wie eine heiße Flüssigkeit durch die Glieder. Romy musste es wissen. In all den Jahren hatte Minna etliche Gelegenheiten ungenutzt vorübergehen lassen, hatte nie den Mut gehabt, ihr das ungeheuerliche Geheimnis zu beichten. Wie feige sie gewesen war. Gestern noch.

Morgen, gleich morgen.

Sie durfte nicht sterben, ohne dem Mädchen die Wahrheit zu erklären. Es war ihre Pflicht, es ihr zu sagen. Hanne würde es nicht tun, nicht freiwillig, dafür war sie nicht stark genug. Sie hatte genug damit zu tun, sich zusammenzureißen, als man ihre Mutter im Krankenhaus als Trinkerin bezeichnet hatte. Die Arme. Sie hatte nie gelernt, glücklich zu sein, den Moment zu genießen, den Augenblick zu leben. Ihre ganze Kraft hatte sie immer darauf verwendet, sich nicht anmerken zu lassen, wie sie sich fühlte.

Hanne würde sich nach ihrem Tod verkriechen und warten, bis der Schmerz vorbeiging. Sie würde es darauf ankommen lassen, dass Romy niemals die Wahrheit erführe. Wenn Minna sie nicht aufklärte, es aber dennoch herauskam, wenn Romy eines Tages diese Papiere in die Hände bekam, würde es auffliegen. Aber es war nicht die Wahrheit, die in den Papieren stand, es war eine noch schlimmere Lüge.

Es blieben ihr noch ein Tag und eine Nacht, bevor sie nicht mehr aufwachte. Aber Minna schaffte es nicht mehr, die Wahrheit zu sagen.

47

Fannie

Mai 1978

Sie trat vor, hielt einen Moment inne und ließ die Tränen einfach laufen.

Ach, Mia, nun bist du vorausgegangen. So lange kannten wir uns, fast fünfzig Jahre. Was haben wir alles mitgemacht, aber unsere Freundschaft hat alles überdauert. Du warst meine einzige richtige Freundin, die einzige und die beste. Vielleicht ist es wahr, dass es einen Himmel gibt, dann wirst du deine Luise wiedersehen und deine Mutter Ida, deine Brüder Hermann und Karl, deine Schwester Adele und deinen geliebten Fritz. Aber auch Wilhelmine, oje. Mein Vater sagte immer, wenn etwas erreicht oder vollbracht worden war: »Jetzt hat die liebe Seele Ruh.« Daran muss ich jetzt denken. Deine liebe Seele hat endlich Ruhe.

Fannie warf die Rose auf Minnas Sarg und wischte sich die Tränen ab.

Sie wandte sich zu Hanne, die mit Otto und den Kindern neben dem offenen Grab stand, und drückte ihnen stumm die Hand.

Für Romy war es sicher besonders schlimm. Fannie umarmte sie und raunte: »Halt die Ohr'n steif, Mädch'n. Wir stehn nächste Woche bei Ford Meyer in Oeynhaus'n, komm vorbei, würd mich freun.«

Zwei Wochen nach der Beerdigung saß Romy bei Fannie im Wohnwagen. Sie sah schlecht aus, war viel zu dünn, hatte dunkle Augenringe im bleichen Gesicht. Zu einer hautengen Nietenhose, die am Saum so weit ausgestellt war, dass man ihre Schuhe nicht sehen konnte, trug sie einen roten Rolli ohne Ärmel. Ihre ohnehin schmale Taille betonte sie mit einem handbreiten Gürtel, die Haare waren rabenschwarz gefärbt und zu einem Pagenkopf geschnitten. Den hat sie von ihrer Oma, diesen Sinn für Mode, dachte Fannie. Sie schob ein Schälchen mit gebrannten Mandeln über den Tisch. »Greif zu, die sin' lecker!«

»Nein, danke. Ich habe keinen Appetit.«

Man sah Romy an, dass sie in letzter Zeit viel geweint hatte.

»Armes Kind, ich weiß, is' schlimm für dich. Wie kommste klar?«

»Na ja...«

»Und wie geht's zu Hause?«

Romy zog die linke Augenbraue hoch. Das hatte Fritz auch immer getan. Genau so hatte er geguckt, wenn ihm etwas nicht gepasst hatte. »Keine Ahnung, ich bin ausgezogen.«

»Was sagste da?« Fannie glaubte, sich verhört zu haben.

Jetzt lächelte Romy, aber nur mit dem Mund, nicht mit den Augen. »Letzte Woche schon, ich hab jetzt ein Zimmer im Personalhaus. Bett, kleiner Tisch, Stuhl, Schrank und ein Waschbecken. Immerhin.«

»Hört sich nich' gut an ...«

»Es ist auch nicht gut. Ich hasse meine Eltern!«

Beschwichtigend legte Fannie ihre Hand auf Romys Arm. »Na komm, so ein Trauerfall, da muss deine Mutti ja auch erst mal mit fertig werd'n.«

Sie zuckte zusammen, als Romy den Arm abrupt wegzog und so heftig auf den Tisch haute, dass die Löffel auf den Untertellern klirrten. »Aber ich bin auch noch da, ich muss auch damit fertig werden! Omi war die Einzige, die mich verstanden hat, sie war nie so gemein zu mir. Glaubst du, mich hat jemand getröstet oder gefragt, wie es mir geht, als sie gestorben ist? Um Omi die Wohnung zu putzen, war ich gut genug, aber jetzt trau ich mich nicht mal, ihren Namen laut zu sagen. Sofort kommen diese Blicke. Nie können sie aussprechen, was Sache ist, immer umschreiben sie alles, oder sie lügen. Vati hat morgens zu mir gesagt, Omi wäre jetzt eingeschlafen. Ich dachte, das heißt, dass sie nachts Schmerzen gehabt und lange wachgelegen hat. Ich bin in ihr Zimmer, aber sie war nicht eingeschlafen, sie war tot! Ich hab ihre Hand angefasst, wollte mein Gesicht hineinlegen, so wie ich das immer gemacht habe, wenn ich traurig war, aber die Hand war kalt und steif. Ich konnte überhaupt nicht weinen oder denken, ich war wie aus Stein. Dann hab ich ein Geräusch gehört, es war Michi, der noch in seinem Bett lag und mich anstarrte, mich und die tote Omi. Michi spricht nicht, kein

Wort hat er seitdem gesagt. Die kümmern sich nicht, aber sie müssen doch mit ihm reden, Mensch, er ist vierzehn und hat mitgekriegt, wie Omi gestorben ist! In seinem Bett, im selben Zimmer!«

»Leute reagier'n ganz verschied'n, wenn se trauern, deine Mutter kann da nix für, die steht auch neben sich, das meint die nicht so!«

Romys Haare flogen, als sie den Kopf schüttelte. »Sie lügt immerzu. Sagte, Omi hätte Wasser in den Beinen, aber das stimmte nicht. Sie hat gewusst, dass sie Omi zum Sterben entlassen hatten.«

»Rauchst du?«, fragte Fannie und hielt Romy das Päckchen hin.

Sie nahm eine Zigarette, ihre Finger zitterten.

»Willste 'nen Schnaps zur Beruhigung?«

»Nein danke, das macht es nicht besser, hast du doch bei Omi gesehen. Die hat sich jeden Tag an ihrem Schabau festgehalten, geholfen hat er ihr nicht. Jetzt ist Mutti jeden Abend stramm. Als ob's was ändern würde.«

Fannie konnte sich das kaum vorstellen. Die brave Hanne, die immer artig getan hatte, was man von ihr verlangte, die immer versuchte, so zu leben, wie andere es von ihr erwarteten. Natürlich, Romy stand unter Schock, ihre wütende Art, sich über ihre Mutter zu äußern, war eine Reaktion auf Minnas Tod.

»Lass 'n bissch'n Zeit vergeh'n, das renkt sich wieder ein.«

»Nee. Wir haben uns so gestritten, das wird nicht wieder.«

Romy erzählte, dass sie an Minnas Todestag nicht zur Arbeit gegangen war. Ihre Eltern hatten sie, Michi und

Suse ins Mädchenzimmer geschickt, dort sollten sie warten, bis der Bestatter da gewesen war.

Wie eine Statue hatte Romy am Fenster gestanden, hatte gesehen, wie der Sarg aus der Tür getragen und in den Leichenwagen geschoben worden war, hatte das Auto wegfahren sehen und war heulend aus dem Zimmer gestürzt, um hinterherzulaufen. Otto hatte sie festgehalten und zurück ins Mädchenzimmer gebracht.

»Ich wollte wissen, wohin sie gebracht wird und ob ich sie noch mal sehen kann. Den Gedanken, dass ich sie nie mehr sehe, nie mehr ihre Stimme höre, sie nie mehr in den Arm nehmen kann, den konnte ich einfach nicht aushalten. Kann ich immer noch nicht.« Romy begann wieder zu weinen. Ihre Schminke suchte sich in schwarzen Rinnsalen einen Weg über ihre Wangen, ihre Nase lief, der Körper bebte.

Fannie ließ sie in Ruhe, hörte geduldig zu. Sie spürte, dass Romy niemanden hatte, mit dem sie reden konnte, dass sie ihren Kummer jetzt teilen musste, ganz gleich, mit welchen Worten.

Ihre Geschwister hätten wegen Omi keine Träne geweint, erzählte sie schluchzend. Michi hätte nichts mehr gesagt seitdem, antwortete nicht, wenn man ihn etwas fragte, seine Mimik war wie eingefroren. Suse, die kaum eine Beziehung zu ihrer Großmutter gehabt hatte, beschäftigte sich mit ihren Schulsachen.

An die Zeit bis zum Begräbnis konnte Romy sich kaum erinnern. Sie sei arbeiten gegangen, habe aber nicht in den Service gemusst, sondern sei in der Heißmangel und in der Wäscherei eingeteilt worden. »Das war nett von der

Chefin, da konnte ich heulen, und kein Gast hat es gesehen.«

»Und jetzt wohnste da auch, im Hahnenkamp.«

»Ja. Ich wollte sowieso mit achtzehn ausziehen, aber nach dem letzten Streit war Schluss.«

Romy hatte Hanne bittere Vorwürfe gemacht, weil sie das Bett, in dem Minna gestorben war, in Michis Zimmer stehen ließ.

»Da ist nichts dran, das ist noch gut«, hatte Hanne gesagt.

»Du bist schrecklich!«, hatte Romy sie angeschrien.

Daraufhin hatte Otto sich eingemischt: »Solange du die Füße unter meinen Tisch hältst, redest du nicht so mit deiner Mutter!«

Jetzt schlich sich ein kleines triumphierendes Grinsen in Romys Gesicht. »Gerade der. Der muss mir gar nicht so kommen ... Tja, da hab ich gesagt, dass wir das mit den Füßen unter dem Tisch ganz schnell ändern werden. Die haben nicht gedacht, dass ich Ernst mache. Am nächsten Tag bin ich aber erst mit nach Minden gefahren und wir haben Omis Wohnung ausgeräumt. Wenn wir das nicht tun, müssen wir noch einen Monat Miete bezahlen, hat Mutti gesagt.«

»Leider muss man an so was denk'n, auch wenn's schwerfällt«, warf Fannie ein.

»Das war so schlimm, Omis Möbel, ihre Sachen, sie haben alles im Hof in eine Müllkippe geschmissen! Jedes Teil, das Omi etwas bedeutet hat, einfach weggeworfen. Vati meinte, das alte Zeug kann sowieso keiner mehr gebrauchen. Nur Fotos, Papiere, Schmuck und einen Koffer voll Kleider hat Mutti behalten. Und den Geigenkasten. Der lag schon in der Müllkippe, sie hat ihn wieder rausgeholt.«

Siggis Geige! Fannies Stimme versagte beinahe. »Die Geige lag im Müll?«, flüsterte sie.

»Ja, Vati hatte sie weggeworfen, zusammen mit Lampen, Bildern und Bettzeug. ›Auf dem ollen Ding spielt doch keiner, was willst du denn noch alles aufbewahren?‹, hat er zu Mutti gesagt. Aber die hat sich durchgesetzt. ›Die Geige hat meiner Mutter was bedeutet, die kommt nicht weg!‹, hat sie gesagt.«

»O ja, sie hat Minna viel bedeutet«, flüsterte Fannie, »mein Bruder hat sie ihr gegeb'n.«

»Dein Bruder? Wann? Warum? Wo ist dein Bruder?«

Nachdenklich und verwirrt zugleich schaute Fannie Romy an. Wie würde das ausgehen mit diesen jungen Leuten, denen man nichts erklärt hatte, mit denen man über nichts redete?

Mit ruhiger Stimme sagte sie: »Meine Familie ist im Krieg umgekomm'n. Ich hatte drei Brüder, sie war'n Musikant'n. Mein Bruder Siggi hat auf der Geige gespielt. Deine Omi hat se für ihn aufbewahrt, aber er hat se nich mehr abgeholt.«

»Das wusste ich nicht. Deine Brüder, sind sie gefallen?«

»Nein.« Fannie schob den Ärmel hoch und zeigte ihre Tätowierung. Sie sah an Romys ratlosem Gesicht, dass sie damit nichts anfangen konnte. Wie bitte? Das konnte nicht wahr sein, oder? Sie hatte keine Ahnung?

»Hat deine Omi nie mit dir drüber gesproch'n? Übern Krieg?«

»Wenn sie blau war, hat sie von Bombenangriffen erzählt, seitdem hatte sie Angst vor Gewitter und Feuerwerk; dass sie gehungert haben, weil es nichts zu essen gab, hat sie auch oft gesagt, und dass Opa Fritz im Gesicht verwundet worden war und seitdem kaum noch lachen konnte.«

Fannie bemühte sich um einen ruhigen Atem. Würde dieses Volk je ehrlich aufarbeiten, was es getan hatte? Sie wusste, dass Kriegskinder wie Hanne in der Schule nichts über die Nazizeit erfahren hatten. Nach dem Krieg hatte man einfach die entsprechenden Seiten aus den Geschichtsbüchern entfernt oder Passagen geschwärzt, und noch Jahre später endete die geschichtliche Bildung kurz nach Bismarck. Aber Romy war bis Mitte der Siebziger zur Schule gegangen, sie musste doch Bescheid wissen? Konzentrationslager, Studentenunruhen, RAF – das musste sie doch mitgekriegt haben?

»Habt ihr inner Schule nich' drüber gesproch'n? Nazis, Gaskammern, Konzentrationslager?«

»O Gott. Kann sein. Aber ich hab mich dafür nie interessiert.« Romy blickte sie an. »Das ist ganz schrecklich, aber das war lange, bevor ich geboren bin. Selbst meine Mutter war im Krieg noch ein Baby, ich hab damit nichts zu tun. Und ich kann auch nichts mehr daran ändern.«

»Aber das alles hatte Folg'n, Romy, bis heute hat das Folgen, liest du denn keine Zeitung?«

»Doch, zu Hause haben wir die *Bild*, da steht aber über Geschichte und so was nichts drin. Im Hotel gibt es auch andere Zeitungen, die Lehrlinge im ersten Jahr müssen sie bügeln, bevor sie ausgelegt werden, aber ich habe keine Zeit, sie zu lesen.«

Fannie rang nach Luft. *Geschichte und so was.* Alles, was sie ertragen hatte, das unaussprechliche Grauen, die Folter, die Ermordung ihrer Familie, alles, was sie seit Jahrzehnten versuchte auszuhalten, war *Geschichte und so was.*

Sie fühlte sich plötzlich, als trüge sie eine Last, unter der sie jeden Moment zusammenbrechen würde. Ja, natürlich war Hanne erst fünf Jahre alt gewesen, als der Krieg vorbei war, und danach hatten alle Erwachsenen alles verdrängt, was zuvor geschehen war. Wenn Hanne eins gelernt hatte, dann nicht zu fragen und niemals nachzuhaken, es hätte sowieso keine Antworten gegeben. Im Grunde hatte diese ganze Generation niemandem trauen können. Es hatte damals kaum einen Erwachsenen gegeben, der nicht Teil der Nazigesellschaft gewesen war, sie hatten nach dem Krieg ihre alten Posten bezogen – oder bessere eingenommen. Mit den Jugendlichen der Fünfziger war nicht geredet worden. Was hätten die Eltern ihnen auch sagen sollen? Dass sie Täter, Denunzianten, Mitläufer oder Mitwisser gewesen waren? Nein, es war alles verdrängt worden. Auch Minna hatte stets den Eindruck gemacht, als wolle sie immer wieder beweisen, dass nichts und niemand sie kleinkriegen konnte.

»Deine Eltern«, fragte Fannie, »haben sie dir vom Krieg erzählt?«

Romy zuckte die Achseln. »Nee. Die sagen nie was. Nicht, dass Omi zum Sterben nach Hause gekommen ist, weil sie todkrank war. Jeder weiß, dass Omi getrunken hat, aber sie behaupten sogar vor mir, sie hätte was am Herzen gehabt. Entweder schweigen sie oder sie lügen. Sie fragen einen nichts, keiner nimmt einen in den Arm und will wissen, wie es einem geht. Der arme Michi, sie stellen sogar das Bett wieder in sein Zimmer, das ist noch gut, da ist nichts dran. Mir wird übel. Nichts dran? Omi ist darin gestorben! Wenn ich was sage, kommen Sprüche wie: Dir geht's wohl zu gut, oder: Mach nicht immer solchen Wind um alles!«

Fannie seufzte. Sollte sie dem jungen Mädchen erklären, was sie im Laufe ihres Lebens über Menschen gelernt hatte? Wem nutzte es, wenn sie die Erinnerungen zuließ und darüber sprach? Sollte sie Romy sagen, dass ihre Mutter Hanne sich noch nie für andere oder gar für sich selbst interessiert hatte? Weil sie das gar nicht gelernt hatte? Damals, als sie planten, zusammen im Camping zu den Kirmessen zu fahren, hatte Hanne Fannies Tätowierung gesehen, oft. Aber nie, niemals hatte sie gefragt, was sie bedeutete. Fannie dachte daran, wie sie mit Minna die Wahrheit über Romys Erzeuger herausgefunden hatte. Dass Hanne von diesem verheirateten Kerl aus dem Kulturamt schwanger geworden war und Otto geheiratet hatte, als das zweite Kind unterwegs war. Dass Romy mit einer Lüge aufgewachsen war, von der sie noch immer nichts ahnte. Dass Minna nie über die geheime Vereinbarung gesprochen hatte, die sie mit Wagner getroffen hatte. Und Hanne? Die hatte lammfromm alles hingenommen und versucht, nicht aufzufallen. So verhielt sie sich immer noch. Das tut man nicht, das sagt man nicht, das gehört sich nicht, guck da nicht hin. So hatte sie ihre Kinder erzogen. Die Leute gucken schon. Was sollen die Leute denken.

Ein bitteres Lachen blieb Fannie in der Kehle stecken. Die Leute dachten doch gar nicht! Sie beschäftigten sich nur mit sich selbst. Niemand versuchte wirklich, den anderen zu verstehen.

In diesem Moment sagte Romy: »Was ist das denn für eine Zahl auf dem Arm, warum hast du sie mir eben gezeigt?«

Fannie spürte plötzlich ein bisschen Hoffnung. Wollte Romy wirklich etwas wissen? Konnte man ihr von einem Grauen berichten, für das es kaum Worte gab? Durfte Fannie antworten: *Wir sind Sinti. Man hat uns zu Hunderttausenden in »Zigeunerlagern« ermordet. Ich konnte fliehen. Meine Verwandt'n sind alle tot.* Durfte sie das? Würde es etwas ändern?

Romy hatte mit Minna ihren wichtigsten Menschen verloren, sie trauerte zum ersten Mal. Sie hatte sich im Streit von den Eltern getrennt, war ausgezogen, hatte eine Entscheidung getroffen und war bereit, die Konsequenzen zu tragen. Sie musste ihre Lehre zu Ende bringen, in einem kargen Zimmer leben, für sich selbst sorgen, ihre Zukunft planen. Und irgendwann würde sie erfahren, dass Otto nicht ihr Vater war, dass ihre Geschwister nur ihre Halbgeschwister waren, dass ihre Tanten väterlicherseits gar nicht mit ihr verwandt waren. Das Mädchen hatte genug um die Ohren. Sollte man sie mit Verbrechen ihrer Großelterngeneration belasten? Mit einer Zeit, die niemand zurückdrehen konnte? Romy war jung, hübsch, intelligent, sie hatte das Leben noch vor sich. Fannie war dreiundsechzig, sie hatte eine lange Vergangenheit, aber eine Zukunft, die hatte sie nicht mehr.

Sie war müde, sie trauerte um Minna, sie wusste, dass sie keine Kraft mehr hatte, für etwas zu kämpfen. All die

Jahre auf der Kirmes hatte sie getan, was fast alle getan hatten: Sie hatte so viel gearbeitet, dass sie an kaum etwas denken konnte.

Im Küchenwagen hatte jemand ein Schild aufgehängt: *Nicht hetzen! Wir sind auf der Arbeit, nicht auf der Flucht.*

Jedes Mal, wenn Fannie diesen Satz las, dachte sie: *Das stimmt nicht. Wir sind ein ganzes Volk, das auf der Flucht ist, immer. Jede Einzelne und jeder Einzelne von uns flieht vor seinen eigenen Dämonen.*

Sie schaute Romy an. Sie war selbstbewusst, mutig. Eine neue Generation, eine, die noch keinen Krieg erlebt, die aber ganz andere Aufgaben zu bewältigen hatte. Nein, Fannie würde diese junge Frau nicht mit ihrem eigenen Leid belasten, nicht jetzt.

»Die Nummer? Das is ’ne lange Geschichte, ich erzähle se dir in Ruhe. Aber nich heute, ’n andres Mal. Red’n wir von dir. Wie geht’s jetzt weiter?«

Zum ersten Mal lächelte Romy. »Nächstes Jahr habe ich ausgelernt, dann möchte ich aus Oeynhausen wegziehen. Vielleicht bewerbe ich mich in Düsseldorf, dort soll es sehr gute Hotels geben. Ich war mit Omi mal da, sie hat mitten in der Großstadt gewohnt, das würde mir auch gefallen. Vielleicht kann ich Hausdame werden oder Oberkellnerin. Oder ich bewerbe mich auf einem Kreuzfahrtschiff oder bei der Lufthansa. Ich kann ziemlich gut Englisch und Französisch, wenn ich ein gutes Abschlusszeugnis bekomme, und es sieht danach aus, steht mir die ganze Welt offen.«

Fannie nickte. »Ja. Das stimmt. Dir steht die ganze Welt offen. Du wirst ’n schönes Leben hab’n, Romy. Denk immer dran: Deine Omi hat dich sehr geliebt. Und geliebte Kinder, die bring'n es weit.«

EPILOG

»Mutti, ich weiß, dass du ihn nicht besonders magst, aber Falco und ich wollen im Januar heiraten.«

Typisch Romy, ihr so was nebenher am Telefon mitzuteilen. Das tat man doch persönlich und nicht in einem Telefonat! Und Falco »nicht mögen« war maßlos untertrieben – sie konnte diesen Typen nicht ausstehen. Er war immer so direkt. Und wie der rumlief! Er hatte eine Dauerwelle und rote Schuhe. Ein richtiger Mann trug doch keinen Minipli!

Hanne sagte: »So.« Was sollte sie denn sonst sagen?

Vielleicht: *Hurra, das ist aber toll, dass du ausgerechnet diesen Verrückten heiraten willst. Einen, der zehn Jahre älter ist als du, geschieden, der für drei Kinder zahlen muss, der keine müde Mark auf der Tasche hat und nachts in einem Beatschuppen arbeitet? Mit dem kommst du nie auf einen grünen Zweig, Haus, Garten und Kinder kannst du dir mit so einem abschminken.* Na ja. Das hatte sie Romy schon nach dem ersten Treffen mit diesem … diesem … Typen gesagt. Sollte sie es wiederholen? Wozu? Obwohl niemand sie sehen konnte, machte Hanne eine abwinkende Handbewegung. Sie starrte auf die getrockneten Gräser in den

Wechselrahmen über dem Telefontischchen. Die hatte sie schon ewig abnehmen wollen, sie waren einfach scheußlich und hatten sie schon lange geärgert. Otto hatte sie nach ihrem Einzug aufgehängt. Sie schnaubte. In dieser Familie machte einfach jeder, was er wollte.

»Mutti, bist du noch dran?«

»Ja.«

»Hast du gehört, was ich gerade gesagt habe?«

»Ja, du willst diesen Vogel heiraten. Mach doch, was du willst. Du fragst mich ja nicht, du teilst es mir bloß mit.«

Lachend sagte Romy: »Omi hat mal verraten, dass Vati nicht gerade ihr Traumschwiegersohn war, aber du hast dich auch durchgesetzt und ihn trotzdem geheiratet. Vielleicht hab ich ja doch was von dir geerbt.«

Durchgesetzt. Das Mädchen hatte eine Fantasie! Hanne hatte sich nicht *durchgesetzt*. Sie war mit dem zweiten Kind schwanger gewesen, und das erste war nicht von Otto. Aber das konnte Romy nicht wissen.

Eine diffuse Ahnung stieg auf einmal in Hanne auf. Dieses Gespräch würde gleich eine Wendung nehmen, die sie nicht wollte. Sie begann zu frieren.

Und richtig. Romy sagte: »Ich brauche von euch noch meine Abstammungsurkunde, damit wir das Aufgebot bestellen können. Wann kann ich sie abholen?«

Die Worte schrillten in Hannes Ohren.

Abstammungsurkunde? O mein Gott. Die Abstammungsurkunde!

Da stand nicht das drin, was Romy erwartete.

Darin stand, dass Otto nicht ihr Vater war. Und darin stand auch, dass ...

Hanne drehte aufgeregt an der Spiralschnur des Telefonhörers und versuchte, die aufsteigende Übelkeit zu unterdrücken. Sie suchte verzweifelt nach einer Antwort, konnte aber keinen klaren Gedanken fassen.

»Mutti, nun konzentrier dich doch mal eine Minute! Wir brauchen diese Urkunde, kann ich sie nachher holen?«

Jetzt musste sie etwas sagen. Das war der Moment, den Hanne zwanzig Jahre lang verdrängt hatte. Das war die Gelegenheit, Romy zu erklären, was damals geschehen war.

Hanne holte tief Luft. Atmete nicht. Atmete aus. Dann sagte sie mit brüchiger Stimme: »Äh ... also ...du ... das ist so ... Ich, ich ... habe diese Urkunde gar nicht. Ich hatte gerade neulich zufällig das Familienstammbuch in der Hand. Da lag sie eigentlich immer drin, aber sie war gar nicht mehr da. Die muss wohl beim Umzug irgendwie verloren gegangen sein.«

O mein Gott. Sie redete sich um Kopf und Kragen. Was erzählte sie für einen Unsinn? Aber nun waren die Worte ausgesprochen. Sie konnte sie nicht wieder zurückholen.

Sekundenlang herrschte Stille in der Leitung.

»Ach, Mist«, sagte Romy, »dann zögert sich alles weiter raus.«

»Wieso denn?«

»Na, weil ich die Urkunde in meinem Geburtsort anfordern muss. Okay, dann schreibe ich gleich an das Standesamt in Brilon und bringe den Brief heute noch zur Post. Tschüss Mutti, sobald ich den Termin für die Trauung habe, melde ich mich.«

Hanne legte auf. Ging in die Küche. Setzte sich an den Tisch. Starrte aus dem Fenster, ohne etwas zu sehen.

Brilon. Standesamt. Abstammungsurkunde.

Jetzt war es so weit.

Jetzt würde es auffliegen.

Jetzt war das Drama nicht mehr aufzuhalten.

ANMERKUNG DER AUTORIN

Einmal habe ich Minna das Wort »Zigeunergeige« sagen lassen.

Die fiktive Figur Fannie Freiwald und ihre Familie lebten in einer Zeit, in der die Nazis unfassbare Verbrechen verübten. Aus verschiedenen Quellen habe ich Fannies Biografie und die ihrer Familie entworfen, dabei bin ich den realen Spuren mehrerer Menschen über die »Stolpersteine« gefolgt.

Das Wort »Zigeuner« wurde in meiner Kindheit und Jugend im täglichen und im bürokratischen Sprachgebrauch verwendet. Wenn es zum Beispiel um die Geige ging, die ja eine besondere war, habe ich sie nicht »Sinti- oder Romageige« genannt.

Wenn rassistische Beschimpfungen oder Vorurteile Teil der Handlung sind, habe ich sie auch so dargestellt. Das ist keinesfalls respektlos oder ignorant, sondern Teil der deutschen Geschichte. Hätte ich den Begriff ersetzt, hätte ich die wahren Umstände verharmlost, und es gehört zum Anliegen dieses Romans, das Verhalten der Menschen authentisch zu erzählen. Ich kann die Probleme der Sinti-Familie in dieser Zeit nicht korrekt aufzeigen, wenn ich sie nicht so schildere, wie sie gewesen sein könnten. Und dazu gehört, dass den Taten die Worte vorausgingen.

Im heutigen Sprachgebrauch lehne ich alle Begriffe ab, die Menschen diskriminieren, beleidigen oder verhöhnen.

Zudem habe ich in diesem Buch auf das Gendern verzichtet. Ein Roman, der in der Zeit von 1952 bis 1978 spielt, muss auch die Sprache dieser Zeit repräsentieren, damals hätte niemand z.B. das Wort »Heldinnentod« anstatt »Heldentod« benutzt.

NACHWORT

So ein Buch schreibt man nicht allein, unzählige Gespräche über längst Vergangenes waren nötig, um vieles zu rekonstruieren. Ich danke besonders meiner 82-jährigen Mutter für ihre Erinnerungen und Erzählungen. Es fiel ihr oft schwer, darüber zu reden. Sie hat jedes Kapitel dieses Buches direkt nach der Entstehung gelesen.

Die Beschreibung ihrer Aufenthalte in Heilstätten und Behandlungsmethoden der Lungentuberkulose in den späten Fünfziger- und zu Beginn der Sechzigerjahre habe ich mit ihren Worten und nach ihren Erinnerungen erzählt.

Es gibt Passagen, die sich an der Realität orientieren, aber dennoch Fiktion sind. Umstände, die jemanden kompromittieren oder Rückschlüsse auf Familienverhältnisse zulassen könnten, habe ich dementsprechend verändert.

Die Vornamen der Personen, die vor Jahrzehnten gestorben sind, habe ich beibehalten, ihre Berufe und Biografien entsprechen der Wahrheit. Minna und Fritz waren meine Großeltern, Karl war mein Großonkel.

Alle Namen von Personen, die noch leben oder die Rückschlüsse auf Zusammenhänge mit lebenden Personen zulassen könnten, habe ich geändert, ebenso ihre Berufe, ihr Aussehen und ihre Namen.

Sollte sich jemand in einer Figur und in deren Lebensumständen wiedererkennen, so ist das Zufall und kann nicht der Realität entsprechen.

VIELEN DANK

Ich bedanke mich bei meiner Mutter, meinen Geschwistern, Schwagern, Schwägerinnen, Cousins und Cousinen, die mit dieser Geschichte eine Menge zu tun haben. Sie haben zu jeder Zeit Einblick in den Stand der Recherchen gehabt – und sie haben mich alle uneingeschränkt unterstützt.

Mein Cousin Horst war für mich unverzichtbar. Wenn ich wissen wollte, in welchen Kindergarten Hanne gegangen sein könnte, wenn sie 1945 in dieser oder jener Straße gewohnt hätte, kümmerte er sich um die Antwort. Ohne seine Geduld, sein Fachwissen in allem, was Minden angeht, seine Recherche in Büchern und Unterlagen wären die Details nie so authentisch geworden.

Und wieder bedanke ich mich bei meiner Freundin Vici Daniel, die meine Romane seit vielen Jahren begleitet. Vici hat einen besonderen Blick auf die Gefühle und das Verhalten der Menschen, ihr fallen Details auf, die kein anderer sieht. Ohne sie würde ich mich beim Schreiben verloren fühlen.

Seit vielen Jahren schreibe ich kein Buch ohne Eveline Taut. Wir kommen aus demselben Dorf, sind Ostwestfälinnen, sprechen dieselbe Sprache und kennen unsere Pappenheimer. Während der Arbeit an dieser Trilogie haben wir uns beide von einer anderen Seite kennengelernt: So emotional und motivierend war es noch nie!

Ohne meine Söhne Leonard und Marlon Wehmeier schriebe ich kein einziges Wort. Vielleicht, weil meine Bücher auch Briefe an sie sind – obwohl wir immer über alles reden. Anders als die Menschen in Hannes Leben stemmen wir fast alles gemeinsam.

Mein Mann Martin ist der Fels in meiner Brandung. Die Emotionen beim Schreiben einer solchen Geschichte sind kein Sonntagsspaziergang. Tränen, Angst, Wut, Verzweiflung, Entsetzen, Lachen, Trauer, Euphorie, Zweifel, Glück, Zufriedenheit fühle ich manchmal in einer einzigen Stunde. Martin ist mein Zuhause und das ist ein großes Glück.

Mit Alicia Sommerfeld hatte ich eine Erstleserin, die mich auf eine ganz besonders großartige Weise unterstützt und motiviert hat: Ihre kritischen Anmerkungen und Hinweise waren immer fundiert und wichtig, und ich freue mich, dass unser Verhältnis sich so toll entwickelt.

Ich danke Steffi Korda, die seit Jahren meine Bücher lektoriert, eine bessere Zusammenarbeit kann ich mir nicht vorstellen. Wer könnte meine Schachtelsätze entwirren, mich immer wieder auf meine Plusquamperfektschwäche hinweisen und mir ein Manuskript mit Anmerkungen in vierstelliger Höhe zurückschicken, ohne dass ich beleidigt bin? Seit ich mit Steffi arbeite, liebe ich Korrekturen.

Meine Agentin Andrea Wildgruber von der Agence Hoffman hat einen Löwenanteil daran, welchen Weg diese Trilogie gehen wird. Eigentlich hatte ich mit der Geschichte eigene Pläne, dann bat ich Andrea um eine »Einschätzung« des Stoffes. Klingt sachlich, war es aber nicht. Weil ihre spontane Reaktion, ihre ansteckende Begeisterung und ihr Talent als Agentin alles, aber echt alles, in andere Bahnen gelenkt hat. Wie froh bin ich, dass wir zusammenarbeiten, und dass sie mich auch in Zeiten tiefster Verzweiflung ausgehalten hat.

Ausdrücklich bedanken möchte ich mich bei Marianne Wagner. Ihre offizielle Bezeichnung heißt: »Assistenz der Verlagsleitung Heyne Belletristik«, aber das trifft es bei Weitem nicht. Marianne ist die gute Seele des Verlages. Sie hat immer ein offenes Ohr, weiß immer einen Rat, kann jede Frage beantworten, ist immer gut drauf … kurz: Marianne ist die Beste!

Und Doris Schuck möchte ich danken! Sie ist für Events, Veranstaltungen und Lesungen verantwortlich – das ist in Zeiten einer Pandemie nicht immer einfach. Wir arbeiten wunderbar Hand in Hand, und ich bin glücklich und dankbar für jeden Auftritt und jede Lesereise.

Zu dem unschlagbaren Team, das sich um meine Bücher kümmert, wenn ich meinen Teil erledigt habe, gehört Corinna Schindler: Sie kümmert sich um die Presse auf allen Kanälen. Als ehemalige Selfpublisherin weiß ich, wie viel Arbeit das ist und wie wichtig ein seriöses Netzwerk ist. Danke für die tolle Zusammenarbeit.

In tiefer Verbundenheit danke ich Anke Göbel, Verlagsleiterin bei Penguin Random House, für die persönliche Betreuung. Ohne sie wären die letzten sieben Jahre meines Werdegangs anders verlaufen. Wir sind uns 2015 zum ersten Mal begegnet, und was ist seither alles geschehen! Eine fünfteilige Krimiserie haben wir gemeinsam gemacht, dreieinhalb Komödien – und jetzt Teil zwei der Trilogie. Anke danke ich ganz besonders. Weil es mir unendlich viel bedeutet, dass sie an mich glaubt. Wieder. Wir beide wissen, was das bedeutet.

Carla Berling, Köln, im Oktober 2022

QUELLENNACHWEISE

»Morgen«, Interpret Ivo Robic, auf Seite 226 mit freundlicher Genehmigung der © Edition Intro Meisel GmbH, Wittelsbacherstr. 18, 10707 Berlin

»Ratschläge für die Frauen in der Liebe...« und »Die Hauptschuld an einem Fehltritt des Mannes...« auf Seite 174 mit freundlicher Genehmigung des Wirtschaftswundermuseums, Rheinberg

Zitate und Liedpassagen sind im Text als solche markiert, es wurden alle Rechtegeber kontaktiert. Sollte es Nachfragen geben, so richten Sie diese bitte an das Heyne Belletristik Lektorat in der Verlagsgruppe Penguin Random House GmbH, Neumarkterstr. 28, 81673 München.

Carla Berling

Witzig, auf den Punkt und lebensklug -

Carla Berling erobert die Frauenunterhaltung.

978-3-453-42492-0

978-3-453-42315-2

978-3-453-42412-8

Leseproben unter **www.heyne.de**

HEYNE

Carla Berling

In der Provinz lauert der Tod. Ira Wittekind ermittelt.

978-3-453-41993-3

978-3-453-41994-0

978-3-453-41995-7

978-3-453-41996-4

978-3-453-42252-0

HEYNE

Leseproben unter **www.heyne.de**